The Coming Plague
Newly Emerging Diseases in a World
out of Balance

©1994 by Laurie Garrett

逼近的瘟疫

[美]劳里·加勒特 著
杨岐鸣 杨宁 岳玉庆 译

生活·讀書·新知 三联书店

Simplified Chinese Copyright © 2025 by SDX Joint Publishing Company.
All Rights Reserved.
本作品简体中文版权由生活·读书·新知三联书店所有。
未经许可，不得翻印。

图书在版编目（CIP）数据

逼近的瘟疫 /（美）劳里·加勒特(Laurie Garrett) 著；杨岐鸣，杨宁，岳玉庆译. 北京：生活·读书·新知三联书店，2025.1. --（新知文库精选）. -- ISBN 978-7-108-07918-3

Ⅰ．I712.55

中国国家版本馆 CIP 数据核字第 2024JJ3423 号

责任编辑	陈富余
装帧设计	康　健
责任校对	张　睿　张国荣
责任印制	卢　岳

出版发行　生活·讀書·新知 三联书店
　　　　　（北京市东城区美术馆东街 22 号 100010）

网　　址	www.sdxjpc.com
经　　销	新华书店
印　　刷	河北松源印刷有限公司
版　　次	2025 年 1 月北京第 1 版 2025 年 1 月北京第 1 次印刷
开　　本	889 毫米 × 1194 毫米　1/32　印张 27.125
字　　数	631 千字
印　　数	0,001 - 6,000 册
定　　价	118.00 元

（印装查询：01064002715；邮购查询：01084010542）

目录
Contents

中文版序 …… i
序言 …… vii
作者自序 …… xi

第一章　马丘波——玻利维亚出血热 …… 1
第二章　健康的转折期
　　　　——乐观的时代：着手根除疾病 …… 24
第三章　猴肾与落潮
　　　　——马尔堡病毒、黄热病与巴西脑膜炎 …… 55
第四章　进入密林——拉沙热 …… 79
第五章　延布库——埃博拉 …… 120
第六章　美国建国200周年——猪流感与军团症 …… 194
第七章　恩扎拉——拉沙、埃博拉和发展中国家的
　　　　经济与社会政策 …… 248
第八章　革命——基因工程与癌基因的发现 …… 286
第九章　微生物的汇聚之处——城市疾病 …… 303
第十章　远方的雷声
　　　　——性传染疾病与注射毒品者 …… 335

第十一章 危险：极其微小之物——艾滋病溯源 …… 364
第十二章 女性卫生——中毒性休克综合征 …… 523
第十三章 细菌的报复与新药的研制
　　　　——抗药的细菌、病毒和寄生虫 …… 552
第十四章 第三世界化——生活贫苦、住房拥挤、
　　　　社会灾难与疾病的关系 …… 614
第十五章 事态紧急——美国汉坦病毒 …… 702
第十六章 自然与人类——海豹瘟疫、霍乱、全球变暖、
　　　　生物多样性和微生物汤 …… 734
第十七章 寻找出路——准备、监测和重新认识 …… 792

后记 …… 832
鸣谢 …… 835
2008、2017版译后记 …… 839

中文版序

你手里拿的这本书终于有了中文版。若是几年前就能译成中文该有多好，因为本书的内容必能引起中国读者深深的共鸣。本书的英文版问世至今已经10年有余，但是时间只是更加证明了书中所言不差。

回忆1988年，一批病毒学家聚集在华盛顿的美国国家科学院，共同讨论一个当时还有争议的命题：奇怪的病毒正在世界各地出现。两天之间，实地工作的专家们提出了关于他们关注的病毒的各种信息：各式各样的微小病毒显示出，它们发生了奇异的变化，并有卷土重来之势。科学家们异常震惊，因为没有几位病毒学家密切跟踪过具体关注各类微生物的专家们的发现。会议结束时得出了一致的结论，科学家们明显地感到焦虑不安。

此前20年，西方的科学家曾经踌躇满志，深信自己有能力找出传染性致病微生物的弱点，并且制造出药物和疫苗来击败它们，结果竟使传染性疾病的研究拨款逐渐断绝。在西方世界看来，对人类健康的真正威胁仿佛只剩下癌症和心血管疾病了——再没有其他生物能够威胁人类。但是，1988年到美国首都聚会的病毒学家明白，往日的这种乐观轻说是可叹可悲，重说则是头脑不清，十分危险。

外界很少有人注意到病毒学家披露的情况。那一周，美国人的注意力都集中在电视报道的一桩政治丑闻，就是人们常说的伊朗门事件上。一个名叫奥利弗·诺思的上校军官到国会做证，交代如何利用从伊朗和其他国际金融机构筹集到的资金，为尼加拉瓜反政府武装非法购买军火的问题。病毒会议期间休息的时候，我曾和几位同事走上饭店的楼顶，那里阳光明媚，可以俯视白宫。饭店里面，每一个人都在轻轻议论着伊朗门丑闻，心里琢磨，不知哪些政治领导人会在未来的日子里失势倒霉。我转身对我的同事们说："等到历史的尘埃落定的时候，这个伊朗门事件最多不过是个小小的插曲，而病毒学家的这次会议将会震惊全球。"

我的同事只是半心半意地表示同意我的看法。连我也觉得自己口无遮拦，乱下断语，有些忐忑不安，担心对于国家科学院会议的重要性言过其实。当时我已经动手撰写此书，对于暗暗藏在心中的一种忧虑也不敢明说：我是否夸大了正在出现的疾病的威胁？

今天，我怀疑你能否在100个美国人中找出一个可以准确地说出伊朗门丑闻原委的人来，但是几乎每一个美国人都会告诉你，他担心奇怪的流行病和具有耐药性的、突变形式的旧病卷土重来。虽然他们并不能把他们的担心追溯到那次具有历史意义的国家科学院病毒学家会议，或者本书的出版，但是往日对传染性疾病的那种盲目乐观，美国人已经自感动摇。对传染性疾病的危害，人们越来越担心，甚至引起了美国白宫、美国国家安全委员会、欧盟领导层、俄罗斯杜马和联合国安理会的关注。

关于最新出现和卷土重来的疾病可以列出一个很长的单子。这个单子里包括大部分致病性病菌，但都具有了耐药能力。其中最为危险的要属XDR-TB，这是一种新的结核病，2006年春首先在南非发现，对各种不同类型的抗生素都具有耐药能力。具备强大耐药能力的普通病菌，如链球菌、葡萄球菌和梭菌等菌属，也都充斥着全世界各地的医院。

危险的新病毒单子上最可怕的当属人类免疫系统缺陷病毒（HIV），这是引起艾滋病的病因。人类免疫系统缺陷病毒于1981年首先在美国发现，现已传遍世界，成了当代分布最广的传染病。人类免疫系统缺陷病毒出现以后，世界上又从可怕的埃博拉病毒到SARS，暴发了多种疾病。

在2002年秋SARS在中国南方出现以前，大多数国家的政府都把传染病视为内部事务，详情对外部世界都讳莫如深。尽管世界卫生组织几十年来一直呼吁各国迅速、准确地报告疫病的暴发情况，但各国响应者寥寥无几。对于那些急于发展经济、追赶富裕的西方的国家来说，传染病失控被视为落后的实例，是丢脸的事。前苏联对于传染病和公共卫生总是编造各种虚假数据，其领导人急于宣布，他们在疾病控制方面已取得重大成就，可以与资本主义的欧洲和北美抗衡。

不管其政治信仰和文化背景如何，2003年的SARS流行对全世界的领导人都是一次震撼。有的领导人曾经错误地对待凶猛的人类免疫系统缺陷病毒的流行，认为它只是一些毒品注射不当和性行为不端的人造成的恶果。正是因为政治领导人忽视了人类免疫系统缺陷病毒和艾滋病带给人们的真正信息，只一味地指责患病的人，说他们由于"缺德的"或"违法的"行为而自己招来疾病，是自作自受，这才失去了应对微生物世界新变化的宝贵时间。

但是，SARS到来，政治领导人再也无法轻易找到对问题置之不理或指责患病者自作自受的理由了。SARS显示出一个新时期——全球流行时期的到来。实际上，正如本书所说，通过征服者、战争、商人、运输中的动物和食品，疾病早已形成全球流行之势。不过SARS更代表着一种神秘的流行病在一个新世界的出现,这个新世界利用20世纪难以想象的方式,通过经济和空中交通,彼此紧紧地连成一个整体。

今天,中国已经是世界上的一个制造大国,而美国、欧洲、日本和加拿大则是消费大国。大家紧密相连,全球如同近邻,而且一日紧似一日,因为国际互联网和全球化经济意味着,洛杉矶的一个少年可以用深圳制造的电脑,向开罗和巴黎的小朋友发送电子邮件;他还可以一边吃着三明治——里面夹的肉来自智利,生菜产自墨西哥,一边用广州造的手机同纽约的表弟聊天。边界越来越难隔断人们的交往了。

当然,从微生物的角度来看,人类的政治边界从来就没有挡住它们的流行,尽管大多数公共卫生官员都曾采用监测、隔离、接种及其他各种方法,企图将微生物"阻挡"在国门之外。当人和物在地球上还只是缓慢移动,冷战将地球分割成若干禁止出入的区域的时候,通过严厉的公共卫生政策,还有可能减缓微生物越界进入他国的速度。但是现在已经不可能了。

我们现在已经知道,所谓SARS乃是一种蝙蝠病毒,携带它的是以水果为食的动物,通常出没于亚洲雨林的尽头。人类原先同这些动物并无接触,更不曾接触这些动物的血液里流淌的病毒。通过一系列至今尚未完全查明的环节,那种蝙蝠病毒进入了广东的鲜活动物市场,靠着全球化的力量,又迅速传播到中国香港、新加坡、越南、加拿大、德国以及其他十数个国家和地区。SARS造成的经济损失高达几十亿美元。

对政治领导人而言,SARS促使他们惊醒。中国领导人看清了对流行病秘而不宣的代价,因为整个世界都不满于否认这种新疾病的存在。加拿大领导人和中国香港特区政府官员发现自己竟忽略了医院的传染控制措施,终使医院成了SARS的传播中心,真是令人痛惜。美国的领导人原本感到高枕无忧，深信本国的疾病控制中心确有能力保护美国民众不受微生物的威胁，如今也忽然关心起万一SARS暴发，对国家安全会有何种影响了。

就人类同环境中存在的病毒、细菌以及寄生虫的关系而言，我们如今正处在历史性的十字路口。人类正以前所未有的速度移动着，亿万经济难民奔走于全世界，寻求新的未来。随着人口的增长，对供水、排水、食品和新鲜空气的需求也会增加。人类行为的这一切变化都使微生物的生存条件有所变更，往往给人类、农业和牲畜带来危险。

2006年，中国领导人发生了180度的大转弯，原先对SARS是秘而不宣，如今对中国境内的所有传染病几乎完全公开透明。另外，中国的陈冯富珍博士已经担任世界卫生组织的领导，北京还同华盛顿磋商，草拟一些协议，供各国采纳，以便在发生流行病威胁时，采取完全透明的态度。随着禽流感H5N1在亚洲、欧洲和非洲的传播，对这种公开透明的要求显得更加紧迫。日复一日，科学家和政治领导人都在研究如何互通信息，迅速采取公共卫生措施，使世界免受不折不扣的毁灭性流行病的劫难。

但愿他们的研究早见成效，措施准确得当。

劳里·加勒特
2006年12月，纽约

序　言

我们总是希望，历史只发生在"别人身上"，发生在"过去"，我们自己会置身于历史之外，而不是与它缠在一起，密不可分。许多历史事件在当时都是出乎意料、难以预测的，只是在回头看时，才能一目了然。柏林墙的拆除是一个最新的例子。不过在一个极端重要的领域，即关于新的传染性疾病的出现和传播，我们已经可以预料未来——对我们大家来说，这个未来都充满着威胁和危险。

我们这个时代的历史特点将是：新发现的疾病反复暴发；流行性疾病向新的地区传播（如拉美的霍乱）；人类的技术助长疾病的流行（如某些例假棉塞容易引起中毒性休克综合征的发生，水冷却塔为军团症创造机会）；人为地破坏当地的居住环境后，疾病由昆虫和动物传播给人类。

从某种程度上讲，上述种种现象都曾在历史上不断发生。不过新鲜的是，某些疾病引发大规模的甚至世界性的流行病的可能性确实增加了。人类免疫系统缺陷病毒的全球性流行就是新近最有力的例子。而且，艾滋病并非单枪匹马而来，它很可能只是现代多种大规模传染性流行病的先锋。

这个世界迅速地变得更加软弱了，它经不起新旧两种传染性疾病的暴发，更重要的是，经不起两种疾病广泛的甚至全球性的传播。这种新的更加严重的软弱并不神秘。人员、商品和思想在世界范围内的大规模迅速流动是疾病全球化的推动力量。不仅旅游的人数增多，而且速度加快，所到的地方也远远超过以往。一个携带危及生命的微生物的人可以随意搭乘一架喷气式飞机，等到病征显露出来时，他已到达另一个大陆。喷气式飞机本身、机上货物都可携带昆虫，将传染性病源带到新的生态环境中。旅游者和其他出行者为了寻胜访幽、经商发财或休闲作乐而跑遍极其偏远、人迹罕至的地方，于是世界上便不复存在什么孤立世外、无人涉足的居住地。

这种新的、全球性的软弱被人类免疫系统缺陷病毒和艾滋病表现得淋漓尽致。虽然人类免疫系统缺陷病毒的地理根源至今仍难确定，但是，显然在20世纪70年代，它已在全球传播。到1980年，全世界约有10万人已经感染这种病毒。不过，1981年在加利福尼亚发现艾滋病，接着于1983年找到其致病病毒——人类免疫系统缺陷病毒，却是出于一系列非常侥幸的事件。换句话说，艾滋病原本可以轻易地继续隐藏5到10年而不被人认识，对全球卫生造成极其严重的后果。迟迟不能发现艾滋病的原因可以是下列中的任何一条：

如果人类免疫系统缺陷病毒需用更长的时间引起明显的临床疾病（艾滋病）；

如果艾滋病的免疫缺陷造成的是更加典型的感染，而不是可以轻易辨认的、非同寻常的偶然性感染（卡氏肺孢子虫肺炎）或癌症（卡波西氏肉瘤）；

如果艾滋病不是集中发生在活跃的、不言自明的同性恋男子中间，而是广泛分散在社会人群间；

如果艾滋病不是发生在美国这样一个具有严密的疾病监测体系、能够汇总许多地区报来的病例的国家；

如果人类反转录病毒科学,包括检测技术,最近没有得到发展。

就艾滋病来说,是各种机会和情况结合起来,才使得科学家比较迅速地考虑到,一种对健康的新威胁已经出现。

艾滋病正在给我们上课。这一课的内容就是:世界上任何地方的健康问题都会迅速成为对许多人或所有人的健康威胁。有必要建立一个世界性的"早期警报系统",以便尽快发现新疾病的暴发,或旧疾病的异乎寻常的传播。没有这样一个真正能在全球工作的系统,我们就真的是无遮无挡,只能靠命运来保护自己了。

劳里·加勒特的这本书正是这个领域的开山之作。她给我们叙述了一段历史,写到了不少有血有肉的真人,写到了一些实事,使我们认识到传染性疾病并没有消失;事实正好相反。在玻利维亚、苏丹、塞拉利昂、扎伊尔——在这些地方,一群技术精湛、肯于献身、勇敢无畏的人,冲到敌人的阵地上去拼杀。他们面对着难以查明的敌人,站在科学的前沿,与大自然进行拼死的搏斗,终于获得了真知灼见,经过劳里·加勒特的手,摆在我们面前:疾病将继续成为一种威胁;疾病和人类的活动是密切相关的;大自然还有许多隐藏未露的处所和意料不到的大事在等着我们。

加勒特女士描写的历程是艰辛的。本人有幸与书中的许多人有过一面之缘。他们是一群特殊的英雄:将科学、好奇与人道主义结合在一起,同时又有一种非常实际的、"咱们去干"的态度。并非所有的人都能像乔·麦考密克那样奔赴战场,手里的武器只有毅力、智慧和确信总会找到前进道路的信念。

他们代表我们先迈了一步。我们应当对他们表示谢意。劳里·加勒特不辞辛劳,替我们把这些英雄和他们的业绩介绍给广大读者。对于那些高枕无忧、没有意识到正在出现全球性传染病威胁的人，对于那些通过此书将会认识新的全球现实的人来说，应当来会一会书中的男男女女，他们曾守定社会的边界，同疾病对峙。

　　本书敲响了警钟。世界需要——现在就需要一套全球性的早期警报系统——一套能够发现新出现的传染病威胁并采取对策的系统。艾滋病是一次再清楚不过的警示了，劳里·加勒特明明白白地告诉了我们。现在我们却不顾自己的危险，硬是不加理睬。

　　　　医学博士、公共卫生硕士、弗朗索瓦-格扎维埃·巴尼乌学会卫生与人权教授、哈佛公共卫生学院流行病学与国际卫生教授、哈佛艾滋病研究所国际艾滋病中心主任乔纳森·M.曼，马萨诸塞州坎布里奇

作者自序

我舅舅伯纳德1932年进入芝加哥大学学习医学的时候,他已经目睹过1918—1919年的大流感。他数巴尔的摩街上缓缓驶过的灵车的时候,他才7岁。此前3年,他的父亲差一点儿死于伤寒热,是在巴尔的摩市中心得的病。后来不久,他的祖父死于结核病。

12岁时,伯纳德得了所谓的"夏季病",躺在家里,熬过马里兰漫长、炎热的夏日,像他母亲说的:"懒得动弹。"直到1938年他在旧金山加州大学医学院实习期间,志愿充当X光实验对象的时候,才发现"夏季病"实际上就是结核病。无疑,他是从祖父那里传染上的,后来病愈,但肺部留下了终生的明显疤痕,胸部X光透视照了出来。

当时似乎每个人都有结核病。年轻的伯纳德·西尔伯在芝加哥埋头苦读医科的时候,新招收的护士班学生按常规都要进行检测,看看对结核病是否有抗体。农村来的姑娘刚刚入校学习时,结核病检测总是呈阴性。可以同样肯定的是,在城市的医院病房里待过一年之后,她们的结核病测试都呈阳性。那时,任何疾病都能激活潜在的结核病感染,结核病疗养院泛滥一时。治疗只限于卧床休息和争论不休的膳食搭配、身体锻炼、新鲜空气以及非同寻常的气胸外科手术。

1939年,伯纳德舅舅在洛杉矶县医院开始两年的从医实习,与舅母伯尼斯——一个疫病防治工作者相识。伯尼斯腿有点瘸，一侧耳聋，是童年细菌感染留下的后遗症。她9岁时，一侧耳内生长细菌，最后感染了乳突状骨，而且并发骨髓炎，使她的右腿比左腿短约一英寸，迫使她走路时一颠一颠的。他们相识不久，伯纳德就得了严重的肺部感染，由于他是个医生，得到了条件最好的治疗：精心照料和氧气。他病恹恹地在洛杉矶县医院住了一个月，希望自己成为熬过细菌性肺炎的60%的美国人中的一员：当时还没有抗生素，这是细菌性肺炎的治愈率。

1944年抗生素研制成功，在这以前，细菌性感染既普遍，又严重。伯纳德舅舅无须经过或很少经过化验室的化验，在几分钟之内，就能诊断出猩红热、肺炎球菌肺炎、风湿热、百日咳、白喉或结核病。医生们必须迅速诊断，因为这些炎症会很快恶化。另外，在1940年，化验室能够告诉医生的，一个医术精湛、观察细致的医生也都能独立决定。

当时，病毒还是一个巨大的黑盒子。虽然伯纳德能够轻而易举地区分风疹、流感、圣路易斯脑炎以及其他病毒性疾病，但他既不会治疗，也不深知这些极小的微生物对人体能造成多大危害。

伯纳德舅舅是在第二次世界大战中接触到热带医学的。当时他是陆军卫生兵，曾到瓜达康纳尔岛和太平洋其他战场服役。就是在那个时候，他学到了在医学院校极少接触的疾病的第一手知识：疟疾、登革热（碎骨热）和各种不同类型的寄生虫病。奎宁对治疗疟疾有神奇的功效，但对于感染了其他热带生物体的美国士兵，他却束手无策；而在太平洋战区，热带病源却处处皆是。

战争进行了两年以后，陆军分发了首批少量青霉素，指示医生们千万节约使用这种稀罕的药品，使用剂量约为5000单位（相当于1993年治疗轻微感染所用最低剂量的三分之一弱）。在早年细菌对抗生素还没有产生耐药性的时候，这种剂量就足以产生奇迹了。陆军的医生们对青霉素的奇效惊喜万分，竟会收集用过此药的病人的尿液，提炼出青霉素，在其他士兵身上再次使用。

若干年后，我到伯克利加州大学研究生院研究免疫学的时候，伯纳德舅舅还会给我讲述一些往事，听起来就像黑暗世纪的医学故事。当时我头脑里装的尽是能够把免疫系统的活细胞分成不同类型的荧光启动激光细胞分类机、基因工程的新技术、单克隆抗体、人类遗传密码的解析等。

"我一直把抗生素的生产比作国内税务局。"伯纳德舅舅看到我对抗生素产生前美国医生经历的艰辛不大感兴趣时，会这样说，"人们总是在寻找漏洞，但是等他们真找到什么漏洞时，税务局马上就给堵上。抗生素也是这个样子——你前手研制出一种新抗生素，细菌后手就产生了耐药性。"

1976年夏天，我自然重新想起了伯纳德舅舅讲述的许多道理。那时我正在思考斯坦福大学医学中心的学位研究计划，报纸上连篇累牍地登载着传染性疾病的消息。美国政府预料会发生一次大规模流感，有人估计其规模之大，会超过1918年：那一次全球性大恐怖，夺去了2000万人的生命。美国军团组织7月4日在费城一家饭店聚会，不知什么东西竟使128人身患重病，29人死亡。特别奇怪的事正在非洲发生，根据当时含糊其词的报道，人们正在死于一种可怕的新病毒：在扎伊尔和苏丹，某种所谓绿猴病毒——或马尔堡，或埃博拉，或三种名称的混合称呼——正在引起全世界疾病专家的急切注意。

1981年，美国国家卫生研究所的理查德·克劳斯（Richard Krause）博士发表了一本引起争论的书，名叫《难以平息的浪潮：微生物世界不停的挑战》（*The Restless Tide: The Persistent*

Challenge of the Microbial World)。书中提出，早被认定已经败北的疾病可能杀个回马枪，接着危害美国民众。一年后在美国国会做证时，有的议员问克劳斯："为什么我们会有这么多的新传染病？"

"其实并没有出现任何新东西，"克劳斯答道，"瘟疫的到来如死亡和税收一样不可避免。"

但是，艾滋病流行的冲击在80年代促使许多病毒学家认真考虑，确实在出现某种新东西。随着这种流行病从世界的一个地区传向另一个地区，科学家们不禁问道："这种病是从哪里来的？还有没有别的病源？还会不会出现更加危险的疾病——从空气中由人到人传播的疾病？"

随着80年代前进的脚步，提出这些问题的人越来越多。在洛克菲勒大学的一次鸡尾酒会上，一个名叫斯蒂芬·莫尔斯的年轻病毒学家来到著名的校长、诺贝尔奖获得者乔舒亚·莱德伯格面前问道，关于正在出现的微生物，人们的担心日益严重，对此他有何见教。莱德伯格用绝对的词句，斩钉截铁地答道："问题是严重的。还将更加严重。"怀着一种共同的责任感，莫尔斯和莱德伯格开始征集同事们对这个问题的看法，收集证据，提出建议。

1988年，一大批美国科学家，主要是病毒学家和热带医学专家，得出了结论：是拉响警报的时候了。在洛克菲勒大学的莫尔斯和莱德伯格、美国陆军传染病医学研究所的汤姆·莫纳特、耶鲁大学虫媒病毒研究单位的罗伯特·肖普等人的倡导下，科学家们寻求办法，使他们共同的想法具体化。他们最担心的是被视为一群爱哭的婴儿，为了研究经费的缩减而哭闹不休；或者被人指责为高呼狼来了。

1989年5月1日，科学家们在华盛顿饭店聚会，饭店同白宫只有一箭之遥。他们在一起讨论了三天，目的在提供证据，说明地球上的致病微生物远远没有被击败，相反，正在对人类构成越来越大的威胁。会议由全国过敏症和传染病研究所、福格蒂国际中心和洛克菲勒大学共同赞助。

"大自然并不慈善，"莱德伯格在开幕词中说道，"最根本的原因是，大自然选择的单位——脱氧核糖核酸（DNA），有时是核糖核酸（RNA），在各种不同的生物体中根本不是整齐排列的。它们共同分享整个生物圈。人类的生存并不是预先注定的进化程序。遗传变异存在着丰富的资源，可供病毒学习新的伎俩，不仅仅限于按正常规律出现的，甚至经常出现的东西。"

芝加哥大学的历史学家威廉·麦克尼尔概述了过去几千年间人类遭受微生物攻击的原因。他认为人类历史上的每一场灾难性流行病都是人类进步造成的啼笑皆非的后果。麦克尼尔警告说：人类改进命运的同时，也就加大了自己面对疾病的软弱性。

"本人以为，我们应当意识到我们的力量是有局限的，"麦克尼尔说，"应当牢记，我们越是取得胜利，越是把传染病赶到人类经验的边缘，就越是为灾难性的传染病扫清了道路。我们永远难以逃脱生态系统的局限。不管我们高兴与否，我们都处在食物链之中，吃也被吃。"

三天之中，科学家们提出证据，证实麦克尼尔的带有预见性的讲话确有道理：病毒正在迅速发生变异；就在科学家们开会时，海豹死于瘟疫；澳大利亚传进新病毒一年间，野兔死去90%；大流感正横扫整个动物世界；安德洛墨达变体（Andromeda strain）几乎以埃博拉病毒（Ebola virus）的形式出现在非洲；超级大城市正在发展中世界崛起，形成了"任何事情都可能发生"的据点；雨林正在被毁，迫使携带疾病的动物和昆虫进入人类居住的地区，使致命性的神秘微生物第一次在大范围内感染人类、危及人类生存有了切实的可能。

我作为年青一代中的一员，在充满信心的治疗医学时代接受教育，对传染病极少关心。我听着会上的发言，觉得更像迈克尔·克赖顿小说里的内容，而不是来自实践经验的科学讨论。可是我和千万个在抗生素出现以后，在基因工程时代成长的年轻科学家一样，也不得不承认，确实有长长一串最近出现的病毒：引起艾滋病的人类免疫系统缺陷病毒，与血癌有关的人类嗜T细胞病毒（HTLV）Ⅰ型和Ⅱ型，最近发现的几种肝炎病毒，在非洲和亚洲发现的多种出血症病毒等。

1991年2月，美国国家科学院下属的医学研究所召开特别小组会议，议题是进一步探讨1989年科学家会议提出的问题，并在两个方面对联邦政府提出建议：微生物威胁对美国公民的严重程度；改进美国疾病监测和监管能力应采取的步骤。1992年秋，医学研究所公布了研究报告：《正在出现的传染病：微生物对美国健康的威胁》（ Emerging Infections: Microbial Threats to Health in the United States ）。报告得出的结论是：传染性疾病在美国出现的危险确实存在；当局准备不足，难以预见和处置新的流行病。

"我们要发出的信息是，问题是严重的，而且会更加严重。我们需要加强工作来扭转局面。"莱德伯格在报告公布的当日说。

报告公布以后，亚特兰大的美国疾病控制中心开始苦思冥想，终于在1994年春制订出一个计划：提高警惕，对疾病暴发做出迅速反应。由于对1981年人类免疫系统缺陷病毒的出现反应迟缓，使得流行病扩大，到1993年已涉及150万美国人，每年耗费联邦政府120亿美元，用于研究、制药、教育和治疗。

疾病控制中心决心不再重复这种错误。

但是在1993年也有不同的声音，反对美国科学界目光短浅，往往只强调病毒，单单重视对美国公民造成的威胁。曾直接同疾病做过斗争的白衣战士如乔·麦考密克、彼得·皮奥特、戴维·海曼、乔纳森·曼、丹尼尔·塔兰托拉等有力地争辩道：微生物并不遵守人类的国界。另外，他们说，在世界大部分地区，正在出现的最危险的疾病不是病毒性的，而是细菌和寄生虫引起的。他们说，需要开阔视野。

其他持批评态度的人强调，从历史的角度来看一看人类漏洞百出、指导不当的控制微生物的行动就会发现，大部分问题正出在现在呼吁提高警惕的科学界本身。乌韦·布林克曼、安德鲁·施皮尔曼、功有田等人提出，在全世界富国的学术单位和政府机构看来似乎是可行的微生物控制措施，到地球上的穷国去执行时，却会造成灾难。

持批评态度的人指责美国人，说他们眼光狭窄，只看到疾病在美国出现，却看不清真实的形势。当你看到一个身裹绿色"肯加"的恩德贝勒族小女孩时，这形势就不言自明了。她躺在津巴布韦的布拉瓦约城外一个卫生所的硬邦邦的土地上。她母亲坐在她身边，恳求的目光投向走进这个两间屋子的诊所的每一个陌生人。4岁的女孩发出微弱的哭声。

"她得的是麻疹。"诊所主任说，用手指着孩子，态度严肃。他领着一个参观者出去观看当地改进抽水马桶和提高农村儿童膳食中蛋白质含量的业绩。

一个小时后他又返回这个泥糊的篱笆诊所时，只见小孩的母亲扭动身体，痛苦万分，泪水悄悄滚下面颊。小孩微弱的哭声已经停息。又过了几个小时，那位母亲和她的丈夫将一领卷起的草席横放在自行车车把上，席里卷着小女儿的尸体。他们眼睛呆呆地望着天边，推着自行车，凄惨地沿着红色的泥路走去。

当世界上最富有的国家的母亲安排孩子接种疫苗，故意让年幼的子女接触一下麻疹、流行性腮腺炎甚至鸡天花的时候，这些疾病却在迫使世界上某些最贫穷的国家的父母求天告地，来面对他们的一半儿童在10岁前就会来临的死亡。

美国的医生在他们负责保健的人动身到墨西哥的提华纳以南旅行前，会开出一长串需要接种的疫苗和处方药，这就是一个突出的证据，证明了全世界在富有与贫穷、发达与落后之间的巨大差别对卫生方面带来的冲击。20世纪70年代，对南半球的贫穷落后感到遗憾的美国人和欧洲人把大量的金钱投到最贫穷的国家，兴建项目，意在使这些国家的民众进入"现代"。当时的逻辑是：随着社会的整体结构和经济状况逐渐接近美国、加拿大和西欧，民众的健康状况自然会改进。

但是到1990年，世界上主要的贷款国家与机构不得不承认，现代化活动只是恶化了第三世界普通百姓的状况，增加了各国上层和外国机构的权力、财富和贪污腐败。充满田园风味的农业社会在仅仅一代人的时间就面目全非，成了围绕着一个或几个巨大的城市而存在的国家。这些城市越来越大，像是田园画上的污泥浊水，淹没了民众传统的生活方式和环境，将年轻的求职农工冲向乱糟糟的半城半乡的贫民窟，里面连起码的人类垃圾处理和公共卫生设施都没有。

在20世纪70年代的工业化自由市场世界，社会各阶层的人都对于环境污染与个人健康之间的关系变得日益关心起来。由于杀虫剂滥用、含铅涂料、石棉纤维、空气污染，以及使用添加剂的食品的危险日见明显，世界上最富有的国家的民众呼吁制定法规，限制对环境和食品的污染。

随着地球大气层臭氧空洞的发现，全世界的科学家开展了一场辩论，辩论的题目是为了防止地球保护性臭氧层的进一步污染、破坏，全球应负何种责任。同样，海洋生物学家也展开了越来越激烈的争论，题目是为了改变地球各大洋的不良状况和鱼类、珊瑚及哺乳动物遭遇的近乎灭绝的危险现状，世界各国应当共同承担何种责任。保护主义者把注意力转向全球野生动物的保护。生物学家如哈佛的E.O.威尔逊和史密森学会的托马斯·洛夫乔伊则提出警告：可能出现一次全球性动植物种群的灭绝事件，其规模之大，可以与白垩纪恐龙的绝种相比。

威尔逊提到了地球古代史上5次大规模灭绝事件的化石证据，接着问道：对于人类亲手造成的环境破坏，世界还能容忍多久？"有人相信人类所毁掉的，大自然会使其复生；这些数字应当使他们停下手来了。也许会复生，但是所用时间会很长，对现代人来说不会有任何意义。"

20世纪60年代，加拿大哲学家马歇尔·麦克卢恩首先提出"地球村"的概念，指的是通过传播技术，把全世界紧紧地连在一起。随着人类进入20世纪的最后一个10年，这个概念在地球生态的意义上已经明显地印入人们的思想。环境保护主义者正在从宏观上考虑，设法改变相距遥远的地方如日本、阿拉斯加、俄罗斯、挪威的捕鲸政策。世界银行决定把生态问题列入向发展中国家发放贷款的审查标准。在许多科学家看来，切尔诺贝利核事故证明，如果认为毒性危险控制这个问题的解决永远要受国家主权的制约，那无疑是愚蠢的。

1992年，美国选举了一位主张推行一项雄心勃勃的全球性马歇尔计划来保护环境的副总统。艾伯特·戈尔提出，除非在世界范围内大力改变人类的观念，再加上细致的国际管理体系和经济刺激，否则很难保障地球生态的继续平衡。他引用持批评态度的环境保护主义者的话说："对保持现状享有既得利益的人将会继续阻止任何有意义的变革，直到关心生态系统的多数公民站出来说话，并敦促他们的领导人采取措施，使地球恢复平衡。"

如此看来，在宏观的层面上，关于经济公平和发展、环境保护、对某些问题的条规的建立，已经产生了一种全球共用的感知。尽管在看法上和语意上还有分歧，但是早在柏林墙被推倒以前很久，对某些问题的观点的全球化已经越过意识形态的界线而产生。从那以后，全球化的速度更快了，尽管在美国以外，有人表示了相当大的担心，担心美国会对环境、通信、发展等领域的全球化，在思想意识、文化观点、技术和经济方面占主导地位。

不过，直到人类免疫系统缺陷病毒出现以后，卫生全球化的局限性和必要性，才超越群众性接种和腹泻控制计划，而在更大范围内变得明显起来。自从1981年在纽约和加州的同性恋男子中发现艾滋病的那一刻起，它就变成了一个折光棱镜，通过这个棱镜，正极光，也就是各种社会希望别国据以观察自己的正极光，被分割成千万个彼此不同的闪光小片。通过艾滋病这个棱镜，世界公共卫生专家就有可能看出人类的神圣组织——包括医疗机构，科学、宗教和司法体系，联合国，各种政治制度下的政府体制，等等——的虚伪、残酷、失败和无能。

著名科学家的结论是：如果人类免疫系统缺陷病毒是一个典型，那就可以说人类正面临极大的问题。对于这种新疾病的出现，人类的态度先是漠不关心，接着是对感染病毒者表示鄙视，最后则产生一种病态的无所谓的感觉，用一种自欺欺人的逻辑，使流行病合理化：有人说这种病毒是毫无害处的，有人说某些人群或种族具有特殊的功能，可以在感染人类免疫系统缺陷病毒后痊愈。

他们说，历史自会判断20世纪80年代世界政治和宗教领导人的表现：到底是把他们视同17世纪伦敦的教士和贵族，自己逃离城市，留下贫苦大众去忍受腺鼠疫的折磨，还是历史更加宽容一些，仅仅认为他们是没有能力看到暴风雨，直到暴风雨夷平了他们的住处？

过去5年间，科学家，尤其是美国和法国的科学家，曾经表明他们的担心，说人类免疫系统缺陷病毒远远不是一次公共卫生方面的差错，而更可能是未来的问题的征兆。他们提出警告：尽管经过了艾滋病的惨剧，人类并没有学会对新的微生物做好准备和实施对应的办法。他们呼吁人们认清，任何一国的环境在微观层面上的变化都会在宏观层面上影响全球的生活。

毕竟，人类的宿敌是微生物。微生物并没有因为科学发明了医药、抗生素和疫苗（天花是个突出的例外）而自行绝迹。在产业化时代以后，美国人和欧洲人虽然清理了他们的大小城市，微生物也没有消失。微生物当然更不会仅仅因为人类忽视它们的存在而寿终正寝。

本书探索了近些年疾病发生的历史，大体按编年体的顺序考察了具体事例，说明了微生物流行病发生的原因，以及文化人、科学家、医生、政府官员、政治领导人、宗教领袖的各种反应。

本书也在微生物的层面上探讨了进化生物学，仔细观察了病源和传病媒介如何变化，来对付人类自我保护的防御武器。另外，本书还考察了人类如何通过计划不周的发展项目，指导不当的医疗措施，方向错误的公共卫生政策，目光短浅的政治行为或不作为，而实际上为微生物帮了大忙。

最后，本书提出了一些解决办法。恐惧在无法消除的情况下会变得非常厉害。在整个历史上，它都曾使某种疾病的患者受到终生的控制；在不那么严重的情况下，也会使人不当地耗费金钱和资源，去击退真正的或想象中的敌人。

总的说来，需要的只是一种关于疾病的新思维方式。不要把人类同微生物的关系看作一种历史的直线关系，若干世纪以来的总趋势是人类的风险越来越小；要寻求一种挑战性更强的看法，承认在人类身体的内部和外部，人类和微生物之间存在一种动荡的、非直线的状况。正如哈佛大学的迪克·莱文斯所说："我们必须兼容并蓄，不求简单，不避复杂；必须寻求办法，来描写和理解一种我们看不见却时刻受到其影响的生态。"

伯纳德舅舅如今已经八十有余，早就退休不干日常的医疗工作。他常说今天不知美国有多少医生能够不借助化验室耗费时间的分析和帮助，独力诊断出疟疾、白喉、风湿热、结核病或斑疹伤寒。他怀疑工业化世界的大多数医生能否诊断出老的疾病如黄热病或登革热，更不用说全新的疾病了。他和发达国家抗生素时代以前的医生们都将年老、退休。他会问：比起抗生素出现以前的医生来，2000年的医生对细菌性肺炎的医治手段是更好呢，还是更差？

要做准备，必先了解。要想了解人类与巨大的千变万化的微生物世界之间的关系，就必须形成新的看法，将彼此分隔的领域如医学、环境、公共卫生、基础生态学、灵长生物学、人类表现、经济开发、文化考古、人权法律、昆虫学、寄生学、病毒学、细菌学、进化生物学和流行病学等融为一体。

本书讲述了一些男男女女的故事，他们曾努力去了解和控制第二次世界大战以后的微生物威胁。在这些与疾病做斗争的勇士退休的时候，大学的实验室和医学院校正在培养一批年轻的科学精英，但是他们精心研究的并不是所谓老式的、陈旧的、在人类同微生物的历史性生态斗争中发挥过极其重要的作用的学科。我们正在接近千禧之年,世界上任何地区的年轻科学家或医生都很少有人能迅速辨认出虎蚊、鹿鼠或百日咳、白喉患者来。

随着几代人的衰老,描述、认识人类在微生物学方面的各种烦恼的技能正在消失,而人类正扬扬得意于新的发现和医学的胜利,因而高枕无忧,对逼近的瘟疫却毫无准备。

第一章

马丘波
——玻利维亚出血热

希望改造世界，改变人性，以便创造一种自我选择的生活方式，这种企图将引起许多难以预知的后果。人类的前途注定要继续成为一种赌博，因为大自然会在某个预料不到的时间，以某种预想不到的方式，进行反击。

——摘自雷恩·杜博斯著《健康的幻影》，1959年

卡尔·约翰逊强烈希望，如果这场疾病不能马上夺去他的性命，最好什么人开枪打死他，结束他的痛苦。其实"痛苦"一词已经不足以描摹他的情状。他简直是身在地狱。

他的皮肤的每一个神经末梢都处于极度紧张的状态。他甚至受不了一条被单的压力。当巴拿马戈加斯医院的护士和医生触碰他，或给他抽取血样时，他都会暗叫一声或呼喊不止。

他发着高烧，浑身是汗。他身体无力，近于瘫痪，而且周身疼痛。在他的想象中，运动员训练过度就该是这个样子。

Q病房的护士们刚刚看到约翰逊躺在他的两个同事身边的时候，他那双红红的充血的眼睛叫她们不禁倒退了两步。静脉血管像是血液的大河，微血管犹如支流，在约翰逊的全身，连通静脉

血管的微血管都在渗血,已经出现了在显微镜下才能看到的小孔,孔里渗出水和血蛋白。他的喉咙红肿,几乎不能说话和喝水,因为食管内膜发炎、出血。医院里传说这三个人害的是一种奇怪的新的传染性疾病,他们是在玻利维亚病倒的。

在约翰逊短暂的清醒时刻,他会问他躺了多少天了。当护士告诉他这是第五天时,他呻吟了一声。

"如果我的免疫系统不马上发挥作用,我就没命了。"他暗想。

他在圣华金曾多次看到这种情形。一些人在四天内就死了,多数人经受这种折磨多达一周。

他一遍又一遍地回想他在玻利维亚东部边境那个孤立的村庄里看到的情形。他希望想到什么东西能帮助他治愈疾病,解开圣华金的谜团。

事情发生在整整一年以前,即1962年7月。那时,约翰逊刚刚来到巴拿马运河区的中美研究单位,此前他在美国政府设在马里兰州的贝塞斯达国家卫生研究所收集了一堆关于呼吸道病毒的资料。

1956年,他刚完成医科学业成为一名年轻的医生,便开始不遗余力地研究引发普通感冒、支气管炎和肺炎的病毒。他的工作受到人们的交口称赞。但约翰逊是个耐不住性子的人,他感到厌烦了。当他听说国家卫生研究所正在物色一名病毒学家到中美研究单位的实验室工作时,他便抓住这个机会不放。

约翰逊到达巴拿马不久,他在中美研究单位的新同事罗恩·麦肯齐就自愿帮助美国国防部的一个小组前往玻利维亚进行营养调查。

"营养调查?"约翰逊嘲讽地说。

"哦,我的经验用得着,再说我还从来没有去过玻利维亚呢,

第一章 马丘波

干吗不去。"麦肯齐说。

当麦肯齐和国防部的小组在拉巴斯见到玻利维亚的卫生部长的时候,部长说只要他们首先去处置几百英里以外一个更加急迫的问题,批准他们的研究计划就没有问题。

"我需要一个精通疑难病症的专家,到本国东部去调查一场流行病。"

所有的眼睛都转向麦肯齐,他是个儿科医生,又是受过专门训练的流行病学家,最符合要求。他在座位上不自然地扭动身体,嘟囔着说自己不会讲西班牙语,心想玻利维亚东部会是个什么样子?

部长接着说明神秘流行病的流行范围相当广,拉巴斯的两位医生暂且称之为 El Typho Negro,即黑色斑疹伤寒。

次日早晨,个子高高又有些笨手笨脚的麦肯齐身着黑色礼服,内穿浆洗整洁的白衬衣,打着领结,站在拉巴斯机场的跑道上,脚下放着一个手提箱。他向玻利维亚的医生雨果·加隆、微生物学家路易斯·瓦尔韦德·希尼尔和一位当地的官员打过招呼,四人便登上一架老式的B-24轰炸机,开往玻利维亚东部的马格达雷那。麦肯齐四面看看,想找一个座位,机上没有。为了运肉,机内物件都已拆掉。通常机上运的只有一块块牛肉。

所以,麦肯齐只好站在驾驶员的后面,在石子跑道上漫长的加速过程中,身体紧贴机舱来保命。由于拉巴斯的海拔在1.3万英尺,飞机必须达到高速才能有足够的升力,离地起飞。过了一段感觉极长的时间,蹲在驾驶员和副驾驶之间的玻利维亚印第安人机械师才从驾驶舱的地板上拉起一根杆子,收回起落架,他们这才算飞离地面。

轰炸机像一只疲倦的老鹰,绕着拉巴斯慢慢地飞了几圈,盘旋升到1.6万英尺，达到可以穿越耸立在拉巴斯周围的安第斯山山峰间狭窄山口的高度。麦肯齐瞧着附近山峰上倒悬的冰川不断崩裂，不禁吓得目瞪口呆。

飞机逃脱万般惊险的山口以后，又被包围在一团浓雾中，驾驶员被迫单靠仪器飞行，所谓仪器即一个罗盘、一个秒表、一张地图和一沓记录纸。

麦肯齐暗想这可真够冒险的。就在3年以前，他还在旧金山以北一个田园式的小镇上为人接骨，为儿童打防疫针。这次冒险比他从个人行医转向服务公共卫生事业时想象的任何困难都更加危险一些。

飞机下降进入雾气中，麦肯齐开始感到温度和湿度增高，浆洗得挺硬的衬衫下开始流汗。穿过地面雾气后，他看到机身下闪过仿佛是无穷无尽的无树大草原，不时被低矮的、绿树成荫的山丘所截断，河流弯曲、绵长，两岸长满片片雨林。

"真像佛罗里达，"麦肯齐暗想，"和埃弗格莱兹有些相似。"

又过了长长的两个小时，飞机降落在马格达雷那小镇。麦肯齐简直无法相信自己的眼睛。

"天哪，"他喊道。"足足有200人，围着飞机站着。"人群里的妇女全都穿着丧服，男人戴着黑色袖箍。失去了亲人的马格达雷那民众聚集在一起来欢迎"专家"，专家是来结束他们的流行病的。

"专家？"麦肯齐自言自语，不自然地看了瓦尔韦德和加隆一眼，"唉！我算上当了。"

愁眉苦脸的人群拥着他们四个人，躲着摇摇晃晃的牛车，一路经过一些散落的茅顶土墙的房屋，奔向镇子的集市。那是一个大院子，周围是一圈拱廊和马格达雷那的住家及商店。一种悲哀、凝滞的气氛笼罩着一切。

在马格达雷那小小的诊所里，麦肯齐发现有十几个病人在痛苦地挣扎。

"天哪！"他看着一个又一个病人吐血时喊了出来。他打了个寒战，感觉到他所处岗位的责任重大，也暗骂自己竟糊里糊涂地来到这个尴尬的位置上。他在索萨利托一个诊所里向儿童发抗生素，孩子们喉咙发炎，一时停止了玩耍，这仿佛都还是昨天的事。麦肯齐在病房里看到的情形迫使他丢开儿科的知识，一时间使用起在第二次世界大战的战斗中学到的鼓足勇气和胆大无畏的经验。

有人告诉他大部分病人是从奥罗巴亚亚来的。一提起这个偏远的村庄的名字，马格达雷那镇上的人就不寒而栗，他们说起这个村庄时都带着明显的恐惧。

麦肯齐比玻利维亚人高出一头，不一会儿，这个大高个儿就蹲在一个独木舟里，乘着月光，往上游朝着发生瘟疫的村庄划去。他们一路划，麦肯齐不断看到极大的"原木"——比他们的独木舟还大——从岸边朝他们漂过来。等他弄清这"原木"竟是鳄鱼时，头发都竖了起来。

次日，四人骑马40公里，前往奥罗巴亚亚。

村子里空无一人。村里的600个居民几天前已惊慌逃离，把村子留给胡奔乱跑着觅食的猪和鸡。

麦肯齐回到马格达雷那，从当地病人身上采集到一些血样，返回巴拿马，设法说服中美研究单位的主任亨利·贝和贝塞斯达国家卫生研究所的领导们，玻利维亚的形势值得进一步调查。

"很可能只是一场流感。"国家卫生研究所的官员们一致认定。

"是一种奇怪而危险的东西。"麦肯齐坚持说。

麦肯齐和约翰逊都认为玻利维亚村民的症状与最近发现的一

种拉美病毒引起的症状相似,这种病毒是1953年在阿根廷的胡宁河附近发现的。胡宁病毒是塔卡里伯病毒的近亲。塔卡里伯病毒曾在特立尼达使蝙蝠和啮齿动物患病,也是最近发现的。虽然没有迹象表明塔卡里伯病毒会感染人类,但是胡宁病毒在很多情况下显然是致人死亡的。在阿根廷大草原上人烟稀少的农业区,胡宁病毒仿佛是无声无息地降落在收麦子的人身上。这也是一种伤害微血管使人流血致死的人类杀手。无人知晓阿根廷人是如何染上胡宁病毒的,有人猜测这种病毒可能飘浮在空中。

约翰逊暗想,不能傻乎乎地冒险。虽然国家卫生研究所还没有批准中美研究单位对流行病进行调查,他还是飞到了美国陆军在马里兰州的迪特里克堡,去找艾尔·威登。威登是实验室安全的先行者,他把迪特里克堡建成全世界最重要的致命性微生物研究中心。约翰逊想要一种人们未曾听说过的东西:某种可移动的箱子,使他可以在发病地安全地研究胡宁病毒,或者其他任何灭绝圣华金村民的东西。

迪特里克堡正在对"无菌白鼠"进行各种研究。白鼠的免疫系统极弱,几乎所有微生物对这种突变型啮齿动物都是致命性的。为了保持白鼠活命,科学家将它们放进密封的箱子内,箱子时刻处于正压之下,将空气压过特制的滤管,通向白鼠,然后再朝着科学家们放出来。通过这种办法,白鼠只呼吸消过毒的空气。压力箱的两边安有密封的橡胶手套,科学家们把手伸进橡胶手套,对白鼠进行研究。这种钢制的稀奇玩意儿称作"手套箱",其尺寸相当于一个大棺材,重数百磅。

约翰逊的想法是把一件这样的玩意儿由正压改成负压,使空气朝着可能有危险的动物或微生物的标本往里面吹。这样,他就可以在一个能搬运的实验室里比较安全地工作了。

这种可搬运的实验室还从来没有人用过，威登也不清楚该怎样临时改装正压箱子。但是为了抢时间，约翰逊和威登造出了一种新的重量更轻的手套箱，在周围安了一大排铝条，以防止在压力从由内向外变成由外向内时外壳向里瘪。这个办法可行，两人十分高兴。

这期间，麦肯齐仍然面对着贝塞斯达以及亚特兰大的疾病控制中心的强烈反对。尽管他是个医生，而且受过公共卫生的专门训练，身居高位的人们还是直言不讳地质疑37岁的麦肯齐是否有足够的热带工作经验来辨识一种新的流行病。他们坚持，如果派一个小组去调查，到头来很可能不过是流感之类的普通小病，这将是一种时间和人力、物力的浪费。

1962年秋，麦肯齐向比尔·里夫斯求援。里夫斯是他在伯克利的加州大学研读公共卫生课程的导师。他向里夫斯描述了马格达雷那的情况。里夫斯坚持让麦肯齐"顶住贝塞斯达的官僚主义压力"。

"放手干吧。你在那里发现了重要情况。别让他们消磨了你的勇气。"里夫斯鼓励他。

1963年1月9日，美国国家卫生研究所传染病处的领导在贝塞斯达开会，麦肯齐很有说服力地陈述了他的理由。会上决定，他和中美研究单位的一个名叫默尔·孔斯的生态学家首先执行一项侦察任务，去估量流行病的范围，收集血样，确定当地的生态状况。

两人3月起程，一周后返回，更加坚定地相信正在发生一场严重的流行病。孔斯是威斯康星大学毕业的生态学家，他看到成千上万的蝙蝠住在马格达雷那等小镇的茅舍里，夜间成群结队地出来觅食，简直目瞪口呆。这是一种小型蝙蝠，相当于美洲蝴蝶的大小。但是它们结成大群，会一下子遮住村庄的天空。在流行病学家麦肯齐看来,在马格达雷那其实并没有人受到感染,真正的流行病是在50英里以外一个叫圣华金的小镇上。两人回到巴拿马,带着不容置疑的证据,足以获准进行深一步的调查。

新的实验室设备装箱后,约翰逊于1963年5月前往玻利维亚,同行的有麦肯齐和孔斯。到达首都后,他们租了一架美国空军的老式B-17轰炸机,飞往安第斯山的东麓,然后沿安第斯东麓的山丘到达伊特内兹河,从那里再到该河的支流马丘波河,最终在圣华金外的一个机场降落。他们用骡子驮着,把1万磅的设备运到小小的镇子里。

圣华金位于一个山坡上,刚刚高出马丘波的洪水线。目瞪口呆的约翰逊暗想,这定是"新世界的最后边疆"了。他从事科学事业半生,还从来没有遇到过如此原始的条件:没有道路,没有真正的卫生设施,没有围栏,没有电力,没有电话,没有自来水。牛比人多,大约多出一半,在镇里随便乱跑。圣华金杂居着纯西班牙人、纯印第安人和两种人的混血后代,三种人人数相当。他们的祖先在17世纪建起了这座小镇。比较富裕的居民住在瓦顶白墙的土坯房子里,其他人住在泥墙茅顶的屋里。6条沼泽地上的小径构成了圣华金的"道路",小径都集中通向一个不大的中心市场。

圣华金的西班牙人是牛仔的后代,他们几代人为一家控制着一支亚马孙河空调船队的巴西富豪放牧很大的牛群。轮船把牛肉运出圣华金,沿河流北行1400英里,到达西北部直通亚马孙的入海处。从那里,牛肉再运到欧洲或北美,巴西人获得厚利。

但是在小小的圣华金,牛仔、他们的家属以及当地的印第安人,却完全靠着巴西农场主的"恩典"和回程的轮船给这个偏远的小镇运回的粮食和物品过活。

第一章 马丘波

1952年发生革命，玻利维亚民族主义革命者上台执政。土改队剥夺了玻利维亚和巴西的旧寡头集团的大片土地，圣华金的民众一下子发现自己成了有产者。巴西人不愿出钱从当地人手中买回原本属于自己所有的牛群，便开着他们的轮船离去，再也没有回来。村民们发现自己孤立无援、贫穷，面临着严重的营养不良，除非他们种植农作物来补充过于充足的牛肉供应。

约翰逊、麦肯齐和孔斯到达圣华金时，他们见到的是一个小小的镇子，两千来口人靠着牛肉和家庭菜地及散落在大草原上的小片稻田、麦地的出产，勉强度日。

不断有大批的旅客乘着轮船，从草原上更加偏远的地区，经过小镇，前往玻利维亚较大的城市，偶尔会有轮船停泊在圣华金码头。

到达以后，约翰逊立即架起他的轻便实验室设备，几个人开始估量神秘的流行病暴发的规模。那时，流行病已经暴发了14个月，每天都有人出殡，教堂为新死的人敲响丧钟，墓地添满了新坟。

在村民的热心帮助下，他们画出了当地的地图，并且在所有土房子上都画了号码。他们对每个家庭都进行了详细的询问，提出了一些对他们十分重要的问题：这一家有多少人患过这种疾病？有多少人亡故，多少人康复？患病前几日他们都做过什么事？家里的一个病人有无可能传给了另一个人？是否有牲畜害病？

情况马上明朗起来：近一半的人受过感染，其中近一半死于这种疾病。这是一个可怕的数字，因为没有什么微生物会致死近50%的感染者。1963年，有一个家庭的11个人中竟死去9个。

"这几乎就是罗马流行病大死亡。"约翰逊对他的同事说。他指的是古罗马共和时期的大流行病，当时，至少有四分之一的人口被一种现在估计是天花的疾病所感染。

最重要的任务是找出到底是哪一种微生物在杀害圣华金的民众：细菌、病毒还是寄生虫。从情况看是病毒，可能由昆虫传播。于是他们便设立了两个实验室，相距70米。第一个是一所瓦顶土坯房，里面放着约翰逊的手套箱设备和其他各种装备，以及用于从血样和活检标本中分离微小组织的研究用动物。第二个实验室是由当地人用捆绑在一起的木桩和茅草现盖的，里面装的是孔斯和助手们在圣华金地区捉到的野生昆虫和其他动物。他们计划研究这些动物，以便确定哪一种可能携带致命的微生物。

两个实验室之所以分开是为了防止交叉感染，两所房子都安着纱窗和不透风的屋门。最后，两个实验室又浓浓地打了一遍滴滴涕（DDT），周围摆了鼠夹，以保护科学家们免受任何可能携带疾病的动物的伤害。

6月，关于人体解剖之类的事情是否合适的问题，经过数日与圣华金社区的反复交涉，瓦尔韦德说服了当地的牧师，允许麦肯齐对最近死于这种流行病的一个人进行尸体解剖。数日后，一个两岁的男孩死亡，他们从他的脾脏和大脑中分离出一种物质，注入仓鼠体内后，便产生了这种疾病。男孩死后数日，他们又完成了几项试验，证明这种疾病是由一种病毒引起的。他们根据两点排除了寄生虫和细菌：这种微生物能顺利通过极小的滤孔，且有耐抗生素的能力。他们也发现这种微生物能摧毁人类细胞，在野鼠身上引起疾病。

对小孩的尸体解剖进行到一半的时候，雨果·加隆的解剖刀滑落出手，飞过解剖台，碰到麦肯齐的手。看着穿孔的手套立即流满鲜血，麦肯齐抬头望向加隆，心里往最坏的地方想。

在焦虑中度过一个星期，没有任何病征。麦肯齐断定自己确是一个非常走运的人。他和加隆更加小心翼翼地又做了几例尸体解剖,对于这种神秘微生物造成的破坏的严重程度都感到吃惊。最让人震惊的是死者的大脑:在显然该是脑脊髓液的地方,却出现了鲜红的血液,大脑周围的所有脑膜保护层全都渗血。令人感到惊异的是,死者在死前几乎掉光了头发。

6月底,镇上举行了一次聚会,科学家们利用这次机会来庆祝他们的快速发现。他们的研究工作的下一步顺理成章就是查明病毒的特征,找出人们到底是怎样受到感染的。约翰逊、孔斯和麦肯齐信心十足,相信所有答案都会迅速得出,所以兴致勃勃地参加了庆祝活动,对当地的特产一通大吃大喝。三个人全都处于过节的情绪中,而约翰逊本有一种快乐的天性,更是沉浸在喜庆的欢乐中,又是喝酒,又是跳舞,还参加当地男子汉的吹牛活动。虽然他不是一个标准的漂亮汉子,却有一种牛仔的自鸣得意和翩翩风度,叫别的男人羡慕,也能吸引女人。麦肯齐也全力投入当晚的欢庆,只有比较腼腆而严肃的孔斯静静地旁观活动的进行。

7月3日,约翰逊和麦肯齐在离圣华金大约20英里的一个名为chaco的小型牧牛场周围的丛林里去收集蜱虫。他们怀疑病毒可能是由蜱虫携带的,因此收集标本,以便拿到他们的病发地实验室进行分析。

他们踏上返回圣华金的漫长行程时,身材较矮的约翰逊得不断放慢脚步,以免超过他那位平常像运动员似的长腿的同事。

等他们走到河边,开始坐独木舟往下游回圣华金时,约翰逊注意到大部分东西都是他拿的。

"我感觉不舒服,实在不舒服。"麦肯齐说着摇摇晃晃走向床铺。

次日早晨,和平队的护士罗斯·纳瓦罗看了麦肯齐一眼,就说他的情况严重。纳瓦罗是来当翻译的。她还注意到安赫尔·穆尼奥斯也有类似的病征。穆尼奥斯是一个巴拿马籍的实验室技师,最近由中美研究单位调来帮助孔斯的。

约翰逊和孔斯通过一个拙笨的无线电中转系统同巴拿马联系,当日,即7月4日,一架美国空军的C-130飞机到达,把两位患病的研究人员运走。

向麦肯齐挥手告别时,约翰逊感到全身一阵发烧时的寒冷。"不好!我也应该坐上这架飞机才是!"

后来四天,约翰逊慢慢地一路搭乘便机,由这架飞机换到那架飞机,飞过玻利维亚、秘鲁和哥伦比亚,最后到达巴拿马的戈加斯医院。

现在他就在戈加斯医院,等着出血死亡。他的左边躺着麦肯齐,右边是穆尼奥斯。约翰逊可以想象自己简短的讣文:前程无限的年轻研究医生,1929年生于印第安纳州的特雷霍特。34岁亡故,未婚。

他明白病毒可以用两种方法致他死命。他在圣华金看到过同样的情况。他可能很快会出现神经系统的病征,身体发抖,无法控制自己的肌肉,最后他会发作癫痫并死亡。或者是他的微血管出血量极大,他的身体休克,他会因心脏停搏而死亡。两种死法都只是几个小时或几天的事。

反正是没有解药,没有抗毒素。只有躺着,等着。

又经过数日的煎熬,三个人都出现了好转的迹象,这主要是由于一位为了医治他们而专门从首都华盛顿飞来的陆军医生的悉心照料。虽然他从来没有医治过这种特殊疾病,但他处理过数十例另一种病毒性出血症,叫作汉城汉坦病(Seoul Hantaan)。西方人首先注意到这种病症是在朝鲜战争中,蹲在战壕里的121名出血死亡的美军士兵，情况与威胁约翰逊的病情相似。（从1951年到1955年，近2500名美军士兵患了此病。）没有人发现过汉坦病毒，也不清楚疾病是怎样传播的，但是美国陆军的医生们发现，如能仔细监测病人的电解质和液体摄入，病人治愈的机会便会大大提高。在所有出血性疾病中，由于微血管会渗出宝贵的液体和蛋白质，重要器官如肾脏、心脏、肝脏和脾脏的微妙的化学平衡会被严重打破。早在免疫系统还未能对汉坦病毒发动反击以前很久，各脏器已经停止工作，病人会抽搐或休克。

从贝塞斯达来的还有帕特里夏·韦布，约翰逊标致的未婚妻。韦布生于英国，受过内科学和病毒学两种学科的教育，正在国家卫生研究所担任研究工作，计划不久后调到巴拿马与约翰逊一起工作。韦布个头不高，体形清瘦，过早地出现了白发，讲话时往往言辞锋利，观点明确。但是对于愿意深入了解韦布的人而言，了解她就等于结识一个充满深厚人性的女人，在她的医疗和研究工作中都渗透着这种人性。

她现在坐在未来的丈夫身边，只要他能忍受被触摸的疼痛，她就抚爱他，亲吻他，拥抱他。她有意地触摸约翰逊，显示没有危险，她希望借此消除惊慌的院方人员的恐惧。韦布担心的不是病毒，而是约翰逊会死去。有好几次他的病情看来非常严重，她相信他挺不过去了。

但是，陆军医生的努力见到了效果。约翰逊活过来了。

约翰逊刚能起床活动，他就着手研究同麦肯齐和穆尼奥斯带回巴拿马的圣华金村的标本。在中美研究单位完善的设施里，他能够证实在玻利维亚边境的手套箱实验室里发现的结果：疾病是由一种病毒引起的；这种病毒与胡宁和塔卡里伯病毒相似，但又不同。

约翰逊安全康复着，韦布于8月底返回华盛顿。他已经病了两周，最坏的境况已经度过，她也该回去工作了。坐在飞机上，她突然感到一阵剧烈的头痛，肌肉疼痛，冷得阵阵发抖。病状越来越严重，韦布终于知道，尽管她曾多方向戈加斯的护理人员显示无碍，她还是通过亲吻和拥抱她的未婚夫染上了病毒。她在国家卫生研究所的医院受到治疗，过了10天痛苦的日子，才勉强病愈回家。几周后，韦布调到巴拿马，急切地参加了调研工作。

尽管他们无法知道，他们痛苦的生病是否真的使他们对这种病毒产生了免疫作用，穆尼奥斯、麦肯齐和约翰逊还是在9月间返回圣华金，这一次坐的是美国空军的飞机。他们自然感到紧张，甚至害怕，但他们自己感到非得返回这个危险区不可。几个人都有一种强烈的探讨科学的好奇，把怀疑和担心都放在一边，取而代之的是一种查明事实的冲动，在任何方面都同一个侦缉系列杀人犯的侦探一样强烈。他们需要找出病毒的传播途径，以便阻止它的扩散。

路上，约翰逊和麦肯齐回想了他们三个人受到感染的各种可能的途径。既然感染看来是同时发生的，那就不太可能是出于他们那两个原始的实验室里的意外事故或粗心大意。窗纱和滴滴涕很可能保护了他们免受圣华金存在的携带病毒的昆虫叮咬。而且，许多照料病危亲属的家庭成员并没有患病，这个事实也排除了病毒由人到人传染的可能。当然，韦布的疾病也迫使人得出相反的结论。

在患病前不久，三人共有的唯一经历是镇上的聚会。但是，这次聚会和他们的九死一生，又有什么联系呢？

他们不在的时候，孔斯仍然留在圣华金，不遗余力地捕捉各种昆虫和哺乳动物做标本，从臭虫、露着牙齿的蝙蝠，到扭着身体爬行的大蟒蛇，他能捉就捉，而且一直留心捉这些动物时需要万分在意。在野鼠试图抓他或蚊子飞下来叮他的嫩肉的时候，他会巧妙地躲避这些动物。

"我懂得动物的习性。"孔斯对他的玻利维亚助手们说。他是个动物疾病学博士，专门研究能感染人类和动物的病毒，尤其精通野生生态学。孔斯是个细心的人，他所受的训练也增强了他从堆积如山的细节中耐心筛选、寻找答案的天性。他和约翰逊这个办事无耐心的人恰成鲜明的对比。在中美研究单位小组的其他人在巴拿马康复期间，孔斯组织了40个圣华金的村民协助他捕捉当地的动物。所有的人全是自愿的，他们相信自己害过这种疾病，他们的康复估计会使他们产生免疫作用。在一年多的时间里，孔斯和他的志愿者共捉到十几种一万多只哺乳动物，全要加以辨识，并研究是否感染病毒。捉到的昆虫数量更多，孔斯埋头对着显微镜，利用实地资料判断每一只昆虫属于哪一类，还教他的助手们这么做。无法肯定辨认结果时，孔斯便把标本寄到华盛顿的史密森学会或者芝加哥的自然历史博物馆，由那里的专家做最后判断。

在未来的几个月里，孔斯将完成一项南美洲从未进行过的详尽的生态调查，全部是在高压锅似的流行病的氛围中进行的。孔斯在第二次世界大战中的德国执行过轰炸任务，惯于保持冷静，但他也从未忘记他手里拿着的任何昆虫或动物都可能带着致命的病毒。

全组费了九牛二虎之力来寻找流行病的罪魁祸首。他们买了一间典型的正方形的茅草顶泥巴墙的屋子，并且一根柱子一根柱子地细心拆除，清理出每一只昆虫和动物，加以分析。到了夜间，孔斯和麦肯齐会顶着矿工的头灯，蹚着膝盖深的水，去捕捉夜间活动的动物，如吸血蝠和夜蚊等。尽管他们在这种情况下都设法

15

保持适当的冷静，但是当麦肯齐突然转身看到一双小而圆的红眼睛瞪着他时，也还是禁不住一阵发抖。经过几夜这样的出击，孔斯和麦肯齐弄明白原来这眼睛属于巨大的蟒蛇——大水蟒，他们量了其中一条，有18英尺长。

村里的人都急于帮忙，孔斯告诉他们，除非他们患过此病而幸免死亡，否则不要捉拿动物。一天下午，孔斯的生态调查志愿大军的头头艾纳·多拉多手里拿着一只大灰鼠，同时默尔在用针往灰鼠身上扎，想抽取血样。发怒的老鼠扭动着，咬了多拉多一口，还尿在他手上。

两周后多拉多死了。他原先得的病可能是流感，对这种神秘的病毒没有免疫作用。

孔斯想着那只大灰鼠，那是圣华金村里到处可见的一种啮齿动物。他记起曾经访问过村子中间的一个小户人家，看见一个6岁的女孩睡在一张牛皮上，下面是土地面。女孩醒来后，孔斯掀开了牛皮，几十只相同的大灰鼠从地面上一个窝里匆匆跑出。

约翰逊和麦肯齐到达圣华金以后，小组放出话来：凡是能捉住生病的野生动物的人，他们都将给钱。尽管钱的诱惑力很大，在以后的10个月中，村民们只交来5只生病的动物，全是大灰鼠。这些啮齿动物是一种卡洛米斯野鼠，通常在丛林中发现。3只灰鼠死去，病征与圣华金的村民患病时相同。另外两只恢复过来，成为病毒的携带者。这种神秘的病毒，就是小组根据当地的河名称作马丘波（Machupo）的，在5只动物的血液、脾脏和大脑里都发现过。

小组假定疾病传播的方法与瘟疫相同：由生活在啮齿动物的皮毛里的昆虫携带。另一种观点认为叮了老鼠的蚊虫或无翅寄生昆虫会转过来吸人类的血，从而传播病毒。不管是哪种情况都得找到一种携带病毒的昆虫。

小组里现在多了韦布。从1963年9月到1964年11月，他们从圣华金到巴拿马实验室多次往返，都无效果。他们捉到了成千上万只昆虫，从微小的跳蚤、螨虫，到较大的无翅寄生昆虫和蚊子，样样齐全。昆虫被弄成糊状，其汁被反复检验，寻找马丘波病毒。

一无所获。

一天深夜，约翰逊在巴拿马实验室里对韦布抱怨道："真他妈不知是怎么回事。我已经毫无办法了。"

谜团的头几部分倒是快速解开了，现在全组陷入混乱之中。孔斯确信改进昆虫捕捉器，到圣华金周围的山脚下更广泛地出击，最终必会找出传播元凶。但约翰逊持怀疑态度。圣华金的一些村民彻底厌烦了这种调查，而美国人变成了重要物资（如发电机柴油）的盗窃目标。局面变得非常不稳，玻利维亚政府宣布当地戒严，空运来55名士兵维持秩序。其中37名士兵最终染上这种疾病。

小组的工作被巴拿马愤怒的反美浪潮进一步推迟，浪潮发展成大规模动乱，迫使运河区机场关闭，推后了约翰逊、韦布、麦肯齐和孔斯的归期。

1964年6月的一天，天气炎热，约翰逊和韦布在巴拿马阅读他们的实验记录，注意到在他们的实验中感染病毒的仓鼠有一种奇怪的患病模式。如果他们把病毒注入初生的仓鼠体内，小仓鼠差不多都会死去，大仓鼠会吃掉尸体；而后大仓鼠会在较低的程度上受到感染，但会恢复。可是，大仓鼠会使原本无病的小仓鼠感染致命。这些小仓鼠是怎样受到感染的呢？

约翰逊和韦布现在已经结婚，他们很高兴一起在实验室度过很长时间，从仓鼠的血液中分离病毒的标本。要想从成千上万的仓鼠细胞中分离出一小团病毒，需要花费多少枯燥无味的时日！但是没有捷径，也无法绕过漫长无味的时间。受感染动物的红细胞一旦在培养皿中长成后，就要使用一系列分离技术，使病毒纯度提高。首先，他们把仓鼠的细胞和血液同硝酸铵混合在一起，在试管底部形成一层带盐的混合物。上面的液体被倒出，底部沾染病毒的硬团与酒精混合，形成另外一层。沾染病毒的这一层现在较薄也较纯。用一台离心机低速转动。试管中的物体会依轻重的不同，在旋转中贴在管壁的不同位置。杂物，即仓鼠细胞的松散物体，在试管中形成一个看得见的环带，被擦掉。试管再次被转动，这次速度极高，足以分离重量有微小差别的物体。

很长时间以后，在试管底部会留下一个小团——近乎纯净的、浓缩的致命性马丘波病毒标本。

约翰逊和韦布发现，成年的仓鼠在尿液中传播病毒。接着他们饲养从圣华金捉到的野鼠，发现了相同的情况——用尿积极传播马丘波病毒。小啮齿动物受到感染是因为被关在沾满马丘波病毒的木屑和锯末的环境中。

约翰逊感到自己像典型的卡通灯泡在头上被打开了开关，眼前一亮，自言自语地喊了一声："啊！"

他返回圣华金，做了一个非常简单的实验。他把全村分成两半，在半边，他往各家的住房和谷仓附近都放上便宜的鼠夹。在另半边他什么也不做。住在安放鼠夹的半边有一个女人求孔斯尽量多给几个鼠夹，他只分给她三个。在一个晚上，她就在家里捉到22只大鼠，第二天早晨，她骄傲地拿给吃惊的孔斯。

在两星期之内就出现了明显的差别。虽然流行病在村子的半边仍然照常传播，但在安鼠夹的半边却没有再出现新的马丘波病毒感染者。两周以后，由于在圣华金全村都安放了鼠夹，约翰逊

第一章　马丘波

他们就终止了马丘波流行病。

"这简直难以置信，"约翰逊骄傲地自言自语，"仅仅在18个月内，我们就分离了病毒，发现了传播途径，终止了流行。"

在1962年和1964年之间，圣华金地区有超过40%的村民因马丘波病毒患病，有10%到20%的村民死于这种疾病。如果不是这个地区人烟稀少，其影响会极其严重。尽管如此，对于圣华金、马格达雷那以及周围地区的民众而言，马丘波病毒也是一场灾难，每个家庭至少被夺去一人，而且病毒通过爬满老鼠的运货车，被带到东北边境的偏远地区。它对民众生活的冲击不会被马上忘记。

以后3年，这些以巴拿马为基地的研究人员还在从事马丘波谜团的未了工作，成功地阻止了这种疾病在玻利维亚大草原深处的第二次暴发。

约翰逊总结了马丘波病毒的简短历史，同麦肯齐、孔斯和韦布一起，在1964年和1966年发表了好几篇科学论文，阐述了病毒的许多方面。他认定流行病的根源在于1952年的玻利维亚社会革命，那时圣华金地区的民众突然发现没有了雇主和稳定的粮食供应来源。在匆匆忙忙改种粮食和蔬菜的时候，凡是在马丘波河洪水线上面自然形成的比较平坦的地方，他们都把浓密的丛林砍伐掉。这样做的时候，他们不知不觉地打乱了卡洛米斯野鼠的天然习性，给这种啮齿动物提供了一种优越的新食源：谷物。

在20世纪50年代，老鼠数量大增，到60年代初，这种啮齿动物简直布满了圣华金镇。

到头一例玻利维亚出血热（Bolivia hemorrhagic fever，这是这种病现在的名称）出现的时候，在村民储藏粮食和谷物的任何地方都能发现老鼠。

每天晚上，老鼠一边偷吃人类的食物，一边撒尿。

19

病毒可以被吃入或吸进体内，也可以通过皮肤上的伤口进入体内。不管是哪种情况，马丘波病毒都是致命的。

约翰逊注意到，圣华金的每一个家庭都遵守着一种共同的习惯：黎明以前，母亲或祖母们会醒来，悄悄地为男人和儿童准备早餐。锅在火上开着时，女人们会清扫家里的泥土地面。

"她们每次扫地，"约翰逊意识到，"都会使沾满鼠尿的灰尘和碎屑飘浮在空中。"每次圣华金的家人们聚在一起吃早饭时，他们都会一起吸进沾染病毒的空气。约翰逊还断定，他、罗恩和安赫尔患病，都是在圣华金的聚会上吃了沾染病毒的食物的结果。

关于阿根廷胡宁病毒，纽约市的洛克菲勒基金会实验室和布宜诺斯艾利斯大学的研究人员也得出了相似的结论。A. S. 帕罗迪博士领导的一个阿根廷小组得出结论，认为第二次世界大战以后当地的农业耕作方式改变了另外一种卡洛米斯野鼠在草原上生活的习性。长久以来，农民们种植有利可图的粮食作物一直有困难，因为田间长满了低矮的阔叶杂草。"二战"以后，除草剂有效地灭除了这种低矮的杂草，粮食产量大大提高。

可是临近收获的时节，未受除草剂影响的高大的杂草却照旧长在麦田里，等到人类进田收获时，正是它茂盛的时候。最终结果是，一种相当罕见的野鼠自然地靠着这种高草的种子生活下来。高草繁盛，老鼠激增，到了最后，这个原本罕见的物种竟成了当地主要的啮齿动物。

当然，这种老鼠携带着胡宁病毒，也就是阿根廷出血热的病源。

麦肯齐认为玻利维亚的另外一个因素也对圣华金的流行病起了作用。他每次前往马格达雷那、奥罗巴亚亚和圣华金时，都会惊讶地发现镇子里有个突出现象：看不见猫。他问百姓猫怎么了，百姓说猫都死了。

　　猫科动物的死亡同老鼠数量的增加同时发生，使得卡洛米斯野鼠不必与食肉的猫战斗，就占领了镇子。关于猫为什么死有两种理论：猫也是感染病毒致死，或者是滴滴涕的受害者。为了消灭疟疾，玻利维亚大量喷洒滴滴涕，偏远地区的家庭中喷洒的剂量往往极大，甚至所有的家具和墙上都会罩上一层薄薄的白色杀虫粉。

　　麦肯齐做了一个简单的试验。他给6只猫注射了病毒，给另外6只猫强行服下滴滴涕。被注射病毒的猫根本没有受到试验的影响，但是，受了滴滴涕毒害的猫却全部死去，病状与圣华金的家庭宠物相同。

　　瓦尔韦德十分佩服麦肯齐的假设，他走进国家广播电台，呼吁人们捐献猫。1964年6月，数百只猫被空运到圣华金，流行病迅速停止。

　　组里的生态学家孔斯，既不相信死猫的说法，也不赞成约翰逊的老鼠泛滥的理论。

　　"谬论，绝对是谬论。"孔斯评论猫和滴滴涕相关论，他说猫科动物只是吃掉老鼠中的病弱成员，对于啮齿动物的整体数量很少有重大影响。他也根本不信人们吃了沾染鼠尿的食物会受到感染。对约翰逊关于三位科学家是在节日聚会上大吃大喝才患病的理论，他眨巴着眼睛说："老兄们，你们该想一想在聚会以后干了什么，而不是当时吃了什么。"

　　孔斯认为，病毒变异，变得毒性更大以后，流行病便开始了。他感觉流行病从老鼠到人类的确切传播方式仍然没有找到。

　　孔斯对国家卫生研究所说，他想在老鼠的食物中放上带荧光的化学药品，然后用紫外光紧紧追踪圣华金鼠尿的痕迹。他希望找出鼠尿在哪里与人类的鼻、口密切接触，进而回答这个问题。他的直觉是当人们睡觉时，这种啮齿动物在村子里到处奔跑，直接感染了熟睡的男人、女人和小孩。

但是流行病一经煞住势头，国家卫生研究所就抽走了所有的研究经费，孔斯的努力也完全停止。

"在我有生以来的39年中，几乎没有什么事情比不完成这项任务就撤出此地更让我失望的了。"孔斯将显微镜和千万个动物标本装箱的时候自言自语道。一年以后，圣华金又出现几例这种疾病。孔斯对《星期六晚邮报》的记者说："你可以把我们比作消防队员。我们发现了着火的地点，而且扑灭了大火，但我们不知道，何时、何地大火还会再起。"

但是对约翰逊来说，他却是心满意足的。

到1964年底，约翰逊能够非常自豪地回顾他最近的成就。他和麦肯齐、孔斯以及韦布一起，解开了一个纠结不清的谜团，终止了一场流行病，在重要科学杂志上发表了论文，在巴拿马建立了一个一流的病毒实验室，准备解决一切会在美洲出现的问题。另外，国家卫生研究所还把他提升为整个中美研究单位的主任。

他也找到了爱情、荣誉和生活中的使命。

他和帕特里夏·安·韦布喜结良缘，接受了玻利维亚政府颁发的神鹰勋章，发现了原野对他的召唤。他有过一次九死一生的经历，然后继续在敌人的地盘上击败了它。

"对某些人而言，这该是毕生的成就了，"35岁的约翰逊暗想，"但是对我来说，这还只是开始。"

约翰逊一生的梦想永远地改变了。他寻找途径把科学、临床医学和可爱的旧式侦访工作结合在一起。不管他身在何处，也不管遇到何种流行病，他知道这正是他发挥技能的时候，他喜欢这样的挑战。

从那以后，约翰逊就强调面对流行病需要冷静，需要理智，需要科学，需要过硬的临床技能，需要和具有各种专业技能的团队合作。这些就是首先传给在巴拿马同约翰逊一起工作的同事，后来又传给整整一代防治传染病的"牛仔"的经验。以后20多年间，约翰逊和他的"牛仔"们同微生物打过几十场遭遇战，也打过几场恶仗，对于他们的显微镜下的敌人和人类的官僚主义、政府、机关，都保持着一种应有的重视，尽管他往往并不遵守他们的规章。

战争在继续，战场是整个地球。

第二章

健康的转折期
——乐观的时代：着手根除疾病

病菌脚步轻，
健康毁无情。
请君仔细听，
快把能人请。
洒扫你门庭，
毒菌全扫清。

——阿尔穆斯·皮克鲍博士，摘自辛克莱·刘易斯著《阿罗史密斯》[①]

一

对西方医生而言，20世纪五六十年代是一段极其乐观的时间。几乎每一周，医疗机构都会宣布，在人类同传染病的战争中又取得了"奇迹般的突破"。抗生素最初是在20世纪40年代初发现的，

[①] 辛克莱·刘易斯（Sinclair Lewis, 1885—1951），美国小说家，成名作品有《大街》等。1930年以小说《阿罗史密斯》（*Arrowsmith*）获诺贝尔文学奖，书中人物皮克鲍是个医生和诗人。——译者注

现在无论种类还是效力都在增加。增加的速度之快竟使临床医生和科学家把因细菌感染导致的疾病不当一回事看待。在工业化国家，原先的顽症如葡萄球菌和肺结核等，都从"极端危险"一栏被轻轻移到"容易治愈的小病"一栏。医学被视为一张巨大的表格，显示着不同时期疾病发生的情况：到21世纪，表上的各种传染病将会是零。很少有科学家或医生怀疑，人类对微生物的胜利不会一路持续下去。

1955年，乔纳斯·索尔克博士的大规模试验性脊髓灰质炎疫苗接种活动大获成功，在西欧和北美，这种疾病从1955年的7.6万例猛降到1967年的不足1000例。巨大的成功产生的兴奋促使人们乐观地宣布：这种疾病会很快从地球上根除。

同样的乐观情绪笼罩着对影响人类的各种传染病的讨论。1948年，美国国务卿乔治·C.马歇尔在第四届热带医学与疟疾国际大会华盛顿会议上宣布，征服各种传染病已经指日可待。马歇尔预料，由于粮食增产，可以为人类提供足够的食物，再加上微生物控制方面的科学突破，两者加在一起，显微镜下所有地球上的灾星都将被灭除。

到1951年，世界卫生组织已十分乐观，它宣布通过当地的认真管理，亚洲将达到这样一个阶段："疟疾不再是重要病症。"这种兴奋的一个重要原因是滴滴涕及被称作有机氯的一类化学药品的发现，这些东西全都有通过接触消灭蚊虫和其他害虫的奇妙功效，而且可以继续在数月或数年间，杀死落在涂洒杀虫剂的平面上的所有昆虫。

1954年，在智利的圣地亚哥召开的第十四届泛美卫生会议上决定，彻底从西半球根除疟疾；还指示泛美卫生组织制订一个雄心勃勃的根除计划。第二年世界卫生组织决定在全球根除所有疟疾。没有人怀疑这种崇高的目标实现的可能性：当时根本就没有人想象到疾病会出现越来越严重的趋势，历史发展的箭头总是指向进步的。

在第二次世界大战后的10年间，一切问题看来都是可以解决的：人类可以到达月球；威力极大、无人敢用的炸弹会制造一种恐怖的平衡，防止一切进一步发生的世界性大战；美国和欧洲的农业专家会"绿化"世界上的贫穷国家，消灭饥饿；民权立法会抚平奴役的伤痕，实现种族平等；民主主义会大放异彩，成为一座灯塔，世界各国将迅速向它聚拢；巨型的耗油量很大的汽车在刚刚铺好的公路上奔驰，车上的人梦想着"新的明天"。

从资本主义世界来了成千上万热情洋溢的公共卫生活动家，他们卷起袖子，像是一群初出茅庐的皮克鲍，投入了复杂得惊人的健康危机中。辛克莱·刘易斯在《阿罗史密斯》一书中抨击了这种对健康的热情的乐观主义，塑造了阿尔穆斯·皮克鲍这个人物，他是医生、议员和诗人，他的诗句有：

> 你不能蹑手蹑脚地
> 偷得健康，
> 何不让鼓吹健康者
> 像雄鸡高唱。

无论印度的霍乱控制行动遇到的障碍多么难以克服，在"鼓吹主义的时代"，一切都是可能的。

这种思想来源于一个所谓"健康的转折期"。它的概念很简单：随着一些国家摆脱贫穷，百姓的基本粮食和住房需求得到满足，科学家即可利用手中的制药和化学工具，来消灭寄生虫、细菌和病毒。一时难以治愈的是主要发生于老年人的慢性病，尤其是癌症和心脏病。每个人都会延年益寿，无病无灾。

这种光辉的预言不仅限于资本主义世界。社会主义世界每年都提出一些灿烂的医疗数字，暗示也正处于征服传染病的过程中。在20世纪50和60年代，中国对传染病发动了一场以农民为基础的战争，动员了数百万农民跳进灌溉水渠，从岸边挖掘携带血吸虫的田螺。据英国医生乔舒亚·霍恩说，在1965年和1966年几乎没有一例新的血吸虫病发生。血吸虫病是一种肝寄生虫病。

尽管意识形态大相径庭，但资本主义和社会主义两个世界都在展望更加美好的未来，那时每家的锅里都将有鸡；每家的车库都将有汽车；每个儿童的寿命都将更长，不患传染病。铁幕两边都同意，大力动员全球民众与疾病作战必能获胜。不管公共卫生运动使用什么口号，人类总会战胜微生物。

1966年9月，美国疾病控制中心估量美国的健康状况如下：

疾病状况分为几类：

1. 在美国根除的疾病（腺鼠疫、疟疾、天花等）；

2. 几乎根除的疾病（伤寒、小儿麻痹、白喉等）；

3. 仍然发作的疾病，尽管有效控制的技术已经存在（梅毒、肺结核、子宫颈癌、外伤、关节炎、乳腺癌、淋病等）；

4. 控制技术仍处于初期研究阶段或根本不存在控制技术的疾病，即没有能力缓解或防止损害健康的疾病（白细胞过多症、一些其他肿瘤、一些呼吸道疾病和中风）。

进入20世纪60年代，美国卫生、教育与福利部召集一个医疗专家小组开会，研究政府整个公共卫生工作的未来任务。咨询小组称赞了20世纪50年代的成就，宣布："科学和技术已经彻底改变了人类对于宇宙、对于人类在宇宙中的位置、对于人类自身的生理和心理系统的观念。人类对大自然的控制已经大大扩展，包括人类对付疾病和危及人类生命和健康的其他威胁的能力。"

1967年，美国陆军军医署署长威廉·H. 斯图尔特完全相信人类即将胜利，他在白宫举行的一次国务院和地区卫生官员会议上说，现在是时候了，该把传染病的一页翻过去，把全国的注意力（及美元）转到他称之为健康的"新领域"，即慢性病上了。

"按照歌词的唱法，'根本的东西过去了'，脊髓灰质炎和麻疹可以被根除，也应当被根除，"斯图尔特对兴高采烈的听众说，"性病和结核病可以被大大减少，也应当被大大减少。这些任务不会有人替我们完成。只要有可以预防的疾病存在，就得预防，公共卫生必须是预防的主要力量。"

乐观主义者并不满足于预料中的所有已知传染病的根除，他们着手寻找罕见的和偏远的病原体。整个南半球都设立了生物学研究站，站里主要是北半球的科学家。各种机构都对这些前哨站拨款并进行管理，其中包括洛克菲勒基金会，法国、美国、德国和英国的政府机构，以及各种小型私营企业。

约翰逊的巴拿马运河区实验室正是这样一个前哨站。美国政府一家就开办了28个实验室，洛克菲勒基金会的病毒计划在8个国家设有研究设施，从1951年到1971年发现了60多种病毒。

但是，这些从事研究的科学家发现的大多数东西却是令人震惊的。在官员们准备打开欢庆的香槟酒时，约翰逊和他的同事们却打开了大自然最让人头疼的秘密。

20世纪50年代和60年代初的健康鼓吹者们的那种乐观有某些根由，但这些根由是无依据的：对于遗传学、微生物演变、人类免疫系统或疾病生态学，他们知之甚少。当时公共卫生界的知识水平还不高，用简单的因果论来看待传染病也算妥当。用这种简单化的方法来看，问题和解决的办法都很明显，一切都可以迎刃而解，当然难免虚浮。

早在20世纪30年代初，有些科学家已经猜想到，大型生物如植物、动物和人类的遗传特征是由人称染色体的组件传带的。把这些组件放在显微镜下观察，颇像黑色的波形曲线小虫，它们存在于中心核，即植物和动物的细胞核中。科学家们在试管中摆弄染色体，便可改变细胞的外观或生长方式，譬如，使染色体暴露在放射线下，就能把健康的组织变为癌症群体。

诚然，格雷戈尔·门德尔在1865年就已经表明，一些性状作为主要特征一代一代地传下去，而其他遗传性状却隐而不露。但是无人确切地知道这是怎么发生的，为什么蓝眼睛的父母会生下蓝眼睛的孩子，或者一种细菌为什么会突然产生耐高温的能力，比同类通常能忍耐的温度高。

直到1944年还无人知晓，从最小的病毒到最大的大象，是什么引起这种遗传信息顺利传递的。那一年，奥斯瓦尔德·埃弗里和在纽约的洛克菲勒研究所的同事们发现，如果他们在活着的细胞内破坏一个特定的分子，生物体就无法把基因传下去。

这种分子称为脱氧核糖核酸，即DNA。

1953年，在伦敦的国王学院工作的罗莎琳德·富兰克林做出了DNA的第一个X光图像，显示出这个分子有一种独特的螺旋形结构，由相同的五种主要化学物质的各种组合构成。

同年稍后的时间，同在剑桥大学工作的美国人詹姆斯·沃森和英国人弗朗西斯·克里克才把DNA彻底弄清楚。其为一种化学物质，一种被强力磷酸盐化学黏合剂粘起来的碳链，能呈现平行的曲线结构，颇像长长的、弯曲的梯子的两根杆子。形成梯子横挡的是另外四种化学物质，称为核苷酸。沿着碳与磷酸盐杆子排列的核苷酸横挡的次序代表着一种密码，密码如能正确解开，就能揭开生命的遗传学秘密。

这样看来，DNA就是通用的密码，一种脑膜炎球菌用来制造另一种脑膜炎球菌的基础。它是一种被包裹在高级有机体的染色体内的物质。DNA的切片等于基因；基因制造遗传特征。当父母一方的染色体与另一方的结合后，DNA就成了一把钥匙，儿童身上显露的遗传特征（蓝眼睛或黑眼睛）是父母的DNA中加密后的显现基因或隐潜基因起作用的结果。

在政府官员吹嘘一切疾病——从疟疾到流感——都将迅速从地球上消失的时候，科学家们才刚开始利用他们新近发现的知识来研究引发疾病的病毒、细菌和寄生虫。像约翰逊一样的科学家是了解DNA重要意义的第一代公共卫生研究者，了解DNA在疾病的发生中如何发挥直接的作用，是另一代人的事。

纽约长岛的冷泉港实验室的科学家从大自然最基础的水平开始，在1952年显示，病毒基本上是排满DNA的小囊。过了很久，研究人员又发现，另外一些病毒如脊髓灰质炎病毒，里面装的不是DNA，而是它的姐妹复合体RNA（核糖核酸），它也带有藏在核苷酸系列里的遗传密码。

当卡尔·约翰逊在玻利维亚追踪病毒的时候，科学家们对于世界上病毒的千变万化，对于这些最小的生物体的突变和渐变方式，对于微生物与人体免疫系统如何相互作用，都知之甚少。1963年的科技水平在弗兰克·芬纳（Frank Fenner）的动物病毒教科书中得到最恰切的归纳，那本书是当时新生代微生物学家的圣经：

假设我们分离出了一种新的病毒，并且设法制作出一种提纯的微粒的悬浮装置，我们能怎样将这种病毒归类？怎样找出其化学构成？从它过去的历史中也许能找出一定的线索：分离出病毒的动物的种类，这种病毒是否与疾病有关。这些信息，再加上用电子显微镜对……微粒进行观察所得的信息，可能足以让我们做出初步的辨识。

科学家可以借助高倍显微镜"看到"病毒。高倍显微镜能把近似于10分硬币一百万分之一的物体放大到可以用肉眼观看的水平。有了这样高倍的放大设备，他们可以清楚地看出各种各样的病毒的外形差别，从外形乱糟糟看起来像一大碗意大利面条的流行性腮腺炎病毒，到绝对对称的脊髓灰质炎病毒，概莫能外。脊髓灰质炎病毒看起来就像巴克明斯特·富勒设计的由变动的三角形组成的圆球。

研究人员还知道，病毒有各种不同类型的蛋白质从它们的小囊中鼓出来，大多数被这种极小的微生物用来粘住细胞，往细胞里面钻。某些最复杂的病毒如流感病毒，能把这些蛋白质加上一层糖衣，因而人类的免疫系统可能注意不到这种伪装的入侵者。

1963年，实验室的科学家得知，通过测试对病毒小囊突出的蛋白质的免疫反应，即可将一种病毒与另一种区分开来。人类及高级动物对大多数病毒蛋白质产生抗体，抗体本身也是大型蛋白质，它们的作用针对性极强。举例来说，通常一种对付某些脊髓灰质炎病毒的抗体，对天花病毒就不发生反应。某些抗体甚至极其挑剔，它们可能对1958年的芝加哥流感病毒产生反应，而对下一年冬季流行于这座"多风的城市"的流感病毒却不产生作用。

乔纳斯·索尔克利用对脊髓灰质炎病毒外囊蛋白质的这种反应作为他的革命性疫苗接种的基础，到1963年，全世界的医疗与动物疾病研究的先行者都在忙着寻找能有效提高人类和动物抗体反应的各种病毒。

回到实验室后，他们还会利用抗体反应，找出病人的神秘病因。带有攻击病人的微生物的血样会洒在装满人类或动物细胞的培养皿里，抗体也将洒在培养皿里，科学家会等待，看哪一种抗体标本会在培养皿里顺利防止病毒对细胞的杀害。

当然，如果病毒是以前从来没有研究过的，科学家们所能得到的只是个否定的答案："这是我们不了解的东西。我们的任何抗体都不起作用。"所以，面对新的病毒如马丘波等，科学家只能在漫长的抗体排除过程以后说："我们不了解这是什么病毒。"

就细菌而言，辨识的过程要容易得多，因为这种生物体的体积比病毒大得多：一个病毒可能只有1英寸（2.54厘米）的一千万分之一大小，一个细菌却有1英寸的两万五千分之一长。要想观察一个病毒，科学家需用昂贵的高倍电子显微镜，但是自从荷兰的镜头业余爱好者安东·范·列文虎克（Anton van Leeuwenhoek）1674年发明了显微镜以后，人们就能够用稍微精密一点儿的玻璃镜头和蜡烛来观察所谓的"极微小的物体"。

这些"极微小的物体"与疾病的关系是法国人路易·巴斯德（Louis Pasteur）于1864年首先发现的，以后100年间，细菌学家对这种生物体了解极深，1964年的年轻科学家竟认为典型的细菌学是个已经死亡的领域。

1928年，英国科学家亚历山大·弗莱明（Alexander Fleming）发现，在培养皿里，盘尼西林霉菌能杀死葡萄球菌，便把这种霉菌分泌的杀伤力很强的抗菌化学物品称为"青霉素"。1944年，青霉素推广用于临床治疗，引起了世界轰动，其盛况难以尽述。父母看到孩子们得了数月前还被视为重病甚至是有生命危险的疾病，如今马上能起身蹦跳，于是"神药"一词成了人们的日常用语。原本是令人畏惧的儿童疾病脓毒性咽喉炎，立刻成为小事一桩。随着链霉素和其他各类抗生素的迅速发现，皮肤疖肿、伤口感染和肺结核也都迅速可医。到1965年，两万五千多种不同的抗生药物已经研制出来。医生和科学家感到细菌引发的疾病和引发疾病的微生物都不再是令人非常担心或需要研究解决的事情。

就在人们对抗生素的追捧近乎狂热的时候，从临床使用一开始，就有消息说有些细菌对这些化学药物有抗药性。医生们迅速发现有些病人无法被治愈，实验室里的科学家也培养出充满培养皿的葡萄球菌和链球菌菌落，它们在富含青霉素、四环素或科学家希望研究的其他抗生素的溶液中欣欣向荣地生长。

1952年，威斯康星大学的一位年轻微生物学家乔舒亚·莱德伯格和他的妻子埃丝特证明，这些细菌之所以有能力抵御抗生素，是由于它们的DNA中出现了特别的性征。他们的结论是有些细菌在遗传上就对青霉素或其他药物有抗药作用，这种特性已经传了几十亿年，肯定是在人类发现抗生素以前很久就有的。莱德伯格的假设是，对某些抗生素具有抗药能力是一些种类的细菌所固有的，这种说法在未来若干年会得到证实。

莱德伯格闯进了细菌进化的世界。如果千百万种细菌必须在无穷无尽的恶战中相互竞争，想方设法在人类内脏里或腋窝下温暖、潮湿的皮肤上求得立足之地，那么说它们会研制化学武器来消灭竞争对手也不为过。进一步说，酵母——霉菌和土壤生物体，当时世界上蒸蒸日上的抗生素制药业的天然资源——也会为了同样的生态原因，演变出制造同样化学武器的能力。

如此就有理由说，只有菌落的某些个别成员从遗传上具有加密的抗药性（R）因素，使它们具有抗御这种化学攻击的能力，这种生物体才能生存下去。

莱德伯格发现，实验表明大肠杆菌早在被暴露给抗生素以前，对链霉素就有抗药能力。实验还表明，使用抗生素的菌落里即使有不足1%的细菌在遗传上具有抗药能力，其结果也将是悲剧性的。抗生素能杀死99%的无抗药能力的细菌，把营养丰富而又没有竞争对手的培养皿留给活下来的抗药细菌。像是杂草突然闯进无人耕作的田野，抗药细菌会迅速繁殖、蔓延，在数日之间使培养皿布满清一色的耐抗生素细菌。

从临床上讲，这意味着聪明的医生应当给受到感染的病人下重药，开出剂量非常高的抗生素，能立即杀死全部无抗药能力的细菌，使免疫系统担负较轻的任务，消灭剩余的有抗药能力的细菌。对于特别危险的感染，可取的办法是一开始就使用两到三种不同的抗生素，其理论根据是，即使某种细菌对一种抗生素具有抗药性，却不大可能对几种相差悬殊的抗生素都有抗药性。

如果20世纪60年代中期的许多年轻科学家认为细菌学是陈旧的学问——普遍被称为"重大问题已有答案的科学"领域——那么，寄生生物学则被视为不折不扣的史前学问。

所谓寄生者，确切的定义该是"在他人的餐桌边或餐桌上寻饭吃的人，一个食客；在生物学上说，指的是在另一种生物体之上或之内生存，从中得到营养和保护而不付出任何代价的植物或动物"。严格地说，所有的传染性微生物，从病毒到癣菌，都可以称作寄生虫。

从历史上讲，病毒学、细菌学和寄生生物学三种学科是分头发展的，除了约翰逊和麦肯齐等"疾病牛仔"以外，很少有科学家接受三种学科的综合训练或有志于此。在玻利维亚出血热暴发之前，这些学科间被人为地划了界限。简单地说，大的微生物称为寄生虫，如原生动物、变形虫、蠕虫等。这些都属于寄生生物学家研究的范围。

他们的学科范围被归入另一种同样是人为划分的领域——热带医学。所谓热带医学常常既与地理上的热带地区不相干，也同医学不搭界。

两种分界，即寄生生物学和热带医学，使得对主要为害世界上较为贫穷、落后的国家的疾病的研究，与继续为害工业化世界的疾病的研究形成了对比。热带医学的研究范围十分广泛，包括的不仅有典型的寄生虫病，而且有病毒（如黄热病病毒和各种出血热病毒）和细菌（如瘟疫、雅司疹和斑疹伤寒菌），这些病到20世纪中期在发达国家已极少出现。

在18世纪，体形够大，可以不借助高倍显微镜而随意进行研究的生物体，只有会在整个生命周期的某个阶段影响人类的大寄生虫。医生们不经放大，就能看到癣或在病人的粪便中看到某些寄生虫的卵。不必放大很多倍数（大约数百倍，而研究细菌则需放大数千倍），科学家就可以看到在妇女的阴道里的白色念珠菌真菌菌落，在不幸的患者皮肤上生长着的螨病原虫，在吃了生猪肉者的粪便里的囊尾蚴病绦虫。

随着英国和法国的帝国目标在18世纪末叶日益转向殖民化，将印度次大陆、非洲和东南亚等地变为殖民地，热带医学变成了单独的强大学科，从当时人们认为更加原始的领域——细菌学里分离了出来。科学史专家约翰·法利（John Farley）总结说，原本为了给寄生生物学争取更多的资源和重视的独立分科——在19世纪初也确实做到了这两点——到头来却使它成了科学的非嫡亲儿子。

具有讽刺意味的是，按照标准定义，寄生虫比细菌复杂得多，也比典型的大肠杆菌生物学所要求的专业知识宽得多。20世纪60年代中期,高级寄生生物学家(你如果高兴也可称作热带医学家)需要对热带昆虫、带病动物、百余种公认寄生虫的复杂的生命周期,人类对一些疾病的临床反应,在特定环境中所有这些因素的相互作用方式,以及如何产生了一般流行病、长期流行病或永久流行病,等等,都具有渊博的知识。

现在举例说明世界上极普遍、极复杂的疾病——疟疾。要想真正了解和控制这种疾病,20世纪中期的科学家应当对疟疾寄生虫的复杂的生命周期,携带寄生虫的昆虫,此种昆虫的五花八门的环境的生态学,可能感染此种寄生虫的其他动物,以及上述因素如何受到大雨不停、人口迁移、猴子数量变化的影响等,具有详尽的知识。

据说,几种不同种系的按蚊可能携带这种微小的寄生虫。雌性按蚊在将注射器似的长喙插进表层的毛细血管吸血时,就把这种寄生虫从受感染的人或动物的血液里吸出来。寄生虫在显微镜下才能看到的雌雄交配阶段称为配子细胞,会顺着蚊子的长喙上行,进入雌蚊的体内,在里面交合,并在雌蚊的胃膜上形成一个小囊。

经过一到三周,小囊长大,囊内造成成千上万个孢子小虫阶段的寄生虫。最后,小囊破裂,雌蚊腹内充满了极微小的单细胞寄生虫,它们对冷血的按蚊不会造成任何伤害,它们的目标是温血动物,充满红细胞的动物。

有些孢子小体会钻进按蚊的唾液腺,当每夜蚊子疯狂地吸血时,它们会被吸进"注射器"中,注入不幸被叮者的血液。

到了这个时候,从被叮者的角度看,事情发展的速度和严重性就取决于蚊子注入他的身体的是四种主要疟疾寄生虫中的哪一种了。20世纪50年代的寄生生物学家对于四种寄生虫的不同了解甚详，其中两种特别危险：间日疟原虫（Plasmodium vivax）和恶性疟原虫（P. falciparum）。

如果被叮的人十分不幸，在他血液里流着的将是恶性疟原虫，他只有12天的时间来认清他已受到感染，并且在发病前得到某种治疗。发病方式或者是急性贫血，或者是大脑的强度感染。不管是哪种情况，对于一个免疫系统从未遇到过恶性疟原虫的人而言，其结果都可能是死亡。

科学家们知道，被注入的孢子小体会流向肝部，在那里经过另一次转变，变成所谓的裂殖体，能够感染红细胞。这种微小的物体成百万地成熟，成为裂殖子，在红细胞内繁殖、生长，最后由于数量太大，致使细胞爆裂。不久，人体会严重缺血，每一个组织都急需氧气。如果免疫系统能使裂殖子保持在一定水平，其结果将是漫长的疲劳和虚弱，也许会成为终生难愈的慢性病。可是，如果得不到控制，裂殖子会一下淹没红细胞的数量，病人的大脑、心脏和重要器官会停止，结果将是死亡。

在裂殖子阻碍血液供应的过程中，少量的雌雄配子细胞阶段恶性疟原虫会形成，当另一个雌性按蚊吸食病人的血液，把这些配子细胞吸进它的长喙时，事情的整个周期又会重复一次。

了解这个患病过程是比较容易的，比较困难的是何时、何因人类和按蚊可能进行致命的接触，以及疟疾的扩散如何得到控制。

据说几种猴子是寄生虫的储存宿主，这就是说在相当长的时期，疾病会藏在猴子的栖息地。按蚊会很高兴吸食进入这种生态圈的猴子和人类的血，在人和猴之间传播恶性疟原虫。

一个地区的按蚊数量会相差极大，其决定因素有降雨数量、农业习惯、人类住房和社区特点、海拔、树林或丛林的远近、经济发展、当地人口的营养状况，以及影响蚊虫滋生的地点和当地人口的体质强弱等其他条件。

在20世纪中期，还根本没有任何聪明的见解，把标准的寄生生物学家的生态观点同当时风行一时并主导着非热带细菌和病毒的新学科——分子生物学结合在一起。经费从疟疾和血吸虫病的研究中拨走。年轻的科学家得到鼓励，到分子方面去思考，集中精力去研究DNA和DNA影响细胞的多种方式。

二

满怀着乐观主义思想，再加上第二次世界大战后美国的"什么都能干"的态度，世界公共卫生团体发动了两次雄心勃勃的运动，从地球上根除微生物。一次即将成功，成为当代公共卫生事业的一次重大胜利；另一次惨败，计划消灭的微生物在数量和毒性上有增无减，人类死亡数量突然攀升。

人类的巨大成就在防治天花上。

1958年，苏联代表出席世界卫生大会——世界卫生组织在日内瓦的立法机构，要求发动国际运动，消灭天花，得到几乎一致的赞同。

在历史上，天花曾经是特别恶毒的杀手。它同大多数传染性疾病一样，并不专门攻击社会上最贫穷的成员。公元前165年，罗马帝国遭受了一次现在据说是天花的流行病的大破坏。瘟疫疯狂流行15年，社会各阶层的人大批死亡，在罗马帝国的有些地区，死亡人数高达25%到35%。据说，这种病毒此前100年首先出现在亚洲，感染了根本没有免疫力的百姓。

以后若干世纪，这种病毒性疾病同样凶恶地大流行，在中国、日本、罗马帝国、欧洲和美洲，又夺去了千百万人的生命。据历史学家威廉·麦克尼尔（William McNeill）说，科尔特斯之所以能够率领一支人数不多、疲惫不堪的西班牙非正规军攻占墨西哥城，可能就是因为欧洲人不知不觉地把天花传遍了墨西哥全国。当科尔特斯对墨西哥首都发动最后攻击时，墨西哥只有少数阿兹特克人士兵还活着，没有生病。天花和麻疹、肺结核、流感一起，在西班牙征服美洲的开始几年，夺去了约5600万美洲印第安人的性命。

到1958年苏联呼吁全球大扫灭的时候，天花每年还会杀死200万人，有33个国家流行此病。

病毒可以通过接触或呼吸传播，科学家们仔细估算能够致病的感染剂量，即人类一小点呼出物中的病毒数量和其他传播细节。结果证明，1毫升的人类肺部呼出物包含的病毒数量，比吸进这样少量湿气的倒霉者受到感染所需的数量还多一千余个。

历史上的大量杀伤和当代的大面积感染，都说明所谓天花的根除尚须另议。

但是另一方面，天花的生物学的几个特点，又使乐观主义具有一定的理由。最重要的一点是，从1796年开始，就存在着一种十分有效的疫苗，且有多种形式。在当代，从牛科病毒中提炼的牛痘疫苗十分先进，有效率超过99%，而且几乎没有副作用。天花也很容易诊断，毫无专业训练的人也能立即认出这种病来。重病期间，病人的皮肤上会有奇怪的大疱。典型的天花治愈后会留下明显的疤痕，谁都能够认出。

由于病毒是直接由人到人传播的，不必麻烦去控制传播媒介，如蚊虫、老鼠、寄生昆虫或跳蚤等。而且天花可怕的原因本身，即其快速致命性，也使它变得易于控制，因为这种病毒繁殖和传播极快,大部分人只感染四五天,而且他们的身体十分虚弱,不能走动去感染大批的人。

虽然根除天花每年需要2.5亿支疫苗,而且需要全球共同努力,普及所有受到天花威胁的公民,包括饱受战乱、社会专制、饥饿和灾荒之苦的人。计划在美国医生唐纳德·D. A.亨德森的领导下,于1967年在一片乐观的气氛中开始了。

1967年,北半球和拉美国家早已开始天花根除活动,但是,在非洲和亚洲的许多地方,这种疾病仍然不曾被触动,那里的宗教往往是接种疫苗的主要障碍。

在大规模的活动开始以前,科学家们首先调查了试点地区,看看天花病例是否得到准确报告。他们的结论是,高达95%的病例根本没有向本国或国际公共卫生当局报告,这真是一个惊人的数字。如此惊人的隐而不报现象有几条原因:地方当局担心上级听说他们的辖区曾经发生流行病会给予惩处;有些地区干脆把天花当成生活的事实看待;大暴发往往发生在闭塞的地区,很容易被快速的全国调查所忽略;在几个世纪的殖民主义制度下,如果家庭的一个成员染上天花,一家的住房往往要被烧掉,所以原殖民地的百姓自然认为最好还是不向当局报告。

最终,亨德森的世界卫生组织小组想出了一个小规模天花的防治计划,大胆地处置这些问题,办法是将数十名熟练的热带疾病专家分散派往全世界,寻找病毒的小规模暴发区。一旦找到一个暴发区,就把当地政府动员起来,并给区内居民接种疫苗。接种偶尔会强迫进行;有些情况下会强行进入民宅,由当地警察协助接种人员。

由于两个超级大国都真心实意支持这个活动,没有哪国政府抵制往往带有军事色彩的公共卫生事业。世界卫生组织小组冒着内战、洪水、宗教械斗和各种各样的地理及后勤方面的风险，终于在11年间完成任务。

例如孟加拉，由于人口非常密集，而且自古以来就是天花的多发区，全球性活动遭遇到最艰苦的战斗。法国医生丹尼尔·塔兰托拉曾经冒险面对一个臭名昭著的杀人犯，据说此人是个天花携带者。塔兰托拉没有用警察保护，独自到杀人犯及其团伙的巢穴去见他们，对着枪口，给他们接种牛痘。据村民说，犯罪团伙的一些人脸上有典型的痘痕，这些匪徒正在整个农村传播流行病。村民们的情报是准确的，牛痘接种防止了当地的天花流行。但是，在塔兰托拉勇敢地面对匪徒两日后，团伙的头目死于天花。

20世纪60年代末，塔兰托拉还是巴黎的一个学医的学生，就志愿报名到"医学无国界"服务。这是一个理想主义者的组织，它把欧洲的志愿医务人员派到饱受战争创伤的地区，去为民众提供医疗服务。在内战的炮声中，当时二十来岁的塔兰托拉在比夫拉开了一个儿科诊所。两年以后，在某些课程尚须在巴黎大学医学院完成的时候，他又签订了一份到非洲定期工作两年的合同，前往刚刚独立的布基纳法索的一个小小的医院里任职。

塔兰托拉是他那个时代产生的人物。他正学习人类肾脏复杂的工作原理的时候，巴黎街头爆发了动乱。学生与工厂的工人结成了联盟，在当时的英雄形象如毛泽东、切·格瓦拉、胡志明、赫伯特·马尔库塞和夸梅·恩克鲁玛的鼓舞下，对戴高乐政府的存在本身提出了挑战。这种大胆的、年轻的行动在全世界都得到反响，从华盛顿到雅加达，都有大学年龄的年轻成年人挑战固有的秩序。一种活跃的、大胆的情绪在国际上影响了通常是庄严殿堂的医学院校，鼓动着塔兰托拉这样的未来的医生去幻想一种世界，在那里，布基纳法索的村民们也同巴黎的布尔乔亚一样有权盼望活到八十多岁。

20世纪60年代，当年轻的医生如塔兰托拉环视世界，寻找鼓舞时，他们看到的是同他们年纪相仿的人在领导革命，反抗欧洲旧的殖民大国，接管政府，辩论如何建立新的社会秩序。同欧洲和美洲的许多理想主义者一样，塔兰托拉也认为，只要投入足够的精力和西方的资金，什么事情都可以办到："只要政治上有愿望。"

他就是带着这种热情投入布基纳法索的法达·恩古马乡村医院的工作的。他建立了一套基层的初级医疗体系，大大缓解了当地的传染病问题。为了奖励他的工作，他被授予1973年阿尔贝特·施韦策奖。

他的医学学位证书上的墨迹未干，他就又一次同另一个法国慈善组织"四海兄弟会"签约，到孟加拉北部去担负初级卫生医疗工作。由于不会讲英语——那是孟加拉的第二种语言——塔兰托拉立即自学孟加拉语。

他在孟加拉刚刚待够六个月，就被招去参加天花防治活动。和塔兰托拉一样，大多数天花调查人员都较年轻（35岁以下），白人，是从欧洲和北美来的理想主义男性。当时，这种文化和性别上的单一使有些组员感到不舒服，但是要消灭地球上一个最令人厌恶的疾病，这个宏伟的目标压倒了对新殖民主义外表的担心。

1972年，唐弗朗西斯刚刚在洛杉矶县医院完成儿科高级训练阶段并且与疾病控制中心签约，这时南斯拉夫的科索沃暴发了天花。年轻的医生正准备在俄勒冈设立一个疾病控制中心的疾病监测站，这时亚特兰大的电话来了，命令他前往贝尔格莱德。唐弗朗西斯匆匆回家，抓了几件换洗的衣服，拿上剃须刀和护照，便赶往机场。七个小时后到达首都华盛顿，听了简单介绍，拿了疫苗注射器材。午夜以前,他已经在飞越大西洋上空的一架喷气式客机上睡觉了,次日早晨,飞机降落在贝尔格莱德机场的跑道上。

数周后,南斯拉夫的疫情得到控制,唐弗朗西斯又来到苏丹首都喀土穆,监测天花疫情。他又从那里前往印度和孟加拉。

到唐弗朗西斯完成了防治天花的任务时,距离他那天早晨在俄勒冈接电话已过了将近三年的时间。

另一个年轻的美国医生叫戴维·海曼,他的经历是将疾病控制中心指派的一次性任务,变成了在印度的比哈尔和加尔各答的两年的天花监测工作。当海曼的小组给人接种疫苗时,他们总是拿出一些患天花的印度人的照片,并且询问患病者的姓名。在有些地区,他们还提出愿意给领他们去天花活跃发病区的人一些奖励。他们每发现一例病人,就将患者隔离起来。该地区的每个人都要接种疫苗,有些人还不愿接种。

尽管他们的活动带着一些强制性,但是在发病区工作的人却不怀疑,从大的方面来看,他们的所作所为是正当的:如果少数人一时的不便能让200万人幸免于难,谁又能怀疑他们的活动的正义性呢?

有一件事让D. A. 亨德森和他的小组时刻挂心,那就是失败的代价。有时他们会闪过这样的念头:天花也许不能根除。这些科学家知道,那时,全世界也许永远不会再次情愿超越政治、民族、文化、种族和宗教的界限,动员起来,参加对疾病的共同战斗。这里面的得失显然极大。

到1974年夏,世界卫生组织的小组准备宣布在孟加拉获得胜利。孟加拉是毒性很强的主型天花的顽固藏身之地。官员们走得更远,甚至公开预料完全消灭天花病毒将发生在11月以前。

但是接着雨季到来,阴雨连绵。到了8月,孟加拉已是一片水的世界，因为大小水坝被暴雨冲垮。成千上万的难民涌进达卡。全国到处是饥荒，整个国家像是大厦倾倒。在洪水泛滥以前不久，总理希克·穆吉布·拉赫曼遇刺身亡，接着是一系列的动乱、暴力和政变，一直延续到1975年内很久。

原本已经非常接近胜利，如今在一片混乱的形势中看来，消灭剩余的几例病人的任务比登天还难，所以小组的大部分人员决定放弃。他们已经筋疲力尽，心灰意冷。

但是塔兰托拉对组员们说："瞧，这只是说明我们得深入进行细致入微的工作罢了。我们现在得看看树木，不能光看森林。我们要日复一日地干。"

渐渐地，组员的信心和情绪又得到恢复，他们发现了天花病人，热情又高涨起来。不到一年，胜利又已在握。海曼和唐弗朗西斯也已报告在印度大获全胜，非洲已经几个月没有发现新的病例。现在目光都集中在孟加拉，人们激动异常。

还有最后几个乡村受到感染，其中一个在吉大港外。吉大港在一个陆军将军的管辖下。塔兰托拉并不知道这个将军在内战中站在哪一边，也不了解他对外国人持什么态度，但他还是直接找到将军，请他批准为村民接种疫苗。一开始将军不准，但是疾病蔓延开来。往事再现，看来孟加拉的巨大障碍要使世界卫生组织的这个小组功亏一篑了。

但是将军最后让步了，疾病的最后暴发被阻止。人们在达卡举杯庆贺。塔兰托拉狂饮香槟，经过几年不分昼夜的灭毒工作，他如今兴奋异常。

第二天早晨，胜利再次化为泡影。消息传来，在孟加拉沿海的一个小岛博拉又出现天花。接着第三次，小组被迫重新动员起来，原来还以为这场战争已经结束了呢。这一次，当所有受感染的岛民都被接种以后，亨德森在宣布胜利以前先喘了一口气。

1975年11月，D. A. 亨德森得以向全世界宣布，一个3岁的孟加拉女孩拉希玛·班努已被治愈，这是世界上最后一例毒性极强的主型天花。两年以后，1977年10月26日，最后一例毒性较小的次型天花在索马里的迈卡发现。

不过那时功有田博士已经领导国际灭除天花工作有10个月之久，亨德森已经退出。这位日本医生领导天花项目的热情至少同高个子的有点夸夸其谈的美国人一样高涨，但是又带有个人的风格，讲话的声调较低但很有灵气。在工作紧张时，有田会讲笑话。

1977年初，他的脾气在"非洲的合恩角"受到了考验，那时军事将领门格斯图·海尔·马里亚姆刚在埃塞俄比亚夺权数周，建立了一个苏联支持下的共产主义政府。索马里的军政府宣布对欧加登拥有主权，欧加登当时属于东埃塞俄比亚，双方发生全面战争。埃塞俄比亚在苏联的武器和古巴的部队的支持下，在欧加登建立起强有力的防御。但是索马里尽管有左翼倾向，却成功地获得了美国从冷战角度提供的支持。随着战火的燃烧，一百多万难民逃离这个地区，涌进附近的索马里和埃塞俄比亚的农村省份，这些省份正经历着其第二年和第三年的干旱与饥荒的煎熬。

就是在这个地区，即欧加登，发现了世界上最后的次型天花病例，主要是在索马里的穆斯林间传播。

有田知道，在如此动荡的局势中，联合国的旗帜和世界卫生组织的身份不会给他的科学小组成员提供什么保护，但他也深感时间不等人。当时是1977年的2月份，离朝圣活动只有10个月了。在朝圣期间，千万名虔诚的索马里穆斯林会奔赴麦加，在那里他们将同世界各地来的200万伊斯兰信徒同吃，同睡，同祈祷数日。如果受感染的信徒也参加朝拜，那么根除天花的一切努力都将付诸东流。

几个月来,多国小组顶风冒雨,避开战争的前线,在欧加登的难民和村民间寻找天花的病例。到10月,传闻中的病例数量还很少,尽管雨季已经开始,有田仍然命令小组加紧工作。在阴雨连绵的日子里,有一半的组员陷在烂泥中。一个美国科学家名叫乔·麦考密克,在欧加登被困三天,所乘的陆地巡行者吉普车陷在三英尺深的泥浆中出不来。

最后,在索马里的迈卡,小组发现了世界上最后一例次型天花。

阿里·毛·马林将会被治愈,各种类型的天花都将消失。天花被征服了。

任务已经完成,天花小组的成员分别回到世界各地的公共卫生职位上。令人惊讶的是,世界卫生组织并没有召见他们,或为他们的重大成就向个人表示祝贺。恰恰相反,这些年轻粗率的天花科学家被视为高傲、轻率,他们违反了世界卫生组织的许多官僚主义的戒律,工作起来头脑里只有一个目标。这种状况与世界卫生组织或世界各国的卫生部门大不相同:他们对卫生工作只是半冷半热。

"科学受官僚主义的祸害不浅。"有田后来说道。他还说:"如果不是多次打破世界卫生组织的每一条规定,我们永远也不会打败天花,永远不会。"

即便是有田和亨德森,两位消灭天花的英勇的领导人,也受到批评,说他们多次越过世界卫生组织的界线。有田耸耸肩膀,不屑一顾,返回家乡熊本,去管理日本的国家医院。

塔兰托拉在受到世界卫生组织日内瓦总部的一顿指责以后,又受命担任一个海外职务,到印度尼西亚去领导一项儿童疫苗接种工作,这真叫他受宠若惊。唐弗朗西斯异常厌倦,跟随他的女友到了哈佛,计划在那里做病毒学研究工作。海曼到了亚特兰大,与疾病控制中心签约。十余年后,三个人又到一起工作,去防治另一种全球性流行病。

天花的根除共用了11年,涉及百余名学识渊博的专业人员和全世界千万名当地的卫生工作人员。整个工作耗费3亿美元。

1980年5月8日,世界卫生大会正式宣布"全世界的民众已经从天花中获得自由。从远古开始,天花一直是一种死亡率极高的疾病,以流行病的方式,横扫许多世纪,所过之处,尽有丧命、失明和残废之人;仅仅在十多年前,它还在非洲、亚洲和南美洲猖狂一时"。

一种完全不同的结果在等待着在全世界根除疟疾的人们。仅在1958年到1963年之间,为了一系列失败的灭疟尝试,就花掉4.3亿美元。以1991年的币值折算,相当于19.14亿美元。在1964年到1981年之间,美国又花去7.93亿美元。

国际灭疟活动开始时,每年共有数百万例疟疾病人,主要集中在东南亚和非洲。虽然世界上大部分地区没有可靠的数字,但是据估计,那年在斯里兰卡约有100万人患疟疾,印度约1亿人,非洲数目不详,粗略估计为"数亿人"。

但是另一方面,人类也有强有力的武器。氯奎和奎宁的疗效明显,如能恰当、及时地使用,在数日之间即可治愈大多数病例。氯烃杀虫剂,尤其是滴滴涕,不仅能杀死带疟寄生虫的蚊子成虫,而且能杀死其后代。因为这种化学制品几乎是非生物降解的,其杀虫毒性很强,喷洒药物后能在数月甚至数年间杀死落在洒药表面的害虫。

即使没有这些武器,一些国家也大大缓解了其疟疾问题,其中主要是美国。对于美洲国家疟疾的起源，研究界尚有不同的看法，但是不管怎样，到18世纪，疟疾已经从蒙特利尔到智利南部，成了一种严重的流行病。

对美国军方而言，疟疾也是一个严重的问题，在有些战区，竟是主要障碍，从1776年乔治·华盛顿的大陆军创建以来就是如此。在内战期间，至少100万士兵染上疟疾，进入20世纪30年代后很久，它还是美国南部各州的主要杀手。美军在海外也遇到严重的疟疾问题：在第一次世界大战的过程中，1.9万名美军士兵感染此病；"二战"中，50万美军染上疟疾。

但是在修建巴拿马运河期间（1904—1914年），威廉·C. 戈加斯将军指挥美国陆军卫生兵开展了一次成功的活动：抽干沼泽地，让当地民众服用奎宁，杀灭浮在水池上面的蚊子幼虫。那时年代还早，他还没有滴滴涕可用，但是其结果却是几乎完全消灭了巴拿马疟疾。美国阳光地带各州也采用了类似的抽水办法，到1947年，疟疾发病率已经微不足道。

接着，埃及开展了首次成功的灭蚊活动，用滴滴涕消灭冈比亚按蚊。滴滴涕的初战效果极其显著，所以美国国会在1947年拨出700万美元开展以滴滴涕为基础的计划，在48个州根除疟疾。5年后，计划被放弃，那时在美国境内已找不到一例疟疾病人。

欧洲大陆也取得同样的成功。但在意大利、西班牙、希腊等国的部分地区，疟疾却顽固地坚守阵地，直到进入20世纪50年代后很久。受到十余年前巴西控制冈比亚按蚊的成功的鼓舞，1954年在智利的圣地亚哥召开的泛美卫生会议决定，从北极到南极，在美洲各国消灭带疟蚊虫。

疟疾病学家保罗·拉塞尔在哈佛大学的公共卫生学院任职，1956年为国际开发顾问委员会撰写了一份报告，建议立即在全球消灭疟疾。拉塞尔在报告中提出,滴滴涕的效力极强,花上千百万美元,发动一场全球性运动,不出10年,即可在地球上根除带疟蚊虫:这正反映了当时科学界的主流看法。

> 大体说来,用4年的时间喷洒,4年的时间监测,即可保证一个地区连续3年没有蚊虫传播疾病。3年过后,可以依靠卫生部门正常的活动来处置偶尔带进的疾病……在8—10年内,可以在一个社区实现根除,实际喷洒的时间不超过6年,不会有抗药的危险。但是如果有些国家由于缺乏资金而不得不缓慢从事,抗药性几乎肯定要出现,从经济上讲,根除将是不可能的。时间是关键,因为滴滴涕的抗药性会在6—7年间出现。

为了保证国会里的所有人看懂国际开发顾问委员会的报告的观点,拉塞尔又补充了下面一段要点:

> 在人类对其最古老、最凶恶的一个疾病敌人开战的历史上,这是十分独特的时刻。如不坚决有力地前进,就可能无限期地推迟疟疾的根除。

拉塞尔的计划抓住了20世纪50年代美国政治舞台上几个重要人物的思想。他们是国务卿乔治·马歇尔、参议员约翰·F.肯尼迪、参议员休伯特·汉弗莱和总统德怀特·D.艾森豪威尔。尽管美国已经不复存在疟疾,但在1957年美国差不多是全世界现金储备的中心。欧洲、日本和苏联仍未平复"二战"的创伤,现在所谓的发展中世界那时大多数仍处于殖民主义的羁绊下或处在严重的欠发达状态。打赢了"二战",美国人的思想状态是"多办善事"。美国人应当利用他们仿佛是独特的技能和一般常识来医治地球上的一切伤痛,这在当时看来是理所当然的。

这样一来,拉塞尔的灭疟战斗在1958年就打响了,在后面直接支持的是美国国会每年拨的2330万美元。由于拉塞尔在时间安排上寸步不让,所以国会也规定到1963年将不再提供拨款。除了每年给国际开发顾问委员会拨款2330万美元外,国会另外还在1958年到1963年之间非常大方地给世界卫生组织拨款(约占其全部预算的31%,占其灭疟预算的95%强),为泛美卫生组织拨款(其开支的66%直接从美国国会取得),为联合国儿童教育基金会拨款(约占联合国儿童基金预算的40%)。这是个沉重的经济负担,以1990年的币值计算,相当于几十亿美元。值得称赞的是,美国的政治家对于流水般的花钱去控制美国公民很少感染的疾病并无怨言,而且这个活动还得到两党的一致支持。艾森豪威尔总统提出让微生物"无条件投降";乔治·马歇尔预见到"疾病被迅速征服";肯尼迪参议员预料下一个10年出生的儿童将不再面对古老的瘟灾。

舞台已经搭好。科学家们应有尽有:政治支持、经费、滴滴涕和氯奎。他们觉得胜利已经在握,所以连疟疾的研究也几乎停止。为何要去研究不复存在的东西呢?

可是,当安迪·施皮尔曼5年以前在约翰·霍普金斯大学医学院开始当研究生时,这位生气勃勃的科罗拉多年轻科学家就认定他会面对一个寄生虫难题,值得他用毕生的时间去解决。施皮尔曼不善交际,因为他讲话口吃,但乐于安居科学的幕后世界。巴尔的摩的同事们很快便赞叹他的才智、热情和绝顶聪明。施皮尔曼预料到今后几十年要研究昆虫和它们携带的寄生虫。

可是，他到巴尔的摩还不到两个月，他的导师劳埃德·罗泽布姆就拉住他的袖子说："咱们喝杯啤酒去。"

情绪低沉的罗泽布姆给施皮尔曼买了一品脱啤酒，喝过几口之后说道："你瞧，我有几句话不吐不快。我心里憋得慌。"

"出了什么问题？"施皮尔曼问道。

"我真不该接收你到研究生院。我根本不该鼓励你研究医疗昆虫学。这是个没有前程的领域。滴滴涕杀了它。"罗泽布姆说。

施皮尔曼争论道，现在还为时过早，无法确定输赢。但是罗泽布姆坚持己见。

"一切都完了。你没有前程。等到你完成论文的时候，昆虫携带的疾病问题都将得到解决。"罗泽布姆依然坚持。

施皮尔曼不为所动，不顾罗泽布姆的警告，继续他的博士课题研究。他坚决相信进化论，关于这个课题，他实际上已经背会了他最敬佩的论文。他对罗泽布姆说："滴滴涕不是最后的答案。"

国会审查拉塞尔为国际开发顾问委员会草拟的建议时，施皮尔曼在马萨诸塞州的伍兹霍尔海洋研究所学习一些课程。他在那里遇到一位中年海洋生物学家，她正在静静地重新考虑整个滴滴涕的问题。她对施皮尔曼说，进化论会成为滴滴涕和根除疟疾的梦想之间的障碍。她说，世界各地都在出现抗滴滴涕型的按蚊。

她的名字叫雷切尔·卡森（Rachel Carson）。就在美国和世界卫生组织开始灭除疟蚊的雄心勃勃的活动的当年，卡森动手撰写《寂静的春天》(*Silent Spring*)一书。卡森从来不完全反对使用杀虫剂，相反，她赞成合理地、有限度地使用。她担心农业上广泛使用杀虫剂会有害于对疟疾、斑疹伤寒、非洲睡眠病、黄热病和脑炎的控制，这个论述真是带有预见性。她写道：

> 任何负责任的人都不会说，应当忽视昆虫携带的疾病。现在紧急出现的大问题是，采用使局面迅速恶化的方法来解决难题，这是否明智或负责。世界已经听了不少，说是通过控制昆虫这个传播媒介，对疾病取得了辉煌的胜利。但是听得很少的却是问题的另一面——失败。短命的胜利现在正有力地支持这种令人惊讶的观点：由于我们的努力，我们的敌人——昆虫变得更加强大了。更加糟糕的是，我们可能已经毁坏了我们的作战武器。

她提到公共卫生首次使用滴滴涕发生在1943年。盟军在意大利大量喷洒这种化学药剂，消灭携带斑疹伤寒的虱子。事实上虱子确实被杀死了，斑疹伤寒也止住了，但是一年以后抗滴滴涕的库蚊和家蝇却来填补了真空。到1951年，当地的蚊子和苍蝇对滴滴涕、甲氧氯、氯丹、七氯、六六六等都有了抗药性，意大利人只好恢复旧日控制昆虫的老办法：纱窗、粘蝇纸和蝇拍。

1959年，施皮尔曼到哈佛大学公共卫生学院任教，他发现课表里根本没设疟疾或按蚊课。当时世界灭疟运动的领导人就在本校任教，设置这种课程是很不得体的。对年轻科学家培训控制蚊虫的技术就意味着保罗·拉塞尔的努力会失败，这种知识为未来的公共卫生工作者所必需。

拉塞尔原是一位传教士，一位和蔼的长者，虽然施皮尔曼从来不相信运动会成功，但是看到1963年来到时拉塞尔那种垂头丧气的样子也十分难过。

疟疾确实降到了最低点，但是并没有被根除。在有些国家它已十分接近全歼，人们已经在庆祝。例如斯里兰卡在1955年有100万例疟疾病人，到1963年只有18例。

但是说话总得算话。拉塞尔答应在1963年前取胜,国会无意再延长拨款一年或两年。就国会而言,不能在1963年前如期根除疟疾,就意味着不管延长多久,都无法完成。当时能够出钱的几乎只有美国,美国不肯源源不断地注入美元,工作立即停顿下来。

1963年哈佛恢复了疟疾控制课。

施皮尔曼摇摇头,自言自语:"他们怎么能把这么多人丢弃不管呢?"他知道,由于疟疾已经接近根除,亿万人对这种疾病都缺少免疫能力,却居住在按蚊无疑会杀回来的地区。突然截断疫病控制计划的经费来源,几乎肯定会使未来的疟疾死亡率升高,尤其是在一些缺乏疾病控制基础设施的穷国,情况会更严重。1963年后,随着疟疾的再次无情增加,发展中国家只好不断增拨有限的公共卫生款项来处理这个问题。比如印度,1965年就把整个卫生预算的三分之一用于疟疾控制。

事情越来越明显。绿色革命——世界银行支持的计划,目的是通过大规模经济作物的生产,来改进第三世界的经济——开始进行。千万英亩原来混种或休耕的农田,如今变成单一经营的耕地,专门生产出口产品如咖啡、大米、高粱、小麦、菠萝或其他作物,这就需要越来越多地使用杀虫剂。当一个地区种植多种作物时,其昆虫也会是多种多样的,通常而言,某一种害虫不会有机会大量繁殖,以致摧毁一种作物。但是,随着植物多样化程度的降低,昆虫之间相互竞争和扑食现象却在减少。结果,庄稼会迅速被破坏性很强的昆虫毁掉。20世纪60年代,农民的回应办法是大量喷洒杀虫剂,这往往在短期内有效。但从长远说,杀虫剂往往也杀死益虫,而毁坏作物的害虫却有了抗药性。出现恶性循环,迫使农民使用多种杀虫剂来保护作物。

就在治疟活动土崩瓦解的时候,农业上使用滴滴涕及其姐妹化合物的剂量正在猛增。几乎是一夜之间,世界各地都出现了抗药蚊虫。

在拉塞尔焦急地注视着杀虫剂的抗药问题的时候,一场新的危机出现了:南美洲两个服用氯奎的人得了疟疾。几乎同时,在哥伦比亚、泰国、委内瑞拉和巴西都出现了对氯奎抗药的疟疾。这种药刚刚使用15年,广泛使用还不到10年。到1950年,另一种药伯氨奎上市,许多国家却回头使用起早期的抗疟药奎宁。可是在20世纪60年代,这些药及其他药都迅速出现了抗药现象。到1963年,在越南作战的美军遇到了抗氯奎的疟疾,美国陆军开始了大规模行动来研制新的治疟药物。

有些国家,尤其是新几内亚政府,决定在食盐中加上氯奎,这只是让抗药问题更加严重而已。

到天花的防治在1975年接近胜利的时候,寄生虫对于氯奎的抗药性,蚊子对于滴滴涕和其他杀虫剂的抗药性已经非常广泛,没有人再谈灭疟的事了。专家们越来越认为根除天花的巨大胜利是件违背常规的事,不是一个可以由别的疾病重复的目标。

1975年,全世界的疟疾发病率为1961年的2.5倍,那时保罗·拉塞尔的运动正进行到一半。在有些国家,感染这种疾病的人数极多,例如中国1975年的病例约有900万,而1961年则为100万;印度同期也由100万跃升到超过600万。

一种新的医源性疟疾正在全球出现。所谓"医源性"是指由治疗的结果造成的。人类热情消灭全世界的疟疾毒害本是好意,不料却制造了一种新的流行病。

第三章

猴肾与落潮
——马尔堡病毒、黄热病与巴西脑膜炎

> 海滩落潮的时候很容易产生幻想,认为用一只桶便可舀干海洋。
>
> ——雷内·杜博斯

灭疟的失败被控制脊髓灰质炎和消灭天花的巨大胜利所掩盖。在20世纪60年代末,西方的科学家把疾病史看作一支箭,一直飞向人类对微生物的胜利。马丘波被视为遥远的例外,大多数西方的医生和科学家都不曾听到消息。要再过十多年,全球公共卫生界在提到疟疾时才会停止使用"根除"一词。

但是,其他的例外接着来到。

一

1967年8月,德国马尔堡的3名工厂工人患病,肌肉疼痛,低烧不止。3人都为贝林公司服务。贝林公司是制药巨头赫希斯特公司的疫苗生产分公司。虽然他们的病情不重,像是流感,但是在德国炎热的夏季出现流感,却也非同寻常。3个病人被送进马尔堡

大学医院。

次日，3人变得恶心想吐，脾脏增大，有触痛，眼睛充血越来越重。治病的医生注意到"病人情绪低落，烦躁不安，态度粗暴"。

日复一日，制药厂的工人中患病的越来越多，看护病人的一名医生和一名护士也病倒。进入9月，共有23名病人痛苦地躺在马尔堡大学医院的病房里。在50英里以外的法兰克福，德国政府的保罗·埃尔利希研究所另有6人得了这种神秘的疾病。其中4人是制药研究人员，1人是他们的看病医生，第六人是个病理学家，负责对病情进行实验室分析。

同时，第三处爆发地是南斯拉夫的贝尔格莱德，患病的是一位兽医和他的妻子。

这31例病人惊坏了欧洲的研究界，因为此病来势凶猛，而且从病人传到看护人员。谁也不知道染病的起因，如何传播，怎样治疗才有效，以及最终还会有多少人得病。

由于南斯拉夫的兽医和马尔堡的一位工人的妻子也都患病，有人担心此病是通过空气传播的。无人知晓两位丈夫原来是怎样染病的。

但是他们确知此病十分可怕，描写它时通常用的形容词是"令人痛苦"。每个病人都经历了同样的痛苦过程。先是两三天流感似的肌肉酸痛和发烧，接着便出现病毒血症的典型病征（这是大批新生病毒进入血液的身体反应）：咽喉淋巴结增大，有触痛，脾脏发炎，与疾病做斗争的白细胞数量明显降低，血小板和阻止流血所需的其他成分突然短缺。

到第六天，病人身上布满红疹，使他们的皮肤十分敏感，无法触摸。他们的咽喉疼痛异常，无法进食，只能皮下注射流体、糖分和维生素。一周之内，全都得上急性腹泻。

第八天，红疹消失，全身出现更加疼痛、更加惊人的红肿，是皮肤表层下面的千万个微小的毛细管网络出现极小的堵塞造成的。由于毛细管被堵，红细胞形成淤积，病人通身发红。红细胞停止不动后，红细胞通常带往全身的氧气也到达不了目的地。神经的反应是出现烧灼般的疼痛。

第十天，病人开始吐血。

到了第三周，皮肤开始剥落，数百万细胞因为缺乏氧气和营养而死亡。最为痛苦的是病人阴部皮肤的剥落，有些男子的睾丸受到损伤，体积缩小。

医生注意到病人的病征和血友病急性发作阶段的病人十分相似。两种病人的血液都失去了适当凝结的能力，一些较大的血液微粒如血小板等堵在毛细管的周围，同时，通常防止无法控制的流血的较小凝血分子则干脆消失了。

病人流血致死。正如法兰克福的医生所说："血液从所有的孔道倾泻出来。"

但这不是血友病。这是一种接触传染病，鲁道夫·西格特和古斯塔夫·阿道夫·马蒂尼两位医生领导的马尔堡医疗小组中的一个人感觉有理由称其为"一种新的、至今未闻的疾病"。

到1967年12月，病人中的7人已经死亡。大多数病人在出现症状的第十六天倒下。有些人显然经过了一个与大脑有关的患病阶段，大脑严重混乱，甚至发狂。这是在发病后的第二周。接着便昏迷不醒，从此再没苏醒过来。两个病人的心脏根本无法承担压送如此浓的血浆的重负，最终停跳。他们死于大面积心脏病发作。

对于活过来的人而言，疾病的长期影响往往是严重的。几个人肝脏受到永久性损伤，患上终生难治的慢性肝炎。所有的人体重都大大减轻。一个人患了精神病，再也没有从患病的精神冲击中恢复过来。还有几个男性阳痿，没有性冲动。

在法兰克福、马尔堡和贝尔格莱德的医生们照料他们的病人的时候，世界卫生组织召集多国专家研讨此病的病因。显然病人患的是一种病毒性出血症。但是根据探索其他已知出血症（包括马丘波和胡宁）的方法来提取病毒的尝试却失败了。看来这是一种全新的病毒。

德国和南斯拉夫所有的原发患者都是与猴子有关的男子。而且调查还发现，每一个男子都曾接触过从东非国家乌干达运来的动物或动物的组织。后来调查范围缩小，查出所有的猴子都属于一个种类——长尾猴，这是一种非洲常见的绿长尾猴。

调查人员查明所有的猴子都来自乌干达运往贝尔格莱德的三批野生动物，又从那里运往马尔堡和法兰克福，此时他们不禁欣喜若狂。头一批动物到达贝尔格莱德时，99只猴子中有49只死亡，剩下的被隔离起来。对死亡动物进行尸体解剖的南斯拉夫兽医一周后患病。此后不久，他的妻子由于曾在家中护理丈夫，也得了人们最终所谓的马尔堡病。兽医对死猴的尸体解剖显示，猴子也曾患大面积出血症。后来的两批乌干达猴子中死的也甚多。

马蒂尼、西格特以及他们的同事在猴子的血液和组织中都发现了奇怪的病毒。标本注入豚鼠后，这种实验室动物在几天之内就死亡了。但是往老鼠身上注射后，却没有发生任何事情。老鼠在一定程度上能够抵御病毒。

显微镜研究显示，马尔堡病毒有两种形状。头一种像毛虫，细长的管状身体罩着"茸毛"。在管内是核糖核酸，病毒的遗传蓝图。病毒的蛋白质管子外面的"茸毛"是伸出去的蛋白受体，供病毒进入目标的细胞时使用。

马尔堡病毒更成熟、更危险的形状是病毒的管子紧紧卷成一个圆团，几乎不受病人免疫系统的细胞和抗体的攻击。

8月底，乔迪·卡萨尔斯在康涅狄格州纽黑文的洛克菲勒基金会实验室接到电话，听到总机说："请仔细听，这是德国给你打来的电话。"这位巴塞罗那出生的科学家耐心地等着，听着越大西洋电缆嗡嗡的吼声。

"卡萨尔斯博士吗？"来电话的人对着嗡嗡的电缆大喊，"我是勒曼-格鲁贝尔博士，从德国的马尔堡给你打电话。我们需要你的帮助。"

卡萨尔斯收集了全世界最齐全的昆虫携带的出血性病毒，小心翼翼地藏在耶鲁大学虫媒病毒实验室里深深的冷冻箱内。勒曼-格鲁贝尔提出请求后的几个小时，法兰克福的小组打来同样的电话，请求卡萨尔斯的专业援助，还对这位洛克菲勒的科学家说，他们都吓坏了。打电话的人说，他们两组人都用猴子的肾细胞做了研究；刚刚3周的时间，就有16个人病倒，患的是严重的出血症，其中7人死亡。

"病人处于休克状态，鼻子里、肛门里、胃里、嘴里都在出血。"异常焦急的勒曼-格鲁贝尔说道，"我们已经毫无办法。我们需要你的帮助。"

在德国人描述这些可怕的病状时，卡萨尔斯想到了他的朋友卡尔·约翰逊同马丘波病毒九死一生的遭遇。在玻利维亚的事情出现以后，卡萨尔斯和约翰逊已经成了世界上出血病的专家。约翰逊在巴拿马工作，卡萨尔斯在耶鲁大学任职，管理洛克菲勒基金会的虫媒病毒实验室。

德国人拼命想知道是什么杀死了他们的实验室工作人员，他们恳求卡萨尔斯对照着洛克菲勒实验室的所有病毒，来甄别一下病人的血样。卡萨尔斯表示同意，但条件是他们只把治愈的病人的血清标本送来。他提出的理由是，这样，标本里就不会有致命的病毒，但将带有抗体，对耶鲁大学所藏的大量病毒中的某些病毒会有反应。

在几周的时间内，卡萨尔斯和他手下的工作人员对着千百种病毒，试验德国人的血样，但一个阳性反应也没有。

卡萨尔斯打电话告诉勒曼-格鲁贝尔："这根本不是我们实验室里有的东西。这可能是不同的、全新的东西。"

1967年9月，世界卫生组织的一个小组被派往乌干达，去调查猴病毒的确切出处。他们测试了从挑选出来准备运往世界各地的动物园和实验室的野猴身上抽取的猴血清标本。早在1961年，在恩德培和基迪拉捉住的一些猴子就感染有马尔堡病毒，从储存的血样来看，此后被感染的猴子数目每年上升，到1967年底，一些猴群里竟有三分之一的猴子带着病毒。

被严重感染的猴子分成两类：绿猴（非洲绿猴）和红尾猴。被捉住进行研究的一些其他动物对马尔堡病毒有抗体，说明它们感染过这种微生物，这些动物是黑猩猩、狒狒、倭长尾猴和大猩猩。看来在1961年前后，乌干达猴群中曾经暴发过一次流行病，到1967年达到严重程度。在实验室研究中，猕猴和从"老世界"来的各种灵长目动物（非洲和亚洲的动物）可能受到感染，而从"新世界"来的猴和猿（美洲大陆的品种）则不会受感染。

令人惊讶的是，"老世界"的灵长目动物在试验中受到的感染百分之百是致命性的。但是显然，在野外感染的猴子即使不能说大部分，也确有许多病愈。这种怪事确实令人费解。

以后若干年，一些研究人员多次进入东非的大荒原，去寻求这件怪事的答案，同时也寻求一个更大的问题的答案：病毒是从哪里来的？据猜想，同大多数病毒一样，马尔堡病毒也有一个储存宿主，即某种昆虫或温血动物，病毒可以在储存宿主中毫无损伤地居住并悄悄繁殖。这种病毒和它们的储存宿主之间的关系是共栖共生，经过几十年的共同生存，双方各无损伤。但是如果储存宿主同容易染病的动物例如人类接触，这时候病毒就可能从和平的渡船，跳上新的、更加容易感染的大船，产生一场流行病。发生这种情况时，一种在其他物种身上生存了若干世纪而不被人们注意的疾病，就会在它攻击人类时突然地显得很"新"。

在三年间，来自美国、欧洲和东非的研究人员走遍了乌干达和肯尼亚，寻找马尔堡病毒的储存宿主。他们把捉到的猴、猿、啮齿动物、蚊虫、扁虱、鬣狗、犬科动物、猫科动物、牛科动物统统做了测试，但是根本没有发现这种病毒的储存宿主。

面对这个谜团，世界卫生组织无法预料何时、何地马尔堡病会再次出现。关于德国和南斯拉夫的疾病暴发，这个机构只能说两件事，都与病毒由猴到人的传播有关。

这个机构说，显然，关于野生灵长目动物的隔离与出口程序不健全。所有野生动物应在动物的捕捉国至少隔离三周，隔离结束后应迅速运出国外，最好是空运。在隔离和运输过程中，接触动物的人数要严格保持最低。在运输中，动物，尤其是灵长目动物应分开装笼，并且彼此保持足够的距离，以免在压抑的旅途中互相抓伤或咬伤。

世界卫生组织还说，动物一旦到达目的地，"该国兽医当局最好监管进口并隔离"至少六周。在漫长的隔离期，动物还应分笼管理，避免动物之间传播疾病，接触动物的人数仍应保持最低。管理动物的人在每一个步骤都应戴上手套，穿上防护服，采取措施，保证不被动物咬伤，并一直保持警惕，划伤的皮肤或口腔不与动物的液体或组织接触；这些都非常明显，不必细说。

遗憾的是，这些规定在后来的若干年被一再违反，有时还带来了悲剧性的后果。

八年以后，即1975年2月，两名在南部非洲旅游的澳大利亚年轻学生竟无意中成了"证明人"，证明1967年，当马尔堡病在欧洲的疫苗研究人员和乌干达的猴群中明显停止时，这种流行病并没有在地球上消失。

一位20岁的澳大利亚制图员和他19岁的女友1975年在南半球度夏，搭便车遍访罗得西亚和南非。一天早晨，正坐在罗得西亚的瓜伊河岸边小镇万基外的公路旁的年轻男子突然感到右腿一阵剧烈的疼痛。他低头看去，看到一块红肿，断定是被什么动物咬了。

六天后，两人正在南非的马盖特附近的纳塔尔海滩玩得高兴时，男青年突然感到浑身冒汗，疲惫不堪，动弹不得。经过四天不断升级的肌肉疼痛、浑身无力、发烧、头疼，他于1975年2月15日住进约翰内斯堡医院。四天后他死了，腹内出血非常严重，肺泡的气囊中堵满了血。

在约翰内斯堡医院的四天中，共有15名医生和科学家以及10名护士监护澳大利亚青年，其中一人，是一名20岁的护士，在青年死后第九天也染上此病。

青年死后两天，他的女友也得了此病。约翰内斯堡南非医学研究所的玛格丽塔·艾萨克森博士用抗凝血肝素治疗病人，救了她们的命。艾萨克森说，无疑，曾在澳大利亚男子身上发现的大面积出血，在另外两个马尔堡病人身上被防止了，因为肝素阻止了她们整个血管系统的微血块形成。

第三章　猴肾与落潮

虽然约翰内斯堡的小组确信马尔堡病毒的感染是从青年的腿部被咬开始的，但他们弄不清是什么动物咬了他：啮齿动物、昆虫还是猴子。年轻人神秘的咬伤也可能同马尔堡病毒感染无关。在他到达纳塔尔以前的10天内，这个澳大利亚人曾经参加好几项其他活动，可能使他接触携带马尔堡病毒的动物。在罗得西亚，他曾在野地里露宿，那是斑马的吃草之处；在布拉瓦约，他曾手拿生肉；在津巴布韦大废墟附近，他曾触摸猴子；在纳塔尔的一家饭店的前厅里，他曾用手喂笼子里的猴子吃食。对于如何解开这个谜团——如此致命的疾病为何突然出现，又突然消失？约翰内斯堡的科学家比起德国和乌干达的同行们在1967年并没有前进一步。

所以谜团仍是谜团。它始于两个德国科学家小组，小组从事的是在卫生事业中最乐观、最有潜在好处的功业：研制疫苗。它由猴细胞发生，它结束于如此广大、如此多样的一个地理空间，从内罗毕到开普敦，跨越数千英里，却没有人能找出一点线索。

在科学家高谈人造心脏和先进的大脑外科手术的时候，20年后马尔堡的秘密竟然依旧漆黑一团，这几乎是不可想象的。

但它确实毫无线索。

二

乔·麦考密克在埃米里奥·里巴斯医院的急诊病区长长的走廊里快步行走，尽量设法避开从担架和轮椅上瞪着他的惶恐的眼睛。医院的工作人员在他身边来去匆匆，争取时间，在身患急病的儿童和青年死亡之前，使他们得到治疗。

"我们得尽力而为，避免慌乱。"麦考密克暗想。他不停地重复这句话，一是为了教育自己，同时也是对公共卫生的关心。

他走到外面，去呼吸圣保罗冬天的空气。他站在救护车的下载区，看着又一个病危的幼童被从担架上搬到推车上。他有些茫然，看了看表，记住了时间，开始数数。在后来的30分钟里，共有13辆救护车到达，每辆车送来一个患脑膜炎的巴西儿童或青年。到一天结束，共有200多个病人穿过急诊区的大门，1000张病床的医院超员很多。

这是1974年8月，巴西这个迅速发展的千万人口的大城市——当时号称连市郊共2000万人口——正在球菌脑膜炎流行的痛苦中。这是一种细菌感染的严重疾病，若不及时治疗，病人可于24小时内丧命。脑膜炎的感染是由奈瑟氏脑膜炎球菌（Neisseria meningitides）引起的，从人到人直接传播，由打喷嚏时的飞沫携带。即使在最好的情况下，脑膜炎也能使10%的感染者丧命，而巴西的情况并非最好。进入埃米利奥·里巴斯医院的病人有将近15%在死亡线上挣扎。这还是圣保罗最好的医疗单位，在较小的医院，儿童的死亡率高达77%，成年人高达60%。

麦考密克来到圣保罗刚刚几周，对于看到的情况已经非常吃惊。他是由疾病控制中心的特殊病原体与病菌科借调到泛美卫生组织的，任务是帮助巴西的一个医疗小组，努力阻止这场流行病。虽然他到疾病控制中心的时间并不算长，但他的特殊经历使他非常适合处理巴西正在出现的危机。

1967年夏，在德国的公共卫生当局正在为马尔堡病毒惊慌失措时，乔·麦考密克却在扎伊尔北部一个偏远的地方等待着。这个原来的印第安纳州的农家子弟在扎伊尔的小学教书已经两年。他于1964年大学毕业，以优异的成绩学完化学专业。国家科学基金会愿出全额奖学金供他读物理研究生，但他拒绝了，为了到扎伊尔，也为了冒险。

马尔堡的头一批工人患病以前不久，扎伊尔内战爆发，蒙博托·塞塞·塞科成立两年的政府同雇佣军率领的加丹加叛军恶战不休。蒙博托本人是通过军事行动上台的，镇压得很凶。1967年夏，他采取了许多措施平息叛乱，其中一项是对所有居住在扎伊尔的白人强行软禁。

对麦考密克而言，那真是一段难熬的日子，他在温波·尼扬波的住处焦急地走来走去。他的房子四周长满了热带植物，时时有枝叶探进屋里。他环视着他的土木屋子，感到总的来说，不管软禁不软禁，推掉人人追求的国家科学基金会的奖学金还是一个正确的决定。同他那一代成百上千的有为青年一样，他也深深敬慕着约翰·F. 肯尼迪，为他的遇刺而痛苦万分。他在"问一问你为国家做了什么"的精神鼓舞下，计划参加和平队。

但是有一个障碍。和平队不允许他用外语教书。除了他的母语英语，麦考密克拼命地想至少再掌握一种语言。于是，年方22岁，脾气乖戾、喜好漫游的麦考密克便签约参加一个正在往扎伊尔派遣教员的天主教计划。

鉴于扎伊尔的事态，谁也不去过多关心麦考密克缺少教书的经验。起因于1960年6月比利时的殖民主义被推翻后开始的一系列事件，欧洲和美国训练的专业人员在过去的几年间几乎全部逃离了这个国家。这个国家也有了一个新名字（现称扎伊尔，原名比属刚果）和首位独立领导人，总理帕特里斯·卢蒙巴。在从殖民主义向独立的激烈过渡过程中，一个美国传教士被绑架，押到斯坦利维尔公开处死。这使招募外籍教师、医生和其他专业人员的工作停滞下来。

卢蒙巴是一个热心的非洲民族主义者，受到整个非洲大陆的敬仰。他当政仅数月就被军方一些人推翻，并被后来连美国国会也承认的中央情报局的特工所暗杀。接着是4年的国内动乱和联合国的干预，最后是1965年11月24日陆军接管，蒙博托·塞塞·塞科宣布自任扎伊尔总统。并非所有的扎伊尔人都接受蒙博托的领导，全国不断发生武装叛乱。就在这时，天主教的招募人员跑遍美国和西欧，物色小学教师。

于是麦考密克一脚踏进了这种紧张局势。他是个中西部的白种青年，一脑袋的科学，有修理机械的癖好。他仅有的一点法语知识是临动身到扎伊尔前，那个传教士组织用填鸭的方式教他的一些巴黎方言。但是麦考密克在温波·尼扬波期间发现，他对语言还真有些天分。他不仅迅速开始用法语同学生和村民闲谈，而且还学会了除扎伊尔人外极少使用的林加拉语和奥特特拉语，以及非洲贸易通用的土语斯瓦希里语。

也是年轻气盛，没过多久，麦考密克就感到他掌握了教书方法，开始焦急地寻找新的挑战。他对当地医院的医生印象颇深，于是决定学医。

1966年末，他通过函授，参加医学院入学考试，他已经专心致志地读完新结识的医生朋友给他的所有课本。在考试中他名列前茅，可以顺利进入美国的医科名校。对此，认识他的人谁也不感到惊讶。就在医学院开学的前几天，软禁取消，麦考密克动身奔向杜克大学。

在后来的7年中，永不安命的麦考密克从杜克大学获得了医学博士学位，也获得热带医学硕士学位；两个学位都是由联邦训练计划资助的。联邦训练计划于1965年启动，目的是缓解当时所谓美国医生数量的严重短缺。按这种计划，美国学医的学生受到联邦政府的资助，交换条件是毕业后要在公共卫生部门服务。就麦考密克而言，这意味着他在完成医学学业后，要到亚特兰大的联邦疾病控制中心服务数年。由于麦考密克的计划是从事热带疾病的研究，所以在疾病控制中心待一段时间正是他巴不得的事。

1972年，麦考密克参加了流行病情报处开展的一个两年计划，在亚特兰大的疾病控制中心总部受了些培训，便去调查美国的疾病暴发情况。他的头一项任务是到亚利桑那州的帕克美国印第安人保留地，那里的人吃了沾染链球菌的食物正在生病。

到麦考密克准备参加疾病控制中心下属的特殊病原体与病菌科做全职科员时，他已经在这个组织里的"牛仔"间小有名气。卡尔·约翰逊已于1971年离开巴拿马，此时已回到疾病控制中心，他也听说了这个年轻有为的流行病情报处职员的故事。他决定瞪着眼睛瞧着这个伙计：有朝一日，他在非洲的经验可能有用。

但是非洲得等一等了，因为麦考密克正在为巴西的危机忙得焦头烂额。

像第二次世界大战后的许多医生一样，麦考密克也认为抗生素会医治所有的病菌感染。但显然，即使大量注射控制脑膜炎球菌的有效药物青霉素和氨苄西林，这种细菌仍会使儿童丧命。

麦考密克忧心忡忡。看来这种流行病涉及一种毒性极强的病菌，可能是一种对磺胺类抗生素有抗药作用的病菌。尽管使用了药物，这种病菌仍然疯狂地攻击脑膜——包裹着病人大脑和脊髓的薄膜，引起极度的疼痛和神经损伤。药物的明显失灵会迫使医生放弃用廉价、易购的青霉素类药物治疗，改用价格更高而效果难料的抗生素，如利福平和氯霉素等。

当埃米里奥·里巴斯医院院长卡洛斯·德奥利韦拉·巴斯托斯博士查看流行病的治疗图表和实验室检验结果时，有几个令人焦急的事实突现出来。他注意到，医院收治的脑膜炎病人人数，在1962年到1971年之间慢慢增加了21%，然后在1972年增加了1倍多。这段时间的大多数病人是儿童，主要病原体是C型脑膜炎球菌。

但是在1974年1月到8月之间，仅里巴斯医院一家就收治了1.1万例脑膜炎病人；而且病人年岁较大，甚至包括几位老年人；主要病原体也由C型转到A型。脑膜炎球菌的类型是根据细菌壁表面突出的微小分子来定的。人们染病后即对决定病菌类型的分子产生与疾病作战的抗体。对C型的抗体不能辨认和攻击A型。由于A型的感染以前在巴西几乎从未听说过，所以圣保罗的公民差不多都没有天然的免疫力，这就是一些成年人也会染上免疫力差的儿童常患的典型疾病的原因。

更加糟糕的是，虽然C型有一种疫苗可用，但A型疫苗的研制却刚刚开始。另外，圣保罗的阿道夫·卢茨研究所所长奥古斯托·陶奈证实，他的实验室里测试的C型脑膜炎球菌对磺胺类抗生素如青霉素等几乎都有抗药性。

8月，陶奈又得出结论：多数C型患者之所以在9岁以下，这个年龄段的患者的死亡率之所以升高，都是因为对磺胺类的抗药性。但是A型主要攻击少年和25岁以下的成年人。看来同时有两种流行性脑膜炎在流行。

这看来像个无法收拾的局面。巴西人对C型一般都有一定的天然免疫能力，但对容易受到感染的人来说，细菌也有一个新的花招：抗生素抗药作用。另一方面，虽然较新的A型较易用抗生素治疗，巴西人却很少有天然的免疫能力。等他们到达医院的时候，他们的脑膜炎症状已经非常严重，无法用抗菌药治愈。

麦考密克研究了病人，注意到多数病人得的是典型的急性症，人称沃特豪斯-弗里德里克森综合征（Waterhouse-Friderichsen syndrome)。他们在几分钟之间便由健康变成重病,感到突然发烧,颈部僵硬,头晕眼花。几个小时内身上布满小红点,这些都是皮肤下面的毛细血管出血的具体所在。12到20小时内,他们陷入昏迷状态,肾脏出血,迅速死亡。

"头一次看到小孩患病时还分不清是什么病,等再见到他们时他们已经死去。"麦考密克想到这里,打了个寒战。

侥幸病愈也会落下终生的严重后遗症。大脑和脊髓共有三层保护膜,病菌攻击的是中间一层,病愈后往往会留下各种不同类型的脑损伤。病菌也可能攻击肾脏和外肢体,导致患者失去手指、脚趾甚至双脚。

这种疾病的流行在南美很少见,但在西非的部分地区较为普遍。例如乍得,20世纪50年代的发病率为每10万人中有1.1万人染病。到1974年8月,圣保罗的脑膜炎发病率还比较低,每10万人中有100例。但麦考密克计算过,他知道局势会很快恶化,达到西非的比例。让麦考密克不安的是,谁也不知道对抗生素有抗药性的C型和A型是从哪里来的。不了解事情开始的确切时间和地点,就更难预料流行病的未来规模。

对于这次突然暴发的流行病的根源有许多种可能的解释。在圣保罗停留期间,麦考密克常常思索这件事。比如说,可能有一个巴西人到过非洲,感染了这种病,把A型病菌带到圣保罗。到1974年,每年有7500万旅客飞越国界出游,也许有一个人感染后从西非飞来。另外,病菌也可能来自当地的一家医院或诊所,是不适当地使用抗生素治疗的结果。麦考密克十分烦恼,他竟想不出办法追踪这场流行病的根源。

9月,世界卫生组织经过调查,得出一个令人痛苦的结论:C型疫苗仅在一两个领域被试用过,而A型疫苗还处于完全的试验阶段，没有任何药物可以阻止正在发展的流行病。

不仅如此，世界卫生组织还强烈地感到，同时具备对A型、C型两种病菌的免疫功能的疫苗是十分必要的，还警告说，如果人们在接受疫苗的部分保护之后继续死亡，公众对卫生工作失去信心，那时"未来的任何疫苗接种计划都有失败的危险"，这是单单使用一种疫苗可以预料的结果。

世界卫生组织的决定其实只是形式上的。巴西军人政府在巴西利亚8月5日的一次会议上已经决定，让居住在疫区的每一个公民都接种疫苗。在人们惊慌失措的时候，法国的梅里厄研究所同意为巴西制造A、C两型合并疫苗，并且为此匆匆在里昂市外赶建了一个新厂。4个月内，梅里厄将具备每周制造并向巴西运送50万支疫苗的能力。疫苗由病菌的带糖成分即多糖构成，这使它具有对A、C两型的免疫效能。

但是在1974年8月至1975年1月中旬等待疫苗期间，麦考密克和巴西官员都没有更多的办法。麦考密克决定集中精力对公众进行教育，并且立即自学葡萄牙语。到10月，他已经可以接受记者长时间的访问，举行记者招待会，呼吁人们镇静、理智。

"我得清楚自己讲的话，"麦考密克暗想，"使人们有信心。"

作为一个局外人，麦考密克可以扮演一个特殊的角色，也是一个敏感的角色。10年来，巴西受到一个以残酷闻名的军政府的统治。到1974年底，无数的学生、工会领袖、宗教活动家、社会底层的代表都"消失"了。所谓"消失"只是死亡的隐语，消失前往往是绑架和酷刑。谣言和恐惧充斥着公众舆论以及该国无人相信的少数政府公告。

但是总的说来，巴西卫生部对于脑膜炎的公布还是准确的。麦考密克的部分外交策略就是公开支持政府关于流行病的声明，但同时却与军政府明显地保持很大距离。这种面面俱到的方针是杜克大学医学院不曾教过的，也是疾病控制中心的培训计划未曾涉及的。

麦考密克必须小心处事。在几个月之内，他学会了如何轻描淡写地指出，几乎所有的脑膜炎患者都来自极端贫困的社区，如圣保罗和里约热内卢的大批棚屋区，但是却并不直接抨击造成贫困的政府政策。他提到疾病传播最快的是住房密集、卫生很差的地区，这里的人用不到干净的自来水，很少洗澡或洗衣服。在这种条件下，病菌滋生，一个家庭成员可以通过共用的毛巾、衣物、抹布或手帕传染给另一个人。

等到梅里厄制造的疫苗足够为圣保罗的居民接种时，流行病已经在巴西的至少6个州夺去了1.1万条生命，引起15万人身患重病。据报道，大约30%的病愈者留下这样或那样的长期性神经系统疾病。

到新年时，里约热内卢的发病率为10万人中有205例，当局担心即将到来的狂欢节会使病传播得更广。到时千百万巴西人和旅游者在拥挤的街道上接连数日一起狂舞，这情景确有可能使流行病被舞累回家的狂欢者带到全世界去。

虽然里约热内卢的官员丝毫不知道梅里厄的疫苗会多么有效，或多么危险，但他们别无选择。1月13日，他们开始了一项12天的接种运动，宣布的目标是给里约热内卢80%的居民接种疫苗。

5天之内，里约热内卢的300万居民被接种，脑膜炎发病率立即直线下降。在人们担心的狂欢周，只有10人染病。

受到里约热内卢经验的鼓舞，军政府组织了全世界有史以来规模最大的接种运动。从4月21日到24日，将近1100万的圣保罗居民被接种，相当于该市人口的90%。接种前，军政府先将市内交通枢纽封锁起来，一时间排队等候注射的人多达50万。整个媒体被动员起来，做流动的巨大宣传工具，军车顶上的高音喇叭广播接种事项。

不久，巴西各地都实行了类似的军事化标准行动，最终使疾病停止流行。

1976年初，麦考密克返回亚特兰大的疾病控制中心总部时，脑膜炎已经不再是巴西的一个严重问题。但是，毒性很强的A型病菌是从哪里来的，这个根本问题依旧没有解决。1976年2月，泛美卫生组织在华盛顿开会时，麦考密克力主在巴西疫情的官方总结中加上下面这段文字：

> 目前，还不可能预料何时何地会发生球菌脑膜炎流行病。因此，也不清楚何时何地应进行预防性接种。

在泛美卫生组织的最后报告中，完全受到忽视的是病菌开始有能力抵御普通抗生素这件事的重要性。

三

同对待疟疾、脊髓灰质炎、天花和其他所有细菌性疾病的态度一样，20世纪60年代对于黄热病控制的情绪也是极端乐观的。控制的工具已经在手：滴滴涕和其他杀虫剂，可以杀灭携带黄热病毒的埃及伊蚊；另外还有一种有效的疫苗。从1937年起，黄热病的疫苗已经开始使用，改进型的疫苗更是效力强大，每一个接种的人只需一针，即可终生受到保护。早在20世纪初巴拿马运河修建时期，就使用了各种成功的手段，在美洲消灭埃及伊蚊。

第三章 猴肾与落潮

从17世纪开始,黄热病已经是美洲的一个重要的、令人恐惧的杀星,从加拿大到智利,在丛林和湿地引起流行病,在城市流行期间夺去了数万人的性命。开始发病时是头疼、发烧、轻度不适,几小时内身体发冷、肌肉疼痛、呕吐。5日后体内出血开始,肝脏工作不正常,病人出现黄疸病。如果以前没有感染过这种病毒,病人有一半可能死亡。1793年黄热病在费城流行,市内15%的人丧命,三分之一的居民逃往乡下。

在西非,黄热病简直无处不在,大部分病愈的成年人对此病都有免疫力。许多历史学家指出,正是由于对黄热病抵抗力极弱,才使得英法殖民主义者未能取得对西非的完全控制。在非洲的有些地区,这种病的威慑力量十分明显,从苏丹到塞内加尔的民众用歌曲和诗文来欢庆这件事。20世纪80年代中,尼日利亚伊博地区的小学生仍在歌唱蚊子和蚊子带给英法殖民主义者的疾病。

人们普遍相信,埃及伊蚊原出于西非,后来由运送奴隶的船只带到"新世界"。蚊虫迅速适应了加勒比和亚马孙的湿热地区并迅速繁殖。头一场流行病于1648年发生在墨西哥的尤卡坦和古巴的哈瓦那。不到50年,埃及伊蚊就席卷了美洲,黄热病处处流行。

1901年,美国陆军军医沃尔特·里德和古巴医生卡洛斯·芬利发现了埃及伊蚊和病毒的联系,以及给清水水源加盖的重要性,开始在整个半球消灭蚊子。他们发现,蚊子只能将虫卵下在清明洁净的水中,所以它在人的周围繁殖,在人的家中生活,将幼虫养在饮水罐里。但在60℉(16℃)以下难以存活,只有在72℉(22℃)以上的潮湿气候中才能迅速繁殖。这样一来,问题马上就清楚了:只要在天热的月份将清水供应处完全盖住,整个黄热病的问题就能大大缓解。

1927年,一种疫苗研制成功,第一次官方的全球性灭病工作开始，得到了美洲国家政府的同意。

1932年，弗雷德·索珀发现，一些猴子携带着这种病毒，自己却并未染病，从此以后关于黄热病的用词便由"根除"变为"控制"和"征服"。在以后的年代，科学家又发现，在非洲和南美，好几种猴和猿也携带着这种病毒。在美洲，卷尾猴不曾受到病毒的伤害，却携带着这种病毒，而且由于被蚊子叮咬，可能成为这种微生物的源头。与之形成对比的是，当黄热病在中美洲流行时，几乎灭绝了无免疫功能的蛛猴和吼猴。

不久又发现，埃及伊蚊并非能携带这种病毒的唯一蚊虫，举几个例子，非洲伊蚊、辛普森伊蚊、虎蚊都可能携带这种病毒。另外，病毒还可以藏在蚊子的卵里，由一代蚊子向另一代传下去。这就可以有一段很长的时间，几代蚊子的时间，使这种病毒看起来像是消失了似的。但病毒实际上是悄悄地藏在几代猴子和蚊虫的体内，随时准备在条件成熟时重新出现，成为人类的流行病。

这种丛林或猴子型的黄热病的严酷意义在1949年显示得淋漓尽致。那一年，这种疾病再次在巴拿马暴发，使沃尔特·里德时代开始的40余年成功的灭蚊成绩一旦化为乌有。从那里它又向北传播，扫过哥斯达黎加、危地马拉和墨西哥，迫使美国军方和泛美卫生组织插手进行控制。到1959年，黄热病在南美洲各地仍不断发生，那里的有关当局还以为根除是成功的呢。在多次暴发时，首先得病的都是在热带雨林边沿种地或伐木的人，他们在那里接触到叮咬过携带病毒的猴子的野蚊。

20世纪50年代末，科学家认识到有两种类型的黄热病：城市型，与埃及伊蚊有关；丛林或农村型，在各种猴子和野蚊中可以发现。通过接种、覆盖所有水源和用滴滴涕喷洒昆虫滋生地，城市型有可能被根除。但是若不给非洲和南美所有的野猴接种疫苗，丛林型的黄热病是无法根除的，而给所有野猴接种显然是不可能完成的任务。尽管大自然设置了障碍，但世界卫生组织和泛美卫生组织对于消灭人类所有的黄热病仍然十分乐观，因为疫苗可以保护民众抵御两种类型的黄热病。他们提出的理由是：如果居住在疫区的儿童如期接种，这种疾病就只会威胁到穿过林区而没有接种的外国人。20世纪40年代和50年代的群众性接种运动大大减少了南美和西非的患病人数。

在美洲，泛美卫生组织认定，从南半球消灭埃及伊蚊，便可进一步防止黄热病。于是从1947年到1960年，该组织又进行了第二次大规模的控制蚊子运动。在有些国家如阿根廷、智利、巴拿马、委内瑞拉和哥伦比亚，滴滴涕的喷洒和水源的系统覆盖，大大减少了埃及伊蚊的数量。公共卫生官员确信，到20世纪60年代，埃及伊蚊即可从美洲彻底肃清。但是美国国会根本不相信这种活动对北半球的居民也很重要，所以尽管他们曾正式表示支持泛美卫生组织，却从来没有拨款在美国国内开展活动。

不过，国会也认识到，表面看来支持美国曾投票赞成的泛美卫生组织的法令在外交上很重要，所以也曾命令疾病控制中心灭蚊。由于数百名业主的竭力反对，声言如果往他们的院子里或家中喷洒化学药物，他们将去起诉，这件事从一开始就注定要寿终正寝。

唐纳德·施莱斯曼是美国基本上没有资金来源的灭除埃及伊蚊活动的领导人，他在1964年曾说起美国国会的做法："用那点钱来灭除埃及伊蚊就相当于下令用半箱油飞越大西洋。"

埃及伊蚊的数量虽然一时有所减少，但是从来没有在美洲消失。

同样的活动也曾在整个赤道非洲开展，但在20世纪50年代，那里曾暴发五次黄热病。1959年在扎伊尔暴发的一次只是在数十万人接种疫苗、在一个不太大的地区内喷洒了20吨滴滴涕以后，才得以停止。1960年，埃塞俄比亚西部大规模暴发黄热病。到1962年流行病减退时，共有10万余人患过此病。黄热病夺去了埃塞俄比亚三分之一患者的性命。

在埃塞俄比亚发生流行病以后，出现了一个微妙的变化。国际专家们并没有真正讨论这件事，却慢慢地改变了战术，从大胆的根除，以求彻底消灭疾病，改为直接交火。洛克菲勒基金会和各种与政府有关的机构纷纷在全世界暴发黄热病的热点地区设立侦测研究前哨站。

汤姆·莫纳特就在这样一个前哨站里。他是疾病控制中心的一名昆虫解剖学家，现在尼日利亚的伊巴丹大学工作。在他1972年离开以前，莫纳特曾走遍尼日利亚全国，探索在人类流行病的两次暴发之间，病毒在何处藏身。他发现一种非洲马索尼蚊会在整个栖息地——尼日利亚河流两岸的奴佩科热带树林的树梢，携带这种病毒。

1970年末，当他参加一个美尼联合小组到尼日利亚的奥克沃加地区的大草原调查一种流行病时，莫纳特征服黄热病的决心更加坚定了。在圣诞节假日期间，他同尼日利亚的同事们对奥克沃加的村庄和诊所，逐家逐个进行调查，寻找黄热病的患者，并协助尼日利亚人控制这种流行病。

"这里可有谁最近害过病？"莫纳特，一个波士顿的白人，留着平头，满面笑容，每到一个村庄就会这么问。一次又一次地出现同样的情况：一个村民会忧郁地点点头，领着他走进一个草顶茅舍。里面，一个僵死的人会直直地坐在一把椅子里，眼睛瞪着前方，棉塞堵着鼻孔。

莫纳特头一次看到这种景象时吓得魂不附体，过了一阵，叫他不安的不再是一个个病人，而是疾病和某些地区所谓治疗黄热病时使用的治法造成的严重破坏程度。

他也为无法找到1970年的流行病的病源而感到苦恼。那里的猴子不多，根本没有雨林，可是在有些村庄，三分之一到一半的居民的血检显示他们最近受到过感染。奥克沃加地区的总体感染率为14%，可是黄热病的最常见的携带者埃及伊蚊，在那里却几乎不存在。

莫纳特和他的同事们被迫得出这样的结论：

> 流行病的根源不详。存在两种可能：1. 奥克沃加地区的暴发……来自远方黄热病毒的传入，发生在免疫功能较弱的人口易于由人到人传播的时候；2. 或者黄热病是……奥克沃加地区以内或其附近的地方病。

换言之，要么这种病是由一个旅行者带到那里的，要么是那里一直有的，用什么办法隐藏了几十年。在这两种可能之间，存在着一条生物学上的鸿沟。莫纳特意识到，不知道哪个解释正确就意味着无法确定如何有效地防止这个地区未来的疾病暴发，或者任何地区未来的疾病暴发。

控制作为黄热病传播媒介的昆虫，这种希望更加渺茫了，因为各地的科学家都在寻找另外的传播黄热病的昆虫。卡尔·约翰逊在巴拿马找到另一种病毒携带者，巴西的医生——科学家弗朗西斯科·皮涅罗在本国的丛林内部又找出多种昆虫媒介，而美国陆军的研究人员则发现巴西的马蚊和西非的一般寄生昆虫会传播病毒。

1972年，洛克菲勒基金会确信，试图消灭黄热病不会有结果，便关掉了莫纳特在伊巴丹的实验室和其他监测站。几年后，莫纳特提到这个决定时仍然十分痛惜。"一个大好时机就这样给丢掉了。"他告诉同事们，并且说在1947年到1972年之间，埃及伊蚊曾从"二战"前全世界四分之三的栖息地上被消灭。到1972年，19个国家已经消灭了这种携带病毒的昆虫，这促使华盛顿的咨询公司的阿瑟·D. 利特尔对发动一次大规模运动在美洲消灭埃及伊蚊的得与失做出分析报告。利特尔的研究报告认定这样的活动显然是可取的，尽管病毒在森林中有一个生命周期，使它能长时间隐藏在野猴和其他几种昆虫身上。报告说，20世纪70年代初花费3.26亿美元来灭除埃及伊蚊会使大多数拉美国家的人口发病率降到近于零，因为只有那种蚊子能使城市居民受感染。另外，埃及伊蚊也是可以将病毒迅速传播的传播者，19世纪和20世纪黄热病的每一次大流行都是由那种蚊子传播的。这家咨询公司说，因此，在全球展开灭除埃及伊蚊的行动，就能基本解决黄热病的问题，使之降低到通过对居住或工作在丛林地区的民众进行日常的接种即可完全控制的水平。

但是疾病控制中心另有看法。中心主任戴维·森塞下令开展另一个观点对立的研究项目，研究报告的结论是，仅在美国、波多黎各和维尔京群岛消灭埃及伊蚊就需花费两亿多美元，并且估算在整个美洲灭除埃及伊蚊则需十多亿美元。费用被夸大的主要原因是一些公民不允许在他们的财产上喷洒药物，并且普遍威胁要诉诸法律。尽管南面的穷国花费了大量资源，在美洲许多地区成功地消灭了埃及伊蚊，但是这个半球最富有的国家却拒绝消灭自己的蚊子。

这项活动无果而终。

莫纳特大失所望，垂头丧气，把伊巴丹实验室的设备装进箱子，向尼日利亚的同事挥手告别。但他还不能离开非洲，一时还离不开。比黄热病更可怕的东西在等着他。

第四章

进入密林
——拉沙热

> 当我们把危险万分的病毒带进实验室时我并不害怕。我只是希望和祈祷,我不去想它。
>
> ——阿金耶莱·法比伊博士,拉各斯,1993年

乌韦·布林克曼猛然抬头,向车窗外面看去,拼命想在德国北部这条僻静的公路上寻找一个熟悉的路标。他心里感到无限恐惧,是那种可怕的事钻到内心深处时才会有的深深的恐惧。

"他们算是抓住我了,"布林克曼暗中呼喊,"他们要用毒气熏死我了。现在他们正要往集中营送我。"

面包车的两边仿佛在往里收缩,布林克曼不知道他们到底要把他送到哪里。这是1974年的夏天,他望着窗外,汉堡的市区和郊区渐渐让位给乡村,然后,他惶恐地注意到,是密林。

布林克曼、他的同伴与不知姓名的司机同外面的整个世界隔离开来,他们怀着同样的恐惧,瞪着前面。布林克曼的病人——德国外科医生伯恩哈德·曼德雷拉神志昏迷地躺在一副担架上,放在他们之间。他的旁边坐着英国医生亚当·卡吉尔。卡吉尔在尼日利亚为曼德雷拉治过病。同这几名男子在一起的还有三个尼

日利亚妇女，一名是修女身份的护士，两名是护士助理。

"这里谁也不想要我们，"身为医生的科学家布林克曼暗想，"所以，他们要把我们处理掉。全都处理掉。"

布林克曼后来说，在那个密闭的移动箱子里，幽闭恐惧症压倒了他。他心想："好奇怪。面对着致命的微生物，我度过了七天，毫无恐惧。现在让我恐惧的反倒是人，我们自己的人。"

布林克曼在他的德国同胞中从来没有完全放松过。在第三帝国的年代，他的有一半英国血统的家人一直小心翼翼地掩盖着他祖母的犹太人身份；在20世纪60年代反传统文化的日子里，年轻的布林克曼又把聪明的胡闹当成正事来干。同样的，他的病人的父亲也是1944年7月20日试图暗杀阿道夫·希特勒的军官中的一员。曼德雷拉的父亲被处决，第三帝国给他母亲开了一张账单，要她支付吊死她丈夫的费用。

"这一次他们真的太狠了，即使对我也显得太狠了。"布林克曼暗想。他估量形势，想象得出这一群人在德国官员眼里会是什么样子：三个非洲妇女，她们的政府要把她们隔离起来；一名英国医生，正在患一种可疑的腹泻症；一名男子，显然要死于一种致命性接触传染病；他自己，一名嬉皮士闹事者。他想到他的齐肩黑发，他的乱蓬蓬的浓须，他的手工扎染的T恤衫，他的喇叭裤。他想起数周前德国的报刊抨击他在埃塞俄比亚救济饥荒的大标题。德国报刊宣布，布林克曼要在"非洲的合恩角"的沙漠上建立共产主义公社。虽然埃塞俄比亚皇帝海尔·塞拉西给予他该国的最高奖励，并且要求这个年轻的嬉皮士医生无限期地留在该国，但德国政府还是召回了他。看来，布林克曼对埃塞俄比亚连续不断的粮食危机的解决办法，即建立以村为基础的公社农庄和产品销售机制，在保守的联邦德国看来是有点太左了。

第四章 进入密林

"是的,"他在惶恐中暗想,"这种估计有点道理。他们会干脆灭了我们,然后向世界宣布我们死于疾病。这样一来就万事大吉了。"

汽车到达目的地后,布林克曼并没有感到轻松。在埃布斯托夫村子外面,汉堡以南50英里的密林中,有一座废弃的中世纪庙宇,最近变成了一个控制天花用的高度机密的设施。一连三道气锁自动大门为这群焦急的人打开,随即迅速关上,把他们与外面的世界隔开。

庙里有几个睡觉的房间,一个尸体解剖实验室,一些研究设施。无菌的桌面上摆放着先进的研究器材。

虽然有一套尸体解剖设施,却没有为病人看病的地方。

这群人尽可能地安顿下来,但心里依然很紧张。三个尼日利亚女人生在乔斯,在曼德雷拉染上可怕的病症以前,从未离开过乔斯一步。这三名护士在乔斯医院照料过曼德雷拉医生,也就陪伴病人来到伊巴丹大学医院,这是尼日利亚最好的医疗机构。

曼德雷拉的病开始于两周以前,他的同事埃贡·绍尔瓦尔德博士为一个从旧殖民城市埃努古来的病人诊治的时候。治病的地点是圣查尔斯医院,在数英里外的博罗米奥。病人高烧不止,浑身发冷,肌肉疼痛,咽喉红肿。尽管绍尔瓦尔德百般努力,埃努古的病人还是死去了。几天后,29岁的医生也出现了同样的病征,并迅速发展成急性病。

曼德雷拉千方百计地设法医治他的同事的神秘病症,但是绍尔瓦尔德的病情越来越重。他把绍尔瓦尔德的血样送到伊巴丹,血样又从那里送到亚特兰大的疾病控制中心。最后传回话来,说绍尔瓦尔德感染的是最近发现的拉沙病毒(Lassa virus),据疾病控制中心说,人们认为这种微生物"具有杀害医生和护士的特性"。

但是这个信息对曼德雷拉而言已经太迟了。等到绍尔瓦尔德染上奇异的致命性病毒的话传回来,33岁的曼德雷拉已经破釜沉舟,做了一个出血很多的大手术,来拯救他的朋友。病毒已经彻底毁坏了绍尔瓦尔德的咽喉,使他无法呼吸,所以,曼德雷拉在他朋友的气管上切了一个口子,在他的颈部掏出一个气孔。曼德雷拉没有料到他的朋友的喉咙里会突然喷出许多黏液,他的身上立即沾满了绍尔瓦尔德的鲜血。虽然他躲得很快,但是他切气管时离绍尔瓦尔德的颈部很近,这个外科医生还是吸进了一些血痰沫儿。

曼德雷拉受到感染,两三天之间,他也因拉沙热而发起抖来。当时他还不知道疾病控制中心的实验室的发现,便去找哈尔·怀特博士。怀特是个美国医生,领导乔斯的教会医院。怀特给曼德雷拉做了检查,警告年轻的医生说,从病征看来,他怀疑是拉沙热。作为预防措施,怀特给曼德雷拉注射了一个单位的血清,那是数年前护士莉莉·彭尼·平尼奥捐献的。按照怀特的劝告,曼德雷拉立即驱车前往伊巴丹市,在那里他受到大学医院的英国医生亚当·卡吉尔的医治。

尼日利亚的卫生官员的反应相当惊讶。关于这种可怕的疾病,他们听到的已经够多了。这种病是以拉沙小镇的名字命名的,小镇在乔斯东南部,耶德塞拉姆河谷里。耶德塞拉姆河沿尼日利亚东部与喀麦隆的边界奔流。1969年,此病在拉沙暴发,美国一些护士在镇上的兄弟教会医院生病,首次引起了西方的密切注意。

往前追溯5年,正是以往的一大串事件带给此刻正在德国的曼德雷拉、布林克曼和他们的同事巨大的恐惧。

1969年1月12日,一个69岁的教会护士开始叫苦,说她背部剧痛。劳拉·瓦恩告诉她的同事，随着时日的增加，她的疼痛也在加剧，但她估计是干什么活扭了腰。她想，也许每日不断地更换床单、为病人翻身是犯病的原因。

但是一周以后，护士的咽喉红肿得厉害，竟无法下咽食物。她的同事看到她的咽喉黏膜有溃疡，估计她是受了什么细菌的感染，如链球菌，医院的医护人员给她注射了青霉素。

但是抗生素没有作用。瓦恩的病情更加严重了。发烧到101℉（38.3℃），极度口渴，血凝活动异常，尿中完全没有蛋白：这些和其他病征都说明，她的病情同耶德塞拉姆河谷草原上的居民所患的各种热带疾病完全不同。

以后四天，瓦恩的身体开始肿胀，皮肤显露出血的症状，心律不齐，神志不清，说话不正常。

1月25日，志愿驾驶员把瓦恩空运到乔斯，从海平面的热带草原上升到4000英尺高的乔斯城。在旅行中，空气凉爽，湿度降低，乔斯周围的锡矿展露在眼前。

乔斯城居住着居民1.2万人，其中很大比例是欧洲移民，是为了躲避炎热和尼日利亚低地的疟蚊而来的。尼日利亚的三大部族，豪萨族、伊博族、约鲁巴族，也有居住在乔斯的。虽然经过悲剧性的尼日利亚内战，但城里居民损伤不大。尽管在1967年到1968年的内战中有成千上万的尼日利亚人死亡，上万人无家可归，乔斯在那段时间却只经历了24小时的抢掠和烧杀。

珍妮特·特鲁普博士和护士莉莉·平尼奥在乔斯机场迎接瓦恩。由于在无线电里描述的瓦恩的病情像是心脏的毛病，所以这两个人立即给生病的护士戴上了氧气面罩，把她匆匆送到宾厄姆纪念医院的急救病房。在那里，特鲁普和她手下的工作人员竭尽全力拯救瓦恩的生命。

但她们失败了。到达乔斯一天后,瓦恩陷入可怕的抽搐状态,而后死去。

三天以后,乔斯医院一名看护瓦恩的护士感到身上发冷,头痛,背部和腿部麻木。45岁的夏洛特·肖曾经用一团纱布轻轻地去擦瓦恩流血的嘴。患病以后,肖才想起她的手指被玫瑰刺过一下,用纱布在瓦恩嘴上擦血的正是那个手指。

不久,肖就出现了夺去她的病人性命的病征:发烧、皮疹、流血、疼痛、心律不齐。患病11天后,她也死去。

人们把特鲁普称为珍妮特博士。当晚,她便进行了尸体解剖,由护士长、52岁的平尼奥在旁协助。

平尼奥是个长老会的传教士。她曾小心翼翼地监视着肖的病情发展,每天监测实验室结果。肖和平尼奥原本是一对密友。在她穿上工作服、戴上手套和口罩协助进行尸体解剖时,不禁心中暗想:"我怎么能这么干呢?我怎么能眼看着让她开膛破肚?"

特鲁普和平尼奥看到肖的惨状都倒抽了一口冷气:肖的身体里的每一个器官都受到严重的损坏。心脏被堵塞了动脉和静脉的血细胞和血小板阻挡住,液体和血液充满了肺部,死亡的细胞和脂质斑块堵住了肝和脾,肾脏被死亡的细胞和蛋白质堵死,无法工作。她们打开肖的淋巴结时惊异地发现,淋巴结里根本没有与疾病作战的白细胞——淋巴细胞,里面空空如也,什么都没有。

协助进行尸体解剖以后一个星期,平尼奥护士也病倒了。这一次,医护人员非常认真,刚有发烧的迹象就送她住院。

1969年2月21日,平尼奥的同事们手足无措地站在一边,眼看着他们的朋友从早期症状:低烧、扁桃体发红、肝部有触痛,一步一步恶化,这时,惶恐笼罩了整个乔斯医院。

希望平尼奥受的是细菌感染,特鲁普给她注射了大剂量的青霉素。但是抗生素毫无作用。2月26日，特鲁普与纽约哥伦比亚大学的约翰·弗雷姆博士联系。弗雷姆是一位热带疾病专家，担任苏丹国内布道团医疗部主任。布道团在西非设有一系列天主教医院。

弗雷姆认为别无他法，必须立即用飞机将平尼奥和从她已死的同事身上提取的血样和组织标本送往纽约。在平尼奥由乔斯前往尼日利亚首都拉各斯的途中，弗雷姆同耶鲁大学的实验室科学家乔迪·卡萨尔斯进行联系。

早在1955年，弗雷姆已经听到消息说教会医院的医护人员和他们的家属得了奇怪的病症。那年，在尼日利亚的传教士的8个孩子高烧不退，抽搐不止。虽然儿童全部病愈，但是都留下一定程度的永久性脑损伤。

以后几年仍然不断有关于怪病的报道，弗雷姆有了一种想法：用传教士做流行病的早期警报系统。

虽然他的大部分同事在20世纪60年代都有健康转折期的想法，但弗雷姆根本不相信传染病史已经该翻过一页了。实地工作的护士和医生报来的奇怪的医疗报表，他看得太多了。

20世纪60年代中期，弗雷姆遇到了威尔伯·唐斯。唐斯是耶鲁的虫媒病毒实验室主任，也就是乔迪·卡萨尔斯的领导。他们决定对最近原因不明而长期发烧的所有传教士验血。

卡萨尔斯对65名这样的病人的血样进行了甄别比对，能够说出一半的传教士感染的是他在耶鲁保存的大量病毒中的这一种或那一种。

但是，仍有32例病情无法解释，这仿佛证实了弗雷姆的观点：仍有许多微生物没被发现。

1968年，监测系统建成，特鲁普和其他教会医院的院长都得到通知，各种怪病的血样都要送到哥伦比亚大学。弗雷姆粗略地看过之后，会把血样转到卡萨尔斯手中进行详细的分析。1969年平尼奥的病便是对这个系统的第一次真正考验。

同两年以前马尔堡的情形一样，这次也需要卡萨尔斯辨识神秘病毒的专业知识。卡萨尔斯同意接收护士的血样和组织标本，并对弗雷姆说："辨识这种病毒易如反掌。"

到达拉各斯后，平尼奥虚弱异常。尼日利亚和美国的官员对于如何安全地把患病的护士运到纽约，看法不一，于是她便被放在天主教医院附近的一个小小的房间里隔离了四天。

平尼奥由她的密友多萝西·戴维斯看护，戴维斯也是一个护士。拉各斯当局把两个女人关进隔离室，那是一间到处是蚊虫的小房子，戴维斯得不停地拼命挥舞胳膊，驱赶蚊子不要叮她的朋友。她们已经注意到，即使被最小的蚊子叮过以后平尼奥也要流好几分钟血：不知什么原因，平尼奥的血没有凝结。

她们在隔离室的头一天晚上，拉各斯的气温升到32℃以上，在她们那个铁皮房顶的小屋里，温度更高。平尼奥旁边躺着一个长满麻疹的小孩儿，他也在垂死挣扎。夜间小孩儿死去，他的妈妈肝肠寸断，在几个小时里悲泣不停。

平尼奥阵阵昏迷，不知是睡是醒。

在长长的四天中，戴维斯面对她的朋友焦躁不安。她知道肖在护理瓦恩后发生了什么事，禁不住有些担心自己的健康。她们两人都是虔诚的基督教徒，一起祈祷奇迹出现。

疾病控制中心的调查员莱尔·康拉德碰巧在尼日利亚，在他的干预下，尼日利亚和美国官员就如何运送平尼奥的方法问题最后取得一致看法。经过谈判，他让平尼奥乘坐泛美航空公司的一架喷气客机，把她放在空空荡荡的头等舱，戴维斯和他自己也

第四章 进入密林

坐在那里。在平尼奥旁边的座位上放着一个盒子,里面装着从她的两个朋友劳拉·瓦恩和夏洛特·肖的尸体上提取的血样和组织标本。

在长时间的飞行中,平尼奥躺在担架上浑身无力,表情冷漠。虽然她是在拼命挣扎,但她的外表却只是像一个疲倦的旅行者,不过被时差弄得比别的旅客稍显疲劳而已。

但是在平尼奥体内,却有一场激战。针对迅速增长的病毒,她的免疫系统正在调集各种防御武器,通过血液,运往各个作战地点。从她的淋巴结到她的肝脏,战斗正在激烈地展开。

同时,平尼奥的软弱无力却十分明显,这是六天来101℉(38.3℃)高烧不止的结果。她茫然看着前方,心中暗想:"我没有时间害病。我要做的事情多得很。我得实现上帝的愿望。"

但她也信任上帝。"如果上帝要把我带走,那也没什么。"

午夜以后,平尼奥住进哥伦比亚-长老会医院,她被抬进一个四面是玻璃的屋子里隔离起来,由特级护理护士24小时直接观察。

次日早晨,弗雷姆来的时候发现医护人员焦躁不安,有人显然还有些害怕。他设法同平尼奥的主治医生讲道理,问他:"如果这是一例肺鼠疫,你会怎么办?"

"我会被吓死!"医生回答。

弗雷姆希望在瘟疫的恐怖和日常的细菌感染在医护人员中引起的毫不在意的情绪之间找一个中间态度,便建议医生和护士们采取处理猩红热时应有的预防措施。所有照料平尼奥的人员都穿戴上外衣和手套、口罩、鞋套,并且按最严格的疾病控制程序操作。

平尼奥感到筋疲力尽,口干舌燥,高烧不停。她的体温达到

101.2°F（38.4℃），肌肉疼痛，腹部有触痛。但是她常常头脑清醒，对于哥伦比亚的医护小组提出的医疗问题都能给予有用的回答。事实上，医护小组的有些人对于平尼奥的头脑清醒和心脏正常印象极深，他们希望平尼奥已经熬过最糟的难关，很快会从神秘的疾病中康复过来。

几小时后所有的希望都被打碎了，平尼奥的体温升高到107°F（41.7℃），喉部充满淋巴液。到3月6日，平尼奥已经不能再进食和吞咽，因为她的咽喉即食管膜感染，红肿充血。担心的医护人员注意到她的面部和颈部有肿胀。她的肺部和胸腔也充满液体，X光显示，有些生物体侵入了她的肺膜。

平尼奥更加衰弱了。她变得完全冷漠了，不再有战胜疾病的愿望。最最重要的是，在3月7日，平尼奥得了疟疾，这无疑是由于免疫系统被毁，潜伏的恶性疟原虫活跃起来。

平尼奥喉部的液体被送往纽黑文的卡萨尔斯处，一同送去的还有从她死去的同事身上提取的脑部标本和血样。

与此同时，平尼奥的病情更加恶化。4月1日，她失去了对眼部肌肉的控制，眼珠开始在眼窝里无控制地乱跳，全身的肌肉也在做类似的抽搐和颤抖。脑部扫描显示，神秘的病毒正在攻击她的中枢神经系统。

奇怪的是，只要平尼奥有片刻的清醒，她总是对周围的护士的命运比对自己可怜的状况显得更加关切。"啊，瞧瞧这些可怜的好人，戴着这么大的胶皮手套摸来摸去。戴着这些笨重的东西整理病床可难了。"她心想。每次给她吃药前，护士都得对她发炎的喉部进行局部麻醉，她都要道歉。当日复一日她仍不能进食，必须进行静脉注射，需要医护人员密切关注时，她也同样感到不安。

卡萨尔斯没有立即找到答案。不知是哪种病毒在折磨平尼奥，

第四章 进入密林

反正同耶鲁现存的任何出血病毒都对不上号。他只知道一件事：这种生物体异常顽固。

到4月中，平尼奥开始好转，虽然走起路来有些奇怪地向右倾斜，但已康复到可以走出病房，这真是一个奇迹。5月3日，她病愈出院，但是仍然有严重的头疼、眼花和头晕，直到月底才全好。

尼日利亚和纽约两地的医生都无法解释发生的事。最接近的猜测是马尔堡病毒在作怪。但是卡萨尔斯在任何一个护士的血样里都找不到马尔堡病毒的迹象。

再回到纽黑文，卡萨尔斯继续他的摸索，在最现代化的预防条件下工作。在平尼奥从乔斯前往纽约的四天中，保存标本的干冰完全升华了，血样被完全暴露在尼日利亚又热又潮的气候中。可是，顽固的病毒到达后竟没有变化。为了保护他手下的工作人员，卡萨尔斯坚持，只有他才能照料注射了神秘病毒的用于实验的老鼠。这种啮齿动物被放在一个特殊的密封房间里，卡萨尔斯必须先戴上口罩、护目镜和手套才肯进去。

日复一日，卡萨尔斯把护士们的神秘微生物标本注射进实验动物的体内，寻找辨认病毒的线索。他的实验室也在培养皿里培养非洲绿猴的细胞——称为非洲绿猴肾上皮细胞，倒进微生物沾染的液体，观察其结果。在最后的快速试验中，他们把对马尔堡病毒和其他病毒的抗体倒进装满平尼奥血液的试管内。

当他们用高倍显微镜观察结果时，对卡萨尔斯来说，迷雾更浓了。他的各种抗病毒抗体，包括通常能抵御马尔堡病毒的抗体，没有一种能锁住这种神秘微生物的。抗体分子的针对性是极强的，对于卡萨尔斯那样的科学家来说，一种抗体和病毒的相互关系就是一条非常可靠的线索，就像一个侦探发现罪犯拿着被盗人装满钻石的保险柜的唯一一把钥匙一样。

但是，卡萨尔斯收集的大批抗体"钥匙"中，没有一把能打开平尼奥的神秘病毒这一把"锁"。卡萨尔斯和他的同事罗伯特·肖普对着平尼奥的微生物甄别了200多种病毒抗体，最后才得出结论：这是"一种新东西"。

同样令人不安的是在显微镜下观察受感染的非洲绿猴和啮齿动物细胞得到的线索。这种神秘色彩极浓的病毒看来不像马尔堡病毒或卡萨尔斯熟悉的其他任何病原体。卡萨尔斯同著名的电子显微镜专家索尼娅·巴克利一起，寻找微生物可以辨认的特征。他们把标本放大了10万倍，以便用肉眼观察这种微小的杀手。他们看到的是些滴溜溜圆的球体，上面突出一些黑色的尖状物。球体内是病毒的遗传物质。相比之下，马尔堡是一种细长、多茸毛的病毒，常常卷成一个很紧的螺旋形。

两种病毒根本不像。

更加糟糕的是，卡萨尔斯认定这种微生物毒性极强。在巴克利以平尼奥的一滴血对1000万滴无害液体的比例稀释血样后，她在培养皿中用八九天的时间培养的非洲绿猴肾上皮细胞，仍有一半被稀释液杀死。即使马尔堡病毒也没有做到这一点。

5月底，就在平尼奥康复期间，卡萨尔斯开始为即将召开的世界卫生组织马尔堡疾病大会撰写论文。他当时住在曼哈顿西区的一所公寓里，每天乘车前往纽黑文。他喜欢在家里写东西。6月3日，他在办公室整理好资料，准备返回纽约。但是突然间，卡萨尔斯感到一阵寒冷，全身发抖，持续了一个多小时。他吃下两片阿司匹林，颤抖停止。次日早晨醒来，他返回纽黑文，感到有些不适。

星期六，卡萨尔斯醒来感觉大腿肌肉疼痛，而且一阵痛似一阵。"我从来不知道肌肉会痛得这么厉害。"他心里想着，琢磨这件事的科学含义。

他设法下床走路，心想活动一下就好了，但是吃惊地发现疼痛反而加剧了，两腿软弱无力，几乎撑不起他的体重。

一阵茫然过后，卡萨尔斯返回床铺，不久就发现，自己眼看着几个小时溜过去而毫不动心。他感到奇怪的冷漠，事事不在意。

"很可能只是流感。"他固执地得出结论，尽管他也知道他的病征表明是别的病。

卡萨尔斯的家人外出去度周末，等到星期日晚上回来时，妻子和女儿都惊呆了。乔迪·卡萨尔斯滴水未进。《纽约时报》原样放在他旁边的地板上，他没有阅读。平时精神抖擞的科学家看来毫无生气，仿佛早已决定一切听天由命。他的头脑极端混乱，不停地嘟囔着流感什么的。

"这不是什么见鬼的流感！"他的太太说，并且迅速给家庭医生埃德加·利弗打了电话。医生很快来到，立即排除了流感，迅速把卡萨尔斯送到哥伦比亚大学的长老会医院。

一路上卡萨尔斯疼痛万分，在医院的走廊里等着照X光和进行其他试验，又耗去几个小时，也是疼痛难忍。医生们担心，对卡萨尔斯使用笨重的医疗设备时如何减少对他人的传染，同时，一个玻璃做的隔离间准备就绪。

在6月剩余的日子和7月的大部分时间里，卡萨尔斯就住在一个玻璃屋子里，靠负压通风，安着气锁门。只有必不可少的医护人员，穿着防护服，戴着手套、护目镜和口罩，才可以进入卡萨尔斯的小小世界。

卡萨尔斯病情严重。他的体温是104°F（40℃），他的血压很高，脉搏微弱，皮肤发红，红细胞和白细胞以惊人的速度流出心血管系统，进入尿液。

病毒在攻击他的心脏、咽喉和静脉。

尽管卡萨尔斯继续喃喃自语，说他可能没事，不过是一次小小的感冒，医护人员却知道他感染了拉沙热，正在拼命挣扎。

也许只是姑妄一试吧，利弗请求业已康复的彭尼·平尼奥的帮助。

"我们需要你的血液。"医生说明他希望平尼奥的血液里含有抗体，能够摧毁正在进攻卡萨尔斯的拉沙病毒。平尼奥立即答应。同时，卡萨尔斯的领导威尔伯·唐斯也给卡尔·约翰逊打电话，询问他玻利维亚的经验——利用马丘波病愈者的血清去治疗其他病人，其结果如何？

"效果良好，"约翰逊像往常一样匆匆地说，"但你最好要快，病人患病越久，免疫血清的作用越小。"

卡萨尔斯入院第四天，病情恶化到危险程度的时候，输入了500毫升平尼奥的血浆。

"简直是奇迹。"次日，卡萨尔斯的体温下降到101℉（38.3℃），头脑也开始清醒后说。从此以后，卡萨尔斯每天都能恢复体力，摆脱淡漠感，增强办事感，也觉得肌肉疼痛在减轻。一周以后，他的体温和心血管都恢复正常。

住院30天后，卡萨尔斯病愈回家，显得有几分悲哀，人却更聪明了。

悲哀的原因是他不能说明他是如何受到感染的。在耶鲁的实验室里他采取了各种可能的预防措施，这是肯定的；这些措施在他研究千百种稀奇古怪的其他病毒时都是管用的。显然，拉沙病毒的危险性特别大。

一次又一次地，卡萨尔斯阅读他的实验笔记，试图找出一个漏洞，一个他漫不经心地让自己和病毒接触的时刻。只存在两种可能。由于他坚持只有他才能接触感染的老鼠，这位科学家想，可能是老鼠把病毒尿在笼子里铺的锯末和木屑上，不知怎么一来，受惊的老鼠把木屑踢起，进了他的呼吸范围。但是，他一直是戴着口罩的，如果这种设想成立，就是这种曾经挡住百余种其他病毒的口罩，挡不住拉沙病毒。

另一种解释在卡萨尔斯双手干裂的皮肤上。在显微镜下观察，他的双手布满小孔，可能成为顽固的病毒进入他体内的门户。但是，卡萨尔斯总是戴着厚厚的橡胶手套，记不起上面有任何洞眼。难道这种病毒能穿过橡胶？或者有一天他不知不觉戴了一双次品，上面有许多微小的洞眼？

25年后，这个令人烦恼的谜团仍然未能解开，让耶鲁的官员大吃一惊，他们对于在校园里进行神秘的致命性病毒的研究本来就不十分热心。

大学和洛克菲勒基金会的官员不断询问情况。卡萨尔斯提醒他们，他曾在耶鲁的机构里——此前在纽约市的洛克菲勒实验室里——做过数年成功而安全的研究工作，从来没有出过事。自从20世纪30年代由于西班牙内战，这个当时还很年轻的加泰罗西亚医生被滞留在美国以后，他的大部分工作时间都花在研究一系列的致命性病毒上，如脊髓灰质炎、日本脑炎、狂犬病、圣路易斯脑炎、胡宁病毒、马丘波病毒、淋巴细胞性肺络丛脑膜炎、人类和猴子身上发现的十余种出血性病毒，以及他发现的一系列蚊虫携带的南美病毒。

确实，自从他和卡尔·约翰逊走遍苏联，调查奇怪的出血病以后，二人就发现，真正危险的还不是病毒，而是政治。例如，在1965年春，他参加了苏联同行和美国高级研究人员为期一个月的调查，研究四种不同类型的病毒性出血综合征，他们发现至少三种只出现在苏联境内，即鄂木斯克出血热、克里米亚出血热和中亚出血热。参加的科学家都觉得此行十分有用，随后几年又进行过几次交流。

但是卡萨尔斯和约翰逊每次从苏联回国，都受到中央情报局特工的纠缠，特工们希望两位科学家透露在这个共产主义国家看到和讨论到的一切。卡萨尔斯总是照办，但是在1969年他和耶鲁的官员争辩是否继续研究拉沙热的时候，他对中央情报局的盘问变得不耐烦了。

1969年夏，康复中的卡萨尔斯不遗余力地进行他的拉沙热研究，他知道大学当局正在辩论是否要停止这个项目。不久他就证实，差一点儿要了他和平尼奥性命的那种疾病是由一种毋庸置疑的新病毒引起的。他进一步发现，这种病毒的遗传物质是RNA，即核糖核酸，而不是DNA，即脱氧核糖核酸，DNA能控制人类细胞。他使用了约翰逊和韦布用来提纯马丘波病毒的技术，从尼日利亚送来的标本和他自己住院期间提取的标本——包括喉部标本、血样和尿样中，分离出了拉沙病毒。他的实验室排除了这种可能：拉沙病毒是由普通的非洲蚊子携带的，因为在实验中蚊子不受感染。但是，他们却把谴责的手指指向啮齿动物。他们表明，实验用老鼠可以受到拉沙病毒的感染，但没有患病；因此，啮齿动物是这种疾病的致命携带者。

奇怪的病毒同卡萨尔斯的病毒收集室里的上百种病毒都没有发生交叉反应，包括从非病原体的塔卡里伯病毒到百分之百致命的狂犬病毒的各种病毒。当他用自己的血样与所有这些病毒做试验时，他发现他的抗拉沙抗体只对新病毒产生反应。换句话说，卡萨尔斯对拉沙热有免疫作用，但这种免疫力并不能保护他免受其他病毒的侵害。这就明确显示,拉沙病毒确是一种独特的病毒。

令人最为不安的是,卡萨尔斯认定病毒可用四种方法传播:从受到感染的人或动物那里吸进带病毒的微粒;与被沾染的尿液接触;与被感染的人直接进行血液对血液的接触;其他涉及实验用老鼠的不太明确的方法。

1969年秋,卡萨尔斯被迫同意耶鲁当局对拉沙病毒研究的安全性的担忧,所有的病毒标本都被运往亚特兰大的疾病控制中心总部,那里有一个设计独特、安全保密的机构对它们进行研究和保管。促使卡萨尔斯也认定最好还是停止在耶鲁对拉沙病毒进行研究的是胡安·罗曼的悲剧。罗曼是耶鲁实验室里一个55岁的技术人员。他已经决定到宾夕法尼亚的约克去同堂兄妹一起过当年的感恩节。这位波多黎各出生的助手从来没有参与过卡萨尔斯的拉沙病毒研究,也被要求严禁接触任何标有"拉沙"的东西(除了巴克利和卡萨尔斯以外,耶鲁实验室的所有人都被严禁)。

星期三晚上,罗曼离开纽黑文。他显然感觉良好,自己驾车前往约克。到星期五他患上重病,出现了拉沙热的一切典型病征:发烧、发冷、肌肉疼痛、疲劳不堪、嗜睡。他住进当地一家医院。在那里医治了一周,没有采取特别的防传染措施,然后他的手足无措的医生给耶鲁虫媒病毒实验室打电话,询问罗曼是否接触过什么奇怪的病毒。

那个星期六,卡萨尔斯心急火燎地前往约克,发现他的技术员病得死去活来。他警告医院的医护人员需要采取十分严格的预防感染的措施,然后便立刻返回耶鲁,开始准备自己的血样,作为抗血清供垂死的实验室技术员使用。等他做好安排,准备把罗曼转入纽约的哥伦比亚-长老会医院的时候为时已晚。

星期一上午,罗曼病死,患病正好10天。他根本没有时间试用卡萨尔斯的血清。

虽然卡萨尔斯和耶鲁当局用了好几个小时查看罗曼的笔记，对照他的行动，搜索实验室的每一寸地方，寻找标签有误的试管和培养皿，查看通风系统的漏风处，他们却根本无法解释技术员是如何感染拉沙热的。耶鲁和卡萨尔斯都担心，整个纽黑文会人心惶惶，特别是越战的示威者和学生中的怀疑者认为，全国所有的高度机密的实验室都在进行细菌战研究，于是，他们一致认为该是另行安排拉沙标本的时候了。

1969年圣诞节，平尼奥和卡萨尔斯高兴地庆祝他们依然健在，两家人也欢聚一堂。现在可以眼看着曼哈顿大街上闪烁的灯光，感觉着夜间即将下雪的清新空气，完全忘记差一点儿夺去他们生命的热带疾病了。卡萨尔斯庆幸他身体健壮，平尼奥在圣诞祈祷时常常念叨她的好运。她的耳朵仍然老是嗡嗡响，那是病毒留下的后遗症，但她仍然活着，她的精力正在慢慢恢复。

新年过后，节日的欢乐气氛一下子消失，病人开始大批涌进平尼奥原来在乔斯的医院，现已更名为伊万杰医院。在三周的时间内，珍妮特·特鲁普博士医治了17名看来像是拉沙热的病人。伊万杰医院的医护人员很快出现了惊慌情绪。1月21日，在每周一次的祈祷会上念的是赞美诗第九十一首：

> 你不必害怕黑夜的惊恐，
> 或是白日的飞箭，
> 也不必害怕黑暗中流行的瘟疫。

虽然珍妮特博士怀疑拉沙病毒是罪魁祸首，但她仍决定做一个尸体解剖来证实这个判断。1970年1月25日，身材瘦小的特鲁

第四章 进入密林

普梳着一个伯德·约翰逊夫人的发式，戴着护目镜，穿着适合热带的棉织防护服，走上了尸体解剖台。她深知其中的风险，深深地吸了一口气，拉了第一刀。

几分钟后，她划破了自己的手，血液透过防护手套流出。虽然她当时坚持对别人说"不过是个小口子"，但她自己却吓坏了。

从结果来看，她害怕不是没有原因的。10天后，她对同事说，她得了流感。2月10日，她住进医院，体温103.8℉（39.9℃）。

随着特鲁普病情的恶化，乔斯的医护人员变得人心惶惶，她的同事通知了哥伦比亚大学的弗雷姆，弗雷姆又转过来启动计划，让平尼奥和卡萨尔斯乘飞机前往乔斯。虽然二人仍有与拉沙病毒有关的病征，但弗雷姆确信他们现在对这种疾病已经有了免疫力。这使他们成了拉沙热调查人员的理想人选。

不幸的是，内战再次在比夫拉爆发，尼日利亚政府本来对于弗雷姆决定把这种致命的疾病用他们的一个村镇命名就不愉快，此时便迟迟不给卡萨尔斯和平尼奥发签证。时间一拖再拖，每天都有电报描述特鲁普恶化的病情，两个病愈的拉沙热病人越来越焦急了。

在万般无奈的情况下，弗雷姆通过美国外交途径运出了平尼奥的血清，但是又被错误地运到伊巴丹，那里离特鲁普在乔斯的病榻还有若干英里。血清运到伊巴丹是2月15日，再由平尼奥从那里带到乔斯。她到达乔斯是2月20日。

可是，珍妮特·特鲁普在2月18日已经死去。

3月3日，卡萨尔斯到达，一个五人研究小组成立，其中包括特鲁普的助手哈罗德·哈尔·怀特和平尼奥。平尼奥流利的豪萨语和多少年来在乔斯民众间赢得的尊敬发挥了重要作用。

经过几周的调查，小组仍无法说明病毒到底从何而来，但是能够解释拉沙热在伊万杰医院和附近的沃姆基督教医院大肆传播的缘由。

小组追踪发病的情况，断定发病是从一个妇女开始的。1969年9月，她从尼日利亚的大城市拉各斯返回家乡巴萨小镇，在那里她生下孩子。

40天后，在圣诞节，这个妇女出现急性病毒血症的症候，被安置在伊万杰医院的普通病房。在她整个住院期间，她的新生儿和一个三岁半的小孩都留在她身边，她由母亲和姐夫悉心照料。

1月中，妇女病愈出院返回巴萨，但是一家人到家不久，大孩子就死了，妇女的母亲也患了病。从1969年圣诞节到2月26日，两个医院共有28个人染上拉沙热，其中13人死亡，除了珍妮特·特鲁普，其余全是尼日利亚人。

至少16人是从头一个巴萨妇女那里染上拉沙热的，尽管大部分人同病人并无身体接触。叫伊万杰医院的医生们大为尴尬的是，大多数感染实际上发生在医院的A病房。在那里，巴萨的妇女曾为她的热病挣扎了两个星期，躺在一张靠墙角的病床上，旁边是打开的窗子。飕飕的小风将她呼出的病毒吹到病房里面，经过了4个病人、6个探视者、4名医院雇员的鼻和口，这些人全得了拉沙病。转过来，这些受到感染的人在离开医院后，又把病毒传给家人。这表明拉沙热病人在病愈后仍可在两三周内携带病毒。

人们搜遍了巴萨小镇也未能找出流行病的病源。

弗雷姆负责苏丹国内布道团在西非洲的传教士的健康与安全，对他而言，拉沙热的第二次暴发尤其值得担心，原因有三个：主要暴发在尼日利亚人之间，表明尼日利亚民众可能没有天然的免疫能力；疾病的传播显然是医院的工作程序造成的结果；病源依然不明。

第四章 进入密林

1970年，弗雷姆从712名正在或最近在西非工作的美国传教士身上采集了血样，进行测试，看过去是否受到过拉沙病毒的感染。5人试验呈阳性，其中4人回忆起患过长时间原因不明的热病。只有1人，即哈里·伊利雅，是在尼日利亚时患的病。1952年，伊利雅曾在尼日利亚的拉哈马重病一个月，结果终生耳聋。拉沙病的一个常见后遗症就是失聪。平尼奥在与拉沙热进行殊死搏斗以后的25年还经常耳鸣。

另外4例病人是1965年8月到1968年2月在几内亚的边远小镇特莱霍罗患的病。61岁的传教士卡里·穆尔的听觉神经完全被疾病毁坏，一点声音也听不到。

弗雷姆的小组还测试了1965年到1966年在尼日利亚北部作为寄生虫调查的一部分而采集来的血样。2%的人表明原先受到过拉沙病毒感染。科学家怀疑拉沙病毒藏在某些非洲常见的动物门类中，可能在感染整个西非的人群。热带有如此多的热病让人担心，拉沙热偶尔出现不被人注意也是意料中的事。

他们提出警告，拉沙热无疑还会再来。

可惜没过几个月，他们的预料就应验了。不是在尼日利亚，也不是在几内亚，而是在利比里亚。

利比里亚农妇加巴苏怀孕四个月时突然流血不止。虽然她恶心、呕吐已经一周，但她只是在自己所住的村子齐吉大治病，用的是草药和符咒等巫术。可是她尿血严重，让她大为担心。她决定走27英里的路程，前往佐佐尔的柯伦·路德教会医院就医。

1972年3月3日，她在加巴苏怀的一对双胞胎自行流产以后，一个来自美国科罗拉多的传教护士兼助产士埃丝特·培根为她做了紧急扩宫和刮除术。在整个操作过程中，加巴苏流血难止，简直是倾泻而出，培根的护理服湿透了，贴身的棉布内衣也被透过，

逼近的瘟疫

整个上身泡在加巴苏的鲜血里。

数日后，加巴苏出院，返回齐吉大的家中。但是，与她同住一个妇产科病房的另外两名妇女却出现了相似的病征：恶心、口腔溃疡、发烧。3月中，培根患病，医院里另有一些人员也染病。到月底，已有5位病人（包括一个妇产科病人的新生儿）和院方的8人得病。接着关于拉沙热的流言四起，佐佐尔人心惶惶。旅行者匆匆穿过小镇，车窗紧闭，防范想象中的瘟疫。邻镇的居民变得惊慌失措，不知如何是好。

由于人们特别担心培根的病情，所以惊慌情绪更加严重。自从1941年来到佐佐尔，这位精力充沛的助产士亲手创建了一个庞大的基层组织，培训了助理助产士，建立了孕妇检测制度，使这个地区乃至整个利比里亚的医疗卫生发生了革命性的变化。鉴于她多少年来跋山涉水，步行数百英里，走遍穷乡僻壤，去向妇女宣传到干净卫生的环境中、在受过训练的人员的协助下生产的好处，她曾两次获得利比里亚总统奖章。

佐佐尔位于利比里亚东部高原热带丛林地区，靠近几内亚边界，是一个偏远的地方。佐佐尔的巫师通常讨厌各种形式的医疗竞争者的到来。可是，即使在地处深山老林、只能靠骑马甚至步行才能到达的乡村，培根也能设法赢得尊敬。

培根患病的消息传出后，整个地区到处自发举行祈祷会，同时对拉沙热的恐惧也更加严重。人们奇怪："是什么东西这么厉害，竟能伤害培根护士？"

3月30日是耶稣受难日，培根被从家里抬到一个小小的简易机场，从那里搭乘一架螺旋桨飞机，前往设备比较齐全的菲比医院。在她的担架走向简易机场时，沿途站满了佐佐尔的民众，有的大声号哭，有的小声抽泣。

培根和院方其他患病人员的血样被送到亚特兰大的疾病控制中心，同时通知了利比里亚的卫生官员和日内瓦的世界卫生组织总部。彭尼·平尼奥一直待在乔斯，此时中心又请求她出力帮忙，捐献血清。平尼奥现在确信，上帝让她染上拉沙热后痊愈，就是这个目的。她热情地答应了。

虽然平尼奥带来了两个单位包含抗体的血浆，但这血浆对培根却没有发生作用。正如3年前卡尔·约翰逊曾经预料的那样，只有在患病的早期使用，抗血清对病毒性出血病才会有效。

4月4日，埃丝特·培根病故。

埃丝特·培根生病的时候，汤姆·莫纳特正在尼日利亚的伊巴丹大学完成病毒学学位研究。这个30岁的波士顿人，在哈佛学医的时候就对昆虫携带的病毒性疾病着了迷，所以便到尼日利亚研究黄热病。1972年3月，他的工作完成，打好行李，正在幻想着咬一口甜美可口的美式奶酪包时，接到一封从疾病控制中心来的电报。

"前往利比里亚。"电报说，还说有理由怀疑在一个小小的教会医院暴发了拉沙热。电报指示他尽快与彭尼·平尼奥会合，前往佐佐尔。他的任务是查明拉沙病毒从何而来，如何传播。

一时之间，莫纳特只是瞪着电报，心里一阵恐惧。"这是一宗非常可怕的差事，"他暗想，"对此病谁都一无所知。它的传染性极强，而且在乔斯得病的人有一半都死了。"

但是几个小时后，在他打开准备运往美国的器材时，他又有意对这件事轻描淡写，对他太太说，此行"没什么了不起的，小事一桩"。

平尼奥和莫纳特从拉各斯起程，前往利比里亚首都蒙罗维亚，然后再换乘一架轻型小飞机到达佐佐尔。从下飞机那一刻起，他们就能感到那里的凄凉情绪。路上没有人行走，旅行的人一反常态，拒绝在佐佐尔停车加油、吃饭。

"空气中充满了恐惧。"莫纳特心中暗想。

那时培根仍然活着，勉强活着。医院的几张病床被其他拉沙热病人占用着，医护人员个个惊慌失措。平尼奥和莫纳特会见了院长保罗·默顿斯，莫纳特制订了一个作战方案。

"首先要去齐吉大，找到加巴苏，设法弄清她是从哪里沾染病毒的。"莫纳特说。在平尼奥和莫纳特去村里查找时，默顿斯要查明病毒在医院里是如何传播的。由于自己有免疫能力，平尼奥同意负责抽血和处理血样。

离开佐佐尔以前，莫纳特设法把所有鼠夹和蝙蝠套都弄到手。虽然他研究的只是昆虫，但他知道胡宁和马丘波都是啮齿动物携带的疾病，而乔斯和佐佐尔的情况又不像是昆虫作恶。如果是昆虫携带了疾病，就不应该只是在室内发病，发病的也不该主要是成年人。一般说来，昆虫携带的疾病攻击儿童多于成年人，因为少年喜欢到户外有水有树的地方去玩，容易在那里接触到蚊子、螨虫、蜘蛛等。

但是在佐佐尔，只有一个小孩患上拉沙热，是一个新生儿，无疑是同他感染了拉沙热的已经生命垂危的母亲有了血液对血液的接触后才患病的。

在前往齐吉大的途中，莫纳特回忆了他所听到的关于啮齿动物的疾病携带者的知识，并且设想疾病控制中心的啮齿动物专家在这种情况下会怎么办。

平尼奥和莫纳特都不会讲利比里亚的语言洛马语和格贝列语，好在利比里亚政府办公用英语，因为这个国家是解放了的美国奴隶在19世纪创建的。即使在偏远的乡村，有了基础英语也能行得通。他们找到了加巴苏，并且获得村里批准，给她的亲友抽取血样，安放鼠夹，收集当地的动物。平尼奥耐心地给不熟悉这种程序的焦急的村民抽血，莫纳特则去捕捉动物。

莫纳特一夜又一夜地借着烛光，蹲在地上，一只手戴着厚厚的手套，紧紧抓住蝙蝠套，另一只手不时地调整口罩。他用这种姿势捉到几十只蝙蝠，始终记着正在乱咬套子的牙就可能携带着致命的病毒。利用闪烁的烛光照亮，莫纳特小心翼翼地把捉到的蝙蝠塞进一个装满液态氮的暖瓶中，把它们冷冻起来，供将来在亚特兰大疾病控制中心的最高安全实验室研究用。

莫纳特找不到引起齐吉大村的原发疾病的罪魁祸首，但是对133个村民的血检显示，除了加巴苏，还有4个人感染过拉沙热后已经痊愈。

回到医院后，默顿斯和莫纳特又有了乔迪·卡萨尔斯的协助。卡萨尔斯是疾病控制中心派来的。他们一起在楼里寻找害虫，但最终被迫得出结论：这次小规模流行是一次典型的医院传播，即在病人和医护人员间的传播。他们断定，埃丝特·培根护士显然是在给加巴苏做扩宫和刮除手术时被感染上的，而加巴苏估计是在齐吉大村染上拉沙热的。

加巴苏是从3月1日到19日在柯伦·路德教会医院的妇产科病房住院的。在那段时间，一个在怀孕期肾脏感染正在恢复的病人内西，就在加巴苏旁边的病床上躺了几天，和她新结识的朋友同吃同喝。内西的肾盂肾炎顺利治愈出院。五天后她再次入院，高烧不止。内西死于拉沙热。

利比里亚的两位助产士杰蒂·齐格勒和菲布·霍尔旺杰曾经为内西和加巴苏接生，也于3月中旬生病，但是过了几周，就从拉沙热中完全恢复过来。

萨拉却没有这么幸运。这位克派伊村的村民躺在加巴苏下风25英尺处的一张病床上，因紧急剖宫产正在休养，同时也照料她的新生婴儿。就在加巴苏离开柯伦·路德教会医院的当天，萨拉突然出现烧灼般的头疼，体温升到103℉（39.4℃），无法起坐。4月4日，产道流血不止，萨拉陷入休克死去。四日后，她的婴儿也夭折。

总的说来，1970年共有11个女人在佐佐尔感染拉沙热，全部发生在路德教会医院，7人为医护人员。其中4人死亡：埃丝特·培根，一个名叫萨拉的利比里亚产科病人，她的新生婴儿，以及朱安尼塔·艾科伊——一个利比里亚助理护士。病愈的人中有两人听力受损，一人完全失聪。

小组测试了3月份住院的另外59个病人，其中6人拉沙病毒测试呈阳性。在医院的57名医护人员中，除了7人已知患过此病外，另有两人测试呈阳性。两人都在产科病房工作，看护萨拉、加巴苏和内西。

内西的病情尤其让研究小组不安，因为她的病意味着拉沙热可能有一个很长的潜伏期（19天），而且可能复发。医院工作人员中复发拉沙热的可能性特别让默顿斯心神不安。

小组研究医院5年前的记录时发现了疾病复发的进一步证据。最后，他们确信，过去许多例无法解释的热病，可能都是拉沙热。一位原先的病人被找到，并做了测试，结果显示对拉沙病毒有抗体，表明他曾经感染过这种病毒。

由于科学家们未能确定利比里亚流行病的发病根源，所以默顿斯知道将来还有可能出现另外的病人。虽然对防止村民暴发疫情默顿斯无能为力，但他决心不让此病再次在他的医院传播。全体医护人员都对下列项目进行了训练：正确的疾病控制措施，卫生，器械消毒，以及其他从约瑟夫·利斯特①男爵时代开始，对防止医院微生物传播就有普遍效果的标准做法。

莫纳特刚坐下来喘一口气，并且再次准备返回美国的时候，当时在塞拉利昂和平队的医生迈克尔·格雷格向疾病控制中心联系求援。这位志愿医生认为拉沙热已经暴发。莫纳特再一次联络卡萨尔斯和平尼奥。一行三人于1972年9月动身前往塞拉利昂首都弗里敦，在那里与疾病控制中心的调查人员戴维·弗雷泽、保罗·戈夫和卡洛斯·肯特·坎贝尔会合。他们共同揭开了拉沙热的秘密，尽管由于水门窃听事件和激烈的总统竞选，他们的努力在国内基本上没有受到人们的注意。

在弗里敦以东约200英里，距几内亚和利比里亚边界不远处，拉沙热在村民和钻石工人间暴发。初看上去，这场流行病仿佛与在乔斯和佐佐尔的发病情况完全相同：都是围绕医院传开的。但是不久，莫纳特和卡萨尔斯就意识到在潘古马医院患拉沙热的人是从别处得病的。查阅了当地的6个医院的医疗记录后发现，有63例看来极像拉沙热的患者出现在1970年10月1日和1972年10月1日之间，两年间患病人数呈不断上升的趋势。

莫纳特再次戴上厚厚的手套和口罩，到潘古马附近的村庄和矿工棚捕捉野生动物。卡萨尔斯和平尼奥则为医院的工作人员抽取血样。野生动物在不断捕捉，村民们也捉住猫和狗，并且紧紧按住，让坎贝尔、卡萨尔斯和莫纳特抽取血样。他们放置了数百个鼠夹，夜间用网套蝙蝠。这些野生动物露出牙来咬捕捉它们的人，医生们则戴着手套小心翼翼地杀死它们。

---

① 约瑟夫·利斯特（Joseph Lister，1827—1912），英国医生。1867年提出医院应严格消毒。此前，病人多有死于术后细菌感染者。——译者注

"真有意思！"莫纳特暗想。他感觉到有可能在这里，在塞拉利昂的这些乡村里，最终找到携带拉沙病毒的动物。组员们兴奋异常，都把担心藏在心里，根本不曾提到他们也害怕染上这种可怕的疾病。不过，身材矮小、年岁较大、做事细心的莫纳特还是仔细地观察着坎贝尔。坎贝尔是个瘦高个儿，高过所有的人，身体强壮，像个篮球运动员，动作灵活，像个田径选手。

坎贝尔26岁，一心一意寻找病源，他建议小组做了一件后来大家公认是"令人震惊"的事：从躺在潘古马医院病房里的拉沙热病人肺里，取出痰样。塞拉利昂的温度达110℉（43.3℃），湿度高达90%，所以莫纳特和坎贝尔经常感到他们的防护装备（包括乳胶手术手套、大口罩、手术用棉布大褂和鞋套）笨重难受，如坎贝尔所说，"不得不扭扭身子"，以便使大口罩和大褂通点风。为了躲避到越南战场服兵役，年轻的坎贝尔与疾病控制中心签订了两年的工作合同，他非常高兴同年岁较大、经验较多的莫纳特一起工作。虽然莫纳特是波士顿人，而坎贝尔来自田纳西东部，但二人都在哈佛度过了性格形成的年代，又同是学习医疗和公共卫生的。坎贝尔计划在与疾病控制中心的合同期满后回到哈佛，去完成儿科的高级实习。

莫纳特、坎贝尔和组里的其他人共捉到各种动物640只，包括大小老鼠、蝙蝠和家庭宠物等。他们小心翼翼地握着锋利的解剖刀，聚精会神地取出动物的肺脏、心脏、脾脏、肾脏和血样，全都放进液态氮中，仔细地贴上标签，准备空运到亚特兰大疾病控制中心的最高安全实验室。

小组一面焦急地等待着化验结果，一面仔细研究各个村子的情况，试图找出得过拉沙热的村子的独特之处。在塞拉利昂东部潘古马周围、汤戈附近的所有村子里，人们是大家庭生活在一起，

第四章 进入密林

住房的墙壁是泥的,外面抹着水泥,房顶是铁皮或茅草的,地面是泥土的。收获的粮食装在袋子里或筐中,放在家里。

村子里是密密匝匝的住房,中间围着一块空地。村外是片片庄稼地和雨林,经常分不清哪里是庄稼地的尽头,哪里又是雨林的开始。由于现在是雨季,人们,还有牲畜,往往躲在家里。

小组捕捉动物时注意到,有三种大小的老鼠在村子里乱窜,其中一种是多乳小鼠,在流传拉沙热的村子里数量更多。

让研究小组所有成员大为喜悦的是,疾病控制中心实验室的分析证实了他们的想法。在最初测试的350种动物中,只有多乳小鼠对拉沙病毒感染呈阳性。更令人高兴的是,受感染的小鼠来自人类患拉沙热的村庄。

虽然主要的谜团已经最终解开,但有两个问题仍然没有答案:为什么多乳小鼠突然间开始影响这些村庄?小鼠如何把拉沙病毒传给人类?

莫纳特的小组注意到,多乳小鼠与体形较大、更具攻击性的黑鼠即黑家鼠有着激烈的地盘之争。在有些村子,人们赶走甚至吃掉了较大的黑鼠,使较小的棕色多乳小鼠几乎没有对手。小鼠经常从临近的田地中跑出来,到人们的家中避雨。

不大清楚的是小鼠如何把拉沙热传给人类。患病的人很少记得自己被小鼠咬过,小组也无法证明多乳小鼠通过某种方法用尿传播了拉沙病毒,如胡宁和马丘波病毒那样。

在汤戈和潘古马医院,医生再次使用了平尼奥的救命抗体,希望这会有助于两位拉沙热病人的康复。但是小组在实验室研究中发现,从原来的尼日利亚(现在称为平尼奥——Pinneo)型拉沙病毒中得出的抗体对塞拉利昂病毒作用不大,对莫纳特面对的利比里亚型病毒作用更小。这就意味着在西非至少有两种差别很大的拉沙病毒，很难指望用平尼奥的抗血清去拯救在尼日利亚的乔斯以外的地区感染拉沙病毒的病人和科学家。

小组得出的结论是，平尼奥的抗血清对于两名塞拉利昂病人可能没有起到真正的效用，因为有迹象表明，两名妇女在用抗血清以前已经处于康复的过程中。

仔细存放在疾病控制中心的平尼奥的血浆原本给了医生、护士和20世纪70年代在西非工作的科学家以极大的安慰，显然，如今他们都被泼了一盆冷水。

由于多乳小鼠是一种常见的非洲老鼠，从苏丹到南非的田野和村庄都可以见到，所以看来这个大陆还可能隐藏着另外十几种拉沙病毒——平尼奥的抗血清可能无法抗御的类型。

在哥伦比亚大学，约翰·弗雷姆确信，如果进行科学调查，在整个西非都会发现拉沙热。手中只有区区5000美元预算的弗雷姆和卡萨尔斯测试了在所有西非国家工作的传教人员的血样。他们发现了长期在马里、上沃尔特、象牙海岸、扎伊尔，可能还有中非共和国工作的人有感染过拉沙热的迹象。这就意味着拉沙热至少存在于八个国家。

肯特·坎贝尔也有类似的想法。他灵机一动，暗想何不提出去检测以往曾在潘古马医院工作过的修女，以进行某种聪明的科研项目的名义，请疾病控制中心出资，让他到爱尔兰各地走一遭。从20世纪50年代开张时开始，潘古马医院的护士就一直由神圣玫瑰姐妹会的修女担任，这是一个爱尔兰罗马天主教组织。修女们轮流到这个非洲医院服务，一两年后返回爱尔兰，所以有数十名可能得拉沙热的妇女现在居住在爱尔兰。坎贝尔对疾病控制中心说，测试这些妇女的血样可能会找出一个重大问题的答案：拉沙病毒在塞拉利昂是已经存在了几十年，只因人们为多种疾病所苦，未曾注意呢，还是一种新的病毒？

他连说带劝地告诉亚特兰大的头头们："如果你不密切关注此事，恐怕连拉沙热同疟疾都无法分清。两种病开头完全一样，直到最后拉沙热开始流血为止。"

坎贝尔获得批准。他登上一架喷气式民用客机到达伦敦，与妻子莉兹会合，二人高高兴兴地登程前往"绿宝石岛"。4天之内，肯特和莉兹走遍了爱尔兰，从一个女修道院到另一个女修道院，为修女测试，也不误观光。对肯特来说，从塞拉利昂艰苦的工作中解脱出来，未尝不是一件好事；对莉兹而言，也可以不必继续在亚特兰大家中苦守，为丈夫的安危悬心。

一天下午，两位修女带领坎贝尔夫妇前去布拉尼城堡参观。他们也像以往的千千万万美国人一样，弯腰亲吻那里的巧言石。他们回到车上时，肯特突然感到一阵天旋地转，仿佛脑后挨了一棒。在几秒钟间，只见他热汗直流，浑身发烫。

等到修女们把坎贝尔夫妇送回饭店，肯特已经神志昏迷，高烧到107℉（41.7℃）。莉兹惊慌失措。修女们给伦敦当局打电话，当局下令立即将肯特转到伦敦卫生与热带疾病学院的附属医院。

当天晚些时候，坎贝尔夫妇搭乘一架艾尔·林古斯公司的喷气式客机上路，机上有旅客上百人，他们没有采取任何特别的防护措施。没有任何人告诉莉兹该怎么办。肯特身患重病，只能是莉兹让他怎样便怎样。到达伦敦后，依然没有任何特别的防护措施，他们叫了一辆出租车便去往伦敦卫生与热带疾病学院的附属医院。进了医院，重病的肯特被安置在一间普通的隔离病房里，为他治病的医生和护士也不知如何是好。

坎贝尔昏迷了一天半后，输入了乔迪·卡萨尔斯的一品脱抗血清。当时正是午夜时分，坎贝尔几乎不知道他在输血。

5个小时后，他睁开眼睛，看到他的朋友汤姆·莫纳特正在围着他转。

　　"你来伦敦干什么？"坎贝尔拖着他那柔和的诺克斯维尔口音问道。

　　"我们要把你运出伦敦。"莫纳特急匆匆地回答。

　　坎贝尔丝毫不知，前36个小时围绕着他的病情，曾经进行过多么焦急的谈判。美国国务院和白宫的官员一直在与英国唐宁街10号和白厅的官员进行讨论，疾病控制中心的领导也同伦敦卫生与热带疾病学院的头头不停地通话研究。最后的决定是尽快把坎贝尔送回美国。

　　当晚，坎贝尔夫妇被驱车送往希思罗机场，这一回他们戴上了口罩，以保护他人。他们乘坐的是一辆特种救护车，开车的是志愿人员。在跑道上等待这对夫妇的是一架美国空军的C-141喷气式运输机，机内有一个阿波罗空间舱，是从德国法兰克福的一个军用仓库用飞机运来的。夫妇二人坐在专供宇航员在空间飞行时使用的座位上，与外界完全隔绝。在越大西洋飞行中，莫纳特同美国空军卫生兵的四名医务人员监测着坎贝尔夫妇的情况。

　　飞机降落在纽约的肯尼迪机场时，另一辆特种救护车停在跑道上迎接他们，将坎贝尔夫妇送往哥伦比亚大学的长老会医院。

　　后来的4个星期，肯特住的正是卡萨尔斯患病时曾住的房间。莉兹也受到严密的监测，她平安无事。30天后，坎贝尔逐渐康复，准备返回疾病控制中心工作，但是官员们客气地要求这位年轻的医生"休息一阵"：看来，这个全世界最有名气的疾病控制机构的许多雇员还在担心坎贝尔体内仍然潜藏着传染性疾病。

　　休息期间，坎贝尔从美国空军收到一份账单：立即支付1.7万美元，项目是医疗空运服务。肯特耸耸肩，把账单送给疾病控制中心主任戴维·森塞，森塞气冲冲地把账单退回了国防部。

鉴于他最近经受的艰辛，疾病控制中心的官员在夏威夷给了坎贝尔一份美差，在风疹暴发期间，他和莉兹在那里度过了几个星期。返回亚特兰大后，他因躲避兵役而与疾病控制中心签约的服务期即将结束。他在中心的布告栏里看到一则招聘启事："疟疾控制主任，萨尔瓦多。"

肯特·坎贝尔与疾病控制中心重新续约，并于1973年带着莉兹和两个小孩前往萨尔瓦多，去从事约定的两年服务。

这次任期最终变成了4年，并且彻底改变了坎贝尔的生活，使他从此关心起发展中国家的疟疾控制和民众卫生问题。

坎贝尔在萨尔瓦多安顿下来过起新的生活时，乌韦·布林克曼正在埃布斯托夫的天花控制机构里，像实验室里的老鼠似的踱来踱去，细细琢磨着卡萨尔斯、平尼奥、坎贝尔和罗曼的故事。他知道他在德国的日子之所以这么难过，就是因为以往发生了这些事，因为这种病毒在到非洲服务的美欧人员中引起的死亡率很高。他细想围绕着拉沙热的各种谜团，不知在为曼德雷拉治病时是否感染了这种病毒。

感觉起来恍如隔世，实际上，布林克曼，这位有争议的"嬉皮士医生"和卡萨尔斯在伊巴丹见面只是几天前的事。只要哪里有拉沙热暴发，就派63岁的卡萨尔斯去哪里调查，这已经是疾病控制中心的习惯做法。在5年中，他经历了两次严重的暴发，1974年来到伊巴丹，又目睹了第三次暴发。

在卡萨尔斯看来，伊巴丹的暴发不过是个小小的插曲，被国际舆论的报道和三大洲政府的惊慌严重夸大了。

卡萨尔斯到达时，布林克曼走出了病人在尼日利亚的隔离病房，来迎接这位著名的科学家，卡萨尔斯则自有他的习惯。他不去理会年轻的德国人，大步走进屋里，直奔曼德雷拉的床边。

卡萨尔斯仔细检查了曼德雷拉，吃惊地发现病人正在康复。哈尔·怀特医生4年前在珍妮特·特鲁普感染拉沙热时曾为她治病，他为曼德雷拉注射了彭尼·平尼奥的一个单位的抗血清。英国医生亚当·卡吉尔正在照料着病人。卡吉尔当时34岁，是伊巴丹大学医学院的教师。

"国际上如此起哄，真是可笑！"卡萨尔斯心里暗想。在拉各斯，尼日利亚政府官员曾经告诉他："我国没有拉沙热。就是这么回事。所以必然是德国人把拉沙热带到这里了。"

卡萨尔斯愤然暗想："真是不错！他们说没有病，病便被消灭了。"

同时，管理着埃努古城外的圣查尔斯教会医院并且雇用着绍尔瓦尔德和曼德雷拉的天主教会，却通报了德国外交部和汉堡的热带疾病研究所，使德国人大为不安。1974年3月15日，伊巴丹的天主教主教理查德·芬恩代表曼德雷拉，正式向德国政府求援。

尼日利亚人坚持这个德国人必须把"他的"疾病带回德国，凡是他接触过的尼日利亚人和别的人，也都要带走。惶恐越来越扩大，在尼日利亚和德国之间，没有任何一个国家准许一架合适的小飞机在沿途降落和加油。

"理想的办法是让病人待在原地，由显然很能干的护士和布林克曼及卡吉尔等医生照料。"卡萨尔斯心想，他知道旅途的劳顿会加重病人已见好转的病情。

这位拉沙热专家于是集中精力对布林克曼做工作，简要地向他说明了自己的看法：病人的情况已经不太紧急，原地不动对大家都有好处。卡萨尔斯说，毕竟，上路行动只会加大病人的痛苦，增加全世界接触曼德雷拉呼出的气体和体液的人数。

布林克曼衷心拥护，挥手送别了卡萨尔斯，一心盼望这位德高望重的科学家能够说动尼日利亚和德国当局，使他们明白运送病人的计划是多么不明智。

布林克曼不知道的是，卡萨尔斯径直飞往日内瓦的世界卫生组织总部，劝说总部的人平静下来，但是没有成功。他在总部大厅的报摊上浏览了德国和法国的报纸，知道此行必无成效。

连日来，德国的报纸连篇累牍地登载着拉沙热和德国医生的故事，英国和法国的媒介稍次一些。

"谁来救救这位医生？"《迪帕策尔新闻报》(Niepahtzer Nachrichter)的标题大呼，又加了一句："一个丑闻！"

《图片报》(Bild Zeitung)刊登了布林克曼的巨型照片，把他描写成一个不顾生命危险来营救同事的英雄。除了头版头条的消息，还有次要文章，报道汉堡消防队和警察局实际演练，为曼德雷拉的高度保密的到达和往医疗机构运送做准备。

这样吹捧的文章俯拾即是，但对布林克曼却毫无帮助，他的同事都觉得他的尼日利亚之行不合时宜。1974年的德国也同美国一样，正有着深深的代沟，影响着社会的各个方面，也包括科学界。布林克曼身穿手工扎染的T恤衫，留着长发，脚蹬便鞋的形象，让年纪较大、思想传统的热带疾病专家看了便会怒火万丈。3月16日，德国外交部同汉堡的热带疾病研究所联系，询问有关拉沙热的情况，布林克曼热切地表示他愿意前往尼日利亚。但是一些上了年岁的科学家，尤其是热带疾病研究所的病毒学家戈斯克·尼尔森和汉堡大学医院的病毒研究所代理所长弗里茨·勒曼·格鲁贝尔都觉得把曼德雷拉运回德国是愚蠢透顶的行为。他们争辩道，这个办法对一切人，包括曼德雷拉，都是十分危险的。

勒曼·格鲁贝尔更进了一步，他对德国报界说，把曼德雷拉运回本国会引发一种日耳曼的拉沙热流行病。

"我们不知道这种病毒是否会找到一种理想的中间传病媒介。"勒曼·格鲁贝尔对《图片报》说。

"你指的是一种昆虫吗？"记者问。

"是的。一种苍蝇，一种蚊虫，什么都有可能。"勒曼·格鲁贝尔回答，接着补充道："把曼德雷拉运回德国的危险之大是无法估量的。"

布林克曼认为此话十分荒唐。他同妻子、科学家阿格尼丝在埃塞俄比亚待过数年，深知欧洲人往往夸大非洲疾病的危险。他的态度具有他那一代人的特点，主张立即采取行动。布林克曼对所长说，他愿意马上休假，必要时更愿意自己出资去帮助曼德雷拉。布林克曼说这话时屋里坐满了研究所的工作人员，所长正在征求志愿前往者。

"不，乌韦，你不能这么做，"所长说，"你还有两个小孩儿。"

布林克曼一时踌躇，想到了他的儿子：帕特里克，两岁；约翰·樊尚，4岁。但是没有别的人举手。

所长接受了布林克曼的请求，从自己的钱包里给年轻的科学家掏出钱来，供他买机票。

布林克曼到达拉各斯后，德国的报纸开始制造麻烦。它们把布林克曼吹捧成英雄，挑起了他同反对派之间的争论。3月18日，布林克曼离开德国的第二天，国家电视台的一名记者采访了他的母亲。

"在儿子乘飞机飞向死亡时，当母亲的有何感触？"记者问。

布林克曼老太太原本不知道儿子已动身离开，便请电视台记者到她的起居室喝茶，用另一个问题回答他们的提问："谁会这么缺德让他去干这种事？"

同时，德国政府现在确信拉沙病毒同安德洛墨达病毒（Andromeda Strain）相似，正在拼命地寻找某种密封的容器，用来运送曼德雷拉。3月19日，报纸的大标题宣布："谢天谢地，基辛格要拯救患热病的科学家"。看来答案就在眼前。美国国务卿亨利·基辛格主动提出，利用美国一架军用运输机，把一个阿波罗空间舱运往尼日利亚。曼德雷拉和布林克曼将像肯特·坎贝尔在18个月以前似的，坐进密封的空间舱，呼吸过滤的空气，在从伊巴丹到汉堡的数小时飞行时间内，一直待在舱里。德国报界和政治领导层都认为这是个绝妙的预防措施，但是卡萨尔斯等专家则认为这是异想天开。

在德国、美国和尼日利亚三国政府辩论使用阿波罗空间舱的利弊的时候，曼德雷拉和照料他的医护人员在伊巴丹却越来越不安了。曼德雷拉得病已经将近一个月（他是在2月22日出现病征的）；三名男子、一名修女、两名助理护士也几乎是被软禁了数日。对于三名贞洁的尼日利亚妇女而言，同男人共处一室是一件特别丢人的事，她们十分担心自己的名声会受到损伤。

卡吉尔博士尤其寝食难安。他担心尼日利亚政府会劈头盖脸地指责他，主要是因为他这个拉沙热医生是尼日利亚的前殖民国的公民。他在小屋里焦急地走来走去，想到他的妻子艾丽斯和两个小孩，他们全都安全地住在英国的苏塞克斯。

当他出现严重的腹泻和低烧时，卡吉尔确信他也得了拉沙热。一组人的恐惧感越来越重。布林克曼设法让大家镇静，说道："我从心底相信我们大家都会康复。"

最后在3月21日，德国航空公司的一架特别装备的神鹰式喷气机在伊巴丹机场着陆。三名外国人和三名尼日利亚妇女乘车前往机场。曼德雷拉躺在担架上，被放在一辆叉车上，从货物入口抬上飞机。其他人从扶梯登机，发现里面很不舒服。为了保护机组人员，德国的机械师拆掉了旅客舱的设备，在飞机的后舱和机组人员的前舱之间，安了一道巨大的密封障碍物，另外又安了两套专用换气设备，向飞机前后两边的人分别供氧。没有机上服务人员来同这一群人打招呼，只有一个令人望而生畏的光秃秃的机舱。

布林克曼最后一个登上飞机，坐下以后才发现他们的舱里没有服务人员。

"马上关门！"机长用机上广播高喊。布林克曼从座位上跳起来，眼睛瞧着压力门，门上印着两页正确开门关门的说明。

"我们马上要起飞了，赶快关门！"机长说。

"哼，这里可真是一无所有。"布林克曼暗想，一面抓住机门，拉上，拧好把手，希望已经把大家安全地锁在这个前往德国的奇怪的机舱里。

数小时后飞机降落在汉堡机场，机门被一个人打开，他从头到脚，一身白色衣服，使人不禁想起宇航员的装备；在白色的衣裤外面，他又套了一个巨大的透明塑料气泡，从膝盖以上，将他的双腿、躯干和头部，通通罩了起来。从这个古怪的充气气泡里，伸出了他的两只胳膊，几乎是无可奈何地摔来摔去。一根长长的塑料管子通往气泡的背后，为此人输送无菌的空气。

"这倒很像糟糕的科幻电影的场景。"布林克曼对他们一行人说。

古怪的气泡人笨拙地招招手，示意这一群人下飞机。另外三个气泡人招呼他们上了一辆等在一旁的面包车，并且抬起曼德雷拉的担架。

这期间，一个气泡人因缺氧而晕倒。安全护送人员马上有人喊起来："病毒！病毒！"一时间，整个工作陷入惊慌失措。

在他们前往密林的途中，布林克曼一直难以压制自己有关集中营的奇思怪想，他同曼德雷拉交换了一个焦急的眼神。直到后来，他们被关在埃布斯托夫的漫长日子里，曼德雷拉才对布林克曼说，他有时也想到过第三帝国，记起他父亲被处决，和他母亲接到的那张残酷得难以置信的"吊死者家属账单"。

幽闭期间，六个人只是偶尔与外界通个电话，直到4月20日被放出埃布斯托夫。所有的纸张、食品、垃圾、衣物和医药都经过消毒，或通过特别设计的密封进出口传到设施外面销毁。

每天，阿格尼丝都会带着帕特里克和约翰·樊尚到埃布斯托夫，在隔离设施外面约二十码的地方，隔着铁链，向他们的父亲招手。一群群的修女和天主教教徒也会聚在铁链外面为三个尼日利亚妇女和她们的传教医生祈祷。三周之间，铁链外人群会聚的照片登满了德国的报纸。

在设施内，布林克曼给这几个人讲笑话，尽力鼓舞他们低落的情绪。他在幽默中带着几分辛辣，对他们说："我们若是现在出去，必能变成百万富翁。这是真的！我们可以大摇大摆走出这里，抢劫德国最大的银行，劫持一架飞机，到一个热带岛屿，阔绰地度过余生。没有人敢来拦阻我们，他们全都视病毒如猛虎。"

3月28日，德国两大著名新闻刊物之一《明星》(*Der Stern*)画刊发表长文，称赞布林克曼。画刊描述了布林克曼的嬉皮士装束和不修边幅的外表以后，宣布他是一个比当时的德国医学会会长欧内斯特·弗罗姆等人伟大得多的医生。弗罗姆当时因为所谓侵吞公款，正在接受调查。

文章发表的当日，联邦卫生部公共关系负责人给埃布斯托夫隔离设施里的布林克曼打来电话，指责这个年轻的医生编造文章的内容，有意污蔑弗罗姆。

"你最好永远别回汉堡！"公共关系官说。在那一刻，布林克曼知道他为曼德雷拉所做的努力将使他在事业上付出高昂的代价。

卡吉尔担心他也会为他的行动付出代价。他是个身材矮小、胆小怕事的人。他预料会发生最坏的事，仔细听着尼日利亚的消息。果然，他因缺席被免去医院的职务，拉各斯的报纸还指责他应对这场小型流行病负责。

"一个异国医生……擅自与一个身患致命性疾病的病人接触，几乎在伊巴丹酿成一场流行病。"拉各斯的报纸说。

疾病控制中心实验室的检测最后证实埃布斯托夫隔离设施中的六个人都没有拉沙病毒：曼德雷拉已经康复，其他人根本没有感染过。这时候，这六个人才被释放。一家百货公司允许三名尼日利亚妇女全天免费选购商品，作为她们被长时间拘押的补偿。曼德雷拉悄悄地回到德国朋友身边，静养了几个月。卡吉尔到苏塞克斯与家人团聚。布林克曼则不顾一些人的警告，返回了热带疾病研究所。

他发现由于拉沙病毒事件，那里的气氛分成两个极端。在一个极端是联邦政府授予他德国的最高荣誉奖章，被他谨慎地谢绝；在另一个极端是许多守旧的科学家对他的行为痛加指责，要求他辞职。在所长的坚持下，布林克曼带着家属休假，以便离开一段时间，给汉堡的事态平息留出时间。

假期休到两周，约翰·樊尚到一个朋友的家里玩耍。大人一时没有照顾到，这个精力充沛的四岁小孩跑来跳去，一不小心滑倒，摔出了公寓的窗子。

儿子的死讯让布林克曼痛不欲生。他再也没有心思与汉堡的守旧派争斗，作为嬉皮士医生继续拼搏，或采取果断的措施去防治热带疾病。事隔二十年,他一提到拉沙热这个话题,就难免会想到政治斗争的伤心事,埃布斯托夫的长久隔离,组里人的担心,科学家同事们的指责,以及最令人伤心的事——儿子的夭亡。

1974年8月,伯恩哈德·曼德雷拉博士悄悄回到尼日利亚,在奥尼沙的博罗米奥医院继续他的传教士工作。

第五章

延布库
——埃博拉

面对流行病,不曾设法保持冷静并时刻进行试验的人,在实验室的安全气氛中,是不会了解人们的斗争对象的。

——马丁·阿罗史密斯博士,摘自辛克莱·刘易斯著《阿罗史密斯》

一

马巴罗·洛克拉感到心满意足。诚然,他有点发烧,但那不过是又犯了疟疾而已。这一点他深信不疑。重要的是他假期玩得很开心,如今刚刚返回——这是他44年来少有的一次假期。

他在等候修女给他用抗疟药时,便向延布库教会的同事们讲起了最近旅行的开心事。从8月10日到22日,他同教会的其他六名雇员驱车到扎伊尔的最北部,参观了莫巴伊-邦戈县的所有村镇,品尝了当地的美味佳肴,游览了那里的如画美景,这是本巴县的人难得享受的福分。这趟出游足有数百英里,能够成行全仗奥古斯丁神父与他们同行:因为神父同去,他们才得以使用教会的陆地巡行者吉普车。

第五章　延布库

"我们一路朝北向巴杜利特开去，本可一直开过边界，进入中非共和国的，可惜河桥断了。"他对教会的朋友们说。洛克拉（朋友们叫他安托因）四天前返回延布库，真是春风得意，竟将他当小学教员的工资花去一大笔，在市上买了新鲜的羚羊肉，让妻子穆布朱·索菲高兴。索菲已怀孕八个月，她把肉晾干，炖了一锅，全家庆贺安托因休假还家。

安托因瞧着一个比利时修女准备注射器，在针头扎进他的皮肤时咬了咬牙。"奎宁，"在他揉胳膊时她对他说，"会治好你的疟疾的。"他点点头，确信针头包治百病。

两天后，即1976年8月28日，一名30岁的男子来到延布库教会医院，说是腹泻不止。教会里无人认识这个人，他对修女说他来自附近的扬东吉村。好吧，他来自何处并不重要，任何患病的人，只要迈进医院大门，修女们都会给他医治，有时一天能治400人，很多人是步行加搭便车，从五六十英里以外赶来的。大多数病人都得到这种或那种注射：抗生素、氯奎、维生素。这个经费微薄、位置偏远的天主教医院有什么就给什么。对于这些百姓而言，这也就足够了。反正，除了比利时护士给的药品，他们还会让当地的术士给他们吃药、念符或打针什么的。

但是从扬东吉村来的人病情古怪，比塔、埃德蒙达和迈里姆三位修女弄不清他的病因。她们让病人在医院的120张病床中占了一张，两天来一直在讨论病人得的是什么病，最后在医疗卡上含含糊糊地写上"痢疾、鼻衄"。

两天后，此人不顾修女的劝阻，自行离开医院，他的腹泻和鼻衄，或说严重鼻孔出血，仍未止住。后来再也无人看到过他，尽管他消失后数日的事态曾促使全世界数十名调查人员找遍本巴县的村镇，只为这个失踪的病人。

本巴县位于扎伊尔的北部边境，在乌班吉河和扎伊尔河（原称刚果河）之间，境内有大片草原和浓密的雨林。县内人口27.5万人，大多住在人数不足500的村镇里。他们依靠种植经济作物和狩猎谋生。经济作物运到扎伊尔首都金沙萨出售。赤道丛林和草地中则有众多的野兽，包括可以猎获上市的异味、毛皮和珍稀物种，如绿猴、狒狒、黑白疣树猴、黑猩猩、斑颈水獭、獴、灵猫、大象、河马、薮猪、水牛、紫羚羊、泽羚、羚羊、薮羚、苇羚和奥羚。

从1935年以来，为本巴县中部的6万村民治病的主要医院和药房都是由延布库村的比利时天主教传教士管理的。医院里有17名"护士"（虽有其名，但修女们却无人念过有资质的护士学校）和医助，在一所相当简陋的土坯房子里，共同负责整个社区的医疗卫生工作。从正门走进医院，可以看到各行政部门在右边的一间屋子里，再往里走是一个药房和一排外科用房，包括一个手术间、一个洗涤间和一些器械"消毒"设备：一个30立升的高压锅和一个手提煤油炉，炉子上可以烧水。

走出外科用房，进入一条长长的小巷，小巷的一边有一个亭子，被一个走廊一分为二，出了走廊是医院的大型房间：1个普通病房，内有18张病床；4个男病房，各有18张病床；3个更大的女病房。如在整个中非经常见的，病床都是金属平床，铺着垫子和老式床单，还算舒服。基本伙食是大米或玉米。病人若想住得再舒服一些，吃得更好一点儿，须由其亲属想办法。

沿着小巷继续往前走，有一个门诊部，那里每日进出着几十个人，为医治孕期疾病，为各种不同的疾病打针，为村民的孩子注射疫苗，也为各种医疗卫生问题寻求修女的指导。

延布库没有医生。病人由4位比利时修女处理，她们接受过

第五章　延布库

一点点护士和接生的培训；另有1个牧师，1个扎伊尔女护士，7个扎伊尔男子。

这个勤勤恳恳的护理小组还兼管着另一座房子里的病人，那座房子里有一个大型妇产科病房和两个普通病房。医院是教会大院的一部分，院里还有一所小学，就是安托因工作的地方；一个教堂，各种服务部门，以及传教士的食宿所在。除了在医院里工作的人以外，传教士里还包括几个比利时修女和牧师，分别在小学、教堂和其他机构工作。

安托因家住亚利康德村，离延布库大约1英里，但他一连几天住在教会里。他的两个十几岁的孩子也是如此。所以在9月1日——尽管注射了奎宁——他的体温仍然升到100℉（37.8℃）时，他返回医院也是自然的事。他们检查了他的主要病征，让他休息几天。安托因返回亚利康德村，由妻子索菲照看。

在安托因一面等待注射氯奎，一面向朋友们讲述最近旅行的故事时，16岁的约姆贝·恩刚戈正躺在延布库医院里，接受输血，医治她的严重贫血症。近处，25岁的莉曾格·埃姆贝尔正在从看来像是疟疾的病中康复，由丈夫埃康姆比·蒙瓦照看。

在男病房里，安吉·多博拉疝气手术后正在恢复。这位60岁的亚拉洛村民由他的妻子塞博·多姆贝尽心照料，但多姆贝向修女说她很累。修女给她注射了维生素，使她增强了体力，可以在长夜紧张地守候在丈夫手术后的病床边。

9月5日，安托因返回教会医院，已经病得很严重。他上吐下泻，体内缺水，干渴，转动着被传教士们称为"两只鬼似的眼睛"：眼窝深陷，眼圈发黑，呆滞无神；脸色苍白，羊皮纸一般，紧紧包在突出的面部骨骼上。他的胸部难受，极度头痛，高烧不止，神情激动，语言混乱。

他还在出血。他的鼻子出血,牙龈出血,腹泻和呕吐物中都带着血。

修女们不知道安托因患的是什么病,也没有意识到患此病的并非他单独一人。约姆贝·恩刚戈在8月30日已经出院,如今正在亚米萨科洛村的家中做垂死挣扎。在这个16岁的病人旁边,是她的焦急万分的9岁小妹妹尤扎。尤扎也已出现病征:头痛、发烧。

塞博·多姆贝的疲累现在靠维生素注射已经无用。虽然她的丈夫疝气手术后恢复良好,两人已经返回家乡,但塞博却处于半昏迷状态。她也在出血。出血的还有莉曾格·埃姆贝尔,她在9月初已经回到耶肯加村的家中,但是现在也正在做垂死挣扎。在她旁边,她的丈夫埃康姆比·蒙瓦也是口中吐血,眼里出血。

修女们只知道安托因在害病,她们尽一切努力来挽救朋友的生命。医院里没有先进的实验室设备来帮助诊断,所以她们只能猜想是什么东西引发了人类如此可怕的病情,也许是黄热病,或者是斑疹伤寒。她们不停地给安托因打抗生素、氯奎、维生素,并且进行皮下输液,来缓解他的干渴。

什么都不起作用。9月8日,马巴罗·洛克拉死去。修女们不知道的是,约姆贝·恩刚戈前一天在村子里的家中死去。9月9日,她的小妹妹尤扎倒下。同一周,莉曾格·埃姆贝尔和她的丈夫埃康姆比也在耶肯加村的茅屋中死掉,同样不为修女们所知。

安托因的葬礼有许多人参加。下葬以前,他的尸体由索菲、他的母亲、索菲的妹妹吉齐以及别的女友仔细准备,这是当地的风俗。按照习惯,所谓葬前准备尸体要求把死者腹中的食物和粪便掏空,这道程序通常由妇女们赤着手完成。

几天之后,安托因的母亲、吉齐和索菲全都染上同样的可怕

第五章 延布库

病症；索菲和吉齐幸存，但安托因的母亲于9月20日病死。安托因的岳母恩格布亚曾帮忙准备安托因的尸体，也得病死去。索菲虽然熬过9月份那些极端痛苦的日子活了下来，她怀的小孩却胎死腹中，也是因出血症而死。

总的说来，安托因的家人和亲朋中共有21人得病，18人丧命。

不久，医院里就住满了患这种新病症的人。村子里的老年人说起有一种病症，和以往的任何病都不同，使人流血致死，闹得人心惶惶。在延布库，修女们已近于崩溃，她们不知道为何会出现新的疾病，这是什么病，如何医治。

许多病人的大脑仿佛出了毛病，他们行为失常，更使人们惊慌失措：有些人扯下衣服，光着身子跑到医院外面，嘴里还胡乱喊着什么；有些人则对着看不见的什么人呼叫，或瞪着鬼一般的眼睛，却认不出身边的妻子、丈夫或子女。整个本巴县，各村风言风语，疾病也迅速传播。在有些村子，歇斯底里的邻居们居然烧掉了感染者的茅屋。

9月12日，修女比塔突然发烧、肌肉疼痛、恶心、腹泻、牙龈出血，她和其他护士此时对这些病征已经十分熟悉。迈里姆和埃德蒙达两位修女祈祷出现奇迹，并且通过无线电紧急求援。

本巴县的医疗主任恩戈伊·穆肖拉博士跑遍全县，寻找汽油，最后弄到一辆车子，在9月15日跑了大约50英里，来到延布库。到达后迎接恩戈伊的竟是一种恐怖，让这位县级医生五内如焚。修女和牧师们求他告诉他们，是什么疾病夺去了教区百姓的生命，叫他们胆战心惊。他们孤注一掷地求他帮忙治好修女比塔。

可是恩戈伊也同这些毫无办法的修女和牧师一样一筹莫展。他费心费力，尽量详尽地搜集临床信息，并于9月17日匆匆赶回本巴县,以便发电报向金沙萨当局报告。

> 扎伊尔共和国,南赤道区与蒙加拉区,本巴县,本巴医疗处
>
> 1976年9月15日至17日本巴县扬东吉村惊人病例调查报告
>
> 9月15日,本人接到延布库的紧急呼叫,呼叫者,延布库医院的医疗助理马桑加亚·阿罗拉·恩赞朱;呼叫原因,自1976年9月5日以来,社区出现了令人震惊的病例。本人到实地考察事情的原委。
>
> 考察发现:病情特征,体温升高到39℃左右;多数病人吐出黑色的、消化后的血液,也有少数病人吐红血;腹泻,初期带血,接近死亡时带红血;时有鼻衄;背部和腹部疼痛,神志不清;关节无力,不能起坐;约3日后,迅速从一般症状朝着死亡发展。

恩戈伊的报告描述的是第一例病人,即马巴罗·洛克拉的病情,然后又列出了26个奇怪的病例和病人的姓名,提到其中14人已经死亡,10人仍在病中,但4人已在惊恐中逃离医院,行踪不详。

恩戈伊在即将向金沙萨发送时又修改了他的报告,更增添了一种恐怖的气氛。他说原来列在"生病"一栏中的病人,到他回到本巴时已有两人死亡。他列出了延布库医院用药的单子,说是全无效果:青霉素、氯奎、凝血剂、钙、心脏兴奋剂、咖啡因、樟脑。他还提到医院已经用完了所有的抗生素。

恩戈伊提到,通过对延布库医院那些人的血样、尿样和大便标本的显微镜观察,没有发现任何有用的线索。他巧妙地加了一

第五章 延布库

句：医院对隔离这种病人的防护措施"不够严格"。

恩戈伊报告各村"已经出现惊慌情绪",他请求金沙萨当局提供援助。

他离开延布库时建议修女们立即采取三项措施:"1.接收所有病人入院;2.使用公墓;3.饮水煮开。"

尽管恩戈伊当时并不知道,但实际上他写的是对一种新疾病的第一次的历史性描述。他的文字清晰简练,正如时间证明的,叙述基本准确,他所描述的正是20世纪第二种凶猛的疾病。

9月19日下午5点,修女比塔病死。同日,教会医院接到报告说40余个村镇都出现了这种奇怪的出血病,有人患病,有人死亡。现在,确实存在着歇斯底里的村民大批出逃,逃往临近各县,也有把疾病带去的危险。通过教会的无线电中转系统,修女们发出了更加紧急的求援信息。

联邦当局从国立扎伊尔大学向延布库派了两位教授:微生物学家穆延贝·坦弗姆·林塔克和流行病学家奥蒙博。他们于9月23日到达教会,打算对问题进行6天的研究。但是他们却缩短了行期,刚过24小时,就从延布库匆匆撤走。

到达延布库医院后,穆延贝和奥蒙博所到之处能看到的尽是绝望和恐怖。就在他们到达前的几个小时,26岁的教会护士阿梅恩·埃休姆巴死于此病。医院的扎伊尔雇员焦急万分,近于惶恐。

两位教授首先集中研究一个小孩儿,小孩儿正在小床上痛苦地挣扎。就在他们讨论用什么办法治疗时,小孩儿在他们的眼前死去。两位学者心里没有头绪。他们立即动手从病人和尸体身上采集血样和组织标本,访问患者,查看他们的医疗图表。

教授们开始研究工作时,曾经护理过修女比塔的修女迈里姆突然感到剧烈的头痛并发起高烧。恐惧在教会人员中迅速传开。

不幸的是，两位教授并没有认真对待恩戈伊的报告，没有带防护手套、口罩和防护服，供他们在接触受感染的血液时使用。但他们仍然夜以继日地工作，检验了5个人的血样，寻找疟疾、寄生虫或细菌的迹象。他们一无所获。当他们进行尸体解剖时，穆延贝和奥蒙博对于这种疾病造成的大面积损伤不禁倒抽了一口冷气。他们采取肝脏标本，以备送往设备先进的实验室做进一步的分析。

当天，修女罗马纳来到医院，她是行走了一个上午，从利萨拉教会来的。利萨拉位于本巴西南的一个县里。"我来是顶替修女比塔的。"她对别的比利时人说。这位新来的修女立即开始工作，照料最新的病人。

病人中也有索菲，当时正患重病，在病床上痛苦地呻吟着。教授们查看病房时，他们的向导、护士苏卡托·曼赞巴的病情由低烧发展到有生命危险的状态。她开始吐血，并陷入昏迷。惊呆了的教授们接受传教士们的请求，同意带修女迈里姆、神父奥古斯丁（曾同安托因一起到扎伊尔北部旅游，如今也发起了高烧）和修女埃德蒙达（作为陪伴护士）返回金沙萨治疗。

他们一行数人乘坐一辆陆地巡行者吉普车，驶过泥泞、崎岖的小路，沿途经过几个村镇，从延布库来到本巴。次日，又换乘扎伊尔空军的一架喷气式运输机，来到金沙萨。到了金沙萨的恩吉利机场，不知是什么原因，他们被教授们丢下不管了，一切由他们自行处置。传教士们无奈，只好叫了一辆出租车，前往恩加利马医院：这是扎伊尔的主要教学机构。

从修女迈里姆到达的那一刻起，恩加利马医院的医护人员就看出，她需要的不是医院的病床，而是停尸的卧榻。

由于不知是何种病原体引起了修女迈里姆的疾病，恩加利马

第五章 延布库

医院的医护人员也不知道应该采取什么预防措施。修女埃德蒙达叙述了延布库医院内疾病迅速传播的情形,并志愿担任修女迈里姆的主要护理工作。患病的修女被安排到一个隔离病房。一个相当年轻的学员护士梅因加·恩塞卡提出愿意帮忙,卢萨库姆纳医生当了主治医师。他们集体尽力缓解迈里姆的痛苦。

尽管他们尽了力,修女迈里姆还是于9月30日在金沙萨的医院死去。

二

当时,威廉·克洛斯博士正在怀俄明,为了购买一个牧场而讨价还价。他在金沙萨待过16年,担任蒙博托·塞塞·塞科总统的私人医生,同时也领导着一个非政府的医疗发展机构,名为比利时合作医疗组织。这个美国医生和他的家人来到扎伊尔时,蒙博托像是非洲大地上一个高大的英雄,黑非洲殖民主义后的一位领袖,全世界年轻的理想主义者的一种鼓舞力量。但是在以后的年头,克洛斯亲眼看到蒙博托由一个扎伊尔的乔治·华盛顿转变成一个迷恋马基雅弗利著作的专横、腐败的暴君,周围尽是些把扎伊尔国家银行视为个人现金出纳机的家人和部属。

克洛斯变得有些愤世嫉俗,准备在怀俄明寻找一种新的生活。但是此时扎伊尔的卫生部长恩圭特·基凯拉打来电话,请他通报美国当局,寻求援助。克洛斯当即同亚特兰大的疾病控制中心联系,报告了形势,正式请求他们提供实验室支援,查明延布库疾病暴发的原因。

再回到教会里:更多的医护人员得病。现在,17个雇员中,有10个不是病死,就是病重,无法继续照料患者。修女吉诺维瓦遵照穆延贝的临行赠言，将医院关闭，只留下垂死的怪病患者。修女吉诺维瓦没有受过医疗训练，在教会里负责教书，但在无奈之下也只好挑起重担：比利时医护人员中已经没有身强力壮、可以担负这种责任的人。

修女罗马纳躺在一张病床上，口中吐血，牙龈出血，腹泻严重，在昏迷中呻吟。年老的神父杰曼·卢坦斯病情同样严重，剩下的扎伊尔护士谁也不敢在无人指导的情况下管医院的事。

缺少医疗技能，吉诺维瓦、马塞拉和玛丽埃特三位修女只好使用诸般武器中唯一的一种：祈祷。三位悲愁万分的修女和三位剩下的牧师对着朋友和同事的病榻，一连几个小时地祈祷，巴望他们虔诚地祷告能带来奇迹。

祈祷归祈祷，修女罗马纳还是在10月2日中午死去。她的死讯由延布库的工作人员通过无线电告诉了利萨拉的教会，在她的老朋友间既引起了巨大的悲伤，也产生了可以理解的担忧。刚过六个小时，卢坦斯神父也故去，使尚未染病的比利时传教士惊恐万状，由金沙萨前来查看的一个科学小组发现这些人焦急得几乎瘫痪。

应恩圭特部长的请求，组成了一个医疗小组，由扎伊尔空军送往本巴县。从那里，他们又驱车前往延布库。三人小组是在修女罗马纳和神父卢坦斯死后不久到达的。卫生部官员从报来的无线电信息中得知死讯，便命令当地进入严格的隔离状态，在延布库医院周围建立"防疫线"。

修女吉诺维瓦对此类事情毫无经验，便按字面理解了这道命令。她收集起不少绷带，拴在教会的四周，还在"防疫线"上挂了牌子，警告来客不得走近。教会的门口挂了一个大铃，贴了个条子，写着来客拉铃，将信件或捐赠的食品留下，迅速离开。

第五章 延布库

克洛斯向蒙博托总统说明了这场危机，蒙博托表示切望能控制住这场流行病，并派出他的个人座机C-130大力神式喷气运输机供医疗使用。他还下令整个本巴县处于严格的隔离状态。该区的所有公路、水路和机场都实行戒严。一周之内，进出该县的物资和人员的运送都完全停顿下来。本巴县各村的老人回忆起20世纪60年代天花的流行情况，建议村民们待在家里不动，静等流行病过去。一夜之间，所有的商业活动、社会生活、儿童上学、宗教集会全都停止，延布库周围的村镇就像无人的鬼村。

克洛斯出力从金沙萨全城的仓库和医院征集药品、粗糙的实验室器材，以及医院的必需品，装上蒙博托的喷气座机，运往本巴。

同时，从金沙萨来的三人调查小组，包括扎伊尔的卫生官员克鲁布瓦博士、比利时医疗团团长让-弗朗索瓦·吕普尔博士和法国医疗团团长吉尔伯特·拉菲尔，也在尽力安慰情绪极其低落的延布库传教士们。他们采集了更多的血样和组织标本，查看了医疗记录，访问了当地的村庄。虽然科学家们没有取得什么喜人的成果，但传教士的情绪大大安定下来，并向本巴发送无线电，感谢他们送药送医。

大约与此同时，保罗·布雷斯也接到消息，说另外一种奇怪的流行病正在苏丹南部草原上的小镇马里迪传播。没有详情，苏丹首都喀土穆当局同南方这个贫穷而偏远的地区又没有无线电联系。但是，布雷斯和世界卫生组织病毒处的其他专家在日内瓦虽离得远却站得高，他们认为苏丹的病征同延布库的十分相像。他敦促喀土穆立即从马里迪的病人身上采集血样和组织标本送来。

但是，让喀土穆的一个医生登程前往苏丹最南部各省，采集血样，将这种宝贵的液体装进容器里，不因沙漠的高温而变质，再一路返回喀土穆,这确非易事。除了一路常有的也是巨大的后勤障碍,还要面对艰难得多的政治阻力。

但是,这种神秘的流行病正在苏丹最靠南的三个省份中的一个传播。早在努比亚人被埃及的法老奴役之前,那里的百姓就有自己的生活和信仰。这些苏丹南部的民众说着各种古老的班图语,是万物有灵论者。他们相信所有活着的东西,以及日、水、风和气候,都有一个神灵的化身。如何对待这些难以预测的变化无常的灵和神是关乎命运的大事:聪明的巫师懂得如何讨好善神来保佑他们达到目的,也懂得如何驱赶造成疾病、死亡和不幸的恶神。南方的苏丹人居住在小小的临时性的村庄里,他们常常过着游牧生活,文盲比例很高,很难指望在某个具体的时间和特定的地点找到他们。

1969年苏丹发生军事政变,建立了一个由穆斯林领导的受军方支持的文人政府,国家常在内战的边缘摇摆,将穆斯林的北方同基督教与泛灵论的南方一分为二,直到1972年。后来双方对宪法取得一致,南方三省有了一定程度的自治,国家出现了和平的景象。自治区只是在名义上与喀土穆设立的机构有联系,事实上,北方的卫生部官员很少接受南方的请求,去处理或批准什么医疗问题。

布雷斯和日内瓦的其他官员仍然坚持打破政治障碍,查明马里迪的事态。他们最大的担心是延布库和马里迪的流行病同属一种,这就代表着一场涉及面积极大、杀伤力极强的灾难席卷了至少两个国家的约1000平方英里的土地。

在马里迪采集的血样经过几日的耽搁,运到喀土穆,最后送到日内瓦。血样状态很糟,但是世界卫生组织立即将其转送到美国和英国的实验室进行分析。

第五章　延布库

三

为了便于分析，世界卫生组织动员了全世界极为安全的实验室。这并不很难，大家都要求参加一些行动。虽然人们都猜想疾病是由黄热病毒引起的，但疾病的暴发却是件新事，在学术上令人兴奋。在整个10月和11月，从延布库、金沙萨和苏丹的患者身上采集的血样和组织标本纷纷送到美国（亚特兰大的疾病控制中心）、英国（索尔兹伯里的波顿当微生物学研究组织）、比利时（安特卫普大学和利奥波德王子热带疾病研究所）、联邦德国（伯纳德·诺契海军与热带疾病研究所）、法国（巴斯德研究所特种病原体处）的实验室。

10月11日，巴斯德研究所的海外研究处处长克洛德·阿农告诉皮埃尔·苏雷奥到鲁瓦西机场去取回一个包裹，里面装的是从金沙萨来的血样；又说他"认为包里的东西是危险的"。但是这个危险的包裹却被错误地送到巴黎的佩西医院。经过了许多道手，后来苏雷奥才找到它的下落。

几个小时后，苏雷奥找到这只奇怪的包裹，并在他的实验台上打开的时候，他发现了一个保温瓶，里面装着几根带血样的真空抽血试管，周围放着干冰：这是一道常用的冷冻保护层。插在试管中间的是一张字条，是法国驻金沙萨使馆的G.拉菲尔博士写的，日期是1976年10月10日：

> 先生：包中的试管里装的是一些血样，是10月4日到9日，在扎伊尔共和国赤道区本巴县的延布库天主教会医院的病人和与病人接触过的人身上采集的。延布库和邻村扬东吉目前正流行着一种病源不详的致命性流行病。流行病自9月5

日开始。现在（1976年10月9日）病情已有缓解……初步估计该区流行的是黄热病（但是死亡的比利时传教士中有四人接种过），或伤寒热。安特卫普的热带疾病研究所所做的头一次分析就排除了黄热病和伤寒；在安特卫普分离出了一种从未见过的病毒。我们尚未收到送往达喀尔的肝脏活体解剖的结果。有人诊断为拉沙热，但至今未能得到证实。这里的鲜血标本用了干冰来保存。

苏雷奥知道，拉沙热是十分危险的。他肯定听说过乔迪·卡萨尔斯几乎送命的病况。但是他没有理由相信被人怀疑的病毒会飘浮在空气中。他把九只试管摆在无菌实验桌上放的一个架子上，打开了第一个，在滤纸上轻轻抹了一下。

几个星期后，这种漫不经心的动作的含义就会明朗起来。有一个试管里装的是修女埃德蒙达的血样。

但是苏雷奥看着这些试管时，他的唯一想法是："我该先干什么？电子显微镜？或是抗体对偶性鉴定？"

当时他嘴里抽着一支烟，细细琢磨，这时，电话铃响了。世界卫生组织病毒疾病处处长保罗·布雷斯从日内瓦打来电话。

"皮埃尔，你是否收到从扎伊尔寄来的可疑血样？"他问道。

"是的，保罗，今天上午收到的。"

布雷斯用一种急切的口气强调：血样"传染性极强，必须在非常安全的实验室里研究。应立即送往亚特兰大的疾病控制中心。不要打开"！

"太晚了，保罗，我已经打开了。"苏雷奥说，焦急地看着九只摆放整齐的试管。

布雷斯指示苏雷奥马上重新包好，赶夜航班机送往亚特兰大。

然后布雷斯问苏雷奥是否愿意为世界卫生组织担当这种神秘疾病的官方顾问。苏雷奥毫不迟疑地同意了，次日即动身到日内瓦听取情况介绍。36个小时后他就到了金沙萨。

根据指示，苏雷奥将九只试管寄给疾病控制中心的卡尔·约翰逊，附了一张自己写的便条，综合了拉菲尔的信件和保罗·布雷斯的信息，并提到他已经用更加安全的容器，重新包装了血样。

"今晚，我将动身前往金沙萨，为世界卫生组织执行一项任务，"苏雷奥最后说，"参加实地研究。我得到的指示是将采集到的临床标本寄送疾病控制中心。"

一周以前，当头一批神秘的血样自扎伊尔送到时，年仅27岁的彼得·皮奥特正在安特卫普完成他的病毒学博士后研究。同皮奥特在一起的还有佛兰芒人、生物化学家圭多·范德格伦，玻利维亚医生勒内·德尔加迪略，以及他们的领导斯蒂芬·帕廷。这几个人看着这个经过布拉柴维尔来到他们手中的奇怪的蓝色保温瓶，讨论着在德国报纸上看到的传说，也就是范德格伦所谓的"发生在扎伊尔，涉及比利时传教士的怪事"。

随血样来的也有一张便条，是世界卫生组织驻布拉柴维尔的官员所写，表明他们怀疑是黄热病。

"好啦，这可不算特别危险。反正在实验室里无所谓。"皮奥特推想。他随意戴上一副乳胶手套，没有采取别的预防措施，就打开了保温瓶。在里面，他发现一团融化的冰糊；一张水泡的便条，是扎伊尔的什么人写的，已不可辨认；一个完整无损的试管；一个破成碎片的试管，里面的东西已与冰糊混在一起。皮奥特在同事们的仔细观察下，取出了完整无损的试管，放在安特卫普一个普通研究机构里的一个实验室的桌面上。

若干年后，在巴黎一家热闹的里夫·戈什咖啡馆，吃着火腿加奶酪午餐色拉，皮奥特会说他当时真是"年幼莽撞，不知天高地厚"；直到1976年的圣诞节以后很久，他才开始回想他当时面临的巨大危险。到了那个时候，他才后怕起来。

但是在10月的头一个星期，这个雄心勃勃的比利时青年眼里看着血样，心里只有一个奇妙的谜团。他和范德格伦先是准备好血样，打算进行规范的黄热病抗体试验，如果血样存在黄热病毒，抗体就会起反应。阴性。他重复了一次黄热病试验。仍然是阴性。接着他又实验伤寒抗体。也是阴性。

但是，范德格伦把不曾损坏的试管里的血样，向装着所谓非洲绿猴肾上皮细胞的较大试管里放了几小滴，证实不管扎伊尔来的奇怪蓝瓶里是什么病毒，反正是一种致命性极强的病毒。11天后，非洲绿猴细胞死亡；当范德格伦把装有死亡绿猴细胞的试管里的液体取出，放进装满鲜活的绿猴细胞的试管时，鲜活细胞也在10—11天内死亡。

做这种试验的实验室没有特别的安全或防护设施，也没有什么奇异的排气设备，把危险的病菌抽进排气管，远离科学家的口腔。说真的，比利时科学家的工作条件，其先进性和安全性并不比一个典型的中学生物实验室高级多少。

事后看来，他们也真是傻得可以。所有相关人员对他们不管不顾微生物的潜在危险，竟没有遭受不良后果，后来都深表惊讶。

是的，他们的研究进入第三天时，年纪较大的帕廷曾想取下一个架子查看一下，架子上摆满了正在培养的受感染的绿猴细胞。他把架子偏了一下，想看得更清楚一些。一个试管滑了出来，摔在实验室的地板上。

德尔加迪略和范德格伦惊慌地看着湿地板，这个玻利维亚人注意到液体已经溅到他的鞋子上。范德格伦看到玻利维亚同事在

第五章 延布库

焦急地瞧他的鞋,也盯着自己的双脚看:液体化成了致命的小水珠,飞溅起来。德尔加迪略和范德格伦交换了一下焦虑的眼神。

过了一会儿,帕廷建议范德格伦"打扫一下",离开了实验室。范德格伦和德尔加迪略戴上手套,擦干了地板和他们的鞋子,在实验室里拼命喷洒消毒剂。

在比利时小组的绿猴细胞试验证实了扎伊尔神秘微生物的危险性以后不久,他们的政府开始怀疑在安特卫普继续进行研究是否明智。他们接到指示,要他们把血样转交给别国更加安全的实验室。范德格伦劝帕廷留下少量血样,理由是万一主要标本在运往波顿当的途中损坏或丢失,可以做备用。

排除了简单的答案后,皮奥特急切地准备了血样,以便在电子显微镜下分析。他看着奇怪的病毒,不禁抽了一口冷气:病毒的形状很像问号。

"这是一种新病毒!我们以前从未见过的病毒!"他喊道,感觉到了发现的兴奋。新病毒像一个长长的虫子似的管子,一头卷起,另一头伸展。皮奥特暗想,当他问"这是什么?"的时候,病毒的简单回答就是"???"。

皮奥特一心一意在破解"?"形病毒的疑团,但是10月7日世界卫生组织电告小组立即停止研究工作,还说"调查表明这可能是马尔堡病毒",这时候他非常失望。皮奥特包装好最后的血样,写完他的发现,如世界卫生组织指示的,把包裹寄送给疾病控制中心的卡尔·约翰逊。他念念不忘自己的发现,希望亲眼到发病地点看一看。

皮奥特平日里性格腼腆,这次却一反常态,大步走向比利时发展合作部,提出了自己的理由。"我们得到那里去,"他说,"那里有传教士,比利时的传教士,他们在那里死去。"

他无须强调比利时同扎伊尔的特殊关系。1876年，这个欧洲国家开始把刚果变为殖民地，并且进行所谓残酷的统治。现在，在比王利奥波德二世宣布刚果为比利时帝国的一部分的整整100年后，布鲁塞尔当局在尽力摆脱他们国家的罪恶历史遗产。另一方面，比利时政府也十分清楚，开罪蒙博托或他的政府，包含着极大的风险。对一个年方27岁，政治上毫无经验的博士后学生而言，这更是极其微妙的形势。

"好吧，"他们对皮奥特说，"你可以去。我们只提供一个星期的经费。你是代表比利时政府行事的。"

他带着唯一的一套西服，只准备在金沙萨会见官员，到扎伊尔各地转一个星期。事实上，他在扎伊尔夏季的热带雨林中一待就是三个月，他的装备可实在少得可怜。

斯蒂芬·帕廷在把血样寄送给英国波顿的十分安全的实验室以前，已经完成了对实验室老鼠的研究。研究表明，这种病毒对啮齿动物的致命性很强。他也将这种病毒同拉沙病毒做了对比，得出的结论是："这很可能是另一种虫媒病毒"，不是西非的杀手。现在他也要动身前往扎伊尔，让范德格伦留下来监测安特卫普实验室里暴露于事故的成员的健康。

10月14日，帕特里夏·韦布和弗雷德·墨菲在疾病控制中心极其安全的实验室里完成了对神秘病毒的第一轮研究。1976年，这个实验室被指定为一个P3设施。P1设施指的是基础实验室，如大学理科科系走廊两旁设置的实验室。P2设施指的是安全等级较高的实验室，只准受过训练、经过批准的人员进入，实际研究工作要在通风罩下进行。通风罩将空气从实验设备吸走，进入一个通风管，经过气体洗涤器，由紫外线和安有细密网栅的过滤器对空气进行消毒。P3实验室是安全研究里设备最现代化的实验室。

第五章 延布库

对韦布来说，在P3实验室里工作就意味着要穿过一系列戒备森严的上锁门户，出示出入证。然后，她要用消毒药皂沐浴，穿上一套从头到脚的防护服，戴上纱布大口罩和双层乳胶手套，佩戴放射性臂章，以监测她可能受到的同位素沾染水平，因为在这类研究中，偶尔会用到同位素。最后还要通过两道气锁门，两边设有灭菌紫外光。

一经进入中心部位，韦布便可以出入实验室或动物室。两个房间都有增压设备，一切空气都要通过细密网栅的过滤器压进来，然后通过另外几道过滤器、紫外线、高温设备、化学清洗器等，迅速吸出去。

另外还有一道防护措施，即手套箱，是比卡尔·约翰逊为了在玻利维亚研究马丘波病毒而改装的轻便手套箱先进得多的型号。韦布经手的扎伊尔血样夜间都要藏在深深的冷藏器中，白天只有少量解冻，在箱中分析。韦布已经戴了两层手套的双手要伸进一副更大的厚橡胶手套中，橡胶手套固定在带罩箱子透明塑料的前壁上。她要戴着三层厚厚的橡胶手套，来摆弄试管、漏斗、培养皿等。这样干起活来很慢，也很累，往往使人筋疲力尽。

更难的是对付动物。要发现一种神秘的微生物，必须把标本注入老鼠、豚鼠、仓鼠和猴子体内。这些动物也全都放在大型手套箱里。它们不会老老实实待在戴着手套的大手的掌握之中，注射往往就是科学家同豚鼠之间的一场毅力的考验。

在这种情况下，对科学家的最大风险就是事故，诸如被破碎的带沾染试管划伤，或被动物咬伤。韦布从来没有被划伤过，但她伸出戴着手套的手时，曾数次被猴子咬伤。所幸的是，这些猴都是供韦布进行马丘波病毒研究用的，而她是害过这种病的，所以有免疫功能。

但是扎伊尔血样对马丘波病毒的试验都是阴性。韦布十分清楚，工作中需要不慌不忙，耐心细致。这却与她的风格不符。帕特里夏·韦布1950年从新奥尔良图莱恩大学医学院毕业，当时班上另外只有8名女生。那个时候，只有少数妇女有机会进入被男子统治的领域。韦布与她的同学不同，她从来不曾打算靠着给中产阶级的孩子开抗生素治疗脓毒性咽喉炎，或给肥胖症病人监测血压，来行医赚钱，度过一生。

早在英国的童年时期，韦布就被关于印度、巴基斯坦和中国的故事所吸引，认为医学是一种万国通行的护照。

至今她还没有到过印度，但是通过医学和病毒研究，她已经到过马来西亚、巴拿马、玻利维亚及加利福尼亚、路易斯安那和华盛顿-巴尔的摩地区。而如今她却日复一日地被锁在一个人造的环境中。

不过，韦布越深入研究，事情就越明显：疾病控制中心需要立即向延布库发病地派一个小组。得到疾病控制中心的领导批准后，韦布开始搜集更多的资料，计划她的实地考察工作。

她请求疾病控制中心的人事处物色一名具有三种资质的科学家：流利的法语、长久的非洲经验、流行病学的知识。乔尔·布雷曼的名字跳了出来。

医学院毕业后，布雷曼曾在非洲度过6年：两年在几内亚，4年在布基纳法索。他参加过D. A. 亨德森非常成功的灭除天花活动，讲得一口流利的非洲方言法语。但是当韦布听说他在名义上是个疾病控制中心的流行病情报处（EIS）的受训人员时，难免有些着急。

9月末，当疾病控制中心的莱尔·康拉德同远在密执安的布雷曼联系的时候，这位流行病学家正在埋头进行另一项调查——

猪流感调查。康拉德询问这位流行病情报处的受训者，他是否愿意接受"一项非常艰巨的任务，地点在非洲，确实有些吓人。不知什么病，夺取了当地几乎每一个村民的性命。要去，一星期就动身"。

布雷曼在热带非洲待过6年，从来没有遇到过一周完成的事。他也不喜欢给他介绍这种特别疑难病的语气。不过，在以后三个星期，这位身材高大、满脸胡子的科学家几乎每天都在电话里同韦布谈话，他从扎伊尔暴发的疾病中，既感到兴奋，也觉得担忧。韦布很快也习惯了布雷曼那种东一榔头西一棒槌的毫不连贯的闲谈。在他那种偶尔显得不够连贯的风格后面，隐藏着聪明才智，韦布看出了这一点，并且准备在延布库让它充分发挥。

10月10日，韦布和她的合作者弗雷德·墨菲正式通报世界卫生组织："疾病是由一种与马尔堡类似的病毒引起的；流行病很可能是在扎伊尔和苏丹引发的，病因与马尔堡相似，但又代表一种新的免疫类型，当属马尔堡一族。"

韦布关于马尔堡病毒的猜测促使国际上对科研安全升级。从此以后，疾病控制中心和波顿当，1976年全世界最安全的两个实验室，收到了神秘病毒的几乎所有标本。

在波顿当，负责处理大部分神秘病毒研究工作的是杰弗里·普拉特。他的实验室并不完全与美国的标准P3实验室一样，而是一个英国式的独特的P3与P2混合体。由于英国的反活体解剖运动在反对使用实验动物方面来势凶猛，所以波顿当的进出控制措施非常严格。大多数英国公民也确实不知道这个实验室设在何处，做些什么。

自从1964年以来，普拉特一直在波顿当研究危险病毒，尤其是拉沙病毒。他采取了预防措施来保护自己，尽管不像疾病控制中心似的，把微生物安全地放在手套箱里。各个房间都是加压的，空气是消除沾染后才放到英国乡间的。不过，普拉特的个人防护却只限于一套棉布手术服，一副双层乳胶手套和一个"二战"时期的老式防毒面具。他们虽然对面具的效能进行过彻底的测试，证明它可以保护英国士兵不受战地毒气的伤害，但无法证明面具能滤除病毒。尽管如此，在波顿当研究杀伤力极强的微生物的一些科学家和技术人员还是只能使用这种笨重而且往往很热的面具，老是在细致的研究过程中冒出雾气，一天过后，研究人员经常感到头疼。

每晚收工后，普拉特都要用来苏儿擦拭面具并喷洒福尔马林消毒液。

虽然想到了险情，而且在工作中非常细致，但普拉特知道仍然会有危险，尤其是研究一种尚且不为人知的马尔堡类型的病毒，更是这样。

"细心是万分重要的。"普拉特对同事们说，还警告大家，若不是绝对有必要，谁也不要进入他的实验室和动物看护区，至少要等到普拉特查明试管里隐藏着什么病毒为止。"你们得清楚你们的工作有危险，而你们的身体没有毛病。不然夜晚回家睡不着觉，那可不好。"

普拉特哪里知道，再过3个星期，他自己就会深夜难眠，为自己能不能大难不死而担忧。

普拉特对苏丹血样的研究促使世界卫生组织在10月15日发表了下列紧急通报：

> 病毒出血热。据观察，1976年7月到9月，在苏丹南部，从恩扎拉到马里迪的广大地区，零星发生了伴有出血现象的

热病。据悉，最初的病例发生在农家。到9月的最后一周，形势急转直下，发病42例，其中30例发生在马里迪医院的医护人员中。据说，疾病是从人到人直接传播的。据报道，截至10月9日，恩扎拉、马里迪、利兰古地区共发病137例，死59人。流行病在当地引起了恐慌……

报告最后说："苏丹和扎伊尔的血样显示存在一种新的病毒，在形态学上与马尔堡病毒相似，但在抗原性上又有不同。"

早在世界卫生组织正式发布上述通报以前很久，它就根据3个实验室（疾病控制中心、安特卫普、波顿当）的报告证实，已经发现一种致命性新病毒，并且发起一场国际性行动，设法控制扎伊尔和苏丹的流行病，辨识病毒，查明流行病是如何发生、为何发生的。数日之间，原本是一个教会医院发生的问题，竟然会涉及8个国家的调查人员和军事人员，数个国际组织，至少10个国家的外交部和扎伊尔的整个卫生机构。几乎是一夜之间，事情竟像滚雪球一般越滚越大，需要征集500余名熟练的调查人员，动员欧美许多机构的资源，间接耗资1000万美元。

单是调查延布库的直接费用即达100余万美元。

四

雪球效应在10月13日皮埃尔·苏雷奥到达金沙萨时还不太明显。这位帕斯特研究所的病毒学家在流行病暴发期间代表世界卫生组织，任务是尽一切可能帮助扎伊尔当局。苏雷奥会见的第一个人是恩圭特·基凯拉部长。部长告诉这位法国的科学家说，要再过几天才能安排到延布库的交通工具。这种延误将成为这次调查的重要组成部分。延误的时常出现不仅仅是因为神秘的病毒，也因为举国上下一片惊慌，后勤工作难上加难。由于这个地区处于隔离状态，飞往本巴县的所有民航班机都已停飞。这样一来，飞往这个地区的就只有扎伊尔空军的运输机了，可是驾驶员心惊胆战，常常违抗命令，不肯飞往本巴县。

虽然立即看到延布库流行病的希望破灭了，这位精力充沛的中年法国医生还是在到达扎伊尔后的第一天看到了一例病人。曾照看密友修女迈里姆的修女埃德蒙达，现在正躺在恩加利马医院的5号亭隔离病房，命已垂危。苏雷奥发现她半昏半醒。由于几日腹泻，她严重干渴，身体衰弱，厌食，发烧，无力，可是令人惊讶的是，毫无畏惧情绪。

"她知道后面要来的事。她在修女迈里姆那里看到过这种事，在延布库也看过许多病例。可是她那么镇静。"苏雷奥十分惊讶地说。

修女埃德蒙达感谢医生的关切和"这次开心的交谈"，并且用力抓住了一位金沙萨老修女多纳田恩的手。苏雷奥采集了血样便离开了。

当夜，修女埃德蒙达死去。

"天哪！"苏雷奥喊道，"这种病毒的作用真快！"

次日，即10月14日的上午，苏雷奥返回恩加利马医院，发现一个新病人已经入院。见习护士梅因加·恩塞卡看护过修女迈里姆和修女埃德蒙达二人，在修女埃德蒙达病死前后，出现了神秘疾病的早期病征。两天前，梅因加在一个普通行政办公室待了几个小时，等候出国学习的转学证明，在那里与许多生人和官员接触过。然后她又乘出租车到马马耶莫医院，坐在一个拥挤的候诊室里，等候医生为她治疗发烧、头疼、肌肉酸痛。

第五章 延布库

苏雷奥和恩加利马医院的医生迅速确诊梅因加患的是延布库病，并且把她转到恩加利马5号亭的隔离病房。焦虑和谣言开始在金沙萨的大街小巷传播。

与此同时，世界卫生组织仍然相信病原是马尔堡症的一个分支，于是苏雷奥和克洛斯便与一年以前为澳大利亚旅游者看病的南非医疗小组联系，索求抗血清。这样的请求在政治上是冒险的，必然得通报蒙博托政府、南非种族隔离主义领导人和法国、美国大使馆。虽然这违反了扎伊尔不与南非发生关系的禁令，但是为了年轻的梅因加和延布库的民众，各国代表最终还是同意让玛格丽塔·艾萨克森博士从约翰内斯堡乘机北上，手里提着抗血清。

"这是我们唯一的希望了。"苏雷奥对扎伊尔官员说。

艾萨克森话不停口，脚不停步，指挥医疗活动颇像一个战地司令官，命令恩加利马的医疗"部队"干这干那，使原本乱作一团的医院立刻秩序井然。她和苏雷奥给梅因加注射了马尔堡抗血清，然后，这位南非医生又坐下来同扎伊尔大夫们商议，把5号亭变成名副其实的隔离病房。扎伊尔的医护人员从他们的同事患病以后就一直焦躁不安，如今看了艾萨克森从南非带来的"宇航服"，不觉一阵惊喜。不久，5号亭的全体医护人员工作时都穿上了从头到脚全白色的防护服，上面戴着透明塑料面罩和呼吸器。在金沙萨蒸笼般的气候中，这套衣服穿起来极不舒服，但是恩加利马的医护人员对这套防护服却爱如珍宝。

艾萨克森还建议，5号亭的全体医护人员处于隔离状态，对此，扎伊尔卫生部给予支持，医护人员却反应冷淡。卫生部长恩圭特明确指出，他最担心的是延布库病毒可能从恩加利马医院传播到金沙萨的大街上，危及首都200万居民的安全。5号亭和2号亭的五六名医护人员将要被关起来将近一个月，不得离开禁区会见家人。

官员们追踪梅因加生病以前几天同她一起吃饭或密切接触的37个人，把这些不幸的男人、女人、儿童关进2号亭，隔离21日。一个女人在隔离期间生下一名婴儿。所有的医护人员和被隔离的居民每天都要与无聊、恐惧和疲劳做斗争。另外，官员们还找到了最近曾与被隔离的人接触过的274人，给他们验了血，使他们处于严密的监视之下。

幸运的是，在金沙萨再未出现延布库病例。

若干年后，回忆起在恩加利马医院采取的极端预防措施时，艾萨克森说："也许我们做得有些过分"，但是，"我们只能采取最大限度的预防措施，不能降低。从道德上讲不能降低，从科学上讲也不能降低"。

使艾萨克森大为惊讶的是苏雷奥时常放弃预防措施。他从来不戴口罩，经常待在梅因加的床边，一待就是很长时间，一支接一支地抽烟，找些安慰的话说。尽管存在着文化上和年龄上的巨大差异，见习护士和医生仍变得非常亲密，苏雷奥常常表明他的热切希望：马尔堡抗血清能挽救他的新朋友的生命。梅因加本人却并不那么乐观。她看到过修女们经受的痛苦，她确实是胆战心惊。

"艾萨克森博士在这里，"苏雷奥和蔼地对梅因加说，"她是世界上最有成就的马尔堡症专家之一。给你看病的都是名手。要有信心。"

后来，在他仔细采集梅因加的血样，准备运往帕特里夏·韦布在疾病控制中心的实验室时，苏雷奥对于即将到来的延布库之行，简直无法控制他的兴奋。

第五章 延布库

"对于虫媒病毒学界来说,这将是当代流行病学方面最重要的一件事。"他在日记里写道,"我们谁也不会错过这样一个认真研究的机会。就我个人而言,我非常高兴到这个地方,参加这次冒险行动。"

可是,第二天苏雷奥的热情被浇了一盆冷水:梅因加的病情恶化了。艾萨克森决定二次使用宝贵的抗血清,苏雷奥又来安慰梅因加说,艾萨克森是一位专家。可是这时法国和南非的两位医生都知道:不管是什么让梅因加受到感染,但绝不是马尔堡病毒。

10月18日,延布库流行病开始六周以后,被称为国际委员会骨干的人到达。他们带着装满先进实验室器材的巨大行李箱,一个研究用塑料分离器,最现代化的显微镜和防护设备,他们是疾病控制中心特别病原体处的两个美国人卡尔·约翰逊和乔尔·布雷曼。帕特里夏·韦布仍在十分安全的亚特兰大实验室干着急。就在她计划出发的前几天,疾病控制中心的主任戴维·森塞认定这项任务"过于艰巨",便把任务的领导权交给了她的丈夫,而不是这个女人。

约翰逊人还未到,马丘波的故事倒先传遍了金沙萨。此人曾发现并且身患玻利维亚出血热不死,苏雷奥对他的敬佩之情溢于言表。现在的约翰逊已经是一个中年老手,参加过疾病控制中心的数十次调查。他带着一种久经考验的镇静,使周围的人信心倍增。他经常是一群富有冒险精神的疾病"牛仔"的领头人。约翰逊、布雷曼和苏雷奥三人一见如故,所有的人,包括扎伊尔人,都很尊重约翰逊的领导。

10月18日晚,国际委员会的骨干都已到齐,下午5点召开第一次会议(由于大量喝下法国葡萄酒,紧张情绪有所缓解),由恩圭特部长主持。在座的有六个扎伊尔人,其中包括奥蒙博,他对延布库教会的24小时访问大大提高了金沙萨政府官员的焦急程度。代表世界卫生组织的有苏雷奥、天花专家雷内·科拉斯和两个常驻扎伊尔的欧洲医生。比利时的五人小组包括斯蒂芬·帕廷和彼得·皮奥特。在座的还有一个南非人（艾萨克森）和一个法国官方代表（吉尔伯特·拉菲尔）。美国人约翰逊、克洛斯和布雷曼由美国大使馆的约翰·肯尼迪博士另外约见。在后来几周，这个核心小组将领导几乎所有与延布库有关的活动，操着几种不同的语言，克服往往很难处理的政治与文化上的障碍，每一个专家都坚守自己指定的职责，又一同对严格的、常常是不近人情的约翰逊负责。

说完客气的应酬话，约翰逊马上使这个多种语言的小组进入正轨，分配任务，制订出击战略，这里依仗的主要是马丘波和拉沙方面的经验。布雷曼负责流行病学调查：进行必要的侦测，查明谁是传播疾病的祸首，如何传播，以及临床检测结果。布雷曼接到通知，准备和比利时的让-弗朗索瓦·吕普尔、皮奥特，扎伊尔的科学家安德烈·科思、苏雷奥一起，立即动身前往延布库。

约翰逊提醒全组，他们接触的病毒特别危险，并用带着粗话的生动语言命令大家每天测两次体温，一丝不苟地执行艾萨克森的防护建议，永远一起工作。

当晚，皮奥特、苏雷奥和布雷曼各自用不同的方式，为次日前往本巴县的旅程做准备。年轻的皮奥特此前从未离开过欧洲，急于脱去政府指示他穿着的结婚礼服，去见识一下金沙萨闻名已久的夜生活。整整一夜，这个比利时医生都在金沙萨的街上漫步，不停地同友好的扎伊尔人聊天，听着夜总会里的"兰巴"旋律，品尝当地的美酒美食。

"太妙了！"皮奥特对领他逛街的当地组员喊道，"多么让人

第五章 延布库

兴奋的城市!"

他不想睡觉,也不愿想流行病。次日早晨到达机场时,他的酒意未消,靠着咖啡因,头脑还算清醒。虽然非常困,但是在小组出发的时间临近时,他的精神越来越足了。

苏雷奥坐在总统座机里等候起飞时,也变得异常兴奋。

但是他得承认,他对"那宗未弄清的东西有一些担心",没有心情陪年轻的比利时人终夜狂欢。相反,他又去看了一次梅因加,发现她的病情更加恶化了。年轻的见习护士思想负担极重。他与艾萨克森共同回顾了病毒控制和防护程序,从她那里得到一本马蒂尼和西格特合著的《马尔堡病毒疾病》(*Marburg Virus Disease*),他现在坐在大力神式喷气机上正准备阅读。

布雷曼让时差弄得晕头转向,晚上同约翰逊和吕普尔安排后勤工作,保证器材顺利装进飞机的货舱。

经过三个小时的飞行,飞机在本巴县的一个小小的简易机场降落。胆战心惊的空军驾驶员没有关闭发动机,命令科学家们尽快下飞机。皮奥特驾着装满物品的陆地巡行者吉普车,从货舱开出,还没有停稳,惊慌失措的空军驾驶员已经开始滑行,起飞。

皮奥特检查陆地巡行者吉普车时,感觉到千百个人的眼睛在盯着他们。机场周围一层一层地站满了满面焦急的人。

"老天爷,全镇的人都来了。"他小声对苏雷奥说。

"他们被隔离了不少天,"布雷曼提醒他的同事,"他们都烦了,也有些害怕。我估计他们以为我们将创造某种奇迹。"

当晚,科学家小组受到本巴县天主教传教士们的盛情款待,传教士们讲述了延布库来的无线电的最新内容。本巴的医生恩戈伊·穆肖拉、扎耶姆巴·齐亚马和马库塔向这几个外国人介绍了他们的临床观察,说是流行病已经传播到延布库周围的数个村镇。

那晚睡觉前，苏雷奥又同本巴县异常悲伤的牧师们低声长谈了几个小时。但是乔尔和彼得心里太兴奋，也太好奇，无法坐下来同年老的传教士们细品苦艾酒，动身去参加了当地教堂里举办的民歌节。

次日早晨，小组查看了本巴医院里一些神秘的病人，并且巧遇相邻的利萨拉县的主治医生马桑巴·马汤多。马桑巴是一位细心的医生，对流行病学研究有一种天赋，他已经巡视了发病地区。他告诉苏雷奥，这种疾病正在延布库周围50英里半径内的至少44个村庄伤害居民的性命。

那天上午晚些时候，科学家们分乘两辆陆地巡行者吉普车，同马桑巴和本巴县传教士杰曼·莫克一起，动身前往延布库。50英里的距离用去了整整一个下午。一路上，道路崎岖泥泞，司机们心里冒火，很少超出第二挡。

三个多小时后，他们到达延布库。

他们关闭发动机，立刻感觉到那里令人悲哀的寂静。往日里扎伊尔村庄特有的热闹与繁忙，排起长队、带着儿童、闲聊着等待接种疫苗的妇女，叫卖的小贩，这些都已经无处可见。甚至连人也难得看见。

皮奥特看见了修女吉诺维瓦在教会周围挂起的奇怪的白纱布"防疫线"，还有用法语写的一个牌子："切勿入内；如需呼唤修女，请拉铃。"在他接近铃铛时，从一座房子里跑出三个修女，高喊："不要靠近！你是在找死！你会死的！不要接近！"

皮奥特听出了她们的佛兰芒口音，跳进了防疫线，用他们共有的家乡话同她们打招呼。听到佛兰芒语，修女们情不自禁地抽泣起来。苏雷奥、吕普尔、布雷曼三人立即和皮奥特一起来安慰这几个妇女。修女们非常高兴的是让-弗朗索瓦竟实践诺言，回到她们这个破败不堪的前哨阵地。缓解紧张，抑制激动，科学家们也卸下装备，跟随修女们来到学校。学校是从疾病流行的第四周开始关闭的，如今空荡荡的教室成了科学家们临时的家。

酒足饭饱之后，天主教的教员和教士们一连几个小时倾诉他们经历的故事，客人们耐心地听着，小声问一些问题，不时地记些什么。修女马塞拉保存着对死者的记录，便把凄惨的名单交给了苏雷奥。

修女马塞拉讲话时故意用一种单调的声音，这样有助于她控制感情。她解释说，延布库共有居民和雇员300人，过去一个月死去38人，其中包括所有的传教士护士——扎伊尔6名护士中的4人，3名教士中的1人，两名医院洗衣工中的1人。然后，她又向科学家们提供了一份患病村民的详细名单。客人们意识到他们得走遍每个村庄，进行逐户调查。别的办法都行不通。

修女马塞拉还提到，医院里的头一个不寻常的治疗问题可能发生在8月间，当时，产科病房有3名妇女接连死去。她们是在产后流血致死的。马塞拉查阅了1975年同期医院的记录，没有发现相同的情况；在医院普通病房的记录中，也找不出在1976年8月以前有与怪病类似的病症。

"这是一种新病，"她告诉他们，"这肯定是一种新病。"

五

就在筋疲力尽的科学家们在延布库小学的硬地板上睡觉的时候，梅因加在恩加利马的5号亭内失去了知觉。在金沙萨，委员会的成员们一直辩论到深夜，内容是处理受感染的小组成员的应急程序。

乔·麦考密克动手拆开装满研究拉沙热用的实验室器材的上百个箱子时，接到一份从亚特兰大的疾病控制中心来的电报，指示他暂且把实验室器材丢在塞拉利昂的凯内马城外，尽快赶往金沙萨。电报还说，由于他熟悉扎伊尔北方，再加上对流行病学的造诣，使他成为不可缺少的人。电报指示他随身带着数周前同约翰逊在亚特兰大临时制作的轻便手套箱实验设备，以及恩加利马医院检测血样和针对神秘疾病准备抗血清时用得着的其他设备。

数月以前，约翰逊早听说过麦考密克在巴西的事迹，一天在疾病控制中心的走廊里抓住了他。

"我希望把你派到塞拉利昂，"约翰逊说，"去查清拉沙热的传播情况。"

麦考密克没有到过西非，而拉沙热谜团听起来又"真他妈有意思"，所以在1976年3月，他便打好行李，准备在塞拉利昂建立一个一人拉沙热研究站。动身以前，他和约翰逊动手制作了一个手套箱，与约翰逊在玻利维亚使用的相似。另外麦考密克还搜罗了一批器材，即使在最简陋的条件下，也能安全地研究病毒。

不到一周，他就建成了他的拉沙热研究站：一所小小的房屋，位于凯内马城外，离首都200英里。里面有两把椅子和几个从亚特兰大运来的箱子。他刚刚拆开约翰逊制作的轻便实验设备，从金沙萨来的电报就到了。

麦考密克知道，从塞拉利昂的弗里敦不会一帆风顺地到达金沙萨。几乎所有非洲国家之间的航班都贵得要命，而且很不保险，差不多都是从一个非洲国家，经过原来的欧洲殖民国家，再到另一个非洲国家。

三天之间，麦考密克靠着欺骗、恐吓和贿赂，上飞机，过海关，从弗里敦，阿比让，最后到达金沙萨。他带着所有的器材箱

第五章 延布库

行走了2000英里,更可惊叹的是,竟然无一损伤。在金沙萨的恩吉利机场,他在法语里夹杂着斯瓦希里语和奥特特拉语,竟唬得海关和移民官员同意他的器材箱入关,不用开箱,不必检验,也没有损伤。

与此同时,科学家小组随着延布库的黎明到来而睡醒,将修女马塞拉的报告压缩后,通过无线电发送本巴县(由那里再最后转发金沙萨)。吃过早饭,分成四组,沿不同的方向,前往村里查看。皮奥特和苏雷奥是一个分组,修女马塞拉担任他们的向导;经过多日的隔离,如今能走到教会外面,她自然高兴万分。

"我们必须限制接触这种病毒的人数,直到弄清它的传染途径为止。"苏雷奥在组里说,还说只有他和皮奥特才能采血。

三人一行首先来到亚利康德村,这是靠近延布库的一个村子。在这里他们迅速学会了取得胆战心惊的村民们信任的办法。当天便形成了一种工作方式,在10个村子重复使用。一开始,小组要在村子中央从容不迫地走一圈,这时村里的老年人会上前自我介绍。小组要谈论一会儿天气,直到老年人邀请他们喝一点"阿拉克"酒。

"这东西像纯甲醇。"皮奥特低声说。

"喝下去!"苏雷奥命令。

等到火烧般的"阿拉克"下了喉咙,到了胃里,亚利康德的老年人领这几个白人去看利桑吉·莫巴戈,这是个25岁的男子,同这种疾病已经苦苦斗争了六天。三人检查了利桑吉,抽取了血样:他的身体非常虚弱,一动不动。

小组每到一处,都会注意到村民们采取了非常聪明的措施来阻止疾病的流行。村子入口设有路障,昼夜有人把守;埃博拉和扎伊尔两条河上的交通几乎断绝;患病的村民及他们的家属处于隔离状态；死者尸体的埋葬处离家有一定距离；村与村之间民众很少走动。

"村民们真是步调一致。"皮奥特对苏雷奥说。苏雷奥也对这些步骤留下了深刻的印象。

在距离延布库大约10英里的一个村子里，皮奥特和苏雷奥发现了一对夫妇，并排躺在自家茅屋里，两人都在经受着临终的痛苦。皮埃尔给丈夫抽血，同时彼得在给妻子的胳膊做准备。

苏雷奥转过身，对着妻子，找出静脉血管，插进针头。当他解开止血带，看着血液慢慢流进针管的时候，丈夫一声长叹，撒手死去。妻子大声号哭。苏雷奥赶快抽出针头，她爬过来抱住死去的丈夫。

他们心情沮丧，走出茅屋，来到炙热的阳光下，焦急地低声交谈。如果丈夫在抽血时死去，村民们八成会揍他们，指责他们抽血把人给抽死了，或者更糟，说他们有意害人。不说这件事，单说这些高个子的白人，尤其是布雷曼和皮奥特都是6英尺多高的大个儿，在走进患病者的大门之前，先戴上护目镜、橡胶手套和手术用大口罩，就让许多村民着实吓了一跳。

就欧洲人和美国人来说，他们还完全不知道，这些简单的预防措施是否管用，是否能保护他们免受一种特别可怕的疾病的感染。他们已经亲自查到了这种疾病。布雷曼有些担心他的防护器材会得罪村民，但是用这个直率的美国人的话来说，他也被"吓得屁滚尿流"。

"我不是奇人。我愿直言不讳地承认我真的害怕。而且我觉得，我们都该害怕。"布雷曼对同事们说。同事们也都用力点头，深表同意。

在村子里经过一天长时间的、心力疲惫的工作，组员们在教

第五章 延布库

会重新聚会时都对起笔记来,大家一致认为这场流行病夺去了太多的生命,有些地方全家竟无一遗漏。不过,最糟的时期看来已经过去。特别是布雷曼,看到原来所谓一些村庄被病毒灭绝全村的传说竟是无限夸大时,也松了一口气。民众并不知道患病的原因和治法,但是却凭着聪明才智,采取了许多正确的措施,延缓了病毒的传播。科学家们谦虚地承认,控制流行病的传播,无须用他们的科学知识。

但是,要解开这种奇怪的病毒从何处来、如何传播、怎样防止其重新暴发这些谜团,却需要最大限度地发挥他们的集体智慧。

当晚,他们在教会又喝了点酒,中和了村子里的"阿拉克"酒对肠胃的灼烧,精神开始放松。这时,一封无线电报从金沙萨通过本巴,用了一天的时间传过来。

"梅因加已于10月20日夜间死去。"电报简要地说。

苏雷奥悲痛欲绝,几个修女也十分哀伤。她们深深感激这个见习护士的大无畏精神,来看护埃德蒙达和迈里姆两位修女。

"我们面对的是一种和马尔堡相似的病毒,但是比马尔堡的致病性更强。这是一种超级马尔堡。对此我不感到惊讶,但是我有一种不愉快的无把握感。在医护人员中,谁会成为下一个牺牲者?修女多纳田恩?玛格丽塔还是我?潜伏期通常是8天!村子里还会有多少人染病?该怎么办才能挡住这场流行病?"苏雷奥说。

别的人都看着苏雷奥,心里难过而又不得不同意,因为他说出了大家的心里话。

虽然苏雷奥依然坚持现在已经越来越可疑的推论:流行病是由某种马尔堡病毒引起的,这也许是出于对梅因加病况的一种希望,但是布雷曼却没有这种幻想。在他到达金沙萨以前的3个星期,他曾每天两次和帕特里夏·韦布通电话。他确切地知道韦布的发现,并且随身带着约A4纸大小的病毒显微镜照片。他每到一村,都会举起那些浑身绒毛、身体蜷曲、形似蠕虫的"? 病毒"照片,并且对扎伊尔人说明这种新的东西就是他们患病的原因。

布雷曼作为组里受过专门训练的流行病学家,对延布库病的病征提出了定义,供4个分组在走访各村时使用。

那天晚上,苏雷奥向本巴发报,告诉金沙萨,初步调查表明共有46个村子受到感染,350余人死亡。

以后几天,科学家们到延布库、本巴以及两地之间的村庄工作,既无法与金沙萨的卡尔·约翰逊联系,也不能在他们分散下到各村进行调查时互相通话。苏雷奥和布雷曼有时收到电文,说即将有直升机前来,上面载着增派的专家和新式器材。后来并没有直升机到达,他们只能估计是电文错乱。

布雷曼看着修女们用老式的业余无线电装备进行"通讯",实在感觉伤心。每天到了约定的时间,一个修女会把耳朵对准几十年前的老耳机,打开无线电机,通过哇啦哇啦的噪音,去听利萨拉的天主教主教的声音。主教会一个又一个地呼叫出扎伊尔北部各教会的名称。就用这种笨拙的办法,教会网络会请调补给品,传递重要消息。

他虽然弄到了较新的装备,但是整个系统过于简陋,弄到的几台美式单边带无线电也无济于事,仍然无法与金沙萨直接通联。所有的通信都免不了儿童的电话玩具固有的问题,即一个人对下一个人说一句话,下一个人再传给另一个人,如此这般传下去,传到10次,传来的信息同原话已经毫无相像之处了。美国大使馆的官员对约翰逊说,在延布库、本巴、金沙萨和亚特兰大之间建立一个先进的通信系统"需要花费数百万美元,还得要一个24小时升空的机载中转系统"。约翰逊平日里讲话就口无遮拦，一下就和官员们争吵起来。但是布雷曼在非洲的其他地方领教过美国国务院的作风，建议卡尔别再跟这些官僚主义者浪费精力。

同时，卡尔·约翰逊也在尽力克服扎伊尔武装部队（拒绝向延布库一带飞行），以及美国和法国大使馆制造的其他后勤困难，还有许许多多的国际政治问题。他需要一个高级昆虫学家或生态学家，就像墨尔·孔斯在玻利维亚似的，能寻找携带疾病的昆虫或动物。世界卫生组织到处物色，最后决定派法国的马克斯·热尔曼前往。热尔曼现在在世界卫生组织驻布拉柴维尔的下属机构任职。

最后，约翰逊需要派出一个小组，远到苏丹，去查明延布库和马里迪两地的流行病有何种联系。约翰逊非常清楚他需要谁来担任此项任务："此事乔去最合适。"他说。他已料到麦考密克马上就会到来。

麦考密克于10月23日到达金沙萨，同日，疾病控制中心的戴维·海曼发来电报说，国家宇航局的一个空间舱已经从休斯敦运出，并且配备了工作人员，随时准备接运不幸感染病毒的世界卫生组织小组成员。同时在德国的法兰克福机场也有一架美国空军的C-131喷气式运输机做好准备，机上装着一个阿波罗空间舱——也就是两年前，亨利·基辛格提出从尼日利亚往汉堡空运染上拉沙热的曼德雷拉时使用的那个空间舱。

那一天，约翰逊从日内瓦得到了苏丹疫情的最新消息。已经物色了一个调查小组，包括10名苏丹医生、爱尔兰的戴维·辛普森、法国的保罗·布雷斯，以及疾病控制中心的唐弗朗西斯。调查小组受命立即到喀土穆会合，从那里南下，直奔马里迪。

约翰逊马上需要一个在金沙萨工作的一流实验室工作人员，

一个能够利用现有的简单器材，因陋就简地造出一个诊断实验室的人。帕廷推荐范德格伦。范德格伦立即带着必不可缺的器材，飞赴扎伊尔。他的器材中最最重要的是一些显微镜载物玻璃片，他都仔细地涂上了受感染的非洲绿猴肾上皮细胞。虽然绿猴细胞上面涂有丙酮使其固定，但范德格伦一点也不知道玻璃片上面是否有改病组织。

"没有问题，"他对自己说，"我一定要保证我是暴露给这些东西的唯一一个人。我得带着它们。要诊断感染，没有别的办法。"

他计划的诊断感染的方法是把病人的血样涂在载物玻璃片上，稍等一会儿，然后冲洗一下。如果病人受到感染，血样就会对黏附在受感染的绿猴细胞上的神秘微生物产生抗体。然后，他计划把荧光素同猴子的对人抗体混合在一起。所谓荧光素是一种在紫外光下发亮的分子。当带荧光的抗体被涂在显微镜玻璃片上时，它们就会锁定带人类抗体的绿猴细胞。范德格伦计划简单地用紫外光照射他的玻璃片，看看哪些人的血液受到感染。虽然这种办法早在乔迪·卡萨尔斯在洛克菲勒基金会时就曾用来检测拉沙热，但是范德格伦却从来没有使用过这种荧光免疫技术。他希望在这种流行病的高压气氛中，表现出专业水平。

到达金沙萨机场后，范德格伦受到比利时外交官的迎接。在外交官的帮助下，他的物品通过海关，同时他这个被搞昏头的科学家也被匆匆塞进车里，开进黑夜。范德格伦开始在扎伊尔进行调查所做的第一件事，就是半夜三更在通往金沙萨的公路上乘坐开得飞快的汽车，好几次都差一点儿同前灯关闭、高速疾驰的汽车和卡车迎头相撞：闭灯行驶是常见的事。扎伊尔人认为不开前灯可以节省油料。吕普尔向范德格伦介绍延布库的发病情况，这个吓坏了的比利时人张着嘴，瞪着挡风玻璃外面，这时候迎面一辆接一辆的汽车突然从黑暗中钻出来,离他们的车只有几英寸远。给他们开车的是一个扎伊尔人,他巧妙地躲开了所有黑乎乎的汽车和卡车。

那时候,谁也无法让范德格伦相信,几天以后,这种场面就会变成小事一桩。

经过一个难以入梦的夜晚,范德格伦次晨早早起床,来见他的新上司卡尔·约翰逊。他看着约翰逊发号施令,话却说得入耳中听,暗想这个美国人"倒是个难得的好人"。在他参加的头一次每天早晨的流行病例会上,范德格伦又目睹了约翰逊的特殊才干,将一个成员性格各异的多语言、多文化小组协调一致,组成一部统一的运转顺畅的抗病机器。同以前来的人一样,范德格伦也立即对约翰逊产生了敬重之情,并且由衷地愿意接受他的领导。约翰逊命令这个年轻的比利时人前往恩加利马医院,创办一个现代化实验室:马上创办。

那天深夜,约翰逊过来,手里拿着苏雷奥和皮奥特从延布库送来的一些血样。他们打开约翰逊的手套箱,放在木桌上,动手工作。范德格伦从来没有把手插进笨重的固定手套里工作过,他发现这套程序异常繁杂,让人心烦。约翰逊就把20年前在玻利维亚学到的窍门教给他,两人马上就配合得珠联璧合一般。

范德格伦大汗淋漓,在手套箱里进行的每一个步骤所用的时间,比起在安特卫普的实验室的桌子上,都要多出10倍。但是到凌晨2点钟,他已经完成了免疫荧光程序的每一个步骤。剩下的只有紫外光显微镜检查,看看从延布库来的血清是否感染了神秘的病毒。要做这件事,他们需要一个全黑的房间。

范德格伦把一张小桌拉进洗手间,用马桶做凳子,关闭了电灯。

他打开显微镜,眼睛对准镜头,约翰逊屏住呼吸期待着。

"Comme les étoiles！"范德格伦喊道，"像闪烁的群星……在黑夜，周围是红色的细胞。你瞧，卡尔，带病毒的细胞在闪光，发亮，是一堆发出荧光的群体。"

约翰逊凑近马桶对着镜头看。当时是凌晨3点半钟，但是两个人过于兴奋，毫无睡意。他们对着看的血清来自延布库的索菲，她已经病后康复。终于，他们有办法测试谁受到感染，谁又在染病后没有发生可见的症状而顺利战胜了病毒。他们现在也有办法测试某个人的血液中是否潜藏着救命的抗体。

那天早晨，皮埃尔·苏雷奥在本巴醒来，感觉发烧、不适。他和皮奥特整天与扎伊尔武装部队辩论从金沙萨运送器材的事。

苏雷奥坐在一条俯视本巴教会的走廊上，细细琢磨他至今都查明了什么：病毒显然具有致命性，大多数病人都在一周内死亡。延布库医院死人很多，留下的修女和牧师悲痛欲绝，无心理事。

苏雷奥饮了一口鸡尾酒，细细想着令人难堪的发现：延布库教会医院的状况。头一天，他、布雷曼和皮奥特查看了这个现在已经空空荡荡的医院，其医疗记录，以及各种器材。进入院子后，苏雷奥惊呆了。消毒设施一塌糊涂，手术设备陈旧不堪，床单虽然洗过，但是仍旧可见斑斑血迹。

当他查看医疗记录时，却又找不出任何线索，说明在这个陈旧不堪的设施里做过手术的人同感染疾病的人之间有何种联系。他从眉间擦去因发烧而流出的汗水，摆脱不掉这种不安的感觉：流行病的起点正是这个用心善良但设备简陋的医院。

现在同冥思苦想的苏雷奥一起在本巴等待着武装部队派遣飞机前往金沙萨的，还有皮奥特、小组其他成员、索菲和苏卡托。延布库的第一位死者，用流行病学的称呼叫"索引病例"，是安托因，作为他的未亡人，索菲具有价值不可估量的抗体。延布库的护士苏卡托是教会医疗人员中唯一的感染过疾病而康复的成员,这两个人在今后的日子里将捐献许多单位的血液,从中提取出一小瓶血清,其价值无法估量。

到10月24日,苏雷奥暗中发烧已经退去。他没有对任何人说过他有病。约翰逊从一开始就强调组员每天要量两次体温,发烧者立即报告到金沙萨总部。苏雷奥却决定违令一次,确信他得的反正不是延布库症。

谢天谢地,他的想法是对的。

不过,苏雷奥仍然感到身上发热,因为盼望已久的飞机仍然未从金沙萨来到。约翰逊传过话来说,蒙博托总统不在国内,到瑞士去了,总统不在期间,政府就像瘫痪一般,无人敢命令武装部队飞到本巴。

苏雷奥和皮奥特担心如果继续耽搁下去,血样在热带酷热的气候中会变质。他们往储存瓶中又加了一些干冰,手指交叉,暗中祈祷。

10月27日,扎伊尔空军终于来到,来的是一架C-130运输机,上面装的是为一位实力派司令官邦巴将军修建别墅用的木材和建筑材料。驾驶员拒绝关闭发动机,命令这一帮人马上登机。

驾驶员看到两位事先不曾料到的乘客——索菲和苏卡托时,不禁勃然大怒。

吕普尔解释说这两位非常重要:流行病的幸存者。惊慌失措的驾驶员一口咬定感染疾病的人一律不得上他的飞机,也不允许受感染者的血样和组织标本登机。

最后驾驶员妥协:全组登机,但任何人不得以任何理由进入驾驶舱。后来在前往金沙萨的两个小时的飞行中,组里的人挤在司令官的建筑材料中间,尽量坐得舒服一点儿。但索菲和苏卡托都是头一次坐飞机,这确是一次可怕的经历。

第二天,即10月28日早晨,皮奥特心情紧张地走在金沙萨的大街上。和苏雷奥前几天一样,他也在发着高烧。更加糟糕的是,他还腹泻不止,并且感到明显的恶心。皮奥特担心约翰逊会下令把他空运出这个国家,便对别人隐瞒了病情,故意躲着别的组员,自己找药医治痢疾。

与此同时,苏雷奥和布雷曼对约翰逊说,他们私下认为,延布库流行病的大多数致命病例,其根源都是这个医院。布雷曼详细描述了他查看医院的可怕经历,并且让约翰逊看了他从门诊部的一锅水里巧妙地取出的两个针管。

"我敢保证这些针管都已受到污染。"布雷曼说。他又说门诊部每天早晨给护士只发5个针管,所以要在每天前来就医的300—600名病人身上反复使用。

约翰逊暗示,对已经去世的4位天主教传教士提出指责,似乎有些不妥。布雷曼说:"村民们显然明白医院是祸根。早在医院关闭以前很久,村民就用双脚做出了选择。他们躲开了。医院在关闭时早已空无一人。"

约翰逊决定让布雷曼带领一个小组,做第二次调查,设法证实他的假设的正确性。计划是进行一次大规模的流行病学调查,由国际委员会的几乎所有成员直接参与。第一步先要向延布库派去一个分组,去招募和培训一批当地的扎伊尔人,尤其是患过此病业已康复,估计有免疫功能的人。但是约翰逊警告布雷曼,在圣华金当地招募的一名马丘波症调查人员,就曾错误地认为他以前害的病是玻利维亚出血热病,事实并非如此,艾纳·多拉多为这个错误付出了他的生命。

"千万千万小心。"约翰逊交代。

10月27日，委员会向金沙萨的外国大使馆发布了有关延布库事态的第一个正式报告，次日，大使馆官员把信息传给国际记者团。报告用词温和，有所保留地把一场曾使某些小组成员惊慌失措的危机，说成是平平常常的小事。尽管如此，仍然有两位科学家，一个是扎伊尔人，一个是美国人，看了报告后请求退出调查。那个美国人刚走到日内瓦就掉头离去。

六

10月31日凌晨4点30分，苏雷奥、热尔曼、麦考密克，以及刚刚到达的比利时研究人员西蒙·范尼乌文霍弗集中在恩吉利机场的军用跑道上。现在他们已经习惯了跟扎伊尔空军打交道的焦急心理，关于飞行计划，这一组人三次征得空军同意。他们的行李很重：两辆装满器材的陆地巡行者吉普车，还有够用三周的柴油、食品（C口粮）和用水。按计划，小组要向北飞到本巴，在那里放下苏雷奥和热尔曼，然后继续往北飞到伊西罗。

对麦考密克和范尼乌文霍弗来说，伊西罗只是他们漫长的分头旅行的头一站。麦考密克的目的地是马里迪，范尼乌文霍弗则被派往苏丹最南部、扎伊尔和苏丹交界处的广大偏远地区，去查看有无其他发病地区。

不出所料，尽管事先得到军方的多次同意，科学家们听到的仍然是：飞机还没有准备好，无法起飞。到凌晨5点30分，驾驶员们仍在拆东墙补西墙，从别的飞机上拆卸所需的零件。最后过了五个小时，百般推辞的驾驶员们用光了所有的遁词，不得不向科学家们认输，C-130终于起飞前往本巴。驾驶员在本巴降落，同往常一样，没有关闭发动机，同时，马克斯和皮埃尔卸下物品，向朋友们挥手告别。然后，飞机又把麦考密克和范尼乌文霍弗送到伊西罗，那里在本巴以北300英里处，离苏丹边境不远。两个人从C-130飞机上开下装满物资的陆地巡行者吉普车，握手告别，然后朝不同的方向开去。

在伊西罗（在殖民主义时期称作老斯坦利维尔），麦考密克想打听些消息，也补充些物资，但很快就发现这里既无消息，又无物资。在中央政府多年的腐败管理之后，扎伊尔的偏远地区只有一些地方性买卖，别的什么都谈不上了，像手纸、火柴、电池之类的"奢侈品"早已绝迹。

消息同样不灵。麦考密克发现，由于没有商业活动，扎伊尔北方各县之间的往来交通也极少。令人吃惊的是，这个地区竟没有什么人听说过延布库流行病，无人能回忆起有谁害过类似的出血病。

麦考密克朝着东北部向苏丹边境走，这时语言又给他带来了困难。地方越偏僻，说法语、奥特特拉语或麦考密克粗通的其他班图语种的人越少。很快，他就发现自己来到一些几个月甚至几年来未走过机动车辆的村庄。他，一个大胡子白人，只好用各种手势夹着语言来打听，村子里最近是否有人害过不寻常的病症。交谈进行得非常艰难。往往在开始时比如讲阿赞迪语，然后翻译成林加拉语，最后再同他讲法语，他得猜想谈话的内容。这样传达的信息充其量也只是一半糊涂，一半清楚。

他越是靠近苏丹边境，道路的痕迹就越模糊。有好几次他都得把陆地巡行者吉普车从河里推出来，或开过一片6英尺高的厚皮香蒲，暗中祈祷道路会在前边出现。他走过的这个地区一年中有9个月都下着瓢泼大雨，永远是泥泞不堪。

在边境上，他发现了一个意大利天主教团，离罗马总部十

第五章 延布库

分遥远，牧师们只能靠着5年的旧面粉和面里长满的虫子提供的"蛋白质"来苦度日月。牧师们看到远方来客，不禁欣喜若狂，都急于帮助麦考密克，坚持要分一些他们存量不多的粮食给他。

牧师们告诉麦考密克，有谣传说苏丹小村恩扎拉周围有流行病。恩扎拉在此处东北60英里处。乔对牧师们说他没有签证或旅行文件。

"这个不成问题，"他们说，"由我们来处理好了。"

经过一夜的休息，麦考密克被引荐给靠近边界的一个扎伊尔小村的村长。应牧师们的要求，村长签署了一封信，正式请求苏丹一方的村长准许麦考密克入境。来到久已盼望的边境，乔发现了两个哨所，每个哨所顶上插着一根长棍。在两个边境哨所之间是一条路，现在已经变成泥泞的人行小道，久已没有车辆行走的痕迹。几个面带饥色的士兵蹲在哨所周围，看见麦考密克到来，以为又有了无事闲谈的开心话题，可以打破平日的沉闷和单调。

最终到达恩扎拉以后，乔给卡尔·约翰逊发了一份电报，告诉在金沙萨的好朋友他已安全到达，也证实此地确有流行病发生。要完成这项看似简单的任务，麦考密克先用业余无线电给扎伊尔一边的意大利传教士发去信号，他们把电报转发给传教士的一架双引擎飞机的驾驶员。驾驶员再让飞机爬升到一定的高度，足以不受遮挡地把信号由北方一直发到扎伊尔南方，然后从约翰逊的单边带无线电话筒里传出。显然，系统如此复杂，电报的内容只能简明扼要。详情只好等到麦考密克返回本巴再说。

连续3周，麦考密克晚上睡在吉普车里，白天去访问流行病的患者和病愈者。恩扎拉和延布库之间相距400多英里，显然没有什么人来往。

在乔到达时，恩扎拉疾病暴发的严重时刻已经过去，门诊部里也已没有正在发病的人。在几天之间，他问讯恩扎拉及周围村子的居民，采集血样。一则流行病已经得到控制，他感到满意，二则他带来的物品已所剩无几，麦考密克准备返回扎伊尔。但是带着逗着玩儿的心情，他临行时给疾病控制中心的同事唐弗朗西斯写了一个便条。麦考密克知道唐弗朗西斯正率领一个世界卫生组织的官方小组，试图从喀土穆前来恩扎拉。

动身以前，麦考密克把便条放进一个盒子里，留给一个村长，交代说："把这个盒子交给一个很快会从喀土穆来的白人。"

麦考密克丝毫不知唐弗朗西斯和他的小组正被困在喀土穆，听由吓得惊慌失措、拒绝飞行的驾驶员的摆布；另外，政府的官僚主义者对于是否该给这些欧洲人和美国人放行也犹豫不决。世界卫生组织的小组要再过几天才能来到这里。在这期间，尽管麦考密克的便条内容丰富，他也只能在恩扎拉炙热的阳光下等候了。

按照美国过节的习俗，麦考密克在万圣节那天离开伊西罗，在感恩节的前一天回到本巴县，这一段时间完全与世隔绝。

他不在的时间发生了很多事情。由国际委员会的大多数成员参与，对延布库教会周围的各个村庄进行了大规模的流行病学调查。在将近两周的时间内，在数十名经过培训的当地志愿者的协助下，小组调查了550个村庄，访问了3.4万个家庭，在发病最严重的社区为442人抽取了血样。另外，组员们还采集了一批当地的昆虫和动物标本，来测试病毒感染的情况。

11月6日，扎伊尔卫生部长恩圭特发表国际性报告，总结最新情况：共发生358例病毒症，其中325例死亡。死亡率为90.7%，这是一个可怕的数字。

恩圭特说，全世界的实验室测试证明"这是一种新的病毒"。"人们建议根据一条小河命名，这种病毒叫'埃博拉'，埃博拉位于首先发病的地区。"

罪魁祸首有了名称又振奋了大家的精神,集中精力进行延布库的调查。由于不断提到"埃博拉"这个名字,科学家们的恐惧心理也有所减退。过了一阵,"埃博拉"听起来很平常了,就像"麻疹"或"脊髓灰质炎"一样。

但是几天后,国际委员会听说杰弗里·普拉特在英国感染了埃博拉病,大家比较稳定的情绪又消失了。

有将近一个月的时间,普拉特在波顿当的实验室里小心翼翼地拼命工作,想尽可能多地迅速了解埃博拉病毒苏丹变型的特性。11月5日上午,他在波顿当的毒性动物侧厅工作,想把埃博拉标本从一个豚鼠身上移到另一个豚鼠身上,看看通过动物连续几代的生长,病毒的毒性是否会降低。他像平常一样,戴着大口罩,穿着实验室防护服,手上是三层乳胶手套。

他的手滑了一下。

装着感染埃博拉病毒的豚鼠血样的针管扎进了他的拇指尖,就在指甲前面。

普拉特吃了一惊,简直惊呆了。有一段时间,他也不知是几秒钟还是几分钟,他眼睛瞪着拇指,知道他有性命之忧。

"赶快,把血挤出来。"说着他脱掉三层手套,用力去挤扎破的指尖。

"出血,他妈的,出血呀!"他自言自语,但是没有血液流出。他冲出去到隔壁房间,把手伸进一个消毒桶里。手指在里面泡了两分钟,他心里暗暗祈祷:但愿无事,病毒其实并没有进入他的拇指;消毒剂已经渗入针头扎出的极细的小孔,消灭了病毒;或者根本就没有发生事故。他能感觉到他的心脏在胸部怦怦地跳,担心这个肾上腺素驱动的器官功能太强,把埃博拉病毒送遍全身。

他慢慢地从消毒桶里收回手来,用一条毛巾擦一擦,拿一个放大镜来寻找针头扎伤的小孔。但是他看不出痕迹。

普拉特严格遵守实验室的现有操作规程,离开了毒性动物侧厅,向实验安全处报告。安全处对他做了简单的检查,给了他一个体温计,让他回家,交代他体温突然升高时要报告。

有6天的时间,普拉特在实验室和家里漫步沉思,他从事致命性病毒工作已经多年,这是他头一次夜不能眠。他的妻子艾琳尽力保护两个未成年的孩子,免得他们也像父母似的担惊受怕。

11月11日午夜,普拉特的体温突然升高,他感到了高烧时的寒冷。次日早晨,他报告给了波顿当的安全处。当时他的体温已达到100℉(37.8℃),安全处的人非常担心,不仅为普拉特担心,也为实验室里每一个同他有接触的人担心。他们立即从普拉特身上采集了血样,在电子显微镜下检验其中的一小滴。

那里显示出令人担心的"?病毒"。

普拉特戴上一个大口罩,免得他人感染病毒;一辆特制的救护车由志愿司机驾驶,由警车导引,将这位英国科学家送到伦敦北区的科佩茨·伍德医院。普拉特被送进一个新的特雷克勒斯牌负压塑料隔离间,当时在医院的160名其他病人也被匆匆转移到其他医疗机构中。

整整49天,普拉特在他的塑料隔离间里苦撑,医院里除了他这个隔离间,已是空空荡荡。照料他的医护人员由罗纳德·埃蒙德博士领导,也都被隔离起来。在普拉特生死搏斗的第一周,他被切断了同家人和亲友的所有联系。

同时,艾琳和孩子们也在家里被隔离,被迫时时测量体温,吓得他们以为杰弗里会死去似的。

英国政府对普拉特的疾病的反应是迅速而严厉的。波顿当被立即关闭，雇员们一律回家，时刻受到监测。普拉特家的几个朋友也受到家庭隔离。在一个多月的时间内，英国政府花费了20万英镑来资助不上班的雇员，转移科佩茨·伍德医院的病人，监测300多人是否感染了埃博拉。

与此同时，普拉特出现了扎伊尔和苏丹的埃博拉病人常见的大部分病征。不过，对他的治疗却与延布库的病人有所不同。

普拉特的体温升到104℉（40℃）时，他的头发脱落，大便和呕吐物中见血。埃蒙德博士的班子动用一切武器来攻击这种病毒。最近分离出来的人体干扰素，这是免疫系统的一种重要化学物质，每日两次被大剂量（300万单位）地注射给他。患病的科学家还要进行皮下注射，来仔细平衡被腹泻打乱的电解质。他在咽喉出现假丝酵母真菌感染时，服用了两性霉素B糖锭。他的病毒症候和血样、尿样的化学变化都受到严密监测。

普拉特开始发烧47个小时后，被注射进索菲的血浆，是从金沙萨用飞机运来的。

注入埃博拉血浆以后，普拉特的病情恶化了。他的体温再次升高，总感到恶心想吐，大便失禁，关节疼痛，体力衰弱。最让埃蒙德震惊的是普拉特的精神状态。这位原本聪明过人的科学家如今竟在失去记忆，无法集中精力念完一个句子，而且有些糊里糊涂。

普拉特真的糊涂了。

"我干吗待在这个塑料帐篷里？"他问道，"这些盯着我的人都是谁？我在哪里？我怎么不能看书了？我以前能看书吗？"

11月20日，患病9天后，普拉特开始摆脱糊涂状态（同时也在脱皮脱发）。在圣诞节以前不久，英国政府高兴地得出结论：在波顿当或普拉特家里没有其他人感染此病。

看来英国免除了一场灾难。

普拉特患病的消息是11月12日传到延布库的,这对委员会成员打击很大。士气一落千丈,集体的恐惧猛然上升。约翰逊意识到这种情绪可能妨碍集体的工作。马克斯·热尔曼的任务是收集野生的可能受感染的动物,他肯定已经处于惊惶的边缘;布雷曼提醒卡尔,好几个组员已经问起,让受感染的科学家飞往约翰内斯堡的紧急疏散计划是否可靠。约翰逊想给研究人员打气,但他又明知,从委员会成立那一天起,它采取的每一个行动都曾被后勤问题推迟或弄砸。

到11月9日,苏雷奥已经亲自调查过21个村庄,发现了136例致命性埃博拉病人,绘制出各村所有的死者、康复者和健康人之间的复杂关系图,如今准备动身还乡。在流行病期间飞往扎伊尔的所有外国人中,苏雷奥是工作时间最久的。他已经有些腻烦了,而且他和约翰逊也都觉得流行病已经过去。苏雷奥开始了漫长的返乡征途。

但是,埃博拉的谜团还远远没有解开。

11月16日,麦考密克驱车来到延布库,给委员会成员带来了惊人的消息。

"伙计们,"他说,"我们面对的是两场彼此毫无关系的流行病。在这里发生的疾病和恩扎拉发生的疾病之间,没有任何关系,相同的只是两场流行病都是埃博拉病毒引起的。"

约翰逊瞧着乔,仿佛看出他的下属的头脑在发热。布雷曼摇摇头,根本不相信。年轻的皮奥特笑一笑,暗想:"听,这家伙在说胡话。"

麦考密克向满怀狐疑的同事解释说,两地往来十分困难,文化差别相当大,人们根本不会往返奔波。

第五章　延布库

"流行病无法从延布库传到恩扎拉,也无法从恩扎拉传到延布库,除非有受到感染的人沿着这条道路旅行。但我可以告诉你们,伙计们,我的陆地巡行者吉普车是几个月内,也许是几年之内走过这条所谓道路的第一辆车子。"

另外,他继续争辩道,在恩扎拉和本巴县之间也没有村庄出现埃博拉病,而且,苏丹的症状不及延布库的严重,在恩扎拉康复的人也比较多。麦考密克的理论一下就被委员会的大多数成员否定了。世界卫生组织关于1976年疫病暴发的正式报告暗示,两处的流行病之间存在某种尚未发现的联系。

可是乔坚持己见:尽管两场流行病之间在很大程度上存在相似之处,却是完全不同的两回事。他并没有随着时间的流逝而改变看法。若干年后,他以无可辩驳的事实证明,大自然同人们开了一个难以置信的玩笑。

七

在麦考密克给委员会撰写苏丹发病情况报告的时候,在延布库地区的流行病学调查仍在继续。皮奥特一人被留在延布库全天工作,委员会的其他成员到邻近的地区细细调查。乔返回几天后,皮奥特接到约翰逊的一个无线电话,告诉他不久将有一架扎伊尔空军的直升机前来带他到本巴,与"美国大使馆官员"会面。皮奥特提出异议:他是一个比利时人,干吗要飞回去见一群美国人?

"是这样的,彼得,他们想了解第一手情况。别跟我争了。坐上直升机就是了。"约翰逊说。

皮奥特撂下无线电话筒,抱怨着美国大使馆和中央情报局就会"瞎折腾",毫不情愿地准备着迎接扎伊尔的直升机。

他在教会里踱来踱去的时候,天空突然暗了下来,他看得出要有一场暴风雨。从阴云四合的天空中,飞来了一架美洲豹式直升机。驾驶员没有关闭发动机,只是打开了驾驶舱的窗子呼喊皮奥特。皮奥特问驾驶员,在暴风雨中驾驶如此巨大而笨重的直升机是否安全,却在驾驶员回答时闻到了熟悉的扎伊尔啤酒气味。

"没问题。"驾驶员一口咬定。

皮奥特又问了几个问题,仔细看了看两个驾驶员,断定他们两人都已喝醉。

"去他娘的吧,"皮奥特说,"我不去参加那个会了。"他向驾驶员挥手时,一个延布库的村民跑上前来喊道:"医生,等一等!我还从来没有坐过飞机呢。如果你不去,我可以顶替你的位置吗?"

皮奥特耸耸肩,扶青年上了直升机,挥手让直升机上路。

两天后,语气严肃的约翰逊给皮奥特打来无线电话,带来一条坏消息。他告诉皮奥特,醉酒的驾驶员让直升机撞山了。机上的所有人都已死亡。一个猎人在延布库西南的丛林中发现了飞机残骸。

约翰逊接着说扎伊尔空军认为皮奥特个人应对死亡事件负责。皮奥特听着,简直难以置信。

"他们说你破坏了那架直升机,因为你是比利时殖民主义者一类的人。"约翰逊接着说,"他们坚持让你到那里去收殓尸体,进行解剖。没有什么'如果''而且''但是'之类的事,彼得。你必须这样做。如果扎伊尔军方报告蒙博托,说我们是一群中央情报局的间谍什么的,整个研究工作就会被立刻中止。"

皮奥特又气又急,跳上他的陆地巡行者吉普车,以尽可能快的速度开到本巴。在那里，人们从当地的监狱里拨出一批囚犯交给他，在他的指挥下整夜干活，做出三具棺材。次日早晨，皮奥特和囚犯们被怒气冲冲的扎伊尔空军驾驶员空运到丛林边沿的一个种植场——就是猎人发现飞机残骸的那片丛林。皮奥特在雨林中砍出一条路来，后面是鱼贯而行跟着他的囚犯们，抬着棺材和物品。当地的村民看到皮奥特、棺材和囚犯这一幅景象，也不知想到了什么，显然觉得很有意思。这一群愁眉苦脸的人在往丛林深处砍路时，一群群好奇的村民也加进这个队伍。最后有一百多个村民跟在抬棺材者的后面。

是风首先告诉他们到了目的地，因为风吹来三具尸体的臭味：三具尸体在赤道丛林蒸笼般的气候里整整蒸了四天。皮奥特比别的人都高出一英尺，探头往前看，想瞧一眼直升机，但是丛林的枝叶繁茂，没有一线阳光透下来。依然看不见直升机，皮奥特停了下来，从背袋里掏出一个大口罩。

看到尸骸的惨状，所有的囚犯都吓得一声尖叫，转身跑开。皮奥特回头看见尸骸，憋了好一阵气才没有吐出来。尸体在湿热的空气中已经肿胀，眼睛鼓着，昆虫爬满了他们紧绷的皮肤，臭气熏天。皮奥特强压下厌恶的心情，勉强朝第一具尸体走去，手里拿着甲醛喷洒器，准备将尸体喷药装棺。

这是那个年轻的村民。皮奥特身子摇晃了一下，突然感觉一阵眩晕。"这本来该是我呀，"他暗想，"坐在那个座位上的本该是我，而不是这个可怜的人。"

他瞧瞧村民们，又瞧瞧尸体，高声喊道："鞋！鞋！谁来帮忙把他们的鞋子脱下来？"

一群男孩跑上前来，帮助皮奥特把尸体塞进狭小的棺材里，脱掉鞋子，然后把这个可怕的东西抬出丛林：棺材没有盖上，因为尸体肿胀。

来到种植园,皮奥特发现军方的驾驶员正在忙他们的正经事:喝酒。他们拒绝帮忙抬尸体,带着明显的蔑视瞧着皮奥特。

"你们的同事都在这里了。"皮奥特手指着讨厌的棺材说。

驾驶员们又喝了一阵啤酒和"阿拉克",这才命令皮奥特把尸体抬上直升机,并且明确表示,他们根本不想同一个从比利时来的白人争辩。整整半个小时,皮奥特坐在那里,气呼呼的,简直喘不过气来,两手紧紧抓住直升机座位的扶手,同时,那两个气汹汹、醉醺醺的驾驶员开着直升机,载着令人毛骨悚然的东西,奔向本巴。落地后,皮奥特又气又怕,简直失去了理智。他不顾本巴军官们的恐吓,拒绝按他们的要求进行尸体解剖,并且宣布:"你们已经得到尸体,我也尽到了我的责任。都见鬼去吧!"

皮奥特跌跌撞撞进了本巴县城,心里比原先想象的更难过。他生平第一次下决心以酒浇愁。

两杯啤酒下肚,他忍不住热泪盈眶,不禁又想起那个替他送命的可怜村民。他请酒吧里愿意听他诉说的所有人喝酒,不久,小小的酒吧就挤满了急于听故事的人。

又喝了几杯,他听到有人用佛兰芒语同他打招呼。抬头看去,见到一个风尘仆仆的白人。西蒙·范尼乌文霍弗做了自我介绍,并且解释说,他外出到荒野四周,寻找埃博拉病人,如今刚刚回来,能不能同大家一起狂欢。

两个人互相倾听了彼此的故事,共饮了啤酒,也倾诉了感情。他们立刻就成了好朋友,这种兄弟般的友谊持续了他们整个后半生。

以后几天,皮奥特和范尼乌文霍弗一谈就是几个小时,谈论这场奇怪的流行病及其对他们生活的影响。皮奥特在医学和病毒学方面的功底对他帮助很大，但是这个27岁的比利时人非常谦虚，他承认自己对发展中国家还知之甚少，对流行病学更是一窍不通。他对美国人如布雷曼、约翰逊、麦考密克等那样的多才多艺深感敬慕。他决定请约翰逊推荐他到疾病控制中心去研究流行病学。

和国际委员会的其他许多成员一样，皮奥特也发现延布库的短短的经历正在彻底改变他的生活。还要再过一段时间，他才会发现他的非洲经历对他家里的太太玛格丽塔有什么影响。同样受影响的还有范德格伦的妻子迪娜。在两位做丈夫的一无所知的情况下，比利时政府已经通知了迪娜和玛格丽塔："直升机撞山死人，涉及国际委员会的比利时成员。"又过了好几天，当妻子的才听说她们的丈夫仍然健在。

自从扎伊尔的直升机出现可怕的事故以后，皮奥特懂得了许多东西，其中一项就是重视危险。但是调查小组的大多数成员住在比较舒服的本巴县城，开着他们的陆地巡行者吉普车，到乡村逐家逐户地完成据说对认识疫情十分重要的调查表，这一切都已习以为常。习以为常就会心安理得，接着是失去警惕和忧虑。

八

11月26日，美国和平队的志愿人员德尔·康恩对延布库地区的小组成员说，他的头部和背部痛得要命。这疼痛来得突然，一点儿不见好转。康恩原来在金沙萨城外一个小小的医院里工作过，10天前参加延布库调查，帮助皮奥特收集血样和各村的资料。他也帮助范德格伦准备感染埃博拉病毒的组织的显微镜标本，供比利时人最近在教会设立的一个病发地实验室做研究用。一个月后研究人员发现，尽管使用了紫外线照射和丙酮治疗，康恩的血样中仍然存有活的埃博拉病毒。

虽然康恩的体温只比正常稍高，组员们却非常担心。他们通知委员会总部，可能有必要启动复杂的医疗后送系统了。这个系统是扎伊尔、南非、美国、法国四国政府经过几天的磋商才定下细节的。后送程序规定，康恩先要严格隔离36小时，然后如果病情恶化，再空运出这个地区。

康恩躺在教会的一个房间里，由卡尔·约翰逊和玛格丽塔·艾萨克森照料，同时，小组继续进行调查。

"毫无疑问，"布雷曼在无线电里对约翰逊说，"这对大家都是一个重大打击。"士气低落，恐惧上升。

与此同时，加拿大的一名军官在前一天到达金沙萨，带来一个新设计的轻便塑料隔离间，以备安全运送受感染者使用。

11月29日，康恩的病情恶化。他的体温稍有上升，血液化学检测显示出典型的病毒感染特征，背痛严重，恶心呕吐。在延布库，约翰逊、丹尼斯·库图瓦和艾萨克森动手用康复者的血液准备埃博拉抗血清。不巧停电，离心机和确保安全准备血浆用的其他设备统统无法使用。

"你无法想象这里的恐惧情绪。"约翰逊通过无线电对本巴说。

按照应急计划，一架军用直升机应当立即飞到延布库，装上康恩，运回本巴。同时一架C-130飞机应当由金沙萨飞到本巴，把康恩装进加拿大人的隔离间，运往约翰内斯堡，中间在金沙萨加一次油。

但是，扎伊尔的空军驾驶员又一次打退堂鼓。他们担心康恩把疾病传染给他们，不肯驾直升机往延布库飞。一切活路都已堵死，约翰逊、艾萨克森和库图瓦只好把康恩放在一辆陆地巡行者

第五章 延布库

吉普车的后座上,沿着崎岖的小路开往本巴。病人一路上痛苦地呻吟着。三位科学家全程都穿着一次性防护服,戴着手术大口罩。这一路一共走了四个半小时,因为车速若是超过每小时10英里,遇上道路不平,突然颠簸,康恩就会受不了。

他们到达本巴后,发现空军仍然惧怕:没有飞机在等待他们。本巴城的居民更是惊恐万状,竟不允许吉普车离开本巴简易机场中心半步。康恩头上顶着热带的骄阳,无遮无拦,为了缓解民众的惧怕情绪,脸上又紧紧捂着大口罩,真是其苦难言。约翰逊和艾萨克森不停地安慰这位和平队的志愿人员,并且给他止痛药,缓解他的疼痛。

夜幕降临,仍然没有空运病人的消息。约翰逊和艾萨克森利用手头的血浆和器材来对付。他们确信他们的同事患的是埃博拉,亲手给他注射了一个单位索菲的抗血清,年轻的病人则一直躺在陆地巡行者吉普车的后座上。

黎明时分,扎伊尔航空公司的一架"福克尔友谊"飞机降落,上面载着加拿大的隔离间。

两位医生对着隔离间看了一会儿。它有一个塑料管子,绕成一个7英尺长、4英尺高、4英尺宽的框子,在框子上悬挂着一个箱子式的帐篷,是用透亮、柔韧的厚塑料布做成的。在箱式帐篷的四周安有手套,值班医生需要"触摸"病人时,可以把手伸进去。

医生们小心翼翼地把康恩抬进隔离间,并把一个输液器挂在箱式帐篷里安的一个钩子上,给病人关上门,打开了压缩空气装置。看来一切还不错,只是输液器挂钩设计不当,输液速度时快时慢,变化太大。

机上装的还有各种药品和医疗用具,医生们决定在起飞前给康恩使用强力镇痛药。但是在金沙萨的委员会成员却没有提供开瓶盖的说明书,医生们只好寻找另外的消毒方法开瓶,结果又是一阵迟延。

飞机好不容易像闹剧《笨警察》里的情节似的升空,加拿大的隔离间又显露出一个毛病:无法适应高度引起的空气压力的差别。康恩越来越不安,因为箱式帐篷越来越向里瘪,弄得他的空间越来越小。

飞机在金沙萨降落后,委员会的庞大紧急后送计划又露出了破绽:"没有"飞机把病人送往约翰内斯堡。

约翰逊现在已经火冒三丈,便同美国大使馆官员联系,官员又向美国空军请求空中支援。一架C-141举重明星式运输机从马德里派出,六小时后到达金沙萨。在这长久的等待中,人们又担心受到传染,这一群人又被迫待在机场,这一次是停在一个废弃的机库里。下午天气燥热难当,隔离间成了一个小蒸笼,不久,里面竟"下起雨来"。

虽然康恩使用了各种止痛药,但他依旧疼痛难忍,体温上升到102℉(38.9℃),而且一连几个小时待在潮湿的棺材大小的塑料茧子里,简直让他发疯。后来医生们注意到输液用插针的小孔里渗出血来,他更是担心到了顶点。

康恩知道,无法控制的出血就是出血症;出血是埃博拉的主要病征。康恩必须大剂量地服用镇静药。

那天夜里,康恩换上美国空军的运输机,飞往约翰内斯堡。由于正赶上暴风雨的前锋,飞机绕了个大圈子,飞到大西洋上空。医生们担心康恩可能受不了颠簸,而且这一绕又增加了几个小时的飞行时间。

飞机降落在比勒陀利亚,康恩又被换到一架南非空军的飞机上，算是飞往约翰内斯堡的最后一站。

当最终被从噩梦般的茧子中抬出来时，康恩的全身都布满了麻疹似的红斑，通常在埃博拉病人的身上很少看到，倒是在马丘波和马尔堡病人的身上见到过。他整整重病了六天才住进医院。

显然，委员会的应急计划在接受检验时完全失败。约翰逊怒火难熄，仍在实地调查的科学家们极端失望。

在幕后还发生了更多的麻烦事。疾病控制中心从亚特兰大空运出一个医院用大型病床隔离间，可是等到这物件到达约翰内斯堡时，两样关键的东西却不见了：一个是安装说明书，一个是变压器：美国制造的电器使用110伏、60赫兹的电流；南非使用220伏、50赫兹的电流。

另外，早先运送康恩的困难也促使疾病控制中心的官员准备了一个阿波罗空间舱，以备在南非使用。到了最后一刻，空运空间舱的计划被取消。南非陆军无奈，只好进行大动员，动员能够搬运80吨重的空间舱的陆地运输工具。

总的说来，计划中的后送时间为34小时，实际用了72小时，使扎伊尔、美国和南非三国政府承受了无法估量的代价。

当康恩的血样送去反复检查时，却根本没有发现埃博拉病毒。南非的医疗人员也未能找出其他已知的人类病原体的迹象。

20年后，康恩的病因仍然是一个实实在在的谜团。

看来，康恩"发现"了另外一种新的病毒。

九

唐弗朗西斯早在卷入苏丹的故事以前已经感到有些厌倦。甚至在他到哈佛以前就已经厌倦。

他在苏丹、印度和孟加拉做过两年天花病情调查，现在准备休息一下。1975年9月，唐弗朗西斯还在哈佛大学攻读病毒学博士学位，得到疾病控制中心的允许后，他在马克斯·埃塞克斯的实验室进行研究，这时在万里之外，出现了埃博拉谜团。

1976年10月，当疾病控制中心的官员给他打电话时，唐弗朗西斯先是有些高兴。

他放下电话，去找他的导师马克斯·埃塞克斯。他找到这位罗得岛出生的美国人时，埃塞克斯正在低头阅读资料。他提出请假两周，暂停博士研究。

埃塞克斯同意唐弗朗西斯请假两周。其实，当这位年轻的科学家后来得知他并非什么不可缺少的人选，而是疾病控制中心的无奈选择，因而自尊心受到伤害时，还是埃塞克斯劝说唐弗朗西斯受命成行的。出于恐惧，疾病控制中心名单上的每一个人都谢绝了这个差事。

到11月初，从扎伊尔传来的消息已经在国际病毒学界被疯传、夸大，寻找前往苏丹进行调查的真心诚意的志愿人员也已极端困难。最后，世界卫生组织的保罗·布雷斯放弃了他的研究，买了一张日内瓦到内罗毕的机票，主动担负起调查任务。在马里迪的世界卫生组织小组将包括戴维·史密斯（属于肯尼亚卫生部）、唐弗朗西斯、布雷斯、爱尔兰的戴维·辛普森（伦敦卫生与热带医学学院）、动物专家巴尼·海顿（也属于肯尼亚卫生部），以及苏丹的医学专家巴比克·厄尔·塔希尔、伊塞亚·梅约姆·登和帕西菲科·洛利克三人。大多数人将在南方与唐弗朗西斯会合，因为他们都是在几天的耽搁以后，途经内罗毕或朱巴分头到达马里迪的。

由于喀土穆和苏丹南方各省历来不和，所以联邦政府决定把南方与全国其他地方完全隔离开来，借以阻断疾病的流行。这有点像是控制火势的办法：在偏远的南方，许多人会丧命，但是疾病不会传到人口比较稠密的穆斯林北方。在苏丹的南方省份，彻底禁止飞机、卡车或其他车辆进出。

用了四天的时间，唐弗朗西斯和辛普森在喀土穆又是求，又是劝，又是出钱买，希望找出一条路子，让他们一行带着几吨重的物资穿过隔离线，一路向南，直奔马里迪和恩扎拉。辛普森、厄尔·塔希尔和唐弗朗西斯拜访了所有西方国家的大使馆，请求援助。到处都是答应的多，实现的少。私人包机也被排除在外：喀土穆和肯尼亚官员坚持，作为一种防传染措施，飞机从隔离区返回后，要全机烧毁。

到了最后，他们找到两辆大型英国卡车，装上物品，又灌满了备用汽油。不为这些一筹莫展的世界卫生组织的人员所知的是，等到唐弗朗西斯最后驱车开往马里迪的时候，麦考密克已经离开恩扎拉。这时正是雨季，原来的道路如今成了泥泞的河沟。整整12个小时，世界卫生组织的小组都保持卡车四轮驱动，油门踩到底，忍受着异常猛烈的颠簸。到了凌晨两点，这一群筋疲力尽的人才开进马里迪镇，镇里人口是2000。

迎接他们的是马里迪医院的守夜人，他把镇里的两个公共卫生医生叫醒，把这一群疲劳不堪的来人安顿到一个古老的英国教会的房子里。

次日，调查又出现了新的障碍，唐弗朗西斯、辛普森和厄尔·塔希尔对于问题的严重性明显感到吃惊。对南方的隔离使这个地区处于近乎饥荒的状态。由于起伏的厚皮香蒲草原多为湿地和沼泽，正是昆虫滋生的好地方，尤其是采采蝇，成群结队飞来飞去，使牲畜和居民感染锥体虫，并引发沉睡病。这个问题十分严重，多数人在几年前已经不再饲养牲畜，整个地区都靠着从北方运送肉类和蛋白质。9月30日实施隔离后，一切物资的运送都停止了。厄尔·塔希尔曾于9月26日对发病地区进行首次视察，清楚地看到六周的隔离给民众带来的巨大困难。

三人还发现这个地区的村与村之间距离遥远，四轮驱动的车辆很难通行。有些游牧村庄简直无法看到，都藏在一丛丛高高的厚皮香蒲中间，只有几乎难以寻觅的人行小道可通。

这个地区的大镇马里迪是一个设备简陋的政府所在地，镇上唯一的重要用人单位是联合国儿童教育基金会资助的教学医院。房舍都用篱笆建成，人员有两个工资微薄的公共卫生医生和120个护士，其中大部分为学员。他们的技术水平不高，设备又比较简陋，在对沉睡病、疟疾、细菌性脑膜炎、败血症、回归热和其他许多热带疾病的战斗中不能有很大作为，只限于提供热情和爱心而已。由于长久同外界断绝来往，马里迪没有电话，只用一部业余爱好者的无线电向朱巴中转信号。在苏丹调查期间，有一个法国科学家留在朱巴，担任通信官员，中转和喀土穆之间的往来电信。同扎伊尔的国际委员会成员没有通信联络。

唐弗朗西斯、辛普森和厄尔·塔希尔到达时，马里迪的两个医生正在关闭医院的过程中，多数护理人员不是死于新的出血热，就是因为害怕而跑掉，把病毒和惊慌一并带回乡村。留下的护士正准备关闭医院的正常设施，在一个专门修建的篱笆隔离房间护理埃博拉病人。

辛普森和唐弗朗西斯面戴大口罩，身穿防护服，戴着手套，视察了医院，头一次看到埃博拉病人时都不免有些震惊。不管是唐弗朗西斯还是经验较多的爱尔兰医生辛普森，都还从来没有看见过任何疾病接近于埃博拉病的破坏程度。衰弱、消瘦的男男女女，躺满泥土房子，一双双鬼似的大眼瞪着两个白人。病毒的毒性极强，病

第五章 延布库

人的头发、指甲和皮肤都在脱落。病愈的人又长出了新皮肤。

在以后几天，小组里的流行病学家唐弗朗西斯用当地的小学教师当翻译，询问了马里迪地区的数百人。他采取了许多血样，画出了疾病传播图。巴尼·海顿带着人捕捉动物和昆虫，希望发现埃博拉病毒的天然储存宿主；厄尔·塔希尔在废弃的马里迪医院内设立了一个实验室。

他们很快发现病毒不断传播的主要原因和葬礼有关，更具体地说，在埋葬前清理尸体的程序：与延布库的风俗相似。唐弗朗西斯下令停止一切埃博拉病死者的葬礼，承诺由他这个小组按照部族的风俗习惯来清理尸体。

民众大怒，集体的怒火几乎毁掉了世界卫生组织的整个活动。

"我看他们是要杀死我们，"唐弗朗西斯对他的同事说，"我说的是真话。注意你们的背后。"

谢天谢地，马里迪的一个公共卫生医生是当地一位很有势力的酋长的儿子，靠着酋长的支持，才最后劝说民众把尸体送到马里迪。唐弗朗西斯、辛普森、厄尔·塔希尔和布雷斯会把尸体挪到离公众有一定距离的地方，穿上防护服，戴上手套和口罩，按照部族的风俗，从尸体里掏出所有尚未消化的食物和粪便。废物的清除和处理都要用手，不得伤及内脏。他们还要仔细取下组织和器官标本供实验室分析用。

停止葬前清理和关闭医院阻止了马里迪的疾病传播，于是唐弗朗西斯和厄尔·塔希尔又动身前往更加偏远的小镇恩扎拉。在那里唐弗朗西斯发现了乔·麦考密克装在盒子里的便条，使他顺着埃博拉的原发病例继续往前走。

"嗨，唐，"便条写道，"我已发现你的索引病例。"接着是一些细节，签名只有一个"乔"字。

恩扎拉大约是两万人居住的中心位置，大多数人生活在周围的草原和丛林中散落的村庄里，住的是一排排的泥房。恩扎拉的经济中心是一所棉纺厂。厂里有2000人，用当地的棉花和19世纪的机器纺纱织布。工厂里条件恶劣：房顶盖的是铁皮，使难以喘气的赤道高温更加难受；伤害肺部的棉丝飘满空中；时时有成群结队的蝙蝠飞出顶棚，使厂里处处落满恶臭难闻的蝙蝠粪；工人赚钱不多，每班时间很长，疲劳不堪。

麦考密克的便条写明了谁是神秘流行病的第一例病人，并且列出了尔后的感染顺序。6月27日，早在延布库的流行病明显开始以前很久，在恩扎拉棉纺厂的一名工人得病，并于7月6日出血死亡。紧接着又有两名工人死去，这两个人在工厂的织布车间干活，和头一个死去的工人同属一处。7月间，每周平均有两名工厂工人感染病毒。到9月，好些名工人和他们的亲友、家属都患上埃博拉病，至少35人丧命。

恩扎拉后来的埃博拉病人有三分之二与一个名叫乌加瓦的人有关。相对而言，乌加瓦算是富人，因为他是恩扎拉的文化中心——一个爵士乐夜总会的老板。工厂工人把很大一部分进项都花在乌加瓦的夜总会里，买吃买喝，也买酒吧女郎的欢笑。恩扎拉的大部分流行病都与此类接触有关。

乌加瓦本人染病以后，有钱前往马里迪住院。一旦他的病毒进了马里迪医院，就像野火般扩散开来。

等到11月中旬世界卫生组织的小组来到恩扎拉的时候，流行病的势头已经减弱，其间，马里迪医院的医护人员有三分之一患病，41人丧命。医院陷入一片混乱，多人逃走。染病的工作人员几乎都是在工作中得病的，主要是沾染了病人的液体。

从医护人员，经过几代的传播，流行病又传到社区。后来的

第五章 延布库

调查显示，恩扎拉的病毒传染性极强，从科学家所说的索引病例，一直传播了八代。相比之下，延布库病毒的传播很少超过四代。但是在另一方面，延布库病毒却更容易让感染的人丧生。

到11月20日，看来流行病已经过去：由于医院的关闭和尸体葬前清理的改变病毒早已停止了传播。唐弗朗西斯列出了患者总数：284例埃博拉病人，151例死亡，除了4例，全部病人都发生在恩扎拉或马里迪。正如麦考密克在提交给国际委员会的报告（唐弗朗西斯在苏丹未能看到）中提到的，看来苏丹病毒的致命性较弱。延布库发病时，90%的患者死亡，苏丹的患者只有一半左右（53%）丧命。

马里迪病的流行中心是医院，由于其他病而入院的病人中有将近一半（在213例中占93例）感染此病；医护人员中患病者很多。

但是在恩扎拉，病毒仿佛是从棉纺厂传出来的，世界卫生组织的小组对工厂花费了很多时间和精力：厂里任何时间都有近千人干活。新摘的棉花从厂房的一头送进去，然后逐个车间加工，最后织成一匹一匹的棉布。

血样检测显示，感染率和死亡率最高的是在织布车间工作的24名工人：4名死亡，5名患病，感染率为38%。唐弗朗西斯和海顿细细清理织布车间的厂房，寻找携带埃博拉病毒的动物或昆虫。他们在恩扎拉无法测试这些动物，只能是干了再说。凡是会动的，一股脑儿都抓，然后取出重要器官，放进液态氮中。最后，这些器官将被送到帕特里夏·韦布在亚特兰大的实验室里，由她进行必要的试验，确定有无感染埃博拉病毒的动物。

他们发现织布车间有许多蝙蝠、老鼠、棉铃象甲虫、蜘蛛和其他许多昆虫。12月间，韦布给世界卫生组织小组传来了令人不安的消息：动物标本中没有沾染埃博拉病毒的。

这样一来，恩扎拉流行病的病源又成了一个谜。

唐弗朗西斯待在流行病区早已远远超过了预定的两个星期，如今急于返回哈佛。但是疾病控制中心却向喀土穆发报，指示他继续留在苏丹。直到圣诞节期间，唐弗朗西斯才回到波士顿，重新商谈了为疾病控制中心延期服务的问题，动手完成他的博士研究。由于他对疾病控制中心的领导心怀怨恨，影响了他后来在该机构的工作。

这时候，乔·麦考密克已经返回塞拉利昂，建起了他的简陋的拉沙病毒实验室。卡尔·约翰逊已经回到亚特兰大。几个月后，帕特里夏·韦布志愿加入麦考密克在塞拉利昂的拉沙病毒研究，实现了品尝泊来蛤的夙愿。

乔尔·布雷曼没有回到密执安继续研究猪流感。他应疾病控制中心和世界卫生组织的聘请，又对非洲进行了两年多的研究。他和别人一起寻找猴天花（monkey pox）病例。猴天花是一种与天花类似的病毒，能使人生病，但很少致命。世界卫生组织希望确实弄清，停止天花疫苗的接种是安全的；布雷曼一定要查明这种野猴携带的天花病毒对人类是否致命，这是一个关键问题。

在20世纪70年代末和80年代初，人类感染猴天花的数量在不断上升，1970年的数字为0，1983年升到35例，大多发生在扎伊尔的雨林地区。1984年，仅在扎伊尔就发现214例。

后来查明，大多数猴天花病例发生在扎伊尔的本巴县，是的，发生在延布库周围的村庄。在本巴地区的丛林中生活的各种动物都带有猴天花，包括树松鼠、林猴、黑猩猩和羚羊。但是到头来科学家断定，这种雨林病毒在遗传学上同天花病毒不够接近，不足以对人类构成威胁；而且，猴病毒从人到人的传播极慢，人类从来没有发生过这种流行病。

第五章 延布库

布雷曼坚持，凡是猴天花调查期间在赤道非洲研究的动物和人，尤其是在本巴县调查的动物和人，都应测试埃博拉和马尔堡病毒感染。经过将近10年的测试，没有发现受感染的动物，尽管在遥远的喀麦隆捉住的几只蝙蝠经测试抗体呈阳性，说明以前感染过埃博拉病毒。

若干年后，参加过延布库和恩扎拉调查的大多数人，对于埃博拉病毒从何处来这个谜团都难以忘怀。圭多·范德格伦花费了几年的时间，在美国、苏联和欧洲的高度安全的实验室里耐心地工作，从埃博拉病毒本身寻找它的起源方面的线索。他决心揭开他和卡尔·约翰逊称之为安德罗墨达病毒（Andromeda Strain）的这种生物体的谜团。

1979年，他又在布雷曼对猴天花的调查的基础上，两度远征延布库地区，测试无数的动物，寻找致命病毒的天然储存宿主。

戴维·海曼也在破解埃博拉谜团。1980年，他发现居住在喀麦隆茂密雨林中的俾格米人对埃博拉有抗体，表明他们曾经感染过这种病毒。他征求帕特里夏·韦布和圭多·范德格伦的支持，三个人一起到喀麦隆的俾格米人中生活了两个月。

高高的外国白人发现俾格米人非常支持此项工作，愿意利用他们娴熟的狩猎技术捕捉各种动物，供科学家测试。从一米长的毒蛇到黑猩猩，范德格伦对一百多种、三千余只动物进行了荧光免疫试验。

韦布和海曼最后发现，15%的俾格米人对埃博拉病毒有抗体，证明不管哪种动物是这种致命性病毒的储存宿主，它们都藏在那个地区茂密的雨林中。但是范德格伦仔细保存的动物标本却一个也没有受到感染。

再后来，乔·麦考密克继续他的搜索，在加纳西部的雨林中测试动物。由于最后发现猴天花的天然储存宿主是会飞的树松鼠，所以麦考密克会捕捉和测试树松鼠。他发现一只树松鼠对埃博拉病毒有抗体，但是它并没有携带这种病毒。

两种可怕的致命性病毒——马尔堡和埃博拉的来源都是一个包得严严的谜团。

"有理由怀疑这种疾病是一种动物传染病。猴子看来同这些流行病无关，但啮齿动物，或者蝙蝠，可能是动物储存宿主。"国际委员会的一个报告这样说。世界卫生组织后来的一份正式报告伤感地说："由于马尔堡和埃博拉病毒的天然储存宿主至今不详，在非洲无法进行控制活动。"

也许最直言不讳的话出现在委员会的第二份报告中："同马尔堡病毒的情况一样，对埃博拉病毒的来源一无所知，所知的只有一个简单的事实，它源自非洲。"但即使这个假设，即所有的病例都源自非洲，在后来的年代也证明是天真的。

但是委员会能够说明这种极为罕见的疾病为何在本巴县和马里迪迅速传播。知道一种疾病为何传播能使地方当局把未来的流行病控制在少数初发病例中，防止成百上千的人死亡。厄尔·塔希尔说得好："必须把医院视为流行病的扩散者。"在马里迪和延布库两地，门诊部的设备极差，每天几百次地重复使用注射器，针头不经消毒就一个人又一个人地注射药品。据麦考密克估算，在1976年9、10月间，一个人在延布库或马里迪医院注射一次，感染埃博拉病毒的概率超过90%。延布库的103例初发病例中，有72例是在教会医院中使用未经消毒的针头引起的。据苏雷奥推算，延布库地区由别人传染而得埃博拉病的患者，有43%最后康复，但通过受沾染的注射器得病的患者却只有7.5%康复。

例如在延布库教会医院，委员会最终发现，早期的埃博拉病人大多数是妇女，她们是来找修女们做孕期检查的。经仔细询问得知，吸引她们前来的是一种能使孕妇感觉精神抖擞、心情舒畅的神奇针剂。

这就是维生素B合剂。

委员会断定，通过注射而得埃博拉病比起通过接触患病的亲友或家人而得病，其致命可能性大得多。

修女们对于这种说法并不买账。传教士们仍然悲伤于一多半医护人员和同事的殉职，哪里能赞同这种指责：那些在对不明原因的恐怖进行神圣斗争时牺牲了自己生命的人，如今竟要被称为传播流行病的罪人。

十

圣诞节临近，彼得·皮奥特准备离开这个地方；两个半月来，这里一直使他有一种身在家中的感觉。他早已卖掉来金沙萨时穿的结婚礼服和领结。他的天真的傲慢也已一去不复返，代之而来的是一种新的信心和对微生物世界的有益的重视。

"我已经经历了许多事情，大多数欧洲人只能在书里读到或在冒险片里看到。"他对修女吉诺维瓦说，"我母亲是个典型的佛兰芒妇女，她常对我说：'说话是银，沉默是金。'但我看到的太多了，无法闭口不言。"

在这个比利时人装好箱子，准备离开时，另一个喜欢冒险的年轻人正坐在金沙萨，急切地等待时机前往本巴县。美国疾病控制中心的科学家戴维·海曼毫不犹豫地自愿充当留在延布库的最后一个外国科学家，来最终完成流行病学的调查；而更重要的是，给组里其他人一个回家欢度圣诞的机会。

在本巴机场，海曼和皮奥特头一次见面，握手，分道扬镳。若干年后，这两个人又并肩工作，去控制另一场更大规模的致命性流行病。皮奥特懂得海曼眼睛里那种激动的目光：当他很久以前初到此地时，这位如今已满面沧桑的比利时人的脸上，也正是这种表情。

海曼开着皮奥特的陆地巡行者吉普车顺着通往延布库的道路行驶时，沿途看到孩子们在玩自制的玩具。在整个南部非洲，孩子们都是利用废弃的电线制作灵巧可爱的汽车和卡车，学着真车的样子，在路边拉着玩具车子跑。但是海曼却看到本巴地区的孩子们全都做一种极不寻常的东西：直升机。在整个非洲，海曼都没有见过儿童玩直升机的。有一个男孩儿看到海曼那张白色的面孔沿着道路开过来，便高兴地把直升机举到空中，然后丢到地上，发疯地笑起来。

"不知这是什么意思。"海曼暗想。

回到本巴，皮奥特正在不知不觉地准备着另一次不太愉快的冒险。他愤怒地看到巨大的C-130飞机一面上人，军方的驾驶员同其他军官一面大声说笑、狂饮啤酒。本巴的隔离命令最终被撤销了，成百的当地商人带着心有余悸的家属，闹闹嚷嚷地在巨大的飞机上争地盘，还赶着羊、猪、猴、鸡，带着一袋一袋的杂物。组织他们登机的任务就落到皮奥特身上。皮奥特料定又要同喝得烂醉的驾驶员进行一次空中旅行，感到一点也不开心。

皮奥特和其他几个旅客一起把几十个箱子装进行李舱，并不知道哪里该放重物，哪里该放轻物。焦急的驾驶员没有关闭发动机，不时高喊叫让皮奥特他们快干。人们把大部分轻物放在飞机的前部，装实验室设备的重箱放在后部，中间留给旅客。几个人利用驾驶员提供的少量网套和绳索，尽量把行李固定、拴牢。

第五章 延布库

等到所有的旅客都上了飞机,肩膀挨肩膀坐好——没有安全带,甚至连座位也没有——一场暴风雨即将到来。驾驶员把笨重、满载的飞机滑到本巴县小小机场的尽头,加快发动机转速,沿着跑道跑去。飞机摇晃、喘息、跳跃,装着这样的重载无法爬高。

"啊,上帝!"皮奥特大叫。他看见一排树迎头拦在前面。驾驶员猛拉操纵杆,飞机刚刚高过棕榈树梢几英寸。飞机不断升高,爬了几分钟,直到碰上一个暴风雨的涡流,突然下跌数百英尺。

飞机后舱的笨重货箱挣断了绳网,朝着尖叫的旅客撞去。鲜血四溅,人们疼痛得惨叫。醉醺醺的驾驶员的反应是把机头拉起,致使前舱装的货物也散开。皮奥特和那些满面是血、浑身是伤的旅客被夹在沉重的货箱中间,其中有些还装着大量可以致命的、感染了埃博拉病毒的动物和人类的组织标本和血样。

皮奥特确信他性命难保,但他发现此刻想到的不是他的妻子或他的往事,而是流行病。

"妈的,"他自言自语,"那些工作全白干了。谁也找不到答案了。"

与皮奥特同行的旅客开始晕机呕吐,有些人则受到挫伤或骨折。飞往金沙萨共需两个小时,后来倒也没有什么大事发生,所能听到压过发动机的隆隆声的,只有受到惊吓和伤害的旅客的哭泣声。

彼得·皮奥特一路多次换机,当他踉跄着走下最后一架飞机,呼吸到安特卫普圣诞节的凉爽空气时,他发现玛格丽塔显然已经怀孕。突然之间,从9月以来所经历的多少种酸甜苦辣,多少次九死一生,都像闪电般涌上心头,使他百感交集。

但是,他领略了冒险的滋味。他再也不会长久地满足于实验室科学那种看来平静的生活了。

范德格伦和皮奥特两人都深深受到扎伊尔的冒险的影响，影响之深，难以想象。范德格伦平日里处事极为平和，很少有人看到这位比利时的病毒学家失态，他如今也会发火了。圣诞节过后不久，他拉着皮奥特一同走进了玛丽亚圣心姐妹会的总部。

"我们此行的目的是教育。"他们走进女修道院院长办公室时，满腔怒火的范德格伦对皮奥特说。

这次会见开始时十分平静，两位科学家同声称赞天主教在延布库地区对儿童的教育——这件事是从1935年开始的。两人还提到姐妹会办医的良好初衷：那是因为后来认识到由于生病，延布库约50%的小学生经常缺课，姐妹会想增强儿童的健康，增加上学人数。

20世纪70年代初，姐妹会的一些人在安特卫普热带疾病研究所受了几天基础医疗训练，这就是她们在从医以前所受的全部护理训练。

"她们不能叫护士！"范德格伦一反常态地喊道，心里也明白他是在抨击已经故去的修女，但他仍然往下说。他也称赞了修女们的圣洁和笃诚。

"但是有谁曾想到，既然你开办一个这样的医疗机构，而当地的民众又从扎伊尔政府得不到帮助，你却在免费施医，这时候，你就该准备着接纳大批的人群。你该准备好每天给300人安全注射。既然你建设了一个你称之为医院的东西，你就该做好后勤计划，按计划提供物资，培训人员。"

范德格伦的致命一击是这种指责："你们缺乏计划的代价是高昂的"；死者中有一半是在教会医院染上埃博拉病毒的。

皮奥特坚持，教会医院要么关闭，要么派遣有资质证明的医生。两个人警告院长：埃博拉病的来源根本没有找到；它还会再来，如果不听他们的话，病毒还会在教会里传播。

虽然他们关于延布库教会的良言是有人听了，但是皮奥特和范德格伦离开姐妹会时仍然感到，不知有多少在发展中国家开设的各种教会卫生机构正面临着同样的矛盾局面：一面是充满希望的热心服务；一面是令人悲伤的训练不足和物资匮乏。有扎伊尔的共同经历维系着，二人成了毕生的好友。他们从院长那里出来，走进安特卫普1月冰冷的早晨，头脑里想的，谈话中说的，都是对遥远的热带村镇的关切：茅屋中的妇女、背上的婴儿、靠着出售在蒸笼般的雨林中捕捉的野生动物而艰难谋生的丈夫。而丛林正是埃博拉病毒的藏身之处。

次年的圣诞节，皮埃尔·苏雷奥接到马塞拉、吉诺维瓦、玛丽埃特三位修女的一封来信。他坐在巴黎舒服的公寓里，一面读着修女们的问候，一面回忆着延布库闷热的气候和简陋的教会设施：

> 亲爱的医生：诚祝1978年新年快乐。这些天来，我们经常谈起过去一年发生的事情和你。你给我们留下了美好的记忆。我们再次真诚地感谢你，感谢你在他人不敢前来的时候，来此帮助我们。目前，这里的生活已经恢复正常。我们有了一位扎伊尔医生，他也在全心全意地工作。另外还来了四位比利时志愿人员和一位修女，他们要重建医院。学生们也已返回学校，热闹异常。你好吗？这里寄去对你的热切问候。
>
> 修女马塞拉，修女吉诺维瓦，修女玛丽埃特

苏雷奥满怀深情地重新叠好信纸，装进信封，把信件放进一个写着"延布库"的盒子里。他将盒子仔细盖好，放在柜子的深处。

这是一场瘟疫的纪念品。

第六章

美国建国200周年
——猪流感与军团症

> 有迹象表明，今秋将会出现大规模流感。我们将会看到1918年的流感病毒重新出现：那是毒性最强的流感。1918年，50余万人死于非命。预计这种病毒将在1976年杀死100万美国人。
>
> ——卫生、教育与福利部部长 F. 戴维·马修斯

一

1976年，关于埃博拉的那桩大事在美国几乎无人注意，即使在疾病控制中心的大厅里也很少有人过问。美国正在忙着。在美国人的心里，非洲显得非常遥远。

在建国200周年时，美利坚合众国正在忙着发扬爱国精神：企业家在借机出售红白蓝三色纪念品；好莱坞的大腕在重新排演《光辉的历史时刻》；纽约的东河在举行帆船比赛；人们在大谈《独立宣言》和《美国宪法》里的光辉思想。除了举国欢腾的局面，还有一种突出的政治气氛：杰拉尔德·R. 福特总统正力争在大选中连任，他的对手是南方一个名不见经传的政治家，名叫吉

第六章　美国建国200周年

米·卡特。全国也在冥思苦想：美国兵败越南，尼克松政府水门丑闻，这些事情的意义何在？

即使美国人在1976年不存在孤立主义情绪，他们有限的注意力也不会扩大到延布库的事态上，他们也有许多关于疾病的消息够他们忙活的。毕竟，1976年也是美国公共卫生局在历史上进行规模最大、花钱最多的两次调查中的一年。这两次调查是猪流感和军团症。

总的说来，所谓猪流感和军团症对美国公众而言，最后都变成了一个令人不安的概念，对加拿大、墨西哥、澳大利亚、新西兰和欧洲的公众而言，也是如此，只是程度稍轻罢了：某种新的、非常可怕的东西正在逼近，谁也弄不清这是什么东西，但是专家肯定这东西非常危险；联邦政府看来对此事也十分不安。但是关于应该做什么事——如果要做什么事的话——来保护公众，专家与当局看法似乎又不一致；而不管怎么办，都会花费纳税人的大笔金钱。对于两种流行病，公众的担心最终都会变成不耐烦，指责有关部门办事不力，甚至谣言四起。调查的每一步都要在电视的照明灯和公众的密切关注下进行。

最后的结果是，一种疾病出现，另一种消失。

在卡尔·约翰逊的小组访问本巴县的乡村，寻找埃博拉病例的时候，美国的公共卫生机构，从底层的县市官员，逐级上升，直到美国总统，都在焦急地注视着医院的记录和医生的报告，看有无所谓猪流感出现的迹象。

事情于1976年1月发生在迪克斯堡，美国陆军在新泽西的一个训练中心。一个士气高涨的新兵，年轻的列兵戴维·刘易斯感到头晕、恶心、无力、发烧、肌肉疼痛：这些都是流感的典型病征。在新年过后那阴冷、潮湿的一周，几个同来的新兵也害了同样的病症，有的人到基地的医务室去看病。

但是，18岁的刘易斯决心在基础训练中出人头地。尽管医官已经准许他留在宿舍休息48小时，刘易斯还是背起50磅的背包，参加了排在新泽西寒冷的冬季的整夜行军。虽然发着烧，这个小伙子仍然强迫自己继续前进，但他已经远远落在别人的后面。几个小时后他倒下了。

刘易斯在到达基地医院后几个小时死去。

过了将近20年，科学家们仍然在问："列兵刘易斯的死，究竟是因为他感染了一种杀伤力极强、毒性极大的流感，还是因为他感染了危险性并不很大的流感病毒，但在病毒血症正厉害的时候，参加了冬天一整夜的全副武装的强行军？"

了解这个根本问题的答案，对于如何理解1976年的事态会有很大的影响。刘易斯年纪轻轻，身强力壮，成为1976—1977年流感季节死去的唯一一个美国人，这看来有些不同寻常。流感的特点是每年使成千上万的人得病，但是亡故的只有老人和身患其他疾病、免疫功能减退、体力衰弱的人。很少见到一个身强力壮的小伙子死于流感的。1918—1919年流感大流行的一个特点就是病毒竟有能力杀死年轻的成年人和儿童。

1月底，迪克斯堡医疗主任约瑟夫·巴特利上校手上就出现了一个流感广泛传播的问题：约300名新兵住院或在营区隔离。应他的要求，新泽西州卫生厅实验室主任马丁·戈德菲尔德接收了患病的新兵的19份喉液标本，包括给列兵刘易斯做尸体解剖时提取的一个标本。戈德菲尔德的实验室把19份标本试管中的液体向营养液里滴了几滴，使培养物成长。在病毒群体长大，便于研究的时候，戈德菲尔德的小组进行了一系列的抗体试验，目的是查明哪种流感变体在攻击迪克斯堡的新兵。

当时,像戈德菲尔德这样的科学家知道,当人类的免疫系统成功地克服流感感染的时候,抗体就要对抗球形病毒外皮上突出的两种蛋白质:血凝素和酸苷酶。流感病毒是受到蛋白质和脂肪组成的坚硬装甲的严密保护的,装甲由两层病毒包裹物构成,其中一层几乎完全由人类心脏的复仇女神胆固醇做成。但病毒要受到"第22条军规"似的制约,如果不利用它的血凝素和酸苷酶,它就无法感染和破坏细胞,而这两种复合物正是引起免疫系统发动成功的攻击的东西。

每个病毒的表面可突出七百余个这样的蛋白质。长长的杆子形血凝素蛋白质负责牢牢抓住红细胞,使一个细胞与另一个连接起来,在血液中形成细胞质块。酸苷酶则负责撕开新生病毒外面包裹的细胞膜,使它们流进血液中。

1976年,科学家们相信,一种特定的流感变体的危险性和毒性的大小是由三种东西的功能决定的:血凝素功能的大小;特定酸苷酶的功效;受感染的动物或人类宿主的免疫功能。前两种因素是由病毒遗传学控制的,后一种由宿主调节。

与比较简单的病毒如拉沙和马尔堡不同,流感病毒有一套复杂的遗传组织。长长的单股核糖核酸(RNA)遗传物质本身缠在一起,形成一种螺旋形结构。五个这样的RNA螺旋体又同保护蛋白质缠在一起,形成遗传包,同人或动物的细胞中见到的相似,称为染色体。病毒自我复制时,染色体要展开,照原样复制其蛋白质和RNA。在这个过程中,一种染色体的有些部分会与另一种重合,从病毒寄宿的细胞来的RNA的外露部分也会得到复制。这乱糟糟的一团会重新分类和重新组合,产生一种原样未动的母体病毒和它的包裹起来的、稍有不同的后代。

在这种复杂过程的中心,存在着许多遗传变化的机会,有些对病毒来说具有杀伤性，有些对染病的人类宿主则是致命性的。

到1976年，专家已经开始认识到流感病毒其实就是一种微生物界的变色龙，在千百年间生生不息，靠的就是顽强地信守一条格言：不适应就灭亡。如果这种时刻进行的遗传变化过程不能经常产生新型的血凝素和酸苷酶，所有患病的人最终都会对流感有免疫作用，这种病毒也会死光。虽然地球上的所有人对于罕见的病毒，如埃博拉，产生免疫功能的机会是0，但是一种容易传染的、普遍存在的呼吸道病毒如流感，却可能在不到5年的时间内感染上几十亿的人，杀死所有体弱多病者，使全世界的康复者具有完全的免疫功能。

全球大流行其实是流感的一个特征，在有文字记载的人类历史上不乏其例。查理曼大帝对欧洲的征服之所以放慢了步伐，就是因为8世纪的一次流感传播席卷了欧洲大陆，使他的军队中的许多人丧生。后来据说又有多次流感大流行，可惜历史只能模糊地区分古代关于流感和其他呼吸道疾病的描述。但是在1580年，世界却明显地遭受了流感大流行的打击，疾病沿着商路和早期的殖民道路，扫遍了非洲、欧洲和美洲。这场流行病来势凶猛，"据说有些西班牙城市几乎断了烟火"。

分析18和19世纪关于流感流行的较为清楚的历史记载，科学家可以找出某些发病的样式。首先，病毒会常常成功地变化，在每一代人至少出现一种完全新的变种，能避开人类的免疫系统。在通常情况下，经过一次大流行，杀死了几十万、上百万的人以后，康复的人会产生抗体，能够辨认和对抗那种变体的酸苷酶和血凝素蛋白质。此后几年，流感病毒会发生渐变，它的两种关键蛋白质也会产生微小的变化，但还不至于使大部分有免疫功能的人受到感染。

血凝素和酸苷酶构成了抗原——人类免疫系统的抗体攻击的目标。流感发生微小的遗传变化时，抗原就会从标准的形态"漂离"一点。随着时间的变化，抗体可能无法再牢牢锁定新的抗原。尽管如此，大部分健康的人还是能够迅速克服抗原的微小变化，产生适当的抗体，在比较轻微的流感发生后，消灭这种病毒。只有免疫功能不强的人，如衰老或营养不良的人，才会在抗原变化时死于流感。

但是有时会发生严重得多的情况。抗原不仅仅是逐渐漂离它原来的遗传蓝图，它会发生重大突变，血凝素和酸苷酶两种蛋白质也会突然改变，人类的抗体变得完全无用。如果新形式的蛋白质在凝结血球和在细胞膜上钻空方面功能极强，破坏性极大的全球性流行病就会发生。

虽然历史学家在细节上有分歧，但是关于以前276年在何时、何地流感曾经大流行，对人类造成多大伤害，看法却在逐渐一致。标出了地图，显示在1729年、1732年、1781年、1830年、1833年和1889年大流行期间，流感在全世界的传播方向。

但是在1976年，让杰拉尔德·福特总统和他的顾问们最为担心的，还是1918—1919年破坏性极强的流感会大流行，也就是在来冬美国再死50万人，全世界再死2100万人，美国10%的劳动力卧床不起这种可怕的情景。这也就是至今仍是20世纪发生的最猛烈的一次流行病的死伤规模。那次流行病发生时，世界人口还少得多，人类行动时也只限于使用缓慢的交通工具，如轮船和火车。可是，流行病竟在不到五个月的时间内，传遍了全球。福特政府知道，在喷气飞机飞行、人口拥挤的今天，这种流行病的破坏性会更大。

1918年，世界还处在战火之中，打的基本上是一场地面战争，从英吉利海峡到克里米亚，数百万军队钻在泥泞的战壕里。病毒看来是在不足两年的时间里，分三个波次，席卷了全球，一次比一次更凶猛。到1918年10月，其来势极为凶猛，人们也以极快的速度死亡。有报道说，有些妇女在科尼岛乘坐纽约地铁时只是稍感疲累，别无不适，但是45分钟后，车到哥伦布环岛时却被发现已经死去。

仅在纽约市一地，1918年秋就有两万余人死亡。病毒传播极广，旅行者后来发现，在阿拉斯加偏远地区的爱斯基摩人村庄，整村整村都被流感断了烟火。伦敦的验尸官做尸体解剖时发现，死者肺部大量出血，医生在1873年和1889年的流感大流行中从未看到这种情况。

流行病也绝不限于战火燃烧的北半球。流感从欧洲一直传播到地球上的每一个国家。在1918年9月1日到11月1日之间，加纳的每20个公民中，就有1人死亡。西萨摩亚的民众被病毒惊呆了。1918年11月到12月间，西萨摩亚的3.8万居民几乎全部感染流感，其中7500人死亡，约占人口的20%。

当时，医学还不能对流行病做出解释，也不能给任何国家恐惧的民众提出任何有益的建议。弗吉尼亚卫生厅的一个小册子告诉公众，引起疾病的是"一种微小的活生物，叫流感细菌"。学术性较差的《纽约邮报》（*New York Post*）告诉读者："疾病是大自然施加的惩罚，惩罚人们违反了她的规律和法规。"著名的芝加哥医生艾伯特·克罗夫特说，流感并不是一种传染性微生物，而是"少量令人感到压抑和烦恼的高浓度气体，它存在于大气中，尤其是在夜间"。

美国著名医生提出，造成1918年大流感的有许多因素，其中包括：裸露上身、德国人污染鱼类、泥土、灰尘、睡衣不洁、中国人、窗子敞开、窗子关闭、旧书("未入库图书")、某些天象的影响等。

可惜的是,没有谁保存患者的血样和组织标本。那时,这种先进的科学思想还不普遍。到1976年,美国的许多卫生官员会诅咒这种疏忽大意,惋惜没有历史标本可以与列兵刘易斯的流感杀手做对比。

但是,1918—1919年的流行病却也掀起了一阵积极研究的浪潮。1932年,理查德·肖普(即耶鲁大学的研究人员罗伯特·肖普的父亲。罗伯特30年后曾与乔迪·卡萨尔斯一起工作)做过实验,最后找出了"猪流感"这个名称:他从生病的家猪鼻孔里取出分泌物,并将猪的分泌物抹进其他动物的鼻腔和口腔,成功地使其他动物受到感染。下一年,威尔逊·史密斯、克里斯托弗·霍华德·安德鲁斯和帕特里克·普莱费尔·莱德劳爵士等组成的英国小组首次分离出流感病毒,使全世界对于时刻会遇到的敌人有了一种实物。两年后,肖普又证明,在1918—1919年的流行病中活下来的人对于他的猪病毒具有抗体,但1920年以后出生的儿童却无这种抗体。

肖普的结论是:流感大流行是由猪型的流感病毒引起的——这个结论到了60年后仍然是一种主导说法。肖普说,病毒原本来自某种其他动物,接着便感染人类,然后又从人传给猪。在猪身上,病毒找到了安全的栖身之处,一待就是若干年。在1976年,无人知晓这种致命的变体在猪身上待了60年后是否还稳定——具有杀伤力,尽管如果说这种致命的病毒在60年间不会引起疾病,连养猪的农民也不会病倒,似乎有些不大可能。

当戈德菲尔德和他的新泽西科学家小组测试迪克斯堡的标本时,手头没有装满1918年流感病毒的试管——谁都没有。但是他们却有肖普的猪流感标本，并且能够显示，迪克斯堡的某些新兵具有抗体，可以抗击肖普的猪流感。根据这两层假设，戈德菲尔德提出，迪克斯堡的变体可能与1918—1919年让十亿多人患病、让两千一百多万人丧命的病毒相同或相近。

疾病控制中心迅速重复了新泽西的研究，也证实了戈德菲尔德的发现。从假设的理论上看，他们好像在1935年肖普的猪病毒、1918年的人类疾病大流行和迪克斯堡的一些具有抗御猪病毒的抗体的士兵间找到了某种关系。另外，从迪克斯堡染病的士兵身上抽出的全是A型流感病毒，也就是经常引起大规模流行病的三种流感中的一种。疾病控制中心对迪克斯堡的病毒完成各种"分析"后弄清，原来作怪的是A，H1（血凝素1）N1（酸苷酶1）型流感。肖普的猪病毒也是A，H1N1型流感。

相反，1976年初春，世界上流行最广的流感病毒变体却是A/H3N2型。它的正式名称是A/维多利亚/75变体（A/Victoria/75 strain），一年前首先在澳大利亚的维多利亚出现，曾从约翰内斯堡到明尼阿波利斯，引起一次比较小的流感暴发。

迪克斯堡的病毒被称为A/新泽西/H1N1（A/New Jersey/H1N1），它的出现在美国公共卫生局引起了相当大的不安。

将近20年后，琼·奥斯本博士说："用各种现有的化学测量方法，肖普的变体同1918年的变体难以区分，同迪克斯堡的变体也无法区分。"1976年，她是美国食品与药物管理局的一个七人委员会的成员，负责评估美国的所有疫苗接种政策。她是威斯康星大学的医学教授，她当时肯定，后来仍然确信，1918年令人恐怖的猪流感病毒通过动物，循环繁殖至今，并于1976年冬杀死了列兵刘易斯。

但是在迪克斯堡进行的调查显示，死亡的只有列兵刘易斯，基地的大多数人的病因却是A/维多利亚/75变体。另外，在刘易斯倒下时，他的上士曾经设法挽救这个年轻的士兵，对他进行嘴对嘴呼气。一个月后，上士依然健壮如初，没有感染A/新泽西/H1N1流感病毒的迹象。这一点可以说明，不可轻易断言新病毒的毒性和传染性都很大。

不过，迪克斯堡的数十名新兵对A/新泽西/H1N1病毒都呈阳性，事情到底如何，关系重大。正如卫生官员日后所说，如果判断错误，否认列兵刘易斯的死乃是一种同1918—1919年相似的流行病的先导，从而使一场如此猛烈的事故席卷全国而毫无准备，其后果必是非常可怕的。虽然在1976年2月已经有迹象表明值得怀疑，但卫生官员们担心有人将几十万人的死亡归罪于他们，说他们采取了观望的态度，因此未加理会。

当疾病控制中心尚在犹豫之际，一个决定性因素出现，有利于在假定即将出现可怕的流行病的前提下采取行动，这就是一种当时普遍承认的科学理论。20世纪70年代中，纽约市西奈山医学院的埃德温·基尔伯恩博士是全世界有名的病毒学家之一。基尔伯恩早在10年前就已经发现，酸苷酶蛋白质特别丰富的流感病毒更易于进行从人到人的传播。当病毒在人类细胞内大量形成的时候，它们的成套染色体就移到被侵细胞的外膜。科学家可以用电子显微镜观察这种现象，看到长排的深色球体正在推细胞膜的边沿，形成一些鼓包。最后，病毒会用力猛推，将细胞膜扯下一块，包在自己的内层包裹和染色体的外面，制造一道外部保护涂层。这个过程叫作分芽。在这个过程中，新病毒会从细胞中明显地突出来，但仍连在宿主的最后一块细胞膜上。基尔伯恩显示，病毒的酸苷酶蛋白质会剪断链子，使新形成的微生物脱身自由，进入病人的肺部、鼻液或眼泪中，从而再去感染另一个人。基尔伯恩说，酸苷酶分子的数量越大，病毒完成分芽过程并传播的速度也越快。

从根本上讲，基尔伯恩找到了传播性和病毒性极强的可能根据，说明为什么有些流行病产生的病毒会迅速充满患者的血液，并马上变成全球性流行病，而有些则只在局部范围内小规模暴发。

1957年曾经发生一次相当严重的流感大流行，席卷全球，美国死亡约6万人。基尔伯恩对引起那次流感的病毒变体的表面上的酸苷酶蛋白质浓度进行量化分析，来证明他的观点。这种变体的酸苷酶浓度比20世纪30年代以来发现的其他流感病毒都高。

但是，随着1968年香港A型流感的出现，全世界的公共卫生专家都吃了一惊。虽然大多数人都曾预料到1968年冬和1969年春会有一场比较轻的流感，但香港变体引起的却是一场巨大的全球性流行病，尽管致命性不及1957年的流行病大，传播面积却大得多。香港变体的抗原在血凝素蛋白质方面虽有巨大的变化，但其酸苷酶成分与前一年的温和流感相比却丝毫未变。大多数流行病学家都被香港流行病弄得措手不及，看到病毒竟有能力超越人类的集体智慧，都变得慎重起来。

"流行病学家应当认识到，预料未来的流行病是危险的事，"哈佛著名流行病学家亚历山大·兰米尔在香港流行病以后警告说，"看来，存在着一种时间规律，同免疫健康或体弱多病之间的平衡关系有关，同病毒的突变也有关。在某种意义上说，流感的预料同天气预报有些相似。与飓风相同，大规模流行病也可以辨认，其可能走向也可以预料，因此也可以发出警报。但是流行病的变数更大，充其量也只是估量其可能性。"

在20世纪70年代初，大多数流感专家仍然认为，流感的流行是按可以预见的周期出现的，B型和A型病毒是分别按相当固定的时间进行抗原变化的。对此提出最有说服力的理由的是基尔伯恩。他说抗原的重大变化最近大体都按10年的周期发生：1947年（H1N1），1957年（H2N2），1968年（H3N2）。

1976年2月，基尔伯恩为《纽约时报》(*New York Times*) 著文表明自己的看法，根据10—11年的流感周期论，他预料很快即将发生大规模流感。他警告"公共卫生负责人最好立即制订计划，应付近在眼前的自然灾害，不得迟疑"。

虽然基尔伯恩的话代表了当时流感科学思想的主导倾向，但也有人持不同观点。他们认为流感的周期会随着变体的不同而变化，或长一些，或短一些，或者完全是随意发生的，无法预料。好几位科学家提出，特别是猪变体，是按90—100年的周期发生的；他们预料1918—1919年的灾难将在20世纪90年代重现。1968年香港流感大流行期间对美国人的血样测试显示，经过1889年流感流行的老年人对1968年的变体都有免疫作用。这样看来，一个周期约为80年，至少A变体是如此。最后，澳大利亚的重要流感专家W. I. B. 贝弗里奇提出，流感是一种"变化无常的病毒，无法预料"；还说，用长远的观点来查看历史记录会发现，这种或那种流行病会每隔10—40年出现一次，相隔太久，不能成为预料未来疾病暴发的基础。

当流感在迪克斯堡传播的时候，世界上大多数流感专家聚集在瑞士的鲁热蒙，参加国际流感会议。科学家们一点也不了解新泽西正在发生的事情，只管在1月26日到28日，集中集体的力量，研究人类应当如何有力地对付1918年那样的流感大流行。

1947年，世界卫生组织创建不久，就建立了一个全球性的实验室网络，大家同意通力合作，监测流感类型的变化。等到29年后科学家们聚集在鲁热蒙的时候，世界卫生组织的流感网络里已经有将近100个实验室，跨越了当时的冷战和经济方面的界限。这些实验室定期从流感病人身上采集病毒标本，也间或从患病的鸟类和牲畜身上采集，希望能在千百万人感染以前，就发现全球性流感的危险信号。

根据疾病控制中心的沃尔特·多德尔博士和孟菲斯的圣祖德儿童医院的罗伯特·G.韦伯斯特的研究，聚会的科学家知道，大雁和野鸟会沿着迁徙路线，把流感传播到全世界，通过粪便，把疾病传给其他动物。鸟的粪便正是病毒的理想生态环境。流感病毒可以在户外或鸟粪污染的水中存活三天。

"看来流感病毒是时刻在许多鸟类中循环而不会引起兽疫（跨种类流行病）的。这暗示着流感是一种天然的鸟类感染病，也许千万年来就是这样。"韦伯斯特在鲁热蒙会议上说，"结论可以简单地这样表述：全世界的流感病毒的所有基因都存在于水生鸟类中，如海燕和大雁，偶尔会传给其他物种，包括人类，通常是在重新分类以后。"

从以后马上发生的事情来看，更加重要的可能是鲁热蒙会议对疫苗接种政策的讨论。显然，要动员民众自愿参加接种活动是困难的。例如，在1968年到1974年之间，美国接种流感疫苗人数最多的时候发生在1968年香港流行病期间，但也只有10.7%的人接受了注射，尽管流行病来势凶猛。到1974年，美国的流感疫苗注射率下降到总人口的8%，老年人也仅占可怜的17.4%，据说老年人是特别容易感染流感的。加利福尼亚等州对年过65岁的公民是免费提供流感疫苗的，即使在这些州，1975年也有许多疫苗坏在仓库里，因为医生和公众对接种不感兴趣。在英国，只有不到12%的国家卫生局医生鼓励老年人和住院的病人使用流感疫苗。更加突出的是，从1968年到1975年，不管其中的哪一年，同意自已接种的伦敦护士都不足6%。

鲁热蒙会议的结论是,当一场大规模的流行病出现在地平线上的时候,必须做出特别的努力,尽早发现病毒,这才有时间大量生产疫苗,并且采取特别的步骤,动员广大民众同意接种——大约要占年老和多病的人口的80%。

"下一次流行病的最重要的结果,很可能就是提供一些有助于控制大小规模的流感的经验教训。"沃尔特·多德尔在鲁热蒙会议上说。他没有想到他的话会马上应验。两周以后,卫生机构会认真考虑:迪克斯堡病毒有可能与1918—1919年的杀人微生物相同或相近。事情会像一个雪球似的沿着结冰的政策斜坡滑下去。每一周,想象中的威胁都会变得更大,科学家也被迫将决策权交给政治家。各种关于猪流感的猜想本是暂时性假设的基础,此时也进一步退居幕后。虽然起初的科学和政策方面的报道还只是小心翼翼地提到这种可怕的预报的暂时性依据,但政府的官方预报里却只有"肯定"和"绝对"。在列兵刘易斯死后的暂时性看法和几周后联邦的大动员行动之间,两者的对比是如此强烈,闹得卡特新政府的卫生、教育与福利部部长约瑟夫·卡利法诺只好在上台一年后下令进行非官方调查。他给哈佛大学的两名政策分析家提出一个简单的问题,要他们在1977年冬天回答:"出了什么问题?"理查德·E. 诺伊施塔特曾在杜鲁门、肯尼迪和约翰逊等民主党政府任职,在猪流感问题发生时正在哈佛大学的约翰·F. 肯尼迪政府学院任教。哈维·法恩伯格博士有两顶帽子,在医学和公共政策两方面都有学位。1977年,他们共同回忆前一年的事态,试图确切说明联邦卫生管理部门何时、何因开始不再迟疑,在猪流感的斜坡上往下滑。

"从一件事情——列兵刘易斯的病情上,你得不出任何结论。"17年后，法恩伯格当上哈佛公共卫生学院院长时说道，"在那次事后有一段长长的沉静期，那时才能发现更多的真实信息。"又说在1976年冬天，整个卫生机构屏息静等，等待猪流感传播的迹象。但没有出现任何迹象。

"问题不在于对早期的（迪克斯堡）病例看得过重，而在于尔后取消了怀疑。"——有关最糟情况的发生的可能性，法恩伯格说："我个人的看法是，在这种情况下往往难以把可能性与后果分开。就这件事来说，在人们的头脑里，把一场流行病弄错，其后果过于严重，不可能集中精力适当考虑可能性问题。无论那时或是现在，谁都无法确切地估量可能性。在这种情况下，人们遇到的挑战是能否把问题区分开来，合情合理地进行讨论。1976年，有些决策人根本就被估计错误的后果所吓倒。在（福特政府的）更高层，可能性和后果更被混淆在一起。"

奥斯本以直言不讳而闻名，讲起话来往往是滔滔不绝。她在1976年和将近20年后都不同意这样的看法。她对食品与药物管理局的其他顾问说，在1918年的第一次流感暴发后，有一段长久的春夏寂静期，9月份，寂静期过去，便出现了20世纪初期最严重的一次流行病。

"决定不做任何事情，决定继续静等，因为病毒也在静等，"奥斯本给其他科学家打电话时说，"这完全是不负责任的。"

作为疾病控制中心的主任，戴维·森塞对1976年的看法也截然不同，到20年后依然与诺伊施塔特-法恩伯格的报告大相径庭。森塞性格活泼，不喜欢出头露面，1966—1977年主事期间，深受疾病控制中心的下属爱戴，他深信在迪克斯堡有明显的猪流感病毒从士兵到士兵传播，应当有所行动。

"传播的事实是关键。"他对下属说。

第六章　美国建国200周年

沃尔特·多德尔博士是个文静的流感病毒学家,他总是以严肃而谨慎的态度看待世界。他在2月的第一个星期二的晚上给森塞打电话,告诉他新泽西州的实验室说,他们已经发现5例猪流感。多德尔很少在疾病控制中心举红旗发警报。但是48小时以后多德尔又告诉森塞说,疾病控制中心的科学家已经证实:发现了猪流感。森塞立即召集全国的高级政府科学家开会,星期六上午,多德尔在亚特兰大提出了他的迪克斯堡情况报告。

多德尔认真地介绍了已经发生的事情,把列兵刘易斯死于一种与肖普的猪流感变体有交叉反应的病毒作为最后的证据。当多德尔最后说完"分离出来的是猪流感病毒"时,菲利普·拉塞尔将军惊得张开了嘴,这位体形高大、身体健壮的陆军医生突然往前挪了挪身体。拉塞尔是美国武装部队军事医学研究的负责人,对于决定武装部队人员是否接种负有全责。他熟读过许多关于1918—1919年的流行病及其在"一战"军事人员中大肆传播的历史,知道别无他法:美国应立即研制一种猪流感疫苗。

森塞完全同意。他争辩道:这不是一个可能性的问题,而是一个疾病预防的问题。即使1918—1919年型的病毒在1976年秋重新出现的可能性极小,不采取措施来防止它也是错误的。

"我们有这种技术,我们也有传染疾病的证据,"他在会议上说,"除了研制疫苗,做任何事情都是不负责任的。"

在其第一个官方声明中,疾病控制中心在提到迪克斯堡的病例时用词还是字斟句酌的,尽量含糊其辞,不做肯定。在疾病控制中心的上层领导及华盛顿的公共卫生局的官员会晤几个小时后,中心于2月14日在其周刊上发布了第一个猪流感通知。通知说,在前一个月,迪克斯堡暴发了一次小规模流感,死1人。对11个血样进行过测试,其中7例为毒性较小的A/维多利亚变体;4例为

A/H1N1变体,"与猪流感相似"。

通知还说:"从抗体的普遍性研究得出证据,最近几年(1970年以后),在与猪经常接触的人中间,可能偶尔发生过猪流感。"

1974年,明尼苏达一名16岁的男孩身患霍奇金氏症(Hodgkin's disease,一种血癌,产生严重的免疫功能缺陷),死因看来颇像猪流感。一年后,威斯康星一名原本很健康的8岁男孩感染此病,由于身体产生了抗体,与肖普发现的20世纪30年代的猪流感病毒呈交叉反应,最后得以康复。两个男孩都住在农庄,与猪有接触。更加重要的是,两例感染都没有传染给别的同学;虽然威斯康星男孩的多数近亲测试的抗体都呈阳性,但无人发生流感。

如此看来,2月间,中心还毫不迟疑地承认,在饲养家猪的人口中间,可能发生过比例很低的猪流感;但对猪流感抗原存在抗体本身并不表明美国正在传播一种杀伤力极高、传染性极强的流感。

疾病控制中心的流感专家南希·考克斯与1976年的事态没有直接关系。多年后,他会总结出一大堆证据,表明围绕着家畜生活和工作的人在正常情况下都会暴露于这些动物携带的病毒,包括流感的猪变体。例如,19世纪80年代初,欧洲(可能是俄罗斯)马匹间流行"咳嗽病",后来就发生了1889年的大规模流行病。将近90年以后,1968年的香港流感在实验中也证明可以使马匹"咳嗽"。

考克斯后来解释道:猪流感特别惹人讨厌,因为猪是个包容性极强的储存宿主,可以从许多种鸟类、人类和其他动物身上接纳流感病毒。在猪的体内,各种流感变体共同分享基因,重新组合,结果出现抗原的重大变化。

"我们在事后看出，1976年的农庄猪流感病例同迪克斯堡的病例是分别发生的孤立事件。"考克斯解释道。

疾病控制中心发表1976年一号通知一星期后，又公告说再次发现6名迪克斯堡士兵感染猪流感，使发病总数达到10例（包括死去的刘易斯）。基地的其他病人看来患的是A/维多利亚流感。据报道，另有一例农村猪流感发生，患病者是一个密西西比青年男子，害的也是霍奇金氏症，他在宰猪厂工作。

紧接着，迪克斯堡进行了大规模血检，发现共有273人可能具有对猪流感的抗体，其中13人确实感染过流感。不清楚的是，到底有多少感染流感的士兵同时感染了A/新泽西/76和A/维多利亚/75，这一点在疾病控制中心发布的通知中也从来没有得到澄清。即使到30年后，也没有技术可以说明，在一个同时感染两种病毒的人身上，到底是哪一种变体致病，尽管人们普遍认为体内数量大的变体就是病原体祸首。

疾病控制中心询问了迪克斯堡的新兵，想看看哪些人同猪有直接接触，发现共有22人与猪有关，并且对肖普的猪流感病毒有抗体。调查人员又对22名士兵的家人进行血检，有一个家庭抗体呈阳性。这个家庭共有11人，其中4人呈阳性，但无人患病。他们不是农民，感染过流感病毒的成员全在25岁以下。对儿童的200名同学进行测试时，发现没有明显的儿童感染进一步传播。

尽管在迪克斯堡的调查还远远没有结束，决策和行动方面却进展神速。陆军和疾病控制中心的调查人员还要再用好几个星期，在基地仔细搜索，寻找明显的猪流感的原发病人和传播情况方面的线索，最终得出结论：肯定感染病毒的新兵不超过155人。另有300名迪克斯堡的士兵感染了A/维多利亚/75变体。

更加重要的是，调查人员还得出结论：所有感染猪流感的士兵在患病前共同待过的地点是在迪克斯堡的接待处。他们的结论还说，这场小型流行病开始于1月份的第一或第二周，那是在圣诞节过后，有数百名新兵注册进入基地，开始基础训练。在接待站，新兵接受了体检，接种了疫苗，受到了基本军事教育。

后来显示感染猪流感的新兵中的第一名是1月5日到达接待站的。他的军阶是V4，患病时间是1月28日。

列兵刘易斯是次日到达接待站的。迪克斯堡的所有猪流感病都发生在1月12日和2月8日之间，那也正是接待站最忙的一段时间。从1月初接待站开始传播，到两三周后流感出现，这期间可能是病毒的繁殖期。

13名感染猪流感的士兵的另一个共同感染源可能是基地的医疗系统。在发生猪流感以前，所有的人都曾到基地卫生所医治各种不同的疾病。在拉塞尔将军的亲自指挥下，陆军调查人员到接待站和卫生所两个地方寻找了病毒感染的源头，两地均无发现。不过，事情过去几周以后，设备和医疗器材沾染病毒的证据是不大可能继续留存下来供人发现的。如此说来，这种可能依然存在：1976年美国暴发猪流感是医源性的。

到3月中，全世界各种类型的流感都在迅速下降，即使在迪克斯堡也不例外。疾病控制中心病毒处处长沃尔特·多德尔说："流感在美国已明显减少，全国已不再有流行病活动的迹象。"

"到3月初，"多德尔6年后写道，"在全世界，猪流感流行病的唯一迹象存在于迪克斯堡。但是猪流感在将来暴发的可能性仍不能排除。不能排除的事就不能说没有。大多数科学家都清楚，如果发起一场全国性的接种计划，而病毒却不出现，在职业上包含着多大风险。大多数人也同样清楚，万一发生流行病，他们对公众安全要负多大责任。必须采取某种措施。"

3月13日，疾病控制中心主任戴维·森塞为华盛顿的上司完成了一份特别备忘录，详细列出了猪流感暴发的证据，并请求国会拨款1.34亿美元，供研制和分发疫苗使用。不到一周，"猪流感"一词就传遍了国会山。3月18日，森塞的备忘录被负责卫生的部长助理西奥多·库珀博士签署，摆在卫生、教育与福利部部长戴维·马修斯的办公桌上，等待他紧急阅批。

在备忘录的"事实"小标题下，作为肯定的意见，而不是作为假设的推想，列着下述几点：迪克斯堡发现的病毒"在抗原学上同作为1918—1919年流行病病因的流感病毒有关系，那场流行病杀死了45万（美国）人"；每一个不满50岁的美国人"都可能感染这种新变体"；严重的流感大流行"大约每隔10年发生一次"。

森塞备忘录在提出4个建议性行动计划以后，建议进行群众性接种，由联邦政府资助，地方当局实施，最高层公开支持。

不到两个星期，随着联邦政府大多数机构——从国会助手到白宫预算管理局纷纷表示赞同，雪球更是越滚越大，轰轰隆隆地滚下阿尔卑斯山坡。

3月24日，一群特殊的科学家应福特总统的邀请，聚集白宫。福特直截了当地向埃德温·基尔伯恩、脊髓灰质炎疫苗的两位发明者乔纳斯·索尔克和艾伯特·萨宾，以及一群疾病控制中心和联邦的研究人员提问："你们是否同意说我国正面临着一场猪流感流行病，因此需要进行群众性接种？"

屋里没有人提出异议。

当晚，福特总统举行全国电视记者招待会，两边坐的是免疫接种界的代表人物萨宾和索尔克。

"我刚刚结束了一次会议，讨论的题目对全体美国人都有重大意义，"总统说，"有人向我进言，除非我们采取对策，否则，在今年秋冬美国非常有可能出现极其危险的流行病……因此，本人请求国会在4月休会前，拨出1.35亿美元，用于生产足够的疫苗，以便美国的每一个男人、女人和儿童都能接种。"

国会别无他法，只能支持总统。政治家们几乎是一致地担心，如果他们迟疑，岂不要对大批死于流感的人负责？前参议员爱德华·肯尼迪的助手阿瑟·西尔弗斯坦说国会山"几乎是争先恐后地抢着"批准总统提出的1.35亿美元的接种拨款请求。参议员肯尼迪说："对于一个社会而言，没有比一场流行病更加可怕的了。"他大力支持共和党总统的请求。

只有两名议员强烈指责这个计划。加利福尼亚的民主党众议员亨利·韦克斯曼和他的新泽西同事安德鲁·马圭尔指责这个计划是一个"骗局"，保证疫苗制造商的滚滚财源。消费保护者拉尔夫·纳德谴责政府的卫生部门是惊呼"狼来了"，浪费纳税人的金钱。

有些国会议员看准了福特的态度，决定利用总统对流感疫苗接种运动的绝对支持，狮子大张口，借着接种议案搭车加进一长串其他项目，共增加了18亿美元的社会服务开支和环境保护资金，他们知道，这个议案福特是不可能否决的。

同时，当奥斯本在电视上看到福特总统的记者招待会时，她气得发疯。奥斯本的一对双胞胎女儿刚刚7岁，她无奈只好在威斯康星的麦迪逊通过电话工作，而不能直接待在华盛顿。奥斯本不敢相信，她的同事们一直坚持的清醒、谨慎的方法竟会被一下子扔到一边。

"谁都知道索尔克和萨宾意见不合，他们两位都是全世界著名的接种学家，"奥斯本在那晚打通电话后对食品与药物管理局的其他顾问说,"他们两位谁也没有在任何方面参与此事。让他们那样同总统坐在一起,就意味着要发生灾难。"

若干年后,奥斯本和森塞都说,福特3月24日的记者招待会是一个转折点,使有益的怀疑寿终正寝,使政治家成了掌握猪流感方向的人。

华盛顿对接种的支持越来越大,制药厂家也打出了自家王牌。厂家直接告诉福特:对于如此匆匆忙忙生产的疫苗,万一出事,保险公司不会支付赔偿。除非政府对疫苗的各种可能效果承担责任,否则,制药公司将不可能在1.35亿美元的计划中给予合作。早在国会批准、总统签署公共法规94-266号,为流感疫苗接种拨款以前很久,就有消息传出,真正的花费将超出请求的数字千百万美元。有些自由派的众议员指责制药业玩弄大骗局,敲诈勒索纳税人上亿美元,却不肯为疫苗的质量承担任何责任。

但是在1976年4月15日,福特总统在电视转播的仪式上,签署了公共法规94-266号。当他在议案上签字时,福特不带一丝怀疑和推测的样子,硬说迪克斯堡病毒"就是导致50余万美国人丧命的1918—1919年的流行病的病因"。

虽然后来几个月政治界和科学界的不同见解有所增加,但白宫和公共卫生机关态度强硬,越来越肯定地说起一场灾难的可能性,在官方的公告中,再也见不到提出理论和假设的影子。制药厂家坚持,联邦政府不同意承担全部责任,就不可能生产疫苗,对此,人们的愤怒情绪在春末越来越大。一些政治家指责制药界撕去公众责任的一切面纱;公司代表则提醒议员,他们处于一个艰难的、竞争激烈的自由市场中,赢利(至少也是平分利润)才是生存的根本。

比公共法规94-266号引起更大争议的是,国会竟最终通过了一项法案，正式免除了厂家对猪流感疫苗的责任，将一切法律责任都牢牢放在美国纳税人的肩上。此项法案将于8月12日签署，定名为《1976年全国猪流感疫苗接种计划》（公共法规94-380号），预定于10月1日生效，也就是疾病控制中心计划启动全国流感疫苗接种计划的日子。

那时，全国只能照章办事，无可更改。

如果不是在7月间发生了一系列独特的完全未曾料到的事，也就不会从4月议案一下子跳到8月份胜负未定的责任补偿价格数字。在1976年整个春天和初夏，科学界和政治界反对大规模流行病这个提法的呼声越来越高。

好几位著名医生，尤其是消费保护者悉尼·沃尔夫，公开反对政府关于100万美国人丧命的可怕预测，指出疾病控制中心计算这些数字的方法是：以1918—1919年死亡的50万人为基数，乘上从那时以后美国人口的增长率，加上其他因素的变化，例如空中旅行的速度和城市化，据说这些都能加快空中飘浮的微生物的传播速度。持异议的医生们抨击这种预测方法，提到医疗科学发展极快，诊断和治疗流感的能力大大提高，即使毒性极强的变体，想在1976年在世界范围内杀死2100万人也是极不可能的。他们说，毕竟，大多数流感死亡者通常并非由流感病毒引起的，而是由次要的细菌感染利用患者肺部受到流感感染、免疫力降低的机会造成的。1976年，有了一些现成的抗生素，细菌性肺炎很容易得到医治。尽管疾病控制中心坚持（将近20年后依然坚持）说1918—1919年的病毒直接杀死了许多人而没有发生次要的细菌感染，许多坦率的医生仍然认为，1918年报道的有些（也可能是大部分）肺部出血和致命性的心脏病发作，在1976年通过精心的照料都是可以治愈的。

对于一个基本的假设：迪克斯堡的变体与1918—1919年的流感病毒相同，怀疑的人也越来越多。没有大规模传播的迹象；迪克斯堡的医官巴特利对《科学》(Science)杂志的菲利普·博菲说：列兵刘易斯如果不参加冬季长途行军，很可能还活着。有些陆军医生私下里对地方上的同事们说，即使令人谈虎色变的1918—1919年变体的毒性，多半也是环境造成的，而不是遗传的问题。这些研究人员并不把疾病的疯狂传播和病人的迅速死亡归咎于病毒的某些特征，而是谨慎地坚持，使疾病得到传播的是"一战"的战壕作战条件，宿营地的过分拥挤，几十万人在全世界调动时挤得密不透风的船只、潜艇和火车。

华盛顿大学公共卫生学院院长E. 拉塞尔·亚历山大博士是疾病控制中心的流感咨询委员会里持不同见解的成员。从一开始他就建议，政府暂不进行群众性接种运动，不妨储存一些疫苗，准备万一发生流行病时使用。随着时间一个月又一个月地过去而没有再发生疾病，亚历山大的立场得到多方人士的支持。

如果说疾病控制中心在美国国内由于人们争论不休而遇到障碍，它在国外争取公共卫生同行的支持的能力，也由于科学界的严重怀疑而难得施展。虽然世界卫生组织在4月7日—8日的全球猪流感日内瓦会议上给予了正式支持，但那支持并不热烈，也没有提出要广泛接种。相反，世界卫生组织倒是建议：世界各国的卫生部应提高警惕，时刻注意突发流感；考虑除了富国给老年人提供的免疫措施外，再加上猪流感疫苗一项；手头有疫苗时应储存一些备用。看来，拉塞尔·亚历山大的立场在美国国外正得到越来越多的支持，只有加拿大除外，在那里，疾病控制中心的话还起作用。

7月3日，英国著名医学杂志《柳叶刀》(The Lancet)发表三篇文章，批评美国的运动。第一篇文章提到，英国索尔兹伯里的哈佛医院的医生们把A/新泽西流感变体同在美国的猪身上发现的另外两种变体，以及当时在英国常见的一种变体进行了对比。六名志愿者接受了病毒标本注射。研究人员得出结论：迪克斯堡病毒"对人类而言，其毒性显然处在人病毒和猪病毒之间……因此，结论是：A/新泽西/8/76病毒不及已知的人类A型流感病毒对人的毒性强，但是比原先测试的两种猪病原体的传染性和毒性都大得多"。

在同期发表的一篇论文里，谢菲尔德大学医学院的教授查尔斯·斯图尔特-哈里斯提出，现在"该是继续评估各种可能的时候了，而不是改变战术"。他说，现在根本不是进行群众性接种运动的时候，但是储存疫苗，以防万一也许是明智的。

正如持异议的美国同行原先说过的，斯图尔特-哈里斯也坚持，拿1918年的流行病同1976年的任何可能性做对比都是愚蠢的。他说，现在的病毒的毒性没有那时强；人类在任何地方的条件也不像"一战"的战场那么艰苦。

最后，英国著名医学杂志的出版者具体排除了迪克斯堡变体的危险，但是并没有统统排除流感的危险；杂志还得出带有预言性的结论："万一真正新的A型流感最终出现，这一套演练还是有价值的。"

在整个5月、6月和7月初，美国政府圈内争论的不是接种与否，而是如何顺利完成两亿份疫苗（仅供美国人用）的生产任务，并在秋季到来以前动员地方卫生当局和公众。6月22日，疾病控制中心和食品与药物管理局的疫苗顾问委员会通过方案，继续进行猪流感疫苗接种运动。

"我们别无他法。"奥斯本对她的同事说。

但是疫苗的试用却并不顺利，艾伯特·萨宾来了个180度的大转弯，变得明确反对这场运动。看来疫苗对儿童根本不起作用；对年轻的成年人效果也甚差，即使一些支持接种的人也公开表示担心，在秋季到来以前是否能找到一种可以接受的配方。谁也不清楚，要抵御一种毒性特强的病毒，需要多少流感抗原，或人类抗体。有一家公司，帕克-戴维斯公司，竟然针对着一种错误的流感变体，制造了200万份疫苗。

同时，制药业协会继续向国会和白宫施加压力，说是除非在责任问题上出现进展，否则决不生产疫苗。有两份议案（HR105050和S3785）都搁置在国会。两份议案的目的都是用不同的办法，免去疫苗制造商的责任，把负担转嫁给联邦政府。

在美国主要报纸的社论栏和国会的走廊里，对此事的辩论是异常激烈的，制药业的院外活动分子明显地担心，他们关于疫苗责任的游说即将失败。

直到1976年8月2日。

这一天，美国全国各家的报纸都用大字标题报道，数名男子由于突患严重的呼吸道疾病而病倒，他们患病前曾于7月21日—24日在费城参加美国军团大会。

二

在美国，很少有哪个组织像美国军团那样重视爱国主义，在美国建国200周年之际，这个主要由"二战"老兵参加的组织到费城开会也是再恰当不过的事了：费城乃是这个国家的《独立宣言》和宪法产生的摇篮。在7月间，整整四天，宾夕法尼亚州军团分部的数百名成员在费城的四个饭店开会、聚餐、跳舞、品尝鸡尾酒。

在有13名竞选军团职务的候选人的会客套间里，人们更是开怀畅饮。在整个古老而豪华的贝尔维-斯特拉特福德饭店的各个会客套间，到处都是热情握手和畅饮鸡尾酒的场面。

开会的第二天晚上，两名军团成员病倒，病征包括发烧、肌肉疼痛和肺炎。由于他们都已上了年岁，这头两例病人没有引起人们的警觉。

但是，不到一周，宾州卫生厅收到的报告就如雪片一般，说是7月下旬，费城一些饭店的客人发生急性肺炎，有人死亡。最后，患病人数达到182例（78%为男性），29人死亡。最终收集的统计数字表明，约82%是美国军团成员。

8月2日，新增确诊病例达到150例，死亡20人，宾州卫生当局发表声明，立即成为全世界报纸的头版头条新闻。神秘的费城流行病——报纸称之为"军团症"，使得人们对猪流感的恐惧猛然升级。

消息像一道闪电撞击着国会和白宫，促使那些惯于辩论的政治家迅速采取行动。试图打破在疫苗责任问题上的长期僵局的各种议案，匆匆在众议院和参议院的小组委员会通过，并马上转呈两院全体会议进行辩论和审批。美国的政治领导人害怕令人悬心的猪流感流行病果真到来，行动的速度快得异乎寻常。

8月5日，森塞在参议院卫生小组委员会做证，关于立即批准免除疫苗责任的议案的舞台已经搭好。

森塞对于自己手下的人进行的迅速而彻底的调查深感骄傲，不觉喜形于色。他的办公室最初听到军团症暴发的消息是在星期一，到星期二，疾病控制中心的工作人员已经可以肯定流感不是神秘死亡的原因。当然，他们还不知道费城疾病的真正原因。星期四，他坐在国会，高兴异常，收到发病消息仅仅四天，他就能消除公众的恐惧心理：人们担心的是猪流感最终来到了。

但是国会听到这个消息并没有欢呼，而是咬紧牙关，立即恢复了往日的争论不休的态度。不到几分钟，迅速通过疫苗责任法案的一切希望都化为泡影。

当天晚上，福特总统发话，说是国会的行动让他"十分惊讶"。他直言不讳地对国会山的政治家们说，万一真的发生猪流感流行病，他们要对上百万美国人的死亡负责。

国会让步了。

六天以后，福特总统签署了《1976年全国猪流感疫苗接种计划》(公共法规94-380号)。木已成舟，无可更改。

在议案的争论不休的语言里，埋藏着猪流感疫苗计划失败的种子。尽管政治家、制药界、保险公司都一致感觉议案巧妙地消除了群众性接种的一切剩余障碍，但它实际上却制造了危险的新障碍。在未来的年代可以看出，公共法规94-380号为公共卫生制造的问题不仅在1976—1977年流感发病期发出了危险的信号，而且在美国未来的一切接种活动中都是如此。说句实实在在的话，1976年的猪流感疫苗接种运动最终得利的是地球上的微生物。议案说：

> 凡因按照预防猪流感计划进行猪流感疫苗接种而引起的个人损伤或死亡，并于1976年9月30日后提出索赔要求的，美国政府将承担责任，但应以计划参与者的行为或疏忽为依据，承担责任的方式与程度和其他行为造成的后果相同。

议案担保凡是与猪流感疫苗接种有关的损失，美国政府都将在经济上负责赔偿；规定法律辩护事项由司法部长处置；禁止制药公司利用猪流感疫苗获取"任何合理的利润";命令进行个人接种时应在表格上签字,表示同意,表格应"充分说明"产品的弊和利。为了安慰不情愿接受命令让出猪流感利润的疫苗制造商,议案允许制造A/维多利亚流感疫苗时获取"合理的利润",但对"合理"一词却未加定义。由于担心国会以后会随意规定某种程度的利润为不合理,制药公司到头来把A/维多利亚疫苗和A/维多利亚、A/新泽西合并疫苗赠送给联邦政府。

这些在美国都开创了先例。虽然在世界上大多数国家,接种运动从采购到销售完全由政府管理,但是在美国却极少如此。美国的典型做法是由私人医生、学校护士或公共卫生所护士接种。联邦政府的职责通常只限于确定所需的疫苗类型(通过疾病控制中心),规定其纯度和安全生产程序(通过食品与药物管理局)。

但是现在,美国政府却一头扎进疫苗事务中,制药协会舒舒服服地闲坐无事,静等政府发指示,其下属的50来个会员也不必为责任问题劳神。

尽管疾病控制中心在8月5日以前已经成功地排除了猪流感是军团成员的死因,但是到福特总统签署流感责任法规的时候,实验室人员仍明显地感到,解开军团症的谜团将是极端困难的。虽然他们昼夜不停地工作,用尽了掌握的各种科学方法,寻找致病元凶,却依然无处可寻。

乔·麦克达德和查尔斯·谢泼德感到束手无策。

到8月31日,他们的实验室已经用电子显微镜在亚细胞一级观察了数百个组织标本。他们对照了10多种微生物,使用了荧光抗体,查看有无病人感染了下列病原,包括衣原体、立克次氏体、伤寒、百日咳、土拉菌病、瘟疫、球孢子菌病、肺组细胞质菌病、马尔堡症、拉沙热、流感和脉络丛脑膜炎。他们寻找了15种不同类型的酵母和两类支原体。他们还曾利用病人的血样，感染鸡蛋、猴细胞、人类细胞、豚鼠、大鼠，借以分离出病毒。

微生物学家麦克达德和医生—科学家谢泼德对血样和组织标本进行了标准的测试，查证引起疾病的是何种微生物。他们将各种抗体注入培养液中，但是没有得到稳定的结果。他们使用了标准的变体，在显微镜下观察细菌，但毫无发现。

于是他们改变策略。他们把血样放进试管，里面有对付各种不同类型的微生物的抗体，看看有无堆积起来的反应，如果有，就意味着发生了阳性反应。利用这种方法，他们在8月底以前已经测试了26种不同的微生物，包括各种流感、Q热、流行性腮腺炎、麻疹、腺病毒以及一系列极端罕见的疾病。

他们又尝试另一种策略。

对军团成员体内提取的肺部、肝脏和肾脏标本进行了放射性照射，看有无重金属（汞、砷、铊、镍、钴等23种可能致人中毒的金属）中毒。小组希望找到某种杀虫剂或其他有毒化学产品，在8月31日以前做了300次气体色层分离和群体光谱分析。如果任何一种测试找到了感染源，分析器械就会在坐标纸上打印出巨大的钉状物。但是没有异常的钉状物出现。

这使麦克达德十分烦恼。他在疾病控制中心工作刚刚1年，但是却有10年的微生物测试经验。麦克达德无论在工作还是在生活中都是个细心的人，他总会采取一切可能的预防措施，防止实验室受到污染或出现任何差错。这位戴着眼镜的蓝眼睛科学家喜欢身边的一切都整齐清洁、井然有序。

在调查工作中，麦克达德会提到"调查的计算程序"，给每一条线索都规定一个"矩阵中的点位"。根据线索进入点位的先后顺序，计算程序将按某个方向，在矩阵里移动。通常，早在收到血样或组织标本,要在实验室里进行研究之前,这位细心的科学家已经有了一整套明确的流行病学的点位,向矩阵里安排。平时,用不了多少时间,麦克达德就会在实验室再发现一些矩阵点位,计算程序会迅速移动,画出完整的图案。

但是这次军团症谜团却没有为矩阵提供任何有用的线索。流行病学家想不出人们是如何得病的,他们甚至不能缩小范围,判断导致病症的是一种化学物质还是一种微生物。

实验室里无计可施。

疾病控制中心实验室的人员开始认识到任务的艰巨。

"疾病控制中心的冷藏库里存放的几百份组织标本和血样中一定藏有东西,"谢泼德对森塞说,"但是,连按大类缩小研究范围都做不到。目前,我们甚至不能说明我们应该寻找的是病毒、细菌、真菌、寄生虫、有毒化学物质,还是别的什么。我们需要收集更多的病发地的信息。"

森塞向费城派出了两个大型调查小组,一个集中调查费城的饭店,另一个调查康复的病人和他们的家属。

戴维·海曼博士也参加了对军团病人的调查。他刚刚完成了临床医学的高级实习训练,再过4个月,还要走一段异常艰苦的路程:到延布库参加埃博拉病毒调查。他是个身体瘦削、黑色眼睛的带些羞涩的人。多少年后回忆起1976年的情况时,会对自己的"难以置信"的经历表示惊讶。从1976年8月到1977年夏,在这12个月间,20多岁的海曼正处在费城、延布库和喀麦隆的微生物的台风中心。

但是,1976年8月,他离开亚特兰大前往费城的时候,这位年轻的疾病情报处雇员对于将要发生的事一无所知。对于费城公众的惊慌情绪,对于军团症谜团的复杂程度,对于疾病控制中心的小组组员对自己安全的时强时弱的担心,他也毫无思想准备。

惊慌情绪并不总是与流行病手拉着手同时出现的,惊慌的程度也并不总是与情况的严重程度成正比。历史显示,民众对疾病的反应很少是可以预料的,往往是奇怪的,却总是使调查人员感到灰心丧气的主要原因,调查人员要从公众的叙述中筛选出流行病的来源和病因方面的线索。公众在应当非常担心时,如1918—1919年的流行病,却往往出现奇怪的现象:漠不关心。例如纽约的报刊通常都很敏感,但是在那一年,直到11月份,竟然几乎没有关于流感的报道,而那时纽约的居民已经死去两万,都是死于流感。

同样,后来发生的全球性流行病恶魔在大多数欧洲人和北美人之间引起的反应不过是耸耸肩膀而已。1976年9月举行的盖洛普民意测验显示,有93%的成年美国人知道什么是猪流感,也知道这种疾病的某种变体已经传到迪克斯堡,但是只有不足53%的人说愿意接种疫苗。上百万美国人会死于流感只是一种抽象的可能,在美国没有引起集体的或个人的恐慌,只是在政府的某些部门除外。

相比之下,公众对费城的29例死亡的反应却是异乎寻常的。海曼对于公共关系和媒体方面的事情本来就一窍不通,如今发现自己竟像是在一个供人参观的大玻璃鱼缸里工作,疾病控制中心小组成员的一举一动都被全国民众一眼不眨地盯着,而且往往持敌对态度。他们要彻底调查,民众却普遍担心费城会传染疾病。

报纸的文章里充满了"爆炸性大暴发""神秘而可怕的疾病""军团杀手""杀人的肺炎"等词句,还有费城居民和政治家对着镜头的讲话。由于美国军团的成员患病,而全国因为对越南战争的态度又分成两派意见,所以这个极端保守的组织的一些成员就认定，死亡和患病都是左翼组织破坏的结果。而在左翼看来，费城的事态又正好符合当时的时髦看法：毫无管束的化学工业正在向美国民众头上喷洒有毒物质。

疾病控制中心的调查由资深疾病调查专家戴维·弗雷泽领导，他们在各个方面进行调查，不放过有用的线索，不管这线索显得多么无关紧要。他们反复询问了所有康复的人及其亲属，以及4400多位军团成员和家属，对尸体进行了极其细致的解剖，对照料过患病的饭店客人的医护人员一连几个小时地细细查问。大部分患病者都是军团成员以及陪伴丈夫参加鸡尾酒会和宴会的妻子。有些饭店人员也患病，但其家属无人感染。同所有病例都有关系的唯一线索是病人都曾去过接待军团开会的5个费城饭店。

到9月，重点完全转移到会议期间军团成员及其配偶曾经待过的饭店。海曼和小组的一半组员住在贝尔维-斯特拉特福德饭店。调查在慢慢进行，他们成了费城这个著名的饭店仅有的客人。在不到一年的时间内，由于顶不住负面影响的冲击，贝尔维-斯特拉特福德饭店的管理层决定关闭这个72年的老店。

和实验室人员一样，疾病控制中心的实地调查小组也没有很大的进展。组员们在7月间有人住过的费城各饭店的所有房间都采集了空气、水、泥土、灰尘和物品的标本，他们询问了饭店的工作人员，阅读了当地所有医院的肺炎记录。采集的标本中没有一样带有可疑的微生物或有毒化学品。

像是捞稻草一般，弗雷泽派海曼去寻找一个魔术师。在军团集会以前不久，数百名魔术师曾在贝尔维-斯特拉特福德饭店召开年会。海曼的任务是找出魔术师们是否使用了异乎寻常的手段或化学物质来制造幻觉。但是，魔术师们的百宝袋中除了千百年来惯有的物品，没有使用任何不寻常的东西。

再说亚特兰大,森塞每天24小时地接电话,凡是能提出一点有用的建议的电话他都接。如森塞善意地称呼的,大多数电话来自"好心的怪人",但有些也提出了合理的见解,这位疾病控制中心的主任都转达给费城的下属。虽然这会在几星期间让他睡不安稳,但森塞仍然觉得有必要在一切时间都能听取公众的建议,以便缓和惊慌情绪,也免得有人指责疾病控制中心关起大门或筑起厚墙。

但还是有人指责。指责来自国会。

10月27日,众议院州际商业及外贸委员会下属的消费保护小组委员会公布了一份报告,不仅谴责疾病控制中心在费城的活动,而且指责它破坏了自己的调查工作。委员会的主席约翰·M.墨菲是个来自纽约的斯塔腾岛的民主党人,他发动了异常恶毒的攻击。报告指责说,疾病控制中心花费了过多的时间来证明猪流感袭击了费城,而且在它过分注重病毒的调查过程中,竟丢开了组织标本和尿样,这些有可能显示到底是有毒物质还是化学物质引起了疾病。

"看来,舆论的一致意见是:由于未能从患者身上提取和保存组织标本,并使之免受沾染,这显然就是军团症永远无法最终解决的原因。"报告指责道。报告还列举了一串潜在的化学杀手,头一个便是羰基镍,这是一种无味的不稳定化合物,能够产生与军团症相似的病征。

小威廉·F.森德曼博士在康州大学医学院任教,曾在9月中研究过一些军团症病人的肺组织标本,他得出结论说,标本里镍的水平高得异乎寻常。但是到众议院发表报告的时候,深感尴尬的森德曼正在竭尽全力地说明,他从来没有证明化学物质在军团成员中引起了死亡;他有理由相信,组织里发现的镍实际上是在原来的尸体解剖中使用的外科器械上掉下来的。

但是，众议员墨菲对疾病控制中心的攻击并没有因为羧基镍假说的不复存在而停止。12月间，他的攻击又升级了，指责说"在一个据说是全世界技术最发达的国家，我们竟然弄不清费城到底发生了什么事"，这真让人义愤填膺。

对于疾病控制中心主任森塞来说，众议员墨菲简直就像一场挥之不去的噩梦，他的名字和行动常能掀起轩然大波。在森塞看来，这位斯塔腾岛的众议员就是个活生生的例子，证明政治家不应当干预正在进行的科学调查。十多年后，森塞会在眼里流露着快乐的光芒，以轻快的语调，说起众议员约翰·M. 墨菲在1981年遭到起诉，后来又在所谓阿拉伯油王行贿丑闻中以共谋犯罪和接受贿赂罪被判刑。

"恶有恶报，善有善终。"森塞会说。

三

1976年秋，当疾病控制中心精疲力竭、焦头烂额的时候，公众对于这个全国最重要的公共卫生机构越发疑心重重了。就在举国欢庆美国精神的一年，公众对第二次世界大战后统治着美国文化的"无所不能"观点产生了质疑。

现在是1976年。科学界的带头人在公众和政界的许多人看来简直是乱作一团。数量之大，可以创纪录的纳税人的金钱，以及令人瞠目结舌的用于猪流感疫苗接种的1.35亿美元，都被流水般的花在生物医学调查和公共卫生上，可是整个国家却陷入令人费解的医疗威胁的包围中。令人头昏脑涨的一长串普通化学物质仿佛都能引起癌症；美国人爱吃的一切食品看来都能导致心脏病；

他们素来对香烟的热爱好像也能使千百万人早入坟墓；五角大楼在越南战争中使用的化学武器也可能伤及美军自身，甚至他们的后代。

现在科学家们有口难辩。他们仿佛是错误地把枪口对准了猪流感，也无法说明军团成员的死因到底是什么。

许多国会议员和记者现在用来描述政府的猪流感活动的常用表述是："彻底失败""一塌糊涂""一场闹剧""弄巧成拙""浪费纳税人的金钱"等等。

疾病控制中心很难应付公众的这种铺天盖地的指责。它不习惯如此激烈的争论，也不惯于同时处理这么多的流行病危机，只觉得焦头烂额。4个人的公共关系班子根本难于应付，日复一日地去面对几百个方面来的暴风雨般的指责。中心里的300来名科学家，包括海曼这样的流行病情报处的年轻成员，都在埋头工作。

10月初，卡尔·约翰逊和乔尔·布雷曼已经被派往扎伊尔去调查埃博拉病毒。海曼被调回亚特兰大去协调紧急救护活动，支援延布库的多国小组。军团症问题继续拖着，神秘地躲避着麦克达德和谢泼德的解决办法。猪流感疫苗接种活动在10月1日正式开始，如今继续受到攻击。

10月11日，《匹兹堡新闻邮报》(*Pittsburgh Post-Gazette*) 晚间版登载了一条消息，说两位老人在阿勒格尼县卫生局接种猪流感疫苗后不久死亡。不到几个小时，美国全国各家报纸都从合众国际社电讯部得到消息，匆匆赶写早晨版的文章。

不到48个小时，报道大大升级，尽管死亡人数根本没有超过3个，而且全在70岁以上。记者带头进行调查。疾病控制中心却在几天之间奇怪地默不作声，给公共的印象是：记者才是对死者进行调查的唯一专业人员。或者是疾病控制中心正在掩盖某些不可告人的事情。各种说法不断传出：死者全都接种了帕克-戴维斯公司制造的疫苗，这个公司在两个月前曾经承认，药不对路，针对另外一种错误的流感抗原，制造了一整批疫苗；疫苗是用"重新组合遗传因子"的方法制造的，这一点在当时曾经引起巨大的混乱；美国其他城市看来也发生了死亡现象。

"宾州死亡门诊所见闻"，这是《纽约邮报》的大标题。合众国际社每天统计新的怀疑是疫苗致死的人数。

科学爱好者沃尔特·克朗凯特是个电视主持人，在美国观众中极享盛名，哥伦比亚广播公司电视网圈内人士称他为VOG——"上帝之声"。10月13日他对福特总统进行电视采访，给这位政治领导人一个广阔的晚间讲话平台。总统借机争辩道，2.15亿美国人应当不要理睬什么惊人的消息，去注射疫苗。次日，他和第一夫人贝蒂·福特就在镜头前面注射了疫苗。

但是过了两天，全国的接种人数却只有4000万。虽然这已经是美国历史上两周内接种人数的最好成绩，但是对于那些仍然相信1918—1919年的疾病大流行还会重复的人来说，这还不能成为喜悦的理由。毕竟，到1918年10月16日，流感致死的人数已达数百万。10个月以前在瑞士召开的国际流感专家会议得出了结论：至少高危人群的85%应当接种疫苗，这才能保护整个社会不再发生类似的流行病。

尽管疾病控制中心竭力推动运动的前进，但是中心的许多圈内人士却暗暗感到失望；军方人士则宣称，令人难以满意的接种人数表明，万一敌人对美国施放生物武器，美国民众是无法以恰当的方式、适合的时间做出应对的。

疾病控制中心列出了一组统计数字，说明任何一种公共卫生活动同老年人因心脏病死亡之间的关系，试图用这种分析来消除匹兹堡的死亡造成的影响。他们的结论：3例死亡是统计上不合规则，不是疫苗造成的事件。

"在（匹兹堡）门诊所接种的死亡率为每日十万分之五，而预计的宾州65岁以上人口的死亡率为每日十万分之十七。"疾病控制中心的科学家说。在匹兹堡的死亡发生后，食品与药物管理局立即测试了帕克-戴维斯公司的疫苗，并且宣布疫苗没有被污染。

到12月中旬，据说同猪流感有关的死亡和患病人数达到283例，一大半只限于头痛和低烧。两个月后，中心又说1976年秋是一段疾病异常稀少的时间，因肺炎和流感而死亡的人数降到了1972年以来的最低点。这种可喜纪录的出现不能归因于接种运动，而应归因于北美几乎没有出现流感病毒。

于是乎，长发的嬉皮士和短发的生意人在一件事情上找到了共同的立场：猪流感疫苗不可信。

一年以后，吉米·卡特总统的口无遮拦的弟弟比利算是牢牢抓住了公众的情绪，他说如果他"一定得让人用石头砸死"，他宁可去喝酒也不愿注射猪流感疫苗。

11月2日，杰拉尔德·福特大选失败，佐治亚州州长吉米·卡特，一个自由的民主党人当选。早已萎靡不振的联邦公共卫生机构如今只剩下一个业已落选、等待交权的总统来支持他们的工作了。11月1日以后，自愿接种的人数不足500万；等到吉兰-巴雷综合征（Guillain-Barré syndrom）的消息传出来以后，根本没有人再来接种了。

四

头一例吉兰-巴雷综合征发生在明尼苏达，时间是11月的第三周。一名男子在注射流感疫苗数日后，感觉胳膊和双腿越来越软弱无力；他的反应迟钝，最后竟完全失去反应；双手和双脚没有感觉。实际上他已经瘫痪。他的医生准确地诊断为吉兰-巴雷综合征。由于怀疑此病与流感疫苗有关，所以他把病情报告给了疾病控制中心的官员。

这种综合征是法国的两位神经病学家让·亚历山大·巴雷和乔治·吉兰在20世纪20年代首先发现的。此病较为罕见，通常可以治愈，偶尔也可造成死亡，发病时一般没有其他的相关疾病。无人知道发病原因和治疗方法，也无人可以解释为什么有人瘫痪一个月后又完全康复，少数人却永远瘫痪，更有少数人会在神经病症影响到肺部、心脏或横膈膜时，因呼吸困难而死亡。

第一例吉兰-巴雷综合征上报后，紧接着又有一些病人，疾病控制中心下令全国进行严密监视，在50个州注意综合征病例。

12月14日，疾病控制中心公布消息，宣布有30个人在接种猪流感疫苗一个月内出现综合征，另外还有24例病人是在接种超过30天后得病的。

两天后，森塞下令暂停猪流感疫苗接种活动，待对吉兰-巴雷综合征进一步调查后另定。

在圣诞之夜，疾病控制中心透露，24个州共发生172例吉兰-巴雷综合征，其中99例与流感疫苗有关，死亡6人。患者包括所有的年龄段、男女两性、各个种族，从地域上也看不出过分集中的迹象。想必是出了什么事。

到了除夕，报告的生病人数突升到526例，其中257例接受过流感疫苗注射。

尽管疾病控制中心的官员设法说明，这些吉兰-巴雷病人同匹兹堡的3例心脏停止病人一样，也属于综合征正常发病率的范围，但是美国的民众和他们的政治领导人却大为震惊。拉尔夫·纳德和他的消费者行动组织要求森塞立即辞职。在12月的国会听证会上,参议员爱德华·肯尼迪宣布猪流感疫苗注射运动寿终正寝。

疾病控制中心继续缩小疫苗同综合征之间的关系,但是中心的圈内人士已经得出结论:在接种过猪流感疫苗的人中间,吉兰-巴雷综合征的发病率起码为未接种人群的4倍。随着1977年初几周综合征报告的进一步增多,中心的一些代表提出宣传造成了歇斯底里情绪,在全国引起了精神上的瘫痪和肢体无力的病例。但是在各个社区的研究表明,没有这种恐惧情绪,大多数病例都是有资质的神经病学家确诊的。

等到吉米·卡特宣誓就职,并且提议约瑟夫·卡利法诺担任卫生、教育与福利部部长时,疾病控制中心收到的吉兰-巴雷综合征报告总数已达1100例,其中一半接受过猪流感疫苗注射,患病者覆盖全国50个州,死亡58例。中心分析显示,患病者明显集中在11、12两个月,紧跟着猪流感疫苗接种运动的高峰。从接种到出现综合征,平均间隔时间为6周。约5%的病例是致命性的,近四分之一的吉兰-巴雷综合征患者必须戴呼吸器。

研究人员的结论是,每年,美国的无法解释的吉兰-巴雷综合征的正常发病率为每100万人中1例,1976年预计发病总人数为215例。但是在猪流感疫苗接种人数中,发病率高出10倍,每10万人中1例。

一夜之间,律师代表当事人纷纷向美国司法部长办公室递交诉状,声称由于注射猪流感疫苗,他们得了各种不同类型的疾病。诉状像潮水般涌来,白宫的管理与预算局只好于1977年1月28日批准,拨款120万美元,用于立即清理诉状。司法部的律师杰弗里·阿克塞尔罗德带着10名律师的班子,24小时倒班工作,一干几个月，严格按国会1976年8月的责任法的规定，尽快确定哪些诉状应当立即得到解决，哪些看来有假，哪些应诉诸法律。

最后，共提出4181份诉状，要求赔款共计32亿美元。在16年间，这些案子转来转去，转遍了司法系统，直到1993年，仍有3例悬而未决。阿克塞尔罗德的小组最后决定，疫苗接种人群中得了吉兰-巴雷综合征的病例应视为确由接种引起的病例，可以不经法院审判得到解决。

经过十五六年的法律程序，美国政府解决了393例索赔案件，赔款3778.9万美元。另有1605例由法院裁决，其中53例判联邦政府败诉（涉及金额1700万美元），56例诉方败诉（涉及金额3068.3万美元）。

到1993年，美国政府已经用纳税人的钱向猪流感疫苗索赔者赔款近9300万美元。虽然美国政府最终承担的责任远远比预料的"若干亿美元"少得多，但在国会的眼里却是一个很大的数目，会对全球的接种计划产生长远的影响。国会是一朝被蛇咬，十年怕井绳，若干年后仍然不敢批准任何联邦接种计划，担心猪流感疫苗的乱子再重复一遍：这还只是这次接种带来的部分后果。

猪流感疫苗对审判制度也带来了影响，开创了在大规模公共卫生活动中政府受罚的先例。从此以后，律师会代表当事人为各类疫苗造成的伤害索赔。即使公共卫生领域中被普遍认可的脊髓灰质炎疫苗，也遭到了批评和质疑。20世纪70和80年代，有人起诉美国政府，说他们在1962年服用了萨宾的口服疫苗后得了脊髓灰质炎。1993年，马里兰州联邦地区法院裁定，个人有法定权利起诉政府，尽管1962年的脊髓灰质炎接种运动原本是不受法律管辖的，因为它被视为异乎寻常的人道主义行为。

从微生物的角度来看，接种的"个人"是无关紧要的：能否免除疫病要看潜在目标的全体人口的整个接种比例。如果通过接种，人口的很大比例产生免疫功能，那么微生物无法生存和繁殖后，就只能退回动物储存宿主那里或消失。

对于1962年的脊髓灰质炎、1976年的流感和1993年的大多数世界性疾病，谁都不确切地知道要有多大比例的人口接种，才能击败微生物；当时人们估计——后来仍然这样估计——接种的人数要超过人口的80%，才能阻挡住大多数传染性微生物。

在20世纪50和60年代，全世界的公共卫生鼓吹者都欢迎群众性接种时代的到来，感觉少数个人可能承担的任何风险，比起整个社会在击败可怕的微生物后而得到的巨大好处来，简直不值一提。这些微生物造成的疾病包括：脊髓灰质炎、大规模流感、白喉、百日咳和斑疹伤寒等。美国是全世界疫苗生产的中心，产量超过80%。二十多年来，保险公司、政治家、制药公司和司法系统都遵守着一条基本原则：得到接种的社会的权利高于少数个人的权利。有些州的法院甚至规定，在某些情况下，官员有权否决家庭成员的反对，强行对在家休养的老年居民和到公立学校上学的儿童进行接种。

对于以往公共卫生和个人权利之间的和谐关系，猪流感疫苗泼了一盆冷水。它开创了一个先例，不仅在几十年间给美国国内的"一切"接种活动罩上了阴影，而且动摇了疫苗制造商（及其保险公司）对美国市场乃至全球市场的信心。很多公司在未来的年代完全放弃了疫苗生产业务。到1993年，只有四家公司，即康诺特实验公司、莱德利-普拉克西斯生物制品公司、默克公司和韦思-艾尔斯特公司还在生产疫苗。

1993年初，由于法院的裁决，美国司法部结束了20世纪60年代的五起脊髓灰质炎疫苗案，据阿克塞尔罗德说，每一个人得到

"七位数字"的赔款。确切数目法院保密。

五

到1月份的第二周，戴维·森塞已经清楚地看到危险的信号：有人得为整个失败的猪流感疫苗接种运动承担骂名了，而他最可能成为这个替罪羊。在华盛顿的政治圈子里，谁也不太注意在他的领导下曾经取得过多少次疾病防治的胜利：天花、埃博拉，美国各种儿童疾病的大幅度减少等。

"有人得拿脑袋做赌注了。"森塞对他手下的人说。随着吉兰-巴雷综合征死亡人数的增加和国会议员要求惩罚替罪羊的呼声的提高，森塞在亚特兰大竭力保持一种一如既往的姿态。

1月14日，星期五下午，森塞筋疲力尽，坐在办公室里阅读众多电话留言，那都是些像议员约翰·墨菲似的复仇女神打来的。他并不急于去回这些电话。他手下的三名干将沃尔特·多德尔、乔·麦克达德和谢泼德把头探进他的办公室，问主任能否挤出一点时间。

"出什么事了？"森塞看着三个人围着他的办公桌站定，问道。

多德尔笑了笑说道："谢泼德和乔分离出了一种生物体，正是军团症的病因。"

"什么？"森塞跳起来喊道，瞧着谢泼德和乔的脸，等他们肯定。

两人点点头，谢泼德告诉主任："是一种细菌。"

森塞抓起电话，与疾病控制中心的领导成员通话，包括公共关系主任唐贝里思。

"现在我们全都在这里了。我们再仔细谈谈这件事。"森塞说,眼睛看着周围他最信任的科学家。

谢泼德和麦克达德详细地说明了费城病人的死因,以及神秘的病菌为何在六个月间没有被实验室发现。病菌不能在实验室里生长,两位科学家尚未查明其原因。但是通过一系列的实验,他们已经找到病菌存在和致病的证据。

首先,麦克达德从军团症的一个死者的肺部提取了标本,将细胞搅拌,注射到鸡蛋里。在鸡蛋中培养一段时间后,打碎蛋壳,抽出卵黄囊。然后再将卵黄囊搅拌,抽出,注射到豚鼠的脚垫里。豚鼠就会出现与军团症病人相似的病征。

然后,科学家们又从33个病愈的人身上抽取血样:估计血样中含有对病菌的抗体。他们接着将抗体与卵黄囊分离物混合在一起。果然,它们发生了反应,证实卵黄囊中所含的正是让33个人患病的病菌。反过来说,卵黄囊的分离物对不曾患病的人的血样却没有引起抗体反应。

麦克达德解释道:这种病菌有几个异乎寻常的特点,让他在几个月里摸不清头绪。首先,它在典型的实验室条件下不会生长。他们曾经把军团症病人的血样和组织标本放进装满标准流体培养基的溶液里,这种溶液曾用来培养上百种其他病菌变体,但这一次却毫无变化。"那时,我们曾想,我们面对的是一种病毒,"麦克达德解释道,"我们又在含有抗生素的培养液中进行培养。"

病毒学家总是在培养基中加进一些抗生素,消除受到细菌感染的机会。麦克达德说,但是使用只有病毒的培养基,他们也消灭了他们正在寻找的生物体本身。等到他们把标本注入未加抗生素的鸡蛋中——也就是把鸡蛋用做培养皿和生长液的代用品时,他们才看到明显的证据,说明病死的人体内寄居着生物体。

另一个拦路虎是大鼠。专门饲养的各种大鼠是最常用的实验室动物,但在1976年整个秋季,疾病控制中心的科学家都未能在这种啮齿动物身上培养出军团症来。直到改用豚鼠,他们的努力才有了成果。谢泼德和麦克达德现在肯定,大鼠对这种难以找到的病菌有免疫作用。

两位科学家对森塞说,他们依然不知道为什么病菌在培养皿里无法生长。他们也不曾见过病菌的样子,尽管他们确信,病菌存在于显微镜的载片上面的液体标本里。麦克达德说,他们在矩阵里显然已经有了足够的线索,可以开始计算程序了。他认为,尽管矩阵还缺少一点,即尚未看到作乱的生物体,但他们弄清的点数已经足以使他们把手指指向一种细菌病原。

森塞不敢肯定这位平日里办事认真、冷静理智的麦克达德是什么意思。

"它只是不肯露面,"谢泼德解释道,"我敢肯定它在那里。"

"谢泼德,你有多大把握?"森塞贴近实验室科学家问道。

"超过95%,"谢泼德说,"但是在公布这件事以前,我想再做几次实验。"

"不行!"森塞喊道。他提醒实验室科学家们,在外面的世界,远离他们的实验室,存在着真正的担心、针对疾病控制中心的愤怒、国会的调查、媒体时刻的询问,以及尽速向公众提供可靠信息的严肃义务。唐贝里思插话,描述了他的办公室经历的新闻界怒气冲冲的质询。

谢泼德反对匆匆行事,说是他们的发现应当被一一写出,交由一个科学杂志发表。不错,这样有可能拖上六到九个月,但为了维护科学的信誉,这也是必要的。

"我不能叫乔·麦克达德受到同行的嘲笑。"谢泼德说。

森塞仔细想了想这个意见，回头问唐贝里思："要出一期《发病率与死亡率周刊》(Morbidity and Mortality weekly Report)特刊得用多少时间？"

唐贝里思告诉他的上司，这是疾病控制中心的刊物，下个星期二以前可以出版和邮送。他说，到星期二下午可以举行记者招待会。

"乔，你满意这个办法吗？如果我们在《发病率与死亡率周刊》上发表你的所有资料，你能在下一周完成吗？"

麦克达德表示同意，并且像往常一样，匆匆赶回去，在下个星期二以前，反复确认每一个细节。他给太太打电话，说是在今后四天，她和两个孩子恐怕很难见到他，他估计要开夜车，直到下星期二。

森塞感觉到疾病控制中心的工作人员迫切需要鼓鼓士气，便在1977年1月18日，星期二，安排了一个极不寻常的记者招待会。疾病控制中心的每一个工作人员都应邀出席，同时出席的还有卫生局医务主任和华盛顿特区卫生部门的领导人。

就在预定开会的前几个小时，谢泼德冲进森塞的办公室，气喘吁吁地宣布："跟引发圣伊丽莎白流行病的是同一种生物体！"

1965年7月27日，华盛顿特区的圣伊丽莎白精神病医院的62名神经科病人突患肺炎。不到一个月，又有19名病人患病，14人死亡。总的来说，患病人数占医院人数的1.3%，几乎所有的病人都曾在医院的同一侧病房居住。当时，当局曾经搜索医院的各个角落，寻找线索，测试数百份血样和组织标本，但是没有查出病因。

不知是谁把圣伊丽莎白医院的血样和组织标本存放在疾病控制中心的冷冻室里，这真是个聪明的做法。血样和标本在那里存放了11年。直到现在，麦克达德急于要在星期二说得证据充足，这才想起这个没有解开的谜。他将标本注射到鸡蛋里，后来又在提取物上做了抗体试验。

"发现反应了吗？"森塞问。

"发现了。没有错。"谢泼德兴奋地说。

"好哇，写出来吧。我们把它加进今天出版的《发病率与死亡率周刊》里。"

当天下午3点钟，疾病控制中心在亚特兰大的雇员，从看门人到博士，统统聚在中心的大礼堂，另外还有一大批记者。在谢泼德和筋疲力尽的麦克达德介绍他们的材料，并把赶印的《发病率与死亡率周刊》向大家分发时，连一个小声说话的人都没有。当谢泼德说"请关掉幻灯"并且说完结束语以后，屋里鸦雀无声。

后来德高望重的病毒学家亚历山大·兰米尔站起身来大声说道："谢泼德，太好了！"接着是一阵掌声和记者提出的一大堆问题。森塞在一旁看着，面带笑容，能够顺利完成任务——保护手下的人不受政治和公众的干扰，安心做他们的科学研究——他深感满意。森塞现在感觉出了一口气。

六

但是，森塞出气的感觉并没有持续多久。

两周后，卡特总统任命的卫生、教育与福利部新部长约瑟夫·卡利法诺领他走进该部的大厅时，戴维·森塞成了在全国电视广播中被解职的头一个联邦官员，不知道这是荣还是辱。

"今天我要在这里给你说几句好话。"卡利法诺说。他要求森塞说几件疾病控制中心最近的成就，以便他提一提，缓和一下打击的力量。但是卡利法诺又说:"过几分钟,我要进去宣布你已辞职。"

当天晚上,森塞心情沮丧,他打开网络电视新闻,看到卡利法诺在卫生、教育与福利部大厅里同人低声谈话的镜头。在解说词里,电视记者告诉观众,他们看到的是卡利法诺解除森塞职务的实况。

以后若干年,1976年的猪流感疫苗事件仍将被人辩论、分析、探索,以便总结经验教训,指导未来的公共卫生官员、政治家,以及面对潜在的大流行病的微生物研究人员的工作。15年后,辩论依然没有结果,关于问题到底出在哪里,美国的公共卫生界仍旧无法取得一致的看法。事件发生一年后,阿瑟·维塞尔蒂尔博士写道:

> 全国猪流感疫苗接种运动的生命短促而苦恼,但已经成了典型的卫生政策的研究题目,因为政策和政治因素清清楚楚地交织在一起……如果有人想在这件事里寻找正面的英雄和反面的罪人,他肯定能如愿;如果有人想把国会看成死气沉沉或专为小事争论不休的机构,他这样做也有足够的证据;如果有人想把政府和它的科学家的行为理解成出于政治动机和个人目的,他会发现充分的证据来支持这种理论;如果有人想把总统的决定看作基于真正的或想象中的建国200周年或大选方面的好处,他也会找出支持这种看法的证据。但是,和别人一样,他还会发现,一些人和机构在胡混日子,匆匆忙忙地、糊里糊涂地做出决定,这里胡撞乱碰、莽撞行事、莫衷一是、两眼漆黑比心中有数或谨慎小心更能发挥作用。

维塞尔蒂尔最后用不祥的口吻说:"如果让1976年的事件不再发

生，国会和政府最好要保证这些问题现在就得到解决。"

诺伊施塔特和法恩伯格持有同感。他们承认1976年做出了不当的决定，写道：

> 我们在当时的联邦政府官员和顾问中找不出反面的罪人。我们认为任何人（包括我们自己）都可能采取他们那样的做法，但是我们希望不要再次出现同样的事……我们至今仍然这样想。当然，另一面的危险是对突击接种运动的教训过分重视，重视得失当，以致面对下一次流感的重大威胁，进退两难。总有一天，流感的威胁还会再来的。

国会前工作人员西尔弗斯坦坚持，在1976年，没有谁是罪人；在政治或公共卫生的判断上没有严重错误。他说，相反的，该受指责的唯一恰当的对象是猪流感病毒本身。"猪流感未能出现，未能使预防计划成为'合情合理'的事。"

历史学家和猪流感疫苗接种运动的参与者一再回顾的问题是：迪克斯堡的流感到哪里去了？如果真的发生了流行病，疫苗能保护美国人吗？吉兰-巴雷综合征的病因是什么，能得到预防吗？如果将来出现任何种类的疾病大流行，美国的民众会如何对待公共卫生当局的话？

关于迪克斯堡流感消失的原因，在以后几年逐渐形成的主导理论是"竞争"。许多病毒学家都提出这样的看法：在任何生态环境中，两种密切相关的病毒会相互竞争，夺取宿主，传播能力更强的病毒会取胜。作为一个规律，病毒只携带一定数量的遗传物质，在这种微小的微生物中，有许多类都牺牲了一种遗传能力，而发展了另一种。这样，一种传染性极强的病毒就可能携带这种基因——使它能在飘浮空中或停落在钢制桌面上时，继续存活；但牺牲这种基因——使它有能力骗过人类免疫系统的某些部分，或在人类细胞内迅速复制。

A/维多利亚变体看来有传播速度快的长处，它在几个周期内就可以迅速传遍全球，每个周期约需一年的时间。A/新泽西病毒如果是列兵刘易斯的死因，其毒性可能很强，但其传染能力显然不是很强。人们争论道，这样看来，在1976年1月间，两种病毒都存在于迪克斯堡，寻求人类宿主加以感染。在这种条件下，竞争会有利于传播能力强的A/维多利亚病毒。

"人们之所以未能发现A/新泽西病毒流感传播给老百姓，也说明其传播能力不强，因此在军事人员中也未能流行开。"马丁·戈德菲尔德写道。他是新泽西州卫生厅的科学家，头一个分离出迪克斯堡病毒的人。

谁也想象不出哪个士兵或新兵第一个感染了猪流感病毒，或者为什么偏偏列兵刘易斯会倒下。反过来说，既然弄不清病毒如何以及为何在军事环境内传播，也就加大了说明病毒未传播给百姓的原因的难度。若干年后，即使A/新泽西变体的相对毒性也仍然是辩论的题目，这不仅仅是因为英国人在1976年春天的研究未能发现这种病毒对志愿人员特别危险，而且因为美国陆军也发现，迪克斯堡的几名特别严重的猪流感病人同时感染了嗜血杆菌流感（Haemophilus influenzae），这是一种细菌性疾病，可以导致肺炎。疾病控制中心1977年的研究显示，A/新泽西病毒在实验室条件下复制相当慢。

在1976年一年，全国过敏症和感染疾病研究所、食品与药物管理局试图研制一种合成疫苗或药物，提高年轻的成年人——像列兵刘易斯那样年纪的人——对猪流感的预防能力，但未能如愿。

这件事当时没有引起公众广泛的注意，不过政府也从来没有研制成功过一种供年轻的成年人使用的疫苗，能在食品与药物管理局或疾病控制中心人士间增强信心。

最后，疾病控制中心认定，猪流感疫苗对1957年以前出生的成年人效果最佳，那一年暴发过全球性大规模流感。看来，那次流感康复的人在19年后对猪流感疫苗发生了反应，疫苗仿佛是一针强化剂。但是对1957年以后出生的人，疫苗却根本不怎么起作用。有些科学家，特别是食品与药物管理局生物学司的安东尼·莫里斯博士，竟公开推断，如果A/新泽西变体传播给百姓，这些人是极易染病的。

"如果我们回到1976年1月，有了第二次决策的机会，掌握的信息相同，我们会怎么办？"沃尔特·多德尔问道，"我们知道抗原的变化不一定会导致大规模流行病，而且疫苗有某些风险。"

"知道了这一点，我们还会制造疫苗吗？如果制造，那么疫苗是该保存起来呢，还是用于接种？接种对象该是全体百姓，还是人口中易得病的人群？有了事后观察的好处，我们现在可以为1976年做出正确的决定了。但是下一次又该如何做决定？围绕着下一次潜在的流行病的条件根本不可能同以往任何一次完全相同。"

尽管1976年在处理猪流感可能出现的问题上明显犯了错误，但在处理军团症问题时却看不出这种错误。在1977年1月18日激动人心的新闻发布会以后，谢泼德、麦克达德和疾病控制中心小组的其他成员即迅速查明，不易发现的病菌为什么在实验室里难以分离和培养。

"军团菌"如今成了正式的名字，它有特别的营养需求。标准的实验室培养液难以满足这种饮食挑剔的微生物的生长要求。它需要补充氨基酸半胱氨酸、维生素和矿物质,特别是铁。军团菌惯于生活在被人客气地称之为"池塘的浮垢"的东西里,喜欢黑暗、营养丰富、几乎缺氧的环境。它也惯于生活在较大的单细胞生物体的细胞质中。

这些特点使得利用标准技术通过显微镜无法看到这种生物体。但是用银处理以后,这种生物体便能清楚地显现出来。谢泼德和麦克达德看到长长的圆棍形的军团菌在他们的载片上蠕动。

同时,费城的流行病学小组也注意到,军团症的大多数患者都曾在竞选老兵组织领导职位的候选人所租的鸡尾酒会套间里闲扯过。进一步分析表明,这种细菌在贝尔维-斯特拉特福德饭店的冷却塔里大量繁殖。饭店利用那个水源调节气温。军团菌藏在冷却塔边沿上的生物膜"浮垢"里,在7月这个炎热的月份,被源源不断地吹进饭店的接待套间。

不久,军团症的同样病例就出现在全世界。首先,疾病控制中心在11个州发现了孤立的病例。到1977年9月,这个联邦机构已经在忙着追踪俄亥俄的三个医院暴发点、佛蒙特的一处和田纳西的一处暴发点。到12月,俄亥俄、佛蒙特、田纳西三个州以及1977年的零星病例,总共死亡32人,占已报告的军团症病例的25%。

1977年秋,英国诺丁汉的一家医院暴发小规模军团症,3名病人死亡。

1977年夏,位于洛杉矶的一个富人区的一家崭新的医院里出现军团症。沃兹沃思医疗中心是一个老兵医院,位于高等住宅区贝莱尔和布伦特伍德之间,曾在一年间暴发这种病症,使到院就医的病人中有3%感染此病,死16人,患者中有医护人员和病人。

到1978年底,科学家已经在土壤标本、池塘、冷却塔、水动冷凝器、水流缓慢的小溪、泥块、含泥沙的污水、建筑工地、蒸汽涡轮中发现了军团菌。在后来几年，他们又在淋浴喷头、杂货店的蔬菜秤、浴盆、喷泉、各类增湿器，以及各种将水雾化的电器中发现了这种危险的生物体。

在临床上也很快查明，对于抽烟的人、术后康复的人，以及免疫功能不健全的人，这种生物体显得特别危险。看来这种病菌是被从环境中吸进体内的；从来没有从人到人传播过。一旦感染后，军团菌很不容易对付，因为它们对广谱抗生素有耐药作用。

1976年以后，空调标准有所改变，全世界的卫生机构都对冷却塔和大型空调系统做出了更加严格的清洗和卫生规定。

就军团菌来说，1976年人类又会出现一种新的疾病，是现代科技空调的发明，将这种久已湮没的病菌又激活了。

1978年疾病控制中心国际军团症会议期间，认真研究了这种病菌的几个特别危险的方面。中心的科学家透露，这种生物体能在水龙头、淋浴喷头和其他所谓的清洁水源里找到。一项对自来水的研究显示，军团菌可以在水管的生物膜内存活一年，一旦龙头完全打开，出来后毒性依然不减。它存活的温度范围极大，从冰冷到滚烫，皆可繁殖。即使在蒸馏水的标本中，偶尔也含有少量的军团菌。

从丹佛老兵局医疗中心来的一个科学家小组特别有预见性，他们预料到这种病菌可能耐得住氯消毒过程。"标准的水净化理想的氯残留量（0.2%）在军团菌高度集中时可能不足以将其杀灭。"小组写道。

加州大学（戴维斯）的细菌学家莫蒂默·斯托尔提出警告：地球上的土壤和水中充满了各种尚未辨识的生物体，其中很多会像军团菌一样，有朝一日遇到合适的条件，出来成为人类的病原体。他指出，人们知道植物菌如沙雷氏菌和假单胞菌都能引起人类的疾病，但人类如果认为已经认出了所有在植物里、海水里和土壤里的微生物敌人，那就未免过于骄傲了。

"动植物互相伤害现象的存在通常不为人知，尽管我收集了二百余种细菌和真菌的标本，主要是'有问题'一类的标本，"斯托尔在国际会议上说，"看来，互相伤害现象可能成为'新'的传染性疾病'出现'的重要特征……因为，一种植物菌不管采取何种方式伤害一种动物（或者反过来，动物菌伤害植物）的能力都表明，'新'病原体'出现'的日子已经不远！"

疾病控制中心估计，几十年来，肯定从空调技术出现以后，和空调出现以前很久的室内管道安装时期，每年有2000到6000人死于军团症。在费城大暴发以前，这种病例都被简单地归入"病源不明的肺炎"一类。

听到了这些看法，堪萨斯大学的医疗历史学家罗伯特·赫德森在国际会议闭幕式上用惊人的口气讲了一段话。他从中世纪欧洲的黑死病讲起，说道："当我们承认我们对现有的极微小的病原体知之甚少的时候，我们也必然要承认，过去的大规模流行病至少有复发的可能……这种可能是存在的：出现一种致命的又是普通的生物体，很容易从人到人传播，但是现有的医疗和预防方法却无能为力。"

"费城事件依然未能解决，因此这表明我们调查一种明显的新疾病时手段极其有限，"赫德森最后说，"如果我们面对未来的某种严重流行病时要鼓舞民众，很重要的事就是我们的局限性要得到广泛的理解。医疗界没有理由为军团症事件感到灰溜溜的，但我们也应谦虚行事。"

美国的公共卫生界被1976年的事弄得十分懊恼，到了20世纪末，才第一次带着一种微微的不安的感觉，展望未来。

第七章

恩扎拉
——拉沙、埃博拉和发展中国家的经济与社会政策

> 在将来,一如既往,健康的改善是可能实现的,其方法是改良引起疾病的条件,而不是在疾病发生后去干预疾病的机制。
>
> ——托马斯·麦基翁,1976年

> 微生物毫不重要,地形决定一切。
>
> ——路易·帕斯特

当他的同事们在亚特兰大为猪流感的事寝食难安的时候,乔·麦考密克却感到心满意足:他终于有机会打开几千磅的实验室设备,在塞拉利昂建立起他的偏远的拉沙热研究站了。将各种设备通过海路由亚特兰大运往弗里敦,再用各种卡车沿着仅有个别地方铺了路面的公路,转运到塞格布温马,这绝非易事。

但是,经过一段长长的波折,他终于能够如愿以偿,做他心爱的事情:科学研究。几个月以前,早在他绕道前往苏丹调查埃博拉病毒以前很久,他曾和卡尔·约翰逊坐下来,制订他的拉沙研究计划。

第七章 恩扎拉

要做的事太多了。

他要找出拉沙病毒在西非的多乳小鼠中的感染程度。他计划对千万名塞拉利昂人做抗体试验，看有多少人感染过拉沙病毒。

"我可以一面做拉沙病毒的抗体试验，一面做马尔堡和埃博拉病毒的抗体试验。如果能测试出这两种病毒的抗体，岂不是个意外的收获？"麦考密克在离开扎伊尔以前对约翰逊说。

帕特里夏·韦布后来加入了乔的工作，这使他异常高兴。麦考密克从来没有见过像她这样优秀的病发地实验室工作者，知道他能信得过她的数据：她的数据永远可靠。他欣赏她对事物的敏锐的、独到的看法，而且总是带着浓厚的人情味。同她合作是一种巨大的愉快。

麦考密克安顿下来开始实验室工作不久，就接到美国驻弗里敦大使馆发来的电报，通知他参加一次绝密的会议。从塞格布温马到弗里敦一路颠簸，累断筋骨，到达后又接到通知，要他立即赶到美国驻邻国利比里亚首都蒙罗维亚的大使馆。这是一次通过外交途径的正式召唤，是利比里亚总统小威廉·托尔伯特政府发给华盛顿的卡特政府的。美国国务院向其驻弗里敦大使馆发报称，利比里亚点名要麦考密克。他最好应召前往。

麦考密克最终到达美国驻蒙罗维亚大使馆后才听说，苏联的四名科学家最近来到了利比里亚，托尔伯特政府十分担心：在非洲盘根错节的冷战结盟关系中，托尔伯特政府是同美国站在一起的。苏联人感兴趣的是拉沙热研究，数日前悄悄来到蒙罗维亚，提出需要一些异常稀少，基本上无法搞到的物资，如罐装液态氮和各种压缩气体。

美国大使馆举行了一次正式会议，参加的有麦考密克、四名苏联人和美国及利比里亚政府的代表。苏联人中有一位是名副其实的科学家,名叫萨沙·卡钦科,数年前曾与卡尔·约翰逊合作,在俄罗斯和乌克兰研究出血热。其他三人的身份不太清楚,但乔肯定至少一人是克格勃特工。此人肯定对基本的生物学一窍不通。经过20分钟含糊其辞的谈话,可以看出,苏联人对研究拉沙病毒并没有明确的计划。

"天哪,"麦考密克对大使馆官员说,"听起来好像他们只想转一趟,收集点啮齿动物。"

出了大使馆,离开了电子监视系统,苏联人恳请麦考密克提供帮助。他们要拉沙抗体、试剂,更重要的,要病毒标本。他们还想知道怎样做拉沙热研究。

麦考密克确信这些人是直接或间接为苏联情报部门工作的,把这样的致命性病毒标本交给他们是危险的。他只是微微一笑,对他同桌就餐的客人说,这类要求都应该以书面形式提交亚特兰大的疾病控制中心主任。

1977年和1978年两年,苏联研究人员不断向麦考密克和疾病控制中心索要拉沙病毒标本。麦考密克每一次同苏联人接触后,中央情报局都要来仔细盘问一番。麦考密克和当时的疾病控制中心主任戴维·森塞确信,冷战双方都担心另一方正在把拉沙病毒发展成生物战的武器。作为一种武器,拉沙病毒当然有许多理想的特征:对未接种的人群有90%以上的杀伤力;毒性极强,只需很小的剂量即可致病;对各种恶劣的环境具有明显的容耐性;最重要的是,没有明显的疗法或解药。另外,由于围绕着曼德雷拉感染的各种情况,铁幕两边的军事研究人员都相信,吸入病毒即可导致致命性感染。

苏联人首次接触美国政府是5年前,在美国国务卿亨利·基辛格访问莫斯科时提出要拉沙病毒标本的。由于他曾公开表示,作为尼克松和勃列日涅夫两个政府间核武器和生物武器谈判的一部分，美苏信息交流完全公开，所以基辛格在1972年命令疾病控制中心满足苏联的要求。后来森塞依令行事，亲自带了一瓶病毒，送往莫斯科。

因此，1977—1978年疾病控制中心不清楚，在利比里亚的苏联研究人员为什么还要病毒标本；尽管两个超级大国签署了一个条约，禁止生物武器的使用和研制，美国的这个机构对于苏联的意图依然疑虑重重。

在以后的年代，苏联在非洲的活动，其范围大大超过了麦考密克和韦布利用疾病控制中心拨来的微薄的资金所能开展的工作，但是却一事无成。麦考密克对韦布说：苏联先后派出的四个小组"在浓雾中瞎转，分不清东西南北"。疾病控制中心的这两位科学家都觉得失去了携手工作的大好时机。美国人不能在几内亚进行研究工作，因为美国同塞古·杜尔总统的左翼政府没有外交关系。同样的，苏联人也不能在塞内加尔、利比里亚、塞拉利昂和尼日利亚的乡村自由活动，寻找拉沙病毒。

在若干年间，研究工作都是分头进行，往往也是孤立进行的。最终两个超级大国都关闭了在西非的拉沙病毒实验室，最后倒霉的还是非洲人。在麦考密克的坚持下，疾病控制中心保留了同塞拉利昂的拉沙病毒合作研究项目，偶尔同尼日利亚也有合作活动，一直到20世纪90年代中。但是苏联的活动在1984年几内亚发生政变后就放弃了，没有留下任何明显的科学成就。

在20世纪70年代末，麦考密克自己也没有料到，他在塞拉利昂的工作会成为该国民众的永久财富。尽管他自己、韦布和疾病控制中心的其他同事收集了大量的信息，但是要把这些新发现的知识变成有意义的行动，却是难上加难。病毒是由多乳小鼠携带的，而多乳小鼠在西非的村庄、湿地和树林中却遍地皆是。小鼠居住在人住的茅屋等住宅中，百姓对它们颇为容忍，甚至会吃这种啮齿动物。小鼠在人类储存的谷物和积满尘埃的土地面上撒尿。人们一旦患病，便会到医院去，医院却并不遵守防止病毒由病人传向病人的消毒规程。

麦考密克在塞拉利昂的东方省住院的病人身上抽取血样，发现在任何一天，都有5%到15%的成年病人感染这种致命的病毒。麦考密克和疾病控制中心的同事们调查了该国北部的草原地区，发现一些地方40%的成年居民对拉沙病毒都有抗体，证明他们以前曾经感染过这种病毒。从全国来看，9%的塞拉利昂公民对这种病毒的抗体呈阳性。

麦考密克与当时为安特卫普的热带医学研究所工作的圭多·范德格伦合作，从非洲全境为世界卫生组织收集了拉沙热的各种血样和数据。1977年，在莫桑比克的多乳小鼠身上发现了第二种类型的拉沙病毒。最终，从非洲东南角的莫桑比克和津巴布韦往北，直到西北部的塞内加尔和马里，在他们能够调查的每一个国家的小鼠的血液里，都发现了这一种或那一种拉沙变体。

麦考密克和范德格伦告诉世界卫生组织，从非洲啮齿动物和人类感染的规模来看，显然，1969年彭尼·平尼奥所患的异常罕见的神秘疾病，实际上只是整个非洲大陆散落的乡村中一个流行极广的问题。

当一种宿主携带的传染性疾病如此普遍地存在，而其携带者即小鼠又完全习惯于同人类同生共宿的时候，传统的公共卫生训练指出了三种办法来限制疾病的进一步传播：接种，吃药，消灭宿主。

但是没有拉沙热疫苗；鉴于富国的实验室和制药公司没有研

第七章　恩扎拉

制疫苗的兴趣，看来将来也不会有。麦考密克原来希望从拉沙热康复者身上抽取些血浆，储存起来，也能积攒一些有疗效的抗血清，但这个希望又很快化为泡影。他很快就发现，没有多少人能产生足够的抗体，用于防止其他受感染的人暴发大病。他甚至发现大多数人不能产生强有力的免疫反应来防止自身重新感染，因此，一个人反复感染拉沙热的事也屡见不鲜。

在塞拉利昂的乡村，热病是常见的病，千百年来就是如此。人们认为，大部分热病都是蚊虫携带的疾病，如疟疾和黄热病等，或者是妖术和恶魔引起的。麦考密克发现农村中的高热病人，10例中约有1例是拉沙病毒引起的。

大多数情况——约占98%，病人会从拉沙热中恢复过来，但患病的时间会拖多日，甚至几周。在这期间，他们无力工作，麦考密克发现拉沙热对农村造成的经济损失极大。对比之下，如果人们在医院通过医疗器材的污染而发生血液对血液的感染，其发病和死亡的可能性要大得多：这种感染的16%是致命性的。

麦考密克和韦布试验性地用一种新的可注射药物，称作利巴韦林的，来医治拉沙热。这种抗病毒药物在医治其他病毒感染时证明有效，有阻止病毒繁衍的能力。麦考密克和韦布发现，如果在病征完全出现以前使用，这种药对拉沙热也有效用。

但是从一开始，麦考密克就知道，像塞拉利昂这样贫穷的社会，是永远无力购买大量的利巴韦林，建造足够的医院，培训合格的人员，来减少拉沙热死亡的。当他努力寻找解决办法，包括设法消灭多乳小鼠的时候，他才开始理解困难之大，难于上青天。正如他之前的许多欧洲人和北美人、他之后的其他人一样，麦考密克深深意识到"基础设施"问题的严重性。他来自美国中西部，有一种无所不能的耐心。每天，他的这种耐心都要受到考验，他要浪费时间，去修理发电机，重建冲毁的桥梁，修补蚊帐上的窟窿，同趾高气扬的官僚主义者交涉，要他们发放无法辨认的文件副本，向聪明但没有技能的人传授医院基本操作规程，从一个极端偏远的地区走向另一个偏远的地区。

"有时候，你是否知道用多少根原木才能在河上载动一辆陆地巡行者吉普车，也是一件关系重大的事。"麦考密克对亚特兰大的同事们说。

20世纪70年代末，塞拉利昂有400万人口，10多个种族混居，至少5个明显的语言群体，3个互相敌对的宗教团体。大部分塞拉利昂人依靠微薄的农业收入勉强糊口。全国的财富集中于极少数富人手中，富人管理着该国的钻石、铝矾土矿和出口工业。

1977年，塞拉利昂的初生婴儿经过一系列的传染性疾病和长久的营养不良，平均只有十分之一的机会熬过磨难，进入成年。过了这个里程碑，男子可以活到41岁，女子则可多活6年。婴儿死亡率很高：每1000名婴儿中，有157名在1岁生日到来前死亡。年龄较大的儿童和成年人若是生病，可以看病的设施极少。不足150名医生——其中多为外国人，分布在全国星星点点的医院和诊所里——为塞拉利昂的400万公民看病；医院的床位仅有4000张左右。大多数民众都向传统的草药医生和巫师求医，而不是向可怜的西式设施求助，这当然不足为奇。

英国人对于能够给自己的殖民地打上英国文明的烙印，深感骄傲，但是1961年塞拉利昂独立时，全国识字的民众不足10%。1787年，英国为塞拉利昂建立国家，在原来没有国家存在的地方，划出了一道没有奴隶的国界。虽然进入19世纪很多年，英国仍在奴隶买卖中担任积极的角色，但在18世纪末，政府已经受到英国国内的不同政见者的压力，要它为逃跑的奴隶和不同种族通婚后

第七章 恩扎拉

生下的后代提供一个避风港。于是建成了弗里敦。

近200年后，解放了的奴隶和欧洲早期移民通婚生下的后代仅有6万人，是一个与众不同但人数不多的人群，代表着全国受过良好教育的精英。独立后的头10年，塞拉利昂由早期移民与当地种族通婚生下的后代占统治地位的政府严重失控，由国家管理的社会各个部门充满了贪污腐败、行贿受贿和管理不良。道路、学校、医院越来越糟。新的建设集中在全国三大城市——弗里敦、博城和凯内马，乡村里度日糊口更加困难。

到麦考密克和韦布建立起偏远的拉沙病毒实验室的时候，塞拉利昂正在走出10年的政治不稳和暴力横行期，建立了一个一党执政的共和制国家，但是对国际货币基金组织、世界银行和其他贷款机构，主要是英国机构，早已负债累累，国家的年度收入都用来向伦敦、日内瓦、纽约、巴黎的债主支付利息，无力顾及民众和全国亟须的建设项目。

不幸的是，塞拉利昂没有任何特别的出产。基础设施如道路、学校、医院、运输和供应路线、电力、电话系统等的缺乏，限制着非洲的发展。政治动荡和贪污腐败常与军事执政同时出现，从卡萨布兰卡到开普敦，精英寡头政府正在销蚀着原本值得骄傲的农业社会的血脉。

富国虽然在拉美和亚洲的有些地方承担了兴建基础设施的巨大义务，但对非洲却仿佛感到没有这种义务。结果，这个被殖民主义、资源掠夺、奴役统治、文化破坏所严重摧残的大陆上的人民，却在挨饿和死亡，他们死于许多不同的传染性疾病，连最老练的医生都往往无法说出病者的死因。全世界70个最穷的国家中，有26个在非洲。在这些国家，平均每人每天的卡路里摄取量低于保证人体健康的必需量。

有几个因素是管理最好的发展中国家也难以控制的，这些因素正在阻塞着世界上最穷的国家的经济发展。西方的科学家如卡尔·约翰逊、乔·麦考密克、帕特里夏·韦布、皮埃尔·苏雷奥和乌韦·布林克曼都为了在贫穷的国家工作而时刻感到压抑。虽然穷国的悲惨条件很少让本国的民众有所感悟，但在善意的外国人看来，贫穷的真正原因和后果却往往是令人震惊的，也是让人不安的。

每当某些重要的器材，例如汽车、发电机、离心机、显微镜、高压锅或呼吸机发生故障时，麦考密克或和他一样的人都会感触到这种贫穷。很少能找到什么人来修理坏了的器材，因为这些富国的玩意儿太稀罕了，当地办不起服务业。所以，像麦考密克这样的科学家往往要花上几个小时，探身到陆地巡行者吉普车的车盖下，去寻找发动机失灵的原因。

比如说一旦找出来是传动装置故障，下一步便是寻找替换的部件。如果没有其他陆地巡行者吉普车报废，可以拆卸备份零件，麦考密克就只能订购一个新的传动装置，花高价从伦敦运来。麦考密克手里有美元，可以向英国出口商付钱购买所需的传动装置；利昂同美元的比价为1∶0.08，所以塞拉利昂的居民没有英国出口商愿意接受的外汇。

人们在口语中把宝贵的外汇称作"4-X"。即使有了美元这种外汇，麦考密克要购买新传动装置的困难也是刚刚开始。在购买和运输时麦考密克已经花钱不少，一旦所需的部件到达弗里敦港口或机场，又会在政府的仓库里锁上几天或几周，这个美国人又得办理一大堆官僚主义文件和关税。只要有一个文件不妥，麦考密克就休想取回传动装置。

在这期间，宝贵的传动装置会待在守备松弛的仓库里，任凭小偷盗窃；在1977年，这套装置在任何非洲国家都是昂贵无比的。

这种办事程序在塞拉利昂或者在非洲并不是唯一的。可以说，20世纪70年代，在世界上几乎所有贫穷的国家，事情都是这个样子，一直到进入90年代很多年。

世界上贫穷的国家在人口爆炸、国债猛增、政治动荡的同时，也在想方设法求借外汇，购买基础建设必需的物资，如发电机、修路材料和器械、医院设备等。那些掌握对西方有用的矿藏的国家，就以疯狂的速度，开采铝矾土、铜、钻石、金、银和其他矿砂及宝石等，出售这些物资换回外汇或金子。如果从地里和水里挖不出这些宝贵的物资，政府便会设法利用其农业、林业或渔业资源，换回十分紧缺的美元、英镑、法郎、日元或德国马克。

但是他们很快就发现，他们的商品的买家远比互相竞争的分散的卖家组织严密得多。买家确定价格。在整个20世纪70年代，大部分物资的全球价格都在大幅度浮动。谷物、稻米、咖啡、可可、小麦、蔗糖、香蕉，这些发展中国家传统的出口作物，出售价格每年都在剧烈变化。价格变化的剧烈使这些国家无法规划其国内的经济发展。

尽管市场不规范，世界银行、国际货币基金组织和铁幕两边的主要援外机构，仍在继续贷款并推动规模巨大的项目的投资，如巨型水电大坝、国际机场、集装箱码头等。这种项目往往用受援国的国家元首或最近的政界英雄命名，有利于增强民族自尊心，也便于提高收授援助双方政治领导人的威望。

但是，这些项目对于普通百姓的健康状况并无积极影响，而且往往反倒使条件恶化，利于微生物生长。

比如20世纪70年代，在世界上最不发达的地区，营养不良是一个普遍的日益严重的问题；随着2000年的临近，还会继续严重下去，偶尔达到饥荒的程度。人体细胞中对源源不断的营养物依赖最大的是免疫系统的细胞。在最理想的条件下，大多数免疫系统的细胞也只能存活几天。随着营养物摄取量的减少，这些关键细胞会将燃料用尽，无法完成与疾病作战的重要任务，或者在最严重的情况下，死去。人体也会缺乏营养源来制造置换细胞，最后，免疫缺陷会变得异常严重，任何一种病原性微生物都能引起致命性疾病。

20世纪60和70年代，世界上大多数穷国的主要经济变化，是围绕着出口作物制度的建立发生的。不管政治倾向如何，政府都会投入更多的主要农田来生产用于出口的作物，目的在于换取外汇。结果是国内粮食生产下降，当地市场上谷物、蔬菜、乳类和肉类产品价格上涨。

美国评论家弗朗西斯·穆尔·莱普和约瑟夫·柯林斯注意到五家大公司控制着国际谷物交易的90%，四家公司垄断着世界香蕉贸易的90%，一家跨国公司掌握着全球玉米、豆油、花生油市场的80%，他们警告说："经营农产品贸易的跨国公司正在制造一种一统的全球农业系统，从农场到消费，由该系统一体化控制生产的各个阶段。如果他们成功，他们将会像石油公司似的，能够利用垄断手段，在世界范围内有力地操纵供应和价格。"

20世纪70年代初，全世界最穷的国家在联合国成立了一个投票集团，被称为77国集团。77国集团主张公开讨论世界经济改革问题，并且利用其在联合国的投票杠杆，创立一个"战略团结"组织，对付富国多国公司的利益。

虽然77国集团在若干年间十分有效地打乱了联合国的活动，造成了整个系统相当大的人事变动，但对于作物出口和粮食销售却根本不曾动得皮毛。西方资本主义政府对77国集团的要求通常是能不理便不理,有必要反驳时就反驳。两个主要的反驳说辞是:一、粮食缺乏是人口膨胀造成的结果,而不是全球粮食销售方式的毛病;二、限制跨国公司的活动不仅对公司和股民不公平,而且也会产生反作用。他们说,如果采取强制性限制,公司的投资者会干脆丢掉最穷的国家不管。

另外,在20世纪70年代紧张的冷战气氛中,任何关于各种发展政策改革的好坏利弊的辩论,都将分化成两个对立的极端,哪个国家想沿着独立的不结盟道路前进几乎是不可能的。在资本主义圈子里和世界主要的贷款机构,人们的普遍看法是,国家要首先实行现代化,发展工业能力,形成大规模的消费阶层。然后,经济现代化的好处会最终慢慢遍及全社会,引起教育、运输、住房、卫生的改进。

坚定的现代化支持者以马歇尔计划在第二次世界大战后对欧洲的恢复和麦克阿瑟计划重建日本的业绩为例,来证明其观点。他们认为携手走向自由市场的资本主义工业化才是提高一国民众的生活和健康水平的理想道路。

斯大林派的现代化主义者也主张首先发展工业,然后推动社会进步。在整个苏联和东欧集团,大规模的钢铁厂受到赞誉,工人被描绘成身强体壮的人。根据20世纪70年代苏联提交世界卫生组织的官方统计数字,鉴于共产党的英明政策,几乎所有可以想象的传染性疾病都在减少或已被消灭。当时国际卫生界普遍认为这些统计数字都是编造的。

两个超级大国及其盟国都喜欢为宣传价值巨大的项目投资,大部分资金都朝着有战略意义的方向倾斜。例如在1978年,世界银行的一半贷款流向巴西、印尼、墨西哥、印度、菲律宾、埃及、哥伦比亚和韩国诸国。美国的非军事外援的一半拨给了10个具有战略意义的国家，其中5个也在世界银行的主要受援国名单上。这10个国家是：埃及、以色列、印度、印尼、孟加拉国、巴基斯坦、叙利亚、菲律宾、约旦和韩国。1952年，美国的援外预算对非洲没有拨款。到1968年，美国对非洲的非军事援助也只是稍有增加：不包括埃及（埃及被视为中东有战略意义的国家），全部非军事外援只有8%拨给了非洲国家。

虽然苏联的非军事外援政策的详情很少公布，但其大部分赠款给了古巴、越南、老挝、东欧集团国家和冷战中态度暧昧的战略要地，尤其是埃及和印度。

从铁幕两边的情况来看，捐款者对穷国的金钱赠予全都同显露名声的项目有关：水电大坝、国际机场、大学校园、三级护理医院等。通常被忽视的是社区级的项目，如学校、门诊室、技术培训计划和公共卫生活动。更加糟糕的是，捐款者喜欢一次性投资，丢下替他们扬名的项目不做长期的维修，即使大坝、机场和大型建筑项目，也很快透过原来辉煌的外表，露出了质量低劣、存在隐患的真实面目。穷国缺乏外汇来购买替换部件、雇用专家和进行日常维修，别无他法，只能让大坝的裂缝继续裂下去；眼看着跑道的沥青爆裂而无能为力；当漂亮的办公大楼的电梯停转时，爬楼梯上楼。典型的发展中国家的预算中有三分之一花在经常性的费用上，而捐款者却坚持，只给新的有助于提高声望的项目投资。

在发展中国家的非政府投资完全来自北美和欧洲的资本主义和社会民主主义国家，主要目标是获取重要的资源。1977年在非洲，美国私人资本的56%投在石油业，26%投在开矿业，6%投在制造业。

第七章 恩扎拉

从南美和非洲的社会主义和民族主义运动以及知识阶层，产生了发展依赖论。总的说来，依赖论者对西方的现代化战略和投资政策提出了中肯的批评；避开了与苏联活动有关的问题；对于如何另出良策，提高第三世界民众的生活和健康水平，却又没有一致的看法。与其说他们代表着另一种发展方式，不如说他们是一股反对力量。

这一派的大多数评论家（尤其是安德烈·冈德·弗兰克、特奥托尼奥·多斯·桑托斯、费尔南多·亨里克·卡多索和恩佐·费列托等知识分子）争论道：从多国公司和借贷机构接受贷款和援助，就会导致越来越多的依赖和负债，循环不息。例如，希望建造医院的穷国找到一个富国，想要捐款或贷款。得到款项，建成医院，就会导致对西医西药和医疗器械的新的依赖。购买美国X光机或法国高压消毒锅的替换部件会耗光该国本来不多的外汇储备。最后，医院成了社会的累赘，而不是福利，进一步加大了卫生部已经超支的预算。依赖论者提出穷国输在两个方面：他们被迫从富国购买一切设备和专业技术，回过头来，不管他们生产了什么产品，都得返销给原来的富国公司，价格由买方确定。他们认定，这就形成了一种输了再输的局面。

到20世纪70年代末，即使西方的投资者也开始承认，现代化最终不会把20世纪欧洲的生活和健康水平带给第三世界。70年代初，美国国际开发署曾经把国民生产总值（GNP）的增长速度当作衡量第三世界国家成功与否的主要尺度。到1977年，该署署长约翰·J.吉利根不得不改变这种政策。

"这种方法有某种可取之处。"他在一次重要的政策演讲中说：

> 在过去25年中，发展中国家的人均国民生产总值平均每

年增长3%，几乎与富国的增长速度持平。发展中国家的平均寿命也由35岁增加到50岁——这是西欧到20世纪初才达到的水平……有些发展中国家的增长率甚高，我们已经停止了对它们的无息援助，我们同它们的主要经济往来形式现在只是贸易和私人投资。

但是，总的来看，这些成就掩盖着一个突出的事实：一些发展中国家的人均国民生产总值取得了飞速的发展，有的竟超过了7%，但是其他许多国家却进步甚少。另外，这些平均数字也掩盖着这样的事实：穷国的各个阶层从发展中获得的好处是大不相同的。因为在大多数欠发达国家，城镇和大农场的所谓现代阶层是经济发展的主要受益者，而城乡的穷人却远远落在后面，尽管他们的人数在迅速增长，在大多数发展中国家已经成了人口中的多数。

世界银行原来并没有把卫生问题当成它的一项具体任务，直到1975年。那一年，世界银行的卫生处成功地说服了大家：现代化的涓涓细流永远滋润不到最贫苦的人的艰苦生活。在1975年到1978年之间，世界银行向44个国家的70个与卫生有关的项目提供了贷款或技术援助，成了全世界最大的卫生项目贷款机构。在这3年期间，世界银行向穷国提供了4亿美元的贷款，供修建基础卫生设施和灭蚊用；1.6亿美元供计划生育和改进营养计划用；39亿美元供饮水卫生项目用。

70年代末，世界银行再次审视其工作，决定政策进一步向重要卫生基础设施的修建倾斜，其中包括"改进营养，保证母婴健康——包括计划生育，防治流行病和瘟疫"。

20世纪即将结束，世界上的大多数人口仍然遭受着不清洁的水源引起的疾病的痛苦，甚至死亡。20世纪70年代，世界上每四个人中就有一人身患原虫引起的疾病，因为饮用了受污染的水源或吃了受污染的食物。世界银行的一份研究报告发现，爪哇85%的居民腹内有钩虫。据世界卫生组织说，由于用水污染，每年有17亿人增添了新的寄生虫病。

有时，大型水利开发项目会改变当地的生态条件，有利于微生物的生长，从而直接增加疾病的产生。在这方面，人们引用最多的例子是阿斯旺大坝。大坝明显地与血吸虫的增加有关。

血吸虫是具有复杂生命周期的寄生生物体，在不同的生长阶段，分别寄生在田螺的体内、淡水植物的表面和人类的身体里。通过人类的粪便，它的卵被排在水源里，再被河边或湖边的田螺吃进体内。卵在田螺体内孵化，进入幼虫阶段。幼虫又被田螺排入湖泊或河流中，黏附在水下植物的枝叶上，通常是岸边的植物。到水中洗澡、玩耍或工作的人会碰到水下植物，幼虫便顺利钻进他们的皮肤，进入血液。

血吸虫包括日本血吸虫、埃及血吸虫、湄公血吸虫、曼氏血吸虫和间插血吸虫等类。根据种类的不同，幼虫可以进入人类的肝脏、脾脏、尿道、肾脏、直肠和结肠，在那里成长为成虫。成虫可以永久待在人体内，并可排卵，再由人排进水源，重复新的周期。

成虫可以使人患各式各样的疾病，从轻微的局部皮肤感染和几乎觉察不到的轻度疲劳，到危及生命的心脏病、癫痫、肾衰竭、血吸虫寄居的器官的恶性肿瘤等。由于病征的范围极广，简直难以肯定地说在流行病区有多少人得了血吸虫病，甚至关于血吸虫的定义也常常争论不休。

鉴于血吸虫病诊断上的不确定性，所以常常难以明确地指出发病的具体趋势。但是，科学界一致认为，巨大的阿斯旺水坝大大改变了尼罗河的生态环境，减缓了原本是一泻千里的流速，防止了每年的泛滥，制造了一个巨大的纳赛尔水库。这些变化也引起了血吸虫种类的改变。

千百年来，几乎所有的埃及人都是沿尼罗河居住，埃及的其他地方大多为沙漠，所以一旦沿河的疾病环境改变，人们受害的可能性便很大。可是20世纪50年代，在阿斯旺大坝的设计和建设阶段，无论是埃及当局、建造这个项目的西方金融机构，还是在大吹大擂中接手完成大坝的苏联政府，都没有考虑到人类疾病的生态环境问题。

尼罗河流速的减缓明显改变了埃及常见的血吸虫种类，由埃及血吸虫变为曼氏血吸虫。对埃及民众而言，这意味着血吸虫从一种主要攻击幼童，引起尿道疾病的生物体，变为一种攻击青年，常常引起脾脏、肝脏、循环系统、结肠、中枢神经系统的严重疾病的生物体。在苏丹建造森纳尔水坝和加纳建造艾科索博水坝以后，也曾发生类似的血吸虫种类和人类疾病的变化。

阿斯旺大坝对血吸虫种类的影响受到一些人的质疑，因为埃及缺乏建坝前可靠的发病对比资料。但是，还有一个理由可以批驳在建造大型水利工程以前不首先估量对潜在的卫生状况的冲击这种不明智的做法，这就是裂谷热（Rift Valley fever）。

裂谷热病毒由蚊子（假黄芩蚊）携带，1977年以前基本上被视为一种兽病，主要攻击牛科和羊科家畜，偶尔可见牧场工人染病。这种病首见于1930年，当时肯尼亚出现大批牛羊自行流产、死胎和成年牛羊死亡的现象。欧洲的牲畜对裂谷热病毒没有免疫力，到了非洲便会发病。

这种病毒能引起出血病，与黄热病相似，对成长中的胎儿和新生儿有明显的致命作用。对于没有免疫力的动物,其伤害力极强:将少量病毒对实验室中的老鼠进行皮下注射,不到6个小时,接受试验的动物全部死亡。

1977年,阿斯旺大坝建成后6年,詹姆斯·米根和驻埃及的美国海军医学研究单位的同事们证明,阿斯旺地区的大规模人类流行病的病因是裂谷热。20多万人患病,598人死于出血症,牲畜大批死亡,全国严重缺肉。科学家们断定,流行病开始时只限于苏丹北部,仅在牲畜间暴发,后来由于人的流动或风吹蚊子的结果,才传到阿斯旺地区。一旦来到阿斯旺,受感染的蚊子便在水坝截流造成的80万公顷的水面上生长、繁殖起来。这种疾病以前从未在埃及见到过。

类似的与水坝有关的裂谷热流行病20世纪80年代又发生在毛里塔尼亚、塞内加尔、马达加斯加;90年代再次光顾阿斯旺地区,引起了严重的流行病。

20世纪80年代中,主要的贷款机构,尤其是世界银行,认识到了水坝建设对健康的不利影响,要求巨大水利项目的贷款申请人提供疾病影响研究,作为立项的一个组成部分。总的说来,在水力发电和防洪防涝方面对社会的好处要大大超过可能发病的弊端,如果采取措施,改善当地的主要卫生基础设施则更好。

虽然时间晚了些,但1980年世界银行总算得出结论:世界范围的灭疟运动失败了;并且提到,仅仅4年(1972—1976年)间,疟疾在印度次大陆增加了230%。这真是一个惊人的数字。大多数宿主携带的其他疾病,10年前还被列入易于消灭的范围,"在过去10年间,发病率经历了惊人的增长"。沉睡病(锥虫病)、住血吸虫病(血吸虫病)、河盲病(盘尾丝虫病)、查加斯氏症的发病率全在上升,其地点往往就是在同一时期接受了几十亿美元的捐款或贷款的国家。

显然,有些东西被忽视了。世界上的重要贷款机构不得不从50和60年代的乐观情绪中退回来。一定得找到原因,明确责任,想出办法。

20世纪70年代末,世界银行的解决办法是敦促穷国加大对基本卫生设施和疾病预防的开支。这主要是通过劝说的办法来实现的,比如,世界银行会说:"由于卫生问题很容易引起人们的喜怒情绪,通过政府统管医疗卫生,重新分配福利,在政治上也许是可取的。"

要达到美国的医疗卫生开支水平,即使按年度人均开支的百分之几计算,对于世界上大多数穷国来说,也算得一个出奇艰难的业绩。据卡特政府提供的数字,1976年,美国医生与人口的比例为1∶600;几乎所有的饮用水源都没有传染病;平均每人每日摄取的热量为最低需要量的133%;99%的成年人都识字;联邦国民生产总值的3.3%用于医疗卫生开支,人均开支259美元。

相比之下,以坦桑尼亚为例,每18490个公民才有1个医生;享用安全饮水的人数不足人口的40%;人均摄取的热量为每日最低需要量的86%;成年人口的34%为文盲;政府对医疗卫生的开支占国民生产总值的1.9%,每年人均合3美元。即使坦桑尼亚把医疗卫生方面的开支在国民生产总值中的百分比提高1倍,达到美国的百分比水平,每年在每个公民身上的花费也不足10美元。要达到美国的人均每年开支259美元的水平,坦桑尼亚政府就得几乎砍掉其他一切项目。

"我们明明知道自己是个穷国,若是把金钱当作发展的主要工具,那简直是愚蠢的,"坦桑尼亚的一党政府在1967年具有历史意义的阿鲁沙宣言中宣称,"如果我们设想,可以利用外国的经济援助，而不是自身的经济资源，来摆脱贫困，那将是同样愚蠢，甚至更加愚蠢的。"

坦桑尼亚人口为1000万，大多住在农村，政府着力建设一支稍加训练的土著医生队伍，到遍布全国农村的水泥或篱笆盖成的小小的门诊所工作。在1967年到1976年之间，坦桑尼亚通过乡村卫生运动，使母婴卫生所增加了610%，农村土著医生增加了470%，新建110个医疗设施（1976年，全国共有152个医疗机构）。在这段时间，人均寿命延长了7年，达到47岁（1976年欧洲为70岁）。婴儿死亡率稍有降低，降到152∶1000，1967年的比例为161∶1000（1976年欧洲的婴儿死亡率为20∶1000）。

政府意识到对医生的迫切需要，在达累斯萨拉姆修建了穆希姆比利医学院，并且派送许多有为的青年到海外学医，希望每年增加本国医生65名。到1975年，土著医生与病人的比例达到1∶454，但是医生与病人的比例却有所下降，部分原因是一种反亚偏执情绪。东非的许多具有良好教育的居民是印度人，是几十年前由英国殖民主义者以契约的方式招来的，因为他们需要一个有文化的官僚阶层。1972年，乌干达的独裁者伊迪·阿明（自称崇拜的英雄是阿道夫·希特勒），命令所有亚洲人，总数在5万到8万，立即离开乌干达，否则即予处死。非洲的其他政府都没有提出任何抗议。成千上万的印度人，大部分终生居住东非，不仅逃离了乌干达，而且离开了整个非洲。

虽然这样的问题困扰着地球上的所有穷国，但在非洲显得更加突出，因为非洲的政治、军事局势严重不稳。世界上其他任何地方的政府都不像这里似的，刚刚从几个世纪的欧洲殖民主义统治下解放出来。葡萄牙的殖民地几内亚比绍、安哥拉、莫桑比克、佛得角，经过十几年的血腥内战，刚刚在20世纪70年代中获得独立。在非洲大陆的南部，战争和动荡连年不断，一直延续到罗得西亚、南非、安哥拉、西南非洲的命运决定以后。

这些国家最后分别定名为津巴布韦、南非、安哥拉和纳米比亚。在它们的北面，是一串多数人掌权的独立国家，坚决抵制仍由白人统治的南部非洲国家，支持其各种解放运动。所谓前线国家包括坦桑尼亚、赞比亚、莫桑比克，以及态度比较缓和的莱索托和博茨瓦纳。代表这个地区的未来政府的游击队随意在前线国家行动，卢萨卡成了西南非洲人民组织、津巴布韦非洲人民联盟、津巴布韦非洲国民联盟，以及南非的非洲国民大会的指挥所似的地方。从动荡的南面来的政治流亡分子纷纷涌入前线国家，使这些国家已经十分突出的经济困难雪上加霜。另外，这些国家宣布抵制南非的港口和市场，也严重损害了自己的贸易。

在这个大陆的其他地方，民众动乱也随处可见。蒙博托残酷地镇压了扎伊尔国内的不同政见者。自我称帝的博卡萨残暴地统治着中非共和国，最终被法国伞兵推翻，并以生吃活人和种族灭绝罪受到审判。打着反贪污、倡廉政的旗号，一些低级军官在加纳暴力夺权。由于宗教和部族纷争，民众暴乱席卷苏丹、摩洛哥、埃塞俄比亚、毛里塔尼亚、安哥拉和卢旺达。大部分战争起源于17、18世纪殖民主义国家人为划分的国界，将古老的部族土地、庞大的家族和传统的权力结构一分为二。

两个超级大国都设法操纵这些看来是无休无止的争斗，希望非洲的政府与美国或苏联结盟。结果，这些一贫如洗的国家把大批的金钱都花在军事和政治势力之上，独裁者花钱如流水，向本国的有权有势者"送礼"，换取支持；也向全世界的军火商的银行户头汇款。

显然，这些金钱并没有花到医疗卫生上。且来看看坦桑尼亚

第七章 恩扎拉

和乌干达的例子。

1979年,坦桑尼亚欢庆最近对乌干达的军事胜利。虽然世界第七大流行病霍乱已经侵入达累斯萨拉姆,首都街道上纵横交错的露天排水沟里充满了致命的霍乱弧菌,对此,人们却毫不关心,关心的只有战争。绝色少女身穿盛装,衣服上炫耀着得胜的字样,骄傲地高呼胜利;男青年身穿军服,昂首挺胸,沿着独立大道,或在恩克鲁玛大街的非洲国民大会总部门前,大步走过。

1979年4月,尤素福·卢莱在前往达累斯萨拉姆机场的途中,焦急地举目向四周观看,他暗想这也许是他最后一次观看这个城市的街景了。经过几年的流亡,他要去执掌乌干达政府的权力了。虽然他数年来一直热切盼望伊迪·阿明被推翻,但是回国的前景仍然使他惶恐不安。

"一切都是乱七八糟。我们有整整一代人分不清是与非。多少年来他们看惯了这样的残暴行为——强奸、杀人、盗窃、折磨。我要去的地方毫无道德可言。"卢莱说话时带有明显的恐惧。

68天后卢莱被推翻,乌干达又陷入走马灯一般的短命的、复仇的政府的轮流统治中。

事情是从1971年开始的。那一年乌干达军方推翻了选举产生的米尔顿·奥博特政府,让一个大字不识几个、性格乖戾暴躁、名叫伊迪·阿明的男子来掌管这个1800万人口的国家。10年以前,乌干达被视为大英帝国皇冠上一颗璀璨的明珠,一个富饶的农业宝库,基础设施完备,殖民地和教会学校、医院、道路、贸易齐全。但是奥博特政府也以腐败著称,助长了动乱和1971年的军事政变。

阿明毁掉了乌干达的繁荣,使它陷入一种从未经历过的地狱状态。

1975年，坦桑尼亚总统朱利叶斯·尼雷尔斥责阿明为"一个压迫者，一个黑人法西斯，一个不打自招的法西斯主义崇拜者"。数月之后，阿明宣布，根据古代的部族权利，苏丹、肯尼亚和坦桑尼亚的部分领土应属于乌干达。为了把他的想法表现得淋漓尽致，他竟当众处死了一批在恩德培和坎帕拉的大学留学的肯尼亚学生。

到1977年，阿明政府恶贯满盈，对国内和邻国作恶多端，西方国家和苏联已经中断了同它的外交和贸易关系。英国曾谴责阿明侵犯人权，据说包括对全国妇女的集体强奸和成千上万各种年龄的公民的随意处决，作为报复，这个独裁者竟当着数百名观看者和电视镜头，亲手杀死英国国教主教卢乌姆。

"成千上万的无辜的乌干达人漂尸罗河上，独裁者、屠夫阿明居然说是意外，"卢乌姆主教被难的当天，坦桑尼亚电台指责道，"如果黑非洲国家谴责（南非和罗得西亚的）少数人统治，它们也应当谴责黑人统治的国家所犯的暴行。"

据日内瓦的国际法理学家委员会说，到1978年初，阿明已经草菅人命达10万人，乌干达、肯尼亚、坦桑尼亚三国东非共同体协议被正式撕毁，肯尼亚和坦桑尼亚两国处于战备状态。

1978年10月，阿明的部队入侵坦桑尼亚北部的卡格拉地区。卡格拉位于维多利亚湖的西岸，是一个牧区，没有工业，只有一个小镇（布科巴）和一些散落的村庄，面对阿明烧杀掳掠的军队，无力自卫。乌干达的空军狂轰滥炸，将卡格拉山坡上的绿地炸成了平地。步兵跟进，从卡格拉区的这一头到另一头，将村子里的茅屋和篱笆房屋，一路烧光。在两个月间，阿明的部队占领了坦桑尼亚700平方英里的土地，杀死千百名农民，特意强奸妇女，意在羞辱她们的丈夫，屠杀了大部分牲畜，迫使4万农民流离失所，无家可归。

尼雷尔呼吁非洲统一组织和联合国提供支援，结果一无所获。

1978年12月，坦桑尼亚部队与乌干达开战，在卡格拉地区激战两个月。坦军击退阿明的部队后，直扑乌干达首都坎帕拉。

1979年4月11日，阿明政府被推翻。伊迪·阿明流亡利比亚，坦桑尼亚扶持卢莱掌权。

坦乌5个月的战争按国际标准衡量只是一场小战，却毁坏了乌干达和坦桑尼亚北部的基础设施，使两国经济困难异常。战争的破坏，加上战前年月阿明的奢华无度，两下紧逼，乌干达竟需要23亿美元的紧急重建援助。肯尼亚的咖啡贸易在一定程度上原本依赖乌干达的咖啡豆，这一下也受害颇深。对布隆迪、卢旺达等内陆小国来说，这场小战竟使所有贸易都陷于停顿。

卢莱的下属接管国家银行以后发现，乌干达对外国机构的负债竟达2.5亿美元，国库存款不足20万美元。在阿明当政的6年间，每当手头缺钱，他便干脆开机印刷纸币，使得每年的通货膨胀率高达200%。开战以前，坎帕拉的汽油每加仑售39美元；房租一年内提高了41%，而人均收入却在直线下降。

早在战争爆发以前很久，大部分能逃的医疗卫生专业人员都已逃离这个国家，阿明政府造成的严重经济困难，又使一切没有保护的设施受到肆无忌惮的偷抢。

战争以后接踵而来的是普遍的饥荒，至少饿死5万人。饥饿的乌干达人成千上万地屠杀、分食大象、河马、大角斑羚、长颈鹿、猴子和其他动物，引起了全世界野生动物保护组织的抗议。

乌干达的整个基层卫生设施遭到破坏，在1975年到1980年之间，暴发了疟疾、麻风、结核、霍乱、内脏利什曼原虫病（黑热病）以及在非洲发生过的一切宿主携带的流行病。一个法国小组在乌干达西部的村庄进行血液调查时，发现了更加奇怪的疾病的证据。在这个地区的民众中发现的病毒有埃博拉、马尔堡、西尼罗河热（West Nile fever）、克里米亚-刚果出血热、基孔肯亚（Chikungunya）等。

1971年到1977年之间，乌干达暴发了40年来最严重的麻疹流行病，全国各地儿童死亡率甚高。整个国家乱作一团，竟没有一个单位负责清点死亡人数。在阿明的年代，淋病患者极多，尤其是在军人中。由于全国找不到抗生素，大多数病人得不到治疗。百日咳、破伤风等疾病的常用预防疫苗供应中断，其发病率大大提高。

病饿交加的难民成千上万地越过边界，涌入扎伊尔和苏丹，随身携带的只有疾病。

马凯雷雷大学原是为东非培养医生的主要医疗培训中心，如今被抢掠一空，只剩下电器插座和浴室瓷砖。到20世纪70年代末，乌干达全国已根本找不到卫生纸、抗生素、青霉素、消毒器材、脱脂棉、肥皂、纯净水、灯泡、伤口缝合设备、手术服等物品。盛传暴发了奇怪的疾病，但是无人来调查是真是假。

这样悲惨的事态，加上接踵而来的流行病和健康危机，正是全世界的一面镜子。从波尔布特在柬埔寨的恐怖统治，到冷战控制的中美洲战场，全世界最贫穷的国家花费了大量的金钱，在国内打仗。微生物利用了战争破坏的生态环境，不时暴发流行病。

世界卫生组织的雇员仅有1300人，预算不及纽约市每年的街道清扫费，利用捐赠的疫苗、技术援助和政策声明，来处理这些看来是无法解决的公共卫生难题。

1978年9月12日，世界卫生组织在苏联的阿拉木图召开了130国卫生部长会议。会议发表声明，即日后被称誉为国际公共卫

第七章 恩扎拉

生运动中的重要文件,《阿拉木图宣言》(*The Declaration of Alma-Ata*)。美国医务主任朱利叶斯·里奇蒙著有《1990年卫生目标》一书,在1975年系统列出了美国的卫生现状和未来的改进目标;《阿拉木图宣言》在一定程度上受到此书的启发,呼吁"到2000年,各国人民的卫生水平都大大提高,能够在社会方面和经济方面享受有益的生活"。

阿拉木图宣言把卫生解释为"一种彻底的身体、心理和社会的健康状态,而不仅仅是没有疾病和残疾";还宣布这是"一种基本的人权"。宣言批判了医疗卫生方面的不公平,把人类卫生同经济发展联系起来,呼吁世界各国政府为其民众修建经济上负担得起、距离上不太远的基本卫生设施。

宣布卫生成为一种人权后,疾病控制问题被列入了全球公民自由运动刚刚形成的议事日程。1976年,联合国大会投票通过实施《公民权利和政治权利国际公约》。这是联合国通过的对暴政、歧视、侵犯基本自由、不公正的最有力的鞭笞。同年,联合国通过《经济、社会和文化权利国际公约》,具体承认"人人有权享有能达到的最高的体质和心理健康的标准"。

世界银行的约翰·埃文斯阐明了卫生问题的三个重要阶段,说三个阶段都与一国的经济发展状况有关。这三个阶段是:传染病阶段,混合时期,慢性病状态。在世界上最贫穷、最不发达的国家,大多数民众身患并且死于宿主携带的传染性疾病。埃文斯说:随着经济的发展,进入一个痛苦的混合时期,在这个时期,社会上贫穷的成员会感染传染性疾病,富裕的城镇居民会没有疾病,寿命较长,最终死于慢性病如癌症和心脏病等。

埃文斯还说,在最发达的国家,传染病已不再威胁人的生命,有的已彻底消失,民众一般可以活到70岁,最后死于癌症或心脏病。在埃文斯看来，根本标准是传染病不再严重威胁一个实现了工业化的社会。

"我们永远不能放松警惕，"里奇蒙说，"但是把资源转移到预防慢性病上也是完全正确的。只要有政治愿望，就可以取得长足的进步。"

虽然世界银行的看法强调长远规划，但是公共卫生学术界内部却对三个阶段的说法提出了坚决的质疑。药物取得了真正的进步，尤其是20世纪40年代以来，进步迅速，这一点他们并无争议；疾病的控制与社会财富有关，这一点他们也无异议，但是若说国家的发展阶段与个人的疾病有直接的对应关系，他们却不能认同。他们认为，疾病生态学是非常复杂的事，微生物的浪潮很容易席卷国民生产总值很高的国家。反而言之，妥善管理的穷国也很可能在民众中控制疫病的发生。

辩论围绕着一个问题的两个方面展开：传染病何时以及为何从西欧消失？这种事实在20世纪的最后25年，对最穷的国家改进卫生状况有何借鉴？

芝加哥大学的历史学家威廉·H.麦克尼尔（William H. McNeill），在20世纪70年代初期研究了有文字记载以来流行病对人类历史的影响，然后又反过来探索，人类的哪些活动促使了微生物的出现。1976年，他的著作《瘟疫与人》(*Plagues and Peoples*)在学术界引起很大轰动，因为他以若干世纪的历史事实为依据，有力地提出，人类与微生物永远有一种密切的对等关系。在某种意义上说，麦克尼尔批驳了一些人的看法：人类是在微生物的海洋里游泳的聪明动物。所谓微生物海洋是指人类眼睛看不见但肯定影响着人间事态发展的生态环境。

同埃文斯一样，麦克尼尔也认为人类同微生物的关系会随着时间的推移而分出阶段来，但他主张阶段与经济发展关系不大，而与一个社会在一定时间的生态特征关系密切。他论辩道：当人们发明了灌溉农业的时候，水生寄生虫疾病便统治了人类的生态。全球商路方便了细菌性疾病如瘟疫的传播。城市的创建导致了人与人接触的频繁，利于性传播疾病和呼吸系统病毒的传播。

麦克尼尔说，在长久的历史过程中，病原性微生物力求与宿主的关系保持稳定。在十几年的时间内，造成千百万无免疫能力的人大批死亡，像哥伦布和科尔特斯到达美洲后美洲印第安人所经历的，这对微生物并没有好处。跟随着欧洲人而来的微生物，美洲的居民对此并没有天然的免疫力。据麦克尼尔估计："总的来说，美洲印第安人的这场灾难的规模之大，是我们难以想象的。哥伦布到来以前的人口与美洲印第安人人口曲线的最低点的比例，列在20∶1甚至25∶1还算大体准确。"

他说，对微生物而言，这并不是一个理想的状态，因为大批人口死亡，留下的寄生宿主就不多了。经过多少世纪的相互争斗，人和大多数寄生生物进入了共处状态，他说，这对人来说，虽然算不得舒服，却也很少引起大规模死亡。不过，他也提出严厉的警告："还没有出现永久的稳定模式，来保证世界不发生局部的——如果不是全球的——破坏性寄生生物大泛滥。"

其他历史学家试图将流行病的发生与人类社会和生态条件联系起来，但是其论据都不及麦克尼尔的说服力强，不过却引起了对历史事件和当代公共卫生政策的广泛重新评估。

诺贝尔奖获得者麦克法兰·伯内特爵士作为一个免疫学家，也不禁对人类的过分自信提出了同样的警告。他说，诚然，疫苗和抗生素使得北半球的大部分传染病得到控制。但是，他又提醒大家："为了人类短期的利益而采取的行动，或早或晚总会带来长期的生态或社会问题，这几乎是一个定理。要解决这些问题就得付出无法接受的努力和花费。大自然仿佛永远为了一种最佳状态而努力，通过自然的力量，达到一种暂时稳定的生态系统。我们如果试图改变这种生态系统，那就要记住大自然是不会答应的。"

伯内特说，对政策而言，这里的含义是清楚的。先要看一看疾病传染的生态环境。如果生态可以改变而不致带来某些次要的不良环境影响，那么微生物就可以得到控制甚至根除。

勒内·迪博是20世纪70年代疾病生态学界德高望重的权威，因为他在第二次世界大战以前对抗生素和结核病的研究做出了卓越的贡献。他也主张疾病的出现有其生态背景，但他认为流行病出现的原因在人类，而不在微生物。在迪博看来，大部分传染性疾病起源于社会的悲惨状况，那是人类的一个阶层给另一个阶层造成的。迪博相信，结核病最典型，是因欧洲产业革命期间穷人的社会状况产生的：城镇人口拥挤、营养不良、工作时间过长、使用童工、缺少新鲜空气和阳光等。

"事实上，结核病是19世纪的社会病，也许是资本主义社会为了无情地剥削劳工而受到的第一次惩罚。"迪博说。

在迪博看来，不加制约的现代化会成为穷人的敌人，社会上高人一等的人享受发展之利而免除患病之弊，却使贫苦的民众，特别是住在城镇贫民窟里的民众，遭受微生物的折磨。

"卫生方面取得的最大成就是在与产业化以后的社会与经济改革有关的疾病领域。"他写道。他坚决相信，传染性疾病仍然是人类的最大威胁，即使在富国也是如此。他还提醒医生们，不要受了所谓的"健康的幻影"的欺骗而泰然处之。

在英国的伯明翰大学，托马斯·麦基翁领导的一个研究小组得出了这样的结论：快速城市化，加上营养不良，是英格兰和威尔士

第七章　恩扎拉

从中世纪到20世纪初疾病大流行的主要因素。反过来，麦基翁认为，英国低层民众对营养丰富的食物的获得，在1901年到1971年之间至少使英国的婴幼儿夭折率降低了一半；并且他坚持说，生存率的提高主要发生在现代医药出现以前。麦基翁提出这种看法的依据是，他曾仔细阅读过英格兰和威尔士政府这期间保存的医疗记录，记录表明，在抗生素出现以前，婴幼儿夭折率已经大大降低。

乔·麦考密克听到了所有的议论，曾与疾病控制中心的同事喝着啤酒，辩论各式各样的观点，承认从世界银行到愤怒的社会主义依赖论，各种不同观点里存在的一点道理。但是这些绞尽脑汁、冥思苦想的道理都提不出消灭拉沙热的办法。

将近3年的时间，他的足迹踏遍了西非的乡村，测试居民和大鼠，寻找拉沙病毒感染的线索。到1979年，他得出了这样的结论：拉沙热是一种顽固的流行病，每年都发生千万例轻重不同的疾病。在塞拉利昂消灭拉沙病例的唯一办法是截断鼠与人的接触——他认为这个办法是可行的，只要肯花几百万美元来改善该国的农村住房和医院即可。

另一种办法是教育民众，避开大鼠，对已患拉沙热的病人进行利巴韦林治疗。这种办法对贫困国家来说花费过大。

1979年6月，麦考密克返回疾病控制中心总部，接替卡尔·约翰逊，成为特别病原体处处长，留下韦布照料塞拉利昂的实验室。此后多年，他还会回到这个西非国家，进一步研究拉沙病毒，希望能找出办法，减轻这种疾病对西非发展中国家的冲击。

麦考密克返回亚特兰大不久，世界卫生组织就打来电话，正式请求他出力调查苏丹的一种可疑流行病。据信埃博拉病毒是罪魁祸首。

据苏丹流行病学家奥斯马尔·祖贝尔说，流行病是8月初在恩扎拉暴发的，迅速蔓延，他在9月中通知世界卫生组织的时候，势头仍然未减。他已将这个地区隔离起来，准备进行监测。

麦考密克匆匆准备了一批物资，并随手抓到一名助手——罗伊·巴伦博士，一位流行病情报处的雇员。在几个小时之内，两人已经登上前往喀土穆的飞机，麦考密克迅速简要地向巴伦介绍了埃博拉、苏丹、野外工作、自我保护等方面的知识。

乔用手摸着他那深棕色的山羊胡，心里异常兴奋，庆幸自己有了破解埃博拉谜团的第二次机会。麦考密克向巴伦展示了这个地区仅有的几张地图，是1955年绘制的。他描述了寻找村庄的困难，这些村庄仿佛特意地隐藏在苏丹10英尺高的荒草和湿地中。

他也简要地向巴伦介绍了苏丹的政治、社会情况。信奉伊斯兰教的努比亚人和阿拉伯人的北方，同崇拜泛灵论和基督教的南方，关系一直紧张，尽管自1972年以来不曾爆发内战；那一年，加法尔·尼迈里上校给予了南方地区一定程度的自治权。对于有关国家利益的一切事务，包括疾病控制，喀土穆的尼迈里政府继续保持着高度集中的监督权。

自从1976年埃博拉病暴发期间麦考密克首次拜访这个地区以来，苏丹北方和南方的关系更加紧张了，尼迈里政府不断地慢慢缩小朱巴的自治范围。在1979年，还没有什么人意识到苏丹已经处于内战的边缘。当1983年尼迈里收回南方的自治权以后，内战便一下子爆发，一打就是十余年。1979年，喀土穆和朱巴之间存在分歧的最明显的迹象，可以从政府资助南方的设施上看出来：学校没有课桌、书本和教员；土路往往无法通行；邮电不通；出了朱巴便不供电；医院除了光秃秃不铺床垫的铁床架，别的家具一无所有。

接到世界卫生组织的电话24小时后，麦考密克带着巴伦已经

第七章 恩扎拉

来到喀土穆，听取苏丹联邦卫生当局介绍情况。麦考密克急于尽速赶到恩扎拉，便将巴伦留在喀土穆，安排把组织标本和血样空运亚特兰大的方法，设立某种通信系统，疏通在首都的各种关系。

次日早晨，麦考密克在朱巴用过早餐，便开始了三天令人急得发疯的对前往恩扎拉的交通工具的寻找。几天来，这个地区处于严格的隔离状态，根本找不到汽油，供几辆还开得动的陆地巡行者吉普车和当地政府的老式英国车辆使用。另外，朱巴的民众早已惊慌失措，无人愿意给麦考密克带路，前往流行病区。

麦考密克使出了浑身解数，处处求告，甚至出钱收买，最后终于弄到一架警用飞机和一个驾驶员，同意在9月22日送他到恩扎拉。途中，驾驶员告诉麦考密克，他愿意降落，但不会停留。在整个飞行过程中，乔对这个惊恐不安的警方驾驶员又是哄，又是吓，又是出钱收买，又是启发他的良知，希望能劝他在恩扎拉多留一会儿，以便自己能收集标本，让驾驶员带给喀土穆的巴伦。

最后，由于答应到达喀土穆后给予巨额酬谢，驾驶员战胜了心里的焦虑，双方达成协议：驾驶员待在飞机里，不与恩扎拉的任何人接触，直到次日黎明。

下午5点30分，飞机降落在恩扎拉镇外杂草丛生的机场。麦考密克匆匆提醒浑身发抖的驾驶员在喀土穆等待他的酬谢，便迅速拿起东西，去寻找预先指定的译员。

"我只有几个小时，天马上就黑，"麦考密克对年轻的小学教师说——教师负责把他的英语译成当地的方言，"我得马上见到病人。"

译员点点头，带领麦考密克走过村中用泥土和篱笆盖的草房，来到村边一个圆形的茅屋。麦考密克点着煤油灯，背起药箱，走进屋里。

屋里一片黑暗,只有他高举的煤油灯照出一线亮光;他的眼睛适应了屋里的光线后,看到了他日后所谓的"地狱般的景象"。二十来个男男女女躺在几张草垫上,在一个又小、又暗、又热、又臭,令人大气难出的地方,一个挨一个地紧紧挤在一起。大部分人都痛苦异常,表情沉重,或高声呻吟,或发疯惨叫。有的人皮肤疼痛难忍,便撕下衣服,赤身露体躺在恐怖中。

麦考密克深深吸了一口气,来到第一个病人身边,决心在天亮以前对屋里的每一个人抽取血样,收集重要数据。

整整一夜,麦考密克只戴了一副乳胶手套和一个蒸汽不断的口罩做防护,跪在埃博拉病人身边,对他们进行彻底的体检,在一沓纸上记下所有的信息,还要抽取血样。

午夜过后不久,麦考密克的工作也到了关键时刻:这是一个老太太,神智昏乱,浑身火烫。她像是产生了幻觉,麦考密克估计由于他戴着口罩,这副面容一定引起了老太太的不安。他小心翼翼地把煤油灯挨着他跪着的双膝放在土地面上,在老太太的上臂系上止血带,把针头安在一个新的针管上。麦考密克停了一会儿,等着老太太平静下来,然后熟练地把针头插进她的胳膊,同时解开了止血带。

就在针头扎进老太太的血管的那一瞬间,她拼命挥舞胳膊,注射器砰的一声掉了下来,落在麦考密克的大拇指上。他吃了一惊,赶紧重新安好针头,挤了挤拇指,给看不见的微小伤口上了点消毒药。他看了看发疯的老太太,她病情十分沉重,很可能根本没有感觉到发生了什么事情。这时他对着灯抬手看了看手表。

"离黎明的头一缕亮光只有五个小时了。"他暗想。麦考密克静下心来,有意把受到针扎的事抛在脑后,有条不紊地完成了这一轮工作,做好血样运输的准备:把血样放进一个装着液态氮的

第七章 恩扎拉

小罐里,再放进一个装满干冰的箱子里。然后他匆匆赶去寻找驾驶员。

飞机升空以后,麦考密克这才感到疲劳,还有恐惧。他让译员找个地方睡觉,他木呆呆地跟在后面,拿着他的东西到了一个茅屋中。他把手伸进袋子,掏出一些宝贵的抗血清,那是三年前乔尔·布雷曼和彼得·皮奥特在延布库收集的。

"谁也不知道这东西是否管用。"麦考密克自言自语,一面给自己注射了两个单位的血浆。然后,他拿起从亚特兰大带来的无线电,呼叫朱巴,再让人把信号中转到喀土穆。巴伦接通以后,他告诉年轻的医生:标本已经运送在途,应给驾驶员一些酬谢。

"喂,另外,我好像是被扎了一下。我刚刚注射了一些血浆,我得眯瞪一会儿了。"他对巴伦说。

然后,他喝下了在当时的情况下他唯一真正信得过的药品:一瓶苏格兰威士忌。

十二个小时后他醒来,那已是恩扎拉的午后了。他走出屋子,来到外面37.8℃的气温中估量形势。显然,埃博拉病已经再次暴发。同样明显的是,他已受到病毒的侵袭。他回忆以前同埃博拉病毒打交道的经验,估计在他发病前,这种病毒会有五到七天的潜伏期,他有足够的时间查明流行病的来龙去脉。

"当时我并不害怕,"几年后麦考密克解释道,"如果我发烧,我的计划是发出信号,叫来一架飞机,撤回欧洲。我以前经历过九死一生,我觉得住进医院,闹得大家都惶惶不安,自己坐在那里等着发病,同时想着我在恩扎拉应当做的事——这实在没有意思。"

他耸耸肩膀,又说:"我是个遇事泰然处之的中西部人。"

不过,麦考密克也并不想死。在亚特兰大等待他的还有他的太太和三个孩子,年纪从两岁到九岁。

下一周,麦考密克有了巴伦和祖贝尔的帮助,改写了恩扎拉的流行病历史,又采集了一些血样,并且采取措施,堵住了疾病的暴发。这一段时间,他一直时刻关注着那个他所谓的"死亡的茅屋",了解到死者已被家属抬出,埋掉。

同时,他决心在恩扎拉尽量详尽地多观察一些病人,以便详细描写疾病的病象和病征。这种病仿佛能使人突然病倒:一个人前一分钟可能还在说笑,同朋友共饮当地酿造的烈酒,后一分钟就会头痛难忍,浑身冒汗,两腿无力,站立不稳。正是因为这种病来势凶猛,所以苏丹民众吓得魂飞魄散。以后三天,病情会迅速恶化。病人会冷得发抖,温度上升到105℉(40.6℃);每一个关节、每一块肌肉都疼痛难忍,病人会发现坐也不是,卧也不是;咽喉红肿,大多数人连自己的唾液都难以下咽,根本无法吃饭。

到第四天,出血开始。病人会吐血、便血、牙龈流血不断,并且用充血的眼睛瞪着麦考密克。

麦考密克迅速意识到,用常用的字眼"流血致死"描写埃博拉病并不准确,描写拉沙热也不准确。他的结论是:让苏丹的埃博拉病人死亡的不是流血,而是液体流失造成的休克。病毒用这样或那样的方法造成病人静脉管内膜的破裂,使血液中的水分渗进附近的组织中。血管的流量减少后,病人即进入休克。如果把液体注入病人的血液中,其结果是肺部水肿致死,因为肺部渗漏的静脉管会漏进液体,淹没气孔。

麦考密克用延布库血浆治疗病人,结果好坏参半:有人康复,有人对这种公认的抗血清没有反应。他并不确信这东西管用,这也使他对自己的状况更加担心。

一天下午,他看见"死亡的茅屋"里的那个老太太在慢慢行走,头上顶着一罐水,显然精神很好。麦考密克欣喜若狂。此后不久从亚特兰大传来的血液测试的结果表明,"死亡的茅屋"里的人只有她一个人没有被感染。她有病,但不是埃博拉。

乔·麦考密克也根本没有感染这种致命的病毒。

随着时间的推移,恩扎拉的民众得出了结论:这个面罩遮脸、形容古怪的白人还真有些特殊的本事。他们观察他的行动,听从那些仿佛有些道理的命令。但是他们不能听从的主要命令是:"把病人和死者抬到恩扎拉医院。"这是有道理的。

看来,这个医院同三年前埃博拉病初次暴发时一样,也是流行病的集中暴发地。在麦考密克、巴伦和祖贝尔到达以前不久,医院里两名护士死于埃博拉病,显然是从病人身上传染上病的。人们知道,恩扎拉医院是入院的多,出院的少。

第二个困难得多的问题是死者的处置。1976年,唐弗朗西斯答应亲自动手,按当地的葬仪办事,解除了民众的精神负担。但是1979年的流行病规模大得多,麦考密克无法亲手掏出所有尸体里的废物,特别是废物里无疑带有病毒感染。

于是他想出了一个新鲜的主意:让参加葬礼的人穿戴上口罩、手套、手术服,自己去做葬前准备。得到这些防护物品后,亲属一般都允许麦考密克从死者身上提取组织标本和血样。

日复一日,祖贝尔和麦考密克到苏丹茂密的草丛中去寻找隐蔽的村落,就病人和死者进行交涉。对双方而言,这都是一个充满文化隔阂的过程,不过,他们通常都能成功。

不到一个月,小组就控制了疫情,并向喀土穆建议取消这个地区的隔离状态:这已经不能再拖了。整个地区缺少汽油、食粮甚至药品,很快还会出现饥荒。

当小组描写1979年事态发展过程时,他们发现与1976年的情况有许多相似之处，但是仍然无法说清病毒的来源。同以前一样，头一例病人也是一个在破旧不堪的殖民主义时代的棉纺厂工作的工人，厂里有的是成群结队的蝙蝠和昆虫。他在8月2日得病，三天后在恩扎拉医院因此病死亡。

三名照料病人的家属患病。一名在恩扎拉医院与头一名病人邻床而卧的病人染上此病。一个妇女常来这个病房，照看与头一名病人相隔几张病床的生病的丈夫，也患埃博拉病。病房里的两名护士也感染病毒。

新增添的病人是头五例病人的家属和照料过病人、参加过葬前准备的亲友。所有的感染都与埃博拉病人同其他人之间血液对血液或液体对液体的直接接触有关。最好的护士——细心看护病人的护士，得病的机会比不照看埃博拉病人的同事多五倍。

小组共发现五十六例埃博拉病人，许多人住在隐蔽的荒草中。65%的患者死亡。

虽然麦考密克很明显地感到，某种携带埃博拉病毒的动物或昆虫藏在棉纺厂里，但他送往疾病控制中心的动物标本对埃博拉病毒却没有呈阳性的。无法找出埃博拉病毒的储存宿主，以后多年都使麦考密克内心不安，只要有机会回忆恩扎拉的事，他总会感到遗憾不已。人们问及此事时，他就会说："八成是蝙蝠作怪。我们得再去一趟，捉几只蝙蝠，就会找到病毒。"

由于无法找出埃博拉病毒的储存宿主，难以从恩扎拉地区的人类生态环境中消灭致病的罪魁祸首，麦考密克怀疑孤立的病例会不断发生。

"由于苏丹的文化和社会结构往往使与严重的病人的接触限于比较封闭的村镇内的少数成人间，所以间或发生的埃博拉病例对整个社会影响不大，"小组总结他们的调查结果时写道，"但是，

第七章 恩扎拉

在这一次暴发中,医院看来成了传播的中心,在首例病人入院后,把疾病传给了几个家庭。"

与拉沙热暴发的情况相同,在极端贫困的条件下苦苦经营的医院成了微生物入侵的聚散地。原本可能是单个的病例,局限于一两个埃博拉患者,到了医院的环境中被扩散了,未经消毒的器械和针头在许多病人身上反复使用。恩扎拉医院的钢床架上铺不起床垫,买不起青霉素,也就很难指望它会将每一个用过的塑料针管都扔掉。

麦考密克找不出答案。疾病威胁的消灭看来又一次同经济与发展发生了密不可分的关系。苏丹南部的贫困是他从未经历过的。麦考密克没有什么理由希望,有能力提供援助的政府或机构会认为,向地球上荒僻的地区提供援助,在政治上是明智的。但是麦考密克深信不疑的是,埃博拉病和其他危险的疾病还会不停地光顾世界上最贫穷的社区,时时有暴发成流行病的危险,有朝一日,还可能登上世界上最富有的国家的海岸。

从非洲的塞伦盖蒂平原到布朗克斯烧毁的廉价公寓,这样的贫穷中将会杀出一支微生物大军,使麦考密克的预言应验。

第八章

革 命

——基因工程与癌基因的发现

人类是牢牢扎根于大自然的。生物科学近年来已将这一点变成生活中更加紧迫的事实。新的难题是要面对已经开始的、越来越清晰的认识：我们同大自然是如何紧密联系在一起的。我们大多数人都以为，我们有特别的主宰权，这种古老的、不变的信念正在受到猛烈冲击。

——刘易斯·托马斯，1975年

麻省理工学院的科学家已经合成了第一个在活细胞中正常工作的人造基因。

——麻省理工学院新闻发布，1976年8月30日

革命以惊人的速度发生，连参加的人也很少充分意识到发生了什么事情。用历史的眼光来看，只是在一瞬间，科学和医学的集体意识就发生了变化，使那些不能适应的人在一夜之间就变得落后过时了。在不到5年的时间内，生物学和医学的各个方面都发生了彻底的变革，后来培养的学生还以为事情历来就是这样呢。从全球的股票交易所的交易，到世界各国的议会大厅，都能感受

第八章 革命

到这种兴奋情绪。

第二次世界大战后,科学界曾经征服过微生物,出现过满怀希望的情绪;就在这种情绪逐渐低落时,人类又发现了基因工程。

当科学弄清如何操纵植物、动物和微生物的遗传物质(DNA和RNA,即脱氧核糖核酸和核糖核酸)的时候,一个全新的世界就出现了。仿佛在突然之间,人们能够了解微生物的秘密,在分子的水平上认识人类免疫系统如何战胜其微小的敌人,或如何未能战胜其微小的敌人,并且发明全新的武器对疾病开战。

乐观情绪又一次充满了生物学研究。科学家又一次预料,对各种疾病,从癌症到疟疾,都会取得赫赫战果。从20世纪70年代初到80年代,发展的速度之快,令人感到眼花缭乱,即使开创这个时期的人也概莫能外。

"我对任何事情都没有感到太大的惊奇,直到1966年,"弗朗西斯·克里克爵士在1983年记者采访他时说,"但是从那以后,那10年让我们着实吃了一惊。我们没有想到。没有想到。"

这位英国科学家转身对他的美国同事詹姆斯·沃森点了点头。沃森立即表示,同意克里克的说法。1953年,他们在X光晶体学家罗莎琳德·富兰克林的不知不觉的"帮助"下,在牛津大学共同发现了一种巨大的奇怪分子——脱氧核糖核酸与人类遗传学的关系。他们证明DNA携带着生命的遗传密码,并因此共同获得诺贝尔生理学或医学奖。

30年后反思从那以后发生的革命时,沃森说:"这些都是无法预料的。现在也很难想象事情会发展得更快。但是发展确实会更快。各种谜团会解开。什么都可以通过实验解决。今天我们预见不到的问题,也会在10年之内被发现、解决。"

事实证明他的预言无比准确。广泛的全球电脑联网和传真机成了人们分享生物学发现的令人兴奋的理想方法，其传输速度快得惊人，到20世纪80年代中，大多数研究人员认为在杂志上发表他们的成果只是一种历史的责任，而不是通报同行的主要方法。等到研究成果发表的时候，大多数分子生物学家可能在实验室里已经前进了两三个实验阶段了。

从20世纪70年代初开始，生物学家们一直在研究解开DNA和RNA的方法，以便弄清遗传密码的各个部分实际上控制着什么。已经查明的是，几乎所有的有生命的系统中，都有修复机制，可以修复受损的DNA。另外，他们还知道，DNA里的某种东西可以调控，比如说，负责生长手指的基因何时启动，何时关闭。人们还觉察到这种遗传信号的失灵是引起癌症的根本原因，因为肿瘤细胞是在内部警戒机制处于混乱状态时活动的。

科学家很快认识到，DNA的世界里充满了特定的蛋白质，在这个十分重要的分子的长长的程序中匆忙地移动，完成许许多多的任务，从除掉一个出故障的核苷酸，到复制整个DNA分子或染色体，十分繁杂。这些蛋白质本身也是根据DNA内部的指令制作的，正是大批的遗传密码进行调控的钥匙。就像大型电脑数据库的开关指令，在人类使用者需要查阅时，也只有在人类使用者需要查阅时，保证将所需的信息显示在视频数据终端的屏幕上。这些蛋白质，尤其是一个被称为限制酶（restriction enzyme）的蛋白质群，能确保基因在必要时显示出来，无用时关掉，需要时插进来，其他时间统统静静存在DNA的数据库中。

世界上最著名的分子生物学家认定，对DNA解密的最好方法是操纵这些调控蛋白质，看看取消了DNA的这一部分或那一部分，对病毒、细菌或它控制的细胞有何种效应。斯坦福大学的斯

第八章 革命

坦利·科恩和保罗·伯格等科学家制造了一批蛋白质，把它们同DNA混合起来，观察其结果。伯格和科恩很快研究出如何以分子外科医生的准确度，切除DNA的微小、独立的部分。他们也研究出如何把基因插进DNA程序中，方法是打开DNA，插进理想的切片，让DNA重新组合，因为新的基因已经被加进去。

1973年底，伯格突发奇想：将基因放进无害的病毒中，让病毒感染细菌的细胞，从而把基因带到里面。然后基因会重组进细胞的DNA。这一点特别容易做到，方法是利用噬菌体，即让细菌受到病毒的感染，将实验性基因带进人们非常熟悉的非常简单的生物体，如大肠杆菌内。伯格设想有朝一日利用这种办法来治疗遗传缺陷病。

伯格的想法不仅行得通，而且在国际生物学界引起了一场翻天覆地的变化。不到一年，凡是能得到合适的化学物质和病毒的分子生物学家，都在利用基因工程技术，在试管中研究生命。但是伯格担心，他自己的实验，即利用猴病毒SV40将基因带进大肠杆菌会有危险，于是他在1974年邀集全世界著名的生物学家开会，制定出这类研究的安全规章。

虽然一些批评家攻击基因工程的研究荒唐或危险，但是这方面的研究犹如飞驰的火车头，是无法阻挡的。1976年还被视为试验性的东西，到了1979年就变得司空见惯了。1974年伯格和科恩为之绞尽脑汁的SV40实验，到1980年就成了研究生的练习作业。在20世纪70年代中，"基因工程"一词还是对少数高级实验室进行的少量实验的新奇描述，到了80年代，它已变成对全球性数十亿美元的工业的称呼。

对于研究疾病的人来说，这场革命是喜忧参半：一方面，它提供了解开微生物谜团的崭新手段；另一方面，事情也很明显，对寄生虫病学家和传染病研究人员的经费从来就不充裕，这一下更要紧缺了，因为拨款的重点转向了分子研究。

年轻有为的科学家对这份兴奋，还有金钱，趋之若鹜。这自有其原因。显然，在1976年，比如说，若能作为24名博士后中的一员在麻省理工学院制造第一个充分工作的人造基因的实验室——诺贝尔奖获得者哈尔·戈宾德·霍拉纳实验室工作，要比参加一个小组，利用老式轻型显微镜，来数一只蚊子里的疟疾孢子小体的数目有出息得多。

可是，当微生物研究人员把他们刚刚练就的基因操纵技术用在研究中的时候，他们看到的事更让他们担心不已。他们很快发现，微生物可以互相分享基因，这使它们成为人类更加可怕的敌人；许多原本无此毒害的病毒也会引发癌症；有些微生物具有以化学的方式操纵人类免疫系统，使之对它们有利的能力；有的病毒能一连多少年藏在人类的DNA中。

芭芭拉·麦克林托克首先提出，遗传信号可以移动、转移，使一种生物体的原定外貌发生变化。20世纪40、50年代，早在沃森和克里克发现基因与DNA结构之间的关系以前很久，麦克林托克已经在纽约长岛的冷泉港实验室研究玉米了。她研究出基因可以在玉米的染色体上从一处移向另一处，引起玉米粒外形的巨大变化。引起变化的原因不在遗传下来的基因，而在于这些基因的位置移动。可移动的基因称为转位子（transposon）。作为这方面的先驱者，她的工作的影响到若干年后才充分显示出来，麦克林托克也获得1990年的诺贝尔生理学或医学奖。

麦克林托克发现玉米中的转位子以后10年，乔舒亚·莱德伯格研究出，细菌具有DNA的可移动部分，使细菌产生耐抗生素的能力。20世纪70年代，当伯格和科恩发明基因的操纵技术时，全

第八章 革命

世界的科学家都意识到，某些细菌的遗传特征常常会在细胞的染色体内，从一个地方跳到另一个地方，或者在细菌之间跳动。这并非罕见的事。事实上，就细菌来说，基因根本不像八九年前人们想象的，老是固定不变；它其实更像拼字游戏，每一个生物体都带着一套固定的标着字母的牌——基因——生存着，这些牌可以根据一定的规则混合起来，拼出各种不同的字来。

这些拼字牌似的可移动基因可以是分散的DNA组，沿着细菌的基因组移动，这就是麦克林托克所谓的转位子。它们可以是单一的基因，几乎是随意地跳动，称为"跳跃的基因"；也可以是十分固定的DNA环，称为质体（plasmid），静静地待在细菌的细胞质中，等待被激活，参加生化活动。

人们查明，微生物利用这种不断变化的基因拼字游戏，从许多方面获利，这确实让人大吃一惊。细菌可以偶尔进行一种程序，叫作性接合：伸出部分薄膜互相接触，传递质体、转位子或跳跃基因，包括能形成耐抗生素特性的基因。

如果人类能在实验室里操纵拼字游戏，使之有利于己，那么自然而然地，微生物在实际生活中也能做到这一点。从使细菌的基因跳跃，到观察作为包装严密的转位子的病毒，这在学术上并非难事。转位子能够将它们所入侵的细菌甚至人类的细胞的遗传资源聚合在一起。

莱德伯格关于基因混合的概念的典型例子，被位于麦迪逊的威斯康星大学的霍华德·特明和麻省理工学院的戴维·巴尔的摩发现：反转录病毒（retrovirus）。这些微小的RNA病毒很特别，因为它们能够进入细胞，制造自己RNA的反向复制品（与正常的运动方向相反，向后运动），并造出自己的DNA型的基因。然后利用宿主DNA上的软弱部位，像转位子似的，钻进细胞的遗传物质中。反转录病毒利用一种特殊的酶，叫作逆转录酶（reverse transcriptase），完成这件大事。逆转录酶能将病毒的RNA基因复制品插入DNA。

反转录病毒发现不久，美国国家癌症研究所的两名科学家罗伯特·许布纳和乔治·托达罗提出了一种理论，说明这些病毒引起癌症的能力。他们提出，在动物染色体的某些部位，转位子很少进入，在这种地方插入病毒，即可引起细胞灾难。根据他们的假设，如果一个反转录病毒插到宿主的某些基因附近，这些细胞的DNA部分就会被启动，引起细胞的疯狂生长和不规则行为：这正是癌症的典型标志。为了更透彻地说明他们的理论，许布纳和托达罗就把这些特别容易感染病毒的细胞DNA区称为"癌基因"（oncogene）。

巴尔的摩相信癌基因一说。他还相信反转录病毒能够同这些癌基因一起，永久插入动物的生殖细胞线DNA中，并以这种方式，通过精子或卵子，传给动物的下一代。他说，通过这种办法，由病毒引起的癌症也可以遗传下去。巴尔的摩谨慎地预料，正如许布纳和托达罗提出的，人们会发现，人类反转录病毒能引起细胞癌基因。

巴尔的摩和霍华德·特明及另外一位著名的微生物学家雷纳托·杜尔贝科共同获得了1975年的诺贝尔奖，然后巴尔的摩便转换方向，开始研究反转录病毒和更加传统的RNA病毒在癌症中的作用。

"什么是癌症？"他在1978年问道，"这个问题是目前控制这种疾病的工作的核心。研究癌症时最容易操纵的模式是细菌引起的癌症。病毒在动物中引发癌症已是不争的事实；它们对人类引发癌症还不那么肯定，但有很大的可能。"

特明和巴尔的摩分头工作，已经研究出有两种反转录病毒在

第八章 革命

动物中引起癌症：劳斯肉瘤病毒（Rous sarcoma virus，对鸡引起癌症）和劳舍尔鼠类白细胞过多病毒（Rauscher mouse leukemia viruse）。其他动物反转录病毒由于有能力进入和打乱细胞DNA，也与癌症有关：鸡白血病病毒（avian leukosis virus），莫洛尼白细胞过多病毒（Moloney leukemia virus，鼠），柯尔斯顿肉瘤病毒（Kirsten sarcoma virus，鼠），长臂猿白细胞过多病毒（Gibbon ape leukemia virus），母牛与猫科白细胞过多病毒（cow and feline leukemia viruses），维斯纳病毒（visna virus，羊），乳房肿瘤病毒（mammary tumor virus，鼠），以及许许多多的所谓泡沫病毒（foamy viruses，在猴、猫、牛身上发现）。

面对这些发现，乔舒亚·莱德伯格说，看待这些病毒的唯一合理方法是承认"病毒的核心是它与宿主的遗传和代谢机制的基本纠结"。

20世纪80年代初，基因工程研究人员发现，可以用上百种不同的方法，有意操纵这种遗传的纠结，使科学家了解某个特定的基因程序通常完成的任务，其做法是移动、关闭、启动、改变这个程序。移动、关闭、启动、改变程序的办法是将人造的质体插入细胞，或将基因附在噬菌体上——这是一种可以感染细菌的微小病毒。

在加利福尼亚，迈克尔·毕晓普和哈罗德·瓦姆斯正在研究癌基因。在旧金山加州大学的实验室里，长头发、大胡子的迈克尔·毕晓普和身材细高、戴着眼镜的同事哈罗德·瓦姆斯成了珠联璧合的一对儿，全力研究着劳斯肉瘤病毒。这是一种毒性极强的致癌病毒，感染24小时后，培养皿里的所有鸡细胞都变成了癌细胞。洛克菲勒大学的研究人员原先已经发现，这种病毒包含一种基因，他们称之为src（即"肉瘤"），它能把感染的细胞转变为肉瘤。

在1976年到1983年之间，毕晓普和瓦姆斯发现，src确是一种威力很强的致癌病毒的产物，与鸡身上一种常见的基因几乎完全一样。为了区别两者，毕晓普和瓦姆斯把病毒性的癌基因称为v-src，把正常的细胞癌基因称为c-src。这一对精力充沛的年轻研究人员接着便探寻，c-src癌基因在动物世界中有多么普遍。让许多人惊讶的是，他们很快在其他鸟类、动物、昆虫和人类的DNA中发现了c-src。

人类和鸡为什么会有一种共同的基因——一种致癌的基因？瓦姆斯和毕晓普迅速发现，c-src是制造一种蛋白质的遗传蓝图，这种蛋白质最终会停留在细胞膜的内壁上。在那里，它成为一种激酶，对特定的氨基酸加进磷酸盐离子，从化学上改变经过的蛋白质。这就根本改变了蛋白质的生化反应。这种冲击极其猛烈，细胞构造和活动的每一个方面都会受到负面影响。这种发现"让生化学家异常震惊"，毕晓普说。因为他们一直认为人和动物细胞内的各种重要活动都会受到磷酸化作用的影响。

其他研究人员迅速发现，相同的样式也适用于各种不同类型的致癌反转录病毒：这种病毒携带的基因可以模仿动物、人类甚至昆虫的DNA中经常发现的癌基因。这些癌基因控制着极其有力的酶，能够改变细胞内上百种不同的重要蛋白质，引起细胞向癌转化。

"反转录病毒的基因的活动原则同我们所谓的跳跃基因相似，"瓦姆斯解释道，"它们也已演变出到处移动、接收新基因、进行突变的机制。它们正发生演变性变化。"

反转录病毒基因沿着细胞的基因组"跳跃"得比细胞里的"花园型癌基因"（gardenvariety oncogene）灵活，瓦姆斯说。它们有能力插入宿主的DNA，同宿主的细胞一起复制，并且，用瓦姆

第八章 革命

斯的说法:"做天知道的什么事情。"

科学家们假设,一般情况下,在动物的成长过程中,癌基因只是在一定的时间启动。例如,随着胚胎的成长,细胞的这种疯狂的活动是它由受精卵发展成幼体的关键。

毕晓普假设,这些癌基因的活动"像一个键盘,许多不同的致癌物可以在上面表演,不管它们是化学物质、X光、年岁的摧残,或病毒本身。人们得知细胞里只有一定数量的基因会受影响以后,就会非常自然地把它们视为一个键盘。它并不是一个键数特别多的键盘,它的键数可能少于标准钢琴的键盘。从这个键盘演奏出癌症的病征——如果你愿意,也可称之为乐曲。敌人找出来了。它就是我们的一部分。我们开始了解它的进攻方向了"。

癌基因的发现引起了世界癌症专家的思想转变,促使许多人第一次思考:有多少人类的肿瘤是由微生物引起的。

1979年,美国国家癌症研究所、东京癌症研究所、京都大学的研究人员确实发现了一种引起人类癌症的反转录病毒。罗伯特·加洛博士和美国国家癌症研究所的同事们,在一名28岁的非洲裔美国人的T细胞(与疾病作战的白细胞)中发现了一种病毒的证据:这名男子是1979年从在亚拉巴马的家中来到马里兰的贝塞斯达做试验性癌症治疗的。美国国家癌症研究所的小组迅速发现了另外两个人,也患有T细胞淋巴瘤,并且感染了一种病毒:一个是加勒比海地区来的女移民,一个是一名白人男子,在加勒比海和亚洲走过许多地方。

两年前,东京癌症研究所的一位流行病学家阳高月曾经发现,住在日本外岛的一些人,显然患了与免疫系统的T细胞有关的癌症。日本研究人员把这种疾病称为成年人T细胞白血病(adult T-cell leukemia),简称ATL。加洛的实验室分离出了他们的病毒,称之为人类T细胞白血症病毒（human T-cell leukemia virus），简称HTLV。加洛的小组还发现HTLV病毒中存在一种癌基因，能使这种微生物具有产生白血病的能力。日本和美国的研究人员试图合作未成，京都大学的寄夫日沼和光明义田宣布，他们在日本白血病病人中发现了一种不同的病毒：成年人T细胞白血病病毒（adult T-cell leukemia virus），简称ATLV。

最后，光明义田在1980年领导东京癌症研究所的一个研究小组，对ATLV和HTLV进行了比较，发现两者基本相同。他们进一步研究出，日本猴、印尼猕猴，以及在肯尼亚捉住、在德国装笼喂养的非洲绿猴对ATLV和HTLV都有抗体，而且这种病毒，或者说是猴型的人类病毒，可以在同笼的动物中互相传播。研究人员写道：这个发现提出了几个问题，包括："猴子是ATLV的天然宿主吗？通过某种媒介，ATLV可以由猴传给人吗？ATLV在猴子中感染传播的方式是什么？"这些发现以及这些发现提出的问题，在未来的年代也会反映在其他疾病上。

次年，即1981年，洛杉矶加州大学的戴维·戈尔德发现一个病人，身患严重型的血癌——毛发细胞白血病（hairy-cell leukemia），这样称呼的原因是受损的白细胞在显微镜下呈"毛发"状。戈尔德发现，这个病人的血液中的某种东西，能够对实验室中生长的人类T细胞的淋巴细胞产生"毛发"效应。戈尔德把这个病人的细胞谱系称为MO。

几位科学家感到奇怪：为什么戈尔德的细胞谱系在试管里生长得这么好，而此前在实验室里培养人类T细胞近乎是不可能的。罗伯特·加洛和洛杉矶加州大学的欧文·陈认为：实验室里的生长能力，以及MO细胞中的"某种东西"能够改变人类其他淋巴细胞的证据，这两者表明其中涉及一种传染性致癌物体。

第八章 革命

寻找在继续。

陈在MO细胞中发现了第二种致癌反转录病毒，称之为HTLV-Ⅱ（加洛的第一种病毒此时被重新命名为HTLV-Ⅰ）。但是，陈的结论是HTLV-Ⅱ并没有癌基因，MO细胞的致癌表现看来是由于在实验室的培养条件下产生的有缺陷病毒造成的。这个结论在几周的时间内就得到另外三个实验室的证实。

这些发现的影响非常大。例如，美国国家癌症研究所就迅速给癌症病毒学拨款，鼓励科学家寻找其他导致人类癌症的病毒，进一步查明癌基因与微生物之间的联系。

"我们发现了癌基因。我们查明了癌基因的顺序。我们了解到人类的基因组里一般都有这种基因。这一点既令人震惊，也让人兴奋。"美国国家癌症研究所所长文森特·德维塔1981年说，"我们已经投入了十亿美元来研究病毒肿瘤学。吉姆·沃森让我说说这是否有用。我对此该如何评价？至今，我们花费的或投入的每一分钱都是值得的。我们已经取得了超出想象的收获。"

那一年，德维塔命令美国国家卫生研究所在弗雷德里克实验室的一切工作都转向研究病毒、癌基因与癌症的联系。由于新的分子生物技术的出现，现在有可能以一定的速度和效率进行这种研究了。例如，来自HTLV-Ⅰ的、已知的DNA或RNA的切片，就可以用作探测工具，在动物和人类的各种细胞中迅速寻找遗传对子的存在。

有人说癌症可能是由一个接触传染的过程引起的，这种概念很特别，癌症病人和科学家们多少个世纪以来一直在努力排除这种概念。自从医学能够具体定出癌症的诊断标准以来，人们对癌症患者就有一种恐惧心理。偏见与羞耻同癌症在生物学方面的恐惧往往是携手而来。

这种文化背景在20世纪60年代开始转变，公众认识到癌症与一系列化学毒品，特别是香烟烟草中含有的毒素有联系。人们对接触传染的恐惧是消除了，但是代之而来的是对化学致癌源的担心和勃然大怒。20世纪70年代中，大部分西方国家都由政府修建了基础设施，来调节和控制人类被这类化学致癌物伤害的程度，对食品、饮水、空气污染、杀虫剂、汽车废气排放、工业废品、建房材料等进行监测。

到分子生物学家集中精力研究癌基因和反转录病毒的时候，环境运动在政治和消费方面的力量已经相当强大，尤其是在北美和北欧国家。正因为这样，迈克尔·毕晓普才不愿过分强调病毒对人类的致癌作用。他曾说各种致癌物，包括激素、化学物质和微生物，可以激活癌基因的"键盘"。这个比喻是一个重要的方法，可以把原先对癌症的化学根源的强调，同现在对发病机理的病毒机制的新观点调和起来。

在以后的年代，流行病学家会努力探索这种病毒是如何传播的，例如，谁把HTLV-Ⅰ传给了谁？日本和德国的研究人员发现非洲猴子、黑猩猩以及肯尼亚的猎人，对HTLV-Ⅰ有抗体。不久就查明，不仅在日本和加勒比海地区，而且在苏里南和意大利的人口中，感染HTLV-Ⅰ者成群体状。

哈佛大学医学院的病毒学家伯纳德·菲尔兹，试图从微观上在实验室一级和从宏观上在临床一级同时研究病毒疾病的病源，他提出基因的跳跃同人类的健康有多大关系的问题，他把病毒比作沿着一定轨道飞向敌对环境的宇宙飞船。其搭载物，病毒的DNA或RNA，充满了跳跃基因和变换潜力，藏在运载系统中。按菲尔兹的比方，运载系统包括推进系统、导航系统和一个防护舱，防护舱要经受住阿波罗飞船重返地球大气层时的高温。病毒也与

第八章 革 命

此相似。为了达到其目的地——人类的血液、肝脏、大脑或它注定要感染的其他器官的细胞,病毒必须首先通过一片封锁严密的敌对地区:皮肤,肠内膜,生殖器官的黏液障碍物,鼻腔、口腔和肺脏的保护性内膜,以及阻止入侵中枢神经系统的血液和大脑障碍物。菲尔兹持续关注着这种新发现的被阻止的病毒,一再强调,如果这种极小的微生物发生剧烈突变,它就会死亡,因为在突变的过程中,它会伤及自己的重要搭载物和运载系统。

一些科学家把精力集中在这种病毒的起源上。例如加洛就提出了这种假说:HTLV-Ⅰ和HTLV-Ⅱ沿着麦哲伦和贩卖奴隶的商人开辟的航路,传遍了全世界。他和山本认定这种病毒源自非洲的猴类,通过这样或那样的方法传给了人类,后来经过奴隶之间的性传播,遍布全球。另一种理论认为,病毒源自非洲,到16世纪由葡萄牙水手带到日本的港口城市九州。

在HTLV-Ⅱ的发现公开宣布以前几个月,美国国家癌症研究所和东京癌症研究所召开1982年日美癌症年度会议,集中讨论HTLV-I。日方无法将参加这次高级学术会议的HTLV-Ⅰ研究人员减少到限定的七人。日本研究HTLV-Ⅰ的人数极多,十多个大型实验室都在研究这个科研项目。

对美国人而言,情况正好相反。除了加洛和他在美国国家癌症研究所的工作人员,谁也没有过多注意HTLV-Ⅰ,许多著名的癌症专家在1982年1月对这种病毒嗤之以鼻。由于会议要由一个美国人来担任主席,美国国家癌症研究所绞尽脑汁,要挑选一位熟知致癌反转录病毒的著名人士来主持会议。研究所选中了哈佛大学的病毒学家迈伦·埃塞克斯。埃塞克斯是世界有名的猫科白血病病毒(FeLV)专家,FeLV是一种在猫身上引起癌症的反转录病毒。埃塞克斯生于罗得岛,受过兽医和微生物学两方面的训练。

到日美会议召开的时候,埃塞克斯又成了哈佛大学公共卫生学院癌症生物学系的新任主任。

随着会议的进行,情况也明朗起来:原来,日本人正在拼命研究HTLV-Ⅰ,并且在破解这种病毒同毛发细胞白血病的起源这二者的关系方面取得了长足的进展。

加洛很不高兴。

"在我自己的实验室里,连个对研究这种病毒感兴趣的人都找不到,"加洛对埃塞克斯说,"美国没有人认真对待这件事,可是日本人却像发疯似的研究它。他们走在我们前头了。"

埃塞克斯承认,日本的各位科学家提出的论文的范围和质量都很好。加洛俯下身来,恳切地看着埃塞克斯的眼睛。

"马克斯,你得管管这件事了。"

埃塞克斯不同意,说他的实验室为研究其他致癌病毒,已经忙得不可开交了,尤其是FeLV和乙型肝炎。乙型肝炎能引起肝肿瘤。但是加洛不肯放松,埃塞克斯只好点头同意。

埃塞克斯利用他的实验室为研究T-淋巴细胞对猫病毒的反应而研制的工具,来回答有关人类免疫系统对HTLV-Ⅰ的反应的问题。他很快发现,与感染了FeLV的猫相似,感染了HTLV-Ⅰ的人类也有不正常的免疫系统。特别是他们的T细胞受到压制,或数量不足,导致了整个免疫系统的全面功能减退。

东京癌症研究所的研究人员发现,日本患有毛发细胞白血病的岛民百分之百地感染了HTLV-Ⅰ。但是同地区12%到15%的成年居民感染了HTLV-Ⅰ,却没有患癌症;不过,他们的免疫系统有不同程度的紊乱。

埃塞克斯确信,HTLV-Ⅰ和FeLV之间惊人的相似之处说明,在一定时间以前,两种病毒在宿主间是来回移动的。同样的,他还确信，各种动物身上的乙型肝炎病毒都是从一个共同的祖先演变而来的：人类身上病毒的基因有40%与北美土拨鼠身上引发肝癌的病毒的基因相同。

后来他们发现，在人类和北美土拨鼠身上，肝细胞癌几乎全是这种病毒引起的：在北美土拨鼠身上占100%，在人类身上约占90%。世界范围内的监测最后显示，千百万人感染了乙型肝炎病毒，约15%得了慢性病，结果，每年约500万人发展成肝癌。当然，乙型肝炎并不是由反转录病毒引起的，而是由一种较大的病毒引起，这种病毒的遗传物质存在于DNA的有组织的部位中。科学家们不知道这种病毒是如何引起癌症的，在乙型肝炎和任何已知的癌基因之间也没有明显的联系。

到1980年，已有有力的证据表明，一些其他DNA病毒也与人类的癌症有联系。早在20世纪60年代，一个在乌干达工作的英国医生丹尼斯·伯基特就曾注意到，某种淋巴瘤在东非极其普遍，而且在人口中的分布显出一种群体模式：在一个地区，全家或全村的人会染病，而在临近的村庄，却几乎找不到一例这种癌症。他推断这种疾病是由一种传染性病毒引起的。英国的两位研究人员迈克尔·爱泼斯坦和Y. M. 巴尔在伯基特的淋巴瘤病人的细胞中，发现了一种新的疱疹病毒。这种肿瘤被称作伯基特淋巴瘤（Burkitt's lymphoma）；这种病毒被称作爱泼斯坦-巴尔病毒（Epstein-Barr virus），简称EBV。与乙型肝炎病毒相似，EBV也是一种相当大的DNA病毒，科学家一时还无法解释它是如何引起淋巴瘤的。同样，人类乳头状瘤病毒同生殖器官癌症，尤其是宫颈癌，也有关系。

虽然关于病毒与癌症的联系还有许多不清楚的地方，但是到1982年，生物学公认的看法是，病毒可以直接地或通过中间化学物质或宿主的基因，引起细胞的变化，这正是癌症的标志。人们也普遍认为，这些病毒可能要用若干年的时间，使受到感染的人或动物在临床上显现出看得到的病征。这样就出现了"缓慢的"病毒的概念，这是一个流行病学家觉得特别头痛的想法，因为很难说明人们今天之所以得癌症，是由他们10年或20年前感染的一种病毒引起的。

在包括人类在内的所有动物甚至昆虫身上发现的癌基因明显的遗传一致性仿佛显示着，地球上许许多多的动物有着共同的软弱之处。如果一种病毒能够感染，比如说，一只猴子，并且巧妙地启动猴子的癌基因，难道说随着某种渐变或突变，它就不能取得进入人类细胞、启动几乎相同的人类癌基因的能力？

由于这些病毒产生疾病的步子很慢，有些病毒又有能力隐藏在动物或人类的DNA内，所以这些微生物极难发现。

在大自然中，还可能存在多少这样的病毒？

有多少种癌症可能证明是由这些病毒引起的？还有没有其他疾病，也是在医疗机构的鼻子下面由缓慢的病毒引起的？

在很短的时间内，科学家就会通过他们的集体探索挖掘出令人吃惊的答案。

第九章

微生物的汇聚之处
——城市疾病

一个人来到一座陌生的城市,就应当考虑这个城市的位置,面对风来风去、日出日落,它所处的方位。因为地位靠向南方还是北方,朝着日出还是日落,其影响是截然不同的。这些事情必须认认真真、仔仔细细考虑清楚。还要考虑居民的用水,是沼泽地的软水,还是高高的岩石上流下的硬水;是不是不宜做饭的咸水。也要考虑地形,是寸草不生的缺水地段,还是绿树成荫的多水地段;其位置是低洼封闭,还是高耸寒冷……

除了这些,他还要着手调查其他许多事情。如果对这些事情能够全部或大部分明了于心,当他来到一座陌生的城市时,他就不会不知道这个地方特有的疾病,或共同的疾病的特性,对于疾病的治疗方法也就不会犹豫不决,或开错药方了;而如果一个人事前不曾调查清楚,就难免出现这种尴尬。更加重要的是,随着季节和岁月的推移,他能预料何种流行病将袭击这座城市,是在夏天还是冬天;由于生活习惯的改变,一个人有经历何种苦难的危险。

——摘自希波克拉底[①]《论空气、水和地方》,公元前400年

[①] 希波克拉底(Hippocrates,公元前460—前377年),希腊名医,人称"医学之父"。

一

公元前6000年，地球上的人数还不及现在纽约或东京居住的人口多。地球上的大约3000万史前居民散居于这个星球上比较温暖的广大地区，很少有人敢于远离他们的出生地。根据现有的星星点点的考古信息和科学想象，他们面对的微生物威胁主要来自食物和饮水里或当地昆虫携带的寄生虫。

在后来的4000年中，人口缓慢增长，人们环绕河流、海港和粮食充足的地方聚居。商路出现，连接着新出现的城镇；城里的居民靠着做买卖和向乡下贫苦的农民收租而财源兴旺。

到公元前2000年埃及人不再建造金字塔的时候，已经有好几座城市，每城居民数千人：孟菲斯、底比斯、乌尔，全都是帝国的宗教或政治首都。到公元前60年，罗马、中国等庞大的帝国已有达数十万人口的城市，成为整个地球上3亿居民贸易和文化的中心。

到公元前5年，罗马城的100万居民每周要消耗6000吨粮食。罗马帝国衰亡以后，在1800年间再也没有城市达到这样的规模，然后伦敦成了有史以来最大的都会。

城市给微生物提供了农村没有的大好时机。每平方英里的人口密度越大，微生物从一个不幸的人传给另一个不幸的人的方法就越多。随着人们彼此接触或互相吸进废气；准备食物；向多种用途的水源中排入粪便或撒尿；带着微生物到远方旅行；修建性交易场所，给微生物开辟另一个传播途径；制造大批垃圾使之成为啮齿类动物和昆虫媒介的食物；为河流建坝，不知不觉地使积存的雨水成为带病蚊虫的滋生地；常常用歇斯底里的方法对待流行病，结果却助长了顽固的微生物——在这些情况下，每一天的

第九章 微生物的汇聚之处

每一分钟,人们都会以上百种方法把疾病传播给别人。

简而言之,城市就是微生物的天堂,或者如英国生化学家约翰·凯恩斯所说:"人类的墓地。"以往,毁灭性最强的流行病只是在微生物到达城镇后才达到可怕的规模,城镇里人口密集,乡村里产生的小型流行病会马上被扩大。微生物成功地利用了城镇新的生态环境,来制造全新的疾病威胁。

战争,贸易,偶尔在租税苛重或发生饥荒时镇压当地农民暴乱,宗教朝拜,城市对喜欢冒险的青年的诱惑,这些都促使微生物一轮又一轮地侵害人类,打乱城镇人口的生活。城镇人口一般都缺少保护性免疫力。

微生物的顺利传播在城市的贫民中是势所必然的,每一个城镇都有一些不同种族杂居的社区,营养不良、免疫力低下的人居住拥挤,生活贫困。在城市,贫穷和疾病总是携手而来的,这不仅是因为饮食难继,削弱了人们的免疫系统,而且因为居住条件十分恶劣。如果说罗马贵族会因为沟渠里有细菌偶尔感染痢疾,那么由于贵族排放了受沾染的废物,增加了细菌的数量,下游的平民就会有双倍的染病危险。

古罗马人口的平均寿命比帝国在地中海农村和北非地区的公民短得多。罗马居民每3人中只有1人能进入成年,活到30岁,而农村居民却有70%的人可以活到这个年纪。城市中几乎没有人活到80岁,乡村居民却有15%达到这个目标。

古代的城市人认识到了这些特别危害中的某些危害。4000—2000年前的历史记载着虱子、臭虫、蜱等携带的疾病。虱子、臭虫和蜱全是与疾病有关的节肢动物,在城市拥挤的住房条件下滋生极快。虽然他们对于这些昆虫同特定疾病之间的关系认识还很模糊,但是古埃及、古希腊、古罗马、古印度和中国古代的作者都把注意力引向昆虫问题。同样，雅典的盖伦和罗马的希罗多德也认识到城市向沼泽地扩展同疟疾的增加有关系。公元前243年，中国的记载也提到辽阔的秦帝国的城市中经常发生大规模流行病——死人上百万。

根据希腊、罗马、欧洲以及哥伦布以后的美洲的历史记载，20世纪的学者试图破解在古代城市中流行的疾病。例如。在公元前430年的伯罗奔尼撒战争期间，一场灾难性的流行病袭击雅典，可能是由作战归来的士兵带回的。修昔底德写到这场流行病时说："史书上从未记载过任何地方发生如此危害人命的疾病。医生只好在不了解病因的情况下给人治病，最高的死亡率就发生在他们中间。"

据修昔底德说，这场流行病使所有的雅典人统统染病，一半人口丧生。后来人们估计，这场疾病不是斑疹伤寒、鼠疫，就是天花。以后又发生了上百起全球性大流行病。威廉·麦克尼尔和20世纪70年代的其他医疗历史学家认为，在以往的2000年中，有四种疾病是因城市的生态环境而大流行的，它们是肺鼠疫、麻风病（汉森氏症）、结核病和梅毒。就历史文献的记载来看，在城镇社区建立以前，这些疾病即使有，也很少发生，四种疾病全利用城市特有的人类生活条件而得以流行。

全球至少经历过两次腺鼠疫或肺鼠疫的大流行：这是一种由鼠疫杆菌引起的疾病，病菌由啮齿类动物尤其是老鼠身上的跳蚤携带。这种病菌从来没有被根除过，它在人类中迅速蔓延的理想生态条件，在有文字记载的人类历史上只出现过少数几次。通过跳蚤叮、老鼠咬或者呼吸，鼠疫杆菌进入人类血液以后，它就迅速奔向淋巴系统，在那里杀死大批细胞，形成往往是非常奇怪的腹股沟腺炎和脓疖。这些受感染的部位产生的细菌然后便转移到肝脏、脾脏和大脑,引起这些器官的出血性破坏和病人的疯狂行为,在中世纪被人理解为魔鬼作祟。

在20世纪,偶尔也会发现这种病例,但是早在人类制造出治疗这种疫病的抗生素以前很久,它已经不再能形成大规模流行病。

1346年前后,黑死病开始在蒙古大草原流行:千百万啮齿类动物身上长满了带菌的跳蚤,为了寻找食物闯进人类的住处。为什么疾病会在那一年出现,始终没有弄清,但是20世纪80年代的科学家推测,可能是那一年的气候有利于啮齿类动物的迅速生长。这种疾病由跳蚤携带,一下便传遍了亚洲;跳蚤可以藏在皮货商的毛皮中,旅行者的衣被中,或穿梭于亚洲大陆的商队和驳船里的啮齿类动物身上。疾病未到以前,关于亚洲流行病的谣传倒先到了欧洲,据说,印度、中国和小亚细亚简直是尸横遍野。中国的人口由1200年的1.23亿猛降到1393年的6500万,其原因可能就是这种疾病和其后的饥荒。

这种疾病于1347年秋传到欧洲繁华的商业港口——西西里的墨西拿,是由一艘从克里米亚回国的意大利船只带回的,立刻就利用了港城的生态环境。船上的带病老鼠与当地的啮齿类动物大军会合。船上的病人直接把细菌传给墨西拿的市民,在垂死的喘息中呼出了致命的微生物。

在疾病横扫欧洲和北非的时候,每一个城市都预料到它的到来,并且试图用各种办法来保护自己。旅行者不准入境;吊桥被拉起,以便把富有的城市居民同贫苦的农民分开;成千上万的犹太人和所谓敬奉魔鬼的人遭到清洗和直截了当的屠杀。仅斯特拉斯堡一个城市就杀死1.6万名犹太市民,居民指责他们传播了黑死病。

找不到替罪羊的人就将瘟疫归罪于自己不够虔诚。自行鞭笞者兄弟会的成员是一群天主教信徒，他们每天鞭打自己到垂死的状态，清洗自己招致疾病的罪恶。在整个欧洲，这些人受到成群结队的发疯的贵族和农民的恩惠，用钉着铁钉的皮鞭抽打自己。

惊慌失措的欧洲民众用尽了一切办法，只是没用最可能解救他们自己的一条：消灭城中的啮齿类动物和跳蚤。城市遭灾不仅是因为老鼠成灾，而且因为人口密集，卫生太差。人们认为洗澡是危险的，洗过澡的欧洲人寥寥无几，这就为跳蚤和虱子的蔓延提供了肥沃的土壤。

肺鼠疫很少在人口较少的农村地区蔓延，在人口稠密的中世纪城市中却很容易传播。一旦发生老鼠间传播的腺鼠疫，人类间传播的肺鼠疫马上就会发生，传播的速度快得惊人。

每个城市都要受疾病的控制四到五个月，直到容易染病的老鼠和人死亡为止。幸存者又会面临饥荒和经济崩溃，因为劳动力会大量减少。

每天的死亡人数极多：阿维尼翁400人，巴黎800人，比萨500人。维也纳每天埋葬或焚烧尸体600具，法国的日夫里每天1500具。伦敦的疫前人口为6万，死亡3.5万人。汉堡一半的、不来梅三分之一的人口死去。大多数历史学家认为，在1346年到1350年之间，欧洲的总人口（2000万到3000万）中至少有三分之一死于瘟疫。最高的平均死亡率一直发生在城市。

以后几个世纪，在欧洲、亚洲和中东，又曾数次暴发城市瘟疫，只是由于采取了隔离措施，卫生条件也慢慢改善，传播范围才很少超出市区很远。

1665年，伦敦发生大瘟疫——一种鼠疫杆菌流行病，一年之间，10万余人丧生。这场流行病于一年以前开始，可能首先出现在土耳其，由商船带到阿姆斯特丹和鹿特丹，1664年冬和1665年春传到伦敦。到当年夏天,伦敦居民每天死亡人数多达3000人。

皇家和贵族在灾害初露端倪时就纷纷外逃,到英国乡间去居住。伦敦本是全世界规模最大、人口最密的城市,其居民只能听天由命。他们住的是草顶、砖木结构的房屋,这种生态环境正是老鼠的天堂。

在一代人的时间以后回忆这场瘟疫时,丹尼尔·笛福[①]向未来的城市当局建议:

> ……此种瘟疫对人口聚居之地特别危险,请勿让此种瘟疫发生于100万人聚居之处,如以往似的……瘟疫犹如一场大火。着火处如果只有几间房屋相连,它烧掉的只是几间房屋;着火处如果只有一间房屋,就是我们所说的孤房,烧掉的只是那间孤房。但是,着火处如果是一个房屋密集的集镇或城市,火势蔓延,就会变成熊熊大火:整个城镇也会成为一片火海,所过之处,尽成灰烬。

1666年,瘟疫蔓延的势头减缓后不久,伦敦果然遭受一场大火,吞没了大半个城市。麦克尼尔认为,正是这场大火挡住了这场大瘟疫——它烧毁了茅草屋顶,人们才换上瓦和石片。

所谓麻风病死的人只有黑死病死人数的一小部分,但是引起的恐惧却照样很大。在整个历史上,麻风病之所以引起恐惧,更多的是因为它对人体造成的摧残和伤害,而不是它的缓慢的杀伤能力。

---

① 丹尼尔·笛福(Daniel Defoe,1661—1731年),英国小说家,著有《鲁滨孙漂流记》。

20世纪70年代，麻风病被有些人称为汉森氏症〔Hansen's disease，以阿毛尔·汉森（Armauer Hansen）命名，因为他在1873年首次描述了这种疾病的具体诊断标准〕，他们希望将这种细菌性疾病，同多少世纪以来人们提起"麻风病人"便会产生的恐惧与偏见分别开来。

20世纪后半叶，关于麻风杆菌这种生物体产生的年代和它开始对人类造成重病的时间，发生了激烈的辩论。虽然《圣经》提到古希伯来人曾患一种伤人体貌的疾病，经常被译成麻风病，但是通常较为谨慎的埃及文献却未曾提及此事。骨骼学者曾经寻找这种毁人的病菌造成骨骼伤害的证据，但是在世界任何地方都没有发现公元前500年以前的迹象，在那以后，麻风病患者的尸骨显然曾被埋在开罗、亚历山大和英法两国部分地区的墓地。

但是，一种原来未曾认识的疾病确曾横扫欧洲。看来麻风病在中世纪是随着欧洲城市的兴起而流行的，1200年前后达到高峰。在当时和现在，都无人确切知道这种爱挑剔的而且生长缓慢的生物体是如何从一个人传给另一个人的。显然这需要密切接触，但是在当时完全没有免疫功能的人类中间可能比较容易传播一些。可是，一旦进入人体，麻风杆菌就会攻击人体外围比较凉爽的部位的神经和皮肤细胞，使这些细胞麻木、软弱，而且常常由于感觉不到的伤害而被毁。失去手指、脚趾、耳朵、鼻子和身体的其他外露部位，这种往往是"麻风病人"的标志，使他们处于被侮辱和恐惧之中。

到1980年，全世界的50亿人口中大多数对麻风杆菌有了抗体，证明他们曾经受到感染，但没有被明显伤害。

在中世纪的欧洲，麻风病的死亡率却很高，而且在拥挤不堪的城市里传播很快。20世纪80年代，有些生物学家提出这样的理论：中世纪城市生活的独特条件促使了麻风杆菌的传播，包括终生不肯洗澡、喜穿羊毛衣服而不肯穿棉布衣服、为了取暖而挤在一起睡觉等。

不管是什么原因吧，欧洲的麻风病同1346年的黑死病一起消亡了。谁也不能肯定其中的原因何在，但是人们普遍猜想，是黑死病降低了城市地区的人口密度，从而减少了人与人之间的接触。也可能是瘟疫幸存者的免疫系统对多种细菌有了抗体，不易感染，其中包括鼠疫杆菌和麻风杆菌。或者反过来说，易于感染麻风杆菌的人对其他多种细菌的攻击的反应能力也较差。

利用瘟疫过后城市的混乱状态，接替麻风病而来的是结核病。与麻风杆菌不同，结核分枝杆菌确是古老的菌种，有明显的证据表明，它对人的伤害至少可以追溯到公元前5000年。除了美洲以外，各地的古代文字记载对这种疾病都有描述，考古发现的骨骼伤害的证据更早于文字记载；文字记载使用了各种名称，如"肺结核""肺痨""结核病"等。但是这种疾病的确切影响是到了黑死病以后才感受到的。根据20世纪80年代流行的理论，结核病菌利用了麻风杆菌造成的人类生态环境。结核病菌的传播并不需要特别的城市环境，但合适的城市环境显然对它更加有利。

欧洲结核病的上升并非突然。同麻风杆菌一样，这种生物体也很挑剔，而且生长缓慢，只有在感染数月或数年后才发展成明显的传染性极强的疾病。尽管快速生长的瘟疫病菌能在数小时内致人死命，而结核分枝杆菌却让人患病数年，耗尽体力，很少有人在灯油耗尽以前便死去。

另一方面，这种病菌可以在空气中传播，使得与病人共处一室的人也受到感染。到20世纪80年代，科学家弄清楚，感染并不一定会患病或死亡：约十分之一的感染者会最终患病，如果没有

20世纪的医疗条件，约一半的病人会死亡。

但是从15世纪到17世纪，欧洲城市的条件特别适合结核分枝杆菌的传播，人们惯于关闭所有的窗子，围在一起取暖，冬季更是如此。结核病人呼出的极小的飞沫会在屋里不停地飘来飘去。

各家也许可以采取措施，避开咳嗽或打喷嚏喷出的看得见的飞沫，但这些其实是无害的。为了进入人体内，这种细菌必须由极小的飞沫带进人体，小到能够通过上呼吸道的障碍。这种微小的飞沫能够带着活的感染性结核病菌一连几天悬在空中，随风飘荡。

17世纪的欧洲人只能做一件事来减少暴露给家庭结核病的机会：打开窗子。一阵清风能消除患病居民每日呼出的空悬感染微粒的63%，太阳的紫外线能杀死照到的微生物。

但是，中世纪的欧洲人在冬季没有这种选择，尤其是纬度靠北的地方。特别是城市贫苦居民，根本无法想象在冬季开窗，因为任何一种燃料都很紧缺、极端昂贵。欧洲的木材都被用来修建城市了。

结核病的发病率在缓慢地却稳步地增长着。发病率最高的也就是最大的城市，特别是伦敦。到伦敦被大瘟疫以及之后的大火毁灭殆尽时，其每五个市民中便有一人患有活跃的结核病。此时，黑死病对结核分枝杆菌已经没有净化作用了：在1665年的瘟疫过后很久，结核病的发病率仍在上升。

在欧洲的探险家和殖民主义者来到美洲的时候，他们把致命的结核分枝杆菌也带来了，美洲人多少世纪以来一直身患结核病，这一来更是雪上加霜。到美国被内战分作两半的时候，结核病已经在北方城市牢牢扎根，尤其是波士顿和纽约市。

从1830年到美国内战前夕，这期间，美国人的平均寿命和死亡率都与伦敦持平。1830年，波士顿的人口为5.2万人，粗略统计的年度死亡率为21‰，仅为当时伦敦死亡率的一半。到1850年，波士顿粗略统计的年度死亡率几乎与伦敦持平，达到38‰。结核病并非造成这种局面的唯一因素，但是个主要因素。在马萨诸塞州，所谓肺结核的发病率每年都在上升，1834年到1853年之间上升了40%。

纽约、费城和波士顿的老家族看到本城的人口增加，而垃圾遍地、疾病横行，不禁摇头叹息，不敢相信。移民，产业革命，拥挤的贫民窟，缺乏公共供水设施，道德败坏，没有排水系统——这些只不过是民权运动领袖指责的造成危机的几个因素。

从1830年到1896年，西方的城市危机达到顶点，欧洲和北美曾发生四次毁灭性的霍乱大流行，主要是通过城市的臭水和排水"系统"传播的。当时的医生不知道原因何在，但隔离对霍乱来说确是不起作用的。所以富人一听说出现了可怕的腹泻病，便立即逃到城外，让普通人去听从命运的安排。又过了几十年，科学家才证明霍乱是由一种细菌引起的：细菌通过污染的食物和饮水进入人体，又通过感染者的粪便回到水中。

19世纪，由于一波又一波的发病，霍乱的死亡率高得惊人：1849年流行期间，圣路易斯在三个月中死去人口的10%；1832年纽约死亡50万居民；1892年，德国的汉堡在夏季的三个月中死亡居民8605人；1847年，麦加的居民和朝圣者死亡1.5万人，伦敦死亡5.3万人。麦加的悲剧在1865年朝圣期间又重复一次，3万名到麦加的朝圣者丧命。

纽约当局对霍乱的病因一无所知，它们被1832年的流行病吓坏了，指责城市过于肮脏，接着便进行改革。克罗顿供水公司第一次引来了清洁的饮水，泥泞的街道铺上了鹅卵石，肮脏的贫民窟逐渐得到改善。结果，后来发生的几次霍乱死人很少。

不过其他大多数城市的情况并非如此，城市的脏乱同疾病的关系仍是市政领导人激烈辩论的题目。霍乱和其他流行病，包括结核病，在世界大都会里最贫穷的居民中死人最多，毫无例外。这个事实使得从莫斯科到马德里的当权者更加坚信，下层人的"道德沦丧"才是疾病的根源。

在伦敦1849年死亡惨重的霍乱流行期间，医生约翰·斯诺关闭了霍乱横行的穷人社区里唯一的水源——宽街水泵的闸门，证明霍乱是通过饮水传播的。当地的流行病当然停了下来。

可是当局并不相信。所以在1854年的流行期间，斯诺画出了霍乱发病图，并且追踪了患者的水源。发病图显示出病例很少的社区取的是泰晤士河上游的水，而霍乱猖獗的地区取的是泰晤士河下游的水，下游河水里包含着上游的人类垃圾。

斯诺未能直接使当局信服有必要清理水源，但是霍乱和其他毁灭性疾病却促进了整个工业化世界城市基本卫生状况的改进。许多城市成立了市民卫生行动组织，垃圾和废物的处理方法大大改进，户外厕所换成了户内抽水马桶，"讲究卫生"成了"道德高尚"的事。

在这些社会改良活动进行的同时，北半球的城市病，包括结核病，也在减少。除了生态环境的改变，城市居民的生活通过下列政治性的和慈善性的改良措施，也得到提高：取消童工，设立公立学校，缩短成人工时，建立公共卫生和医院系统，大力提倡"公共卫生"等。

在产业革命的高峰期这类改革广泛实施以前，城市的生活条件极差，出生率竟会低于死亡率。对于像伦敦这样的城市来说，这就意味着将近100万的儿童和成年劳动力只能靠着从乡村

第九章　微生物的汇聚之处

招募来维持。不过到1900年，出生率上升，死亡率下降，人的平均寿命也大大延长。在抗生素疗法和疫苗出现以前很久，几乎所有的传染性疾病，包括结核病，都在稳步减少，降到了很低的水平。例如在英格兰和威尔士，结核病的死亡率由1848—1854年的最高水平——百万分之三千，降到1901年的百万分之一千六百二十八，到1941年，抗生素出现以前不久，再降到百万分之六百八十四。

在美国，传染性疾病，特别是结核病，也呈现相同的模式。1900年，结核病在每10万美国人中杀死200人，多为大城市的居民。到1940年，抗生素疗法开始使用以前，结核病由2号杀手降为7号死因，每10万人中仅有60人死亡。

1970年，结核病不再被视为工业化世界城市的灾难。据世界卫生组织当时估算，每年死于结核病者约为300万人，活跃的结核病患者为1000万到1200万人，使用抗生素治疗以后，死亡率降到每10万个结核病患者中死3.3人。大多数新感染者并非发生在北半球的工业城市，而是在发展中世界的乡村和城市。这种微生物的生态环境已经发生了地理的变化，但仍然集中在城镇地区。

结核病在北半球的猛减被视为一个巨大的胜利，尽管当时结核病仍在非洲、亚洲和南美洲肆虐。

对于一种微生物的明显胜利为何发生——击败结核病应具体归功于何种因素？这是从20世纪60年代到90年代激烈辩论的一个问题。辩论的结果在两个方面有用：帮助公共卫生当局预料本城的问题，以免将来传染性疾病在本城发生或重现；指导第三世界的城镇发展，指出从紧缺的国家储备中拨出的哪项开支将对公共卫生产生重大的影响。

但是，辩论还没有结果。英国研究人员托马斯·麦基翁辩论道：营养才是关键——饮食改善意味着劳苦大众能够抵御更多的疾病。勒内·迪博也十分肯定：产业革命时期男工、女工和童工的恶劣工作条件的取消，加上住房的改善，这才是结核病减少应该归功的因素。

堪萨斯大学的医疗历史学家兼医生芭芭拉·贝茨巧妙地提出：德国的科学家罗伯特·科赫1882年发现了结核分枝杆菌后，20世纪初曾开展大胆的结核病控制计划，在疗养院实行强制性隔离等，但是对结核病的减少收效甚微，或根本没有作用。

贝茨说："预防的目的常常难以达到。医生经常让仍有传染性的病人出院，带着传染性疾病的男女病人不顾劝告离开疗养机构。社会建造的不是一个治病防病的体系，而是一个能满足病人和无法独立生活的人的某些需要、解脱亲属在家中照料病人的一些负担、减轻公众对传染病的担心而不是实际威胁的体系。这些未曾预料的结果源自政治的、社会的和经济的行为，在医学上对结核病的认识只起到次要的作用。"

要回答欧洲结核病减少的根本因素这个问题，还有一个方法：研究20世纪某个正在发生变化的地区的结核病情况，这种变化应与一个世纪以前北欧产业革命时大体相当。南非符合这些要求，是检验麦基翁、迪博和其他人的假说的理想地方。这个国家的欧洲人后裔的生活水平和患病模式与北半球的人相似。但是非洲和印度人的经济贫困、地位低下，却也非常明显。他们的社区与19世纪50年代伦敦劳苦阶层悲惨的生活条件十分相似。

虽然存在着抗生素和其他药物，在科学上对这种细菌的传播方式也已了解，但是从1938年到1945年，南非的结核病死亡率仍然上升了88%。开普敦上升了100%，德班上升了172%，约翰内斯堡上升了140%。在农村，尽管存在着贫困和饥饿，在调查的任何人群中，结核病的患病和死亡率从来没有超过1.4%。可是1947年在城市中，发病率高达7%是非常普遍的事。感染结核病的几乎全是该国的黑人和所谓有色人种。

结核病增加的关键看来并不在医疗卫生系统，因为这些年并没有发生什么变化。南非黑人的饮食也没有改变许多——几十年来一直饮食不足。

看来答案在住房上。从1935年到1955年，南非进行了本国的产业革命：它原来基本上是一个农业国。与一个世纪以前欧洲的情况相同，这就需要招募一支廉价的劳动大军进入大城市。但是南非的社会、经济模式中多了一个因素：种族歧视。被招募的劳工不是黑人便是有色人种，法律规定只准他们住在指定的地区，并要随身携带身份证，身份证上注明了他们的活动范围。政府出资，补贴一项雄心勃勃的城市住房建设计划，供日益扩展的城市中的白人居住，而在城市扩展时期，政府为城镇黑人的住房建设补贴却下降了47.1%。

20世纪70年代，南非每年发生5万例新的结核病，执行种族隔离政策的公共卫生部门却说黑人有某种未曾查明的基因，易于感染这种疾病。1977年，政府为黑人划定了新的居住界限，使许多严重的结核病统计数字"不复存在"。当过于庞大的城市中的数十万黑人居民被迫迁入所谓的"故居"时，或者当他们的贫穷社区被宣布不归城市管辖，因而不在卫生监督范围之内时，结核病问题就"自然消失"了。

如果南非的例子可以广泛应用，就会对迪博的理论有利：强调人的贫穷才是利于结核分枝杆菌传播的主要生态因素，但是对迪博关于工作条件的作用的说法却不利。

有一个问题是富有的工业化世界和贫穷得多的发展中世界所

共有的，这就是有利于性传播的疾病特别是梅毒发生的理想生态环境。当然，不管住在何处，人都会有性生活，但是城市制造了选择的可能。人口密度过大，加以城市生活中互不相识，这就保证了性活动和性实验的增多。从古时候开始，在小镇和乡村民众的眼中，城市就是挥霍淫荡的中心。

男娼女妓的卖淫场所，主流社会称之为"邪道"的行为如同性恋、酗酒，甚至宗教禁止的性行为，在埃及、希腊、罗马、中国和印度各帝国的古代城市中，在阿兹台克人和玛雅人中间，都非常普遍。从在家时一本正经，到城市的暗夜遮住人脸时的伤风败俗，这种双重人格，可以追溯到有文字记载的历史开始的时候。

令人惊讶的是，梅毒竟然没有发展成流行病的规模，直到1495年。那一年，被法兰西国王查理八世派到那不勒斯作战的法国士兵中暴发了这种疾病。不过不到两年，这种病就被全世界知道了。梅毒作为一种全新的疾病袭击了人类，因为在15、16世纪，它暴发的凶猛性和致命性都比20世纪初大得多。

梅毒是由一种螺旋体或螺旋状细菌引起的，这种细菌称为螺旋体苍白球菌（Treponema pallidum），与引起儿童皮肤病雅司疹（yaws）的生物体相同。雅司疹存在的证据可以明显地追溯到古代，但是关于梅毒，在15世纪以前却无处提及。

20世纪人们提出了几种理论来解释这个疑难问题。最明显的解释是指责美洲印第安人、克里斯托弗·哥伦布和他的随行人员。他们于1492年到达美洲，接着返回西班牙，1495年法—意战争期间此病出现，两者正好巧合。这样，转弯抹角地就得出了这种结论：梅毒源自美洲的土著居民，被西班牙水兵染上，带回国内。

但是这种提法却有两个问题说不通。第一，雅司疹是两个大陆都有的古老疾病，通过皮肤接触在人与人之间传播。如果雅司疹在各个大陆都有，那么可以肯定，发生梅毒的可能性在全世界都一直存在。

第二，梅毒在15世纪传遍了美洲印第安人，其凶猛程度与袭击北非人、亚洲人、欧洲人时相同。如果它曾是美洲流行的地方病，美洲印第安人对它至少应该产生部分免疫功能。

对梅毒病的突然出现，最接近真实的解释来自20世纪60年代末，是考古学家、医生爱德华·赫德森提出来的。他说梅毒是一种"高度城市化"的疾病，而雅司疹则是"一种农村和欠开化地区的疾病"。赫德森认为，螺旋体可以充分利用农村的生态环境，儿童腿上经常出现的划伤和小疮，再加上在农村的茅屋陋舍中挤在一起睡觉的年轻人的腿部密切接触，都是螺旋体的可乘之机。

螺旋体在皮下安身以后，它只会产生局部的感染，最后会不治自愈。只有在痒痛剧烈的几周内，皮肤对皮肤的频繁接触，才便于这种生物体从一个人身上跳到另一个人身上，传染才有可能。这在一起玩耍、同床睡觉的儿童中间极易发生。

可是，螺旋体的性传播却需要一个复杂得多的人类生态环境：千千万万的人每天密切往来，人口中的很大比例经常与各种人发生性交。

20世纪的其他理论家更进了一步，提出性传播的微生物若要出现在人类间，需要人口中大批的——甚至是一定数目的成年人，经常与不止一个人发生性交。他们说，显然，在一个严格的社会里，每一个成年人只与自己的终身伴侣发生性关系，这样的可能性将会极小：使螺旋体由皮肤接触而产生雅司疹的病因变成由性传播的梅毒的根源。

反过来说，在社会的戒律执行不力或无人遵守的城市里，有可能出现与多人性交的现象，因而疾病的性传播也要严重得多。

在14世纪的黑死病以后，欧洲的大部分地区都经历了两三代人的秩序混乱、无法无天阶段。大批人口死亡，城市的权力结构崩溃，幸存者中的坏人——贪婪腐败者，纷纷填补真空。

"犯罪率猛升，亵渎神明的事屡见不鲜，性道德败坏，追逐金钱成了人们生活中的唯一目标。"菲力普·齐格勒写道。突然之间，世界上出现了许许多多的寡妇、鳏夫、青少年孤儿，谁也不愿接受不久以前的约束。敬畏神明并没有拯救他们死去的亲友，相反，死亡率最高的倒是神父。总的说来，在几十年间，欧洲一直是乱作一团。

人们可以假设，梅毒是按下列方式产生的：螺旋体从古代开始就是全球性流行病，通常在儿童身上产生雅司疹。但是在偶然的情况下——也是从史前就开始的，它通过性交传播，产生了梅毒。这种事情极端罕见，所以从来没有得到正确的诊断，很可能被误诊为其他致残疾病，如麻风病。但是在黑死病以后，由于社会混乱不堪，人们淫乱放肆，欧洲城市达到了大批人具有多名交媾伙伴的必要标准，使得这种生物体在两三代人的时间内，以梅毒的形式，大规模出现。

20世纪末，关于其他性传播疾病的发生，还会出现类似的辩论。如果关于梅毒在15世纪突然出现的问题早日得到解决，这些辩论可能比较容易得出一致的看法。

二

1980年，世界人口达到50亿，而1925年仅为17亿。

城市成了就业、梦想、金钱和魅力的中心，同样也是吸引微生物的地方。

第九章 微生物的汇聚之处

人类原本完全以农业为生，如今却基本成了城市化的物种。总的说来，到1980年，全世界城市化最明显的文化特征是城里住着最富的人；除了中国这个明显的例外，最富有的公民通常都住在最大的城市或其近郊。

受到明显的经济压力的驱使，全球的城市化势头是不可抑制的，快得令人瞠目结舌。

1980年，法国的农村人口不足10%，第二次世界大战前夕为35%。法国农场的数目在1970年到1985年之间由200万个猛降到不足90万个。

亚洲1955年的城市人口仅为2.7亿，1985年升到7.5亿，到2000年估计会超过13亿。

从全世界来看，居住在城市的人口所占百分比在不断上升，1900年不足15%，预计到2010年会超过50%。60%的新增城市人口是在城市出生的婴儿，40%的新增城市人口来自农村进城的年轻人或穷国向富国大城市的移民。

人口从农村向城市移动最快的是非洲和南亚，在20世纪后半叶，巨浪般的人流，一波一波涌进城市。这些地区的有些城市在10年间人口就翻了一番。

人口猛增的主要地点是几个所谓超级大城——居民超过1000万的大城市。1950年有两个超级大城：纽约和伦敦。两城都是在不到50年的时间达到了可怕的规模，每10年便增加将近200万人。虽然增长是艰难的，并且把许许多多的问题摆在城市规划者的面前，但两国国力强大，有钱扩大必要的市政服务如住房、排水、饮水和交通等。

到了1980年，世界已有10个超级大城：布宜诺斯艾利斯、里约热内卢、圣保罗、墨西哥城、洛杉矶、纽约、北京、上海、东京和伦敦。即使富裕的东京也难以应付新增人口的需求，它的人口从1950年的670万增加到1980年的2000万。

但这还只是开头。预计城市还要增长，估计到2000年将有31亿人居住在日益拥挤的城市中，大多数人挤在24个超级大城中，这些城市大多位于世界上最穷的国家。

20世纪80年代即将发生重大的变化，大多数人口增长最快的国家将排列在世界最穷的国家之列。面对城市飞速增长的需求所提出的卫生和服务难题，它们将穷于应付。

世界卫生组织的结论是："城市的扩展并不像工业化国家似的，是经济发展的标志，相反，倒可能成为经济发展的障碍：为了满足设施和市政服务日益增长的需求耗尽了资源，有害于其他经济部门的生产性投资。"

据世界银行的信息，在20世纪70和80年代，非洲的城市规模每年以10%的速度扩大，其城市规模扩展之快，为世界历史之最。

1970年，美洲的城市与农村的人口比例为3∶1，到2010年将成为4∶1。预计欧洲，不管是东欧还是西欧，也将发生相同的变化。到2010年，一些亚洲国家的城乡居民比例将为5∶1。

20世纪70和80年代，城市人口的过分拥挤造成了严重的发展痛苦，直接影响了人类的医疗卫生，即使最富有的国家也是如此。日本迅速变成了世界上最富有的两三个国家之一，面对东京的扩展需求，也感到穷于应付。到1985年，东京不足40%的住房才会接上适当的排水系统，多少吨未经处理的人类垃圾还会倾倒在海洋中。

香港是使用中文的地区的财富中心，每天要向中国南海倾倒100万吨未经处理的人类垃圾。附近的台湾人口总数为2000万，三分之二住在4个大城市中，但有排水设备的只有20万人。

第九章 微生物的汇聚之处

对于最穷的发展中国家来说,若想把扩展中的城市生态变成人类的安全环境,而不是微生物的天堂,其负担之重,简直无法承受。东亚少数国家(韩国、马来西亚、新加坡等)发展了强大的工业能力,除此而外,发展中国家在1980年根本无钱可用。

除了越来越重的国债,发展中国家还要偿还20世纪60和70年代借进的发展贷款,向能创造利税的新项目投资,因此在不断耗费手中的资金。有些国家根本无法承受这种重负,对于其数十亿或上百亿美元的贷款只好到期不还,或要求延期。

资金外流会变成一种出血症。1980年,拉美各国从外国债主——各大银行、国际货币基金组织、世界银行——借得大批贷款,除了向富国偿还利息以外,尚余110亿美元。到了1985年,这些国家向北美和欧洲还债的钱,要比收到的贷款和投资多出350亿美元。

非洲也是债台高筑,资金外流,不堪重负,尽管美元外流的影响所及不如拉美严重。1979年在赞比亚的卢萨卡召开英联邦会议,新当选的英国首相玛格丽特·撒切尔发言时以坦率的言辞谈到了这个问题。英国从前最穷的殖民地国家的总理们希望撒切尔能伸出手来,提供英镑,可是她提供的只是令人灰心的消息:往日的赫赫帝国,如今也是手头拮据。总而言之,现在到了全世界都勒紧腰带的时候了。

城市的情况越来越糟,有些与19世纪欧洲人满为患的城市相似。20世纪80年代中,1亿个新近失去家园的成年人将流落在发展中国家城市的街头;至少1亿个被遗弃街头的儿童将在城市的暗夜中流浪。发展中国家的一半城市居民虽然还称不上无家可归,却生活在棚户区和贫民窟,那里什么都缺,包括安全的饮水。40%的住处没有公共卫生设施或排水系统。三分之一的人居住在没有废物或垃圾收集服务的地区。

与古罗马的情况相同,在发展中国家,待在农村和小镇远比住在肮脏、不便的大都会卫生,即使在发生旱灾、粮食歉收的年景也是如此。生活在典型的发展中国家城市的贫民窟里的儿童,在5岁生日以前死于原本可以预防的传染病的可能性,要比生活在同一国家的农村的儿童多40倍。

灾祸及其为微生物提供的大好时机到处皆是。例如,1982年12月,开罗的大街被下水道的污水淹没,有些地方竟深及膝盖,当局在寻找污水泛滥的缘由,污水却日复一日,不肯退去。

4000年来,几乎每一个埃及人都靠着一个水源——尼罗河。尼罗河年年泛滥,会冲走人类的各种过失,即垃圾和过度使用的土壤,并留下一层厚厚的肥沃的新土。

但是阿斯旺大坝的修建,加上埃及人口的爆炸,使尼罗河失去了往日的威严。今日的尼罗河缓慢、驯服,充满泥沙、肥料(农民现在需要这种肥料,因为他们无法再从尼罗河的年度泛滥中获取表土层)、处理过的和未处理过的污水、工业废物等。科学家预计亚历山大的淡水三角洲潟湖——地中海平面的一处高地,会很快被淹没;由于尼罗河的化学和生物污染,还会出现严重的公共卫生危险。他们提出,按照开罗的发展速度,根本没有办法防止未来的环境和公共卫生灾难。

世界银行估算,1978年亚的斯亚贝巴大约79%的住房"不适于人类居住"。该城四分之一的房屋没有盥洗设备。

根据世界银行的资料,1980年曼谷四分之一的居民无力到医院就诊。当时孟买的达拉维贫民窟居住着50万人,条件极其恶劣,75%的妇女患慢性贫血症,60%的人营养不良,几乎所有的儿童都患小儿肺炎,而且由于感染寄生虫,多数居民都有肠道病。

1979年，内罗毕的82.7万居民中，有40%的人住房条件极差，他们的社区竟被官方的地图故意漏掉不画。1980年，雅加达的人口平均寿命仅为50岁，比农村短了数年。仍是1980年，马尼拉88%的居民住在破烂的窝棚里，窝棚都是用烂木头、破木板、旧铁皮、废竹片搭成的。20世纪80年代初，民众潮水般的涌进苏丹的首都喀土穆，导致疟疾、腹泻、贫血（估计是由疟疾引起的）、麻疹、百日咳、白喉诸病流行。1980年，象牙海岸农村的结核病发病率下降到0.5%，是一大成功。但是在大城市首府阿比让，结核病的发病率却为3%，而且还在上升。

上述情况和千百个城市贫困、脏乱的其他事例，以及伴随而来的疾病，加上大规模的慢性营养不良，使情况更加严重。除非遇到饥荒、旱灾、其他自然灾害或人为的灾害——战争，即使极端贫穷的国家的农村居民通常也会有这样或那样的食物，包括蛋白质。但是他们一旦搬进城市，就得购买别人制造和出售的食品。城市贫民没有多大能力赚钱来购买商品，无奈只能缩减食物。因此，即使在国家粮食充足的时候，大多数城市居民仍然会营养不良。当然，这也会削弱他们与疾病做斗争的免疫系统。

三

1980年，好几种传统的农村寄生虫病第一次变成了城市流行病。

乌韦·布林克曼在拉沙事件后离开了德国，到伦敦热带医学与卫生研究所任职。他曾跑遍西非，调查盘尾丝虫病（onchocerciasis）的发病情况。盘尾丝虫病也叫河盲病（river blindness），是一种蟋蚊携带的疾病。在两年之间，乌韦、他的担任研究工作的妻子阿格尼丝和他们的小儿子主要在加纳和多哥,从一个村庄到另一个村庄,研究这种疾病,同时向村民讲解如何预防它。

从那里,布林克曼接着又到也门和塞拉利昂研究基层医疗卫生系统,到刚果和马里研究血吸虫病,到中美洲研究盘尾丝虫病和囊尾蚴病(cysticercosis)。

1990年,布林克曼到哈佛任教时,看到了令人不安的证据:他和全世界其他科学家在发展中国家的农村和田野成功地控制住的寄生虫病,却在以不同的形式侵袭城市。

囊尾蚴通常由绦虫引起,一般在未煮熟的猪肉或其他动物的肉中发现。它侵袭人体的多种器官——最严重的情况是钻入大脑。但是布林克曼注意到,在墨西哥城,人和寄生虫的关系在发生变化:墨西哥城是当时全世界扩展最快的超级大城。人们不是从生肉中传染绦虫,因为他们无钱买肉。事实是,寄生虫利用了全城主要的淡水水源——污染严重的图拉河——提供的有利生态环境。多少万人住在肮脏的郊区、市中心排水系统的下游,传染了危险的寄生虫有钩绦虫。

1980年,绦虫传到了洛杉矶,是由亚洲和中美洲的移民带去的。从1973年到1983年,洛杉矶的四家医院共医治了500例囊尾蚴病人,大多数人是在本国传染上或到感染地区旅行过。但是至少12个人是在洛杉矶染病的,随意抽样大便检测显示,受检人口的0.5%有绦虫。

蛔虫属元虫是侵袭城市的另一种寄生虫。蛔虫卵在土壤中处于休眠状态,但可以在十余年间不死,保持传染状态。由于吸进受沾染的灰尘,口腔与脏手接触,吃进生长在受沾染的泥土中而没有洗净的食物,人和猪都会受感染。蛔虫卵一旦进入人类的胃肠道,就会孵化成幼虫,破坏多种器官,包括整个肠胃系统、肝脏、阑尾、胰脏、心脏和肺脏。人类会排泄更多的寄生虫卵,进一步污染当地的土壤。20世纪70年代以前,这个循环还纯粹是乡间、村里的事。

但是在20世纪70年代,达喀尔贫民窟里三分之一的居民染上了这种寄生虫,是在城区染上的;同时,农村的居民带病者不足3%。另外在南非的开普敦,城区染上蛔虫病的人数也在直线上升,约占急性腹部疾病急诊入院人数的15%。

20世纪70年代,血吸虫病也出现在达累斯萨拉姆(坦桑尼亚)、哈拉雷(津巴布韦)、金沙萨(扎伊尔)、圣保罗和贝洛奥里藏特(巴西)等市。

查加斯氏症(Chagas' disease)是锥虫病原生动物(Trypanosoma protozoa)引起的,由各类所谓"接吻虫"(kissing bug)携带,也出现在拉美的城市中。锥虫病生物体能够引起脑炎和严重的心脏病,它进入这个大陆日益扩展的城市中,感染了60%的普通住家中的小虫。最后,锥虫病找到了感染人类的更直接的方法:绕过昆虫媒介,一下进入血液系统。20世纪80年代中,血液系统感染率达到惊人的程度:布宜诺斯艾利斯达到6%,阿根廷其他城市高达20%;巴西首都巴西利亚达到15%;玻利维亚的圣克鲁斯达到令人吃惊的63%。

多少世纪以来,白蛉(sandfly)一直将它们尖尖的长喙插进人类的表皮,注射一种抗凝性化学物质,大量吸血,将肚子填得鼓鼓的。1824年,孟加拉湾的杰索尔的白蛉又添了一种本领:除了注射抗凝剂,同时还注射寄生虫。

微小的单细胞杜氏利什曼原虫(Leishmania donovani)在杰索尔商人、来访的买卖人、女人和小孩的血液中游泳。不久,黑热病(Kala-azar,人们这样称呼这种疾病)就开始袭击恒河沿岸城市居民的腹部静脉，引发致命性的肺炎和痢疾。这些疾病可能已经发生了若干个世纪，是孤立的，未受到人们注意。但是1824年的暴发地点是一个重要的商业城市，立即引起了当时控制印度次大陆的英国殖民者的关心。

1918年，另一轮白蛉携带的黑热病袭击了印度的阿萨姆，死20万人。1944年该地再次受袭。

不久，产生利什曼原虫的各类生物体就感染了充满拉美和印度次大陆城市的白蛉，引发黑热病和这种疾病的皮肤感染形式。看来，各种因素导致了城市利什曼病的产生，包括为了控制疟疾而广泛喷洒滴滴涕。由于蚊虫的滋生得到有效控制或政府经费不足，喷洒计划停止以后，白蛉就会猛生，填补竞争者蚊虫留下的空白。

在灭疟运动以后，白蛉的增长往往是非常迅猛的。在整个拉美的大城和小镇，都有白蛉泛滥，经常是在人类历史上首次袭击社区。早先往广大的亚马孙雨林寻宝的人返回巴西东部城市时，往往只有一点哮喘性利什曼原虫感染。即使拉美城市中的白蛉过去也没有携带这种寄生虫，现在它们在全大陆城市中吸过从亚马孙地区寻宝归来的人身上的血液以后，也就有了这种微生物。

印度的黑热病寄生虫变体能够感染狗和家畜以及人类，只要一个社区继续存在这种微生物的宿主。1980年，哥伦比亚和巴西的科学家发现同样的现象正在他们的城镇发生，主要是在宠物犬和鸡身上。

Ki denga pepo是斯瓦希里语，意为"突然着魔"。这个短语被东非人用来描述一种蚊虫携带的疾病，能突然使人病倒，产生可怕的头疼、眼痛、关节肿胀和疼痛。

1780年，这种疾病横扫费城时，本杰明·拉什医生将其称为"碎骨热"，指的是关节的极度疼痛。到19世纪中叶，这种疾病已流行于整个美洲。

这时它也有了一个固定的名称：登革热（dengue），这是斯瓦希里语denga一词的西班牙语译名。在多数情况下，登革热不是致命的疾病，虽然患者肯定会极端痛苦。这种疾病是由登革热病毒的四种不同变体引起的——四种变体都是黄热病微生物的堂兄弟。登革热病毒是由蚊虫携带的，尤其是雌性埃及伊蚊。

20世纪初，世界各国发起灭除埃及伊蚊的运动，从地球上消灭黄热病，这时登革热停止暴发。20世纪40年代登革热一时沉默，却也逍遥自在。

1953年，马尼拉市受到显然是一种新形式的登革热的袭击，并且引起出血性皮疹、休克和高烧——皮疹是极小的红点，正是出血的所在。这种登革热比以前任何一次暴发的致命性都强，是由登革热Ⅱ型病毒变体引起的。

5年以后，登革出血热（dengue hemorrhagic fever）——这是这种新疾病的名称——袭击曼谷，2297人患病，主要是儿童，死亡240人。查验以往的人类血样得知，从1950年以来，各种登革热病毒就感染了曼谷的居民，只是没有引起疾病。但是在第二次世界大战以前，这里的居民从来没有感染过登革热Ⅱ型病毒。谁知在1958年首次暴发以后，一连5年，登革出血热就一直缠绕着曼谷不走，最终使10367人患病，694人死亡。

美国陆军医学研究人员斯科特·霍尔斯特德博士当时在驻曼谷的军方实验室工作，他与泰国的微生物学家乍叻·亚马拉特合作，共同研究这种显然是一种新的致命性疾病的病源。他们查明，与黄热病相同，携带登革热Ⅱ型病毒的埃及伊蚊是一种完全城市化了的昆虫。埃及伊蚊缺少野生丛林蚊虫的凶猛，只是靠近人类生存，将卵下在没有盖子的清水容器中，在人的住处孵化。

仔细阅读患过急性登革出血热病人的医疗记录就会发现，几乎所有的病人都在最近的某个时间感染过另一种较为温和的登革热病毒变体。虽然头一次感染没有引起什么明显的疾病，但它却激敏了人类的免疫系统，有利于以后登革热Ⅱ型的到来。

通常说来，人们对一种病毒产生了强大的抗体免疫反应以后，就能够保护自己，在将来不受这种微生物的感染。但是登革热Ⅱ型却演变出了一种特殊的功能，可以使人类的抗体对它有利。人类抗体黏附在登革热Ⅱ型病毒的外皮上以后，这种微生物就玩起了捉迷藏的游戏，让抗体向免疫系统巨大的巨噬细胞发送信号。在一个通常会使微生物致命的过程中，巨噬细胞会吞噬这种病毒，但是这种病毒不但没有死，反而控制了免疫系统的主要杀手细胞。

这样一来，登革热Ⅱ型就躲开了免疫系统的防御，由巨噬细胞带着，进入人体各个器官：巨噬细胞成了病毒的特洛伊木马。在免疫系统挣扎着要战胜偷偷入侵的敌人的时候，又会激发各种生化反应，引起高达107°F（41.7℃）的高烧、抽搐、典型的变态状休克以至死亡。

这种新的登革热传遍了南亚和东亚，是由不断扩大的埃及伊蚊种群和另一种蚊虫——所谓虎蚊携带的。与埃及伊蚊不同，虎蚊是一种生命力很强的昆虫，不但能和人类共生，而且可以和各种在城市环境中生存的温血动物（比如老鼠）共存。

20世纪50和60年代，登革热Ⅰ、Ⅱ、Ⅲ型曾经偶尔在美洲发生，由于埃及控制伊蚊的计划执行得力，未能在那里形成流行病。可是病毒却在这个地区依然存在，尤其是加勒比海地区，蚊虫也从来没有被根除。

舞台已经搭好。一旦灭蚊计划稍加放松，埃及伊蚊滋生到一定的数量，登革热就会入侵。

第九章 微生物的汇聚之处

1981年5月,哈瓦那经历了到那时为止全世界最严重的登革出血热流行病。此病疯狂流行了六个多月,至少34.4万人患病,11.6万人入院,158人死亡。在7月份高峰期,每天有1.1万哈瓦那居民病倒。为了控制和医治此病,古巴政府用去1.03亿美元。对于一个人口1000万、当年人均收入不足1500美元的国家来说,这是一笔不小的开支。

哈瓦那的人口为200万,病床不到2.5万张,深感难于应付,只好动员万余名医疗卫生人员,全力医治和控制登革热。不仅是在哈瓦那,最后还要照顾全国。在1981年5月到9月间,将近10%的哈瓦那居民感染了有病征的登革热Ⅱ型。

当研究人员测试哈瓦那的居民,看以前是否感染过登革热时,发现霍尔斯特德-亚马拉特关于连续感染和免疫系统受骗的理论是正确的:44.5%的古巴城市人口对登革热Ⅰ型有抗体,原来1977年曾有一次温和的病毒流行,在不知不觉中扫过全岛,只是增强了大批民众的天然免疫功能。

但是这就够了。

当登革热Ⅱ型袭击哈瓦那时,城里居民的免疫系统已经被激敏,正好上当,让它施展欺骗免疫系统的诡计。

古巴的流行病使美洲的公共卫生界大为震惊。一年以前,得克萨斯州的拉雷多有两名居民患上登革出血热,病毒是由本城发现的埃及伊蚊携带的,证明此种病毒已经传入北美。

1982年10月,印度的新德里大规模流行登革出血热,全城560万居民中有20%患病。令人遗憾的是,到此时世界卫生组织才不得不宣布,从1953年登革热Ⅱ型初次在马尼拉出现以来,试图阻止它传播的努力已经失败;这种病毒正在缅甸、泰国、老挝、越南、印度东部、斯里兰卡等国的大城市内和周边流行。

20世纪80年代,在美国疾病控制与预防中心驻波多黎各圣胡安的实验室工作的杜安·古布勒,带着几分担心,编写了拉美城镇各种类型的登革热不断上升的编年记录。每年,住院的人数都要增加,受感染的蚊虫都会扩大它们的地盘,城市登革热灾难的阴影也越来越浓,笼罩了整个半球。1990年他只能得出结论:登革热已是拉美的流行病。

登革热对美洲的威胁增大的一个重要因素是1985年虎蚊来到这个大陆。它是跟随一批来自日本、发往得克萨斯州的休斯敦的准备翻修的灌水旧轮胎而来的。这是一种极其凶猛的蚊虫,可以携带登革热和黄热病两种疾病,很快就会胜过美国比较温顺的家蚊。不到两年,虎蚊就在美国17个州的城镇吮吸人血。

"虎蚊的出现大大增加了奇怪的病毒被带进美洲城市人类环境的可能性,"古布勒说,"虎蚊会叮咬一切动物,比如老鼠,然后转过身来叮咬人类。"

古布勒警告人们:登革热并不是虎蚊传播的唯一病毒。雌性虎蚊的中肠可以携带多种病毒,包括已在其他哺乳动物体内发现但尚未在人体内发现的种类。相比之下,埃及伊蚊比较挑剔,只能吮吸人血,因此,只能传播已知的人类疾病。

"我们只会在危机出现时想法对付,"古布勒愤怒地说,"我们静静地等着危机发生,然后才想法处置。我们早该看到危机会来,早该提高警惕。但是根本没有经费,根本没有进行监控。"

当汤姆·莫纳特推断导致城市登革出血热在全球出现的事件时,他得出的结论是:微生物及其蚊虫媒介的每一次历史发展,都是人类活动的直接结果。在他发现西非的老鼠携带着拉沙病毒以后5年,莫纳特仍然在疾病控制中心设在科罗拉多州柯林斯堡的实验室工作,他细心查阅历史记录和当代的实验室证据,寻找有关登革热的线索。

他得出结论：第二次世界大战导致了埃及伊蚊携带的登革热在亚洲的出现。人员的大量流动、频繁的空袭、人口密集的难民营、战时灭蚊工作的中断——这些都利于埃及伊蚊数量的空前增长：1945年，其数量之大，很可能超过了世界历史上的其他时期。这种蚊虫能够把积水的弹坑变为滋生之处，从千百万战争的受害者身上吸血。这些人由于家园被毁，夜间无处躲避饥饿的昆虫的叮咬。

利用空运迅速调动部队，加上难民的大规模流动，便于各种类型的登革热病毒进入新的生态环境：它们被人带往各地，而这些人并不知道自己已受到感染。几乎是一夜之间，像菲律宾这样的地区，一下子就出现了全部四种类型的登革热病毒——若干世纪以来，菲律宾只有一种登革热变体感染人类和昆虫。第二次世界大战期间，日本、欧洲和美国的部队先后到过亚洲登革热流行的其他国家和地区，如缅甸、泰国、印尼、太平洋岛屿、中国等，后来又在菲律宾登陆。士兵们的血液中携带着登革热的各种变体，又传到菲律宾当地的埃及伊蚊身上。

在马尼拉的人、蚊之间经过数年的循环，制造急性出血与休克综合征的登革热II型所必需的免疫系统准备就绪了。莫纳特说，不同类型的登革热一种接一种地连续感染，这在第二次世界大战以前是不可能的，因为那时亚洲极少有一个地区流行多于一种登革热。

朝鲜战争和越南战争又为蚊虫的滋生和登革热的变体创造了更多的机会。1975年越南战争结束时，登革热的四种类型已经在整个地区的所有城镇流行。有趣的是，1981年古巴的流行病发生的时间是，为了培训专业技术人员和越南重建，两国进行紧张的合作和人员交流以后。

20世纪60年代，登革热袭击拉美时，亚洲有利于埃及伊蚊的生态环境在西半球也已具备：这是巨大的人口迁移浪潮涌向这个地区的大城市的结果。圣保罗、里约热内卢、加拉加斯、圣地亚哥等城市的棚户区和贫民窟的条件，从蚊虫的角度看，与战时的亚洲大体相似。莫纳特认为，20世纪70年代，全世界民用空中交通的发展便利了人员的流动，他们的体内潜伏着尚未露出病征的登革热Ⅰ、Ⅱ、Ⅲ、Ⅳ型。一旦他们到达拉美的城市，他们的登革热开始发病，就会把四种登革热病毒传给当地的蚊虫，并最终传给城市居民。

当登革出血热在哈瓦那的街道上暴发的时候，病毒又在马尼拉肆虐，发病人数多达百万。流行病，尤其是在儿童中间，成了菲律宾城市每年必有的大事。1981年以前，每年雨季开始后不久，登革热就会来到马尼拉，像钟表一样准确。几万儿童会感染登革出血热，15%的病儿会丧命。

第二次世界大战以前没有这种情况。可是到1980年，登革热已经成了亚洲流传最广的流行病中的一种。还会继续如此。

乌韦·布林克曼1981年估计，总的算来，由于慢性寄生虫病感染，发展中国家的城市居民中随时都有3亿人身患毁人体力的疾病，不时暴发的病毒性流行病，如登革热，不计算在内。布林克曼说：尽管大规模改建住房、修建排水系统、净化饮水、控制昆虫、改进垃圾收集方法等预防性措施对贫国政府来说可能开支过大，难以招架，但是坐视不理，代价要更大得多。对第三世界国家来说，医治寄生虫病花费极大，例如治疗利什曼原虫病需要240美元，要不就是干脆不治。既然没有什么发展中国家能为其公民治病，那么所要付出的真正代价就是：原来的农村疾病越来越猛的城市化倾向和由此而来的人命丧失、生产下降。

不幸的是，20世纪80年代的事态比布林克曼想象得严重得多。

第十章

远方的雷声
—— 性传染疾病与注射毒品者

  查抄蛇洞酒吧是异性恋者对同性恋者所干的丑恶勾当的又一例证，迫使他们转入地下，不时受到全市在道义上的谴责；迫使他们自轻自贱并产生偏执的想法；迫使他们最后进行面对面的斗争，争取解放，并一劳永逸地证明同性恋既不是变态，也不是软弱、病态、荒唐或愚蠢。同性恋是正常的。

——《村庄之音》，1970年

一

  1969年6月27日，星期五午夜前后，纽约警察局副检察长西摩·派因同公共道德科的办事人员检查了行动方案。他们将以无证售酒为名，查封格林尼治村克里斯托弗大街53号的一家酒吧。

  这是一家同性恋酒吧。几十年来，这样的查抄在纽约市的"道德"执法中早已司空见惯。这种查抄虽然很少合法，却也使许多招待同性恋者的酒吧关门停业，吓得雅间里的男男女女仓皇逃走，担心在警察的黑名单上被列为性变态者。

  和以往许多次一样，派因手下的便衣警察下了没有标志的警车，不慌不忙，横穿过克里斯托弗大街，经过狮子头——一家经常非常疯狂的异性酒吧，来到石墙酒吧。

便衣警察以军事化的精度包围了这家同性恋酒吧。派因走到里面，向经理出示了查封酒吧的批准文件：石墙的例行关闭开始。顾客被一个一个地领出酒吧，来到克里斯托弗大街上，在这里，他们故意做出各种怪模样，给格林尼治村逐渐围上来的观众看——嬉皮士、同性恋者、放浪形骸的人，都是纽约这个声名远扬又与众不同的社区的常客。气氛是平静的，甚至有几分逗着玩儿的味道。

直到15辆巡逻车出现为止。

几分钟之内，全面的动乱便爆发了：村里的同性恋者与警察厮斗，解救了被抓的同伴，宣布附近地区为"女王之家"。动乱持续了整个周末，带着一种欢乐和眩晕。

到星期一早晨，有关的每一个人——动乱者和警察，都知道发生了关系重大的事情。一夜之间，同性恋者的新政治组织纷纷成立，不仅是在纽约，还在美国的其他大城市，尤其是旧金山和洛杉矶。

"1969年6月27日星期五和1969年6月28日星期六两个夜晚将被载入史册。这两夜，成千上万的男女同性恋者第一次走上街头，抗议纽约存在多年的无法忍受的局面，即黑手党与纽约警察局的某些部门联手控制同性恋酒吧的局面。"一个自称"同性爱青年运动"的组织印发的小册子说。这个组织敦促市里的同性恋者抵制匪帮控制的酒吧，要求警察停止查封行为。

数日之间，村里到处都是印刷的招贴，直言不讳地一样为"同性恋者"和"异性恋者"说话："你认为同性恋者在造反吗？说他妈的实话，我们是在造反。"

第十章 远方的雷声

同性恋者解放运动来势凶猛，就像猛烈摇晃后刚刚打开塞子的香槟。许多组织的政治要求无非是改变以往偷偷摸摸的同性恋活动，允许公开的、大方的行为。但是纽约和旧金山的同性恋组织独树一帜，不仅公开宣布自己是同性恋者，而且宣布他们有权进行自己的性行为，于是两个城市变成了具有强大吸引力的地方，吸引着美国小城市中甚至全世界长期受压抑的同性恋者。

看来，两个城市不仅仅可以提供经济机会。

"石墙酒吧动乱"一年以后，纽约的同性恋活动分子在中心公园举行纪念性示威活动。据《纽约时报》估计，参加者约有两万人。同一天，洛杉矶1000名、旧金山100名同性恋者举行游行。

布鲁克林区一个瘦瘦的年轻活动分子名叫马蒂·鲁滨孙，当天在中心公园对着电视记者做怪脸，然后改换表情，蔑视地对着镜头说道：这次示威"向本州和本国的当权者表明，同性恋者不再躲躲藏藏了"。

1970年的那一天，谁也不曾想到，仅仅在8年以后，6月27日就会作为"同性恋自由日"在全世界的城市举行纪念活动，吸引了37.5万人成群结队涌向旧金山，数万人来到华盛顿、洛杉矶、迈阿密、纽约、芝加哥的街头。在巴黎、伦敦、阿姆斯特丹和柏林等地，甚至还有小规模的同情集会。1978年，美国的同性恋权利组织动员了大规模的游行示威，抗议从前的美女皇后阿妮塔·布赖恩特变成极右翼的发言人。出言直率、"亲基督教"的布赖恩特有两大主张：消费佛罗里达的橙汁和取消最近好不容易在少数城市特别是旧金山为同性恋者争取到的民权。旧金山同性恋组织领导人哈维·米尔克号召全国的同性恋者前来旧金山，参加1978年6月27日的同性恋自由日游行，向布赖恩特和其他反对同性恋权利的人"发出一个信号"。他们果然说到做到。

1978年，旧金山的同性恋者已经是一支重要的政治力量。据旧金山著名的同性恋编年史学家兰迪·希尔茨说，1969年到1978年之间，向旧金山迁移的同性恋人数超过了加州淘金热，人口中增加了3万同性恋者。1979年以后，旧金山每年仍吸引5000名同性恋者迁入，直到1988年。

1978年11月，因领导人由于信仰问题被暗杀，美国同性恋权利运动的声望达到了令人难以置信的高度。哈维·米尔克当时是全市第一个公开身份的同性恋者官员——监督委员会的成员——在办公室被枪杀身亡，同时遇刺的有市长乔治·莫斯科内。刺客是另一个监督官，原来的警官丹·怀特。后来他提出一套巧妙的辩护词，说是由于吞食甜点（"女主人特温基斯"牌）过多，一时失去理智，据此，他被从轻判处。陪审团接受了所谓特温基斯辩护词，被同性恋者说成是"同性恋恐惧症"的丑恶表露。

米尔克的被杀使美国同性恋权利运动牢牢跻身于民权运动的行列。尽管非洲裔的美国人讨厌别人把他们的民权斗争跟同性恋者的斗争混为一谈，也坚决抗议把哈维·米尔克比作马丁·路德·金，抗议把石墙酒吧动乱与罗莎·帕克斯拒绝在种族隔离的公共汽车上坐在后排的事同等看待，但这些对同性恋活动分子年轻、兴奋的心情毫无影响。

20世纪70年代末，一种欢聚的气氛笼罩着旧金山和纽约的同性恋社团，也笼罩着蒙特利尔、洛杉矶、华盛顿、巴黎、柏林、阿姆斯特丹等城市，只是程度稍低而已。夜复一夜，同性恋社区挤满了年轻人，决心要弥补失去的时间似的，在幽会的时间只管匆匆地跳舞，姿势的优美与否如对手的姓名一样，都可以不管不问。

"我是个欣喜若狂的放荡女人。"博比·坎贝尔后来说起他此

第十章 远方的雷声

时度过的日日夜夜。他是"永久欢乐姐妹会"的会员。这个组织里都是一些高高兴兴的身穿女装的男子,旧金山每次有重大的公众集会,他们都要穿上修女的服装前往。坎贝尔同千千万万别的人一样,有充分的时间参加群众性的狂欢。

从全世界来看,20世纪70年代正是一个性解放的时代,一个年轻的成年人性实验的时代,为了追求城市夜生活的刺激而又不留姓名,从内罗毕到阿姆斯特丹,异性恋者和同性恋者都纷纷来到时髦的大都会。避孕药片使年轻妇女免除了无意间怀孕的后顾之忧,有史以来第一次,异性偷情不致怀上祸害。在欧洲和北美,在新气候中如鱼得水的是同性恋者;在发展中国家特别是非洲,得益的则是年轻的异性恋者。从伦敦富裕的西区到阿比让的闹市,联系这种活动的是一种新的性环境:迪斯科。在全世界各地的酒吧里,年轻的成年人听着电子音乐饮酒或跳舞,眼睛滴溜溜地转着寻找可能的伙伴。在不够友好的大城市里僵硬、生疏的气氛中,迪斯科一下子就把人拉近了。如果同一个陌生人离开迪斯科舞厅有什么潜在的危险的话,却更会在性诱惑中增添几分冒险。对千百万妇女尤其是发展中国家的妇女而言,这种气氛提供了往往是唯一的独立收入的潜在财源:卖淫。

最后,在20世纪70年代末和80年代,整个发展中世界出现了男子就业的新模式。年轻男子为婚姻或家庭所累,离不开乡村或小镇,便乘短途车到大城市去找活儿。他们每星期一早晨成群结队地离家,从乡村集中到内罗毕、哈拉雷、孟买、利马、阿比让等城市里,住在廉价客店或工人居住区,直到星期五晚上,然后回到村里过周末。对许多人来说,迪斯科的事就插进来了:在城市时的夜间会找一个年轻的小姐——不管是不是妓女,周末回到妻子身边。

这种事情以前就在城市里发生过。在亚里士多德和柏拉图的时代,雅典性活动(同性的和异性的)成风,连众神都淫乱不止。但是20世纪末,同时有多个性伙伴的人数量却是空前的。现在世界上已有50多亿人口,城市居民的比例越来越大;空中旅行和群众交通工具发达,便于人们从世界各地前往自己挑选的城市;大规模的青年运动日益高涨,主张性自由等;工业化世界女权运动活跃,促进了妇女的性自由;整个地球上轻下重,25岁以下的年轻人比例很大——在这种情况下,毫无疑问,城市性能量的规模和强度将是无可比拟的。

"同性恋者为什么老他妈的干那事?好像我们没有别的事情好做似的……我们要做的就是住在我们的社区,跳舞、吸毒、性交。"话剧《同性恋者》里一个筋疲力尽的人物叹道。话剧的作者是纽约的同性恋者拉里·克雷默。

20世纪70年代末期,虽然这种不知姓名的性活动的精神代价对许多参加者已经很明显,但是其中的微生物伤害却只有关注此事的少数公共卫生官员看得出来。这件事很容易被忽略。

1980年,总的说来,美国人和西欧人的健康状况比起前一代人或生活在南半球的人要强得多。那一年,美国死亡人口几乎全部是由慢性病、事故、自杀或老年病造成的。

可是,美国国家卫生研究所的经费只有34%用于各种疾病包括传染性疾病的防治。1980年,所里的传染病防治预算比1969—1976年的水平下降了16%。

根据报道的死亡统计数字,这种经费的转移看来是完全合理的。自从发现用抗生素治疗梅毒和淋病以来,整个工业化世界的性传染疾病已经大大减少。20世纪20年代,美国每年有9000人死于梅毒,6万名儿童生来就感染了螺旋体。1940年,发明抗生素的前夕，1.3万名美国人死于梅毒。但是到1949年，有了抗生素疗法以后，死于梅毒的美国人不足6000。各种迹象表明，随着医生对抗生素使用方法的改进，越来越多的感染者前来寻医问药，梅毒的死亡人数还会继续下降。因此，把防治性病的联邦开支预算从1949年的1800万美元猛减到1955年的仅仅300万美元，谁也没有感到不妥。

1970年，每1万个美国人中只有0.02人，即每百万人中只有2人身患梅毒。淋病的死亡率也在下降。大多数医生认为两种疾病都很容易治愈，因此也容易控制。

可是1975年却显示出这种过分自信的愚蠢：在1965年和1975年之间，美国淋病病例上升两倍，梅毒上升3倍。到20世纪80年代初，每年有250万人感染淋病，梅毒排在淋病和水痘之后，成为美国第三大常见传染病。

抗生素出现以后，死于淋病的美国人寥寥无几，但它也并非毫无危害。它明显地可以引起卵巢和输卵管感染，造成妇女骨盆炎，最终不得不做大型手术，承担不能生育的风险。在1977年到1980年之间，美国每年有85万妇女染上骨盆炎，其中20%是由于有关的淋病感染而得病的。

骨盆炎愈后没有明显的长期后遗症的妇女，由于生殖器官受到感染损伤，遭受宫外孕的可能要比别人大10倍；宫外孕是有生命危险的。美国宫外孕的人数由1971年的1.93万例猛升到1978年的4.2万例。不单是宫外孕人数增加，而且一般孕妇感染那种危险病症的可能性也增大了。1970年，美国每1000名孕妇中有4人胎儿异位，10年以后每1000名孕妇中有13.5人胎儿异位，增加近3倍。

最终，身患骨盆炎的妇女约有15%失去生育能力，可能是由于卵巢感染,也可能是由于危及生命的疾病进入晚期,不得不做子宫切除术。每5名骨盆炎患者中有1名需要住院。1978年估计,治疗骨盆炎的直接和间接费用已接近10亿美元大关。到20世纪80年代中,美国治疗骨盆炎的直接和间接费用每年将达26亿美元;研究人员预计,由于这种综合征及有关性病的发病率的增长显然已呈无法控制的趋势,所以到1990年社会的开支将超过35亿美元。

其他微生物也能引起骨盆炎,包括沙眼衣原体(Chlamydia trachomatis)。到1983年,这种病菌每年在美国成年人中引起300万新的病例。同淋病一样,在20世纪70和80年代,衣原体在美国的发病率不断上升。两种感染的增多同一定时间内一个人的不同性伙伴的数量成正比。

1976年,情况发生了突然的变化,进一步恶化了性传染疾病的形势。

1976年8月27日,疾病控制中心宣布有两个人——一个在马里兰州,另一个在加州——感染了一种显然是新的突变型淋病,青霉素治疗不起效用。进一步检查后,疾病控制中心断定是淋病奈瑟球菌(Neisseria gonorrhoene)制造了一种酶,破坏了青霉素;这种变体被称作"产生青霉素酶的淋病双球菌",缩写为PPNG。

10月,疾病控制中心又发现10例青霉素耐药淋病,调查发现,除1人外,其余9人,不是患者本人就是其性伙伴最近到东亚旅行过。同时,英国港城利物浦的公共卫生当局宣布,前8个月,该市共出现40例产生青霉素酶的淋病双球菌感染者。

1977年初,美国各地纷纷报告出现产生青霉素酶的淋病双球菌患者,三分之一的病例涉及从亚洲特别是菲律宾回国的美国军人。美国海空两个军种在菲律宾都有大型基地，周围是一些人口密集的城镇，多少万人都急于赚取美元。基地附近娼妓尤其盛行，黑市上向明娼和暗妓出售青霉素。

在菲律宾的调查显示，美国军事基地附近的城市里的淋病，约40%属于产生青霉素酶的淋病双球菌。感染淋病的驻菲美国军事人员有一半感染的是产生青霉素酶的淋病双球菌。

"看来，控制产生青霉素酶的淋病双球菌的活动也无非是延缓它向全世界传播而已。"美国国家卫生研究所的一个小组在1977年得出了这样的结论。

疾病控制中心在宣布菲律宾因素的同一周，又宣布佐治亚州一名男子身患一种新型淋病，对医治这种疾病的另外两种常用药——壮观霉素和氨苄西林——也有耐药作用。疾病控制中心查阅了1976年以前在全国收集的9000例孤立的淋病病历，发现在1977年2月以前，美国没有耐壮观霉素变体的证据。但是它却存在于丹麦，1976年曾在那里发现两例病人。

到1977年5月，已经在17个国家发现产生青霉素酶的淋病双球菌的变体，北美和欧洲的病例都可以追溯到菲律宾或西非。到那时为止，美国发现了150例，大多数在纽约市，其中3例涉及对3种药物——青霉素、氨苄西林、壮观霉素有耐药作用的微生物。疾病控制中心告诫医生在治疗淋病病人时，对抗生素的使用务必千万小心，不然的话，"由产生青霉素酶的淋病双球菌引起的抗壮观霉素反应的可能性将会增加"。

不出4年，对淋病的治疗将会变得异常复杂，制造麻烦的不但有产生青霉素酶的淋病双球菌和耐壮观霉素的微生物，而且有一种变体，对抗生素的整个四环素家族都有耐药性。不久，这些微生物就在美国城市中的同性恋男子、黑人和拉美人种中的异性恋男子中间疯狂流行起来。

带状单形病毒Ⅰ型（herpes simplex Type Ⅰ），即HSV-Ⅰ，是一种普遍的儿科疾病，从它产生的明显的唇疱疹上就能诊断出是这种病。1980年，北美和欧洲90%的老年居民对HSV-Ⅰ都有抗体，表明在他们一生中的某个时候曾经感染过这种病毒。但是，由于个人卫生水平的提高，同时也由于了解到带状疱疹会产生传染性病毒，所以20世纪50和60年代工业化世界的儿童发病率有所降低。

通常危险性较小的HSV-Ⅰ降低的结果是，带状单形病毒Ⅱ型（herpes simplex Type Ⅱ，HSV-Ⅱ）能够感染更多的人群。HSV-Ⅰ使受过感染的人产生抗体，对HSV-Ⅱ也有微弱的交叉反应，因而对这种较为危险的病毒也有某种防护作用。

HSV-Ⅱ主要通过人类性交传播。这种病毒有几个特点，使它能在性生活频繁的人群中轻易传播。它能感染神经细胞，并在比较安静的宿主身上一连隐藏若干年。在任何时候，甚至在感染后几十年间，它都可能从感染的神经细胞中露头，成千上万地自我复制，在患者的生殖器、口腔或肛门四周产生令人痛苦的疱疹。此时，这些部位就成了散布着千百万带状病毒的场所，传播给人类性伙伴的可能性极高，在某种情况下几乎是百分之百。

HSV-Ⅱ通常在青少年和成年人身上发现，20世纪70年代以前，活动病例主要见于妓女和嫖客间。但是1981年对多伦多的中产阶级青年进行的一次调查发现，15%的人感染了生殖器官带状病毒。西雅图的调查显示，全市将近一半的同性恋者和四分之一居住在贫穷社区的妇女也受到感染。

在1966年到1981年之间，经医生治疗过生殖器官带状病毒的美国人数增加了9倍。

第十章 远方的雷声

英国、以色列、泰国、新西兰和整个西欧也出现了类似的增长，在这些国家和地区，寻求医生治疗HSV-Ⅱ的总人数，在1975年到1982年之间每年增加12%。

研究人员发现，这种病毒可以在妇女的子宫膜里静静地一待数年，等到妇女怀孕时才造成伤害。这时它会造成流产，或传播给胎儿，致使新生儿全身受到痛苦的感染。对病儿的治疗需要万分小心，病儿在许多情况下会不治身亡。

尽管引起了公众的恐慌，但是HSV-Ⅱ的感染仍然继续猛升，1986年，居住在美国主要城市的成年男子中感染的居然占60%。

20世纪70年代，据研究人员称，性传播的其他各种微生物几乎都呈上升趋势。细胞巨化病毒（cytomegalovirus），简称CMV，在前往美国性病诊所治病的男人和女人的血液和生殖器官中发现得越来越多，截至1980年，到这类诊所检查的妇女中，有25%的人子宫感染活跃的CMV。

软下疳（chancroid）是一种细菌性疾病，能在直肠和生殖器官引起溃疡。与其他主要性传染疾病相比，它不太普遍，但是正如公共卫生当局所说的，溃疡处可以成为"一道入口"，供其他微生物进入人体。1975年，软下疳发病降到美国历史上的最低点，报到联邦当局的不足500例。可是紧接着势头就改变了，奥兰多、纽约、波士顿、费城、达拉斯、洛杉矶以及美国其他城市都暴发了此病。截至1987年，美国每年报告的软下疳病例都增加10倍，一年达到5000例，也就是1950年的水平。

同淋病和衣原体一样，软下疳细菌，即达可雷氏杆菌（Haemophilus ducreyi），也是围绕着抗生素的治疗而发生突变的。从一个达可雷氏杆菌转向另一个达可雷氏杆菌的机动质体上带有的基因，使得这种微生物对氨苄西林、磺胺、氯霉素和四环素有耐药作用。结果，到20世纪80年代中，治疗软下疳变得非常困难。

1982年，H. H. 汉兹菲尔德集中谈到对于各种性传染疾病的上升，美国医学为何迟迟无法对付：

> 在第二次世界大战和青霉素发明以后，许多医生和公共卫生当局都相信，当时美国最凶猛的性传染疾病——梅毒和淋病，不久就会基本消灭。因此，人们普遍认为这个问题可以安全地交给公立性病诊所处理。许多私人医生对于这种办法也甚为满意，因为现在他们或多或少总要涉及这些被视为"不太干净"的疾病，而且要追踪病源，又会遇到难办的、往往也是微妙的问题。不过，这样一来公立诊所的地位却被贬入二等，经费不足，人员不齐，即使卫生部门下设的诊所也是如此。同时，医学院校也大大贬低性传染病系科。既然问题"得到控制"，显然再培养这种医生已经没有多大意义。整个学术部门的"梅毒学"科室被解散，性病学被从医学研究和医学培训中剥离。美国大多数医学院校只有几个小时的性传染疾病课程，通常是在正式的医学训练之前进行；只有少数几个院校有一点这方面的临床训练。

20世纪60年代末到80年代初之间，各种性传染的疾病在西欧国家也有上升，但是由于公共卫生部门迅速采取行动，一般没有发展成美国那样规模的流行病。例如英国在1968年梅毒曾经复发，但全国立即采取控制行动，到1978年，异性恋者间的发病率已大大降低，不过梅毒的同性恋传播却有增无减。英国对淋病的控制要逊色一些，1957年以后，性行为活跃的各种人群中的淋病都呈稳步上升趋势。

在控制生殖器官带状单形病毒的传播方面，没有一个国家称得上卓有成效。从1970年到1984年，英国的带状病毒病例逐年猛增，从一年4000例，猛升到2万例。不过到1980年，软下疳在多数欧洲国家已经消失。

在发展中国家，性传播疾病的危机至少同美国一样明显。骨盆炎在各种妇科疾病中所占的百分比越来越大，尤其是在非洲。1980年在乌干达的城市中，骨盆炎患者在所有的妇科病人中占30%；在赞比亚占26.5%；在埃塞俄比亚占30%；在尼日利亚占30%；在肯尼亚占40%；在津巴布韦占44%。宫外孕的比例也在上升，在有些国家，产妇死亡人数的三分之一是由宫外孕引起的。

大多数骨盆炎是由淋病或衣原体引发的。两种疾病在发展中国家的大多数城市中都已失去控制。到20世纪80年代初，淋病对抗生素的耐药作用已经非常广泛，有效剂量相当于1950年的100倍。在一些亚洲国家，超过一半的病例涉及产生青霉素酶的淋病双球菌，对于不止一种抗生素有耐药作用的变体正在增多。

20世纪80年代初，年轻人中患淋病者极多。患病人数最多的是乌干达，在恩德培和坎帕拉两地到计划生育诊所看病的妇女，有40%受到感染。其近邻——肯尼亚的内罗毕，64%的廉价街头妓女受到感染，内罗毕四分之一的高级妓女携带这种病菌。

到计划生育诊所看病的妇女中，梅毒的发病率高低不等，沙特阿拉伯低到1%，喀土穆高达35%。在大多数发展中国家的妓女中，梅毒流行极广，发病率50%到70%是普遍现象。

衣原体在孕妇中的发病率也很惊人。例如，在南非的农村，只有1%的妇女染病，但是在约翰内斯堡和开普敦，发病率超过12%。肯尼亚报告的衣原体发病率为29%；斐济居世界之首，在测试的孕妇中，有45%感染此病。

数字最能说明问题，它向人们发出了警告，只是基本上无人理会罢了。

二

1978年，萨布哈什·希拉博士正在力求改变现状。从他在印度的巴罗达学医结业并在孟买工作以来，这位年轻的医生就一直不甘心。在印度，学习西医的正直医生出人头地的机会并不多，除非家里有钱，开一个私人诊所。要想谋个职位，当一名政府雇用的年轻医生，逃脱卫生部的官僚主义关卡，更比登天还难。

因此，他轻而易举地就被赞比亚政府招募，去主持一个全国性的新计划，控制梅毒、淋病以及其他性传播疾病——都是"无脸见人的疾病"。

到达卢萨卡后，希拉立即注意到城里有许许多多的未婚或不愿受周末之夜的誓言约束的青年人。新人不断涌入，城市简直要爆炸；住房十分紧缺。男人数目超过女人，许多男子都是游击队员，正在为推翻罗得西亚、南非或纳米比亚的政府而战斗。

1978—1979年，希拉在赞比亚的主要医科院校——大学附属教学医院（University Teaching Hospital）里面找到一间简陋的土坯办公室。他制订了一个性病控制计划，目的是保存发病记录，并准备用预防和治疗来代替"无脸见人"。

他还调查了小批的卢萨卡人，确定性传播疾病的发病情况：这样的事，旧日的北罗得西亚殖民主义政府从来没有做过；殖民主义以后的赞比亚卫生官员也认为不是当务之急，因为国内另有疟疾、营养不良、其他致命性儿科疾病如麻疹等，都已成灾。

第十章 远方的雷声

希拉一时还弄不清楚他手头的性病数字表现出何种趋势，但是仅仅这些数字本身就够让人吃惊的了。梅毒猖獗。全部流产病例中有19%是由它引起的，卢萨卡的每1000个新生儿中有32个受到感染，约16%在临产前或产后死亡。

在计划生育或妊娠诊所测试的卢萨卡妇女中，有14%患梅毒，11%患淋病。衣原体和软下疳也很凶猛，希拉怀疑这四种性病的发病率在青年男子中会更高。

在卢萨卡城外和赞比亚铜矿周围人口密集的地区，这些疾病比较少见，可是希拉注意到，市区的许多工人会在节假日回到乡村与妻子见面。他心中暗想，还会用多久，性病就会传播到农村？又会用多久，千千万万的自由战士就会把卢萨卡感染的微生物带回本国？

1980年，希拉在大学附属教学医院里设立了一个性病测试诊所。所里马上便应接不暇。男男女女，携儿带女，等着看病，他们丢开羞耻，忍受着熟悉的"排长队"的无聊。有人一等几个小时，而希拉和他的助手们面对涨潮般的人流，只有脚不点地，穷于应付。

远在冰天雪地的密歇根州，琼·奥斯本博士正在审阅经费申请，希望由国家卫生研究所拨款进行性传播疾病的研究。当她开始在国家卫生研究所担任咨询工作时，她和美国大多数性病研究人员一样，正集中精力研究异性恋传播的带状单形病毒。但是到1979—1980年，她注意到一件令人烦恼的事：各种性传播的疾病都在增多，其速度在一般人群中约为每年1%，但在同性恋男子中，每年竟高达令人难以置信的12%。

"恐怕我们看到的是一种新的生态状况。"奥斯本对国家卫生研究所的同事们说。凡是有大型同性恋社区的地方，各种疾病，尤其是梅毒、淋病和乙型肝炎的发病率就高得惊人。

对奥斯本而言，一项令人惊讶的发现涉及溶组织阿米巴寄生虫（Entamoeba histolytica parasite）。这种寄生虫通常在发展中国家人口密集地区的食物和饮水中发现，在美国极少看到。可是在20世纪70年代末，它却出现在纽约、旧金山、洛杉矶以及其他少数城市的同性恋男子的肠道里。在发展中国家，溶组织阿米巴是一种流行病，寄生虫可以形成肠糜烂，造成溃疡，散布更多的生物体，有些生物体还可以进入肝脏，导致严重损伤。

随着关于同性恋男子间溶组织阿米巴病暴发的报告升级，奥斯本及其他公共卫生官员都变得严重不安。到70年代结束时，超过20%的美国同性恋男子都感染了溶组织阿米巴寄生虫，而在5年以前，美国却没有当地感染的病例。所幸的是，在美国常见的微生物变体毒性并非特别大，大部分人病征不明显或根本没有病征。

但是对国家卫生研究所的研究计划人员来说，事情发展得很快：用奥斯本的话说是"太快了"。大多数只研究异性恋的中年研究顾问弄不懂当时在同性恋社区发生了什么事。

"每一次代表国家卫生研究所做实地考察，'多个性伙伴'的定义就会发生变化。起初，它指的是每年有10到20个伙伴，那是1975年的事，"奥斯本解释道，"后来到1976年，它指的是每年有50个伙伴。截至1978年，我们说的是每年100个性伙伴；现在（1980年），我们用这个词来描述一年中的500个性伙伴。"

"我简直被吓呆了。也许有几分难以置信，但我确实被吓呆了。"奥斯本最后说。

1980年的初步调查报告还只有国家卫生研究所的奥斯本小组和疾病控制中心的联邦当局看过，报告显示，细胞巨化病毒正在同性恋男子中迅速蔓延。1981年，疾病控制中心告诉全国的医生，又出现了一种史无前例的新型同性恋男子流行病——细胞巨化病毒。细胞巨化病毒通过宿主在成人间大规模传播，以前从未在任何地方看到过。

从加拿大和西欧城市的公共卫生当局不断传来关于同性恋男子中稀有病症的报告。在巴黎、阿姆斯特丹、伦敦、罗马、马德里、蒙特利尔、多伦多、哥本哈根——研究人员调查的一切地方，发病趋势都是一样的。

"我们必须注意这种生态，"奥斯本说，"正在发生一些令人担忧的事情。"

对于高高兴兴参加同性恋自由运动的人来说，这就是性解放的生态。可以说，这也是为新的自由付出的代价。

"我自己估算，从1973年进入性活跃期以来，我在浴池、小屋、同性恋者幽会处、茶馆里，共有3000多个不同的性伙伴，"同性恋通俗歌手迈克尔·卡伦写道，"结果，我就有了下列各种性传播的疾病，而且不止一次得病：甲型肝炎、乙型肝炎、非甲/非乙型肝炎、带状单形病毒Ⅰ型和Ⅱ型、性疣、蓝氏贾第鞭毛虫、溶组织阿米巴、副痢疾杆菌、沙门氏菌、梅毒、淋病、不明原因的尿道炎、衣原体、细胞巨化病毒、爱泼斯坦-巴尔病毒、单核细胞增多症，最后还有隐孢子虫病。"

疾病传播的另一个原因是同性恋文化的变化。以往，角色分工是普遍现象，在鸡奸的过程中，有的男子老是担任被动的接受者，有的男子则总是扮演给予者。但是在同性恋解放的文化中，角色分工被免掉了，甚至成了忌讳，更多的男子担任了两种角色。对微生物来说，这就改变了鸡奸的生态，利于疾病迅速传播成灾。举例说，约翰在一周间担任被动角色，从萨姆那里感染上直肠淋病,如果下一周约翰换过来担任给予者角色,他把这种微生物传给查利的机会就会大得多。而如果约翰继续担任被动角色,他的性伙伴就可能不会染上他的淋病。如此看来,如果一名男子在一年间有500名性伙伴,他就可能从他的250名给予者伙伴中的某一人身上感染一种非常奇怪的微生物,然后再继续感染他担任给予者时的另外250名被动男子。由于肛门和直肠部位没有强大的免疫系统,更加大了疾病迅速传播的机会。这样,一个人就可以把一个微弱的微生物信号扩大250倍,制造一种流行病的环境。

可是在1980年,对于公共卫生科学家来说,这些同性恋行为的任何细节都不是他们在学术上乐于探讨的题目。尽管他们绘出了北美和欧洲同性恋社区性病上升的曲线,并且在会议上讨论这种趋势,却很少有科学家愿意探讨这种"新生态"。这是个惹事的题目,在政治上也很招风。

在哈佛取得了病毒学博士的学位后,唐弗朗西斯又受聘于疾病控制中心,在亚利桑那州的菲尼克斯任职。乙型肝炎仍是他最关注的课题,自然没有放过同性恋男子间发病率惊人的上升趋势。到1980年,他已经在全国找到一批同性恋男子,同意定期检测乙型肝炎。他们的总人数为6875人,大多数在旧金山;唐弗朗西斯希望通过跟踪这些人,确定同性恋者中乙型肝炎的传播趋势。

唐弗朗西斯此时已经成为世界著名的乙型肝炎专家。1979年,他曾参与调查的印度的一次乙型肝炎暴发,是由于为325人注射感染了肝炎的人类免疫球蛋白造成的。从1978年到1983年,他曾参加另外3次调查,查的是医院传播的乙型肝炎:巴尔的摩的一名牙医曾将病毒传播给6名病人,康涅狄格州的一名口腔外科医生在1978—1979年间感染了百余名病人,密西西比州的一名妇科医生在1979—1980年感染了3名做手术的妇女。上述3例,按常规使用手术手套后都不再传染。

这件事向唐弗朗西斯显示，乙型肝炎病毒与食物携带的甲型病毒不同，主要是通过血液与血液的接触传播的。这种接触可以用一层乳胶隔开。

对唐弗朗西斯来说，这就是他建议同性恋男子开始使用安全套的主要原因，但疾病控制中心听了这种建议却不高兴。疾病控制中心仍然坚持老的性病处置办法：查明病情，联系其所有的性伙伴，对每个人进行抗生素治疗。

但是乙型肝炎是一种病毒，无法用任何药物进行有效的治疗。而且，如果一个人有多名不知姓名的性伙伴，追踪显然也是不可能的。唐弗朗西斯认为别无他法，只能阻断病毒传播的途径，进行预防，其方法要么是设置一道具体障碍（安全套），要么是提高免疫力（注射疫苗）。1980年，他积极地鼓吹两种办法，由于他办事粗豪坦率，得罪了疾病控制中心不少守旧的当权者和性病学家。不过唐弗朗西斯是个事业心很强的人。他办事匆忙，也喜欢采取离经叛道的行动，所以越来越直言不讳地谈论乙型肝炎的预防。根据他和马克斯·埃塞克斯做的实验室研究，和他对阿拉斯加土著进行的考察，以及土著间肝癌的流行和乙型肝炎的感染情况，他确信同性恋男子中肝炎增加的趋势，正预示着同性恋肝癌的流行。他表明安全套的使用可以阻断疾病的传播。众所周知的是，每10个新感染乙型肝炎的成年人中会有1人成为慢性的病毒携带者，有可能在几十年间感染别人，自己也有转变成肝癌的危险。

1978年联邦研究人员估计，美国共有20万乙型肝炎病毒携带者，但是由于同性恋流行病袭击旧金山、纽约、华盛顿、洛杉矶、迈阿密、巴黎、伦敦，以及其他重要城市，显然，这个数字只能算一种揣测而已。1981年底，旧金山卫生局的官员估计，全市

73%的同性恋男子"正在患着或曾经患过"乙型肝炎；帕特·麦格劳医生估算，至少1000名同性恋男子是病毒携带者，也就是说，全市每50名公开的同性恋者中大体就有1个病毒携带者。

在疾病控制中心总部，哈罗德·贾菲和吉姆·柯伦两位博士阅读着各地传来的乙型肝炎报告，他们意识到所有性活跃的美国青年，尤其是同性恋者，在1980年染上性传播疾病的机会，比起10年以前的青年人要大得多。目前，公共卫生当局能够提到的性病控制作用本来不大，他们感觉这种增多的趋势会使控制完全失去效用。他们在疾病控制中心内部和医学会议上都提出这种看法。

贾菲每次从这类会议上回来时总是焦急万分。没有几个医生或科学家能理解他的担心，许多人到1980年底还说什么在医学上"确实没有更大的必要来加强传染性疾病的专业研究"。

贾菲现年34岁，是柯伦的部下；柯伦刚过36岁。贾菲带着几分东北部人的热情，柯伦则有典型的中西部人的冷静。柯伦是1978年底从俄亥俄大学医学院转入疾病控制中心的，原来是一位预防医学教授。现在他是中心的性病控制处研究部门的负责人。

柯伦说话低调，事事挑剔，使许多人错误地认为他是个古板守旧的人。可是早在他到疾病控制中心以前很久，他就得出这样的结论：对性病进行控制的老办法，甚至使用"性病"这个词本身，早已过时。对于他毫不犹豫地承认已经失控的问题，他主张采用新的方法。

同贾菲、唐弗朗西斯、奥斯本一样，柯伦也承认，在某些同性恋人数很多的城市里的同性恋男子中，正在发生一些特殊的问题。他设法向迈克尔·卡伦所称的"花柳病医生"、他们的病人以及同性恋组织提出警告。可是人人都是乐而忘忧，听不得许多。

况且经过各种政府部门和医疗组织几十年的苛刻对待，包括20世纪50年代被美国精神病协会正式称作头脑有病的人，现在同性恋男子不愿再让另一个当官的告诉他们放慢脚步。

三

到1980年，30岁的格雷戈里·霍华德染上毒瘾已经13年了。他没有亲人，是瘾君子人群中的一个成员，生活在纽瓦克被烧毁的居住地的极端贫困之中。

1967年他还是个低年级的中学生。那年的暴乱以后不久，他第一次往静脉血管里注射海洛因。他为人热情，成绩优秀，原本是可以逃出新泽西臭名昭著的贫民窟，过上较好的生活的。

"生活对格雷戈里本来是美好的。"霍华德说，他提到自己时总是用第三人称。"是的，没错，真的是美好的。我的父母对我十分关心，无微不至。可是，格雷戈里只能……只能另谋生计。"

1967年，美国的种族关系十分紧张，每一个人都记忆犹新。当民权运动的领导人将斗争的重点由南方各州移向工业化的北方时，运动也就超越了文质彬彬的静坐示威及和平进军阶段，进入了发泄熊熊怒火的时期。20世纪60年代中，种族紧张已经到了一触即发的程度。

1967年，纽瓦克点燃了导火索。在贫民窟的居民同警察及国民警卫队的冲突中，一排一排的房屋燃起冲天烈火。坦克在街上巡逻。

格雷戈里又惊又怕，他躲在风暴之外。但这件事让他感到悲哀和无奈。后来，他沿着普林斯大街往前走，来到普林斯和汉密尔顿的交叉路口，看着眼前烧黑的建筑，那曾是他的朋友、老师、亲属居住的地方。他第一次用了海洛因。他原来的一个女朋友已经在注射，她高高兴兴，忘记了一切忧愁。为什么不试一试呢？

现在到了1980年。霍华德的鼻梁断了，左腮留着一条弯弯曲曲的老大的伤疤，走起路来摇摇晃晃——这全是毒贩和无赖、流氓毒打的结果。他千万次在臂上、颈部和大腿根扎针，静脉已经找不到，找到的地方也即将破裂或形成血栓。他的肝脏已经硬化，因为他有肝炎。

为了避免被搜到毒品而被捕，霍华德很少随身携带海洛因或用具——调药器、止血带、针管、针头等准备和注射毒品所需的东西。他和大多数熟悉街头情况的吸毒者一样，手头总有一点点街上买到的次货，即使被抓到也构不成大罪：安定、大麻、各种"镇静药"，好在发瘾时暂救一时之急。口袋里有现钱的时候，他会到公寓里、废弃的建筑物里、小巷里、停下的汽车里、公园里，找到毒贩，并用毒贩或另一个有毒瘾者提供的工具来上一针。

"总有一天，我他妈的要戒掉毒瘾。"霍华德会说，眼睛瞧着纽瓦克的千百座空荡荡的破房——那是1967年留下的遗迹。

海洛因、可卡因、安非他命，以及在光天化日之下美国和欧洲许多大城市可以轻易买到的其他许许多多毒品，并非一直是公共卫生的灾难。但是到1980年，却对城市卫生明显地形成一次危机——为微生物造成一次机会，一种新的生态。

城市里的人们互不相识，这对违法行为起了掩护作用。人口密集，有的是源源不断的顾客，即使自我毁灭的产品也有人买。人们彼此不知底细，这就保证总会有人愿意付出健康、金钱、名声，来换取一时的轻松，不管它是烈酒、安定还是海洛因。

一袋两磅（约900克）重的纯海洛因一旦运到纽瓦克，就会用90%或95%的其他化学物品来"掺假"或"稀释"，使批发商

第十章 远方的雷声

得到将近200磅（约90公斤）的街头质量的海洛因向零售商出售。零售商可能再次掺假，增加利润。所以格雷戈里·霍华德每天过瘾时所用的可能只是2%到15%的海洛因溶液。1974年，一英亩的鸦片到达纽瓦克后，即可赚到4000多万美元。

警察缉抄或同行竞争的风险比较小时，鸦片、吗啡、海洛因销售网的利润才最高。有贫民窟的大城市是最理想的环境，特别是贫民窟接近港口或国际机场的时候。如果在犯罪率很高的老城区能保持很大的销售量，就不必到小镇或人口密集的郊区去警察的眼皮底下冒险。在多数人都对警察持敌对态度的贫民窟，零售商做买卖几乎没有任何风险。如果郊区的年轻人想买海洛因（1980年，许多人都想买），他们可以在老城区弄到。

1969年，美国国会投票决定"全力解决"海洛因问题，从那时起联邦执法部门花费了几十亿美元；尽管如此，美国吸毒者的数量仍然从1955年的5.5万人上升到1987年的150万人，而且，凡是能稳定供货的社区，不分种族，都能找到吸毒者。1980年，在格雷戈里·霍华德所在的新泽西州，吸毒者有各个种族、各种年纪、各类经济背景的人，但多数为25岁到35岁的白人。全州40%左右的吸毒者仍有工作。大多数人曾经数次戒毒，又数次失败。

城市的吸毒环境正是数十种不同的微生物的理想去处。由于毒品的麻醉作用，由于不断地注射进共用的针管中携带的别人的血液细胞，也由于掺假使用了多种化学物质，通常而言，吸毒者的免疫系统是有损伤的。一方面，免疫系统的各种刺激因素，如别人的细胞，使他们有了过度兴奋的抗体反应。因此，对一个如此过度刺激的系统的风湿性因素和其他指标进行测试时，许多人都呈阳性，可能因为其身体产生了攻击自身的抗体。这种自动免疫现象可能导致身体无法区分真正的微生物威胁和重要的人体细胞。

另一方面，免疫系统巨大的吞噬细胞通常负责吞噬和消灭细菌和其他入侵者，但注射毒品的人的吞噬细胞可能令人惊讶地失去反应。而且，T细胞系统里的细胞通常会在出现潜在威胁时通报免疫系统的其他部分，此时也会严重失灵，部分原因是某些淋巴细胞对麻醉剂有受体，会受到海洛因的直接抑制。

结果，微生物发现吸毒者的身体环境对它的敌对程度远比健康人小得多。

吸毒者的生活方式也为微生物从人到人的传播提供了绝好的机会。多数瘾君子都互相借用注射工具。一个沾染毒瘾者注射海洛因或其他毒品后从静脉中抽出注射器或拔出管塞时，他或她的一些血液会被吸进针管中。如果他或她感染了葡萄球菌之类，这种微生物就会被吸进针管。

此时，葡萄球菌所需的只是一种从遗传上获得的能力，来忍受针管在不用时所处的环境。这也许是在零度以下的纽瓦克寒夜里在室外藏几个小时——这是大多数生物体难以存活的条件。可是在闷热、潮湿的8月之夜，放在一个装满水的"清洗盘"中，微生物却会找到一个十分有利的生态环境。最有利的局面是排队轮流注射，一个人用后立即将受到沾染的针管传给另一个人。

针头也有利于微生物绕过人类的皮肤、鼻孔、肺脏设置的层层障碍，直接进入血液。即使如伯纳德·菲尔兹所说的"运载系统"无力的生物体，在海洛因的生态中也会如鱼得水。

最后，许多吸毒者生活极端贫困，饮食难继，靠出卖肉体换取毒资，使用各式各样的有毒掺假物，每一样都会以有利于微生物的方式，改变人类的生态。

1929年，由恶性疟原虫引发的疟疾在埃及的开罗市中心暴发，其原因就是当地的吸毒者共用注射器。30年代末,类似的因注射海洛因传播的疟疾传遍了纽约市,吸毒者中发病率极高,被视为一场流行病。当时,纽约市的在押人犯中有6%出现疟疾感染的病征——他们全是注射毒品者。这期间,共有136名纽约市民死于疟疾,其中竟无一人受过蚊虫叮咬。后来海洛因零售商担心失去顾客,开始在掺假时加入奎宁,流行病这才停下来。

可惜零售商的这种"善举"远远敌不过对海洛因产品造成的日常沾染,这指的是廉价的化学处理方法,或使用有利于微生物生长的物质在毒品中掺假的结果。

许多种微生物都在成功地利用海洛因生态。例如,1969年到1974年之间,旧金山总医院的医生注意到心内膜炎病例有所增加——这是一种危及生命的心脏感染病。在19例病人中,17例是吸毒者。病原是黏质沙雷氏菌(Serratia marcescens bacterium)。尽管进行了积极的抗生素治疗,仍有68%的人死去。查阅1963年以来的医院病历显示,旧金山以前没有发生过黏质沙雷氏菌引起的心内膜炎,证明这是一种新出现的微生物威胁。

在海洛因成灾的城市里,心内膜炎日益成为一个世界性的问题。细菌和真菌通过针头进入血液,并且占据心瓣和其他关键器官。在多数情况下,抗生素治疗不起作用。1976年以前,纽约市在吸毒者间暴发过这种心内膜炎,是由葡萄球菌、肠球菌、假丝酵母菌和假单胞菌引起的。芝加哥、赫尔辛基、西雅图、华盛顿、旧金山、底特律等城市也暴发过这些生物体以及黏质沙雷氏菌引起的疾病。

20世纪70年代中,细菌和真菌引起的各类感染在注射毒品者中极为流行,许多人开始用抗生素来做预防。抗生素黑市与海洛因买卖携手并肩,在欧洲、亚洲和美国的许多城市生意兴隆,向海洛因成瘾者推销各种抗生素。但是他们使用这些药物却只是起到了相反的作用，因为黑市上供货只能是时断时续的，而且抗生素的品牌也很难前后一致。

因此，瘾君子成了耐抗生素的生物体的理想滋生地。从公共卫生的角度看，这个问题还只是局限于吸毒者。在整个70年代，感染耐抗生素细菌并死于这种病的吸毒者越来越多。

但是到1982年，波士顿和底特律的注射毒品者随时都在使用黑市上的青霉素来预防细菌感染。新的细菌变体出现，具有两种不同的可转移耐甲氧苯青霉素基因。受感染的海洛因成瘾者住院后，一种新的耐药葡萄球菌——耐甲氧苯青霉素（methicillin-resistance，简称MRSA），就会传播给医护人员和其他病人。

结核菌也藏在海洛因生态中。大多数工业化国家的卫生当局都认为，抗生素时代以前的结核病危害已被肃清。截至70年代，活跃病例的绝对人数确已大大减少。但是1979年，李·赖克曼博士在纽约市各医院发现了一种被人忽略的趋势：在哈莱姆贫穷的黑人居住区，不算注射毒品者，结核的发病率为每10万人中406.6例。但是在哈莱姆的吸毒居民中，活跃的结核病患者为每10万人3740例：惊人的数字。

因此早在1979年就有理由说，结核病在一般民众中逐渐消失的时候，却在富有国家的吸毒人群中传播开来。如果说一个受到严重感染的人群得不到照顾，那就有理由担心，几十年的结核病控制工作会毁于一旦。

不出所料，赖克曼想找一家医学杂志，发表他在1979年的研究成果，但是到处碰壁，论文被退回数次，原因不是文章里有什么错误或不足，而是各家刊物都认为活跃的结核菌在瘾君子中大量传播并非什么了不得的大事。

第十章 远方的雷声

1979年赖克曼确信注射毒品者正在把结核菌互相传播。不幸的是，世界上的所有国家几乎都对注射毒品者另眼看待，把他们视为危险的罪犯、可悲的病夫、肮脏的居民、惹事的狂人，或邪恶的变态者。这些人面对的微生物威胁通常是无人理睬的。几乎所有的法律体系都将某些或全部与毒品有关的行为界定为犯罪行为。

注射毒品者是一群不为社会所容的人，在世界上各种文化中，差不多都处于社会图腾柱的最底层。

此外，医生们一般也讨厌给吸毒病人看病，因为这些人很少说出影响他们健康的真情，还往往不遵医嘱，将处方药拿到街上出卖，方便时，甚至顺手牵羊，偷窃医院和诊所的注射器和药品。专门医治和研究吸毒者特殊健康问题的医生常常受到同行的白眼，高档的私人医院既不想为吸毒病人看病，也不愿同为吸毒者看病的医生来往。

结果在1980年，没有什么专业人员能够注意到海洛因生态中发生的事。

吸毒者合法赚钱购买毒品的一个办法是向医院和血库卖血——这种行为到80年代中被大多数工业化国家宣布为非法，但是进入90年代很久，多数发展中国家仍在继续。1980年，世界上大多数血库并不测试其中的存血是否有微生物沾染。

20世纪70年代末，一批新的角色出现在国际麻醉品舞台上：南美可卡因毒枭亮相。他们将玻利维亚、哥伦比亚、秘鲁的古柯叶制成一种劲头很大的白色粉末。可卡因是供人们吸食而不是注射的，因此更赢得了一个不同的社会阶层的喜爱。它看起来更"干净"，过足瘾后能使人精神焕发，而不是麻醉后的萎靡不振。它的价格非常昂贵。

1980年，可卡因在某些城市已经代替美酒佳酿，成为步入高层社会者的珍品。它的名声极其响亮，人们崇拜的偶像如通俗歌星、社会名流、文学巨匠、职业运动员都直言不讳地承认正在使用可卡因。报纸的道听途说栏目登满了传闻，说是知名人物一掷千金，为了过一次瘾，花费之大竟由2万美元迅速升到10万美元。

各种微生物很少能够有效地利用粉状可卡因的生态。这种粉是干的，呈酸性——这种环境对多数生物体来说都是敌对性的。而且，没有多少使用可卡因者能像使用海洛因者那样长期成瘾，使得微生物能在几代细菌、真菌、病毒的繁殖时间内慢慢生长、突变。可是，有些人开始注射可卡因，使得微生物能够利用一种新的生态，其中具备了海洛因环境的大部分有利条件。

1980年，唐弗朗西斯发现身边暴发了一种新的乙型肝炎变体，正在北卡罗来纳州新伯尔尼的可卡因注射者中间传播。看来是在市里上流家庭的青少年子女中开始的，他们把注射可卡因视为青少年的时髦。不久，家境较差的青少年也跟着学起来，他们发现这种昂贵的毒品注射时比吸食时舒服得多。

唐弗朗西斯受命到新伯尔尼领导疾病控制中心的一次调查时，10名青少年已经因为乙型肝炎暴发而死亡，另有多人患病。病毒当然是通过共用的注射器传播的。这些孩子患病、死亡的速度之快，让唐弗朗西斯惊讶不已。他对疾病控制中心的同事说：这些青少年原本身体健康，却"像苍蝇似的突然倒下"。他怀疑致病的是"一种两面夹攻现象"：某些微生物进入他们的身体——可能也是针头传染——与肝炎病毒互相配合，引起疾病，其毒性之强，大大超过一路进攻造成的疾病。

唐弗朗西斯将新伯尔尼患病的青少年血液中分离出的肝炎病毒注射到黑猩猩身上，但是这些动物没有出现疾病。他花了几周的时间，试图让别的实验动物患病，也没有结果。到头来，他只好放弃实验。新伯尔尼的青少年不再注射可卡因后就没有再死人，也没有迹象表明神秘的微生物传出了北卡罗来纳州这个城市比较严密的可卡因生态环境。

不知道是什么东西躲在暗处，等待着理想的生态环境，好猛扑过来，这真叫唐弗朗西斯烦恼万分。

就在他将新伯尔尼的事情翻过一页的时候，另一种微生物却在充分利用三个大陆独特的城市生态。

第十一章

危险：极其微小之物
——艾滋病溯源

> 谁都知道，恶病会以某种途径在世界上反复暴发；然而我们却不肯相信有些病会在突然之间从天而降。
>
> ——阿尔贝·加缪《瘟疫》，1948年

> 唉，这一天终于来了。世界上出现了一种新的疾病，人们称之为艾滋病。我相信我们将面临一场最为残酷的战争。许多人必将死去。我们将一筹莫展，束手无策。不过我也认为美国人会很快找到一种治疗方法。这个时间不会很久。
>
> ——贾约·基登亚博士，于坦桑尼亚的布科巴，1985年

引　子

格雷戈里·霍华德站在路边，街对面是一座老式的砖楼。他看着仍有毒瘾者走进门去，戒掉毒瘾的人走出门来。

霍华德以前曾经用过美沙酮[①]——哪个人不曾用过？有时候，

[①] Methadone，美沙酮，亦译美散痛，是一种镇痛药，可做毒品的替代物，故可用于戒毒。——译者注

第十一章 危险：极其微小之物

警察会抓捕毒贩，从各地来的毒品无法运进纽瓦克，货源会非常紧张，这时在街上很容易买到美沙酮。

但是今天，他打算走进那道门，报名参加美沙酮戒毒计划。昨晚那次过瘾就算是最后一次吧。

当然，他以前也这么说过。现在，霍华德再也不愿忍受被人毒打，被警察抓捕，躲在肮脏的胡同里仰望天空的星星这样的痛苦了。这种生活太艰难了，他已经受够了。他要找回"往日的自我"。

走进埃塞克斯戒毒中心，迎接他的竟是日光灯和铁窗栏。他真想拔腿就逃。但是他看到了那种盛药的纸杯。在街上，美沙酮是不会装在纸杯里出售的，但是他听人说起过这种东西。谁也不可能偷一杯粉红色的药水，然后跑到街上卖掉。你必须面对耀眼的灯光和管事者注视的眼神，当场喝下。

霍华德预料到那种粉红色的替代品喝下后的作用，不觉浑身发起抖来。

他走向安着铁条的窗子，宣布他愿意戒掉海洛因毒瘾。

在3000英里以外的旧金山，博比·坎贝尔站在那里整理他的修女道袍。坎贝尔通过一个同性恋男子谈话电台"果酒"认识了一些朋友，并和他们一起组建了"永久欢乐姐妹会"。如果遇到合适的公众场合，这十来个姐妹便会身穿道袍，饮酒作乐。黑发俊男安迪会抛开平时的矜持，数着念珠，高声称颂同性恋的美妙。瘦高的查利会狂舞高歌："做一个女孩多么美。"弗雷德满脸胡须，金丝架眼镜露在戴面罩的道袍外面，曾创作无数优美的圣曲，在天主教会布道时演奏。

博比仍在加州大学伯克利分校研究生院就读，目前已经是一名护士，也是该组织中唯一满脸稚气的成员。他在1981年成为同性恋者，为的是好玩和开心。有些人被虚浮的同性恋伙伴缠着不放，便一本正经地为同性恋争取合法的政治权利，坎贝尔从来不管这些。作为护士，他戏称自己是"修女南丁媚尔"①。

旧金山同性恋的特点是全日随时可以聚会，坎贝尔对此感到绝妙异常。诚然，他所认识的每一个人都患有这样那样的怪病，而且病情不轻，但是只要快活，谁又管得了那么多？

在曼哈顿，迈克尔·卡伦从事音乐创作，包括迪斯科舞曲、同性恋情歌和颂歌。他也在开怀享受这种自由的日子。

"滥交"对于26岁的卡伦而言是一个具有特别含义的字眼。按照当时的逻辑，如果公开宣布一个人有权同另一个男子发生性关系是一种自由，"那就可以说，发生性关系的次数越多，自由就越大"，卡伦说。

曼哈顿的同性恋人数在猛涨，其中不少人都是从一些小镇走出来的。卡伦和他们一样，来自小镇亚美利加，为的是摆脱故乡俄亥俄州的闭塞。他自幼便是一个虔诚的美以美教徒，身材修长，但不算健壮。他参加了教堂的唱诗班，并且尽量唱好。不过他私下却如饥似渴地阅读着有关同性恋的书籍，这些书大多数是由正常的男性心理学家撰写的。他读后得出了两个结论：如果同性恋是一种疾病，他已经染上了这种病；"患病"的最佳地方是纽约。

他17岁时来到曼哈顿，很快便发现了同性恋聚会的浴室和性馆。他同一个同性恋警官有过几个月的固定关系，但这算是个例外：从1972年到1981年，他不停地同不知姓名的人相好，碰到一个算一个，每年有一百多个。

---

① 南丁格尔（Florence Nightingale，1820—1910年），英国人，护理学的奠基者。此处博比自称南丁媚尔（Florence Nightmare）显然是在开玩笑，因为南丁格尔义译为"夜莺"，而南丁媚尔义译为"梦魇"。——译者注

第十一章　危险：极其微小之物

数千英里之外，也存在多种文化的差别，在维多利亚湖岸边，诺蒂西娅终于有了一份体面的差事：为布科巴的一个生意人当秘书。诚然，他的生意不大，只能算小本经营，她的薪水即使按坦桑尼亚的标准衡量也相当低。但是这份工作是体面的，薪水也可以勉强支付用度。

她在蒙巴萨和内罗毕当过一年妓女，秘书的工作当然要体面得多。她是1979年底离开她住的村子恩甘加的。显然，由于她曾遭受乌干达占领军的强暴，家人感到丢脸，再也无法抬头。从此也没有男人愿意娶她。

诺蒂西娅若不离开恩甘加，便无法摆脱亲友不容的困境。于是，她跟随着喀格拉地区的许多姆哈雅族妇女的足迹，踏上了漫长而艰辛的旅程，先是乘轮船横渡维多利亚湖，然后再走数百英里的陆路，到达绿色的印度洋。

在肯尼亚的海滨城市蒙巴萨，诺蒂西娅每天要为三四个男人提供性服务，赚的钱却少得可怜。后来，在内罗毕的贫民区索菲亚镇，她的景况有所改善，比在蒙巴萨时赚钱多一点。她攒了一些钱，返回布科巴，开始了独立的新生活。

诺蒂西娅是个腼腆的年轻女人，软语似水。她相貌秀丽，举止高雅，惹得布科巴的男人们如蝶逐花。他们请她去迪斯科舞厅跳舞，喝萨法里牌啤酒，听他们的巧语奉承。

诺蒂西娅感到未来有望。

在南面1000英里处，卢萨卡大学附属医院的萨布哈什·希拉博士和他的助手们正在例行会议上讨论一些病例。病例上开列着一长串性传播的疾病，令人震惊：梅毒，淋病，衣原体，软下疳，等等。希拉的一位助手提出，病房里一个女人患了一种不同寻常的带状疱疹，疱疹坚硬，病情特殊。

希拉建议大家都要关注这类事件,会议接着开下去。

一

1980年秋,迈克尔·戈特利布博士正在加州大学洛杉矶医学中心的办公室里,一位同事跑来问他,是否愿意去看一例非常奇怪的呼吸系统疾病。过了一会儿,一个33岁、身体虚弱的男子就等在门诊部的一个单独房间里了。

此人病情显然十分严重,这让戈特利布着实吃了一惊。他仔细观察病人:脸色苍白,白得像纸;极度消瘦,类似典型的厌食症;嘴里长满白色的"土制干酪",表明有真菌感染;咳嗽不止,难以控制,说明肺部有重病。看样子像是肺炎。但是,这种年纪的白人在洛杉矶发生如此严重的肺病是极为罕见的。

戈特利布吩咐进行支气管镜检,同时从口腔患处提取刮片,并把痰样送往化验室。检查结果让他十分震惊:卡氏肺孢子虫肺炎,简称PCP,年轻人的整个肺部都布满了肺炎球菌。卡氏肺孢子虫肺炎由寄生性原生动物引发,几乎仅见于重症特护的新生儿、晚期癌症患者和疗养院的老人。尽管几乎每个人的体内都有一些肺孢子虫,但因受到免疫系统的有效抑制,通常不会造成大碍。典型的卡氏肺孢子虫肺炎患者常有如下共同特征:免疫系统极其脆弱,以及与有免疫系统缺陷的人群密切接触。

有一点已经确定无疑:这个身无其他疾病的健康男子居然得了卡氏肺孢子虫肺炎,这确实罕见,罕见到了不可想象的地步。

"这是一个危险信号,恐怕要出事了,"戈特利布对洛杉矶加州大学的同事们说,"患者没有既往病史说明他会得肺孢子虫肺炎。他得这种病是没有道理的。"

第十一章　危险：极其微小之物

化验报告说明，患者口腔里的白色溃疡是由假丝酵母真菌所致，这种真菌可以通过性接触来传播。患者血液中还查出另一种通常无害的性传播微生物——巨细胞病毒。

戈特利布仔细查阅此人的病史，但是没有找到能解释其病况的内容。不错，他是个同性恋者，并患有一些性传播的疾病，但是肺孢子虫并不通过性接触来传播；毁坏他健康的其他三种病原通常也不会使健康的年轻人患病。这实在解释不通。

戈特利布查看验血结果时，迷雾更浓了：年轻人的抗体产生能力并未损伤，但他的T细胞反应却几乎是零。T细胞，即胸腺产生细胞，在感染反应中具有一系列极为重要的功能，包括识别入侵者，向免疫系统的其他部分发出信号，让它们针对入侵的微生物采取防御行动。没有完好无损的T细胞系统，高等动物，不管是鼠、狗或人，即使对良性微生物如肺孢子虫等，也难以阻挡其发展。

到了3月份，病人不得不住进医院。戈特利布和他在洛杉矶加州大学的助手们试用了一系列疗效尚未确定的试验性药物，包括抗寄生药物三甲氧苄二氨嘧啶-磺胺甲基异恶唑、戊烷脒，以及抗病毒药物无环鸟苷。患者在1981年5月3日死去，尸体解剖发现肺里全是肺孢子虫。

医疗报告异常简短，根本不可能记述病人患病和死亡的种种细节。对于戈特利布而言，眼睁睁地看着病人的整个机体失去功能，在一轮又一轮的感染冲击下，器官一个接一个地坏死，而他却无能为力，这真是一种极大的震撼。

即使说这是戈特利布遇到的唯一特殊病例，他也深感有责任在某种不太出名的刊物上详细记述谜团的前前后后，供科学界思考。

可是。这并不是唯一的病例。

洛杉矶有一位私人医生，常为许多同性恋患者看病。从1979年底开始，他便观察到许多病人长期感到疲乏无力，类似于传染性单核细胞增多症。乔尔·韦斯曼医生的男同性恋疲劳症患者感染的大多是通常无害的巨细胞病毒。

1981年1月，韦斯曼的一个病人病情明显恶化。几周之内，这个30岁男子的淋巴结增大许多，体重却下降三十多磅，出现了明显的假丝酵母感染，每日高烧超过40℃。

到了2月份，使用两性霉素B抗真菌治疗显然没有取得疗效，韦斯曼把病人转到加州大学洛杉矶医学中心。韦斯曼和戈特利布讨论了这个病例，也谈及当地同性恋者间常见的其他奇怪传染病。4月，韦斯曼的病人也出现了卡氏肺孢子虫肺炎，两位医生担心他们看到了一种固定模式。

当时，戈特利布手上还有另外三名同性恋病人在接受卡氏肺孢子虫肺炎治疗，但无一见效。

五个人的情况有突出的相似之处：都是白种人，同性恋者，诊断出患卡氏肺孢子虫肺炎时年龄都在29—36岁，除了卡氏肺孢子虫肺炎，还受到假丝酵母和巨细胞病毒的感染，免疫反应异常，据称有多个性伙伴，偶尔使用亚硝酸戊酯作为性兴奋剂。

一人承认注射过毒品。

亚硝酸戊酯引起了韦斯曼极大的兴趣，因为他知道，使用这种心血管刺激物最近在全美国已经成为一种时尚。男人们相信这种兴奋剂能够促进性高潮，加强性功能。

戈特利布写了一个简短的报告，送交疾病控制中心的性病处，玛丽·吉南博士看后觉得很有意思，便拿给吉姆·柯伦。据他们所知，当时同性恋人群中正在传播着一些性传染病，他们便讨论

第十一章 危险：极其微小之物

了这种巧合，推测这起源于同性恋人群中正在蔓延的几种微生物中的哪一种。吉南指出，有一种治疗卡氏肺孢子虫肺炎的药叫戊烷脒，医生们通常是从她的办公室申领的，以往每年一般只有15份申请，1981年头五个月已经猛增到30份。

柯伦决定把戈特利布的文章刊登在疾病控制中心的期刊《病状与死亡周报》上。这样，在1981年6月5日，美国的医生们才第一次读到了本国的同性恋人群中这个新奇的健康问题。

戈特利布和洛杉矶的同事们写的文章后面有一段评论，是柯伦的手笔。

> 原本健壮的五个人竟感染了肺孢子虫肺炎，临床又无明显的免疫系统缺陷方面的原因，这实在令人不安。病人全都是同性恋者，这显示出，同性恋生活方式的某个方面，或通过性接触而染上的疾病，同这个人群中所患的卡氏肺孢子虫肺炎有一定的关联……
>
> 上述看法暗示着一种可能性：细胞免疫功能异常与一种常见的不健康生活方式有关，这就决定了这些人有机会感染上卡氏肺孢子虫肺炎和白假丝酵母病。

1981年7月1日，保罗·沃尔保丁博士开设了旧金山总医院第一个定点癌症诊所。接受高级培训刚刚期满，沃尔保丁就被任命为全市首家公共医院的肿瘤科代理主任，医院还是加州大学旧金山医学院的一个教学机构。对此，沃尔保丁自然是喜形于色。他选择盖林·吉当他的护士。她是一个经验丰富的护理人员，从业记录显示，她兼有行政管理和医疗护理的才干，是一个难得的人才。

诊所刚一正式开业，另一个病房的护士就交给吉几张治疗表，那是一个贫穷的癌症病人的，他已经过医院的好几个医生的诊治。所有的医生都被这个病例给难住了。吉看那诊断是：卡波西氏肉瘤。

"从来没有听说过。"吉说。

"那就来看看吧。"那个护士说。很快，吉和沃尔保丁就动手检查一个眼含恳求的瘦削的青年了。他已经轮流让医生们反复看过，见到医护人员面对他的病情束手无策、慌慌张张的样子，心里甚是害怕。

沃尔保丁细细看了看病人身上深紫色的斑点。这是内皮瘤，是皮肤浅表血管网络生长失控的结果。这是一种美国极为罕见的癌症，但在非洲的某些地区则比较常见。

"你的职业？"沃尔保丁问道，想知道他的肿瘤是不是什么有毒化学药品引起的。

"我是男妓。"病人答道，"你能救我吗？"

沃尔保丁不知该如何回答。

4天后，疾病控制中心发表了一篇论文，讲到了卡波西氏肉瘤、卡氏肺孢子虫肺炎和同性恋之间的关系。论文记述了加州和纽约的26名同性恋男子，平均年龄仅有39岁，却都患有在美国通常只见于老年人的罕见的皮肤癌。其中已有8人死于上述癌症或其他感染，多数在确诊后1年内亡故。他们除1个黑人外全是白人。8人都是同性恋者，没有关于他们是否使用过可注射毒品的信息。

疾病控制中心的文章还提到，卡氏肺孢子虫肺炎的发病人数在上升，从一个月前戈特利布提到的5例，到目前总共已有15例；全都出现在加州。

首先发现皮肤癌和先前报道的卡氏肺孢子虫肺炎之间的联系

第十一章 危险：极其微小之物

的，是纽约市皮肤学专家阿尔文·弗里德曼-基恩。在疾病控制中心的文章发表时，他已经另外记录了15例卡波西氏肉瘤。这就意味着在纽约、洛杉矶和旧金山至少已有41个同性恋男子患上了卡波西氏肉瘤，另有15人患卡氏肺孢子虫肺炎。

查阅纽约贝尔维尤医院的医疗记录可以看出，过去10年间，50岁以下的男子没有被诊断出患卡波西氏肉瘤的。可是转眼之间，纽约就有了33例。旧金山也有2例，尽管市内5个大医院的记录都显示，过去10年间65岁以下的男子没有人患卡波西氏肉瘤。

"为什么这个时候这种疾病会出现在同性恋男子之中，这一点还不清楚。"旧金山圣弗朗西斯医院的约翰·格莱特医生说道，"全国的科学家都在研究这个问题，心里都有一种急迫感。也许，这是巨细胞病毒的一种新毒株。这恐怕是最合理的解释。"

他接着说，他治疗的卡波西氏肉瘤患者"没有T细胞。一点没有。是零"。

柯伦、吉南和哈罗德·贾菲确信正在发生某种严重的问题，但是他们目前缺钱缺人，难以开展全面的研究。柯伦向疾病控制中心主任比尔·福奇博士求助。但是当时罗纳德·里根政府刚刚上台，准备大砍预算，福奇也正被预算的事搞得焦头烂额。里根是打着简缩联邦机构的大旗在1980年11月当选上台的，他决意削减各个领域的开支，只有军事、警察、空间穿梭计划和其他少数部门除外。他还承诺减税，向国会递交了美国有史以来最大的减税法案，请求通过。

柯伦要求拨款，供全面调查同性恋男子中暴发的神秘疾病使用，但他得到的答复是，预料整个疾病控制中心的预算都要大幅度削减。那时，白宫正在为减税计划拼命向国会游说，计划可能在7月29日通过。里根手下负责减税工作的大员戴维·斯托克曼每天向联邦各部门主官递交备忘录，指出哪些地方有所谓机构重叠和预算重复。各部门主官如福奇等均应认真对待这类公文。

为了保住柯伦的预算，福奇把流行病研究小组从性传染病处分离出来，因为性病处预算将要大减。他把柯伦的预算隐藏在他自己的机动预算中，列为"卡波西氏肉瘤和其他突发疾病研究专用项目"。他告诉柯伦，这样总该可以使这笔少得可怜的资金躲过斯托克曼的大斧。白宫里的人谁也不知道卡波西氏肉瘤是什么东西，除非他们经过研究，说明这是一种老年人易得的癌症，而老年人正是里根的主要选民。

柯伦被暗暗地任命为这个悄悄成立的专门小组的组长，手里有不到20万美元的预算和20名组员，组员多是从别的项目借调来的。1981年整个疾病控制中心的预算为2.88亿美元。

这时，盖林·吉面对着她的卡波西氏肉瘤病人，简直不知该如何是好。那个年轻的男妓原本无家可归，不停地从旧金山的一个临时住处挪向另一个住处，每天早晨讨几个零钱，够买一杯咖啡、一个面包圈和去医院的公共汽车票。

"救救我吧，盖林，"他恳求着，"我没有活路了。"

他虚弱极了，什么也干不了。他又不属于当时的社会保障系统的保障范围。吉根本不知道该怎样帮助他。

8月，沃尔保丁把他收进肿瘤病房。不久，他就死去了。

没有可以悲伤的时间。沃尔保丁和吉马上又收进了另外三个有同样怪癌症的同性恋男子，而在医院的另一个科室，康斯坦斯·沃夫西医生正在忙着处理日益增多的肺孢子虫病例。

到8月底，疾病控制中心已经收到107例卡波西氏肉瘤、卡氏肺孢子虫肺炎和同时患两种疾病的报告，其中同性恋男子95人，异性恋男子6人，性伙伴性别不明的男子5人，妇女1人。

第十一章　危险：极其微小之物

"不管这是什么病，它都不会自行消失。这绝不是孤立的事件。"贾菲对疾病控制中心专题小组的同事们说。柯伦和唐弗朗西斯确信，致病的罪魁祸首肯定是某种感染性物体。唐弗朗西斯仍在菲尼克斯的实验室里，但可以协助小组进行研究。不过贾菲还不打算马上排除同性恋人群中使用性兴奋剂或其他因素的作用。在最近的两次医学会议上，他了解到同性恋人群的性活动方式，也了解到一种非常严重的免疫系统缺陷疾病病例正在快速增长，但基本上都无人报道，这真使他瞠目结舌。

"某种可怕的事情正在发生，"贾菲说，"是非常可怕的事情。"

当这位沉稳的已婚异性恋医生走遍旧金山、洛杉矶和纽约三市，去搜集第一手材料时，他却发现了一个似乎是无法想象的世界。当地专门为同性恋者治病的医生告诉他，这种新的疾病和同性恋浴室里的行为有关。从他们那里贾菲才知道有所谓"菲斯汀""瑞明"等各种各样的春药，医生们说，所有这些春药都可能与这种奇怪的病症有关。医生们还肯定地告诉贾菲，在同性恋人群中，可以非常清楚地看出，有少数人性行为极为活跃，有人每年有200多个性伙伴——他们就常用春药。

旧金山卫生局的塞尔玛·德里茨为贾菲提供了重要信息。她从1974年开始就一直记录该市同性恋人群中性传播疾病的上升情况。20世纪70年代，旧金山每年到性病医院接受门诊的约为7.5万人，其中80%为同性恋男子。她说在1974年到1979年之间，同性恋男子中的发病率高得令人吃惊：阿米巴病上升250%；贾第虫感染从1974年的1例猛增到1979年的85例；甲型肝炎病例增加1倍，乙型肝炎增加2倍。1979年随意检测的旧金山同性恋人群中，约有20%是淋病的携带者，10%的人携带带状单形细胞疱疹病毒，感染梅毒的人比例稍小。

居住在纽约、旧金山等城市的大多数性活跃同性恋男子都不去看正规的医生，他们有自己的大夫。德里茨的信息刊登在一份重要的科学刊物上的时候，同性恋者的医疗世界已经远远离开了医疗主流，一如同性恋者离开了整体人群。即使像贾菲这样的性病学家，对于同性恋人群中正在发生的深刻的生物学变化，也几乎是毫不知情。当精明的医生如德里茨等给他讲明情况时，他才着实吃了一惊：如果这种新的疾病是由一种性传播病原所致，那该怎么办？

8月，疾病控制中心的社会学家比尔·达罗确信，这种致命的怪病是由性传播的某种微生物所致。他还根据一些证据相信，其他因素如"菲斯汀"等春药对这种病并无直接的作用。但是对这一点他仍需要证实。

1981年夏末，达罗开始怂恿加州大学旧金山分校的另一位流行病学家安德鲁·莫斯也加入此项调查。那年秋天，达罗和贾菲见到了莫斯，表示希望他帮助疾病控制中心查阅旧金山的研究数据。

莫斯听着，问了许多问题，也仔细考虑了对旧金山的影响。1983年，民主党的同性恋上层领导人估计，在全市的65万人口中，他们的选民约有7万名。如果性传播的微生物在如此多的男同性恋人群中蔓延开来，那潜在的灾难是不言自明的。

莫斯是英国出生的，讲话从来不过多地讲究方式，对于性方面的问题也不回避，更不像大多数医学界的同行那样，用词婉转。他当时便直截了当地提出了看法和建议。

"你计算过吗，比尔？"莫斯后来回忆起当时提过的问题。

"啊，你指的是什么？"达罗反问。

"你看，旧金山市有的同性恋男子1年内就与大约300名男子

第十一章 危险：极其微小之物

乱搞，对吧？为了便于说明，假定同性恋群体中只有5%的人如此滥交，那就是说，有2750人每年交300个性伙伴。暂且拿5年计算吧，他们5年下来就会遇到412.5万个不同的伙伴。再假设原来的2750人中只有10%的人即275人感染了不论是哪种致病微生物，仍然意味着他们在5年间会遇到41.25万名性伙伴。我们非常保守地估计，假定传染率只有1%，那也意味着旧金山已有4125名男子受到感染。"莫斯最后说。

达罗激起了莫斯的兴趣，算是一大成功。几周以后，这位英国流行病学家就同沃尔保丁议论起对同性恋群体进行疾病调查的可能性了。

沃尔保丁不愿公开承认事情的严重性，他严格尊奉古希腊医师希波克拉底的古训，他要认真为病人医治，不管病人所患的是何种病症，即使是传染病也不应例外，但他还是担心起来。那时他已看过一些病人，目睹他们痛苦地慢慢地死去，断定"这是我能想象的最凶的毒症"。

他不想染上这种病，也不想因盖林·吉和旧金山总医院的其他工作人员的安全不能保障而内疚。肺孢子虫支气管镜检、频繁的血检、皮肤活组织检查等程序，使他和他的助手经常接触病人的体液。

"我家里还有两个孩子。"沃尔保丁经常想，即使在心里也不愿把后半句话说出来。

沃尔保丁诊治的大多是年老的肿瘤患者，经常看到病人死去。所有的医生都有办法在情感上与病人的痛苦保持一定的距离，以免因精神崩溃而无法工作。如果病人比医生年长50岁，这也不难做到。但是，患这种病的大多数男子和沃尔保丁一样，都是中产阶级的白人，60年代大学毕业。沃尔保丁和他们在一起的时间越长，越觉得与这些将死的人有许多相似之处。他动不动就觉得害怕。

后来几个月，沃尔保丁没有听到过疾病控制中心或国家卫生研究所一句安慰的话，他非常恐惧，有时会忍不住给波士顿的一位同事打电话说："哎，我发烧了，你看我是不是得了那种病？"

有这种担心的绝非沃尔保丁一个人。1981—1982年大多数医治卡波西氏肉瘤和卡氏肺孢子虫肺炎患者的医生都非常担心自己的安全和助手的健康。不过多数人都坚持工作，克服恐惧，尊奉希波克拉底的训导，治病救人。当时，并没有人拨款来研究医护人员面临的风险，一直到1984年。为了缓解恐惧心理，疾病控制中心曾于1982年11月5日下发过一个医护人员和实验室人员安全操作建议条规，提到现行的乙型肝炎预防措施是切实可行的。但是当时医护人员中乙肝的发病率正在猛升，听说乙肝的预防措施对于上述两种疾病也"切实可行"，根本解除不了思想顾虑。

在比利时的安特卫普，彼得·皮奥特正在密切关注着有关卡波西氏肉瘤和卡氏肺孢子虫肺炎综合征的消息。他洞察到了某种东西，让他不禁打了个寒战。

从他在延布库正式参加全球疾病研究以来，他一直同非洲和美国保持着密切的联系。他和大多数比利时的同事不同，并不觉得美国人粗俗。相反，他很喜欢他们。他无法想象，到1981年，比利时人中对非洲人的新殖民主义态度仍然如此流行。只要能筹到钱，皮奥特总要到美国接受培训，到非洲进行研究。

这就是为什么疾病控制中心1981年夏天的文章让他内心不安，也使他有所感悟。从1978年起，他一直参与东非性传播疾病的研究，许多非洲人得了奇怪的疾病时，都来他办的比利时诊所就医。戈特利布关于洛杉矶同性恋男子所患肺孢子虫肺炎的文章，

第十一章　危险：极其微小之物

使他回想起1978年他在安特卫普诊治过的一个希腊渔民。

20世纪70年代末，此人曾在坦噶尼喀湖扎伊尔一侧从事商业捕鱼。他来到安特卫普求医时，已经是命悬一线了，无法讲述他的患病和医治过程。解剖的尸体让皮奥特十分震惊，事过数年，他仍能记起解剖时的种种细节。

渔民看起来不到40岁，外表看来相当健康。但是当皮奥特打开他的体腔时，一股恶臭却扑面而来，看到的是"完全彻底的腐烂"。每个器官、每根骨头、所有的组织，都感染了某种分支菌。皮奥特在实验室里培养标本，他和他的同事却无一人能鉴别这种生物。不管这种分支菌是何种归属，从试管研究的情况看，都不是人类细胞的杀手。这个渔民不该死去。

皮奥特在非洲悟出了一个道理：这类神秘的怪病在将来可能会有极大的价值。于是他小心翼翼地把渔民的血液和组织标本贴上标签，冷冻起来。

皮奥特心想，一种新的致命的性传播疾病是否已经出现在世界的许多地方，只是被粗心大意、种族主义、生活贫困等多重原因所掩盖，也可能是因为其他疾病的迷惑，尚未被人所知？他查阅了1978年以来他的实验室收集的有关其他奇怪病例的档案，发现在前来比利时求医的非洲人中，另有三例是因怪病而死亡的。三个都是年轻的成年人（一个是妇女），但是都像那个渔民一样，死于器官的暴发性感染，而病原却是通常只攻击有免疫系统缺陷人群的生物：隐球菌脑膜炎、其他奇怪的分支菌以及肺孢子虫。

三个病人和那个渔民都是从扎伊尔来到安特卫普的。四人全死于1980年以前。皮奥特暗想：杀死加州同性恋者的生物与扎伊尔来人之死，这两者间有无关联呢？

1981年底，迈克尔·卡伦感觉身体不适：疲乏、发热、失禁，便到格林威治村的一个私人医生约瑟夫·索纳本处求医,索纳本是同性恋者圈子里有名的"淋病医生"。

南非出生的索纳本在纽约行医并从事临床试验已经数年,以其粗犷而坦率的风格而闻名。1981年12月,索纳本告诉卡伦,他的疾病是由某种免疫系统缺陷造成的。但他无法确切地解释病因,便决定下猛药医治趁着卡伦身体不适而乘机肆虐的其他所有病原,给他使用三甲氧苄二氨嘧啶进行预防性治疗,防止卡氏肺孢子虫肺炎。

整整过了六个月,卡伦才被正式确诊为同性恋免疫缺损症(GRID):与同性恋有关的免疫缺陷疾病。

索纳本请卡伦参与一项研究,来检验他的关于新疾病同滥交有关的假说。目睹纽约同性恋男子中传染病稳步上升的趋势,索纳本有一种直觉:他们曾暴露于数量越来越大的微生物,产生了一种免疫系统负担过重的现象,导致了免疫系统的混乱和自毁。

为了检验这个假说,索纳本把他的同性恋病人按滥交程度分成三个组:单一性伙伴者;每年性伙伴不足50个者;像卡伦似的,每年性伙伴有数百个者。他把这些人的血样送到内布拉斯加大学,由戴维·普蒂洛博士用荧光激活分选仪将特定的免疫系统细胞分离出来并计算数目。

研究发现,某些人几乎完全缺失一种特定的T细胞,称为CD4,或T辅助细胞。在正常情况下,这种细胞把人体的自卫能力引导到受感染的部位,并调集力量,采取对应措施,以消除血液中的入侵生物。没有CD4细胞,免疫系统便很难应对任何微生物。

普蒂洛的研究显示,滥交最甚的男子,CD4的数目也最低,而研究中抽查的单一性伙伴者的CD4数目正常。

第十一章 危险：极其微小之物

这一发现促使索纳本和卡伦向纽约的同性恋群体实话实说，警告他们，持续滥交可能送命。纽约的同性恋剧作家拉里·克雷默也附和他们的警告，恳求同性恋者放慢速度，不可那样疯狂行事。这三个人得到的是一片兴师问罪之声，大骂他们是"反同性恋的一帮"、同性恋恐惧症患者、煽动恐惧心理的人、傻瓜。

虽然受到辱骂，三个人并没有沉默。索纳本直言不讳地告诉他的病人："你们这样胡搞是在找死。"卡伦和克雷默则尽量想法启发这些同性恋自由主义者，使他们认清现实。1981年夏末，克雷默在曼哈顿召集想法相同的同性恋活动分子开会。只有少数人到会听他呼吁为健康采取行动。当时曾筹集到部分款项，并给他们的新组织选了个名字："同性恋男子健康危机小组"。这个小组对同性恋群体采取的第一个公开措施是在法尔岛发布有关同性恋的消息和宣传材料。法尔岛是一个旅游景点，在湿热的夏季，常有无数的同性恋者到那里聚会。

但是根本无人理睬他们。

秋天，博比·坎贝尔注意到自己皮肤上出现了一些紫斑。他听说过所谓的"同性恋病"。这看上去有些像他读过的资料上描写的病症。

坎贝尔去加州大学旧金山分校的医生马库斯·科南特那里看病。科南特是第一个在一名年轻的同性恋者身上发现卡波西氏肉瘤的当地医生。他讲话慢条斯理，略带南方口音，但是他证实了坎贝尔最担心的怀疑。不久，永久欢乐姐妹会这名最年轻的成员就成了沃尔保丁在旧金山总医院日益扩大的病人队伍中的一员。

坎贝尔立刻动手做起了宣传活动，自称是"卡波西氏肉瘤的宣传员"。他戴着一块鲜黄色的胸章，上面写着"我要活"三个字，随时接受任何关心他本人以及旧金山的一大批人的痛苦遭遇的记者采访。

同纽约的卡伦和克雷默一样，坎贝尔也开始规劝他的同性恋同伴们谨慎处事，不过他不太愿意谴责滥交。他自己继续光顾市里的浴室。为了现身说法，使那些同性恋男子相信其中的危害，他觉得他只能指着自己身上那些虽然尚无痛苦，但却有碍观瞻的紫色肿瘤说："都看见了吧。"

1981年圣诞节即将来临的时候，疾病控制中心和美国医疗中心的许多科学家回顾了他们称之为同性恋免疫缺损症的数据。1981年全年，美国共有270例这种疾病发生，其中大多数（但不是全部）患者是年轻的同性恋男子。

同性恋免疫缺损症有两个突出的症状：卡波西氏肉瘤和卡氏肺孢子虫肺炎。但也可见到其他奇怪的疾病：假丝酵母真菌感染引起的鹅口疮，全身明显的带状单形细胞Ⅱ型疱疹，活性巨细胞病毒引起的后果不明的血液污染，埃巴病毒引起的单核细胞增多症，淋巴结明显增大，痢疾内变形虫引起的胃和胃肠道急性感染，隐孢子虫寄生引起的腹泻和胃病，通常在鸡身上发现的鸟分枝杆菌引起的类似鸡发病时的症状，隐球酵母真菌对许多器官造成的快速感染，普通病原如金黄色葡萄球菌、大肠杆菌和克雷伯氏菌造成的难以控制的细菌感染，等等。

上述的一种或多种疾病最终让不少人丧命，尽管死的还不是大多数病人。纽约对患卡波西氏肉瘤的同性恋男子进行的一项研究发现，半数病人死于确诊后的20个月内；有人的推断更加可怕：这种奇怪的综合征可能是得病必死。

尸体解剖显示，这些年轻的死者内部器官严重受损，组织大面积坏死。各类微生物，包括细菌、真菌、病毒等，均已侵入体内，迹象表明，所有的器官都曾被微生物入主和伤害。而最严重

第十一章 危险：极其微小之物

的伤害却是由通常对人无害的微生物造成的。

唯一可能的解释是这些人的免疫系统已经完全瘫痪。

戈特利布在洛杉矶加州大学的小组利用在1981年还很普遍使用的技术，对四名患卡氏肺孢子虫肺炎的同性恋男子的免疫系统进行了仔细的研究。首先，他们测量了病人的免疫系统调集抗体应对各种微生物的能力，也测出了他们的血液中产生抗体的B淋巴细胞的水平。从各种情况来看，病人的抗体和B细胞反应均属正常。这就是说，他们的免疫系统中，为了对特定目标进行辨识和攻击而生产特种抗体蛋白质的功能是健全的。但是这些男子的免疫系统的T细胞功能却混乱异常，而且随着病人病情的恶化而愈加糟糕。

1981年，免疫学家才刚刚开始认识T细胞免疫反应的极端复杂性，而且分离各种T细胞的技术也很简单。例如，斯坦福大学医疗中心的莱恩·赫岑贝格博士数年前才发明了荧光激活细胞分选仪，简称FACS，能分选出不同类型的血细胞，既可供研究人员研究某种单一的细胞群体，也可供他们计算血液中某种细胞的数量。

不同类型的T细胞（就是白细胞）的表面有不同的蛋白突起，供身体其他各部位来辨识其功能和形式。每一个细胞，从心肌细胞到脑神经元，其表面都有这样的蛋白标记，使细胞能够相互"看到"和"认识"。没有这种"视力"和"识别"，千百亿的细胞群体就不能自行组成一个复杂的机体，如木兰花、猎豹和人类。

20世纪70年代初，免疫学家开始认识T细胞表面的各种蛋白标记，也知道这些标记可以区分在应对微生物入侵时担任不同任务的不同细胞群。可以在实验室中制作针对某种特定T细胞标记的抗体，然后在抗体上附着荧光分子，将其混合于试管中，这样一来就可以用眼睛"看出"不同的细胞群了。如果血样中有某种特定类型的细胞，附着荧光分子的抗体会聚集在其表面，科学家也就能用荧光显微镜看到并计算这些细胞的数量了。这是个耗时而无味的过程，计算一个病人血液中带标记的细胞的数量要耗费数日的时间。

荧光激活细胞分选仪可以使准备好的血液一滴一滴地通过激光束，从而把计数的时间缩短到几分钟。激光照射到附着荧光分子的细胞上，将其分离到另一个试管中，同时记下其数量。

这种办法和其他早期的技术使免疫学家可以将各类T细胞区分开来。到1981年，他们已经可以了解免疫系统的精密而复杂的情况了。为了辨识入侵的微生物，"盯住敌军"，向免疫系统的其他组成部分发出警报，调集二线、三线的守军，最终击溃并聚歼入侵者，这就需要调动几百种不同类型的细胞，从微小的、自由游动的淋巴细胞，到巨大的、相对静止的巨噬细胞，都要动员起来。一旦敌军被击败，又需要免疫系统的其他细胞来下令停止攻击，降低反应力度，以免整个系统反应过激而损害人体细胞。

调集免疫系统的力量进攻微生物的主要任务落在有CD4标记的T辅助细胞身上；下令停止攻击，使行动中的T辅助细胞静止下来的任务则落在所谓T抑制细胞身上，这种细胞带有CD8标记。

当洛杉矶加州大学的戈特利布、曼哈顿的纽约医院的亨利·马苏尔和他的助手，以及曼哈顿的西奈山医院的弗雷德里克·西格尔的小组等，细心研究身患同性恋免疫缺损症者的细胞免疫反应时，他们发现，病人的CD8对CD4的比例失调：大多数病人的CD8太多而CD4太少。另外，CD4细胞的缓慢减少速度似乎同病人病情的恶化速度同步。

结果，病人对多数继发感染不能产生正确应对。总的来看，他们缺乏白细胞，对外来微生物的应对能力大大下降。在有些情况下，同性恋免疫缺损症患者对假丝酵母或链球菌毒素等的反应能力低于正常水平十五万分之一。据实验室测量，有些病人的免疫系统没有能力杀死任何入侵的微生物。

发现了如此严重的免疫系统缺陷后，当然也就能解释患者为什么会受到并不常见的或良性的微生物的折磨了。但是，一个谜团的解开只是加深了另一个谜团。为什么会这样呢？

几位重要的研究人员确信，巨细胞病毒是罪魁祸首。他们观察到同性恋人群中活性巨细胞病毒病例在迅速增加，不到10年，患病者就由全国同性恋人口的10%猛增到94%强。可是，巨细胞病毒在同性恋人群中疯狂传播也没有什么特别，它原是一种常见的儿童感染性疾病，从未对儿童产生过如此严重的免疫系统损伤。有人推论是巨细胞病毒的超乎寻常的感染方式——通过性行为反复感染这种病毒，才导致了这种奇怪的致命性综合征。

马苏尔承认有些病人确有巨细胞病毒超常感染的情况，但他提醒人们："对于有巨细胞病毒感染的病人来说，还不清楚免疫功能降低到底是病毒的作用，还是最初的免疫抑制过程完结后又重新启动的结果。我们没有资料可以说明免疫抑制常见于同性恋人群中。"

索纳本和纽约的其他医生赞成多因素理论，即微生物过多的观点。他们说同性恋男子感染的微生物种类和数量都太多了。

1981年秋，比尔·达罗和疾病控制中心的一个科研小组发表了一项调查报告，说有4212名同性恋男子向疾病控制中心寄回了由全国同性恋问题专题小组散发的调查问卷。这项调查不能确定回信者对同性恋者整体有多大的代表性（这是个重要缺陷），但是关于问及的性传染病，调查结果却令人震惊，有虱病、淋病、尿道炎、性病疣、疥疮、疱疹、梅毒和乙肝等。就这8种疾病而言，同性恋男子的初次和反复感染率都远远高于异性恋男子，而且出现的频率也比5年前疾病控制中心进行的一次调查高。达罗的小组在评估到底是什么给同性恋男子带来这么大的风险时，他们发现接受肛交的男子受到感染的风险要更大一些。

达罗的小组用图表来表示他们的发现，这时一幅清晰的画面出现了。8种疾病的发病率都会随着一生中性伙伴人数的增加而上升。例如，一个一生中有12名性伙伴的同性恋男子，其传染淋病的风险为8%，而一个终生有1000名性伙伴的人，其传染淋病的风险为75%。

同样的图表显示，传染一种性病的机会的大小取决于一个人所在城镇的人口密度。疾病控制中心断定，这进一步加强了终生不同性伙伴的数量是关键的看法，因为小镇居民人口较少，搭上同性恋关系的机会也少。

既称为"终生"风险，也就包含着一种"累积"作用。也就是说，由于多年过度暴露于微生物的结果，一名男子染病的机会越来越大。因此性病累积过多论者断定，当一个同性恋男子终生累积的疾病超过某个关键点时，同性恋免疫缺损症就会出现，因为超过这一点，免疫系统就要失去作用。

这种观点有一个严重的缺陷：同性恋免疫缺损症是可以传播的，这方面的证据越来越确凿无疑。免疫系统功能衰退怎么会传染呢？

"这种疾病首先见于同性恋男子，这可能并非出于巧合，"特利布写道，"这表明某种性传播病原体或某种共同环境的影响在免疫系统缺陷状态的病理中起着关键的作用。"

人们认真考虑的唯一环境因素是春药——一些同性恋男子

在浴室中使用的亚硝酸戊酯。尽管同性恋群体和医生圈子里的许多人都赞成下述观点：可以产生人们经常提及的轻微免疫抑制作用的亚硝酸盐，正是造成与同性恋有关疾病的患者免疫功能严重紊乱的原因，但是医务界的大多数科学家仍然觉得这种理论根据不足。

当然，试图根据美国广大同性恋人群的独特因素来解释同性恋免疫缺损症的问题，也有一个根本的漏洞：同性恋者并不是染上并死于新的神秘疾病的唯一人群。

弗雷德里克·西格尔查阅自己的医疗记录发现，他在西奈山医院收治的第一例同性恋免疫缺损症患者是一个30岁的黑人妇女，来自多米尼加共和国，1979年死于严重的免疫系统缺陷和与此相关的肺炎。不言而喻，她不是一个同性恋男子，她丈夫显然也不是。她是一个贫苦的家庭妇女，有两个孩子，没有卖淫、滥用药物的历史，也不曾有其他不当行为可以解释她为何因T细胞紊乱致死。

马苏尔在纽约收治的头11例同性恋免疫缺损症病人中，有3名是异性恋的海洛因或美沙酮使用者，1名异性恋的可卡因嗜好者，2名同性恋的海洛因注射者。换句话说，在首批纽约的病人中，超过半数的人得病的原因并非同性恋性行为，而是药物的滥用。显然，"同性恋免疫缺损症"一词不适用于4名异性恋的瘾君子。还有一种因果论是以同性恋群体中滥交最甚者独有的行为和疾病为中心建立起来的，显然对他们也不适用。

1981年，欧洲也在同性恋男子中发现少数病例：总共36例，一半在法国。法国的首例同性恋免疫缺损症是巴黎的克劳德·伯纳德医院的威利·罗森鲍姆医生发现的，时间在7月，病人是个航班的空少，男同性恋者，当时有奇怪的症状。但是，罗森鲍姆并没有把他的症状同美国的文献中描述的情况联系起来，直到一个月后病人出现卡氏肺孢子虫肺炎。

从1978年到1982年初，在美国和欧洲，同性恋免疫缺损症至少毁坏了310名男子和少数妇女的免疫系统，其中180人死亡，看得出这种病是可以传染的。然而，除了公共卫生圈子里的少数人外，它仍然没有唤起人们的注意和关心，即使高危人群也是如此。1981年全年，联邦预算给疾病控制中心用于同性恋免疫缺损症的研究经费寥寥无几，给国家卫生研究所的经费更是微不足道，两者相加还不足20万美元。

1982财政年度（自1981年10月1日开始）政府承诺给吉姆·柯伦拨出205万美元，供同性恋免疫缺损症研究使用，但是这笔经费并没有实实在在地列在任何单位的预算上，而且25名科学家中的大多数人也是从疾病控制中心下属的其他部门借调的。当时达罗正在追踪已知的同性恋免疫缺损症病人的性接触情况，为的是寻找证据，证明同性恋免疫缺损症确是可以传播的。吉南和贾菲则正在同医疗界和同性恋人群打交道，一面听取他们的理论和猜想，一面寻找有说服力的数据。

贾菲认为，关于毒品注射者中所患同性恋免疫缺损症的报道差不多可以证明，这种综合征是由一种可以传播的病原体造成的，但他并不十分肯定。地方的医生向卡波西氏肉瘤与偶然感染特别小组通报情况时，大多数使用海洛因的同性恋免疫缺损症患者都已死去，因此，贾菲无法与这些病人面谈，以便排除这种可能性：他们也是同性恋者，只是不愿向医生透露他们的性活动而已。

柯伦确信同性恋免疫缺损症是一种传染病，但他比同组中其他同事更具有政治头脑。他知道只有掌握非常可靠的证据，才能说服国家采取措施，制止这种疾病流行，所以他鼓励小组继续进行调查。

与此同时,他又驳斥了各式各样的相反观点,这些观点大多来自同性恋群体及其医生们。

"他们仿佛总想考虑其他原因,"柯伦说,"同性恋群体中有许多人不愿意接受出现了一种新的性病的看法。而很多异性恋者却认为这是同性恋者特有的某种瘟疫。"

在经费方面,柯伦也得奋力拼搏。

柯伦、传染病处处长沃尔特·多德尔和福奇,三个人花了很长时间,把疾病控制中心的预算数目和人员名单翻来覆去地琢磨,拼命地想找出一些资金,物色几个科学家。在疾病暴发的头18个月,被他们拼上命抽走资金和人员的项目有:肝炎监控、狂犬病控制、军团症的长期影响、流感疫苗功效试验、乔·麦考密克在非洲的拉沙病毒研究、其他性病研究、实验室物品购置、结核病控制等。1981年底,柯伦为他的小组草拟了以后六个月的最低预算,要求拨款83.38万美元。这个小小的数字立即在一些小组成员中引起异议,特别是唐·弗朗西斯,他认为需要的经费要大得多。不过福奇和柯伦倒是觉得这个最低数字还是合理的。疾病控制中心主任在当年12月到次年1月间,先后四次把这个预算请求呈交给助理卫生部部长小爱德华·布兰特博士。

但预算请求被驳回。

1982年初春,病死人数快速上升。柯伦和贾菲确信,卡氏肺孢子虫肺炎和卡波西氏肉瘤的暴发只是可以看得见的冰山的尖顶,巨大无比的冰山还藏在下面。他们知道,这种疾病有一个无症状阶段,可是他们现在已经收到了像是先兆阶段的通报,包括淋巴结肿大和乏力等。柯伦手中没有钱,不能在当时报告发病率最高的城市——包括迈阿密、旧金山、洛杉矶、纽约等地——设置长期健康顾问。他也没有经费开展积极的监视活动，查明美国全国的传播情况。他更拿不出钱来开展疾病控制研究，了解受到这种疾病折磨的各种人群的情况。可是只有通过研究，中心才能确有把握地说出这种病到底是如何传播的，由谁传播出来，又传播给了谁。

柯伦在备忘录和信函中的语调越来越悲痛。

1982年4月，柯伦对掌握着疾病控制中心钱袋的众议院能源与商务小组委员会说："这个问题越来越严重……很有可能需要开展规模非常非常大的研究活动，来确定这种综合征的自然历史……疾病控制中心在这些研究中的作用……尚须彻底加以明确。"

福奇在公共卫生局内部支持柯伦，也曾多次向上司请求拨款，但是在国会山的政治家面前却很谨慎。在国会的听证会上，他坦言抗争，力保疾病控制中心的预算免遭白宫预算削减官员更大幅度的砍削，但是对于疾病控制中心背后的不满却只字不提。

"和以往遇到紧急卫生问题时一样，我们只能从中心内部其他部门抽调而已，"福奇在回答国会提问时说，"当然，到了捉襟见肘、调动不开的时候，我们也只好回到这里，请求追加拨款。目前我们正打算这么办。"

病毒学家加里·诺布尔也在柯伦的小组里，正在筹建一个实验室，以便从病人的血液和组织标本中寻找证据，证明确实存在一种新的病毒。他把许多时间都花在写求助信上，请求疾病控制中心的其他实验室提供一些多余的设备和桌椅。

在菲尼克斯，唐·弗朗西斯简直怒不可遏。数月前刚一听到洛杉矶的卡氏肺孢子虫肺炎病例，他就给原来在哈佛的导师马克斯·埃塞克斯打电话。早在1981年6月，他就认定这种病是由一种病毒引起的，尽管他并不确切地知道这是什么样的微生物。埃塞克斯肯定了病毒致病的假说是有道理的。

从1981年到1983年，弗朗西斯一直在菲尼克斯研究从亚特兰大送来的血样，关于疾病控制中心那个实际上并不存在的研究同性恋免疫缺损症的实验室，也给诺布尔施加了很大的压力。

"你得去偷钱、骗钱，"弗朗西斯说，"你得去当企业家，做米洛·明德宾德式的人物。"他指的是约瑟夫·赫勒的《第22条军规》里的故事。"去偷，去骗。"

诺布尔提出，病毒的研究工作完全由弗朗西斯来担任。

"得了，加里。我在菲尼克斯，远在两千英里之外，那不是开玩笑吗？"弗朗西斯说。不过最后他还是同意每月到亚特兰大去一次，检验研究的进展，并协助他们"去偷，去骗"。

进入1982年，最关注同性恋免疫缺损症的人纷纷组织起来。在巴黎，一些医生、科学家和同性恋活动分子组建了"法国艾滋病特别小组"，目的是追溯法国发病的源头，确定同性恋免疫缺损症的病因。他们注意到，几例早期的患者都是曾到美国旅行的同性恋男子，所以他们最初的直觉是：同性恋免疫缺损症的病因是一种可传播的病原体，源自美国的同性恋群体。

在纽约市，克雷默的同性恋男子健康危机小组正在忙着准备音乐会义演，希望能筹集一笔款项来资助日益增多的病人，出版一些知识性的小册子，到同性恋者光顾的酒吧和浴室散发，促进他们认定这是一种非常严重的疾病的研究。

旧金山的医生和病人也组织起来。在民主党身居要职的知名同性恋政治领导人与马库斯·科南特医生合力组建了一个组织，经过三次更名，最后定名为旧金山艾滋病基金会。在旧金山总医院的5B和86号病房，沃尔保丁和吉创建了世界上第一个专门医治同性恋免疫缺损症病人的医疗机构。沃尔保丁还征集自愿服用试验性药物的卡波西氏肉瘤患者，同时向国家卫生研究所游说，争取研究经费。

但是哪里都筹集不到大量资金。1982年初，全世界的同性恋免疫缺损症研究人员都只能挖空心思，找到几个小钱，或从其他科研部门硬讨一些经费，来应付他们认为必须进行的调查工作。

尽管没有拨到研究资金，为了响应达罗的督促，莫斯还是准备在1982年冬开展一项发病率调查，以便查清旧金山到底有多少同性恋者已经染上同性恋免疫缺损症，或者出现了某种前期病征。

莫斯和他在加州大学旧金山分校的同事彼得·巴凯蒂及迈克尔·戈尔曼把塞尔马·德里茨收集到的同性恋免疫缺损症的信息按科研要求重新编排，以便查阅。他们将病例按邮政编码制成索引，并把1980年美国人口普查数据填写在旧金山邮政编码图上，然后依照15岁以上未婚男子的数目分区排列顺序。未婚男子人数最多的是旧金山的卡斯特罗区和周边地区，这是全市同性恋人群聚居的所在。卫生部的档案中由德里茨提供的同性恋免疫缺损症病例大多发生在这个区域。

莫斯的小组得出了三个令人震惊的结论："旧金山的同性恋免疫缺损症发病率呈流行病模式"，全市的未婚男子发病率为十万分之一百零二人，卡斯特罗区及其周边地区的未婚男子发病率为十万分之二百八十五人。

"天哪，多么高啊！"莫斯在1982年4月的一次研讨会发言时对同行们说。他在放映有关发病率的幻灯片时，心里像压着块石头似的难受。

"我们看到的数字表明，在旧金山，每1000个同性恋男子中，就有3个已经染上此病。"莫斯解释道，"现在，我们假定这种病是由一种可传播的病原体引起的，再假定此病在1977年的发病率接近零，如今为3‰，增长速度很快，那么我们就可以用图来显示未来的形势了。看来情况是这样的。"

图的纵行是同性恋人群的发病率，横行是年份，从1977年到1985年。

一条曲线从1977年的近于零感染开始，以大于45度的斜线上升，到1978年5%的感染率，再到1979年的15%，到现在，全市40%多的同性恋人群已经受到感染，可是与会的人眼睛看着图，却硬是不肯相信这会是真的。

莫斯预测，如果像会议室里的大多数科学家所想的，病因确是一种由性传播的病原体，如果不采取措施防止可怕的情况发生，那么到1985年，旧金山四分之三的同性恋男子将会被感染。

有人提出问题，表示怀疑，但是众所周知的是，莫斯是一位学识渊博、说话谨慎的流行病学家。

莫斯原本暗暗希望有人会从他的研究中找出重大的漏洞，说他的报告言过其实，过分夸张。可是无人指出有这类错误，这倒使他在感情上受到冲击，开始出现他所说的"妄想症"和噩梦。他会躺在床上彻夜难眠，力图挥去脑海中那种上万人奄奄一息、随时死去的景象，其中无疑有他的朋友和同事。这个研究结果在政治上成了一个烫手的山芋。在沃尔保丁的领导下新成立的小组共有8位科学家和医生，其中包括莫斯，大家各有各的想法，不知该如何公布研究结果才好。但是感到应该让同性恋人群尽快看到他们的数据，莫斯和巴凯蒂小心翼翼地把他们尚未发表的图透露给旧金山同性恋组织的头面人物：哈维·米尔克和艾丽丝·B.托克拉斯，两个民主党俱乐部的成员。

这些信息在将近1年的时间里未能正式公布，1年后科南才在纽约对一群医生讲话时讲述了研究发现的内容,直到1983年4月23日才得以发表。

莫斯在政治上很精明,能够看透一切。他看出美国总统最热心的选民是由右翼宗教卫道士组成的,他料想他那种可怕的预测不会引起华盛顿的多大反应。

他料想的最糟情况开始变为现实。虽然旧金山和加州的议会为正在出现的流行病拨出了研究资金,但向华盛顿和贝塞斯达提交的拨款申请却如石沉大海,再无音信。

"这真是一场噩梦,"莫斯说,"天要塌了,我们知道。可你告诉他们天要塌了,却没有人听。"他用一个比方来描述自己申请拨款的行动,好像"在旧金山抽打雷龙的尾巴,盼望着它的神经会将信息一路往上传递,最终到达豆子般大小的脑子里,这豆大的脑子就是国家卫生研究所和美国卫生与民众服务部"。

整个1982年,莫斯一面不停地抽打着那条尾巴,一面继续进行研究,不管有没有研究资金。

再说纽约。戴维·森塞在1977年被迫辞去疾病控制中心主任的职务,现在是市长爱德华·科克的卫生局局长。森塞现在仍与亚特兰大的老朋友保持着联系,也明白他们感觉到了同性恋免疫缺损症不单与同性恋有关,而且是带传染性的。1982年3月,森塞召集纽约参与这种免疫缺损症研究的医生开会。

"你们还缺什么?需要什么?"森塞问道。

到会的人需要的是这些必须付出高昂代价才能解开的谜团的答案:是什么引发了同性恋免疫缺损症?纽约的哪些人感染了这种疾病?哪些人群容易感染这种疾病?这种病如何传播?应该怎样治疗这种病人?医护人员有无从病人身上传染此病的危险?此

第十一章 危险：极其微小之物

病的传染性是否很强？

森塞同意与国家卫生研究所所长詹姆斯·温加登联系，紧急申请拨款，以寻求这些问题的答案。他还向科克市长保证，疾病控制中心正在努力游说，请求国会更多地关注此事，不必从拮据的市财政中支付大宗款项。

但是，国家卫生研究所不相信同性恋免疫缺损症有这么急，值得优先考虑。温加登同他的上司——助理部长布兰特一样，都是由白宫任命的，无论危险疫情的证据多么明显，他们都不可能因为呼吁人们热切关注一种所谓同性恋的病而赢得白宫的赏识。

里根对整个公共卫生系统的人事任免反映出，这届政府对卫生政策所持的是极端保守的态度。堕胎的坚决反对者C.埃弗里特·库普被任命为卫生部部长，助理部长布兰特是个"各州自己定"的倡导者，他认为大多数敏感的卫生问题，如性病的防治，最好还是由州里解决，不必提到联邦一级。卫生与民众服务部部长一职，里根选择了共和党主流派理查德·施韦克博士。而施韦克的副部长是罗伯特·温德姆博士，这是一位极端保守的佛罗里达医生，他主持的广播谈话节目"咨询鲍勃医生"在保守派圈子里颇有名气，使他成为1980年里根竞选时筹资的功臣。疾病控制中心主任福奇，前总统吉米·卡特的密友，将很快由詹姆斯·梅森接替，这是一位摩门教医生，得到犹他州保守派参议员奥林·哈奇的有力支持。

在白宫内部，里根身边的对内政策顾问是这么一些人，他们竟把施韦克和布兰特都看成自由派。这些人包括杰克·斯瓦恩、加里·鲍尔、南希·里斯克、卡尔·安德森、鲍勃·斯威特和贝基·邓莱普等。这六巨头的政治根基是极端保守的宗教和政治团体。

库普后来曾说："里根的革命把这样一批美国人推上了权力的宝座，他们的政治观点和个人信仰注定他们会对同性恋群体采取漠视的态度。"在白宫看来，同性恋免疫缺损症问题非常敏感，他们并不像许多持批评态度的人所说的，对这种流行病视而不见，相反，关键的人物从里根时代刚一开始就企图把一切联邦行动都置于严密的统一控制之下。例如，库普身为卫生部部长，理所当然应当成为联邦的流行病控制活动发言人，但是却被断然禁止就新的疾病公开发表任何言论。5年多以后，库普嘴上的封条才被揭开。为了回答国会的质询，疾病控制中心曾写了一份有关经费需求的预算概要和说明，却被施韦克部长的办公室卡住，直到民主党威胁要采取国会传唤行动，这才在1982年年底得到这份报告。同样的，像国家卫生研究所的温加登、疾病控制中心的梅森和卫生与民众服务部的布兰特等官员，他们也都知道，在这个问题上凡是可能引起争议的讲话，都要事先征得白宫的内政委员会的批准。

随着时间的推移，里根任命的一些官员会以其独立的思想和行动使政治观点截然相反的两派观察家都感到吃惊。不过在1982年，这种现象在里根政府中还不明显。

毫不奇怪，戴维·森塞给温加登的信并没有像他和科克市长所期盼的，促使温加登采取迅速行动。3个月以后，国家卫生研究所才就同性恋免疫缺损症提出第一份"科研实施拨款请求"（那是1982年8月13日），又过了整整1年，选项和审批过程才算结束。直到1983年5月1日，对基础科学家的第一笔正式研究拨款才审核完毕。

一线的研究人员警告说：宝贵的时间在流失，疾病在传播。但是国家卫生研究所却正式把各方面对同性恋免疫缺损症的关心统统推给疾病控制中心。接到森塞的紧急请求后，温加登的答复是纽约市卫生局再等1年,等到国家卫生研究所提交下一个年度拨款报告时再说。国家癌症研究所所长曾经签发了一份内部报告,上报国家卫生研究所,呼吁紧急成立一个国家卫生研究所和疾病控制中心的突发事件联合特别小组,来研究这种神秘的疾病,对此,温加登的批复却是冷冰冰的:"国家卫生研究所对疫情的控制不承担直接的责任,但是,显然这样的流行病可以提供难得的科研机会……我希望国家卫生研究所不要错过任何科研机会……"

1982年夏,美国公共卫生协会召开年会,会长斯坦利·马特克博士愤然说道:疾病控制中心被迫做着"挖肉补疮的蠢事……眼下挖的是用来处置性病和其他重大公共卫生问题的款项"。

截至那个时候,疾病控制中心在13个月内共为同性恋免疫缺损症的研究花费了近100万美元。

在差不多同样长短或比这还短的时间内,从1976年到1977年,疾病控制中心共花费了900万美元来研究29名军团症患者的死因,100多万美元来调查中非的埃博拉出血热,至少1.35亿美元来调查猪流感及其疫苗的研制。1982年底,布兰特为里根政府辩护,说是从1981年6月到1982年12月,联邦政府在同性恋免疫缺损症方面共支付了550万美元,钱都拨给了疾病控制中心、国家卫生研究所和食品与药物管理局。

这并没有平息批评。

"我确信无疑,如果这种病是发生在挪威裔美国人或网球运动员身上,而不是在同性恋男子身上,政府和医疗界的反应会大不相同。"民主党实权人物、加州国会议员亨利·韦克斯曼指责道,"我想就卡波西氏肉瘤的政治侧面直言不讳地谈点看法。这种可怕的疾病折磨着我国被丑化和被歧视最严重的一个少数人群。受害者不是典型的主流美国人。他们主要是纽约、洛杉矶和旧金山的同性恋者。军团症冲击的主要是美国军团中的中年异性恋白人成员。军团症患者原是受到敬重的人,所以引起了各方的关注,所得到的研究和治疗拨款也远远比卡波西氏肉瘤患者得到的多得多。我想强调指出军团症与卡波西氏肉瘤之间的反差。军团症虽然闹得几乎人人皆知,其患病的人数并不多,危险程度也较低。社会上评判的标准不是疾病的严重程度,而是患病者的社会地位。"

美国确诊的同性恋免疫缺损症患者已有五百余例,死亡率显然已达到50%,而且流行速度一点也没有自行减退的迹象,可是这种神秘的疾病却被彻底政治化了。两军对垒,阵线分明。公共卫生科学家和医生被迫在违背良知的情况下做出选择。随着时间的推移,形势只会恶化,敌对情绪只会上升。

猪流感和军团症当然也是政治化了的流行病,但是,一线工作的科学家大体上还能避开争吵,继续调查,而且从来也不缺乏经费。假如同性恋免疫缺损症是一种日用食品的致命污染,毫无疑问,疾病控制中心必然会发布强制性的卫生禁令,要求召回受污染的食品,发出紧急警示,还会找出污染源并进行消毒。

可是1982年针对同性恋免疫缺损症又采取过哪些恰当的措施呢?

柯伦和贾菲感到他们的主要工作也就是向同性恋群体说明此病的危害了。在纽约、旧金山和洛杉矶的公众集会上,疾病控制中心的这两位科学家把同性恋免疫缺损症称为"美国医学史上从未见过的流行病",劝说同性恋者改变目前这种大家异口同声否认会染上此病的状况。柯伦还提到比尔·达罗的数据:一个男子的性行为越频繁,感染同性恋免疫缺损症的危险就越大。

与此同时,达罗在过去的几个月一直使用他在疾病控制中心工作的21年中常用于其他疾病的社会学方法,来批驳所谓春药、

第十一章 危险：极其微小之物

菲斯汀及其他环境因素是病因的论调，并证明同性恋免疫缺损症是由一种传染性病原体引发的。他在患者中寻找无法被驳斥的传染链。

1982年3月6日出现了极其重要的线索：洛杉矶卫生局接到一名同性恋男子的电话，此人跟加州和纽约的几十名同性恋免疫缺损症患者一样，原曾与疾病控制中心的调查人员面谈过。他是从洛杉矶医院打的电话，他的情人刚在那里死于同性恋免疫缺损症。

"医院目前还有两个人患有此病，我知道他们与我的情人有性关系。"这个男子说。

电话转给了戴维·奥尔巴克博士，他是疾病控制中心下设的流行病情报处的一名实习生，常驻洛杉矶。奥尔巴克在数小时后见到了打电话的人，听到了一个始于1979年10月的同性恋传奇故事。当时，五对素昧平生的同性恋者在一次慈善宴会上碰巧同坐一桌。

打电话者和他的男友也像其他四对一样，关系长久，但也并非只守一人，而是另有其他性伙伴。

1980年夏，其中的一对在后院举办烧烤聚会，邀请在餐桌上认识的另外一对，这一对带来了一个同性恋男妓。当夜五个男人都相互发生了性关系。后来，打电话者的情人又同烧烤聚会中的一个人发生过性关系。

两个月后，烧烤聚会的五人中有两个感染了肺孢子虫肺炎。数周以前，打电话者的情人皮肤上发现卡波西氏肉瘤斑。

三人分别死于1981年10月6日、1982年2月6日和1982年3月6日。

"6—6—6，三个6，你看出来了吗？"打电话者问道，"6—6—6！"

据《圣经》记载，几个6相连是不祥的征兆，此人看到这些6碰巧连在一起，心有所感，这才赶紧给卫生局打电话。

奥尔巴克给亚特兰大的达罗打电话，达罗乘下一个班机赶到了洛杉矶。

以后几天，奥尔巴克和达罗的时间安排得很紧，他们往来于洛杉矶和奥兰治县之间，同8个幸存者面谈。1982年4月以前，两县确诊的同性恋免疫缺损症病人共有19例。为了获取已经死亡的11个人的信息，疾病控制中心的这两位调查人员拜访了死者的家属、情人和朋友。许多人不肯合作。不过在两周之内，两位科学家还是掌握了可靠的信息，说明其中9人相互有性关系。

到4月7日，达罗和奥尔巴克查明，参加烧烤聚会的两名成员在1979年到1980年两年间曾与洛杉矶的两个同性恋免疫缺损症患者有过性关系，那两个病人与烧烤聚会的其他人没有任何联系。

就在那个春天，他们有一天来到洛杉矶，碰巧遇到一件怪事。两个互不相识的同性恋免疫缺损症患者分别提到一名英俊的法裔加拿大人，说他是个航班空少，他们同他都有过性关系。这种巧合太令人惊讶了。

两位调查人员说，让他们更加惊讶的事还在后头呢。"就在今天，洛杉矶的另一名患者的伙伴称，他的室友同这个加州外来人即加拿大人的两个朋友有过性关系。"

尽管达罗和奥尔巴克竭尽全力为1981年到1982年间谈话的男子保密，甚至销毁了所有的照片和身份材料，还是有一个了解调查情况的人把加拿大人的姓名透露给了《旧金山纪事报》的记者兰迪·希尔茨。

盖坦·杜加斯死后受到严厉的诋毁和抨击，被人错误地指称为整个北美同性恋免疫缺损症的传播者。1985年，杜加斯的照

第十一章 危险：极其微小之物

片被挂在赞比亚卢萨卡大学附属医院性病门诊部，下面的说明是"引发性病第一人"。由于洛杉矶的4名同性恋免疫缺损症病人曾指称杜加斯是他们的性伙伴，疾病控制中心的两位调查人员便把这位加拿大病人称为"零号病人"。后来这个称呼被人们加上了错误的解释：此病最初是由杜加斯引起的。

回头再说达罗，他次日飞往纽约去见杜加斯，因为他的医生阿尔文·弗里德曼-基恩已经同意在他来检查身体时引见他们两人。

杜加斯坦率、健谈，给达罗的印象颇深。杜加斯虽然有些卡波西氏肉瘤的病变，但他似乎并不在意。他说自己感觉良好。他期待着在以后几周飞经的十几个城市能有性奇遇。

杜加斯不遮不掩地向达罗讲述了他的奇遇和染病的历史。到1978年底（也是达罗的研究涉及的时间），杜加斯每年有250个性伙伴。杜加斯自己估计，从1978年12月到1982年4月，共与750名男子发生过性关系。据他估算，从他1972年开始活跃以来，半生的性伙伴超过2500人。

在这段时间，杜加斯也曾患病，不过并没有被诊断为同性恋免疫缺损症，直到1981年7月。1979年，他的淋巴结肿得很大，他感觉像是得了重度流感。数月后又得了肺孢子虫肺炎，不得不在加拿大住进医院。1981年初，他患上卡波西氏肉瘤，同年7月，开始接受皮肤学家弗里德曼-基恩的治疗。

疾病控制中心的玛丽·吉南在1981年夏天曾与杜加斯面谈过，达罗让杜加斯尽量多地列出性伙伴的姓名的时候，疾病控制中心的档案里已经存有杜加斯的材料。杜加斯从来不问他的浴室性伙伴的名字，但是能够确认达罗和奥尔巴克在洛杉矶发现的4个人，另外还增加了68个人，包括4个纽约人。从这4个人入手，达罗又找到另外一批人，他们曾在1979年和1980年两个夏季到法尔岛聚会。

到1982年6月，达罗和奥尔巴克收集到的证据已经相当详尽，可以把40名同性恋免疫缺损症患者同一个随意性行为网络联系起来，这个网络覆盖了纽约、亚特兰大、休斯敦、迈阿密、旧金山、洛杉矶等城市。达罗把他们的证据提交给柯伦、贾菲和专题小组的其他成员。柯伦和贾菲认定这是个有力的证据，证明同性恋免疫缺损症是一种通过性行为传播的传染病，立即将有关洛杉矶的部分发表在《病状与死亡每周报道》上。

可是，情况真是这样吗？

奥尔巴克和达罗认为，他们看到的是一种从感染到发病，再到死亡发展速度极快的疾病。他们集中精力研究访谈过的男子最近的性行为，得到的印象是：举例说，他们研究的人群中有8个是在1979年或1980年被杜加斯传染上的，其后平均10个月出现症状。他们推断，同性恋免疫缺损症是一种新疾病，病原体是1978年以后才在美国出现的。

但是后来查明，这种疾病在同性恋男子身上的潜伏期平均超过10年。而健康的中产阶级白人更不像达罗和奥尔巴克所假定的那样，根本不曾在感染后7个月到14个月内出现卡波西氏肉瘤或肺孢子虫肺炎那样严重的病症。

尽管如此，由于有杜加斯这个中心人物，各个病例又互相关联，似乎很有说服力，疾病控制中心的整个小组都绝对相信，这种疾病是由一种性传播物引起的。根据这些发现，华盛顿大学的临床研究人员劳伦斯·科里在9月份提出强烈呼吁，要进一步提倡使用安全套，以阻断性病的传播途径。可是当时并没有更有力的证据说明同性恋免疫缺损症是由一种性传播物所致，里根的顾

第十一章 危险：极其微小之物

问圈子里反计划生育的势力又很强，柯伦不愿硬着头皮同他们对着干。

人们费尽心血，把多个同性恋免疫缺损症病例连在一起，可是越来越多的证据却给这种做法出了一道难题：原来一些非同性恋人群也染上了此病。1982年中，特别小组确信，此病已经传给了注射毒品的瘾君子。这些人中只有少数是同性恋男子，还有几个是异性恋女子。虽然同性恋男子发生卡波西氏肉瘤的风险特别大，但是这种新病的另一个主要症状——肺孢子虫病，感染的人群却要多得多。疾病控制中心6月份公布，患卡氏肺孢子虫肺炎的男子中，有四分之一是异性恋者；柯伦的小组仔细研究的152例病人中，有26人是异性恋男子，8人是女子。这34名异性恋者中，有21人是毒品静脉注射者。

一个月后，疾病控制中心又通报，海地人当中暴发了一种类似于同性恋免疫缺损症的疾病。居住在迈阿密和纽约的男女青年中发现了34例病人。此外，通报还提及在海地的太子港有11例确诊的卡波西氏肉瘤病人，大多数病人都是异性恋者，无毒品注射史。除了同性恋免疫缺损症患者常见的症状外，海地的病人还得了重度结核和弓形体感染。纽约和迈阿密的海地籍病人都是为了逃离贫困和严重的政治压迫最近从海地移民过来的，他们大多不愿张扬出去，担心曝光后遭到驱逐。

其实，疾病控制中心早在1981年秋天已经收到海地人发病的报告，当时玛格丽特·菲谢尔和乔治·汉斯莱两位医生在迈阿密的杰克逊医院发现了这种病例，谢尔登·兰德斯曼医生也上报，在布鲁克林的金斯县医院收治有这种病人。疾病控制中心的比利时医生阿兰·罗辛会讲克里奥尔语，贾菲便把他派往太子港。罗辛证实，那里的病例与菲谢尔和兰德斯曼报来的相同。

疾病控制中心关于海地人发病情况的报告引起了未曾料想的后果，再度激起一片讨伐声。国家癌症研究所的布鲁斯·查布纳医生公开提出猜想：这种疾病也许是由同性恋者带回美国的"海地病毒"引起的。有人提到，在20世纪70年代末80年代初，这个加勒比海的风景区原是美国同性恋者喜欢光顾的地方。有些科学家说，同性恋免疫缺损症的原发地很可能就是海地。

一些熟悉海地国情的北美研究人员还说，大多数海地男人都不肯承认自己有同性恋行为，因为担心让人看不起；所有的海地病例都源自暗地里发生的同性恋。可是，海地的同性恋免疫缺损症患者中女性占了不算小的比例，这个事实却被人轻易地忽略了。

达罗对患有同性恋免疫缺损症的男子的性关系网络进行过研究，他知道至少有一个纽约空少（不是杜加斯）经常飞往海地，东海岸的一些男子也承认曾经到这个岛国度假。弗里德曼-基恩医生有许多同性恋病人，他告诉贾菲，许多男子之所以要到海地去度假，是因为海地是个贫困的国家，春风一度的价格不过是五美元而已。那里的日均工资不到两美元。

关于注射毒品者，疾病控制中心知道1981年的几例患者既是同性恋者，又是瘾君子。吸毒和同性恋等看似互不关联的人群其实是有重叠的。贾菲认为这种病已经成为一种流行病，他把发病情况画成大小不等的圆圈，凡是有不止一种嗜好而具有染病风险者的地方，就会出现重叠。

虽然尚未真正发现同性恋免疫缺损症的病因，但是由于在一个特定的移民圈子里发病人数较多，这就招来了人们的指责。随着时间的推移，情况越来越糟。海地人说这是对他们的文化、生活方式和他们本人所持的种族主义观点造成的。不幸的是，一个国家，一个民族，感到他们受到了不公正的指责，硬说他们是一种新疾病的根源,这还不是最后一次。这样的指责将作为这种流行病的标记继续存在十几年。

联邦高官还在考虑海地人中发现同性恋免疫缺损症的意义时,另有3名患有先天性血友病即遗传性凝血病的男子也染上此病。由于经常失血,他们曾多次注射浓缩因子8促凝药。3个人的年纪从29岁到62岁不等,来自尚未发现此病的地区:科罗拉多的丹佛、纽约的西切斯特和俄亥俄州东北部的一个小镇。

因子8是从千万名献血者的混合血浆中提取的,因此血友病患者特别容易受到血浆中污染物的感染。一个典型的外科手术病人需要输入6个单位的血,按最多计算,也不过需要6个人捐献。可是血友病患者每次注射因子8时,却要暴露给千万人捐献的血浆。他们的血源病的发病率高如肝炎,也就不足为怪了。

7月27日,疾病控制中心同国家血友病基金会、美国红十字会、联邦食品与药物管理局共同商定,采取有力的监控措施。

12月间,原来的3名血友病和艾滋病患者全部死亡。

是的,是艾滋病。

8月份,疾病控制中心悄悄地丢掉了同性恋免疫缺损症一词,更名为"感染的免疫系统缺陷综合征",即艾滋病,反映出他们已经认识到,这不只是同性恋男子才得的疾病。

1982年,又有5名患血友病的美国人感染了艾滋病,其中有一个7岁的男孩。1982年秋,柯伦的小组得知,加州大学旧金山医疗中心的儿科医生阿瑟·安曼正在医治一名患卡氏肺孢子虫肺炎的婴儿,婴儿刚满20个月,出生时多次接受输血。

艾滋病就存在于美国的血源里。疾病控制中心在报告的结尾写道:

迄今（1982年12月10日）为止，上报到疾病控制中心的确诊成人艾滋病患者共788例，其中42例（占5.3%）属于风险不明类（即已知他们不是活跃的同性恋男子、毒品注射者、海地人或血友病人）。两例在发病的两年内接受过血液制品，目前仍在调查中。

本报告及关于A型血友病人中患艾滋病的其他报告都提出了一个严重的问题：艾滋病可能是通过血液和血制品传播的。

对医生而言，这是个令人震惊的消息。当时，美国的大多数血库和血液因子制造公司都是通过购买获得血浆的，而供血的主要是所谓"10美元献血者"（尽管他们每次献血挣的是100美元），这都是些吸毒者和酗酒者，希望轻轻松松地赚点钱。纽约的医生弗雷德里克·西格尔立即呼吁停止购买血液和血浆，并严词劝告同性恋男子不要献血。

但是并没有谁立即采取行动。

疾病控制中心在血液报告发表一周后，又宣布有4名婴幼儿确定无疑地患上了艾滋病，另有18名为疑似免疫系统缺陷综合征患者。这些儿童都没有接受过输血，但多数儿童的母亲是艾滋病患者，或属于此病的风险人群。对13位母亲进行了当面调查，发现其中8人是毒品注射者，1人既是吸毒者又是妓女，还有两个是海地人。所有儿童都来自明显的艾滋病多发地区：旧金山、纽约、纽瓦克等。

"一种'艾滋病病原'在子宫里或在儿童出生不久，由母亲传染给儿童，这可能就是这些婴幼儿免疫系统缺陷综合征早早发作的原因。"疾病控制中心的科学家们的文章说。

在旧金山，一位人们称呼为普罗菲太太的女子在1981年和

第十一章 危险：极其微小之物

1982年各生下一个孩子，都患有艾滋病。原来普罗菲太太是个妓女，专在旧金山混乱的坦德劳因区接客，德里茨的公共卫生小组1981年底找到她时，她已经是艾滋病晚期患者。当时她讲起话来已经语无伦次，后来医生断定她患有艾滋病痴呆症。

普罗菲不能给询问她的莫斯、德里茨及其他研究人员多大帮助。尽管这名白人女子是个妓女，莫斯仍然断定她是通过毒品注射感染得病的，或者是从她那位沉默寡言的也已染上艾滋病的丈夫那里传染得来的。她丈夫是一名异性恋者，不肯向科学家们讲述任何情况。

新年伊始，美国官方承认的艾滋病人数达到1000例，但疾病控制中心的科学家们知道，真正的数字要大得多。

到1982年底，疾病控制中心已经查明了艾滋病流行病学的各个方面，只有一个例外：尚未查清致病微生物。但他们知道它是有传染性的，存在于本国的血源中，可以通过性交在同性恋男子中互相传播，能由母亲传给婴儿，还能在共用针头的毒品注射者之间传播。

虽然疾病控制中心在这件事情上有过失误，但他们也取得了单性恋者传播艾滋病的证据。当时他们共有55例异性恋患者，除5例外，都被不恰当地贴上了歧视性的标签"海地人"（一个民族的称呼并不能等同于一种疾病的传播模式）。另外5例疑似异性恋患者是妇女，她们的固定性伴侣是毒品注射者。

谜团尚存，但流行病学方面的基本轮廓已经清楚，也可以就公共卫生行动做出一些决定以阻止病情蔓延了。

可是，在1983年1月看来已经十分明显的预防措施，过了整整10年仍然未能采取。时机还会一误再误，病人还要接着死亡，流行病必会继续蔓延。

二

尽管微生物不懂政治，持各种意识形态的人都可能受到艾滋病病原的感染，但在1983年，艾滋病的研究、控制、治疗，各个方面都被政治化了。

一涉及艾滋病，所有的机关、部门仿佛都打破了长期以来对待传染病的规章制度。城市的公共卫生部门不敢冒犯同性恋选民和民权主义者，迟迟不肯关闭公共浴池，尽管有确凿的证据表明，许多——也许是大多数确诊有艾滋病的同性恋患者都承认他们常常光顾这种地方。浴池的业主们担心吓跑顾客，只是迫于法律的压力，才同意张贴一些警示性的告示，说随意的性行为会有风险。整个美国的各种争取同性恋权利的组织，因为对于在何种等级上发出警告和采取措施才算恰当这个问题上看法不一，以至发生政治分歧。

血库管理者公开表示关心血液的安全，却言不由衷，暗地里又对政府官员说，采取任何措施保证供血安全，都要付出难以承受的代价。国家心肺与血液研究所告诉国会，在1984年年底以前无意拨款研究本国的血液安全问题。对全国血源的认真调查直到1984年9月20日才开始进行。

1982年整个秋天，国家血友病基金会一直在与血业界代表和联邦科学家商谈，希望能找出一种办法保证其会员使用的产品安全无误。他们不断接到电话，要他们拿出证据或数据，说明本国供应的血液和血浆同血友病患者及接受输血者的病情有什么关系。只有疾病控制中心的特别小组全力支持国家血友病基金会呼吁采取行动。

在国家血友病基金会和疾病控制中心的双双督促下，终于在

第十一章 危险：极其微小之物

1983年1月4日，在华盛顿召开会议，血业界主要厂商代表和食品与药物管理局官员出席，讨论首批几个输血和注射血凝因子的艾滋病病例。疾病控制中心的布鲁斯·伊瓦特、柯伦和弗朗西斯希望说服血制品企业采取措施，降低通过血液传播艾滋病病原的可能性，不仅保护身患血友病或接受手术而需要输血的美国人，而且保护千百万依赖美国血液制品的外国人，因为美国是全球血液制品的最大出口国。保守地估计，美国在这个行业所占的份额是每年1.5亿美元。美国四个大公司是这个行业的巨头。它们是：百特实验公司、阿尔法治疗公司、阿穆尔制药公司（雷夫隆化妆品公司的子公司）和卡特实验公司。美国的国内市场被各种营利性和非营利性机构控制，按保守的估计，每年成交额约2.5亿美元。

《费城调查报》记者、普利策奖获得者吉尔伯特·高尔的估算不那么保守，他估计全球血液行业的年度血浆销售收入为20亿美元，销售量为600万升，美国的公司和血库占了60%。

在1971年到1980年之间，美国的血液制品使用量翻了一番，其原因一是外科手术量的增加，二是因子8和因子9的分离和制备程序的完善，这是血友病患者出于遗传的原因需要最多的两种凝血剂。外科手术技术的不断更新也给血液的供应带来了空前巨大的压力。例如，一例器官移植手术需要的全血可能超过150个单位，而美国1980年采集的血液总量也不过1100万单位。1982年，采集量升到1260万单位，当年接受血液制品的美国人数达到400万。

美国的血源几乎全是自愿捐献的，只有2%是例外。血浆则是另一回事。血浆的捐献过程需要3个到4个小时，其间人体的血液被抽出，放进离心机旋转、沉淀，把含水较多的血浆同血细胞分离开来，然后再把血细胞输回捐献者的身体。由于这是个痛苦难熬的过程，所以世界上的大部分血浆都来自有偿的"捐献者"，而美国以这种方式购买的血浆比其他任何国家都多。按照美国的法律规定，一个人一周可以出售两次血浆，一年最多达到60升，相当于世界卫生组织建议的最高限量的4倍。

捐献血浆的报酬通常为25美元左右，大多数"捐献者"是常客：家境贫寒，常到医院或商店门前的血浆采集点赚点现钱的人。

美国全血的采集量为将近24万单位，也许有10%，即2.4万单位，沾染了毒品注射者间传播的、已经查明的数十种微生物中的任何一种，那么，暂以乙肝为例，1982年接受输血者受到感染的可能性就是1∶11997600。由于当时还不知道是什么微生物引起了艾滋病，所以在1983年无法计算输入一个单位的血液后感染这种病的可能性是多大。

但是，凝血因子是血浆中极微量的蛋白。大约需要5000个血浆单位才能提取足够的因子8或因子9浓缩物，来控制血友病患者的严重出血现象。这样就使赌注大大提高，感染肝炎的可能性至少升为1∶3000。对血友病人来说，每次因子注射带来的感染某种微生物的可能性都相当大。

1∶3000的估算基础是假定有偿捐献者中带病人数极少。1982年，同性恋男子对献血的热情一点儿也不低于异性恋者。这里不妨做一个保守的估算：假设献血的人数中有4%是同性恋者，他们中又有10%携带某种血液传播的病原体，那就是说美国无偿捐献的血液中有4.7万单位已被沾染，约占0.003%。如果输血只有一两个单位，风险仍然不大。但是血友病患者面临的风险却要大得多。

回过头来对以前储存的血液进行检测显示，1978年，至少有一批因子8沾染了艾滋病病原体。这批因子当年用在2300名患血友病的男子和男孩身上。

第十一章 危险：极其微小之物

对遗传性凝血症患者来说真是雪上加霜，因为他们需要经常注射，每年注射的蛋白晶粉多达25000—65000国际单位。一个治疗安瓿通常为100国际单位。因此，一个典型的血友病患者每年要暴露给1250000—3250000人的血液，重症患者则每年需要使用从13555000单位的血液中提取的制品。暴露程度如此之高，即使在300万美国人中只有1人感染极其微量的微生物也可能造成严重的威胁。

1975年，美国国会通过《血友病诊治中心法》，对因子产品的制造和销售提供了经济刺激，从此以后，全世界才对非紧急病人广泛使用因子8和因子9。到1982年，所有血友病患者中已有75%的人因感染甲型或乙型肝炎而发生肝功能异常，90%的人曾暴露于肝炎病毒。血液制品业虽然使用了一种加热技术，在制造另一种人蛋白产品——白蛋白时，从所用的血液中清除活着的微生物，但对凝血因子的制造并不进行热处理。据说这有各种各样的原因。但可归结为血友病产品的市场规模小，灭菌附加成本高，缺乏这种技术用于因子8和因子9的可靠性研究等。1980年，一份剂量的因子8约值90美元。

1987年，热处理及其他血液安全技术普遍采用后，同样剂量的因子8的价格超过1000美元。到1989年，一个血友病患者平均每年要花费5万多美元。价格上升10倍，血液制品业生意兴隆，美国、欧洲和日本的血友病患者还得继续使用这些东西救命。

1983年，估计有2.6万名美国人患有血友病，其中大多数是男孩和壮年男子。他们的平均寿命因使用因子8和因子9而大大延长：1970年以前，很少有人活过25岁，平均寿命为11.2岁；到了1980年，血友病患者的平均寿命达到38岁。

1983年1月，柯伦、伊瓦特和弗朗西斯与血液制品界及食品与药物管理局的代表会晤时,手头的资料少得可怜,很难提出对艾滋病采取紧急措施的理由。但他们知道乙型肝炎在迅速进入供应的血液中,而在场的人对血友病患者中的传播情况也都了如指掌。

会间讨论了几种方案,包括使用一种新近开发的肝炎检测技术,能够直接测出血样中的病毒(核心抗原)。伊瓦特提出许多艾滋病患者(至少50%)都有乙肝感染史,使用这种检测技术也能大大降低从血制品中感染艾滋病的危险。

血库代表提出异议,说乙型肝炎与艾滋病病原之间在流行病学上的联系并非如伊瓦特所说的那样明显。另外他们还说,许多权威的科学家主张,艾滋病根本不是源自哪种传染物,而是由春药或生活方式引起的。有人虽然接受艾滋病有一种传染源这种提法,但不肯相信这种病有一个无症状携带期,不能根据简单的症状问卷来决定这种无症状期的有无(其实,大多数血源性疾病都存在这种无症状期)。最后,他们又说,这种检测费用昂贵,每单位血液要增加2—5美元的成本,不得不转嫁到消费者身上。

弗朗西斯大发雷霆。他拍案怒吼,指责血库官员冷漠无情,对千百万美国人的健康问题视若无睹。双方怒气冲冲,恶语相向,会议难以继续。

最后,会议无果而散。弗雷德里克·西格尔博士6个月前提出的一项自发行动建议被一些企业界代表采纳:主动筛除同性恋者、注射毒品者和来自海地的献血者。

1983年3月25日,助理卫生部长布兰特正式提出建议,但不是指令。他建议"采取临时措施,保护血浆、血液和血制品接受者,到特定的实验室检测方法研究出来、可以从血液中筛检出艾滋病病原时再议"。

第十一章 危险：极其微小之物

他提出的三项建议是：对献血者进行教育，说明哪些人不应献血；培训血液采集人员，让他们懂得如何了解献血者的既往病史，看看有无艾滋病的病征；建立规章制度，储存和处理有艾滋病沾染嫌疑的血液。

教育同性恋男子不去献血，这还比较简单，主要由同性恋者的报刊来完成。但是不让毒品注射者出售血液和血浆却几乎是不可能的。只要有人愿买，他们就迫不及待地要卖。

全国血友病基金会认为，肝炎核心抗体检测技术尽管还不算完美，但对血友病患者仍有重要的保护作用，所以不断在食品与药物管理局进行游说，直到1983年。奇怪的是，就在肝炎病毒和艾滋病病原都存在于美国血液供应中的时候，里根政府却偏偏猛砍食品与药物管理局的规模，别的不说，仅仅监管血制品业的人员就裁减了25%。1983年春，局长弗兰克·扬宣布，该局对血制品业的质量监测次数将减少一半。过了5年有余，扬的决定造成的后果才又得到审议。而在这段时间里，血制品业却有了迅猛的发展。美国红十字会一家的采血、供血计划就扩大了150%。到了1988年食品与药物管理局重新考虑其政策时，大多数血液和血浆的采集与加工机构已经有三四年无人监管。

1983年全年，疾病控制中心和食品与药物管理局一直为血液供应问题争吵不休。助理卫生部长布兰特往往同食品与药物管理局站在一起，采取观望的态度。11月，全国血友病基金会的科学顾问团决定，要求血浆业界必须使用乙肝核心抗体测试，尽量摒除污染物。

食品与药物管理局的血制品顾问委员会同意于1983年12月在贝塞斯达开会，讨论全国血友病基金会的要求。可是血业界代表却在食品与药物管理局开会的前夕秘密碰头，谋划出一个拖延的办法：他们提出以食品与药物管理局的科学家为主，成立一个特别小组，用数月的时间来研讨血液检测问题，最后再对食品与药物管理局说，无法取得一致意见。

实际发生的情况正是这样。1984年5月，食品与药物管理局的特别小组报告，关于使用肝炎检测法测出艾滋病病毒携带者一事，根本无法取得一致看法。因此，在这种病流行的前4年，全世界的大部分血液和血浆制品都没有经过灭菌和检测。

对于格雷戈里·霍华德这样的毒品注射者来说，在1983年还很少听说这种新的疾病。政府的任何一级机构都不曾向这个国家受嘲骂最多的人群散发过什么宣传教育材料。毒品注射者根本不知道科学家要求他们不再"捐献"血液和血浆。霍华德没有听说过什么艾滋病。他和其他千万个吸毒者一样，只知道出了点"事儿"，一点对健康麻烦的事儿。人们传说有的吸毒者得病了，收进了公立医院，后来就不见了。

有两个原本应当负责霍华德这类人的健康问题的联邦机构，在1983年1月却对艾滋病问题丝毫也不关心。截至1983年年中，无论是酒精、药物滥用与精神病管理局，还是全国药物滥用研究所，都不曾为艾滋病研究向国会申请过拨款。截至1984年年底，两个机构也从未开展过因共用注射器而传播此病的研究。

然而漠不关心最明显的还是设在贝塞斯达的国家卫生研究所。虽然所本部尤其是下属的全国癌症研究所，有几位科学家利用一般经费对艾滋病问题进行了临时性的研究，但当时全所对于解决艾滋病谜团却没有表现出丝毫的热情。

"艾滋病是旧金山30—40岁男子的主要死因，我们需要增加经费。"唐纳德·艾布拉姆斯说。这位年轻的肿瘤学家坐在旧金山总医院86号病房狭小的办公室里，讲话时措辞谨慎。他和沃尔保丁负责治疗全市日益增多的艾滋病患者。他指着一堆一堆的文件夹，里面塞满了手写和打印的病例。

"我们收集了一堆又一堆关于病人的数据，可是我们没有电脑来分析这些数据。如果不能综合分析，把结果公布出去，我们装样子做这些测试（T细胞测试）又有何用？"艾布拉姆斯问道，"这是医学史上很少见的现象。人们老是对我们说：'钱就要拨下来了。'就要从市政府、州政府或联邦政府拨下来了。可是从来没有兑现过。而现实情况却是我们的病人一日多似一日，在我们的诊所里等候答案。"

艾布拉姆斯年纪不过30出头，但是和沃尔保丁一起医治艾滋病18个月后，就现出一副精疲力竭的样子。他说话无力，步履沉重。

安德鲁·莫斯则有一种活动家的精神，能使他的小组和他本人焕发出更大的能量。莫斯的小组如今正偏安于86号病房的一端，办公室只有鞋盒一样大小，他们却在从流行病学的角度研究这种疾病。他觉得唯一合理的方法，是把艾滋病病例同人口数目相似的居住区内未患艾滋病的同性恋男子及生活正常的旧金山男子进行对比，在一段时间内，对他们不断跟踪调查，看看是哪种因素给他们带来了艾滋病的风险。

但是这样做的花费会很高。

同莫斯一起工作的共有10个人，谁也不曾因为从事艾滋病的研究而获得分文。有些人是惊骇于这种病的死亡人数之多而来参加研究的，应该算是志愿者。从严格的意义上讲，莫斯本人也是个志愿者，因为他的经费原来都是指明要用于脑瘤和睾丸癌的研究的。

"打游击式的科研，"莫斯半开玩笑地说，"先是发现危机，然后是跑去匆匆应对，最后才想方设法挖钱补洞。"

从一开始，柯伦就设法引起国家卫生研究所内部对同性恋免疫缺损症和艾滋病的关注。1981年秋，他曾亲自前往贝塞斯达，简要介绍当时掌握的关于这种疾病的情况、病人的病征以及亟待解决的研究问题。罗伯特·加洛听了柯伦的讲解，国家卫生研究所的另外几位重要研究人员也听了他的发言，大家都觉得同性恋者的处境严峻，但是没有什么人相信这种疾病的暴发需要进行什么有意义的基础研究。从习惯上讲，国家卫生研究所的科学家往往把流行病问题的解决推给疾病控制中心。

直到一年以后，柯伦怀揣着一个很有趣的基础研究问题再次来到贝塞斯达时，那里的科学家们才接过了这个难题。

"我们有证据表明，一种新的传染病原已经进入血液供应中，"柯伦对他们说，"它主要通过T细胞的改变来产生严重的免疫系统缺陷。"

这时，柯伦的话在加洛听来就像一个可怕的谜团。他马上想到了他最近发现的病毒HTLV-Ⅰ，人类嗜T细胞病毒Ⅰ型，他知道这种病毒能引起免疫系统紊乱和癌症，尽管艾滋病患者还没有出现这种症状。加洛听完柯伦的讲话后心中暗想，这种神秘的疾病会不会是人类嗜T细胞病毒的某种新的变异引起的？

后来，加洛与哈佛大学的马克斯·埃塞克斯通了电话。埃塞克斯通过唐·弗朗西斯对艾滋病问题已经相当熟悉。他的实验室很久以前就已确证，猫白血病毒改变了猫的T细胞活动状况；他也有初步的证据表明，人类嗜T细胞病毒Ⅰ型同样会打乱T细胞的正常工作。埃塞克斯同柯伦及弗朗西斯合作，由他们将血样送到哈佛大学的实验室进行检测。1982年6月，他开始在哈佛聚精会神地进行研究，寻找艾滋病的病因。

第十一章 危险：极其微小之物

加洛也在尽力研究艾滋病。

加洛曾绞尽脑汁反复思考，他手下的人有没有被传染得病的可能，最后认定，流行病学显示，这种神秘的病原体是通过血液而不是空气传播的。1982年5月，他指示实验室工作人员从艾滋病病人的血样中培养病毒。

数月以前，国家卫生研究所的另一个小组开始探索卡波西氏肉瘤同春药之间的联系。吉姆·戈德特、比尔·布拉特纳和迪安·曼3人研究了纽约的15名同性恋男子，对他们使用亚硝酸戊酯的情况和免疫系统的状况进行了比较。研究发现，7个不曾使用春药的人中，5人有免疫系统功能紊乱的病征，8个使用春药的人中，免疫系统功能紊乱的也是5人。他们还发现，两组人的细胞巨化病毒感染史相同。他们的结论是：亚硝酸戊酯对这种疾病的传播不起作用，尽管此药可能改变免疫功能。

在国家卫生研究所的下属单位全国过敏症和传染疾病研究所里，安东尼（托尼）·福西、亨利·马苏尔、克利夫·莱恩3位博士也领导着一批科学家在研究艾滋病患者免疫系统功能异常的特点。这些研究人员发现，除了T细胞异常外，艾滋病患者的B细胞系统也有严重的问题。他们虽然有大量可以高度激活并产生抗体的B细胞，但其他类型的B细胞却明显不足，甚至完全没有。这个小组的结论是，B细胞系统虽然能识别微生物的攻击，但由于T细胞系统功能严重紊乱，它就不能像免疫系统的这两个部门功能正常时那样，准确无误地做出反应。

1983年4月25日，国家卫生研究所宣布，不久将拨出24万美元，供所本部以外的4个实验室做研究经费，真是雷声大，雨点小。一周以后它又宣布，将向几个单位另拨6笔研究经费。这批经费总共不到200万美元，却要供免疫学、医疗学、遗传学、儿科学、艾滋病和癌症等多个学科的研究使用。

例如,沃尔保丁负责一个5年研究项目,研究艾滋病发病前的病征和免疫系统的工作状况,经费为526229美元,如今总算分到了第一笔拨款。国家卫生研究所宣布后两周,沃尔保丁和11名同事共同向新任卫生与民众服务部部长玛格丽特·赫克勒(原部长施韦克已于1983年1月1日辞职)上书,感谢赫克勒领导的这个部下拨研究经费,但是也提到这还不到旧金山小组原来申请数目的一半。

"要想取得重大的进展,找出此病的病因,这笔经费显然是不够的,"信中写道,"另外,由于担心艾滋病病原体的传播,我们也无法使用其他实验室工作人员普遍使用的设备。因此,除非拨款购买此项研究所需的新器材,否则将难以继续工作下去。"

1983年年中,艾滋病研究的各个方面都卷入了美国的党派之争。共和党人牢牢守住阵地,为自己的研究步调和财政开支政策辩护,民主党人则在各条战线对里根政府发起猛攻。对阵双方剑拔弩张,国会里的口舌之战也愈演愈烈,不可收拾。民主党占主导的众议院一再要求对艾滋病的研究采取紧急应对姿态。共和党控制的参议院和白宫则设法压缩艾滋病经费。1983年夏秋两季,两党一直恶语相向,谩骂不停,千方百计地争夺艾滋病研究日程的控制权。

"民主党人说不出到底多少经费才算'够用',"10名重要的共和党议员写道,"况且,临时抽调一些经费来应付艾滋病问题,不过是权宜之计,不会永远如此……最后,民主党提出的所谓组建独立机构、制定全面战略处置艾滋病问题一事,也是多此一举,不应采纳。"

民主党领导反击的是纽约州众议员特德·韦斯。他指责"联

第十一章 危险:极其微小之物

邦政府在处置艾滋病危机的工作中存在着不可饶恕的漏洞,简直没有心肝"。他谴责里根政府对于他所说的"国家头等卫生大事"不是有意拖欠研究基金,就是干脆予以取消。

在美国,医学研究经费通常不会成为党派之争的题目。共和党的尼克松发动了对癌症的战争。民主党的约翰逊和卡特都支持拨款进行癌症和心脏病的研究。遇到紧急情况,如出现军团症、猪流感、埃博拉出血热等病症时,不管哪个党控制着国会和白宫,资金都会迅速划拨到位。

但是艾滋病却是另一番景象。它触动的每一根神经,都足以使美国人向两极分化:性、同性恋、种族(海地人)、基督教的家庭价值观、吸毒,以及个人与大众的权利和安全之间的关系,等等。

截至1983年3月,全世界确诊的艾滋病共有1200例,除少数几例外,几乎都在美国和海地。在其他国家,这种流行病的政治影响一时还不很明显,要到各国暴发的规模扩大,这种神秘的疾病变成重大的公众问题时才会明显起来。

在疾病控制中心,负责研究艾滋病病因的科学家,如加里·诺布尔和唐·弗朗西斯,仍然无法筹足经费和设备来进行像样的实验室研究。要证明确有传染性病原体存在,最明显的办法就是把病人的血样注射到试验用的猴子身上。如果猴子身上出现艾滋病,那就是说患者血液里有传染病原。不过,反过来却不能这样推论,猴子若没有染病,可能是因为这种动物对人类的传染性微生物有一种免疫作用。

但是疾病控制中心没有研究灵长动物的经费。1982年8月,弗朗西斯和诺布尔给四只狨注射了病人的血液,然后就开始等待。一等再等,数月过去,狨依然欢蹦乱跳。弗朗西斯再次给狨注射另一个病人的血液，然后再等。

弗朗西斯四处求情，想另要其他动物，尤其是珍稀昂贵的黑猩猩，但是疾病控制中心却连安全、人道地圈养大型灵长类动物的处所都没有。后来疾病控制中心与亚特兰大郊外的埃默里大学所属的耶基斯地区灵长动物中心签订了协议，这项动物研究计划才得以在1983年春天开始实施，不过规模不大，只有两只黑猩猩和十来只猕猴。一年半以后，中心的科学家们仍在等待这些动物在注入带污染的人血后的体征反应。

国家卫生研究所在得克萨斯州的圣安东尼奥有一个巨大的灵长动物设施，具体由西南生物医学研究基金会经管。1983年初，那里也有两只黑猩猩被注射了受到感染的病人血液，并迅速产生了T细胞变化和淋巴结病。

在巴黎，法国的艾滋病特别小组几乎从一开始就排除了所有的环境因素如春药等，因为法国病人的发病史十分突出地显示出一条感染的轨迹。第一例观察到的病人是个航空公司的空少，常飞美国，看来是一次飞美国时染上此病的，后来又接着传染给法国国内的性伙伴。经常往返美国是欧洲同性恋男子身患艾滋病的突出特征，所以，1982年出现例外后，竟引起了欧洲一份重要医学杂志的关注。原来两名与美国没有任何联系的法国同性恋者也感染了此病。

法国有一位精力充沛的科学家，名叫雅克·利博维契，是一名内科医生和免疫学家。他讲起话来口若悬河，而且表情丰富。利博维契年轻英俊，讲话时伴随着各种手势，还不停地走来走去，一会儿站起来，一会儿又坐下去。他有一个习惯，就是先提出一个聪明的假设，然后便一直坚持求证，还尽量说服别人，最后让数据来证明他是对还是错。对于利博维契来说，最能引起兴趣的不是欧洲同性恋男子中的艾滋病患者，这不过是美国的货色移植于欧洲的土壤而已。他深感不安的是他和其他欧洲医生最近偶然发现的非洲和海地的免疫系统缺陷综合征患者。

1982年，利博维契曾提出一个假说：艾滋病是一种病毒性疾病，起源于非洲，用他的话说，"能够彻底烧毁免疫系统"，使人发病，死亡。他力促法国医学界同行仔细查阅医疗档案，在非洲出生的法国居民和曾经旅居非洲的法国公民中寻找奇怪的免疫系统缺陷病例。他还说，海地的病例只是非洲现象在加勒比海地区的表现形式，是由法语非洲国家和海地之间往来旅游造成的。

在比利时，彼得·皮奥特正在努力证明一种非常相似的假说。从他听说洛杉矶的头一例卡氏肺孢子虫肺炎病人那一刻起，他就想到，艾滋病可能是旅居比利时的非洲居民所患类似病症的罪魁祸首。内森·克拉梅克博士也有同感。克拉梅克作风文静，讲话声音不高，是布鲁塞尔的圣皮埃尔大学附属医院的医生。1982—1983年，他曾为扎伊尔的五名上层人士治病。这五人中有的长期居住在比利时，有的则是专门来到这个原来的宗主国治疗严重的免疫系统缺陷综合征的。

显然，这些非洲病例根本不符合美国人描述的艾滋病发病轨迹：没有人是同性恋者，没有人注射毒品，也没有人去过海地，而且三分之一以上是女性。一切证据都表明艾滋病是最近从非洲、海地或美国传入欧洲大陆的。从美国传入的途径主要是血制品和同性恋行为；从非洲和海地的传入模式则是异性恋行为。不管是何种途径，情况明确显示出，用法国特别小组的话来说就是："欧洲现在存在着一种传染源。"

欧洲的医生们说，这既是一种同性恋传播的微生物，又是一种异性恋传播的微生物。而法国特别小组的多数成员则赞同艾滋病是一种病毒性疾病的观点。

法国没有国家卫生研究所那样的财政管理机构来分配科研资金。法国的体制更加精干，全国的大部分生物医学研究工作都集中在巴黎著名的帕斯特研究所。尽管帕斯特在规模上和经费上无法与美国庞大的科研机构相比，但它在应对紧急情况方面却有明显的优势："主管"科学家可以自行启动任何科研项目，而不必事先请示上级机关。帕斯特特意为法国的科学精英留出了巨大的活动余地，便于他们发挥聪明才智。巴黎的几家重要医院，如克洛德·贝尔纳、雷蒙·普安卡雷、圣路易、皮蒂埃-萨尔皮特里埃医院等，都可与帕斯特研究所的科学家自由合作。1982年就曾在艾滋病方面开展过松散的合作，克洛德·贝尔纳医院的弗朗索瓦·布伦-韦齐内医生、皮蒂埃-萨尔皮特里埃医院的威利·罗森鲍姆和帕斯特研究所的一个以病毒学家吕克·蒙塔尼埃为首的小组携手进行研究。

1983年1月3日，罗森鲍姆从艾滋病患者弗雷德里克·布律吉埃的颈部切除了一个肿大的淋巴结。布律吉埃是个同性恋男子，曾到美国旅行。这块宝贵的组织被立即送到蒙塔尼埃的实验室，由病毒学家弗朗索瓦·巴雷-西努西进行分析。1月25日，巴雷-西努西告诉蒙塔尼埃，她在布律吉埃的细胞中发现了反转录酶活性的证据。

据说这个星球上只有一种生物使用反转录酶，那就是反转录病毒。微小的核糖核酸病毒利用这种酶来制造自己的核糖核酸遗传物质，只是形象是倒过来的，像镜中的形象。这样它就造出了自身的DNA（脱氧核糖核酸）版本，能够渗入它所感染的动物的细胞基因中。

当时已经查明，存在两种人类反转录病毒，HTLV-Ⅰ和

第十一章 危险：极其微小之物

HTLV-Ⅱ，即Ⅰ、Ⅱ两种型号的人类嗜T细胞病毒。在全球范围内，对这两种病毒的研究主要由美国全国癌症研究所的罗伯特·加洛实验室承担。蒙塔尼埃最初推测，反转录酶活性表明艾滋病是由这两种病毒中的一种引起的，他1月份的实验室笔记在《人类嗜T细胞病毒Ⅰ型》的标题下描述了巴雷-西努西的发现，但是后来这个标题被划掉了。

1983年2月初，蒙塔尼埃与加洛通电话，描述了巴雷-西努西的发现。接着两个实验室之间展开了一场十分激烈的合作和竞争。当月，加洛的实验室也在艾滋病患者细胞的实验室分离物中检验出反转录酶活性。加洛此时确信，他在前一年与马克斯·埃塞克斯的重要通话中表达的见解依然正确无误：艾滋病是由人类嗜T细胞病毒Ⅰ型或其某个近亲引起的。

"人类嗜T细胞病毒流行于加勒比海地区，在非洲也相当普遍，艾滋病当然与加勒比岛国海地以及历来常见于非洲的卡波西氏肉瘤有某种联系。"1983年8月加洛对《美国医学协会杂志》的记者说。他承认人类嗜T细胞病毒Ⅰ型在日本相当普遍，但是那里并未发现艾滋病病例，不觉自问自答道："难道引起白血病的病毒（人类嗜T细胞病毒Ⅰ型）是免疫系统抑制病毒的变异吗？我们不清楚。如果真是这样，它必是一种抗原差异微小、变异不大的异株。"

就在加洛和蒙塔尼埃的两个小组拼命寻找HTLV（人类嗜T细胞病毒）同艾滋病的联系时，杰伊·利维领导的一个小小的科学小组也在旧金山艰苦奋斗着，他们的经费不过是几千美元，是从刚刚成立的加州州立大学艾滋病专题小组拨来的。利维他们虽然经费不足，但是比起贝塞斯达和巴黎的研究人员来，却另有一个极大的优势：几乎可以不受任何限制地接触十分愿意合作的广大艾滋病患者。蒙塔尼埃费尽九牛二虎之力,才从一个关键的病人身上提取了血样和组织样品,加洛费尽心血,也只是从少数人身上提取到血样和切片,可是利维却一下子从旧金山的四十多名同性恋者身上取得了这些东西。由于有许多可供研究的对象,利维就有了随意选择的机会,不必根据一两个病人的数据来推断整体情况,有意无意地形成某种错误。几年以后,利维可以随意选择的重要性才显露出来。

利维和加州州立大学艾滋病专题小组的同事约翰·齐格勒持同一种理论:"艾滋病本身是一种偶发感染。它只是在患有乙型肝炎、巨细胞病毒、寄生虫病或其他免疫抑制病症,使免疫功能已经受到损害的人身上发病。"

他们认为艾滋病的发病过程是相当复杂的。大概因为在1983年他们医治的所有病人全是性活跃的同性恋男子,所以他们认为艾滋病是多个层次的病程的最后一步,一开始是免疫系统受到各种其他病原体的攻击,特别是巨细胞病毒和埃巴病毒的攻击,然后是一种当时尚未发现的"艾滋病病毒"侵入人体。

利维推断:"这种病毒已经发生了巨大的突变,变得与免疫系统本身或免疫系统的某个组成部分十分相似,以致在免疫系统试图攻击病毒时,却反倒攻击了自己。"

齐格勒说,结果就是免疫系统严重的自我损伤,或称免疫系统自毁。在这个过程中,B细胞和T细胞认敌为友,错误地攻击了人体的防御系统。利维推想,艾滋病病人显示的T细胞失衡,该是这个过程造成的直接结果。

不过其他科学家的眼前虽然摆着从艾滋病患者身上获得的同样数据,得出的结论却截然不同。有人认为,艾滋病不过是乙型肝炎的一种新的表现,或肝炎疫苗的某种不明污染物的反应。首

第十一章 危险：极其微小之物

批肝炎疫苗曾试种于美国同性恋者。

20世纪80年代初，关于艾滋病的病因，另外还有许许多多的理论，发表在各种科普和专业的书刊上。它们都有一个基本的漏洞：都是仅仅根据对美国同性恋者的观察来解释这种疾病的存在，对于通过更广泛地观察所有艾滋病患者、从流行病学的角度找出的相反证据，它们则视而不见。注重信誉的科学家提出的大多数看法都受到实验室或流行病学一层的检验，一经发现漏洞，原来提出看法的人不是干脆放弃，就是酌情加以修正。

但是也同以往多次发生流行病时一样，总会有一些狂妄之徒口出狂言，大骂批评他们的人，即使在数据证明他们的看法错误以后很久，仍然固执己见，硬说他们找出的艾滋病病因正确无误。在有些情况下，他们公开的言论对于有艾滋病潜在危险者的行为产生了极为不利的影响。

在早期的各种艾滋病理论中，最受关注的是这样一种：这种疾病其实就是梅毒，或者说，梅毒作为其他微生物的协同因子而共同发生了作用。许多医生无视相反的数据，依然坚持，同性恋群体特有的刺激措施，包括使用春药、菲斯汀、以及类固醇皮肤膏等，才是问题的关键。新西兰的一个小组认为，引起艾滋病的是那种微小而奇怪的蛋白成分，就是当时人们以为引起羊瘙痒病的东西。

美国有两位科学家提出了一种理论：艾滋病是由非洲猪瘟引起的。他们的理论在1983年引发了一场争论，进入90年代仍然受到《纽约土著》报的赞许。非洲猪瘟病毒在兽医看来问题非常严重，能够侵染各种不同的猪细胞。人类感染非洲猪瘟病毒是罕见的事，但能产生高烧和免疫系统紊乱。提出非洲猪瘟与艾滋病有联系的科学家说，有几件事碰到了一起，促使这种微生物发生变异：1978年，古巴和海地暴发猪瘟，他们称这是中央情报局所为，目的是让古巴的牲畜病死，动摇卡斯特罗政权；1980年，两个岛国的大批难民涌入美国；纽约的同性恋者到海地度假时吃了没有煮熟的猪肉；等等。

另外还有人主张，艾滋病是由血友病人使用的血制品中的某些"因子"引发的。持相反观点的人又说，所谓与血制品有关的所有病例，其实都是被误诊的其他疾病。可是事实上，整个工业化世界使用血制品的人都在患艾滋病，而且追根溯源，献血的人往往都有艾滋病，对于这样的证据，他们就避而不谈了。

1983年，图兰大学根据对血友病患者及其妻子的研究，证明了对艾滋病病因的辩论十分重要的三个要点：（1）血友病患者所得的艾滋病与同性恋男子所患的艾滋病完全相同；（2）但是血友病患者没有人们通常所称的同性恋男子的艾滋病病因；（3）有些人把病传给了妻子。研究人员的结论是："长期感染血制品传播的病原体很可能是造成各种不适的原因。由于血友病患者一般不会暴露于原先涉及的其他风险因素……将来对艾滋病病因的研究"，不应只限于"有非传统生活方式的人"。

1983年，疾病控制中心发出的信息是模棱两可的。中心的研究人员在结束了对50名患艾滋病的同性恋男子的首次有限的控制研究以后说，"他们不能排除违禁药物的使用"和"他们生活方式的某些方面"可能与艾滋病有些关联。尽管疾病控制中心的小组根本没有提到生活方式是病因，但是许多同性恋者却认为，这个结论是支持春药之类是病因的说法的。

与此同时，弗朗西斯和马撒·罗杰斯博士发表的疾病控制中心实验室的声明说，患艾滋病的同性恋男子除细胞巨化病毒和埃巴病毒高于平均水平外，身体里没有其他东西可以解释他们所患

第十一章 危险：极其微小之物

的绝症。"我们建议未来的实验室研究应着力于找出某种传染源，这种传染源可能在血液中或随着外周白细胞自由循环，也可能存在于同性恋男子的直肠分泌物、精液或其他分泌物中。"

在人们莫衷一是的时候，英国著名的科学杂志《自然》的主编、物理学家约翰·马多克斯在4月号上发表了一篇编者按，题目叫《对艾滋病无须惊慌失措》。

"现在有一种严重的危险。人们听到医生所说感染的免疫系统缺陷综合征（也就是所谓艾滋病）这个名称，就会谈虎色变，惊慌失措。"他写道，"这种原先没有认识而且可能也不存在（着重号为作者所加）的疾病来势凶猛，人们禁不住把它描写成一种由败落的文明招致的疾病，也就是索多玛和哥摩拉两个古城①的命运在现代的重演。"马多克斯谴责那些"同性恋者可悲的滥交"，称之为"对公众健康的明显威胁"。

马多克斯说，艾滋病患者不足千人，其中70%的人又是同性恋者，不足为虑。他责骂那些大惊小怪的人，还说："谢天谢地，不管病因来自何处，这种疾病的传染性并不特别强，其后果也无法确定。"

与此相反，1983年春，柯伦、弗朗西斯和哈佛大学的马克斯·埃塞克斯共同撰写的一个编者按却足以警醒世人，后来发表在《国家癌症研究所会刊》上。他们的用意是以明确无误的语言说明，艾滋病是由一种传染性病原体引发的；引发艾滋病的可能病原体之一就是HTLV-Ⅰ，人类嗜T细胞病毒Ⅰ型。埃塞克斯已经掌握了证据，证明许多艾滋病患者都感染了HTLV-Ⅰ。

---

① Sodom和Gomorrah，同为《圣经》中记载的古城，后因其居民对上帝不敬，罪孽深重，同时被一场大火烧毁。——译者注

"我们检查了从疾病控制中心转来的75名艾滋病病人,"埃塞克斯在5月份说,"我们按卡波西氏肉瘤和肺孢子虫肺炎将病人分成两类。在这75人中……原先感染过HTLV的人数在四分之一到三分之一之间。"

"我应当强调指出的是,也有一种可能,那就是HTLV,人类嗜T细胞病毒与艾滋病毫无关系,它只是偶尔感染一些艾滋病患者,而不是所有的患者。"埃塞克斯马上补充道。

加洛欣喜若狂。埃塞克斯证实了他本人提出的艾滋病病原是正确无误的。加洛的实验室助手刚刚从3名患艾滋病的纽约同性恋男子的白细胞中分离出HTLV-Ⅰ,而且在对纽约医院的33名艾滋病患者进行的调查中,又从两名患者的T细胞中发现了HTLV-Ⅰ。加洛认为,这些发现有力地证明了HTLV-Ⅰ或其某个近亲正是艾滋病的病原。

埃塞克斯和加洛的4篇论文作为一个系列发表在《科学》杂志上,同时发表的还有法国帕斯特研究所的一篇研究报告,美国卫生与民众服务部也在正式的新闻发布会上说,法国人的报告称,他们"从一个长期患有多发性淋巴结病,并有证据显示其所受感染可能导致艾滋病的同性恋患者身上分离出了与HTLV有关的病毒"。

但是法国人的研究报告并没有这个内容,根本没有。

1983年2月4日,帕斯特研究所的夏尔·多盖观察到弗雷德里克·布律吉埃的T细胞外有一些球状病毒。但是在多盖的显微镜下,这些神秘的病毒和HTLV-Ⅰ虽然都呈球形,他却认为它们并不是同一种病毒。更为重要的是,蒙塔尼埃的小组不能在加洛发现的HTLV-Ⅰ病毒和他们自己发现的与艾滋病有关的微生物的抗体之间找到明显的交叉反应。他们提出,这两种病原可能在遗传

第十一章 危险：极其微小之物

上有某种相似，但显然是两种不同的病毒。

不过在加洛的敦促下，蒙塔尼埃又在他的文章中加了下面一段："我们的不成熟的看法是，这种病毒，以及原来的各种HTLV分离物，应当同属于嗜T淋巴细胞的反转录病毒科，可以在人与人之间横向传播，并涉及数种病理性综合征，包括艾滋病。"

1983年的整个夏季，两个互相竞争的实验室在你追我赶，拼命在细胞培养液中培育艾滋病病毒。但是这种病毒只有在人类T细胞中才生长顺利，但也会杀死T细胞。所以在数日之间，培养液里的所有T细胞和这种很难培养的病毒一起，都会死去。巴雷-西努西和切曼试遍了各种办法培养这种病毒，都没有成功。后来，在酷暑难熬的夏日，蒙塔尼埃的小组终于想出窍门，办法是把病毒感染过的培养液（上清）从T细胞刺激物——白细胞介素2和植物凝聚素培养的细胞中，转移到新鲜的T细胞中，每三天一次，不停地转移。最后就会得到满满的一试管病毒。

与此同时，北美洲的恐慌情绪正越来越严重。

尽管加拿大和美国报道的艾滋病病例绝对数字并未超过2000，但是其流行的范围却在扩大。在纽瓦克的新泽西医学院工作的詹姆斯·奥利斯克和在布朗克斯的艾伯特·爱因斯坦医学院工作的阿里耶·鲁宾斯坦两位医生，正在收治一些从父母那里感染上艾滋病的婴幼儿。奥利斯克手头有11个病儿，鲁宾斯坦有25个。所有病儿的父母中必有一人是注射毒品者、新近从海地或多米尼加共和国移民而来者，或者是医生们所说的"滥交者"。

"显然，我们诊治的儿童没有一个有过不良性行为或服用过违禁药品，"奥利斯克在1983年5月说道，"这就意味着'正常'人也会感染艾滋病。"

鲁宾斯坦表示同意，还说大多数病儿很可能是在母亲怀孕期或孕期结束不久从母体感染艾滋病病毒的。不过,"我们也在家庭(指他的小组正在研究的家庭)的其他成员身上发现了免疫系统缺陷综合征。这可能表明这种传染源是通过不同途径传播的:不光是经由胎盘,不光是通过性,也不光是因为共用针头"。

1983年初,疾病控制中心和蒙特菲奥医学中心在纽约市发表联合研究报告,提到两名患艾滋病的女子,她们只是嫁给了已患此病的男子,别无其他招致风险的明显因素。到了5月份,蒙特菲奥的尼尔·斯泰贝格尔博士又发现了5例明显的异性恋传播病人。

"我们现在感到,这种情况确实表明,应当把艾滋病视为威胁整个人群健康的疾病,它威胁的不仅仅是同性恋男子、注射毒品者、海地人和血友病人。"斯泰贝格尔当时说道,"当然,诊治一种潜在的致命性疾病,也是让人胆战心惊的。染上潜在的致命性花柳病……就在我们普通的人群中……"

1983年夏秋两季,证实神秘的艾滋病病原体确系通过性来传播的文章简直多如牛毛。

最让疾病控制中心的艾滋病研究小组的成员感到震惊的消息大多来自毒品注射者。柯伦、贾菲、弗朗西斯、吉南、达罗以及其他人原本都是研究公共卫生的,如今对于性传播的疾病只能算是初学乍练,因此,听说同性恋群体性交往的速度之快,都深感意外,甚至震惊。在艾滋病出现以前,他们对吸毒人群也同样一无所知。他们不知道格雷戈里·霍华德以及千千万万和他一样的人,多少年来都是隐蔽在共同的藏身之地"干活"的。他们不知道表面上废弃的建筑里实际上充斥着毒品交易。

当纽约市和纽瓦克的毒品研究人员把他们熟悉的种种吸毒细节介绍给美国日益扩大的艾滋病科学家圈子时,他们的远见卓识

第十一章　危险：极其微小之物

让柯伦和他的同事们十分敬佩：人们对于通过性传播感染艾滋病在理论上是否站得住脚可以提出异议，但是把病毒注射进血液中必会感染则无可置疑。

很快，疾病控制中心的特别小组就了解到注射的详情：吸毒者只要付钱，就能从毒贩那里注射任何东西，毒贩们用同一个针头和针管，一天给几十个甚至几百个顾客注射。唐·德斯加莱斯医生在曼哈顿的贝丝·伊斯雷尔医院主持一项吸毒者康复计划，像他这样的专家都曾告诉疾病控制中心的科学家：1983年，没有几个吸毒者只用一种毒品，他们使用两种、三种甚至更多种类的毒品，其中往往包括可卡因、酒精、安非他命、巴比妥酸盐、安定，以及其他苯二氮卓类毒品和药物等。由于警察的稽查或批发商对市场的操控，海洛因会出现周期性货源紧缺。但是经过几年这样的"饥荒"之后，吸毒老手都适应了混合毒品。睁开眼睛便用一份"鸡尾酒式"的混合毒品作为一天的开始，待药力消退、浑身难受时再来一份提提精神，最后再加一份，把吸毒者送入转眼即逝的天堂。

疾病控制中心的科学家终于明白，围绕着吸毒者推断出一个固定的模式，或者认定单独一种行为可以解释吸毒者中艾滋病剧增的现象，这都是极其天真的。每个人使用毒品的方式不尽相同，过瘾后的反应也各式各样，有的精神倦怠，有的兴奋异常。对这些人进行研究和教育都很不易。

"我们真弄不清怎么会这样，"柯伦说，"我们解释不了，为什么几乎所有的毒品注射者之中的病例都出现在纽约和新泽西，而西海岸的大多数病例（占90%强）都出现在同性恋男子中。我们真的不能理解这种分布情况。"

"你只要到街上转转就明白了，"霍华德说道，"我明白街上发生的一切。"

霍华德仍在坚持服用美沙酮，不过这也很难受。他说，诊所的医护人员对待吸毒者就像对待牲口一样。人们常常会想，下面的两件事究竟哪一件体面一些，哪一件更丢人：面对着又高又胖的诊所警卫，褪下裤子，在药力消退时，往一个纸杯里留尿，让他们检测有无海洛因；或者拼命找出一条可用的静脉，在满脸官司的毒贩面前露出来，让他把针头扎进去，往前推，松开止血带，再转向下一位顾客，你则摇摇晃晃走到旁边，感到一阵飘飘然。

尽管1983年秋霍华德对艾滋病所知不多，但是对酗酒者和吸毒者的生活方式却了如指掌。如果疾病控制中心的小组肯去向他打听，他必会讲出许多给人启发也让人不安的事情。但是他们没有去。柯伦知道，关于毒品注射者的问题，他这个小组是有些力不从心的，所以他便尽力劝说专门研究此类问题的机构，特别是国家药物滥用研究所，开展这方面的研究。可惜在里根政府的领导下，这个研究所更加关心的是管死毒品，而不是治活吸毒者。

如果政府的哪位科学家问过他，霍华德必会像回答别的人一样回答他。他会说：“霍华德用量有多少，什么时间用，用什么方法，这都取决于用的是哪一类东西。就这么简单。"

如果可以让问题简化，假定使用的只是海洛因一种东西（事情当然极少会这么简单），那么他自己动手，一天注射一两次也就够了。然而，如果他把海洛因同酒精或巴比妥酸盐等镇静剂或注射用可卡因、安非他命等"兴奋剂"一起使用，事情就要复杂得多。海洛因可以持续几个小时，但可卡因的兴奋高峰只有几分钟。大剂量注射安非他命可以让使用者两三天不吃不睡，光脚走遍纽瓦克，除非他用强力镇静剂如安定或巴比妥酸盐等来抑制兴奋，这两种镇静剂若以高度酒精送下，能更快地发生效能。

霍华德会在他熟悉的纽瓦克贫民区一边闲逛，一边告诉你，

第十一章　危险：极其微小之物

毒品决定着他每天的行踪和作为。他会看到针头插进了多少人的静脉，针头是哪个毒贩子的，后来又有多少人用过同一个针头。

疾病控制中心希望，一旦研制出一种艾滋病的检测方法，就能到吸毒者中间进行研究。如果毒品专家的看法准确，吸毒者的艾滋病发病率甚至会高于同性恋男子。但是要接近吸毒者，尤其是那些没有参加美沙酮戒毒或其他康复计划，或者并不生活在霍华德所在的那种吸毒者聚居区的吸毒者，更是困难到了极点。最大的挑战是寻找那些表面上过着中产阶级的生活，暗地里却在吸毒的毒品注射者。

即使没有这些数据，人们仍然非常担心，害怕艾滋病会通过吸毒的妓女或注射毒品的性伙伴传播到普通人群。异性恋传播的病例，不包括那些被错误地列为"海地患者"的病例，绝大多数是男性吸毒者的女性伙伴。

疾病控制中心的另一个严重的担心来自美国两个灵长动物研究中心的报告，报告说在加利福尼亚和马萨诸塞两州的猴群中暴发了极像艾滋病的疾病。虽然这件事并没有引起一般民众的特别关注，但是科学家们却担心，正在夺取一些人生命的新病毒可能刚刚从猴子身上传过来。万一真是这样，只怕没有几个人会对这种来自猴子的微生物有自然的免疫能力。

公众逐渐了解到流行病的流行范围在扩大，恐慌也随之而来。旧金山的警官要求配备一种专门设计的面具和手套，以便在施行人工复苏或"应对有潜在危险的"市民时用做防护，他们也果真领到了这些装备。纽约的一名垃圾工人担心他已经受到感染，因为他曾经抓过一个垃圾袋，而这个垃圾袋却露出一支针管。也是在纽约，市卫生局里的电话铃声不断，惊慌失措的市民来电询问：与同性恋男子共用洗衣设备是否安全？病毒是否会通过地铁的座椅、扶手传播？公共厕所的马桶座能否传播？

在欧洲，备受尊敬、平日相当保守的科学家也公然把艾滋病比作瘟疫。

在美国的同性恋男子群体内部也展开了一场规模巨大的政治—文化斗争。许多男子吓得魂不附体，彻底改变了自己的日常习惯。例如旧金山的洗浴业声称，它们1983年5月的收入下降了40%到60%。

6月27日是石墙酒吧暴乱发生的日期，现在被当成同性恋平权运动纪念日来庆祝。在这个日子临近的时候，两种不同的呼声响彻了旧金山和纽约的市政大厅。深切关注艾滋病的人担心，自1979年以来便十分盛行的同性恋聚会和浴池欢闹，在1983年看来真是太危险了；反对限制浴池的人则挖苦这种情绪，说它是政府煽起的一种偏执狂，意在压制同性恋自由运动。

旧金山的公共卫生局局长默文·希尔弗曼和纽约市卫生局局长戴维·森塞夹在中间，进退两难，却又不得不在同性恋的斗争双方都发出政治威胁的情况下，对当地的性活动场所和浴池的命运做出决定。这场恶战持续了两年有余，两地的重要卫生官员在政治上都未能逃过一劫。最终，这些场所都被关闭，虽说是非法的，但它们仍在继续营业，一直到90年代。

"这真有些令人沮丧。"希尔弗曼此时深感心力交瘁，在30万人进入旧金山参加同性恋骄傲大游行和石墙暴乱庆祝会的前几天，他这样说，"有的人对艾滋病充满焦虑。可是正因为这样，他们又要到浴池去，沉溺于危险性极大的性活动，以求缓解这种思想压力。这真是自相矛盾。"

浴池业主哈尔·斯莱特经营着一个"大锅炉浴池"，他的话倒是和希尔弗曼一致。他说："我们左右为难，就像《第22条军规》

里演的，内心感到极大的压力和焦虑，还要面对死亡。这一切都是围绕着一种规定产生的，而这种规定原本是要帮助我们解除压力和焦虑的。"

博比·坎贝尔看到了艾滋病的危险，因此改变了想法，但他仍然光顾浴池。他和迈克尔·卡伦一起创建了一个互助性的政治行动组织，名叫PWA，即艾滋病人互助组。他曾眼看着几位朋友死去。那年春天，博比把自命的头衔从KS（卡波西氏肉瘤）形象男孩改为1983年艾滋病形象男孩。他已经身患至少八种偶发性疾病，反复数次进出当地医院，心里非常害怕。

数月前，坎贝尔曾经护理过一个名叫约翰的好友，那人最后死于艾滋病。

"看到他在重症监护病房，鼻子里插着管子，我吓坏了，"坎贝尔说，"比我自己得病还害怕。有时候我会说我没有病，可是看到他躺在那里，我再也不能否认自己有病了。

"约翰和我交谈过，后来我走了。过了一个星期他就死了，我哭了一阵又一阵。我出去喝酒。我说：'我还活着，他妈的，我还活着。'是还活着。要活就活得像个样子。我是面临着死亡，可是只要活一天，就得有个活的样子，他妈的。"

同性恋自由日的庆祝活动在纽约和旧金山举行，浴池照旧开放。虽然在同类庆祝活动中这是美国有史以来规模最大的一次，但是参加者却感到与以往有所不同。当一群群身患艾滋病的男子在游行队伍中行进，或坐着轮椅被推着走的时候，谁又会怀疑，这样的聚会不可能再有了。

警示性的标语张贴在同性恋者光顾的去处，一盒盒的安全套免费放在同性恋者常去的酒吧和旅馆里，卫生部门散发各种小册子规劝人们进行安全的性活动，全世界的观众都能通过国际电视频道看到这一切。电视荧屏上满是男扮女装的优雅皇后，如"骑摩托车的同性恋女人""反战妓女""永久欢乐姐妹会""圣迭戈同性恋垒球俱乐部""哈维·米尔克民主党俱乐部""反帝妇女会"和其他同性恋组织的一大群上镜的男子，而表情忧郁的主持人则大谈轻浮的行为与流行病的关系。

电视报道起了相反的作用。比利·格雷厄姆神父高呼："艾滋病是上帝的判决。"电视福音传教士、"道德多数派"领袖杰里·福尔韦尔谴责"堕落的生活方式"，在全国联播的电视传道节目中说："如果里根政府不能全力以赴整治这种现象，那么今天的同性恋瘟疫只怕到了一年以后就会波及美国的无辜民众，里根总统本人也难免会因为坐视不理，任凭这种讨厌的疾病暴发而受到指责。

"艾滋病是上帝的惩罚，"福尔韦尔最后说，"经文说得清楚：触犯天条，必遭天谴。"

博比·坎贝尔其后不久在旧金山监督委员会上对宗教领袖们提出了批评。

"我并不觉得自己是个罪人，也不认为这是上帝的旨意！"这位艾滋病形象男孩高呼。"我对亚拉巴马州的参议员杰里迈亚·登顿感到气愤，他竟然说什么'让同性恋者都去死吧'。对于那些解雇我们、把我们从家里赶出去的人，我也很气愤。我们遇到了危机。我们需要支持，而不是仇恨。"

一些科学家抱怨，一场"恐怖性瘟疫"打乱了这场病毒性瘟疫的理性控制活动。

与此同时，科学家之间的竞争也达到了白热化的程度。杰伊·利维、吕克·蒙塔尼埃和罗伯特·加洛三人的实验室倒是没有卷进公众的混战，但是他们在拼命寻找引发艾滋病的病毒时，

第十一章 危险：极其微小之物

却引发了自己的冲突。尽管没有获得进一步的证据来支持关于HTLV-Ⅰ即人类嗜T细胞病毒Ⅰ型的理论，加洛仍然宣称，最可能的嫌疑就是它，甚至还说明了这种病毒的进化和全球分布情况。

但是到那年夏末，利维和蒙塔尼埃都已经肯定，HTLV-Ⅰ不是艾滋病的病因。

9月，加洛和蒙塔尼埃同时在纽约的冷泉港实验室举行的一次病毒学会议上发言，两个实验室之间的冲突也大大升级，由互相竞争的实验室间常见的互不相让发展成一场唇枪舌剑、当面交锋。加洛提出了他的理由，仍然坚持HTLV-Ⅰ是艾滋病病因，一些同事出于礼貌，对他鼓掌。可是蒙塔尼埃却出言惊人，扔下了一颗重磅炸弹，他宣布了五项重大成果。他介绍了其中几个：第一，已经发现一种新的病毒，名叫LAV，即与淋巴结病有关的病毒。他原先在《科学》杂志上发表的论文中暗示过这种病毒，如今被明确提出。第二，从五名淋巴结严重肿大的艾滋病前期患者和三名发病的艾滋病患者（一名是同性恋男子，一名是海地妇女，一名是血友病人）的细胞中已经成功地培养出LAV。而且，LAV具有感染T细胞的亲和性，特别是感染表面有CD4受体的辅助细胞的亲和性。蒙塔尼埃的小组还用特定的筛选检测方法，在63%的前期艾滋病患者和20%的发病艾滋病患者中检测出了对LAV的抗体。蒙塔尼埃还提到，病情较重的患者的抗体反应之所以较弱，是因为LAV病毒破坏了他们的免疫系统。

最后他断言，根据从各个方面对LAV的分析来看，它绝非HTLV-Ⅰ的近亲，而是慢病毒科的一员。所谓慢病毒科包括一些可致命的慢性兽病，如绵羊髓鞘脱落病和马传染性贫血症，即EIAV等。

接着，蒙塔尼埃和加洛便展开了30分钟异常激烈的辩论。对此,过了十年,他们两人乃至整个科学界仍然难以忘怀。加洛向法国对手一连提出了八个问题:在这种会议上他当然有权提问。十多年后加洛仍然说,他之所以提问,是想指出值得进一步探讨的漏洞和不足。可是蒙塔尼埃却觉得加洛出言不逊,处处伤人,显然,这个美国人是有意挑战。在座的其他科学家被这种毫无遮掩的唇枪舌剑惊呆了。加洛提问的中心是要反驳LAV是艾滋病病因的说法,即使反驳不倒,也要使蒙塔尼埃所谓的LAV是一种慢性病毒而不是HTLV-Ⅰ病毒家族一员的断言失去根据。

其后12个月,大家都拼命向终点冲刺。三个实验室表面上仍然显得彬彬有礼,甚至互换病毒样品,暗中却在较劲。一直到他越过终点的前一分钟——在蒙塔尼埃宣布关于LAV的发现以后很久,加洛仍然坚持HTLV-Ⅰ是艾滋病最可能的病因,而且他在这方面的取证工作经过疾病控制中心的认可,得到了哈罗德·贾菲、唐·弗朗西斯、吉姆·柯伦及艾滋病小组其他成员的通力支持。

埃塞克斯继续走着中间路线。一方面,他发现的抗体证明,10%—12%的艾滋病患者感染了HTLV-Ⅰ;另一方面,他又不停地说:"我们当然还不能证明这种病原体引发了艾滋病。"

即将进入1984年的时候,安德鲁·莫斯回忆道:"当时公众对HTLV议论颇多,很多人认为它就是艾滋病病原,其实后来证明并非如此。我觉得今年经历的三件大事是公众舆论、经费和政治。依我看来,艾滋病研究经历的特点就是,人们在获得经费以前就开始了这股科研浪潮。科学家们是靠着东拼西凑、因陋就简开展研究的。"

莫斯轻轻地笑起来,眼睛转向办公桌上崭新的电脑。然后,他又叹了一口气接着说道:"我们就是这么干的。整整一年,我们

第十一章 危险：极其微小之物

到处拼凑，讨要经费。现在经费终于拨下来了，许多人也终于可以做些研究了。"

虽然最终总算有了自己的经费，可他仍然心有烦恼。他早就料到旧金山同性恋人群的死亡人数会大增，如今听说果然应验了，为此深感不安；而他本人作为斯坦福大学和伦敦经济学院培养的流行病学家和统计学家，如今竟成了死亡数字统计员。"好吧，如果你们只是要数字的话，我不妨告诉你们，1907年旧金山曾经发生过一次真正的瘟疫，60人死亡，人们惊慌失措，歇斯底里。可是今年旧金山将有100多名艾滋病患者死去，明年（1984年）死亡人数在200到300之间。这可是个不小的数字。面对这样一种前景，坦率地说，作为一个社会，我们竟会态度漠然，毫不惊慌，如果这种疾病不是流行于受歧视的人群之间，那我就实在无法想象了。"

在亚特兰大，吉姆·柯伦到了年终也在计算死亡数字：自1981年5月以来，报告的艾滋病累计2042例，其中1283人已经死亡。他预料1984年此病仍会蔓延，但速度不会像1983年那样快。

1984年4月7日，帕斯特的小组公布了蒙塔尼埃七个月前在冷泉港提到的一些病例的详情，以及在法国血液供应中发现LAV的证据。这件事没有促使法美两国的血业界领导采取任何政策性措施。不过疾病控制中心闻讯后却立即把一批编码血样送往巴黎的实验室，巴黎实验室很快送回结果：90%的血样为LAV抗体阳性。这些血样后经疾病控制中心证实都来自艾滋病患者。

"我认为这件事做得太好了，"唐·弗朗西斯显然异常兴奋，"法国人的活干得太漂亮了。"

国家过敏症和传染病研究所离罗伯特·加洛的实验室只有一步之遥，该所的马尔科姆·马丁博士更是欣喜异常，称LAV（与淋巴结病有关的病毒）是"时下城里最带劲儿的玩意儿"。

加洛和埃塞克斯仍有疑义。

"我认为目前只能把HTLV（人类嗜T细胞病毒）列为头号可能的病因。"埃塞克斯对《华尔街日报》的记者说，暗示加洛的实验室将很快找到证据。加洛不肯直接发表评论，但是"接近加洛的消息灵通人士"告诉《华盛顿邮报》的记者说，不久将有一项重要声明。

果然如此。1984年4月23日，美国卫生与民众服务部部长玛格丽特·赫克勒在华盛顿本部召开记者招待会，宣布发现了引发艾滋病的病毒。她的目的不是为法国人唱赞歌，而是要宣布她所管辖的国家癌症研究所的胜利。加洛坐在她的旁边，她高声宣布："今天，美国的医学和科学界长长的光荣榜上又增添了奇迹。"

"今天的发现代表着科学对一种可怕的疾病的胜利。"赫克勒说，她还预料5年内将会研制出艾滋病疫苗。

加洛的小组在艾滋病患者身上发现了反转录病毒，称之为HTLV-Ⅲ，人类嗜T细胞病毒Ⅲ型。这个小组还创建了一个细胞培养系，不同于帕斯特研究所使用的系统，能够在有病毒的环境中进行永久的培养。这样一来，为了培养病毒样本，就不必在数周之间不停地把培养液从一个培养皿倒向另一个培养皿了。这个细胞系被称为HT。加洛说：它将轻而易举地成为艾滋病快速血检的基础，因为现在可以批量制备病毒，用于人类抗体筛选。

加洛的小组也注意到此前法国人发现的LAV，但对于HTLV-Ⅲ和LAV是不是不同的微生物却讳莫如深。他们说，现在还不能把话说死，因为法国人培养的病毒特点还不够明显，"还不是经过永久培养的细胞系培养出的真正分离物"。

加洛当时预言，"两年内将会制出"艾滋病疫苗。

有人提到帕斯特研究所和法国新闻界都没有把加洛的美誉——"艾滋病病毒的发现者"当成一回事儿,关于这件事,加洛对《美国医学协会杂志》的记者说:"我们和法国小组之间过去没有,现在没有,从来没有过任何争斗或不和。"

以后许多个月,法国和美国的实验室提出的研究论文堆积如山,观点却又针锋相对,分别主张LAV和HTLV-Ⅲ为艾滋病的病因。由于美国国家癌症研究所已经研制出了可以制备病毒的HT细胞系,他们很快就能用一种叫作ELISA(酶联免疫吸附检测)的简易抗体检测法来筛检感染的血样。到1984年11月,美国和欧洲的研究人员已经普遍使用ELISA来检测感染的血样,同时也实验性地筛检捐献的血液。

到11月和12月,LAV和HTLV-Ⅲ都在实验室里被克隆复制,并从遗传学的高度进行了分析。

杰伊·利维的小组也很快宣布,从患艾滋病的同性恋男子身上发现了另一种反转录病毒,称为ARV,即与艾滋病有关的反转录病毒。到那个时候,他们也已克隆和分析了那种微生物。

12月间,英国的研究人员对LAV和HTLV-Ⅲ进行了一系列免疫学测试,声称两种病毒"同属一类",都可以将自身附着在突露于辅助细胞和某些巨噬细胞外的CD4蛋白受体上,从而感染T细胞。

1985年2月,三种病毒都经过彻底的基因排序,并且显示出一种非常奇怪的现象:HTLV-Ⅲ和LAV之间的差异小于常见的1%。所谓1%指的是可以算作人为误差的额度。用蒙塔尼埃的话说:换言之,"两者是完全相同的"。这就意味着在数月的竞争和样本交换过程中,加洛的病毒培养液出了问题,可能受到了帕斯特研究所的病毒的沾染。

与此相反，利维的ARV却有明显的不同，其基因序列与LAV和HTLV-Ⅲ相比，有6%的差异。而且，HTLV-Ⅲ、LAV、ARV三者的序列与HTLV-Ⅰ及HTLV-Ⅱ没有什么相似之处。但是正如蒙塔尼埃一年以前说的：这是意料中的事；艾滋病病毒原本是慢病毒类的近亲，而慢病毒类是可以造成马、绵羊、山羊的免疫系统紊乱并导致慢性死亡的。

与加洛一起工作的弗洛茜·翁-斯塔尔博士不久发现，在自然感染的状态下，艾滋病病毒会迅速发生突变；在自然界根本不可能找出两种远隔重洋而遗传变异却不超过1%的病毒。

最终查明，利维的ARV（与艾滋病有关的病毒）是从旧金山的同性恋男子身上随机抽取的，属于真正的天然分离物，能够确切显示自然人群的血液状况。相比之下，HTLV-Ⅲ和LAV（两者本是同一病原）则因为在巴黎和贝塞斯达两处实验室的培养过程中受到多种人为因素的干扰，发生了重大的遗传变化。它已经不是"天然的病毒"。时间将会证明，它的重要外包被位置与野生病毒只有部分相似。

HTLV-Ⅲ、LAV、ARV三种病毒后来被重新命名，统称人类免疫系统缺陷病毒，即HIV。在随后的10年间，美国的实验室研究大多以HTLV-Ⅲ为基础，法国的研究则大多以LAV为基础，而最初的所有疫苗研制活动都以HTLV-Ⅲ和LAV的实验室毒株为目标。时间证明这个目标选错了。选用利维的ARV毒株将会明智得多。

HIV发现了，病毒抗体的血液检测方法找出了，1985年1月份，科学家们踌躇满志地展望前途，深信关于艾滋病的各种悬而未决的问题，包括传染病学、病理学和病毒学等方面的问题，都将迎刃而解。他们认为，疫苗接种和有效治疗的日期将不会遥远。

第十一章 危险：极其微小之物

三

开始的时候，它被称为"朱莉安娜病"。

1983年初，这种病最先在靠近乌干达边界的坦桑尼亚村庄卢昆亚被发现。

一个英俊的乌干达小贩越界来到这里销售布料，供女人缝制民族服装"坎加斯"用，布料上印着朱莉安娜这个名字。村里的一个女孩家贫无钱，便以身相许，换得一块可做一件坎加斯的布料，其他几个喜爱漂亮的朱莉安娜布料的女人也如法炮制。

几个月后，头一个女孩生病。她食欲不振，恶心呕吐，腹泻不止。她感到羞愧难当。对于坦桑尼亚北部的姆哈雅族人来说，最令人羞于启齿的莫过于像小孩似的，不能控制自身的排泄物了。过了几周，她变得消瘦虚弱，被人抬来抬去。在她死去以前，另外两个女人也是穿着朱莉安娜布的服装，因为同样的怪病而病倒。

卢昆亚村民认定乌干达小贩是个妖人，朱莉安娜布料带着邪气。为了驱除朱莉安娜病，巫医们便想尽办法来破解小贩的魔咒。

这里的民众对乌干达人心存疑忌并非没有原因。对1978年阿明的乌干达军队入侵坦桑尼亚和1979年的坦乌战争，百姓们仍然心有余悸。当时，数千名坦桑尼亚士兵涌入这个小村子，在村里一连驻扎几个星期。村里的居民人数不足千人，坦桑尼亚驻军竟达6000人。

人们知道坦桑尼亚的姆哈雅人和乌干达的甘达人之间积怨极深，对于传统的巫医无法解除魔咒，死亡的人数继续上升，倒也并不感到意外。

1年之间，厄运便传遍临近的坎伊戈、布克瓦利、卡申耶、布纳兹等村。村里诊所的医助起初把这种疾病一律斥之为与"越界奸商"来往的报应,不算什么疾病。可是到了1984年,在卡盖拉区首府布科巴由贾约·基登亚医生经营的医院里和卡盖拉区另一端的恩多拉戈教会医院里也出现了朱莉安娜病例。布科巴的医生们确信这是一种新的疾病。对于发展迅速的可怕病情,他们无药可医。基登亚医生也迷惑不解,因为这些成年人的死法颇像小孩,身体消瘦,仿佛染上了小儿麻疹合并营养不良。有些病人受到顽固的病毒和细菌感染,基登亚手里的抗生素品种原本不多,这样一来更是束手无策了。一时间谣言四起,传遍了整个卡盖拉区,说是魔咒正在发威。基登亚医生深感必须解开朱莉安娜病之谜。

基登亚的手头无钱无人,很难开展什么医学研究工作。他经营的是一个政府医院,但是经费不多,设备有限,只有几间铁皮房屋,里面辛苦工作的人,包括基登亚自己,都知道不会有很大的作为。10年以前,这位说话声音不高、总统朱利叶斯·尼雷尔的"乌贾马"计划①的热心支持者曾在冰天雪地的布加勒斯特求学,当时满以为一张欧洲医学学位文凭会帮他在首都的穆欣比利医院谋到一份差事,出人头地。

谁料他却被贬到这里。他的薪金微薄,不得不靠着周末种地来补贴家用。家住在维多利亚湖边,那是个饱受战争蹂躏的地区。令人好笑的是,布科巴的大约1万名居民竟然觉得,前往乌干达首都坎帕拉要比前往自己遥远的国都达累斯萨拉姆更容易一些。

基登亚的妻子是一名护士,夫妻都很怀念远在南方的家乡,那里的人都讲斯瓦希里语,轻柔悦耳。身处边远小地,基登亚心境不快,焦急地等待着每周一班的汽艇从姆万扎给他带来个人信

---

① 尼雷尔著有《乌贾马——非洲社会主义的基础》一书。——译者注

第十一章　危险：极其微小之物

件和医院用品。

可是，汽艇到达时却往往是空空如也。原来从达累斯萨拉姆起运，在这千余英里的航程中，船上物品常遭船工偷窃。发电机、储藏疫苗用的冰箱、长期拖延的消毒注射器、青霉素、手术器材等，虽已反复订购多次，却从来没有运到。

1984年2、3月间，基登亚和护理人员注意到，有几位病人生殖器发生溃疡，通常的治疗方法不起作用。

"这太奇怪了。"基登亚对助手贾思·特基迈林卡说。助手立即表示同意，还悄悄对他说：他害怕这些新病人，人们死于生殖器溃疡是没有道理的。

基登亚承认自己也很恐惧。

"这是非常可怕的生殖器溃疡症，"基登亚后来向一位来访者说，"非常严重，非常可怕。我们按软下疳来医治，但是毫无效果。病人却出现了长期腹泻和持续发烧。他们体重减轻极快，我们这个医院里从来没有见过成年人这么迅速地减轻体重。"

基登亚、特基迈林卡、医院里身体强壮的外科医生克林特·尼亚穆里耶昆格三人翻阅医疗档案，寻找有关线索。尼亚穆里耶昆格刚从穆欣比利医学院毕业，他相信这个谜可以用科学方法解开。如果说基登亚的特点是言谈谨慎的话，尼亚穆里耶昆格则是谈吐大胆而率直，他认为他们需要的只是一组肯于配合的瘟疫病人，以便同一组正常的性病患者进行比较。

基登亚动手联系卡盖拉区其他医院的院长，这在那个地区也是一件难事，因为那里没有电话。他很快形成一种看法：各个医院都在收治这种奇怪的致命性性病患者；他签发了一个通知，要求各医院都把病人送到布科巴。

很快，也就是1984年9月，一个村诊所在一天之内就向布科巴送来二十多名患者。基登亚要求采集所有人的血液和粪便样本，接着对样本进行了显微镜观察和特殊染色研究，结果一无所获。所有的病人讲述的都是同一个故事：镇上有一个年轻的酒吧女郎，把朱莉安娜病传给这些男人，男人再把这种病传给他们的妻子。

三位医生勉强凑了点路费，让尼亚穆里耶昆格到首都去一趟。他带着病人的血样和现有资料，先后乘坐汽船、卡车、公交和出租，连走数日，终于来到穆欣比利医学院。以前教他的教授们研究了血样，阅读了资料，反复讨论了朱莉安娜病的特点，最后只能就一个问题达成一致看法：无法找出致病的微生物。这就是说这必然是一种新的疾病。

这所大学的首席微生物学家弗雷德·索罗门·姆哈鲁博士最近刚刚领导过坦桑尼亚的霍乱防治工作，并且负责培训国家未来的病理学家。他建议尼亚穆里耶昆格到医学图书馆去一趟。"朱莉安娜病的某些特点让我想起了读过的美国资料。"他说。

年轻的外科医生找到了戈特利布关于洛杉矶男子所患卡氏肺孢子虫肺炎的描述，疾病控制中心关于海地的感染性免疫系统缺陷综合征的报告，《新英格兰医学杂志》所列的各种病征，以及《科学》杂志报道的美法两国实验室发现一种新的反转录病毒的证据。他把卡盖拉病人的病征及穆欣比利实验室对病人血样的分析结果，同美国医学刊物上的看法进行了比较。

情况完全相符，不同的只是病人的类型：卡盖拉没有同性恋者、吸毒者和依赖因子8的血友病人。姆哈鲁建议尼亚穆里耶昆格集中精力仔细阅读海地的病例。

尼亚穆里耶昆格掌握了各种信息，算是满载而归，又长途跋涉回到布科巴，并向基登亚和特基迈林卡简要介绍了他的发现。

第十一章 危险：极其微小之物

"就在那一天，"基登亚后来回忆道，"我们知道了，原来世界上有了一种新的疾病，叫作艾滋病。"

三位医生意识到，面对这种新病毒他们束手无策。即使在医学领先的纽约市，病人也只能眼睁睁地死去。

基登亚后来回忆说，这个消息给了他重重的一棒，就像他的病人被宣判了死刑。

"当时我觉得这真像是一场空前惨烈的战争，很多人必将死去。我们将一筹莫展，只能干瞪着眼睛。不过我又想美国人可能会很快找出治疗方法。情况不会永久不变。"

当时是1985年1月。

他们三人用了一年多的时间竭力说服本国的其他医生，艾滋病已经传到坦桑尼亚。

"我们告诫他们要注意，坦桑尼亚已经有了艾滋病，"尼亚穆里耶昆格回忆道，"这却引起了混乱。医生们不信我们的话。他们说：'你怎么知道谁得了艾滋病？你又没有一个像样的实验室！你也许是把糖尿病错当艾滋病了。谁能说得准？只怕你是在喊狼来了。'"

布科巴的三位医生无法证明朱莉安娜病就是艾滋病，他们只好敦促卫生部从美国引进艾滋病的血检方法，使争论得以平息。

坦桑尼亚正式请求美国疾病控制中心给予帮助，然后尼亚穆里耶昆格他们采集的血样便被送往亚特兰大，吉姆·柯伦那个小组很快确认，血样里果然有人类免疫系统缺陷病毒。卡盖拉本是穷乡僻壤，居然发现了艾滋病，这确实叫柯伦大大吃了一惊，他立即派疾病控制中心的调查员唐·福撒尔赶赴坦桑尼亚。

福撒尔到达布科巴政府医院后，首先观看了门诊部、消毒室、母婴护理中心和产科病房，看到设备虽然简单，却也干干净净。

可是来到普通病房时，就一眼看出了基登亚他们日常面临的是怎样的困难。每一张简陋的铁架病床都住着病人。病人能够享用的只是薄薄的床垫和沾着血污的床单。脏床单的臭味弥漫在空中；呻吟声和喧哗声会合成一片嘈杂，在光秃的砖墙间回荡，变得更加刺耳——这恶臭和喧闹，不知道哪一样更刺激人的神经。防疟蚊的窗纱破成一条一条的，在晨风中飘荡。

"我无法相信眼睛看到的一切，"福撒尔后来说，"短短的7天，我就看到二十四五个病人，病情十分严重，得的全是艾滋病。这一点可以确定无疑。他们都住在布科巴这个小小的医院里。这里的病人比美国的艾滋病人处境糟得多。这里的艾滋病有些不一样。病人就在你的眼前消瘦下去。在7天的时间里，我就看得出他们瘦了许多。"

后来曾有一个美国记者前来采访，基登亚带他观看了卡盖拉危机的全貌。在普通病房里，一个女人僵坐在病床上，怀里抱着一个小小的布包。看样子她不算很瘦，但神情忧郁，无精打采。她两眼茫然。基登亚向她走过去，嘴里说道："你好，女士。你还好吗？"他轻轻拿过那个布包。那女人既不看他，也不反抗，任凭他一下拉开那个小小的布包，里面是一个瘦弱的女婴，突然哭叫起来。女婴的眼睛显得极大，伸出小手，无力地胡乱挥舞着。

"这是营养不良，"基登亚说，"这孩子看上去只有1岁，实际上已经3岁了。母亲是乌干达人。母女两人连续几个月挨饿。现在母亲身体恢复了，孩子却倒霉得多。"

"你能看得出，我们这里的问题多得很。艾滋病只是其中的一个罢了。"他停了下来。女孩现在也不哭了。那个母亲慢慢地把孩子重新包起来，基登亚若有所思地补充道："其实，我也说不清，也许这也是艾滋病。我们无法检测，所以说不清。这个孩子用药

第十一章 危险:极其微小之物

已经无效。"

记者被带到一排与医院分开的侧房,那是一长溜白色的单间,互不相连,颇像一行装鞋的盒子或水泥碉堡。

这时,特基迈林卡也来了。基登亚把客人领进一个臭气熏天的单间里。里面躺着两个女人,其中一个躺在地上,身上裹着一条破旧的被单,上面沾满了自己的粪便。看到这些,基登亚和特基迈林卡用斯瓦希里语交谈了几句,然后这位助手便走到外面去叫护士。

"这两名女士都感染了HTLV(人类嗜T细胞病毒)。"基登亚说。当着患者的面,他用的是HTLV这个术语。人们谈虎色变,听到艾滋病这个名称就会吓得魂不附体,若是得知自己被确诊患上此病,许多人宁可自杀,一般都是吞服农药硫丹。据传,卡盖拉有好几十个居民都采用吞服硫丹的办法,一死了之。由于这种毒药的需求量突然猛增,当地药店居然一时缺货,供不应求。

一个年轻的女子无精打采地坐在床上,基登亚指着她说:"你瞧,她的头发是直的,有点发红,很稀疏。她们这些病人都很消瘦,身体很差。"

基登亚问那个年轻女子叫什么名字。

"诺蒂西娅。"她答道。

他问她是否能把她的经历告诉记者。

"你好,欢迎。"诺蒂西娅说,好不容易才挤出一丝欢迎的笑容。她的叙述很长,用的是斯瓦希里语,语气平静而单调,没有坦桑尼亚人讲这种语言的特点。基登亚耐心地听着她讲述病史。她骨瘦如柴,双唇溃烂,皮肤上布满小点,又痛又痒。不过仍然可以看出她原是一位风情万种的绝色女子。

她对基登亚医生讲话时目光呆滞,知道自己命不久矣。小鸟在院里叽喳乱叫；近处，医院的厨师在露天的火炉上架着锅，锅里煮着碎芋头，他的勺子乒乓响个不停。外面的声音那么大，诺蒂西娅讲话的声音那么低，基登亚不得不弯下身体，把耳朵靠近她的唇边。

诺蒂西娅说，她是数月前开始发病的，当时她发现脖子上有一个脓肿。后来，类似的脓肿长遍全身，颜色是紫的。她从被单下伸出一条腿，瘦骨嶙峋的，勉强朝这个方向点点头，示意客人去看她的小腿，那上面长的好像就是卡波西氏肉瘤。

诺蒂西娅喘了一口气，接着往下说。

"我变得非常虚弱。后来又出现发热、胸闷、咳嗽。"仿佛是要加强这句话的语气，她清了清嗓子，紧接着却是一阵咳嗽。

"起初，她以为自己得了肺结核，"诺蒂西娅休息时，基登亚替她说，"我们开始按肺结核给她医治，一开头也有效果。可是一个月后她又开始咳嗽了，而且子宫颈出现巨大肿块。"

诺蒂西娅用斯瓦希里语轻声说了一句话，基登亚告诉记者："她说她早知道那不是肺结核。她说她现在只有23岁，可是感觉仿佛已经100岁了。她感到虚弱不堪，两条腿撑不起自己的体重，只是想着一直睡下去才好。"

显然是带着几分勉强，诺蒂西娅讲起了她到肯尼亚的经过，她在索菲亚镇的工作，以及最近由于她身体太弱，连打字机按键都按不动，这才不得不辞去打字的差事。

诺蒂西娅停下以后，特基迈林卡轻轻地向躺在地上一动不动的人说了句什么，然后替她换了被单。诺蒂西娅关切地看着，特基迈林卡告诉她那个病人还活着以后，这才舒了一口气。

到了病房外面，基登亚和特基迈林卡都说，这两个女人熬不到周末。

第十一章 危险：极其微小之物

这种可怕的景象在一个又一个病房里重复出现。从那些愿意谈艾滋病发病前的生活经历的人口中，逐渐显现出这样一种社会现象：大多数男子原来都是军人，参加过乌坦战争，或者原是小贩和走私客，经常越过边界到邻国去卖货；大多数女人则在最近当过"迪斯科女郎"、酒吧招待或妓女，还有几个像诺蒂西娅一样，曾离开卡盖拉区到外面去做自己的生意。

在维多利亚湖、艾伯特湖、爱德华湖、基伍湖周围的部落群里，神话和历史总是相随相伴、难以分开的。不论是乌干达人、肯尼亚人、坦桑尼亚人、布隆迪人、卢旺达人，还是扎伊尔人，在1985年初，都会讲起施过魔法的布匹、朱莉安娜病、"消瘦病"，以及妖巫、"野鸡"、带来疾病的外路人等。当地男子认为姆哈雅女子多是美人，就随口把她们称为妓女。在当地的斯瓦希里方言里，"卡哈巴"是妓女的意思，姆哈雅也可以和卡哈巴通用。

"从某个方面讲，这种看法也不算错。"特基迈林卡说，他也是个姆哈雅人。"达累斯萨拉姆有各地方来的妓女，可是，公平地说，多数妓女还是来自这个地区。不过死去的并不都是姆哈雅人。所以如果说艾滋病就是姆哈雅人病，我们是不能接受的。"

可是布科巴的年轻男子仍然硬说艾滋病是女人传播的。

"人们注意到那些女孩，却害怕她们。"亨利现年28岁，为了盖过布科巴的迪斯科舞厅里的音乐，大声说道。他是个单身汉，还说："我不打算结婚。我正在物色对象，可是我分不清哪个姑娘有艾滋病，哪个没有。我非常害怕，你知道，碰上这病就是死亡，无药可医。看来我得等一等，等到有药可治的时候再结婚。"

而女人们呢，她们大多数现在都抵制迪斯科舞厅，众口一词地说，携带朱莉安娜病的全是男人。

"我知道我的男友在外旅行时结交了别的女人，"一个年轻的饭店服务员说,"可是我又能怎么样?他回家时,我看到他满面春风,忍不住张开臂膀叫两声'宝贝,宝贝',一切都烟消云散。"

卡盖拉的坦桑尼亚人一口咬定病是从乌干达传过来的,边境另一侧的拉卡伊居民又很有把握地指责坦桑尼亚人带来了疾病。大多数人不知道病毒是什么东西。斯瓦希里语里根本没有病毒这个词,最接近的叫法是"极小的东西"。但他们确信存在着魔咒,妖巫和法师能利用魔咒伤害他人。

这样,把带来新疾病的责任推到老仇人身上也就合情合理了。

基登亚、尼亚穆里耶昆格、特基迈林卡三人都不信这种迷信的说法,他们要寻找确凿的证据。他们统计出病者和死者的人数,知道这只是艾滋病伤害的总人数中的很小的一部分。村民们知道此病无药可医,不愿再徒步跋涉到县医院去。尽管如此,截至1985年底,卡盖拉县医院还是收治了206例艾滋病人,其中35人死在医院里。基登亚估算,他们收治的病人大约只占总数的5%—10%。

福撒尔在当地居民中采集的血样由疾病控制中心进行了分析,结果显示,在医生们根据症状诊断的第一批100名病人中,有41%存在对HTLV-Ⅲ和LAV的抗体。

让基登亚和尼亚穆里耶昆格特别担心的,是发现艾滋病患者在前两年间由于某种原因注射的次数比其他住院病人多四倍。

美国的艾滋病不是因为吸毒者共用肮脏的针头而得以传播的吗?基登亚想到这里便不免忧心忡忡。当地由于贫困所迫,不得不反复多次使用针头和注射器,最后竟然要用磨刀石把针头磨尖才能刺穿人的皮肤。基登亚说,他们医院就是这么干的。"不过,目前我们的诊所里还没有糟到这种地步。我们的人知道,至少得把东西弄得干净一点。可是,你瞧,还有一种药贩,他们会注射。

第十一章　危险：极其微小之物

我们很难发现这种人。他们躲在野外等隐蔽的地方。他们会设法弄到注射器和抗生素。他们没有任何医疗知识，却在给人打针售药。人们会去找他们。这些打针售药的人肯定不会关心针头消毒不消毒。"

自从村民听说艾滋病以后，问题更加严重了。人们知道有执照的医生束手无策，所以一旦怀疑自己得了朱莉安娜病，便会去找打针售药者，这些人也像美国拓荒前的西部蛇油膏推销者一样，随口乱说他们的药包治百病。

为了让来访的记者看到卡盖拉县艾滋病问题的全貌，基登亚私下找到当地政党的领导人，请他批了一份配给汽油，带着记者北上乌干达边境。经过一段崎岖泥泞的旅程，第一站来到布那兹乡村诊所，所里只有医助和产婆。主管医助带着参观，每到一个水泥洞门口，都能随口叫出一个美丽动听的名字，什么"儿科病房""产科病房"等。但是没有几个房间里有病床，也不见有手术台；药房里除了氯奎和阿司匹林，再也没有其他药品。在一间狭小的侧屋里，一个女人拿了几张纸，上面写着病人的情况。一名男子低头对着显微镜，观察血液和粪尿的样本。屋里再也没有其他值得炫耀的设备了。

"这是我们的病理实验室。"医助说。他刚说到这里，一阵风吹了进来，把样本和纸全都吹落到土地面上。医助带领记者继续前进，来到一间普通男病房。同布科巴一样，这里也从不使用艾滋病一词，但是有两名男子被指称疑似HTLV患者。两人都是参加过战争的老兵，因结核病咳嗽着，显然已经奄奄一息。医助说，通常这类病人都会转到布科巴，可是现在卡车没有汽油了。在问到一共有多少艾滋病人从布那兹转到布科巴时，医助说只有六例。

问及注射器时，医助用手指了指一个烧煤油的小小消毒锅，里面放着几个钢制注射器和其他等待消毒的器材。

沿着泥泞的道路又走了一个小时,来到靠近乌干达边境的一个小小的村庄。1978年,这里曾被入侵的乌军占领将近一年。然后坦桑尼亚部队又在此处驻扎,与阿明政府军作战。村里到处可见战争的创伤:墙上布满了子弹洞,地上乱扔着生锈的车辆,却看不见任何值钱的物品。

特基迈林卡把车停在村里唯一一所没有子弹洞的建筑物前面。一个容光焕发、精力充沛的年轻女子走出以铁皮做顶的简陋大棚,认出了特基迈林卡,笑着喊道:"Karibou,Bwana! Jambo!"

她请大家快进大棚。眼睛逐渐适应了那里的黑暗以后,这才看出里面有三个水泥房间,房间里光秃秃的,显得面积倒挺大。有一个房间里摆着三张床,没有床垫。这位村医说:"打仗时他们把床垫拿走了。"另一个房间里没有家具,但有一根很粗的绳子从房顶上垂下来。"我们原来就在这里给婴儿过秤,看他们身体状况是否良好。秤就挂在绳子上。可是后来秤也让人偷走了。"第三个房间是她的办公室,里面摆着一把木椅,一张小小的铁桌,一个木架子,空的。

"这就是我的办公室,"她自豪地说,"我就在这里跟踪村子里每一个人的健康状况。"

她的办公桌上放着一个铁盒,一英尺长,磨得光光的。她打开小盒,露出两只玻璃注射器、十个针头、一只泡在臭水里的死苍蝇。

"你们用这些注射器吗?"参观的人问道。

"是的,那是在我们有药可用的时候。现在我们一无所有。有时候我们会弄些儿童疫苗或抗生素什么的,那时候我们就用上这些注射器了。"年轻女子答道。

第十一章 危险：极其微小之物

她描述了她消毒的方法。这里没有电，也没有煤油，她无法用消毒锅。她没有酒精来擦拭针头。每当有一批人需要注射时，她都会在外面点上一堆柴火，拿一个铁锅装满水，挂在三脚架上，把注射用具煮过，放凉，再给需要疫苗或药物的人注射。她说，在这种情况下，通常无法做到给病人注射一次便对针头消一次毒。不过她能保证，每一批人使用过后，针头都会擦干净。年轻女子对自己的工作颇为得意，对基登亚脸上礼貌性的微笑也甚是高兴，表示衷心感谢客人来访。后来等到年轻女子听不到他们谈话时，基登亚才承认，这样的消毒方法让他担忧。

回到布科巴，他们议论起注射器如此缺乏可能带来的后果。如果村里一个孩子感染了艾滋病病毒，所有的学龄前儿童都可能通过麻疹疫苗注射在一天之内全受感染。

"是的，一点儿也没错，太危险了。可是血液供应的情况又如何呢？"

尼亚穆里耶昆格坐在椅子里晃了晃他那肥大的身躯，提醒大家他是一名外科医生。"最难受的还是我，因为我们不能进行艾滋病血检。"谁也不会比外科医生更能清楚地预见到输入沾染的血液会造成多么可怕的后果了，因为几乎所有的外科手术都会造成出血，必须补充失血才能保证病人康复。然而，坦桑尼亚每年人均医疗经费还不足三美元，还不够一次血检的费用。

"你瞧，手术需要输血。所以如果我遇到一例可以另外择期而不是要立即进行的急诊手术时，我就不太倾向于马上来做，"尼亚穆里耶昆格说，"可是如果病人必须急诊手术，病人面临的局面就是，要么五年后死于艾滋病，要么现在就死。在这种情况下，我会决定给他输血。先把人命救活要紧，然后再祈求上天，但愿血里没有感染艾滋病病毒。"

基登亚长叹一声说道，但愿他们针对此病而采取的教育卡盖拉民众的措施，能够迅速阻止疾病的流行，或者是美国人很快找出治疗办法。

"为艾滋病病人治病让我痛苦，非常痛苦。因为我明知无论怎么办，对病人都毫无所补。"基登亚说，"我并不担心自己染上此病。我感到痛苦的是，自己也清楚无论做什么事，无论查什么书，都无济于事。你的良心根本无法安宁。有时候，我觉得这种疾病太折磨我们的病人了。我竟巴望着有一种让人更快了断的疾病。现在这种病让人拖得太久了。病人要见医生，要求医生给他治病，医生却束手无策。"

年老瘦削的医院总管鲁塔尤格先生听着。他的责任是从达累斯萨拉姆订购器材，然后再拼出性命，让这些东西完好无缺地运到布科巴。现在医生们竟然讲不出要订购什么东西。他们说，什么药都无济于事。可是这个县里有这么多人在死去，老总管开始用他原先登录物资和开支的账本记载死者的姓名。

"长期以来，年轻人一直四处游荡，不守本分，不听老人的劝告。早在与乌干达打仗以前，有些人就开始胡来，发疯似的。他们不守老规矩。战争以后更是变本加厉。迪斯科、妓女、私生子，那么多的私生子！"鲁塔尤格虚弱的身体颤抖起来，他像是强忍着泪水。"现在有些老人对他们说：'你们看看，我们早就跟你们说过！你们现在得病了。这就是你们伤风败俗的报应。'"

鲁塔尤格是个讲究实际的人，他不是那种满嘴仁义道德，总是绷着脸教训别人的人。他是医院的总管，这个地处荒僻农村的医院有时会在数周甚至数月间不能从"官方"领到任何东西，他只好日复一日地想方设法，弄些医疗用品。鲁塔尤格手里没有预算，有的却是病人。他只能与乌干达人、卢旺达人、布隆迪人，

第十一章 危险：极其微小之物

甚至距离遥远的肯尼亚人谈交易，用当地出产的物品换回一些汽油、绷带、链霉素、被褥、便盆、垂死的病人用的止痛药、儿童用的疫苗，以及其他病人用的阿司匹林等。

他看着账本上那些死者的名字，黯然说道："没有前途。这就是世界末日。青年死光了，还有什么世界？"

布科巴的困境几乎不为世人所知。福撒尔之行证实了一条看似奇怪的消息：一种重要的乡村流行病正在中非和东非蔓延。但是在他返回疾病控制中心以后很久，先入为主的成见仍在支配着世人对艾滋病的看法：它是一种主要发生在同性恋男子和毒品注射者之间的疾病；非洲的所有病例都出现在大城市；非洲的艾滋病异性传播是由于"特定的文化因素"，如同宗教仪式的包皮切除和阴蒂割礼所致。

有些误解是由于非洲流行病蔓延的消息报道有误；有些则是由于难以饶恕的因素，如种族主义等。

在发现HIV和研制出血检盒以前，在欧洲，特别是在比利时和法国，曾根据症状诊断出几例艾滋病的非洲患者。到1983年11月，欧洲所有的艾滋病病例中，有22%的病人原籍在非洲撒哈拉沙漠以南。

在抗体检测技术上市以前很久，法国的帕斯特实验室就从住在巴黎的一对扎伊尔夫妇的血液中分离出了LAV，并且断定"有确切的证据表明，艾滋病已在中非和赤道非洲流行"。

但是真正努力寻找艾滋病同非洲的联系的却是比利时人，特别是彼得·皮奥特和内森·克拉梅克。他们二人在比利时为扎伊尔和卢旺达的艾滋病患者看病，确信两国正在发生严重的流行病。克拉梅克和他的比利时同事们想出了一个了解卢旺达疫情的便捷办法。1983年10月,他们向卢旺达首都最重要的医疗机构——基加利中心医院的医生们邮寄调查问卷,描述了艾滋病的症状,问他们是否见过这种病人。收到答复后,他们便于1984年1月前往基加利,对症状明显符合疾病控制中心关于艾滋病定义的26名病人进行了T细胞测试。定义说凡是同时出现下述两种或多种疾病者,即为艾滋病:卡氏肺孢子虫肺炎、卡波西氏肉瘤、消瘦症、痴呆症、高烧不退以及由典型的非病毒性病原体(如隐球酵母和巨细胞病毒)引起的继发疾病。

在基加利停留四周以后,克拉梅克一行返回布鲁塞尔。他们相信"艾滋病可能正在中非的城市中流行"。

1983年初,彼得·皮奥特曾到西雅图参加一个关于性传播疾病的会议,看到吉姆·柯伦坐在听众席上。皮奥特知道柯伦负责美国的艾滋病研究工作,便跑到他面前,请他出去谈一会儿。

"你瞧,我们在布鲁塞尔遇到了扎伊尔的艾滋病病例,"皮奥特对柯伦说,"我认为他们全是在扎伊尔得的病。我正在筹措经费。比利时没有人愿意赞助这种研究项目。"

皮奥特提议重返扎伊尔,就地研究这个国家的艾滋病问题。柯伦不置可否,只是说美国有人怀疑这种新的传染病是否存在,为了说服他们,他这个部门已经忙得焦头烂额了。

于是,皮奥特转向了当时的贝塞斯达国家变态反应与传染病研究所所长理查德·克劳斯博士,提出了同样的请求。克劳斯表示愿意提供一笔数目不大的科研经费,条件是该所的托马斯·奎因博士与比利时人一同去扎伊尔。皮奥特当时深感事态紧急,而且为了筹措研究经费已经用去一年多的时间,便立即答应了。

克劳斯坚信,对于新出现的各种疾病,他曾向美国国会敲过警钟,同性恋免疫缺损综合征正是其中的一个具体事例。他还特

第十一章 危险：极其微小之物

别强调，到1983年9月，即皮奥特和奎因即将动身前往扎伊尔的时候，他要亲自飞到安特卫普去见皮奥特。

9月份一起到安特卫普的还有疾病控制中心特殊病原体调查的带头人乔·麦考密克和中心的实验室专家希拉·米切尔。皮奥特心中不快。他在数月前受过柯伦的冷落，现在中心对非洲的艾滋病竟突然关心起来，这叫他难以接受；而且他觉得麦考密克是想"生生挤进"他的研究。

对于皮奥特的冷淡，麦考密克感到惊讶，他解释说几个月来他一直计划前往扎伊尔进行调查。他之所以来到安特卫普同他们聚在一起，是因为有克劳斯的嘱咐。克劳斯意识到奎因对美国的艾滋病研究虽然有丰富的经验，但是从未到过非洲，恐怕难以独立应付这样一项调查；而皮奥特虽是1976年埃博拉病调查的老手，与蒙博托政府却没有正式的联系渠道。

受到扎伊尔政府邀请的只有麦考密克一人，那是麦考密克的老朋友、扎伊尔卫生部的首席顾问卡里萨·鲁蒂为了进行艾滋病调查而安排的一次正式邀请。另外，麦考密克在非洲的研究经验也很丰富。从1979年在苏丹接触埃博拉病开始，他一直在非洲大陆和实验室里研究出血热。例如，他证实了居住在加蓬上奥果韦区热带雨林地区的居民经常有感染埃博拉病毒的危险，那里的居民大约6%有这种病毒的抗体。他和卡尔·约翰逊完成了扎伊尔和苏丹的埃博拉1976年株RNA（核糖核酸）图谱，证明了麦考密克最初的直觉是正确的：调查的微生物是两种不同的病毒，只是由于惊人的巧合，才在两个地点同时出现。

在飞往金沙萨的旅途中，美欧两地的科学家发生了争论，焦点是在扎伊尔的调查由谁牵头。皮奥特认为整个任务是由安特卫普的实验室发起的，因而这次活动应由他来领导。他注意到奎因也同样不大高兴麦考密克参与调查。以后多年，凡是在扎伊尔进行调查，非扎伊尔的科学家之间总会出现这类矛盾，这样，要查明这个中非国家流行病的深度和性质，也就增加了困难。

科学家们到达金沙萨后发现，卫生部、金沙萨大学和马马耶莫医院的研究人员和医生都急切地想知道他们在病人中发现的几例怪病是不是艾滋病。派来的这一批人正式由皮奥特牵头，立即开始工作：在医院里鉴别可能的艾滋病病例，在实验室里确认感染情况，查明金沙萨的疾病传播途径。最困难的任务——在显微镜片上逐个计算T细胞的数量，落在了希拉·米切尔的身上。她能因陋就简地建立起实验室，并且在极端困难的条件下取得出色的成绩，赢得了参与调查的所有扎伊尔、比利时和美国男子的交口称赞。

扎伊尔医生中的关键人物是卡皮塔·比拉·明兰古博士，他已经看出这个国家的艾滋病问题了。调查开始没几天，奎因、麦考密克和皮奥特已经在马马耶莫医院的病房里鉴别出可能的艾滋病病例，其中多数早已被卡皮塔发现。不仅发现了艾滋病病人，卡皮塔对于前几个月来院就医的奇怪病例也都做了记录。

他们很快查明了两件事：在马马耶莫、恩加列马、金诺伊斯三家医院，艾滋病夺去了许多人的生命；女人和男人患病的机会均等。两个发现都让欧美的科学家大吃一惊，关于此病，他们的观点是根据美国和欧洲的艾滋病模式形成的。

尽管病因尚未查明，也没有合适的血检器材，米切尔却能毫不费力地确诊大多数疑似艾滋病病例，因为许多病人没有T辅助细胞。

根据T辅助细胞的计数，共确诊了38例艾滋病病人，其中53%为男性，47%为女性。在三周的研究期间，竟有26%的患者

第十一章 危险：极其微小之物

死去，真是一个惊人的比例。这些外国的科学家还观察到了福撒尔在布科巴目睹过的可怕现象：病人几乎是一个小时不如一个小时，就在他们的眼前死去。病人出现症状的时间平均只有十个月，在这段短短的时间内，他们的体重居然减轻10%。

把他们的病史与一般病人（显然不是因艾滋病而入院治疗者）相比，麦考密克发现，艾滋病病人曾到金沙萨以外的地方旅行的可能性更大；他们不是离异就是尚未结婚；在前一年曾有过不止一个性伙伴——艾滋病患者在12个月内的性伙伴平均为7人。

他们没有发现任何患者曾是毒品注射者或同性恋者的证据。

但是他们确实发现异性恋人群的染病方式与比尔·达罗在洛杉矶的同性恋者中发现的非常相似。他们甚至证实了马马耶莫医院的有些病人曾与比利时人所列的艾滋病患者名单上的人发生过性关系，这种情况表明，非洲—欧洲性网络可能与达罗发现的美国同性恋者网络一样复杂，一样广泛。有些扎伊尔妇女是妓女，有些则是一夫一妻制的妻子，但丈夫曾经嫖妓。

这些外国科学家离开扎伊尔的时候已经毫不怀疑，他们确确实实目睹了一场异性恋传播的流行病。皮奥特和麦考密克都曾在非洲研究过性传播的疾病，对此更是深感忧虑。他们知道，梅毒、淋病、软下疳、衣原体和假丝酵母在非洲的多数非阿拉伯国家都非常猖獗，尽管在欧洲—阿拉伯的殖民统治和奴隶贸易时期以前，非洲大陆根本没有这些微生物。两位科学家担心，艾滋病也会采取这种迅速传播的模式，一下席卷整个大陆。

扎伊尔、欧洲、美国联合小组共同写出了他们的研究报告，并且投送给《新英格兰医学杂志》。文章被退回，因为审稿小组不相信这种疾病是由异性恋传播的，他们硬说联合小组必是忽略了其他传播方式，或传播疾病的某种非洲特别风俗。其他十几家医学或科技杂志也以相似的理由把稿件退回。在扎伊尔的研究成果竟被拖了将近一年得不到发表，在这一年，基登亚的小组仍在拼命研究，到底是什么东西在布科巴夺取人命；在这一年，在未被认识的情况下，艾滋病传遍了整个东非、中非和南非。最后，经过重大的修改，这个研究报告才于1984年7月刊登在英国的《柳叶刀》上。

萨布哈什·希拉医生如果早知道邻国扎伊尔在1983年10月已经查明存在艾滋病，那对他不知该有多大的好处！他在卢萨卡开着一个性病诊所，里面住满了怪病患者。他在两年前首次观察到传播性极强的带状疱疹，此后便发现这种病例在稳步上升。

1983年末，希拉看到病人们不断死于奇怪的肺炎、结核或疱疹，这使他警觉起来。他到大学图书馆里翻阅了法国人和美国人关于艾滋病的文献。尽管他看到的症状与文献里描述的旧金山、纽约、巴黎的病人十分相似，但希拉知道在赞比亚没有人注射毒品；同性恋极少发现，可以说在该国的奔巴族、恩德贝勒族以及其他的35个部族中并不存在。

但是希拉却坚持赞比亚有艾滋病的说法。他让手下的人计算了1980年以来这个性病诊所诊治过的带状疱疹患者人数，算出的数字促使他向赞比亚卫生部部长埃瓦里斯托·恩杰勒萨尼博士做了汇报。

希拉在1983年春对恩杰勒萨尼说，从1980年到1982年，卢萨卡的带状疱疹病例增加了10倍。

"此病看来非常像艾滋病。"希拉说。恩杰勒萨尼听后印象深刻，也忧心忡忡。

"怎样才能肯定准是那种病呢？"部长问道。希拉提到美国人可能有办法对他的病人进行检测。恩杰勒萨尼命令希拉在美国寻找可以合作的单位。

第十一章 危险：极其微小之物

但是，直到将近一年以后，希拉才得到答案。到1984年底，华盛顿特区的沃尔特·里德陆军医院才完成了对卢萨卡的20个艾滋病疑似病例血样的HTLV-Ⅲ（人类嗜T细胞病毒Ⅲ型）检测，发现18例带有这种病毒。

希拉看到寄来的结果后，立即跑到恩杰勒萨尼的办公室。部长仔细阅读了沃尔特·里德陆军医院寄来的报告，重新折起来，放进上衣口袋，命令希拉立即成立一个全国性的艾滋病工作组，与他的办公室一起，直接协调一切有关的活动。恩杰勒萨尼从一开始就规定了一条严格的纪律：不得向报界透露一个字。这位卫生部部长担心，赞比亚的艾滋病形势会被夸大，从而影响旅游业和国民经济。当时美国和欧洲的医学刊物连篇累牍登载文章，猜测非洲才是艾滋病病毒的发源地（一般报刊尚无此类文章），他心里很不安。

"我们给非洲带去过许多病毒，给他们造成了严重的后果。现在，我们又从他们那里带回了反转录病毒，"吕克·蒙塔尼埃最近在巴黎对一个来访的记者说，"这没有什么错误，只是一个事实。人类原本起源于非洲，因此在世界的这个地区发现古老的病毒并不奇怪。各国不应该秘而不宣。秘而不宣不能解决问题。这是事实。"

麦考密克一下便说服了扎伊尔和比利时的卫生部门领导严肃对待艾滋病。麦考密克建议在扎伊尔成立一个比扎美三国艾滋病联合研究小组，金沙萨当局也有极大的热情。可是等他回到亚特兰大以后，麦考密克的麻烦事才接踵而来。柯伦主张开展长期的扎伊尔艾滋病研究，虽然即将卸任的疾病控制中心主任比尔·福奇热情支持，但是里根新任命的中心主任詹姆斯·梅森却对这个想法并不热心。在福奇的怂恿下，麦考密克直接晋见卫生与国民服务部助理部长布兰特。

"扎伊尔艾滋病患者的性别比例是1∶1,"麦考密克对布兰特说,"这证明艾滋病可能是也的确是一种异性恋传播疾病。"布兰特根本不信麦考密克的说法,认定扎伊尔必有些什么因素被忽视了。他坚持艾滋病绝不是一种异性传播疾病。

过了1年有余,里根政府的卫生部门官员才接受非洲的艾滋病主要是一种异性传染疾病的观点。但是里根政府从来没有完全承认,在美国,艾滋病病毒也可由异性传播。事实上,关于艾滋病病毒的异性传播问题和非洲(意思是黑人)的情况是否适用于欧美(意思是白人)的问题,在里根政府执政的8年里和他的继任者乔治·布什当政后的很长一段时间,美国政府的上层一直进行着激烈的争论。

关于如何看待非洲艾滋病和HIV的异性传播问题,欧美的科学界也同样分成两派,进入90年代很久,仍在争论不休。由于艾滋病最初是在美国的同性恋男子中发现的,所以许多科学家和政治家便认定,病毒的传播模式仅仅限于美国最先观察到的那几种:肛交、毒品注射、血制品污染、"海地人"。

可是,在美国、欧洲、海地——在这个星球上,凡是HIV渗透进去的地方,都存在艾滋病的异性传播。纽约市最初发现的艾滋病病例中就有异性传播的。

一些对里根政府有异议的卫生部门官员暗中提到,辩论中含有种族主义的潜台词:截至1984年年中,全世界发现的异性传播所涉及的人,几乎全都住在非洲,或者是非洲人的后裔;同期,欧洲和美国上报官方的确诊异性传播病例涉及的几乎全是黑人和拉美人,大多数是来自非洲国家、多米尼加共和国、海地和波多黎各的移民或游客。

这样,就开始了一项收集这种病毒异性传播的证据的工作,

第十一章　危险：极其微小之物

重点有意地集中在非洲，这件事的用意原本是好的。从根本上讲，欧洲和北美的研究人员都有国内的研究项目，可以与非洲的研究相辅相成。

可是雅克·利博维契反映了当时艾滋病研究人员中相当普遍的情绪，他说："我们把重点放在扎伊尔……（观察）那些无法列入任何已知风险群体（如同性恋者）的人。"

乔·麦考密克并不打算让"艾滋病防治计划"——也就是比扎美三国联合研究计划来担当这项任务，金沙萨的医生们也没有很大兴趣看着他们宝贵的资源浪费在他们的医疗图表早已证明了的事情上，也就是说，在他们的国家，艾滋病是一种异性传播疾病，这早已是不争的事实。柯伦和麦考密克决定让"艾滋病防治计划"成为认真研究非洲艾滋病的中心，目的是回答非洲人特别关心的问题。柯伦立即动手筹集经费，尽量避开布兰特的办公室；同时，麦考密克在疾病控制中心物色合适的科学家来从事这项工作。

关于艾滋病防治计划的工作在亚特兰大和金沙萨悄悄进行着，同时欧美在非洲的研究活动集中在两个方面：异性传播和非洲传播的范围。帕特斯实验室研制出比较粗糙的LAV检测方法以后，立即与麦考密克、皮奥特、奎因他们合作，携手分析从金沙萨医院采集的血样。他们确认，在卡皮塔确诊的艾滋病人中，97%对LAV（即HIV）有抗体。令人十分担心的是：许多观察期的病人也有这种抗体，这就表明，这种病有一个无症状阶段；扎伊尔的传播程度比原来想象的严重得多。在明显的非艾滋病患者由于非感染的原因而住院的病人中，有7%的人呈抗体阳性；1980年在马马耶莫医院产科病房的产妇中，也有5%的人呈阳性。另外，1977年曾有一位身患神秘疾病的妇女住进马马耶莫医院的妇产科病房，从她身上提取的血清也呈LAV抗体阳性。此人于1978年因明显的免疫系统缺陷而死亡。

金沙萨的成年人感染率和扎伊尔的流行病发病年龄值得严重关注。相比之下，1983年法国的LAV总感染率不到0.3%。当时，帕斯特实验室也接到了非洲其他国家送来的血样，证明在卢旺达和中非共和国的普通人群中，LAV的感染率同样高得惊人。

1983年寒假期间，乔纳森·曼在阿尔伯克基接到一个电话。乔·麦考密克，一位曼非常钦佩却无缘谋面的科学家做了自我介绍后，便谈起了正事。

"你愿意到非洲工作吗？"

曼一时不知如何回答才好。但是这位由疾病控制中心派驻新墨西哥州的流行病学家和淋巴腺鼠疫专家还是专注地听着麦考密克讲述他在金沙萨亲历的情况。

尽管曼和玛丽-保罗·曼夫妇有三个年幼的子女，谁也没有在发展中国家生活过，可是没用几句话就被说动了，决定全家移居金沙萨。对巴黎女子玛丽-保罗而言，这意味着能说母语；孩子们则期盼着这种冒险。曼呢，他看到了这项工作在科学上的重要意义，也感到异常兴奋。

柯伦长期以来一直对曼的工作深感满意，对他的这项选择也十分高兴。曼在新墨西哥州的任期内，表现出了巧妙地处置棘手的政治问题和对待报界的天赋。这位波士顿出生的科学家初到新墨西哥的那一天，正是公众因为一例淋巴腺鼠疫而十分担心的时候，他正好显露了这方面的才能。这种才能在扎伊尔将会非常有用。美国和扎伊尔两国政府之间的关系经常相当紧张，世界各地急于调查非洲疫情的艾滋病研究人员又在相互竞争，这些都将考验曼的才智。

第十一章 危险：极其微小之物

1984年3月，麦考密克和曼来到金沙萨，同卡皮塔、恩齐拉·恩齐兰比、恩加利·博森格、卡利萨·鲁蒂4位医生以及扎伊尔的其他科学家一起工作，共同实施艾滋病防治计划。麦考密克当了曼的导师，在一个月的时间里，尽力传授有关扎伊尔的语言、风俗、政治，以及在一个缺乏基础设施、刚刚脱离殖民统治的贫穷国家，作为一名外来的美国专家如何恰当地发挥作用等方面的知识。

曼的学习成绩优异——与其他的外国科学家和记者相比，简直是出类拔萃。不事先征得扎伊尔卫生部的同意，他从不轻易向外界发表看法；对于不按规定与艾滋病防治计划合作的外国研究人员，他能据理说服。所谓规定中最重要的一条就是，愿意以平等的身份与扎伊尔的科学家合作，愿意遵守扎伊尔政府制定的新闻与出版限制。

"我愿奉告你想知道的一切，"曼会对所有来访的非扎伊尔人说，"但是你得有扎伊尔政府的介绍信。如果没有介绍信，恕我不便接待。"

过了10年，一些持不同意见的科学家谈起曼在艾滋病防治计划中的方针时，仍然愤愤不平，说他硬是把他们挤出了扎伊尔，把扎伊尔的艾滋病疫情当成一块私人的"领地"。但是扎伊尔的科学家们提起曼和皮奥特，却是赞不绝口，毫无微词。事实证明，从1984年开始实施，到最终停止，艾滋病防治计划一直是非洲大陆最有成效的艾滋病研究活动。计划停止的原因是1991年扎伊尔爆发内战。

非洲大多数国家的政府不是因为对本国的疫病流行程度认识不清，而当地的研究水平又处于初级阶段，就是考虑国家的尊严和经济利益而有意不对公众宣布，相比之下，扎伊尔还是相当开放的。不幸的是，扎伊尔政府的坦率也产生了一个副作用：国际上出现了各种错误的看法，而且持续十多年不改，硬说扎伊尔是非洲流行病最严重的国家；艾滋病肯定起源于扎伊尔；其他各地暴发的艾滋病都可追根溯源，找到扎伊尔。

曼是负责人，艾滋病防治计划中还有国家过敏症和传染病研究所的亨利·弗朗西斯和汤姆·奎因两位博士。他们三人与扎方同行共同进行了HIV流行状况的研究，结果表明，到1985年，金沙萨普通人群的感染率约为旧金山同性恋男子感染率的三分之一；多个异性性伙伴、未经消毒的医用针头注射、出行国外等是带来风险的主要因素。

随着艾滋病在全球流行范围的扩大，疾病控制中心组织了首次艾滋病国际会议，1985年4月在亚特兰大召开。来自30个国家的2000名科学家和记者出席了这次气氛严肃的会议。会议认定艾滋病蔓延迅速，显然已经成为一种流行性疾病。

亚特兰大会议促使人们关注非洲的悲惨境况，这当然是正确的，但是后来的情况证明，会上提出的看法以及提出看法所依据的数据几乎都是错误的。在科学家聚集亚特兰大的时候，艾滋病确实正在中非地区传播。但它传播的方式与会上所说的并不相同，规模也不像会上描述的达到了惊人的程度。

会上，吕克·蒙塔尼埃说：1970年在金沙萨抽取的血样测试显示，每220人中有1人存在LAV（HIV）抗体；他又说，到1980年，金沙萨每10个成人中便有1人呈抗体阳性。他还告诉与会的科学家们，在非洲的家庭中，艾滋病正在以各式各样的非性方式传播着。罗伯特·加洛质疑所谓家庭传播一说，但是同意艾滋病在非洲传播迅猛，还提到乌干达65%的儿童对HTLV-Ⅲ（HIV）的抗体测试呈阳性。

第十一章 危险：极其微小之物

内森·克拉梅克提及对卢旺达首都基加利的妓女进行的检测显示，88%的人带有HIV抗体。而1982年从当地妓女抽取的血样检测显示的感染率为70%。克拉梅克还说，1984年底，普通人群的感染率为9%。

美国国家癌症研究所的罗伯特·比格博士发言说，在肯尼亚全境，包括偏远的农牧区，对HTLV-Ⅰ和HTLV-Ⅲ（HIV）两种病毒的感染极为普遍。1982—1984年，疾病控制中心曾在肯尼亚对艾滋病以外的各种疾病进行过调查，根据对这一期间采集的血样进行的HTLV-Ⅲ抗体测试，比格断言，半数以上的肯尼亚民众曾在某个时间感染过艾滋病病毒；近三分之一的人有HTLV-Ⅰ抗体反应。他还说，反应最强的是肯尼亚北部的游牧民族土尔卡纳人，近80%的人都感染了艾滋病病毒。他也提到在偏远的基伍区，那里高达15%的儿童、20%的青年、25%的老人都感染了HTLV-Ⅲ。他对记者说：1984年，卢萨卡大学教学医院待产病房中超过一半——更准确地说是55%的年轻女子，测试证明带有HTLV-Ⅲ抗体。

罗伯特·加洛那个小组也提到了同样可怕的非洲感染水平。作为伯基特淋巴瘤研究的一部分，美国国家癌症研究所曾于1972年到1973年两年在乌干达采集学龄儿童的血样，根据对这批储存的血样进行的HTLV（人类嗜T细胞病毒）抗体测试，小组得出的结论是：早在任何人都还不知道世界上有艾滋病存在的近10年以前，66%的儿童已经感染了HTLV-Ⅲ（HIV）病毒。这批血样是在乌干达偏远的西尼罗地区采集的，那里沼泽遍布，阴湿多雨，散布着一些小小的村落。

最后，马克斯·埃塞克斯和他的哈佛大学同事菲利斯·坎基提到最近在美国灵长动物中心圈养的猕猴身上发现了一种病毒，对猴子引发了一种与艾滋病相似的疾病。这种病毒被称为STLV-Ⅲ（mac），即猴T淋巴细胞性病毒Ⅲ型（猕猴）。他们说，这种病毒能够轻易地生长于人类的T细胞中。他们在会上还宣布了第二种病毒，称为STLV-Ⅲ（agm），即猴T淋巴细胞性病毒Ⅲ型（非洲长尾绿猴）。埃塞克斯说，在检测过的所有野生非洲长尾绿猴和长尾黑颚猴中，有一半发现了这种病毒。他说有理由提出，艾滋病原本是一种非洲猴子的疾病，只是到了最近才通过尚未查明的途径传给了人类。

会上的每一个报告几乎都可以成为报刊的头条新闻，虽然后来的事实证明其基本内容是错误的，但当时也给人留下了深刻的印象：全世界的人都确信，非洲正在广泛传播着一种古老的流行病，这种疾病原本起源于猴子，现在通过异性传播和其他尚未查明的家庭传播方式，传给了这个大陆上各种年纪的人群。

出席这次"国际"会议的非洲代表只有三人，他们是参与艾滋病防治计划的卡皮塔和恩齐拉以及扎伊尔卫生部的潘古·卡萨·阿西拉，他们听了亚特兰大会议上的发言深感不快。曼一直主张由疾病控制中心出资邀请扎伊尔的科学家赴会，但是他又担心他们有谁会不经意地对提问刁钻的北美报界说些什么，在金沙萨引起不良后果。由于三位扎伊尔人都不曾和西方记者打过交道，他便请彼得·皮奥特形影不离地陪着他们。

听了所谓艾滋病是非洲送给世界其他地区的不祥礼物这种说法，尽管卡皮塔、潘古和恩齐拉十分不快，他们还是强压怒火，并未发作，直到一个美国记者向他们提出这样的问题："大家都听过马克斯·埃塞克斯的发言，他说到艾滋病是一种源于非洲猴子的疾病。请问医生，非洲人真的同猴子性交吗？"

卡皮塔怒不可遏。但他们三人仍装作没有听懂这个问题，尽

第十一章 危险：极其微小之物

管他们粗通四五种语言，英语正是其中的一种。

"彼得，请告诉我，她说的是什么？"卡皮特用法语问皮奥特，仍然希望记者会改变主意，不再追根究底。皮奥特非常气愤，他用法语小声告诫："不要回答。"可是卡皮塔认为记者的问题太粗野、太下流了，他请皮奥特把他的回答译成英语。

"夫人，我不知道你在说什么，"卡皮塔说，"我们不干这种事情。不过我相信在欧洲人拍的电影里有女人和狗性交的事。我也听说，在美国，家里都把狗当成宠物养着，有时候，他们也……反正你知道我的意思是……"

非洲著名的科学家被外国人——包括科学界的同行和记者，苦苦逼问，这并不是最后一次。被逼问的有各种各样的有关性和文化习俗方面的问题，一些西方人认为这些就是非洲的非同性恋传播艾滋病的起因。

"人们就是不肯接受把阴茎插进阴道能传播病毒这个道理，"皮奥特在亚特兰大会议上惊呼，"我不懂这是什么原因。可这些人毕竟还是科学家呀。请问哪一位能告诉我，为什么病毒愿意从阴茎走进肛门，而不愿意从阴茎走进阴道？这些人真让人恶心！"

除了卡皮塔、恩齐拉、潘古和曼，皮奥特可能比与会的其他人都更清楚，加洛、埃塞克斯、蒙塔尼埃、比格和西方的其他科学家的发言，一经各国媒体报道，必然会给非洲的艾滋病研究泼上一盆冷水。他确信许多非洲国家政府受到这类责难后的反应必然是，停止现有的一点点研究工作，而不管艾滋病正在本国流行。

皮奥特坐在会议中心的楼梯上，整理思绪，他只能摇摇头自言自语说："这是一场灾难。"

亚特兰大会议后情况更糟了。西方的科学家继续指责非洲，正如皮奥特预料的，非洲大陆的领导人们针锋相对，做出了反应。

"关于非洲艾滋病的报道是仇恨运动的一种新表现形式。"肯尼亚总统丹尼尔·阿莱普·莫伊指责道。

"如果科学家们找不到病毒的出身之地，拉出非洲也解决不了他们的难题。"肯尼亚卫生部部长彼得·恩亚基阿莫对肯尼亚议会说。

"关于这种疾病的发源地，还没有找出任何线索。"世界卫生组织传染病处处长法克里·阿萨德说，"就我们所知，这种病是在这里和美国同时出现的。"

关于艾滋病的指责使贫穷的非洲在特别困难的时候又挨了一记闷棍。从"非洲的合恩角"到开普敦，大战和叛乱接连不断，作为冷战式的代理人战争，大多数背后都受到工业化世界不同利益的支持。另外，好几个非洲国家在80年代初又发生了军事政变，加大了它们的开支，将紧缺的财政用于军费，这通常都会有损于卫生和教育经费。

除此以外，又有好几个国家发生了20世纪最严重的干旱，特别是马里、毛里塔尼亚、莫桑比克、赞比亚、埃塞俄比亚、索马里、苏丹、佛得角等国，科学家们提出，旱灾及由此而来的饥荒和大批难民迁徙，其产生的原因是全球气象格局的结构性变化，而这可能又是由全球气候变暖引起的。他们说，纵贯北非的萨赫勒沙漠正在扩大，侵占了不久前还是可耕地的数百万英亩土地。

联合国驻肯尼亚顾问彼得·厄谢尔说，非洲的旱灾很可能是一种新的情况，还会进一步恶化，"这就是说非洲还会更加干旱，将来的后果比现在还要严重"。

联合国非洲紧急行动办公室主任布德福拉·莫尔斯说，1984年到1985年两年，非洲至少有20个国家发生严重干旱和缺粮，结果使3000万非洲人面临着饥饿的危险。他说，另外还有1000万旱

第十一章 危险：极其微小之物

灾难民四处流浪，丢弃了萨赫勒沙漠地带的家园，外出寻找食物。

"在人类的历史上，这是同类事件中最为严重的一次。"莫尔斯说。

埃塞俄比亚气象学家沃金乃·德格福告诫人们：不管地球的大气层和天气现象是否正在发生根本变化，随着人口的膨胀，随着对农田和燃料的需求的增加，历史都将无情地朝着一个方向前进，那就是，在这个大陆上，人类对资源的需求量必然增大。正如30年代美国中西部发生的情况一样，过度的农牧造成了土地沙尘化，使得原本肥沃的良田变成无法耕种的荒地。

可是非洲的领导人知道，别的国家对他们的干旱和饥荒并不特别关心。这场危机是从70年代末开始的，直到1985年才引起世界的关注。那一年非洲的一些记者最终设法使一部关于埃塞俄比亚灾情的影片在英国的电视台播放，随后，一些摇滚歌手举办了一场长达17个小时的义演，演唱会主题为"救助生命"，同时向152个国家实况转播，为非洲筹集到7000万美元的救济款。

非洲的领导人对于他们国家的艾滋病形势所引起的关注并不十分高兴，特别是他们并不确切地了解本国的真实情况是多么严重。在1985年，他们中没有什么人相信艾滋病带来的问题会像干旱和饥荒、当地流行的疟疾或普遍的经济困难那样严重。

在赞比亚，恩杰勒萨尼非常生气，因为罗伯特·比格未与卢萨卡的同事核实，就把赞比亚的血检结果告诉了外国记者。在这个大陆的其他国家也产生了对外国研究人员的敌对情绪。这些人被称作"游猎科学家"，他们会到一个国家逗留数日，也许两三周，然后就带着病人的血样回国，把结果写成文章，发表在重要的医学刊物上，事先从不与当地的合作者核对他们的数据和看法。

刚刚形成的非洲艾滋病研究人群感到了一股寒意。

内森·克拉梅克和比利时的同事们决定，在1985年秋天召开一次非洲艾滋病会议，地点选在布鲁塞尔。到了初夏，一些非洲的领导人提出抗议，说他们将不会到欧洲去讨论非洲的问题，如果美国人和欧洲人继续指责非洲为艾滋病发源地的话，他们更不会去。最后，扎伊尔和布隆迪两国政府撤回了送交布鲁塞尔会议的全部论文。艾滋病防治计划照方开药，疾病控制中心也仿效扎伊尔，从会议收回赞助和讲稿。

疾病控制中心和世界卫生组织与布鲁塞尔会议对着干，另外组织了一次会议，地点在中非共和国的首都班吉，时间在布鲁塞尔会议召开前四个星期。

班吉会议召开以前不久，罗伯特·比格的小组在无意间提供了第一个证据，证明了科学家们原先在估量非洲发病的规模时所犯的严重错误。比格的小组提到，早先对一些偏远地区的血检发现，那里的HTLV-Ⅲ（HIV）感染率最高，可是那里却没有人出现明显的艾滋病病征，这难免有些奇怪。所以在1984年5月，小组曾赶赴扎伊尔东部的基伍县，从250名住院病人身上采集血样，带回美国，由国家癌症研究所实验室进行对HTLV-Ⅰ、HTLV-Ⅱ、HTLV-Ⅲ（HIV）、恶性疟原虫疟疾等多种抗体的检测。他们发现80%的人有疟疾抗体，但是对三种HTLV病毒呈阳性反应的人却要少得多；而且在同一年龄段甚至同一小组里，凡是对疟疾反应强烈的人，对HTLV类的一种或三种病毒必有反应。

很快就清楚了：对于长期感染疟原虫、利什曼原虫或其他寄生虫的人来说，原先进行的HTLV血检是毫无意义的，因为这些病原虫都会产生一种实验室术语所说的"黏性血浆"。原先的HTLV测试涉及的血液中出现了对三种病毒中的某一种病毒，例如

第十一章 危险：极其微小之物

HTLV-Ⅲ的疑似抗体。如果病人的血液中存在病毒，抗体和病毒就会形成一种复合物，黏附于测试液的表面，经过漂洗步骤，便可以看到。但是感染了寄生虫的血液，特别是感染了疟原虫的血液，会形成一种非特异性的"黏性"复合物，也会附着于测试液的表面。就是这样，原先进行的HTLV-Ⅲ测试产生了大量的虚假阳性反应。

鉴于非洲撒哈拉大沙漠以南的所有居民的血液中几乎都长期带有一定的疟原虫，那么如果早期的艾滋病研究人员取得的结果未能证明每一个非洲人都是艾滋病病毒携带者，反倒是一件奇怪的事了。他们果然发现了50%到90%的所谓感染率。HTLV检测缺陷的发现意味着，根据那一批检测结果而估算出的非洲艾滋病和HTLV-Ⅰ感染率是完全错误的。

1985年，一些非洲国家的确出现了严重的艾滋病疫情，但是其严重程度却并不像亚特兰大会议描述的那样。艾滋病防治小组根据对LAV抗体的检测结果估算，金沙萨的一些人群的感染率稍低于10%，这种检测方法受到"黏性血浆"的影响较小，后来证明也相当准确。

就在夸大的文章接连出现的时候，也有些人在默默地进行着非常重要的研究，只是当时没有引起人们的注意罢了。其中最为重要的是一个英国—赞比亚—乌干达三国联合研究小组，研究的课题是乌干达拉卡伊县新发现的一种疾病。拉卡伊县与坦桑尼亚的卡盖拉县隔界相邻。新疾病被人称为"瘦弱病"，患者体重迅速减轻，极度疲劳，最后全部病死。研究人员利用一种英国研制的改进型HTLV-Ⅲ（HIV）检测方法，对42名"瘦弱病"患者进行检测，发现34人有艾滋病抗体。他们还发现乌干达健康的入院观察人员中有17%呈抗体阳性。这暗示着艾滋病和"瘦弱病"是同一种病。

他们认为，乌干达出现"瘦弱病"的时间与加州和纽约出现"同性恋病"的时间大体相同。没有证据说明艾滋病是非洲的地方病。他们说，因此，指责非洲是艾滋病的发源地是没有明显的事实根据的。

于是有人推测，原先的HTLV检测中之所以既发现了对反转录病毒的反应，又发现了对疟原虫的反应，这样的巧合可能显示出这种病毒也可由蚊虫传播。这种说法不仅在非洲，而且在世界上其他按蚊较多的地方，都引起了恐慌。艾滋病防治小组和疾病控制中心里的柯伦小组的成员都尽力平息这种恐惧心理，指出疟蚊叮咬的大多是小孩，他们没有采取任何防蚊措施进行自我保护，对这种寄生虫也没有免疫力，然而已知的艾滋病病例中95%的患者是成年人。

可是，从流行病学的角度提出的理由还不足以消除关于蚊虫的推测。在整个80年代，关于蚊虫可能传播这种病毒的担心还会反复出现，在佛罗里达的贝尔格拉德、海地、巴西、印度等地，人们急于要推翻艾滋病的暴发是由于异性传播所致这个事实，更会散布这种担心。

到1985年10月，非、美、欧三地的科学家在班吉开会时，各派对抗的气氛已经相当浓厚。法美两国科学家之间的紧张关系已经公开，帕斯特实验室及其同盟者直言不讳地宣称，加洛的小组盗取的不仅是发现艾滋病病毒的荣誉，可能还有病毒本身。比利时人听到有人扬言要抵制即将召开的布鲁塞尔会议，感到怒火难消。非洲人因为西方对他们的疫情的描述，心里也不同程度地憋着气。

班吉会议是由乔·麦考密克一手策划的，他力求做到一视同仁，各种观点的代表都要邀请到；他还恳请世界卫生组织的阿萨

第十一章 危险:极其微小之物

德加强对会议的引导。在麦考密克看来,彼此敌对、恶语相向,只会有利于流行病的传播并向新地区蔓延。他希望班吉会议能达到四个目的:每个人都可以吐吐心中的怨气;不带政治偏见,讲出疾病的真实情况;确立实用的艾滋病诊断标准,供无血检能力的贫国使用;确定未来研究工作的轻重缓急,尤其是在非洲的研究顺序。

麦考密克私下还有一个议程:向阿萨德说明非洲艾滋病危机的严重性,目的是让世界卫生组织设置一个艾滋病防治专项。在麦考密克看来,由于艾滋病研究的领导失误,人员间关系紧张,造成了一定的政治后果,世界卫生组织已经成了国际社会领导疫情控制的唯一选择。

在前往班吉的途中,马克斯·埃塞克斯路过金沙萨,在那里见到乔纳森·曼,并且告诉他,自己取得了新的证据,证明非洲猴身上存在着与艾滋病类似的两种不同病毒:他觉得这就可以证明这种疾病源自非洲。

"到班吉会议上千万别提这件事,"曼说,"人们非宰了你不可。人们会觉得受到了侮辱。那将是一场灾难。"

国际政治,对种族主义的敏感,民族主义,这一切对埃塞克斯都很陌生。数年之后,他还会说,他不明白他在亚特兰大的发言怎么就招来非洲的熊熊怒火;不明白曼为什么要劝他在班吉会议上慎言。但是他意识到曼长期生活在扎伊尔,看来必然了解这类事情,最后同意暂不发言,到布鲁塞尔会议上再说。

在此期间,埃塞克斯与塞内加尔首都达喀尔的奇克·安塔·迪奥普大学的索莱梅恩·姆布普博士建立了长期合作关系。一些科学家在这个西非国家与埃塞克斯和姆布普一起工作,开始研究各种猴子的和人类的艾滋病病毒之间的关系。埃塞克斯依然相信所有的HTLV（人类嗜T细胞病毒），包括HIV（人类免疫系统缺陷病毒），亲缘关系都很近，也在塞内加尔寻找猴T淋巴细胞性病毒（STLV）和HTLV-Ⅰ感染的证据。

曼另有难以释怀的事。他认为过去的一年，美欧的"游猎科学家"在非洲搞的是假科学，想到这里，他就深感不安。在艾滋病防治计划方面，为扎伊尔培训技术人员，他们与金沙萨的同事们通力合作，但是大多数西方人只是口喊合作，并无行动。

"假合作产生假科学。"曼说，"假如一群外国人来到美国中西部某个地方，看了几个小小的医院，采集了一些血样，然后便飞回国去，接着，也不跟中西部那些本该成为他们合作伙伴的人商量，就在国际性医学刊物上发表论文，说是中西部30%的成年人都是HIV阳性，这该是多么糟糕——一眼就可以看出这是假科学。根据一些孤立的也可能是特殊的病例，以点带面，推定整个人群的情况。可是假如你现在发现你的检测全都错了，你把事情弄得一团糟。也许中西部医院里的真正感染率只有2%或3%。你真的以为中西部那些人会原谅你吗？"

"为什么不去道歉呢？为什么国家卫生研究所不去道歉呢？为什么美国政府不道歉呢？这些错误在什么时间、什么地点才能得到纠正？"曼问道。

西方国家的政府或科研机构从来没有向受到影响的非洲国家政府正式道歉。发表过蚊虫传播和艾滋病横扫非洲这种说法的大多数刊物，也从来没有刊登任何文字，正式声明要收回前文或表示歉意。只有少数几家在发表原来的文章数月之后，才避开世界报刊和科学群体的注意，不疼不痒地做了些微小的更正。

"我们在发展中国家工作时不能装成天上的上帝，"曼常说，"我们不能想发表什么就发表什么，毫无顾忌；也不能没有责任

第十一章 危险：极其微小之物

感——对我们研究的人群的责任感。"

这些以及其他怨气在班吉会议上都得到了发泄，麦考密克给会议定的目标算是实现了。西方科学家心中原来的一些抽象概念，如"基础设施建设"和"经济驱动卖淫"等，如今在日常生活中也看到了具体表现，因为他们虽然住在中非共和国设备最好的饭店里，打开水龙头却照旧没有水，而在电梯里，妓女们则抓住他们不放。

"要认识非洲的艾滋病疫情并使其得到控制，最大的障碍在于对当地人培训不足，缺乏通信工具和分析器材。"麦考密克说。西方科学家大都是生平第一次踏上非洲大陆，只有在向美国或欧洲的办公室打电话或者为他们的短波收音机买电池时，才有机会亲身体验到麦考密克讲话的含义。

阿萨德也提出，希望与会的非洲国家政府代表摒弃前嫌，面对艾滋病的现实情况。有一次，他曾要求各国代表在会上确切地讲出本国确诊的艾滋病有多少例，疑似感染率是多大。在第一轮发言时，多数非洲国家的代表都是躲躲闪闪的，有人说他们不了解本国的艾滋病疫情。这时阿萨德对他们说："诸位没有讲实话。我了解情况。我到过你们的国家，看到过艾滋病病人。"

阿萨德扬言，对于那些不肯据实讲出本国疫情的国家，世界卫生组织将切断霍乱疫苗和其他重要物资的供应。次日，多数非洲代表都提供了具体数字，当然大家也都知道，这些国家都没有流行病监测系统，无法监测全体国民，所以这些数字大大低估了这个地区的艾滋病疫情。

卢旺达代表报告，1983年以来，共发现艾滋病病人319例，其中86例为幼儿。肯尼亚说有10例，其中4例为外国人。扎伊尔引用了艾滋病防治计划的数据，说金沙萨产前门诊感染率约为6%。赞比亚说在班吉会议召开前数日，共有143名妇女到卢萨卡大学教学医院分娩，其中17人感染了HIV，新生儿感染的人数为15个。

阿萨德从此变成一个一心为艾滋病的防治事业献身的人。他欣然同意麦考密克的意见：开展专门的疫病防治活动，由世界卫生组织出面协调。麦考密克又私下向阿萨德提出了建议。他希望在日内瓦设立一个机构，作为有关艾滋病的信息和专业技术的国际交换站。他还希望这个机构能具有世界卫生组织赋予的一定影响力，以便介入不同国家的科学争端。

阿萨德立即同意，他还请麦考密克来负责这项工作。可是麦考密克另有想法。

"我想请你见一个人。"他说。

随后，麦考密克便把曼介绍给阿萨德。班吉会议还没有结束，曼已经同意担任新成立的全球艾滋病计划主任。此后六个月，他不停地奔波于日内瓦和金沙萨之间，既要保证艾滋病防治计划的继续存在，又要争取一项新的全球性艾滋病防治活动的开始。阿萨德提供的款项只够曼购买往返机票和雇请一个兼职秘书。他的薪金仍须由疾病控制中心支付。

关于亚特兰大会议和西方医学刊物提供的让人迷惑的信息，艾滋病防治小组很快找到了更多的原因。原来所谓非洲的家庭传播，实际上是在怀孕、分娩、输血、哺乳过程中的母婴传播。在维多利亚湖区虽然观察到艾滋病患者的死亡极其迅速，但在金沙萨却并没有这种现象。扎伊尔的男子和女人在艾滋病发病前先有一个长达数年的无症状感染阶段，与美国的同性恋男子情况相同。

年岁较大的儿童（2—4岁）感染的途径是医院和非法注射售药者使用了未经消毒的针头与为治疗疟疾带来的贫血而给予的输血。

第十一章 危险：极其微小之物

同样，在马马耶莫医院的病人中虽然发现6%的人呈血清阳性，但都不是在该院传播的，而是由于输入了沾染的血液、有多个性伙伴者的异性性行为，以及未消毒的医疗注射所致。

比格、恩杰勒萨尼以及美国和赞比亚的其他科学家共同进行了一项研究，利用英国新研制的HTLV-Ⅲ（HIV）检测方法，重新评估卢萨卡医院的HIV感染率。根据对希拉性病门诊所病人的检测，他们发现感染率最高时是1985年，当时有29%人的血清呈阳性——与比格原先的估算差距很大，比格对赞比亚普通人群感染率的估算是 55%。待产病房的妇女有8.7%受到感染。医院医护人员的感染率为19%。但是，新测定的数字虽然较前降低不少，仍然排列在世界上最高感染率的范围内。此外，由于一时还研制不出有关的药物和疫苗，恩杰勒萨尼预计赞比亚未来的疫情会呈直线上升趋势，真是令人胆寒。

1983—1986年关于非洲疫情的争论以及非洲大陆艾滋病传播的消息，并没有传到偏远的布科巴政府医院。在这个大陆的卫生部门领导人到班吉开会时，基登亚、尼亚穆里耶昆格两位医生和他们的坦桑尼亚同事，明知无力回天，仍在苦苦奋斗着。医院的老管理员继续在物资登记册上记录死者的姓名。

1986年1月的第一场雪在日内瓦的办公室外飘落时，法克里·阿萨德回想起班吉会议的情况。

"正式与会的九个非洲国家异口同声地说：'我们该怎么办？我们束手无策，毫无办法。我们没有基础设施，无药治病，缺乏教育。我们拿不出任何东西。'外界的人对这些话充耳不闻，根本没有放在心上。"阿萨德说，"坦率地讲，如果你只是说'对你们的老百姓进行性教育'，有多少人会真正相信这一套？你必须进行严肃的血清调查，到当地找人面谈，估量那里的形势。如果你发现了流行病的确切证据,你又该用什么手段来进行教育呢?你打算用无线电广播吗?谁又有晶体管收音机呢?任何一个国家,只要有控制疾病的能力,他就会去控制。可是这些国家面对艾滋病,却只能说:'我有问题,但我不知道该如何解决。'"

深深地卷入对艾滋病作战的人现在意识到,这种微生物已经在第一回合赢得了胜利,至少在三个大陆的人群中成功地引发了疾病,从美国贫民窟的吸毒者,到金沙萨的异性恋神经外科医生,从迈克尔·卡伦和博比·坎贝尔到诺蒂西娅,病例涉及各种人。

这种病毒原本是普遍流行,现在已经出现有选择地流行的趋势,多发生于全世界的一些重要人群中。它击败了科学的力量,而仅仅在10年以前,科学的发展还曾让公共卫生官员充满信心,同意削减性传播疾病的防治预算。

阿萨德在日内瓦的办公室里黯然回忆往事时,坎贝尔已经死去,卡伦正在因另一轮偶发感染而苦苦挣扎,诺蒂西娅的尸体被埋在故乡的香蕉林里,格雷戈里·霍华德在纽瓦克走街串巷,向瑟缩在垃圾堆旁烤火取暖的吸毒者现身说法,讲解艾滋病的危害。他说:"我就是因为吸毒,结果才染上HIV。"

"老兄,我之所以会听他讲,是因为他和我们是一类人。"一个瘦高个子的自称"吸毒的同性恋者"的非洲裔美国人说。此人是霍华德的"信徒",他的手在空中不停地挥舞,以加强讲话的语气。"他讲的都是实话,老兄。我们都知道艾滋病是个要命的东西。对我们黑人更是这样。老兄,这就是我要说的话,要说的话。"

四

20世纪80年代,由于针对非洲艾滋病而出现的抱怨、指责和

第十一章 危险：极其微小之物

夸大其词的说法产生的后果一时难以消除，所以不可能对人类免疫系统缺陷病毒的起源进行不带政治偏见的"纯科学的"讨论。直到1989年，法国索邦的米尔科·格梅科发表了有关这个问题的专著，这方面的讨论才开始摆脱往日的指责带来的束缚。可是，即使进入90年代，艾滋病学术界和政策圈子里的人提及这种全球性疫病的起源时，仍然心有余悸。世界卫生组织的官方态度原是由阿萨德在1985年表述的，到1994年依然未变：艾滋病至少在三个大陆同时出现。

没有几个科学家心里接受这种态度，知道这无非是一种政治妥协。不过在公开场合，他们仍然与世界卫生组织的立场保持一致。因为不然的话，所冒的政治风险就太大了。80年代各方的指责太猛烈了，持续的时间太久了，虽然到了1990年，谁也不会觉得围绕着艾滋病起源的问题已经出现了完全自由的学术气氛。

"所以，起源之争还将继续，"加拿大评论家勒内·萨巴蒂埃在1988年写道，"不过也有乐观的一面，可以希望在进行这种讨论时不再指责别人，也不再相信别人会指责自己。科学家、新闻界和政治家等都要在讨论中采取极大的克制，因为被人责难的感受已经严重阻碍了艾滋病的防治工作。"

有些科学家会回避这个题目，只是简单地说："嗯，没关系，真的。艾滋病已经出现，正在向全球蔓延。我们就在此时此地动手应对吧。过去的已经过去了。"

或者如赞比亚总统肯尼思·卡翁达1987年所说："了解这种疾病的去向，比了解其来源更为重要。"

但是没有多少研究人员真正相信这种见解。因为既然艾滋病在基因工程、抗生素、先进的生化科技和全球电信如此发达的时代，能够通行无阻地传遍全球，那么将来还会有别的什么微生物利用同样的条件来作祟呢？如果人类希望阻止下一场瘟疫，那么查明这一场瘟疫的起源就是十分重要的事。

一旦对筛选血样的HIV抗体测试方法加以改进，"黏性血清"问题彻底解决，班吉会议提到的艾滋病症状界定标准制定出来，就有可能回过头来探究一下，1981年在加州认识艾滋病以前，它曾在何时何地出现过。

鉴于许多同性恋男子在感染HIV以前都有大批的性伙伴，所以几乎不可能通过这个人群一下子追溯到发病的源头。研究人员根本无法查清在什么时间是谁把病传给了谁。

但是，跟踪患艾滋病的血友病人群可以找出清晰的轨迹，因为研究人员能够利用血库记录和储存的血浆，把某些感染的病例与HIV阳性的供血者进行对比，确定感染发生的日期。

不幸的是，为了保护自己免受因输血和使用血浆而感染HIV的人们的控告，欧美许多医院都故意销毁了老的记录和血样。按照美国法律的规定，医院保存这类记录和血样的时间只有5年，到1986年，全国各地的医院和血库都纷纷动手把1982年以前的文字记录切碎销毁，把电脑文档清洗干净。美国政府对如此大规模地销毁记录视而不见，宽容了这种切断艾滋病谜团重要线索的行为。

尽管如此，疾病控制中心在洛杉矶进行的HIV与血液的关系研究还是发现，因接受被沾染的血凝制品而感染HIV的一个日期最早的病例是1978年。不过这只是个孤立的病例。美国的大批血制品感染发生在1983年到1984年两年。

如此说来，人们难免会这样推论：既然血友病患者每年都要面对献血者的大量微生物，那就可以说，在1978年以前，北美要么根本不存在HIV，要么存在的数量极少，所以即使一个人注射了每年由30万人的血汇集而成的血制品，仍然可以免受感染。不过，1975年以前家庭使用因子8和因子9还不普遍，因此可以设想，1975年以前的10年间，美国献血人群中已经存在HIV，可是数量极少，譬如说，每100万人中只有1人，所以血制品的使用还不足以产生能够引起人们注意的疾病，等到2.6万名血友病患者离不开每年从几十万献血者的血浆中提取的凝血因子的时候，才会引发这样的疾病。

美国国家药物滥用研究所的研究发现，1971年到1972年两年从毒品注射者身上抽取的血清检测出HTLV-Ⅲ（HIV）抗体阳性。同期，由于其他研究项目曾对238人进行过调查，从他们身上提取过1129份血样，现在利用针对HTLV-Ⅲ的艾博特ELISA测试法（即与酶有关的免疫吸收测试法，这是标准测试方法）重新对血样进行测试，发现10%为阳性。这些血样来自美国各地。后来又用更加精确的方法——韦斯特·布洛特测试法，对可能受到感染的血样再次进行测试，发现14例为阳性，感染率为1.2%。

哈佛大学达纳·法伯癌症研究所的病毒学家威廉·哈兹尔廷对1979年采自纽约毒品注射者的血样进行过测试。他说30%为HTLV-Ⅲ（HIV）抗体阳性。"最初引发艾滋病的是毒品注射者，而不是同性恋者。"哈兹尔廷称。这位波士顿出生的科学家从来没有正式发表过他对纽约吸毒者的调查数据，但这些数据受到了当时正在深入调查纽约海洛因和可卡因吸毒人群的研究人员的严厉批驳。

尽管如此，关于北美的艾滋病始于同性恋男子的说法仍应小心对待。迈克尔·戈特利布他们原来曾对5名身患肺孢子虫肺炎的同性恋男子进行观察研究，并且第一个向世界宣布出现了一种新的疾病，而这5个人中就有1个有注射毒品的历史。亨利·马苏尔1981年就纽约艾滋病情况的第一次报告记述了11个病例，其中5例是毒品注射者，1例是同性恋者兼毒品注射者。旧金山最初的4个病例中包括普罗菲特夫妇，两人都是毒品注射者。70年代，美国同性恋男子对于毒品注射的迷恋程度一点也不低于其他人群。有些研究显示，同性恋男子注射毒品的人数要比其他人群多两三倍。哈罗德·贾菲最初关于患者的人口统计图，也引起人们对1981到1983年间同时有同性恋和毒品注射两种行为的人的密切关注。

达罗的研究显示，就社会条件来说，70年代末的美欧同性恋社区是最为理想的，特别是因为这些人流动性极强，性行为极活跃。

"我们发现，最早的病例涉及一些常进行国际旅行的同性恋男子，"达罗和他的同事写道，"但不能得出结论说，是他们中的什么人把病毒带到了美国。其实，这种病毒可能是自行演变或通过其他方式传过来的。我们的目的不在于找出来源，确定罪责，而是要讲明，70年代中期的社会条件提供了独特的机会，极利于一种悄然而至但死亡率极高的病毒性疾病的到达和传播。"

在HIV血液检测法研制出来以前，圣路易斯的医生们曾经断定，1968年由他们医治的一个染上怪病的15岁少年后来死亡的原因就是艾滋病。少年生在圣路易斯，长在当地，从未离家外出过；他是黑人，承认有过数年的异性恋行为。医生们治不好他的多种疾病，包括迅速恶化的假丝酵母感染、淋巴系统毁伤、卡波西氏肉瘤、埃巴病毒和巨细胞病毒的暴发性感染等。

"尽管有人说艾滋病是新近传入美国本土的，但是土生土长的美国病人显示的典型症状说明，这种疾病，至少是其中的一部分，具有本地特征，而且在当前这次流行的10多年以前就已经出现了。"这些研究人员说。

后来圣路易斯的病例被人称为"罗伯特·R"病例。1987年，科学家们提出证据，证明"罗伯特·R"的血液中含有HIV抗体，从而断定这种病毒早在1968年就已经存在于美国了。

"如果说一种与HIV相关的病毒在美国、非洲以及其他地方已经存在了几十年，那么它以前之所以未能以流行病的方式传播开来，其原因要么是病毒最近发生了遗传变化，要么是社会文化出现了新的因素，包括性行为或性伙伴数量方面的因素。"他们写道。

1959年，一个48岁的海员因卡氏肺孢子虫肺炎和明显的免疫系统缺陷综合征死于纽约市。此人出生于海地，曾跑遍世界。虽然过了30年，已经无法采集他的血样进行分析，但是研究人员仍可追溯海员当时的情况，推定他死于艾滋病。

在欧洲，也有几个原先无法解释的死亡病例，到80年代中被认定为艾滋病。其中包括丹麦外科医生玛格丽特·拉斯克，她曾长期在扎伊尔农村行医，1977年死于急性免疫系统缺陷综合征和卡氏肺孢子虫肺炎；还有一个到过许多地方的挪威海员，死于1966年。此后10年间，他的妻子和三个孩子中的一个（1967年出生）相继因为免疫系统缺陷综合征死亡。后来进行的血检显示，三人均有HIV抗体。

在这以前，欧洲还有不少悬而未决的病例，看来也是免疫系统缺陷综合征。与艾滋病联系最明显的也是一个跑过许多地方的海员，1959年9月死于英格兰的曼彻斯特；到1983年，为他治病的医生追溯诊断此人为艾滋病。

现有的一切证明显示，艾滋病明显的流行趋势在1979年前后同时在美国和海地开始。1968年到1977年，曾在海地首都太子港对1328名癌症患者进行活体检测，后来的回顾显示，没有一例被确诊为卡波西氏肉瘤。可是在1979年6月到1981年11月之间，仍是在太子港，却诊断出10多例这种罕见的癌症。一个法国的研究小组1983年对定居在法属圭亚那首都卡宴的211名海地成年移民采集血样并进行检测，他们先用HTLV-Ⅲ（HIV）抗体专用检测法——标准的ELISA检测法，即与酶有关的免疫吸收检测法，进行测试，再用韦斯顿·布洛特检测法加以证实。结果发现2.7%的男子、4.9%的女子有这种病毒的抗体。所有对HIV呈阳性的海地籍人移居圭亚那至少已经两年，有的甚至是在1974年移居过来的。土生土长的圭亚那人中没有检测出呈阳性者。

原来诊断的66名居住在美国东部或太子港的艾滋病患者，只有9名肯定是在1981年以前得病的，8名在1980年、1名在1979年得病。

有一种理论说，海地早期发病率较高的原因是，海地不幸受到了美国的传染，是到那里度假的同性恋男子带过去的，他们曾向当地的男妓买春。另一种相反的观点则说，这种同性恋病可能源于海地。不过双方都认为传播与男性卖淫和北美有钱的同性恋度假者有关。

当时，关于海地早先出现HIV的原因曾有两种解释。第一种解释是罗伯特·加洛和哈佛大学肯尼迪政府学院的公共卫生教授雅米尔·库利提出的，他们认为扎伊尔和海地之间有一定的关联。在1960年到1975年之间，扎伊尔每年从海地招募1万名短期合同工。根据他们的理论，扎伊尔那时已经存在HIV，合同工期满回国时便把病毒带回了海地。

彼得·皮奥特考虑这种全球流行病的起源时，心里总是忘不了那个在1978年求治艾滋病的希腊渔民。在ELISA检测法研制出来以后，皮奥特又用此法检测了渔民的血液，证明这个半生中一直在扎伊尔的坦噶尼喀湖捕鱼的男子确是死于艾滋病。

1984年，皮奥特和其他研究人员查明，1980年在金沙萨的各医院分娩的妇女中，有3%到4%的人带有这种病毒的抗体。但是在1982年以前，内罗毕的孕妇却无一人感染。皮奥特说，到了1984年，内罗毕孕妇的感染率仍然仅有2%，这说明"艾滋病传入肯尼亚的时间是1981年或1982年前后。无论如何都要晚于中非地区"。

在1981年到1984年之间，内罗毕最贫穷的妓女的感染率由4%一下跃升到59%强，使人更加相信，肯尼亚的流行病是一种新的仍在迅猛发展的疾病。肯尼亚感染率最高的是那些刚刚移居过来的乌干达和坦桑尼亚妓女。

在临近赤道的非洲国家——津巴布韦、赞比亚、莫桑比克、坦桑尼亚南部，情况与肯尼亚相似：看来艾滋病是从维多利亚湖区向外辐射传播的，到1981年后传到附近各地。

坦桑尼亚肿瘤中心设在达累斯萨拉姆，中心主任杰夫·卢安德博士曾密切跟踪本国的卡波西氏肉瘤的疫情。他翻阅了从前的医疗记录，然后说道：显然，本国的癌症患者是在1982年某个时候发生变化的。本国北方来的尤其是布科巴来的病人，一开始是要治疗癌症，后来却并发了多种感染性疾病，特别是原来罕见的卡氏肺孢子虫肺炎。

卢安德曾在哈佛学医，在癌症治疗方面经验丰富。他说，他从1980年开始看到一种新型的卡波西氏肉瘤，患者起初只有寥寥几个，后来简直是成群结队，可以肯定地说，这种肉瘤与非洲常见的皮肤癌有所不同。常见的卡波西氏肉瘤是在患者的胳膊和腿上出现圆形的硬结，数年后会变大，变黑。这无疑是一种表层皮肤病，恶化较慢，比较易于控制。

但是新的艾滋病型卡波西氏肉瘤传播极快，没有硬结，却有斑点，颜色较浅，比较软，病人不觉得疼痛。他说，病灶极少呈圆形，而是"纺锤形"。艾滋病型肉瘤可见于患者全身，而不是仅仅长在胳膊和腿上。特别奇怪的是许多患者的卡波西氏肉瘤病灶竟长在淋巴结周围。他一再说，这种类型的卡波西氏肉瘤"是一种新的、不同的疾病"。

卡波西氏肉瘤类似的变化也见于非洲的其他地方。在金沙萨，卡波西氏肉瘤癌症患者的数目从1970年到1984年增加了两倍。仅仅在1981年一个年份，这种新的更加凶猛的卡波西氏肉瘤病例就猛增了8倍。赞比亚和乌干达也报道说，这种凶猛的卡波西氏肉瘤病例在1982年增长之快令人震惊。

根据血清流行病学也就是血检获得的证据，1984年以前，非洲感染率最高的地方似乎在赤道两侧，即北纬5°到南纬10°之间。从经度上看，流行的中心在15°到35°之间。也就是说，这个地区基本上是一个热带地区，包括安哥拉、扎伊尔、乌干达、卢旺达、布隆迪、坦桑尼亚、赞比亚等国的部分领土。

这个地区感染率最高的人是妓女，大部分来自维多利亚湖区东部。

1986年在于巴黎召开的第二次国际艾滋病会议上发言时，扎伊尔的卡皮塔谈到了上述情况，他说："1975年发生了惊天动地的大事。"此前，凶猛的卡波西氏肉瘤极为稀少，可以视为罕见病例；从那以后，金沙萨被诊断为恶性卡波西氏肉瘤的人数每年翻番。卡皮塔说，1975年以前，扎伊尔也极少发现巨细胞病毒感染，但是此后的患者人数却逐年急剧上升。

卡皮塔解释不了这些情况发生的缘由，他只能一再重复：

第十一章 危险：极其微小之物

"1975年发生了大事。"

旧金山的杰伊·利维与意大利和美国的其他科学家通力合作，检测了1964年到1975年之间在中非地区采集到的各种血样和组织标本，没有发现感染HIV（人类免疫系统缺陷病毒）的证据。这些样本是在突尼斯、阿尔及利亚、乌干达、扎伊尔、喀麦隆、塞内加尔诸国采集的。

"我们的数据以及对非洲进行的流行病学研究结果都能说明，直到最近，艾滋病病毒才在那个大陆出现和传播，"利维的小组说，"由此可见，HIV在非洲和美国几乎是同时出现的。"

如果人类因素是HIV出现的关键，那么美国和欧洲倒是有明显的原因，足以导致这种病毒在1975年或其前后突然传播开来：同性恋浴池的兴旺、毒品注射活动的流行、血制品业的国际扩张等，都属于此类因素。但是，同期中非地区的哪些社会因素起了作用则不太清楚。

从1970年到1975年，这段时间在中部和南部非洲的一些地区的特点是，游击战争蔓延，内战不停，部族冲突不断，大批难民流亡，独裁暴政施虐。这种天下大乱的局势定会直接或间接地影响HIV的历史进程。非洲的大多数军事冲突都是低强度的：从武器和战略来看，都带着持久的游击战争的特点，与北半球的常规战争或核战争有所不同。交战双方都力求在经济、政治、社会、精神、军事各个方面同时击败对方，这往往会招致大批的平民死亡。

在持久的低强度战争中，作战双方不可能互不认识。双方都是长着脸面的。士兵们夺占村镇后也要强行管制百姓。即使是合法的作战行为，也往往伴随着奸淫烧杀。

最终的结果是：人类的几种活动为性传播的微生物造成了大

好机会。这些活动包括：与多个性伙伴的性行为（不管是不是自愿的）的增加、危害免疫系统的饥荒或营养不良、大批难民由偏远地区向食物供应良好和形势安全的中心地区的流动、卖淫者的增多、卫生设施的减少或彻底破坏。

在1970年到1975年期间，非洲的撒哈拉以南的地区争斗不断，科学家们竟然无法指出引起HIV突然流行的"最严重的事例"。对非洲大陆来说，这是个极不稳定的时期。葡萄牙的前殖民地（安哥拉、莫桑比克、佛得角、几内亚比绍）到1975年才得到自治；非洲南部地区（南非、纳米比亚、安哥拉、莫桑比克、津巴布韦）内战和革命横扫全境；在好几个国家，尤其是在中非共和国、乌干达、扎伊尔等国，凶残的暴君强施苛政，操纵种族冲突。最后，整个地区又同非洲大陆唯一的经济强国——实行种族隔离的南非陷入不断的冲突中。

乌干达的危机可能最为严重。在70年代初期，伊迪·阿明的无情统治具有绝对的权威，无人敢于挑战，随之而来的是严重的社会和经济混乱，这些都有完整的文字记录。4.5万亚洲人被驱逐出这个国家，千千万万的乌干达黑人逃亡邻国寻求庇护，几乎所有的外国投资者和专业人员都慌忙逃走，而阿明急于在非洲扩大领土，又拼命从世界的公开市场上购买武器，花光了国库，弄得国家一贫如洗。

阿明政府滥发纸币，官方经济毫无信誉，于是市场的枢纽从往日的城市中心转移到便于走私的偏远地区。维多利亚湖周围小小的渔村一夜之间就成了繁忙的走私港口。作为一种行业，卖淫的兴隆仅次于黑市。对于大多数妇女来说，要想生活，只有两条道路可走：生育子女，下地种粮，但没有男人、牲畜或机器的帮助；或者按照黑市的价格卖身赚钱。

情况最为严重的要数乌坦边境上的拉卡伊县了。这里简直像由泥路、妓院和走私中心编织成的一个大网,满载货物的卡车川流不息,由此开往肯尼亚、坦桑尼亚、卢旺达、布隆迪和扎伊尔。

1979年,阿明被推翻,但危机仍在继续,只是转到了米尔顿·奥博特总统的手中。饥荒再次发生,尤其是在乌干达北部的西尼罗河地区。为了逃避阿明的残酷统治,约30万人早已逃离那个地区,沦为难民。他们逃往扎伊尔东部、乌干达的拉卡伊县、苏丹南部等地,但是当地人并不欢迎他们。随着饥荒的日趋严重,难民越来越多,犹如潮涌。1983年的人口统计显示,原住在这个地区的居民有57%已经死亡或逃亡他乡。

1982年,饥荒蔓延到乌干达南部,尤其是拉卡伊和姆巴拉拉等县,部族的紧张关系也演变成暴力冲突。当地居民和成千上万的难民(不仅有乌干达北部逃来的,还有为逃避政治大屠杀而从卢旺达逃来的)你杀我砍,连黑市经济都被搅得乱作一团。

非洲的所有社会和政治动乱几乎都带来了各式各样的后果,有些更成为美苏冷战中代理人战争的缘由。当地的政府和叛乱分子都已武装到牙齿,随着时间的推移,就连那里的部族冲突也越来越高科技化,死亡的人也越来越多。百姓的伤亡也很惨重,有的是直接死于战乱,有的是死于社会动乱、无家可归、饥荒和逃亡等原因。

在上述动乱中,如果要找出是哪一项与非洲艾滋病的出现有关联,那恐怕是一件极其困难的事。除了上述十分明显的重大事件,还有一些长期存在但形势越来越严重的现象,如人口的迅速增长、速度更快的城市化进程和极度的贫困化。

麦考密克思考着如何从HIV的角度来解密1975年发生的事情,认定最简捷的办法就是把当年采自延布库和恩扎拉两地的流行病血样，从疾病控制中心的冷库中取出来，检测它们是否有HIV抗体。

他发现1976年在延布库周围采集的659份血样中，有5例感染了HIV，约占0.8%。被感染的人从年龄看，从9岁到50岁；从性别看，有3女2男。同样，在1979年从苏丹南部采集的血清样本中，有HIV抗体的不到1%。麦考密克选中了疾病控制中心里在比利时出生的流行病学家凯文·德科克去进行实地考察。于是在1985年初，德科克历尽艰辛前往延布库，但这次寻找的不是埃博拉，而是HIV，人类免疫系统缺陷病毒。

他的任务是找到1976年血样检测呈阳性的那5个人，并从他们身上采集新的血样。他还要抽取一些当地有代表性的血样，回到疾病控制中心进行一般性的HIV分析。

德科克发现当地的扎伊尔人非常讨厌被人扎来扎去、验来验去的，他们对于9年前被一批外国人反复研究的种种不快，至今记忆犹新。1976年的疫情太可怕了，太让人寝食难安了，他们仍会想起当时的情景，带着一种挥之不去的恐惧和折磨。人们把德科克带到墓地，去看他们家人的一排排坟墓。当年因为埃博拉横扫当地，他们的家人被一个接一个埋了下去。当地的成年人都以时间为标准来划分讲到的事情，一切世界大事都发生在"埃博拉以前"，1976年秋天以后的事情则统称"病毒以后"。

德科克找到了1976年血样检测为HIV阳性的两个人。他们是一男一女，均为中年，身体健康，检测仍为HIV阳性。女子T细胞数量正常，男子T细胞数量过低。

1976年血样检测为HIV阳性的另外3个人已经死亡，死因全由于一种可能为艾滋病的病症。死者中有一人是妇女，1972年到1976年一直住在金沙萨，职业是"自由女"，在埃博拉开始流行前

第十一章 危险：极其微小之物

不久刚刚回到延布库。"自由女"，法语称为femme libre，是扎伊尔人对妓女的委婉称呼。

1985年，延布库地区的HIV阳性总人数与1976年相似，仍然不到1%。延布库虽然存在这种病毒，但从来没有流行艾滋病。

麦考密克、德科克和扎伊尔的同行恩齐拉分析了这些数据，得出了这种结论：HIV在非洲中部的偏远地区已经存在多年，只有少数人受到感染。他们说，那里的社会风俗和传统的乡村生活限制了HIV和其他性病的传播，因为婚外和婚前幽会都要受到谴责，而在散布于赤道非洲的小小村落的幽闭条件下，根本无法暗暗偷情而不为人知。

"在扎伊尔农村，HIV的感染率长期以来一直较为稳定，这与非洲大城市的快速传播恰成鲜明的对比，"他们写道，"我们的发现说明，赤道省的传统农村生活让HIV的感染风险很小。传统生活方式的破坏、城市化带来的社会和行为变化，可能是非洲中部地区艾滋病传播的重要因素。"

为了使他们的结论更有说服力，也就是说证明城市化和随之而来的传统性禁忌及生活方式的打破是非洲出现HIV的重要因素，疾病控制中心和艾滋病防治计划的科学家们设计了一种独特的试验：从居住和工作在刚果河沿岸的人身上提取血样。刚果河就相当于扎伊尔的高速公路，是货运和客运的动脉。他们希望用这种方法追踪病毒传播的社会模式。

他们发现了HIV散播的清晰模式，即以沿河客店为中心向外辐射。男性船工和过往商贩会在店里召妓过夜。在这条河的最东段，就是延布库以南不远处，沿河居民包括妓女很少受到感染。可是当他们继续沿着刚果河向西南前进时，却发现越是靠近金沙萨，"自由女"、船工、客商和当地居民中感染HIV的人数也就跟着稳步上升。在接近河口处,即金沙萨市内,感染率最高。

"都市中心在很多方面都可以说是一种扩大疾病感染的生态系统,"他们说,"非洲许多城市的HIV感染情况都是这样。我们通过研究得出的结论是,艾滋病之所以能在非洲中部得到传播,其原因并不仅仅是存在这种病毒。因为在一个偏远的地区,HIV的感染率在十多年间一直保持很低的水平。一种疾病的流行,往往需要病原、宿主和环境之间的相互关系发生变化。就此事而言,我们相信,要了解疾病传播模式的变化,就应当考虑社会的变化,包括城市化和人口迁移的影响。"

了解人类活动与1981年以前HIV在非洲中部出现和传播的关系,还不足以回答这种病毒何时何地首先出现这个问题。1959年的曼彻斯特病例可以说明,HIV,即人类免疫系统缺陷病毒,存在于那个海员环球旅程的某个地方,往前倒推了将近30年。但是病毒在非洲又存在了多长时间呢?

哈佛大学的马克斯·埃塞克斯小组及埃默里大学、杜克大学、华盛顿大学的科研小组,测试了1959年到1982年之间在扎伊尔、刚果、南非、莫桑比克等国采集的1213份血浆样本,发现一份1959年的血样反复测试均为HIV抗体阳性。提供血样的人性别不详,1959年住在殖民主义时期的利奥波德维尔。卢蒙巴掌权后,利奥波德维尔改称金沙萨。这份1959年的血样被称为"利奥波德维尔株",但其存在并未得到确证。

关于人类免疫系统缺陷病毒何时何地出现的争论受到两个发现的巨大影响:非洲的猴子携带着与HIV类似的病毒,而美洲的猴子没有;另有一种艾滋病病毒,称为HIV-2,仅存在于非洲。

猴子艾滋病病毒的发现可以追溯到这种人类的流行病刚刚被认识的日子。当时位于戴维斯的加州灵长动物研究中心的科学家

第十一章　危险：极其微小之物

们注意到，同性恋男子中所患疾病的症状与他们中心的猴子中暴发的四次怪病十分相似。第一次暴发出现在1969年，前后持续六年。这段时间，共有42只猕猴患淋巴瘤和多种偶发性感染，都与严重的T细胞系统抑制有关。另有两次发生在1976年到1978年之间，猕猴患的是免疫系统缺陷等病。

这种疾病被命名为SAIDS，即猴艾滋病。通过实验，把两只垂死的病猴的血液注入四只分笼圈养的健康猴子体内，也"制造"出了猴艾滋病。被注射过的猴子全都患病，有的还出现了卡波西氏肉瘤状的皮肤斑块。加州的实验说明了两件事：这种病是可以传染的，能够通过实验在易于染病的动物身上"制造"出来；从1969年开始，它已经存在，至少是存在于圈养的猕猴中。

本章在前面曾经提到，1985年，哈佛大学和新英格兰区灵长动物中心的研究人员曾经发现两种猴艾滋病病毒感染了圈养的动物。两种病毒分别称为SIVmac，即猕猴型猴免疫系统缺陷病毒（原称STLV-Ⅲmac，即猕猴型猴嗜T细胞病毒Ⅲ型）和SIVagm，即非洲绿长尾猴型猴免疫系统缺陷病毒（原称STLV-Ⅲagm，即非洲绿长尾猴型猴嗜T细胞病毒Ⅲ型）。猕猴型猴免疫系统缺陷病毒对猕猴虽有危险性，但马克斯·埃塞克斯的小组发现，大多数携带非洲绿长尾猴型猴免疫系统缺陷病毒的非洲绿长尾猴却没有任何不良反应。

1986年3月，法美关于HIV的发现之争又重新上演，这一次是埃塞克斯的哈佛大学小组同蒙塔尼埃的帕斯特实验室发生了冲突，原因是另一种人艾滋病病毒的发现。这种新病毒被埃塞克斯称为HTLV-Ⅳ，即人类嗜T细胞病毒Ⅳ型，被蒙塔尼埃称为SAV-Ⅱ，即与淋巴结病有关的病毒Ⅱ型，仅见于西非地区。

在六年之中，两个实验室围绕着谁先发现了第二种艾滋病病毒（最后定名为HIV-2）、这种病毒对人类有多大危险、它与猴病毒有何种关系等问题争论不休。

哈佛小组的病毒是在塞内加尔健康的妓女的血液中发现的，她们对SIVagm即非洲绿长尾猴型猴免疫系统缺陷病毒和HTLV-Ⅳ的免疫反应都很强烈。埃塞克斯称他发现的新病毒弥补了"缺失的环节"，还说它非常接近于猴病毒，对人类无害。从1985年2月到1987年1月，埃塞克斯的小组分析了从4248名西非人身上采集的血清，发现妓女中的HIV-2感染率最低为零，最高为19.8%。受感染者极少得病。埃塞克斯认为HIV-2可能是"HIV-1无害的祖先"，它使西非的病毒携带者具有了对艾滋病的免疫力。

接着，战斗便打响了。蒙塔尼埃的实验室警告说，一种新的致命性病毒正在迅速传遍西非；埃塞克斯的小组则坚持说这种微生物基本上是无害的。

"我们是说，由于一种新的病毒，眼看就要出现一场新的流行病。这种病毒看似HIV-1，即艾滋病病毒，实则有所不同，但也能引发艾滋病"，帕斯特实验室的弗朗索瓦·克拉韦尔说，"不管你叫它HTLV-Ⅳ还是HIV-2，反正是有一种流行病正在迅速传遍西非，伴随而来的便是艾滋病。"

1987年，蒙塔尼埃宣称他的小组调查过30名感染HIV-2的人，其中17人已经死于艾滋病。"这种病毒能使T4细胞致病。"蒙塔尼埃说。

事实最后证明两个小组都有对有错。埃塞克斯在哈佛跟加洛的实验室里的亲密同事对HTLV-Ⅳ和SIVagm进行了详细的基因分析，最后的结论是：两种病毒不仅是近亲，而且是同类。他们猜测埃塞克斯的实验室发生了沾染，混杂了猴子和人类的血样。埃塞克斯和坎基最后就此公开做出让步，承认他们的HTLV-Ⅳ与新英格兰区灵长动物中心发现的一种特定猕猴型猴免疫系统缺陷病毒基本相同,哈佛的实验室原来存有这种猴子的血样。不过过了几年,埃塞克斯本人仍然不信确实发生过什么沾染的错误。

"没有任何理由可以说SIV和HIV-2是两种不同的病毒。你不会因为狂犬病生在蝙蝠、狗或人身上,就说那是不同的病毒。你也不会因为东方马脑炎生在蚊虫、鸟类或马身上,就说那是不同的病毒。可是不知什么原因,人们却会永远把这种病毒说成是截然不同的病毒,因为在猴子身上时,它被称为SIV(猴免疫系统缺陷病毒),而在人身上时被称为HIV-2(人类免疫系统缺陷病毒2型)。"埃塞克斯说。

蒙塔尼埃的实验室的功劳是发现了HIV-2,但其错误是认定这种病毒是致命性的。随着时间的推移,事实会说明HIV-2——正如埃塞克斯和坎基所说——比HIV-1的毒性小得多,感染的概率可能也要小一些。在塞内加尔,姆布普对HIV-2跟踪研究了9年,最后的结论是:这是一种时间较久、危险性较小的病毒,主要见于中年妓女。

随着80年代遗传物质分析技术的改进,逐个分析核苷酸,比对猴子和人类的各种病毒,从而找出其异同之处也成为可能的事。利用这种技术,科学家们可以查出病毒的家谱即进化谱系。这种技术被称为分子流行病学或古流行病学技术,其理论核心是一些重要的假设:两种病毒的遗传序列越相似,或者用科学术语说,其同源性程度越高,它们共有一个时间较近的祖先,或一种病毒是另一种病毒的后裔的可能性也就越大;由于遗传的异变需要时间,病毒不同程度的变异需要的时间可能是若干年或若干世纪;某些遗传特性对HIV和SIV的存活十分重要,所以会在若干代的病毒中保存下来;病毒的进化过程不可能是由人类传染病病毒向猴病毒演变，所以谱系应从SIV（猴免疫系统缺陷病毒）开始。

上述假设都要经受时间的考验，但是其基本内容却无人能够驳倒，进入90年代很久仍在使用。

加洛的实验室利用这种技术检测出了SIVagm、HIV-1以及帕斯特实验室型的HIV-2的DNA遗传序列，发现人类的两种病毒（HIV-1和HIV-2）共有约43%的遗传同源性。换句话说，它们的不同之处多于相同之处。SIVagm和HIV-1也有大约43%的同源性。但是SIVagm和HIV-2的遗传序列却有72%的相同之处。

华盛顿特区乔治敦大学的瓦尼萨·赫希小组发现SIVagm和SIVmac（猕猴型猴免疫系统缺陷病毒）包膜基因上有91.4%的同源性。

帕斯特研究所和新英格兰区灵长动物中心联手对HIV-2、SIVagm、SIVmac、HIV-1的研究结果证实了乔治敦大学的发现，显示SIV和HIV-2彼此接近，同源性超过75%。相反，HIV-1同其他病毒却只有40%的同源性。

关于HTLV-Ⅳ，即埃塞克斯发现的人类嗜T细胞病毒Ⅳ型，法美联合小组推断它是"一种实验室受到的沾染物"：SIVmac。当时在罗伯特·加洛领导下工作的比阿特丽斯·哈恩宣称，STLV-Ⅲ和STLV-Ⅳ有"99%的相同之处，我们断定它们是同一种病毒"。

科学界认识到，只要把重点继续放在分析圈养的猴子身上，他们就会不断遇到问题，因为这些猴子会在与自然不同的环境中密切接触在野外根本看不到的其他猴类。在这种条件下，疾病和污染是司空见惯的事。

问题的关键就在于捕获野生灵长动物，提取合适的样本进

第十一章 危险：极其微小之物

行测试，但这是个非常困难的任务。不过一个日本的科研小组却做到了这一点。他们检测了许多野生非洲绿长尾猴，能够肯定地说：SIVagm确确实实是一种野生病毒，非洲大陆的野生绿猴中约有一半携带这种病毒，但是亚洲猴子没有这种病毒。这个小组还检验了野生猴病毒的遗传序列，发现它同HIV-1和HIV-2既有相同之处，又有不同之处。这就是说，这两种人类病毒都不是最近从SIVagm演变过来的，而是在同样久远的时间内，从猴病毒演化而来，可能通过了某种中间媒体。

其他猴类艾滋病病毒的发现有助于解开谜团。日本的小组发现野生大狒狒携带着另一种病毒，SIVmnd。这种病毒与SIVagm、HIV-1、HIV-2具有同样百分比的遗传同源性。这就使它也在艾滋病的谱系中占了一个较远的位置。

最后，在灰白眉猴身上又发现了两种病毒，即SIVsm1和SIVsm2，在短尾猕猴身上发现了病毒SIVstm，在另一种猕猴身上发现了病毒SIVcyn，在黑猩猩身上发现了病毒SIVcpz。仔细研究这些猴病毒和各种HIV（人类免疫系统缺陷病毒）的遗传序列可以看出，某些类型的HIV和SIV十分相似，科学家断定在"二战"以后，曾经发生过种群间的相互传播。有的科学家还确信，到90年代，猴与人之间的传播仍在发生，只不过极为少见而已。

SIV（猴免疫系统缺陷病毒）也能够感染人类，这种悲剧的证明可见于美国国家卫生研究所主任伯纳丁·希利办公室1992年7月2日的备忘录。两名实验室工作人员在处理猕猴或其组织时被抓咬、针刺，因而受到感染。一名实验员出现HIV-2的早期症状。对其中一人身上发现的SIV-2的遗传分析显示，与灰白眉猴身上发现的病毒几乎完全相同。进行遗传分析的科学家们说："我们的发现证实了两种看法，即这种慢性病毒能引发人畜共同感染；HIV-2源自SIV。"

最后，大家取得了一致的看法。猕猴病毒即SIVmac和HIV-2十分相似，有些科学家干脆用了一种新的符号来表示这两种病毒：HIV-2/SIVmac。

1989年，设在伯明翰的亚拉巴马大学的比阿特丽斯·哈恩率领一批研究人员前往利比里亚，对生活在该国北部偏远地区的372名村民和规模庞大的火石橡胶种植园的944名员工进行检测。他们发现3人为HIV-1阳性，5人携带HIV-2。对利比里亚男子身上发现的2株HIV-2进行详细的遗传分析后显示，当地人的病毒同两种猴病毒，即SIVsm和SIVmac，有明显的相似之处。在科特迪瓦和利比里亚捕捉野生灰白眉猴并进行测试发现，10%的猴子携带SIVsm。而SIVsm病毒带有仅见于HIV-2的遗传信息片段。

研究人员的结论是：在野生灰白眉猴中发现的SIVsm遗传特性，仅见于圈养的猕猴中的SIVmac以及HIV-2，"虽然基因有别，却都属于同一病毒组的成员。尽管这个病毒组的进化起源和传播模式有待界定，但是越来越多的证据表明，灰白眉猴是其自然宿主，人类感染可能说明这是一种人畜共患病（一种在自然条件下由动物传染给人的疾病）"。

哈恩推断，SIVsm可能是一种灰白眉猴病毒，也许是前20年在灵长类动物研究设施或动物园里与猕猴共同圈养期间，首先传给了猕猴。她断言HIV-2是从灰白眉猴病毒衍生出来的。她提出，SIVsm由灰白眉猴到人的传染过程在过去数十年间一直定期发生，到90年代依然出现，原因是西非人在捕猎猴子，运输捕获的灰白眉猴或屠宰猴子、剥皮取肉时被抓伤、咬伤或沾上了有毒的血液。

如果猴子在殖民主义时期以前就已经携带SIVsm，那么在从

第十一章 危险：极其微小之物

塞内加尔到埃塞俄比亚的这个辽阔的地域内，人类就可能偶尔感染这种病毒并出现HIV-2的病例。可是殖民主义时期到来以后，灰白眉猴在雨林中的栖息地被不断破坏，这种动物的活动范围日见缩小，只限于中非、西非的热带丛林，尤其是刚果、喀麦隆、加蓬、利比里亚、科特迪瓦、塞拉利昂、几内亚、加纳、布基纳法索、塞内加尔等国。殖民主义时期以后的灰白眉猴活动地域同人类的HIV-2发生范围完全一致。

1993年，华盛顿特区的史密森学会自然历史博物馆从馆藏的猴组织中提取出DNA片段。这些被捕获的野生灰白眉猴组织样本取自1896年，他们发现其中的57%携带一种SIVsm株，与1971年和1981年在野生动物样本中发现的几乎完全一样。研究报告说，这证明了猴病毒同HIV-2基本相同，在非洲存活了至少已有一个世纪。1896年的猴组织中发现SIVsm一事从未得到独立的确认。

不过，早期确实存在猴SIV株，这就提出了一个十分重要的问题：在1980年以前，HIV-2引发的艾滋病这种人类疾病为什么不曾出现呢？

从流行病学的角度看，HIV-2在人类的分布模式中存在着一个明显的例外：俾格米人。几千年来，俾格米人一直生活在喀麦隆、刚果和中非共和国茂密的雨林中，成为这个大陆最优秀的丛林猎手。猴肉一直是俾格米人的美餐，而且整个部族的人，尤其是男性猎手，经常与猴子接触甚至搏斗。

可是对俾格米志愿者进行的血检显示，没有任何人感染上HIV-2或HIV-1。美国的疾病控制中心（戴维·海曼、帕特里夏·韦布）和法国的帕斯特实验室（弗朗索瓦·布伦-韦齐内）都曾在70年代末和80年代两次从俾格米人身上抽取血样并进行筛检，结果都没有发现HIV病毒。这似乎表明HIV-2/SIVsm人畜共

503

患变迁的时间还比较近，与都市生活方式有某种关联。有些科学家提出，也许 HIV-2 是一种在过去数十年间往返于人猴之间的病毒，尚未充分进化，不足以感染人或猴。他们认为，在某种意义上说，HIV-2、SIVsm、SIVmac，也许还包括其他猴病毒，代表着一个巨大的流动遗传库，在西非的各种灵长动物（也包括人类）之间不停地往返移动。相反，HIV-1 已经演变成基因异常特殊的人类杀手，科学家绞尽脑汁也无法用它来感染研究用的猴或猿，更不能使人类以外的灵长动物产生明显的艾滋病。

随着支持埃塞克斯和坎基原来的说法——认为 HIV-2 的毒性弱于 HIV-1 的证据越来越多（但他们提出的 HIV-2 无害的结论却是错误的），研究人员开始积极寻找进化方面的线索。各种 SIV 即猴病毒的自然携带者不会受到自身病毒的伤害，例如，SIVagm 只有从非洲绿长尾猴传给另一种猴子时，才会产生危险。

如果 HIV-2 是这两种艾滋病病毒中时间更早、进化更快的一种，那就应当有许多人携带着它而没有患病。埃塞克斯、坎基、姆布普等都持这种看法，他们对塞内加尔的调查的确也显示出，那里 HIV-2 阳性的民众有四分之三健康无病。

1989 年，德国的一个研究小组发现，一名完全健康的加纳妇女携带着一种以前从未查出过的 HIV-2，这种身份不明的 HIV-2 与西非其他地方发现的典型的 HIV-2 只有 76% 的遗传同源性，与 SIVsm 也只有 76% 的同源性。德国的小组断言，HIV-2 的加纳株代表着进化链中更远古的种类——与其他类型的 HIV-2、SIVmac、SIVsm 的共同祖先很接近的种类。

"在我们的进化谱系中，HIV-2alt（加纳株）与这个共同的祖先以及早于 SIVsm、SIVmac、HIV-2 原型的各种分支都密切相关，"法兰克福化疗研究所的研究员厄休拉·迪特里奇说，"仍然

第十一章 危险：极其微小之物

不清楚的是，HIV-2、SIVsm、SIVmac这一个族群的共同祖先的宿主，到底是人还是猴……由于60年代圈养的猴子注射了人类的物质（为了进行疫苗研究），可能发生了从人类到猴子宿主的人工传播。因此，SIVagm和SIVmac可能基本上是人病毒。另外，HIV-2alt是一种比SIVsm演变更久的人病毒，它的发现可能表明HIV-2、SIVsm、SIVmac这个族群的所有亚型都是从人类起源的。"

根据这些发现，人们提到了HIV-2由人到猴的几种传播途径，包括60年代欧洲和北美的组织培养研究，那时猴和人的细胞被有意混合在一起，或将人细胞注射给圈养的猴子；出口的猴子输往世界各地，在两个或多个大陆上接触运输和饲养人员等。

不过，大部分的争论、指责和科学关注还是集中在更加危险的HIV-1上。在这方面更是一潭浑水。

直到1990年，才在黑猩猩身上发现了一种与HIV-1有显著同源性的猴病毒。帕斯特研究所的一个研究小组在西蒙·韦恩-霍布森的领导下，到加蓬检测了83只野生黑猩猩，其中两只发现了SIVcpz，即黑猩猩型猴免疫系统缺陷病毒。巴黎的这个小组对SIVcpz做分子分析时发现，它与HIV-1的几种株非常相似，而与HIV-2和其他已知的所有SIV即猴病毒关系甚远。

病毒的调节基因非常重要，其中有两种对这种微生物进入细胞、进行繁殖的能力更是起着关键作用，分别称为gag和nef。就这两种基因来看，黑猩猩病毒与HIV-1有75%的同源性。由于在整个已知的HIV-1株的世界中，主要的遗传族群间常常有30%的差异，可以说加蓬的黑猩猩病毒同HIV-1之间的相似程度，与各种不同的HIV-1亚型之间的相似程度大体相当。

还有一种黑猩猩型的猴病毒在喀麦隆被发现，与帕斯特小组在加蓬发现的只有50%的同源性。这有些让人茫然难解，直到后来研究人员在喀麦隆人身上发现了一种奇怪的HIV-1株,这个谜才算解开。这种新病毒被称为ANT70,也叫O型。它与其他所有HIV-1都截然不同,但与新发现的黑猩猩病毒却几乎完全一致。

1987年,为了理顺混乱局面,不断跟踪不同的艾滋病病毒日益增多的遗传信息,美国政府的洛斯阿拉莫斯国家实验室决定,将其十分强大的超级计算机功能分出一部分,供专设的"HIV序列数据库艾滋病计划"使用。计划的牵头人杰拉尔德·迈尔斯博士严密监视着全世界的各种人、猴艾滋病病毒的序列解密情况。另外,HIV序列数据库也成了千千万万种其他微生物的遗传序列以及"人类基因组计划"研究发现的仓库。"人类基因组计划"是一项国际研究活动,任务是探索人类23对染色体的全部内容。

利用计算机来扫描遗传序列,找出其模式和相似之处,这样一来,HIV序列数据库小组就能够一个病毒比特、一个病毒比特地构建出一个进化谱系。有了聚合酶连续反应技术和电脑化的通信系统,科学家们可以立即向同行和HIV序列数据库传递他们的最新发现,艾滋病病毒文档的发展如雨后春笋,6年之间就建立了170多个序列,这样,迈尔斯和他的同事们得到的信息数量就非常丰富、非常重要了。

积累到的HIV-1数据经过电脑分析以后,出现了8个截然不同的组,或叫"进化枝"。在进化枝内,各种不同类型的HIV-1之间的差别不到20%。不同的进化枝依字母顺序命名。科学家们马上发现,HIV-1的各种亚型分别按不同的地域聚集在一起。

例如,A型见于南非人和印度人。这种病毒家庭的中非地区成员传播到印度是合乎逻辑的,因为成千上万的印度人旅居非洲,并且经常返回印度次大陆。B型是仅见于北美的HIV进化枝。其家庭成员也见于秘鲁、欧洲、巴西、泰国南部和非洲的若干地区。

第十一章 危险：极其微小之物

杀伤力最强的进化枝，也就是其成员能以惊人的速度使人类致命的那一个小组，是D型，仅见于非洲的维多利亚湖区，包括卢旺达、乌干达和坦桑尼亚三国。

在进化枝内是所谓的准种，也就是通常见于艾滋病患者体内、遗传差异不到10%的HIV病毒群。

HIV序列数据库小组发现，上述8个进化枝之间的变异程度都是1992年确定的30%。

HIV序列数据库小组研究了若干年间在一个特定的地理位置采集的病毒株，他们发现HIV-1每年在以1%的总体速度演变或突变着。假设病毒从出现以来的变化速度总是保持着1%，那就意味着这些进化枝有一个共同的HIV祖先，它已存在了30年，也就是在1962年前后开始存在。沿着同一进程经过10年的突变以后，HIV的进化谱系一下散布开来，产生了8个不同的进化枝谱系。

迈尔斯把这种现象称为"大爆炸"，这是他故意借用一个物理学词汇。宇宙密度达到临界质量时，能引起无法想象的大规模爆炸，产生出所有已知的核亚微粒子和物质。物理学家常用"大爆炸"来描述这种现象。迈尔斯提到，即使还没有"大爆炸"那样剧烈，也可以说在70年代初期发生了某种生物学事件，使得HIV-1基本上是直线形的进化道路出现了突然的爆炸性的分歧。不管那个事件是什么，他只能推测它发生在何时何地。

有趣的是，HIV序列数据库小组根据病毒遗传学家提出的看法，即70年代初期发生了"爆炸性事件"，同艾滋病防治计划和卡皮塔根据中非地区疾病的流行病学的主张吻合，他们认为1975年前后那个地区发生过剧烈的变化。

比阿特丽斯·哈恩的小组和拉塞尔·杜利特尔领导的加州大学圣迭戈分校小组都相信，这种人类病毒是非洲绿长尾猴的猴免疫系统缺陷病毒谱系的远缘后代。由于7种非洲绿长尾猴全都携带着这种病毒却安然无恙，而1000多英里以外的某些野生动物也有同样的SIV株，所以哈恩断定这种病毒起源于所有非洲绿长尾猴的共同祖先——这个物种从理论上讲，应该在万余年前栖息于非洲大陆的雨林中。

可是有一个发现却与此矛盾。90年代加勒比地区的非洲绿长尾猴却未携带SIVagm，即非洲绿长尾猴型猴免疫系统缺陷病毒。16世纪，西班牙海员把两只绿长尾猴由非洲带到岛上，加勒比地区的这些非洲绿长尾猴正是这两只绿长尾猴的后代。如果SIVagm确是一种若干世纪以来一直让半数的野猴受到感染的古老病毒，那么，加勒比地区的猴子后代也应有50%受到感染，这才符合逻辑。艾滋病研究者德罗齐埃认为，加勒比地区的情况可能归因于一种简单的祖先效应：如果这个地区的所有非洲绿长尾猴都是两只野猴的后代，那就可能是纯粹出于偶然，让西班牙海员选择了一对未受感染的非洲猴子。

如果SIVagm真是所有SIV和HIV病毒最早的父亲，那么猴病毒和HIV-1之间的谱系关系就显得零乱而神秘。HIV-1进化枝中唯一不符合迈尔斯的"大爆炸"理论的是O型，也就是包括ANT70在内的西非组，它与SIVcpz即黑猩猩型猴免疫系统缺陷病毒倒有明显的相似之处。哈恩和迈尔斯猜测，在HIV-1的各个进化枝中，O型的出现要早于其他组很久，或许要早几十年。

从时间上再往前推，杜利特尔的小组把HIV和SIV同其他所谓的慢病毒进行了比较，其结果用杜利特尔自己的话说就是："HIV同绵羊髓鞘脱落病毒之间的相似程度，与普通真菌同人类之间的相似程度一样。"

但是，与HTLV-Ⅰ、HTLV-Ⅱ，即人类嗜T细胞病毒Ⅰ、Ⅱ

第十一章 危险：极其微小之物

两型相比，HIV更接近于羊病毒。加洛、埃塞克斯和美国的其他许多科学家都曾认定HTLV-Ⅰ和HTLV-Ⅱ很可能是艾滋病的病原或艾滋病病毒的祖先。

1990年研究出的先进检测技术，可以对隐藏于人类血样和组织中的病毒基因进行观察和分析，这就促使一些科学家反回头去，重新分析最久远的HIV-1抗体阳性样本，看看那些人是否真正感染了艾滋病病毒。

后来查明，1968年在圣路易斯采集的"罗伯特·R"样本中并没有HIV病毒。帕斯特研究所原来测试的1970年扎伊尔样本中也没有HIV病毒。这些人显然并非死于艾滋病。1959年的"利奥波德维尔株"已被美国科学家丢失，因此也就永远得不到证实了。

聚合酶连续反应技术测试的数据证实了迈尔斯的说法，即HIV-1在1970年以后经历了某种重大的事件；而在1970年以前，它对人类基本上是无害的，或者说几乎是不感染人类的。

何大一博士所在的纽约实验室（艾伦·戴蒙德艾滋病研究实验室）利用聚合酶连续反应技术对1959年取自那名曼彻斯特海员的样本进行了研究。头一次分析后，何和迈尔斯都认为，海员戴维·卡尔组织里发现的HIV-1株同B型进化枝完全一致。卡尔的组织是费了九牛二虎之力从曼彻斯特医院35年前制作的组织学石蜡块里提取的。何说，简直"毫无差别"。但是第二批曼彻斯特样本检测后显示，不但没有病毒，血型也与原来送交何进行研究的有所不同。经过两年的研究，到1995年3月，何和迈尔斯得出的结论是：曼彻斯特病例中显然缺失了什么东西。伦敦日报《独立报》的科学作家史蒂夫·康纳发表了令人震惊的证据，结论是要么研究曼彻斯特样本的实验室出了个天大的错误，要么这就是一场精心策划的骗局。

这似乎又支持了迈尔斯的说法：曼彻斯特海员是一个畸变。"大量的证据仍然说明70年代中发生了爆炸性事件。"他说。他还进一步坚持说HIV-1病毒相当新，肯定只有几十年，而不是几百年。

何与其他一些科学家对此持有异议，他们认为HIV-1是"一种古老的病毒"，它以低水平在人体中存在已经有若干个世纪。如果像各种流行病学证据所表明的那样，在70年代确曾出现过爆炸性的高潮，那也应当归因于人类的事件，而不是病毒的生物学变化。

那么人类的事件又会是什么呢？

首先，这个事件必须同时至少发生在两个大陆：非洲和北美。虽然曼彻斯特海员在1959年携带着艾滋病病毒的B型株，但他可能是途经美国或加拿大时被感染的。没有证据说明他到过中非地区。80年代初，欧洲所有的初发艾滋病病例都直接、间接地涉及北美和非洲的游客。

如果非洲和北美的流行病暴发的时间有先有后，那么先后的差距不可能是许多年，只能是几个月。

鉴于这种情况，许多人便力求从医源学上或是否有人施展阴谋的角度来解释HIV-1的出现。有一种观点认为，HIV-1是通过疫苗制品进入人体的。最值得怀疑的是利用非洲绿长尾猴的肾细胞制作的一批脊髓灰质炎活疫苗。那一批疫苗在1957年到1960年间曾广泛用于扎伊尔、卢旺达和布隆迪。莱德利公司在1977年出售的另一种脊髓灰质炎疫苗被怀疑含有"C型颗粒"，后来一些批评家说这就是艾滋病病毒。1992年到1993年，美国组建了一个科学家专门小组来评定现存的早年脊髓灰质炎疫苗，以及50年代末脊髓灰质炎研究先驱者所用的实验室技术和安全性。经过认真的研究，最后的结论是：疫苗不含HIV。

另外还有几条理由，也可驳倒脊髓灰质炎疫苗含有HIV的说法。首先，HIV-1和SIVagm（非洲绿长尾猴型猴免疫系统缺陷病毒）在遗传方面渊源相当遥远，源于非洲绿长尾猴细胞的病毒不大可能在不到20年的时间内使其核苷酸发生60%的突变，并产生HIV-1。

还有一种理论认为，有一批受沾染的脊髓灰质炎疫苗1977年被美国的同性恋者用于治疗疱疹，这实际上就是艾滋病的来源。这种理论也站不住脚，因为疫苗并未沾染艾滋病病毒；从时间上看也不对头。显然，1977年太晚了。另外，1977年的疫苗使用颇广，无人出现艾滋病，波兰的学童便是一例。

关于疫苗引发艾滋病，还有两种似乎成熟得多的理论，都把罪责推给了消灭天花的全球性行动。关于天花说的第一种理论是在1987年由伦敦的《泰晤士报》首先提出的。它声称，人们在接种天花疫苗时，长期潜伏的古老病毒HIV便被激活了。这家报纸对HIV和消灭天花活动之间的联系不能提出任何证据，过了5年，却又发起一场国际性的行动，彻底否认HIV对艾滋病的作用。

关于天花说的第二种歪论说是利用母牛细胞制作的天花病毒，在试管里与牛白血病病毒重组，产生了HIV。提出这种理论的主要是一个反基因工程组织，名叫经济趋势基金会，还有一个反活体解剖组织，在洛杉矶。天花病毒和牛白血病病毒的遗传分析显示，不管是有意或错误地将两者重组，都不可能产生与HIV哪怕是远缘相似的任何东西。

可是，一位居住在伦敦的退休医生约翰·西尔博士却在1985年断言，艾滋病病毒绝对是遗传工程引起的结果——是美国陆军在马里兰州的迪特里克堡进行生物武器实验蓄意造成的。

"我坚决相信它是人为的产物。"西尔说。

在皇家医学会发表的一篇评论中，西尔提出，HIV是蓄意将牛白血病病毒、绵羊髓鞘脱落病毒、在马和山羊身上发现的另外两种慢病毒、HTLV-Ⅰ（人类嗜T细胞病毒Ⅰ型）等的遗传序列片段混合而成的结果。

"在我看来，这是一种重组病毒。"西尔接着说，"我们谴责这批反转录病毒学家，他们共同制造了这种病毒。"

作为说话的依据，西尔援引了莫斯科苏联医学科学院的科学家S.德罗兹多夫的著作。其实德罗兹多夫和苏联的其他科学家都是受到亨博尔特大学已退休的东柏林科学家雅各布·西格尔的影响。西格尔写过一份报告，在东欧广为阅读。报告说艾滋病病毒是迪特里克堡1977年故意将绵羊髓鞘脱落病毒和HTLV-Ⅰ混合制造出来的。尽管这个题目曾在苏联集团内部经过了一年多的谨慎讨论，但是西格尔的报告还是在1986年9月于津巴布韦首都哈拉雷召开的不结盟运动首脑会议上被首次公开散发。其后数月，西格尔和西尔的报告在国际上产生了广泛的影响，发展中国家更为关注。

76岁的西格尔说他受到了中央情报局的骚扰。他说他有文件可以证明，美国的囚犯被注射了绵羊髓鞘脱落病毒和HTLV-Ⅰ的各种不同类型的试验性组合，一直到找出了完美无缺的致命性病毒HIV，但是他不肯把文件拿出来。他说，这一切都发生在1977年。

其实如此先进的克隆方式在1977年还没有开发出来，但是西格尔仿佛并不因此而感到难堪。不过西格尔和西尔的说法，即艾滋病是中央情报局的罪恶阴谋造成的结果，却大受青睐，尤其是非洲各国，他们感到美国科学家硬说他们国家是艾滋病的发源地并加以指责，这是不公平的。一幅苏联漫画十分流行，上面画着

第十一章 危险：极其微小之物

一个美国科学家，手里拿着一个试管，试管里装满了德国纳粹党徽，一个将军手里拿着一沓钞票，两人互相交换。两人脚下尸体横陈。

在指责与反指责的斗争中，美国国务院于1987年广泛散发材料进行反驳，反指克格勃一手操纵整个运动，旨在诋毁美国政府在发展中国家的形象。过了几年，在柏林墙拆除以后，苏联国家科学院正式为以前的指控道歉，承认这件事是克格勃策动的。

关于HIV蓄意重组的另一个理论是洛杉矶反活体解剖人士罗伯特·斯特雷克博士提出来的。他在1987年根据所谓的牛白血病病毒的说法，再次宣称中央情报局制造了艾滋病病毒，并因此赢得了大批追随者。

"把牛白血病病毒和绵羊髓鞘脱落病毒由动物交叉感染给人，这样就能制作出艾滋病病毒。然后在人类组织中培养，这就是艾滋病。这个过程并不复杂。"斯特雷克在向北好莱坞的富人募捐演说中说道。有人问起为什么要制作这种可怕的东西时，斯特雷克说：中央情报局"需要这东西，为了制造艾滋病"。

"他们又为什么要制造艾滋病呢？"

"你得去问他们。我不知道为什么。我不知道！大家都想知道为什么，为什么，为什么！我只能告诉诸位他们是怎么造出来的。我无法告诉诸位他们为什么要造。这得诸位自己去查明。"斯特雷克最后说。

虽然西尔、西格尔、斯特雷克等在艾滋病的舞台上只是昙花一现，但是全世界代替他们的还大有人在。这些人认为HIV的突然出现一定隐藏着什么极端险恶的人为阴谋甚至是合谋。同性恋者报纸《纽约土著》在几年之间一直鼓吹，艾滋病是中央情报局制造出来的，意在施放非洲猪瘟病毒，摧毁古巴的农业经济。他们说，这才是造成艾滋病的真正原因，而不是什么HIV。几年以后，这家报纸放弃了非洲猪瘟的理论，改称艾滋病和慢性疲劳综合征是同一种疾病，都是由一种疱疹病毒HHV-6造成的。一个住在明尼苏达州圣克劳德的越战老兵用了多年的时间，一直散发信件和小册子，称二噁英化学物是艾滋病的病因，也就是说艾滋病是一种阴谋活动。他提到落叶剂在全世界广泛使用；石化工业毒害整个地球，杀死人类白细胞——这些都被拼命掩盖起来。1986年，朝鲜政府指责韩国的一个实验室制造艾滋病，主谋当然是中央情报局，目的是消灭全体朝鲜人。他们全不顾1986年朝鲜人几乎没有一例艾滋病患者这个事实。

英国的两位天文学家弗雷德·霍伊尔爵士和钱德拉·威克拉玛辛格在1986年宣称，艾滋病病毒来自外层空间。

加州大学伯克利分校的病毒学家彼得·杜斯伯格则干脆避开了HIV的起源问题，称HIV源于何处无关紧要。这种病毒与艾滋病毫无关系。他说艾滋病不是一种传染性疾病，与其他任何病毒都没有关系：人们所谓的艾滋病其实从开天辟地那一刻起就已经存在，只是到了20世纪80年代才成为"流行病"，因为人们注射毒品，吸食亚硝酸盐，服用安非他命，罹患科学家称为艾滋病的寄生虫病，采用了他所说的"自我毁灭性的同性恋生活方式"。

"这是一种干净的病毒，没有任何不良作用，即使注射到我身上我也毫不在意。因为我确信它并不是艾滋病的病因。"杜斯伯格说。

杜斯伯格的理论受到全世界的科学家的逐条批驳，但是公众对他的理论依然十分关注，其部分原因是按照他的说法就不必坚持使用安全套了。另外也因为，从此一切骂名都可以径直推到致命性疾病的患者身上，全怪他们"生活不检点"，惹上疾病。

第十一章 危险：极其微小之物

尽管有确凿证据表明HIV是艾滋病的病因，这种感染性的免疫系统缺陷病确实存在，HIV的进化与多种猴病毒有一定的关联，且艾滋病最近已在全世界大规模暴发等，但是公众一时不愿意承认，再加上有些人历来就有一种牢固的群体性受迫害感，这就很容易继续接受那些可怕的阴谋论。最突出的例子是马里兰大学的研究人员斯蒂芬·托马斯和桑德拉·克劳斯·奎因提供的。从1988年到1990年，他们对马里兰、华盛顿特区、亚特兰大、北卡罗来纳州的夏洛特、底特律、密苏里州的堪萨斯市、亚拉巴马州的塔斯卡卢萨等地郊区的非洲裔美籍工人和中产阶级进行了民意调查。在被调查的999名教会成员中，65%的人表示同意或不确定："我认为艾滋病是一种针对黑色人种的种族灭绝。"华盛顿特区40%的非洲裔美籍大学生同意这种说法："有报道说艾滋病病毒是生物战实验室制造出来的，我相信这种报道有一定的真实性。"

人们说，十多年前，政治家和科学家都非常骄傲地宣布，极端悲惨的爆炸性流行病已经成为历史的陈迹，如此说来，也就不应再暴发这类疾病了。如今一旦暴发，再要解释它，只能像抓救命稻草一般慌乱无助，不知该如何客观地看待这些迅速传播的新微生物，并对其起源达成一致的看法。像马尔堡、埃博拉、拉沙、马丘波、1918—1919年的流感，以及本书记述的其他许多病毒一样，HIV和SIV也是突然间就不知从何处冒了出来，用霍伊尔的话说，就是从天而降，而实际上，它们都已经以不同的形式在自然界存在了几十年甚至几百年了。

"猴病毒在猴类的进化与人病毒的进化是并行前进的，"乔·麦考密克在1987年讨论艾滋病的起源时说道，"人体中的这种病毒已经存在了很长时间了。我认为，在非洲存在的时间已经相当久。我还认为,这种病毒的整个家族是……并行进化的。"

事实证明,病毒一般都是适应性很强的微生物,可以改变它们的"运载能力"和"投掷系统"(借用伯纳德·菲尔兹的说法),来适应周围的动物世界的变化。如果潜在的宿主种群发生了重大的生态变化,某些压力就会有选择地作用于病毒。在进化谱系中最靠近人类的物种,如黑猩猩和大猩猩,似乎在时间的前进中受害最深,其种群数量在数千年间减少了很多。由于在食物方面受到生态的限制,黑猩猩和大猩猩只能栖息在热带雨林内部、雨林附近和雨林与热带草原的结合部。随着林地的减少,其栖息范围也跟着缩小。猴类的栖息范围也遭到人类的侵占和破坏。从欧洲和阿拉伯的贩卖奴隶者踏上非洲土地的那一天起到现在,许多猴种群原来的活动范围已经减少了一半。

尽管栖息地缩小,有些猴群的数量反倒增加了,这里面有两个重要原因,就是适应人类压力的能力和跨种群的群体活动习惯。例如,强悍的非洲绿长尾猴就善于寻找人类的饮食,还敢大胆地闯入人类的住处。

在野外,不同的猴子种群,偶尔也包括黑猩猩,会合群生活或行走。如果混合猴群中的各个种群食物不同,不会引起争抢,合群活动倒不失为一个好办法。其好处是显而易见的:猴群越大,越容易抵御肉食动物的袭击,也越能有效地利用有限的生态资源。

从微生物的观点来看,灵长类动物栖息地的缩小和合群活动的习惯为三个以上的猴种群和猩猩种群间跨种群传播提供了可能性。在这种环境中,各种不同的SIV(猴免疫系统缺陷病毒)就有了大好的时机,可以从免疫功能强的宿主移到功能弱的猴类身上。可以想象,免疫功能强又接近人类的种群,如非洲绿长尾猴,就可能成为SIV和HIV传播的中间渠道,使病毒在混合的猴群和人

第十一章　危险：极其微小之物

类之间往返传播。

当然这只是推测。谁也无法肯定在远古的非洲，免疫系统缺陷病毒是如何在灵长类动物间往返传播的。

美国国家癌症研究所的慢病毒专家马修·冈达博士提出，生物学对HIV的突然暴发并没有起什么重大的作用。他说，HIV"已经存在了数千年"。相反，"关键在于非洲的人口统计学"。

沿着这条思路，伦敦圣玛丽医院医学院的安东尼·平钦博士认为："HIV可能在偏远的农村人群中已经存在一定的时间了，并且引发过疾病，只是一直没有人发现，后来可能随着人口的迁徙，特别是从农村迁往非洲城镇，这才传播给其他人。其后的传播就反映出城市中现有的性接触传播方式……这粒新的种子于是就在人类行为的现有土壤中生根，发芽。"

"如果非洲国家在20世纪70年代中期享有美国的资源，我们当时就会看到，作为一种性病，艾滋病正在出现。"平钦说。

剑桥大学的亚伯拉罕·卡帕斯认为人类的行为是关键，但把主要责任归咎于在非洲广泛使用未经消毒的注射器，说这种现象是"与抗生素同时出现的。由于早期的抗生素只能用作注射药剂，所以要发挥抗生素的疗效，就得使用针头和针管。即使到了现在，注射药物仍是非洲和其他国家的首选治疗办法"。

回头来看，1975年到1980年的社会条件，对于病毒甚至是极端罕见的病毒的出现和传播也是十分有利的。且来看看HTLV-Ⅰ和HTLV-Ⅱ的情况。这两种病毒是在刚刚注意到艾滋病流行的时候发现的，都被视为极端罕见的人类微生物，几乎仅见于偏远人群。1980年的研究显示，在欧洲、日本和北美的普通人群中，感染HTLV-Ⅰ的不足1%。但是美国的血友病患者受感染的人数却迅速增加：1981年，佐治亚州的血友病患者携带HTLV-Ⅰ的占九分之一，纽约州的比例为六分之一。HTLV-Ⅰ只是日本、加勒比海、美拉尼西亚、非洲的个别地区的地方病，这些地区的移民再把这种病毒带到别的地方。到1983年，纽约市布鲁克林区成人的HTLV-Ⅰ感染率达到5%，而10年以前，这里的感染率仅为0.01%。

和HIV（人类免疫系统缺陷病毒）一样，HTLV-Ⅰ（人类嗜T细胞病毒Ⅰ型）也被视为同性恋传播的病毒。例如在特立尼达，同性恋男子携带这种病毒的可能性要比普通人多7倍，1986年，高达15%的特立尼达同性恋男子经检测为HTLV-Ⅰ阳性。

同样，HTLV-Ⅱ最初也仅见于土生土长的美国人（美国、巴拿马、哥伦比亚三处），在此之外极少发现。但到1989年，欧文·陈所在的洛杉矶加州大学研究小组在路易斯安那州新奥尔良市的121名毒品注射者中，发现了21名HTLV-Ⅱ携带者。对迈阿密和新泽西州的纽瓦克两地的毒品注射者的研究显示，HTLV-Ⅱ的感染率大体相同。上述三市的毒株遗传变异不到6%，这就意味着这种病毒跨越如此辽阔的地域在毒品注射者中出现，还只是最近的事。

关于HTLV的起源和传播，人们的争论不大，这应当成为借鉴，作为研究HIV的指导原则。HTLV是古老的病毒，可能比HIV还要老，可是直到20世纪70年代末80年代初，才在孤立的人群以外急剧传播。对以往采集的血样的分析显示，发现病毒快速传播并非人们特意研究出来的结果：这种病毒从孤立的人群向其他人群扩散的因素太明显了，包括注射毒品者、针头共用、多个性伙伴（同性恋者和异性恋者）、血制品和输血等。

HIV-1原本也是一种并不引人注意的病毒，例如，1976年延布库和恩扎拉的农村人口受感染的不到1%，同期欧洲和北美孤立

第十一章　危险：极其微小之物

人群受感染的仅为0.1%。但是过了24个月，就一下暴发成全球性流行病，到2000年，有可能使两千万成人和百余万儿童死亡。这里面究竟是哪些因素起的作用最大，很可能谁也说不清楚。不过，记住乔·麦考密克的话还是有好处的："注意人类自己。"

"人类是自作自受，"麦考密克说，"这不是说教。这是事实。"

在非洲，许多因素对原本感染率极低的HIV的传播起了一定的作用。流行病记录显示，传播最猛的地点是维多利亚湖东区和扎伊尔西北部。有助于解开这些地区艾滋病传播之谜的关键性数据一直未能收集到，无疑是出于政治和后勤方面的原因：坦桑-乌干达战争的老兵、战争期间被强奸的妇女、逃离战区到附近城镇谋生的首批妓女等，他们的有代表性的血样难以找到。

尽管如此，仍然不妨说战争对HIV-1在中非地区的传播起到了极其重要的作用：这也正是布科巴和拉卡伊县的许多医生的看法。

从东岸港口城市达累斯萨拉姆、蒙巴萨，向内陆国家卢旺达、布隆迪、乌干达和扎伊尔东部运送货物的主要车路，都要经过从前的战争地带。到1990年，卡车路线和HIV之间借助沿途的妓院和"自由女"而产生的传播关系，已经有了详细的文字记载。最后，这个地区极高的HIV-1发病率及毒性特大的D类分枝病毒的出现，说明即将会有一场来势凶猛的流行病。

战争结束后，这个地区的妓女和司机向别处分散的模式正好反映出HIV-1在中非地区第二波流行的情况。

HIV-1在北美的出现几乎可以肯定是由毒品注射者和同性恋男子双重因素促成的。但是关于这一点，也有些重要的证据无法找到。不可能把时间推回到1975年以前，再到纽约、旧金山、迈阿密、纽瓦克、洛杉矶等地去进行调查，查明到底是哪一类人群首先出现了较高的HIV-1感染率。

然而值得注意的是，在70年代，同性恋男子与美国和欧洲的医疗系统存在着十分密切的关系，因为他们的性病感染率很高，而且收入也不错，有钱到医院就诊。而70年代，美国也对同性恋人群开展过好几项全国性和地方性的健康调查。美国许多著名的医生和护士本身就是同性恋者。可是在1981年以前，竟一直未能在同性恋人群中发现HIV发病者。

与此相反，毒品注射人群通常都与医疗系统无缘，即使在卫生设施普及的国家也是如此。吸毒者光顾的主要是急诊室和所谓的街头诊所。如前所述，在70年代，医务界认为吸毒者是一个很麻烦甚至很讨厌的群体，没有人愿意跟踪这类人的健康状况。可以推测，吸毒者中间早期会有些孤立的艾滋病病例未被发觉。

这就迫切需要杰拉尔德·迈尔斯所说的"化石病毒"，特别是来自西欧和北美的"化石病毒"，来解开1959年曼彻斯特海员之谜。难道果然如迈尔斯所说，他是一例畸变吗？或者说，在他50年代行船停靠的港口中，在少数欧洲人中间，存在着低水平的HIV地方病吗？

如果说HIV是20世纪70年代起源于非洲，那么科学家就必须说明，为什么流行了15年之后，这种病毒的B型进化枝才在欧洲和北美生根。又为什么HIV-2至今未在两个大陆生根。

另一部分难以补足的数据涉及HIV-2的流行范围与葡萄牙前殖民地区域（安哥拉、莫桑比克、几内亚比绍、圣多美、普林西比等国）明显的一致性。HIV-2在东非的唯一流行地是莫桑比克，流行最猛的是西非的原殖民地国家。如果有人曾对参与过1965年到1975年的殖民主义战争的葡萄牙和非洲老兵进行系统的测试，查明这些士兵是否感染、传播了这种病毒，那必会十分有用。可

第十一章 危险：极其微小之物

惜没有人这么做过。

一种原本无足轻重的血源病毒要进入全世界相当大的一批人口中，必然要经过一个非常重要的扩大、蔓延的步骤。这期间必然要发生什么新的重大的事情，从根本上改变人和这种微生物之间古老的自动调节关系。对病毒来说，最为理想的是，这种扩大、蔓延的步骤能为它提供一些由古老的生存地向外迅速传播的大好时机。

在1970年到1975年之间，世界确实为HIV提供了一大堆扩大、蔓延的绝妙时机：在北美和欧洲的同性恋男子间，在非洲城镇的异性恋者间，多个性伴侣的性活动迅猛增加；注射器因医疗目的而被大规模引入非洲，但补充供应却无法跟上，结果成百甚至上千的人不得不反复使用同一个针头；海洛因及安非他命、可卡因的使用在工业化国家迅速飙升；其他性病一波接着一波横扫上述地区，降低了受感染者对疾病的抵御能力，使病毒得以从生殖器官和肛门进入人体；全球血液市场猛扩，血制品成了上百亿美元的行业；灵长类动物研究规模扩大；世界各国政府都确信瘟疫和流行病的时代已经过去，对眼前的事则视而不见。

尽管至少四个大洲的当代生物医学精英都在密切关注，但是直到1994年，仍然没有人可以明确地指出何时何地以及何事引发了HIV-1的出现。

不过，对于病毒的扩大和蔓延，对于它由孤立的感染迅速发展成群体暴发，再后来成为流行病，这里面的人为因素大家是有深刻了解的。世界卫生组织在印发的小册子中反复指出了这些因素；联合国大会也通过决议，提到了HIV在整个社会出现的因素。

可是，这种病毒还会在全世界找到易于受感染的人群，因为引起病毒传播的人为因素不肯改变。尚未发现艾滋病的国家，其政府会沾沾自喜，不承认人类的不当行为最终必会招致病毒的到来。艾滋病由一个国家向另一个国家逐步传开,每到一国,都会发现迅速传播的理想条件,而政治家们却不愿采取民众一时还难以接受的措施,首先是承认威胁的存在,也可能进一步改变流行病发展的进程。

认识人类在如何助长正在出现的微生物,这马上就要成为乔纳森·曼的重要课程,具有讽刺意味的是,学习这种课程的地点竟然是世界上最舒适、最安全、最卫生的国家。

第十二章

女性卫生
——中毒性休克综合征

一般而言,微生物与宿主之间存在着一种有效的适应关系,但是这种相互适应必须具备合适的环境,即保证宿主生理常态的环境。任何对这种常态的偏离,都可能会打破平衡,导致疾病。

——勒内·迪博,1961年

为了女性,我有责任谨慎行事,首先要证明科赫法则,然后——而且只能然后——才会告诉美国的女性应该做什么。

——迈克尔·奥斯特霍尔姆博士

1982年夏天,愤怒的迈克尔·兰格(Michael Lange)博士走上了纽约市同性恋免疫缺损症会议的讲台,谴责美国政府对此缺乏关注,投入的研究资金不足。他说,尽管有177例同性恋免疫缺损症(艾滋病)的死亡记录,这个疑难杂症却没有得到多少人关注。相比之下,中毒性休克综合征(以下简称TSS)却成为头条新闻,举国关注,获得了联邦资金。而且,据他声称,这种综合征在4年中仅仅导致了85名女性死亡。

单靠比较死亡人数,不可能让妇女健康倡导者转变思想,支持同性恋免疫缺损症的防治。虽然死亡人数相对较少是事实,但是围绕TSS的病因、发病机制以及应采取什么措施防止出现更多病例,人们积极展开调查,而且对调查的各个方面都存在争议。而后接近两年,美国各地的妇女都将笼罩在焦虑的气氛中,而这种焦虑又因公共卫生机构最高层的困惑而加剧。

在人们认识到出现了艾滋病这种新疾病的两年半之内,病因就会被确定,而TSS的出现,将在美国引发一场针对其病因和发病机制的全国性大辩论,这次辩论将一直持续十多年。公共卫生部门早期采取的限制该综合征传播的措施将遭到猛烈抨击,被指责为"固执己见"和考虑不周。

有一点可以肯定:女性每月都有一个生殖周期,体内会形成一个富含营养的子宫内膜,准备接纳受精卵,一旦受精卵着床,子宫内膜就像充满血液的胎盘一样,为胎儿的成长提供营养。如果没有植入受精卵,新的子宫内膜就会从子宫中脱落,通过阴道排出体外。通常,排出富含血液的子宫内膜需要2到6天,在此期间女性阴道会有血液流出。

从智人时代开始,情况就是如此。而且,自从人类文明之初,女人——和男人——就一直在寻找经期出血问题的解决办法。一些古代文化禁止所有经期妇女抛头露面,解决了社交尴尬和令人难堪的流血问题。女性会躲在指定的小屋或者家里,避开男性,度过生理期。然而,对大多数文化而言,这样的解决方案从经济角度看并不明智,因为女性的劳动——虽然很少能与男性相提并论,但是仍然非常重要——不能每个月白白浪费三四天。

因此,针对出血问题,女性想出了一些聪明的解决办法:400多年前苏美尔妇女使用药用棉绒卫生棉条,在埃及王朝早期妇制造出了类似尿布的纸莎草纸卷，罗马妇女把羊毛球插入阴道，中世纪的日本妇女则把纸卷筒放入阴道，19世纪的美国妇女使用的是破布、尿布状制品和自制的棉花棒。

这些方法都很巧妙，但是无法成为解决流血问题的理想方案。进入20世纪，女性开始在工业领域和办公室工作，经常令人尴尬的女性卫生就成了她们的首要问题。1936年，一个名叫厄尔·哈斯（Earle Haas）的丹佛市医生发明了一种压缩棉纸板套管，里面包着一根垂在外面的细线，包扎好后把外管插入阴道，内管作为柱塞，把压缩棉塞推进去。细线垂在外面，便于拔除棉塞。

这个设计极其巧妙，尽管许多人指责这玩意儿不道德，但它还是立即流行起来。据说，插入棉条会刺激女性的兴奋神经，导致她们肆意手淫。还有人断言，卫生棉条会刺破处女膜，无法证明女孩的婚前贞洁。

哈斯将专利卖给了马萨诸塞州帕尔默的丹碧丝公司，该公司立即开始生产这种产品。这引起了轰动：整整一代人的时间，北美大部分经期女性都开始使用卫生棉条，而90%的卫生棉条使用者都依赖同一种品牌，即丹碧丝卫生棉条。少数小型制造商在美国、加拿大和"二战"后的欧洲争夺市场份额。到20世纪60年代，无论在世界什么地方，只要经济条件许可，妇女都在使用卫生棉条。

数亿育龄女性消耗了几十亿根卫生棉条。尽管历史表明，治疗出血问题的其他方法会增加感染某些传染病的风险，但是商业卫生棉条的销售就像锤子和肥皂一样，没有受到任何监管。美国联邦或各州的卫生机构都没有监督卫生棉条的生产，这些产品也从未经过任何必要的安全测试。

20世纪70年代初期，丹碧丝遇到了激烈竞争。美国人口在

"二战"后激增，出现婴儿潮，女婴都已成长为年轻的姑娘，因此有四家跨国公司推出了卫生棉条产品，抢占市场份额。金佰利公司、宝洁公司、倍儿乐公司和强生公司进入市场，在哈斯纸板和压缩棉老款式的基础上推出了种种修改版。

美国广播电视协会解除了长期以来禁止广播和电视播放卫生棉条广告的禁令，新闻杂志也纷纷效仿，开始接受毫不隐晦的月经产品广告，竞争由此转向群体疯狂。到1975年，五家卫生棉条生产商每年都在广告上投入数百万美元。它们针对女性的推销主要集中在两个方面：舒适和安全。虽然有些公司采用塑料管插入器作为替代品，但是就改善老款的硬纸板卫生棉条设计的相对舒适性而言，这些公司几乎都束手无策。

安全是丹碧丝卫生棉条的弱点，因为无论女人如何小心翼翼，老款的卫生棉条都会遇到失灵的尴尬时刻。针对这一问题，倍儿乐公司推出了带香味的卫生棉条，并打出了广告语："使用卫生棉条，摆脱气味烦恼。您还用担心吗？"言外之意是说，那些看不见的细小渗漏仍有可能被同事、朋友和约会对象敏锐的嗅觉探测到。这些新产品获准上市之前，无论是塑料插入器，还是香水，其安全性都没有经过检验。在美国计划生育协会的强烈抗议下，倍儿乐公司在其带香味的卫生棉条包装盒上贴上标签，警告说这些化学物质可能会让一些妇女感到不适或受到刺激。

与此同时，卫生棉条行业的竞争彻底升级。

最新进入该领域的企业给市场分析师下达任务，让他们确定如何更好地利用丹碧丝长期垄断背后存在的弱点，结果答案都指向"吸收性"。由于女权主义者对男性的职场主导地位发起挑战，美国女性开始从事以前从未或很少对女性开放的工作。作为第一批成为警探、消防员、银行高管或电视新闻主播的女性，没有谁能承受流血问题带来的尴尬。

吸水性的第一次突破于1974年出现在宝洁公司的实验室，工程师们抛弃棉花和硬纸板，利用聚酯纤维和塑料制造出了一种产品。此前，数十种不同类型的天然稳定纤维与棉花混合在一起，旨在提高吸收率，保持棉条在阴道内的形状。据报道，20世纪50年代就曾经使用过石棉。

然而，宝洁公司使用的合成纤维改变了整个局面，因为它让工程师们有了几乎无限的方法来改变卫生棉条的形状和相对吸收性。他们可以生产类似小海绵的东西，包括从低密度聚酯到高密度、高吸水性的合成材料。

就像倍儿乐公司将香水和塑料插入器引入阴道生态系统的案例一样，没有监管机构或医疗组织质疑将石化副产品插入营养丰富的环境中是否安全。同样，这也不需要进行安全测试。事实上，随着五家竞争对手迅速将类似的合成产品投放到市场，整个行业都宣称卫生棉条的材质属于商业机密。

1979—1981年，市场上销售的高吸水性卫生棉条的合成材料包括聚氨酯、聚酯、胶原蛋白、聚乙烯醇、乙酰纤维素和羧甲基纤维素（CMC）。

1979年，宝洁公司推出了一款卫生棉条，成分是高度压缩的聚酯颗粒和羧甲基纤维素。这种合成材料能够吸收接近自身重量20倍的液体，能根据阴道的形状膨胀并充满阴道，因此正如棉条的名字Rely[①]所暗示，女性可以依靠它防止令人尴尬的出血事故。

凭借一波声势浩大的广告攻势，Rely打入了北美市场，很快名噪一时，彻底改变了卫生棉条生产商之间的力量平衡。一根卫

---

① Rely的意思是"依靠""信赖"。——译者注

生棉条可以放置几个小时，甚至一整夜，而且不用担心出现尴尬的渗漏，这种想法对年轻消费者极具吸引力。其他制造商立即展开行动，开始销售Assure！、MaxiSorb、SuperPlus等新型合成高吸水性产品。

这些产品对女性生殖生态的影响马上显现了出来，因为新推出的卫生棉条能够吸收的液体比大多数女性阴道在某个特定时间的液体要多。棉条膨胀，会接触到阴道壁，使通常被黏液覆盖的区域变得干燥脆弱。这种新卫生棉条在阴道内放置的时间太长——比如说，5—6个小时——就可能会附着在阴道壁上，抽出后会留下合成物残留。一些女性在取出新卫生棉条时感到疼痛，这是因为棉条的黏附部分扯掉了阴道壁上的细胞。还有一些女性需要医疗帮助，才能取出膨胀的卫生棉条，因为棉条太大，无法完整地从阴道取出。

虽然没有人正式质疑厂商推出的Rely棉条及与其竞争的其他合成产品，但是有研究可能对这种新卫生棉条对阴道生态的影响提出了警告。例如，针对兔子进行的试验表明，用胶原蛋白、聚氨酯、聚乙烯醇或乙酰纤维素制成的消过毒的卫生棉条会对阴道上皮组织造成损伤、导致出现溃疡。此外，它们还会使上皮细胞的再生呈直线下降：使用胶原蛋白下降18%—29%，使用其他纤维下降84%—100%。1979年，另一项并非针对卫生棉条的研究发现，羧甲基纤维素可以作为细菌毒素的理想过滤器。需要特别指出的是，研究人员注意到羧甲基纤维素过滤葡萄球菌产生的毒素效果显著。

从高吸水性卫生棉条上市的那一刻起，就出现了关于阴道溃疡、损伤和撕裂的报道。

1980年1月，威斯康星州卫生部的杰弗里·戴维斯（Jeffrey

Davis）医生通知亚特兰大的疾控中心，有一种潜在危险正在逼近：他发现本州TSS病例激增。1979年7月15日，威斯康星州麦迪逊的一家医院收治了一位经期休克的年轻妇女。1979年接下来的几个月，又有6名TSS患者住进了麦迪逊的几家医院。除一人外，其余都是月经来潮的女性，而这个唯一的例外是一位36岁的男性。麦迪逊是威斯康星州一座很大的大学城，生活着众多处于后青春期的人。这些患者均为健康白人，却莫名其妙地感染了金黄色葡萄球菌。

早在1977年，丹佛的儿科医生詹姆斯·托德（James Todd）报告说，他曾治疗过7名8岁至17岁的儿童，他们患的是一种危及生命的急性疾病，他称之为TSS。这些儿童在1975年至1977年间感染了金黄色葡萄球菌，这种细菌以一种非同寻常的方式在他们体内扎根，将一种毒液分泌到血液中。这种不明毒素在这些儿童身上产生了一系列症状：体温超过102 ℉（38.8℃），全身出现弥漫性红疹，皮肤细胞死亡脱落，血压明显下降到危险水平，呕吐腹泻，肌肉酸痛，肾功能不全，肝功能衰竭，血液凝固和血小板形成过快，精神错乱，意识丧失。

托德医生有个病人是15岁的女孩，她的阴道分泌物量很大，已经休克两天。女孩最终幸存了下来，却在死亡之门前徘徊了8天，间歇性地失去意识，坏疽让她失去了两个脚趾。她的阴道分泌物中含有一种金黄色葡萄球菌，这种细菌有两个显著特点：一是对整个青霉素类抗生素具有基因抗药性，二是似乎分泌某种独特的毒素。

托德医生的另外两个病人就没有她幸运了：一个男孩病死，另一个出现了"休克肺"，需要剖腹手术和复苏术。托德医生的团队写道："我们认为TSS是一种与葡萄球菌毒素相关的新型疾病。"

他们还补充说："我们所描述的和称之为TSS的这种急性疾病，影响的似乎是年龄较大的儿童。"

托德医生在医学文献中查找线索，希望能找到证据，证明以前有人指出过感染葡萄球菌出现的如此严重的反应。他发现了一段奇怪的记载：1927年纽约市的一个12岁女孩患上过一种类似猩红热的疾病。但不是猩红热，不可能是，因为女孩感染的是葡萄球菌，并非导致鲜艳的深红色皮疹的链球菌，而这种皮疹则是猩红热的标志。当时，曼哈顿哥伦比亚大学医学与外科学院的富兰克林·史蒂文斯（Franklin Stevens）博士治疗过那个生病的女孩，她发烧超过了105 ℉（40.5℃）。史蒂文斯写道，女孩身上布满"树莓状"红斑，抱怨说大腿疼痛，疼痛是由一种不明伤害造成的。把脓从伤口中排出来后，发现脓里充满了葡萄球菌。

这位纽约医生很快又发现了两例奇怪的由葡萄球菌引起的猩红热病例，这次患病的是两个8岁的男孩。就像1978年托德医生将要做的那样，斯蒂文斯对发生的事感到迷惑，便前往哥伦比亚大学的医学图书馆寻找线索。他偶然发现了德国医生冯·林格尔沙伊姆（Von Lingelscheim）1899年做过的兔子实验，这位德国科学家给兔子注射了金黄色葡萄球菌，使它们患上了猩红热。

1941年，在14年后的巴尔的摩，亨利·阿拉诺（Henry Aranow）和W.巴里·伍德（W. Barry Wood）医生花了三个月的时间抢救一名15岁的女孩，她同样患有猩红热，罪魁祸首也是金黄色葡萄球菌。这个巴尔的摩女孩的症状，似乎正好融合了纽约市史蒂文斯治疗的12岁女孩和丹佛市托德医生治疗的15岁女孩的症状。就像1927年的那个纽约女孩，巴尔的摩这个女孩也抱怨大腿疼痛，连续几天发烧105 ℉（40.5℃），全身皮肤都出现了"树莓状"红斑。和托德医生那个生病的女孩一样，在巴尔的摩女孩的阴道分泌物中也发现了葡萄球菌。

到20世纪70年代中期，日本儿科医生川崎富作（Tomisaku Kawasaki）注意到另一种奇怪的儿童综合征，葡萄球菌感染导致患者皮肤脱落，失去手指和脚趾。这种综合征后来被称为川崎综合征（Kawasaki syndrome），托德医生不知道这是不是自己在丹佛儿童身上看到的那种疾病的一种表现。当然，两者也有不同之处。日本儿童更容易患上心脏病，而托德医生治疗的儿童似乎会发生休克。另外，日本儿童似乎比托德医生那些患者的岁数小得多。另一方面，川崎综合征在日本出现，与托德医生首次在丹佛发现TSS病例，差不多在同一时间。

与此同时，明尼苏达州流行病学家安德鲁·迪恩（Andrew Dean）博士于1979年报告发现了5例TSS病例。威斯康星州和明尼苏达州的病例都涉及青少年和成年人，其中大约95%是女性。

1980年新年之后，美国疾控中心向医生们发出了警告，指出显然出现了一种新型综合征，与金黄色葡萄球菌这种古老的微生物有关。

1980年2月，鉴于全国各地纷纷打来咨询电话，疾控中心决定成立特别小组调查这一现象，由中心的布鲁斯·丹（Bruce Dan）、乔治·施密德（George Schmid）和凯瑟琳·尚兹（Kathryn Shands）博士担任小组领导。丹负责流行病学调查工作，尚兹负责对收集自TSS患者的葡萄球菌染色做实验室分析。施密德监管团队运作。

到1980年5月，疾控中心又确诊了43例TSS，同时也发现了一些共同点。其中，最突出的一点是95%的病例患者都是女性，而且95%的女性发病时正处于经期。大多数病例中，患者在经期的第二天或第三天就开始发病。

于是,一场比赛拉开了序幕,目的是揭开中毒性休克之谜。从一开始,调查就充满了来自科学界的中伤、竞争、辱骂和争议——这大多数都是在电视灯光和新闻摄影师的闪光灯下进行的,将没有多少公正的信息让公众去消化。

最初的争议之一是关于美国疾控中心对TSS的定义,该定义是由尚兹和托德医生于1980年2月起草的。这一年进行过几次修订,但是基本的病例定义仍然是一种急性综合征,会出现高烧、猩红热状皮疹、皮肤脱落、血压大幅降低,而且至少具备下列系统症状的三种:腹泻和呕吐,肌肉疼痛,阴道或喉咙感染,肾功能失调,肝衰竭,定向障碍或头脑混乱。批评人士指责说,疾控中心只关注急性病例,漏掉了一大批病情较轻的病人。出现的可能是一种新型葡萄球菌菌株,它的影响范围被低估了。

"我们使用的病例定义是流行病学定义,并非临床定义。"明尼苏达州流行病学家迈克尔·奥斯特霍尔姆(Michael Osterholm)博士圆滑地说,"这意味着我们漏掉了很多病例。但是,这也意味着我们提到的所有病例都是真的。我们只是没法回答基本的科学问题,即为什么这些人会出现急性休克综合征,而其他感染了葡萄球菌的人却只出现轻微症状,甚至没有症状。"

在上报的前100个病例中,疾控中心选出了43个符合TSS严格定义的病例。这意味着他们有57个病例没有进行研究——至少有一些也许可以证明是葡萄球菌感染的轻微病例。随着公布病例的增加,表面上看不属于疾控中心定义的病例数量也在增加。

1980年整个夏天,报告的TSS病例稳步上升,1975年1月至1980年10月间达到408例,其中有14例患者是男性。当然,这些男性并非通过接触卫生棉条染病的,他们是异常现象。在5年内,妇女发病394例,其中40例患者死亡。95%的女性发病时正处于经期，而且100%使用了卫生棉条。

新闻报道非常可怕。"青少年因使用卫生棉条丧命。详细情况请听11点的报道！"

"今晚《目击者新闻》邀请到一位TSS幸存者，她将讲述自己的经历。"

"美国疾控中心提醒女性警惕卫生棉条。请继续关注我们的后续报道！"

大多数美国妇女的反应是感到无助：一种与妇女生活密不可分的东西，却是潜在致命的，怎么会这样呢？

引发TSS的葡萄球菌菌株，对所有青霉素类抗生素具有基因耐药性。很多急性病例以前都有过较轻的症状，这说明存在某种累积效应。根据目前可利用的技术，明尼苏达州、威斯康星州和美国疾控中心实验室可以确定，最近的TSS患者都感染了相同的葡萄球菌菌株。绝对没有证据表明这种微生物会在人际传播。疫情似乎集中在美国特定的地理区域，特别是中西部的威斯康星州和明尼苏达州。

而且，疾控中心发现，大多数女性TSS病例都使用了高吸水性卫生棉条。1980年9月，疾控中心发布了第三份报告，将矛头指向了Rely卫生棉条。疾控中心对42名TSS患者和另一群使用卫生棉条者的非TSS患者进行对照研究，结果发现71%的TSS患者使用的是Rely牌卫生棉条。使用其他品牌者TSS发生率明显较低：19%的病例使用倍儿乐，5%的使用丹碧丝，2%的使用高洁丝，2%的使用OB。疾控中心指出："随着TSS显性发病率的增加，消费者使用的Rely卫生棉条也在增加。"

疾病预防控制中心的调查还发现，三分之一的TSS患者之前有过较轻的月经相关病症。该机构认为："卫生棉条起着推波助澜的作用,可能在插入的过程中把微生物从手指或阴道口带进阴道;或者为通过某种方式进入阴道的微生物的生长或者毒素的产生提供良好的环境;又或者使阴道黏膜受损,从而导致局部感染金黄色葡萄球菌或者更容易从阴道吸收毒素。"

尽管疾控中心确信Rely牌棉条诱发了TSS——而且在9月19日公布自己的调查结果之前就通知了宝洁公司,联邦科学家们清楚明尼苏达州和威斯康星州的流行病学家有证据削弱其论点。奥斯特霍尔姆小组调查了自1979年初以来明尼苏达州出现的所有女性TSS病例,发现只有35%的人使用过Rely。虽然与对照的非TSS女性相比,更多的TSS患者使用过Rely(35%对18%),但是比例明显低于疾控中心报告的数据。

9月22日,就在美国疾控中心的报告发布几天后,宝洁公司主动从市场上撤下了Rely棉条。而且,宝洁公司更进一步,和食品与药物管理局一起,策划了一场大规模的广告活动,告诉妇女不要使用他们的产品。这场活动从10月6日开始,通过电视、广播和全国1200多家报纸持续宣传了四周时间。与此同时,美国食品与药物管理局敦促女性扔掉手头的Rely棉条,并召回了全国商店的库存。

宝洁公司对此次活动的成本不予置评,但是显然花费了数千万美元之多。这种做法前所未有。正如一位食品与药物管理局官员私下所说:"我们没听说哪家公司在产品撤出市场时会如此密切合作。我们从未见过哪家公司自愿花费数百万美元劝说大家不要购买他们的产品。"宝洁公司这么做,不能被指责为纯粹的利他主义。正如公司代表布马乔里·布拉德福德(Marjorie Bradford)所说,"宝洁公司生产的家庭和卫生产品,超过88个消费品牌。我们必须维护产品安全有效的声誉"。消费者对Rely卫生棉条发起过六起诉讼，但是布拉德福德并未提及。

宝洁公司和食品与药物管理局一起进行了数百次市场调查，检测全国各地购物中心"请勿使用我们的产品"的广告对女性产生的影响。食品与药物管理局发现，这些广告传达了两个信息，有效率达到97%：一是不要使用Rely卫生棉条，二是在中毒性休克之谜被破解之前不要使用任何卫生棉条。

对"不要使用Rely"活动，并非所有人都持赞成态度。宝洁公司在广告中引用疾控中心的话说："如果女性停止使用卫生棉条，几乎可以完全消除TSS的风险；如果选择使用卫生棉条，在月经期间间歇使用可以降低风险。"其他生产商预计到自己的卫生棉条销量会直线下降，因此非常愤怒。丹碧丝在《纽约时报》和《华盛顿星报》上刊登广告，谴责Rely，宣称自己的产品可以成为健康的替代品。

美国妇产科医师学会（American College of Gynecologists）代表全国2.3万名妇科医生中的大多数，在10月份的第一周向女性发出警告：避免使用卫生棉条——所有卫生棉条。

疾控中心对Rely及其他所有卫生棉条的立场，让一些参与TSS病例调查的非疾控中心科学家感到担忧。正如奥斯特霍尔姆所说，"几年前，明尼苏达州吃热狗的人群暴发了甲型肝炎。我们采取了铁腕措施，迅速对热狗采取行动。但事实证明，罪魁祸首是佐料。对待这些相关的发现，大家必须小心谨慎"。

10月8日，疾控中心匆匆公布了犹他州的一项小型TSS研究的结果，似乎进一步把矛头指向Rely。这项研究比较了1979—1980年犹他州两组女性的卫生棉条使用情况，第一组29名患有TSS，第二组是91名年龄相仿的女性，但没有患TSS。结果显示，60%的TSS病例患者使用过Rely，而对照组的使用率仅为23%。

华盛顿特区拉尔夫·纳德（Ralph Nader）的卫生研究小组对此并不满意。这个公共宣传机构及其首席医生西德尼·沃尔夫（Sidney Wolfe）确信，联邦政府针对卫生棉条行业的行动太过迟缓，置女性群体于危险之中。沃尔夫抨击了食品与药物管理局和宝洁公司广告中的部分内容，即"卫生棉条不会导致TSS"的声明。

"他们当然知道！"沃尔夫断言。沃尔夫确信美国疾控中心针对Rely的做法是正当的，他指责宝洁公司制作的广告令人不满。根据大多数市场调查，尽管97%的女性从电视广告中得到了正确的信息，但是只有89%的女性正确解读了该公司的平面广告。

面对来自卫生研究小组的压力，食品与药物管理局于10月份就TSS举行了公开听证会，在听取了妇女团体、医疗和科学机构以及美国疾控中心的一系列证词后，发布了第一套卫生棉条法规。

这是联邦机构第一次试图监管卫生棉条的安全。

食品与药物管理局要求卫生棉条生产商在产品包装盒内放置说明书，对TSS进行描述，解释卫生棉条健康安全的使用方法。尽管管理局拿不准如何做到"健康安全使用"，但是大家普遍认为，经常更换卫生棉条——缩短使用时间——是最基本的要求。按照要求，制造商还应该在产品包装盒上列出卫生棉条和插入物的所有成分。同时，在包装盒外面，制造商必须列出各种可用的卫生棉条尺寸，并具体说明盒内所附设备的尺寸。食品与药物管理局将卫生棉条重新归类为第三类医疗器械，因此，第一次根据法律要求在上市前进行安全测试。

随着诉讼的增多和女性死亡人数的增加，卫生棉条行业开始按章办事，并未出现因食品与药物管理局监管升级引发的常见企业抗议。

第十二章　女性卫生

Rely卫生棉条退出市场还不到四个星期，奥斯特霍尔姆就报告明尼苏达州的TSS病例激增。想起自己以前的研究发现34%的TSS病例使用过Rely，奥斯特霍尔姆表示疾控中心9月份得出的结论是错误的。

"没有其他品牌表现出如此明显的差异，所以Rely的确引人关注。但是，这只占了病例的三分之一，其他三分之二呢？"奥斯特霍尔姆在11月份说，"我们认为所有的卫生棉条都有风险。"

奥斯特霍尔姆将卫生棉条描述为"放大因数"。他还补充道："我们说卫生棉条是罪魁祸首，可能是指与戴卫生棉条相关的某种东西。"

托德医生也很苦恼。

他说："我们（丹佛）的所有病例，都发生在Rely进入科罗拉多州市场之前。TSS并非由卫生棉条引起。绝对不是。对于这种综合征，未知远远超过已知。对于其发病原理，你可以在酒吧里找到12种说法。我认为TSS具备一种（细菌）毒素才算是一种疾病。"

作为回应，疾控中心的施密德说，他和中心研究人员都相信自己对Rely的研究。他说："发布这些信息的时机非常关键。你要根据自己的研究结果，尽快采取行动。"他提到沃尔夫和其他活动人士指责疾控中心行动不够迅速。

然而，到11月底，施密德欣然同意把重点从卫生棉条品牌转向调查究竟是什么导致了TSS。到12月底，疾控中心官员承认"现在所有品牌的卫生棉条都值得怀疑"，海绵等卫生棉条替代品也是如此。有些妇女害怕使用卫生棉条染上TSS，便使用当时流行的天然海绵，结果秋季还是出现了两个病例。

食品与药物管理局官员认为卫生棉条起到了"生长介质"的

作用，因此长时间留在阴道中"并无益处"。在TSS出现之前的5年里，制造商互相竞争，一波波的广告攻势主要是通过使用高吸收性纤维，帮助女性更大限度地"消除"渗漏的担忧。结果，女性使用单个卫生棉条的时间，从1—3小时延长到了平均6.8—7.2小时。

像许多地方公共卫生官员一样，洛杉矶县卫生局的贝蒂·阿吉（Betty Agee）医生指出，在Rely从市场上撤出后，TSS问题仍然存在。她发现这与女性使用的卫生棉条品牌没有关联，但是确实发现她们"持续使用吸水性更强的卫生棉条"。阿吉说洛杉矶县60%的病例使用的超强吸收性卫生棉条并非Rely，而是倍儿乐。

在从未销售过Rely的康涅狄格州，相当多的经期TSS病例使用的都是其他四种品牌的卫生棉条。在加利福尼亚，Rely于1979年5月投放市场，但是TSS病例的激增始于1977年。地方当局说，这并非与使用某个特定品牌有关，而是与所有制造商推出的吸水性更强的产品有关。

女性TSS和高吸水性卫生棉条之间存在明显的统计相关性，这有三种可能的解释：就像与Rely的关联一样，可能存在与某种尚未发现的潜在机制相关的误导性指标；新型合成产品中的某种成分可能会促进葡萄球菌的繁殖；高吸水性产品在阴道内放置时间过长，成了细菌生长的皮氏培养皿。

10月初，美国妇产科学会（American College of Obstetrics and Gynecology）主席基斯·怀特（Keith White）医生将TSS与一些高吸水性卫生棉条中使用的羧甲基纤维素纤维联系起来。他断言这些纤维使阴道异常干燥，在阴道壁造成微小的撕裂，葡萄球菌通过阴道壁进入血液。有种类似的理论认为，羧甲基纤维素也增加了葡萄球菌的数量，因为羧甲基纤维素可以成为细菌菌落所需糖的化学来源。

然而，在疾控中心的实验室，尚兹无法在羧甲基纤维素纤维上单独培养葡萄球菌。在辛辛那提国家职业安全和卫生研究所的实验室，科学家们指出这些纤维仅仅涂上了羧甲基纤维素，能起到润滑剂的作用，可能会减少对阴道的刺激。他们指出大多数受欢迎的眼药水都含有羧甲基纤维素，但是并未出现使用它会增加患结膜炎概率的报告。

此外，将纤维引起的撕裂与TSS联系在一起的说法，存在根本性错误：细菌不需要进入血液，就可以引发TSS。如果细菌真的进入血液，就会导致另一种疾病：败血症。TSS是细菌在黏膜区大量繁殖、分泌致命毒素所导致的。毒素是微小的分子，在阴道壁没有割伤、刮伤、溃疡或其他损伤的情况下，可以轻而易举地进入血液。如果关于这种疾病的纤维割伤、血流理论是正确的，那么结果将是一种截然不同的疾病。

1980年末，威斯康星大学的研究小组对其TSS病例进行研究，除了两例之外，其余病例都是1979年1月后发病的经期女性。他们发现，可以从四分之三TSS女性患者的阴道分泌物中培养出金黄色葡萄球菌，但是去过威斯康星州计划生育诊所的健康女性，经过随机挑选，结果只有2.6%可以培养出来。

威斯康星研究小组写道："如果已经进化出了一种可能产生不明毒素的新型葡萄球菌菌株，那么对于一些经期使用卫生棉条的女性，她们的阴道条件似乎能够促进微生物的生长、毒素的产生或者毒素的吸收。"

1981年1月30日，美国疾控中心自豪地宣称：TSS病例已显著减少，从8月报告的高达119例降到了12月的37例。他们认为疫情得到控制，多亏了自己对Rely采取了迅速行动。

但是，总体统计数据看起来却不那么乐观。1975年1月至1980年10月，共报告了408例TSS病例，其中死亡40例。到1981年1月30日，总数达到941例，其中死亡73例。批评人士指责说，11月底12月初的案例明显减少，针对Rely的宣传起了一定作用，但是Rely撤出市场只是这个社会问题的一个次要因素。他们认为，真实的情况是女性感到恐惧，拒绝使用卫生棉条——所有品牌的卫生棉条。放弃使用的人数之多，史无前例。在Rely和食品与药物管理局的大规模广告宣传之后，丹碧丝的销量在8周内下降了25%，其他卫生棉条生产商也声称销量下降了15%到25%。

"让Rely退出市场显然是错误的。"托德医生在1月说，"如果我是宝洁公司，我就起诉食品与药物管理局，要求赔偿7500万美元！"

在幕后，针对卫生棉条、金黄色葡萄球菌和TSS之间到底是什么关系，疾控中心的科学家和外面的科学家展开了一场激烈的争论。疾控中心的官员公开表示对自己的立场充满信心，但是私下里却远没有那么肯定。

疾控中心的尚兹说："我们只知道一点，浸泡在血液中的卫生棉条有助于细菌生长。"私下里，疾控中心的丹承认导致经期TSS的似乎是一种新型葡萄球菌菌株。而且，他还承认，也许有证据支持加州大学洛杉矶分校特立独行的科学家帕特里克·施利韦特（Patrick Schlievert）的论断，即新的葡萄球菌菌株会产生一种致命毒素，不同于之前在细菌中发现的任何毒素。

但是，美国疾控中心的科学家以及吉姆·托德（Jim Todd）都公开谴责免疫学家施利韦特，指责他不在科学期刊上发表研究成果，却为了个人荣誉寻求媒体的关注，对公众散布奇谈怪论。然而，在TSS造成死亡人数最多的中西部地区，施利韦特的理论被认为是完全正确的，明尼苏达州的合作者很快就会把这位免疫学家从阳光明媚的加州邀请过来，说服他于1982年到明尼苏达大学医学院任职。

疾控中心1980年1月宣布TSS这种新疾病存在的两年前，施利韦特就开始了对它的研究。一位宾夕法尼亚州的医生正在处理一个奇怪的病例，看起来似乎是川崎综合征，也可能是猩红热，他需要帮助。他把病人的血样送给了洛杉矶的免疫学家施利韦特。施利韦特从病人的血液中分离出一种此前未知的链球菌毒素，并将这种物质称为"致热性外毒素"(pyrogenic exotoxin)，意思是细菌分泌的导致发烧的毒素。

施利韦特确信自己可能偶然发现了导致猩红热和川崎综合征的原因，于是开始试验致热性外毒素对老鼠和兔子的影响。

美国疾控中心准备采取行动，抵制宝洁公司的Rely卫生棉条。与此同时，施利韦特正忙着从TSS患者的血液和黏膜样本中分离致热性外毒素，这些样本是由奥斯特霍尔姆从明尼苏达州寄给他的。他很快便证实了这种毒素的存在，并提醒奥斯特霍尔姆说，追踪这种毒素与卫生棉条的联系——尽管很可能存在联系——会转移人们的注意力，忽视真正的问题——葡萄球菌毒素。利用阿吉送到他实验室的洛杉矶样本，施利韦特确认洛杉矶也存在致热性外毒素。

疾控中心的科学家公开表示怀疑。尽管布鲁斯·丹和凯瑟琳·尚兹同意施利韦特的主张，即TSS葡萄球菌菌株产生了某种新型或者罕见的毒素，但是他们二人对致热性外毒素的发现并没有感到兴奋。

尚兹说："还需要进行更多研究才能证明施利韦特所说的就是真正的毒素。"她还说，导致TSS的毒素存在几种可能。

施利韦特是一位有进取心的年轻学术科学家,他的回应言之凿凿,常遭人误解,人们总会认为他太傲慢。他说:"我已经超越了探寻病因的阶段。我不在乎疾控中心怎么说。"

在分离出毒素并证明它会导致动物患病之后,施利韦特开始证明科赫法则。科赫法则以1905年诺贝尔奖得主罗伯特·科赫(结核病病因的发现者)的名字命名,是说需要实验证据证明特定微生物和特定疾病之间存在因果关系。为了证明某种微生物或病原体确实导致了某种疾病,科赫说科学家必须确认每种疾病都存在病原体;将微生物分离并在实验室进行培育(或培育其毒素);证明实验室培养的样本注射到动物体会引起疾病;然后,再从生病的实验动物身上分离出这种微生物或毒素。

施利韦特从TSS患者体内分离出毒素,然后注射到兔子体内。不到几小时,兔子就出现了典型的TSS症状,同时开始发高烧,血压明显降低,黏膜分泌出金黄色葡萄球菌。接下来,他从兔子受感染的黏膜中重新分离了毒素。两周后,施利韦特给此时已经痊愈的兔子再次皮下注射毒素,结果这些兔子有一半出现了猩红热样皮疹。

施利韦特对兔子免疫系统的不同组成部分进行检测,发现T细胞水平在第一次注射毒素后激增。注射四天后,兔子仍然生病,其抗体产生水平(尤其是免疫球蛋白M)大幅下降,而它们的白细胞总数比正常水平高出2.5倍。数量惊人的抑制T细胞似乎抑制了兔子的抗体反应。

到第十天,毒素已经杀死了兔子的大部分T细胞,而且施利韦特发现产生抗体的B细胞数量激增。需要特别注意的是,血液中充满了免疫球蛋白G抗体,这些抗体四处寻找要对付的毒素目标。到第十二天,兔子的血液中充满了这些抗体与毒素分子紧密结合的复合物，其中一些仍然附着在它们已经入侵的T细胞上。

施利韦特认为这时免疫系统会出现混乱。它会把毒素和T细胞都视为敌人，开始自我毁灭，结果导致自身免疫性疾病。

施利韦特基于对兔子和老鼠的观察，提出了一种关于人类疾病的假设：美国出现了一种新型金黄色葡萄球菌（根据病例报告，1981年前也曾在瑞典和加拿大出现）；这种菌株拥有一组基因，为致热性外毒素A指定了遗传密码，首次感染会导致一种轻微的类流感疾病，但不符合疾控中心对TSS或川崎综合征的定义。然而，初次感染的确会在免疫系统引发一系列事件，使病人过敏；第二轮、第三轮接触葡萄球菌毒素后，个人免疫系统会进入自毁模式，未受到挑战的毒素便引发TSS。

施利韦特的模型认为月经周期是这种细菌致病机制启动的理想时机。女性在经期会经历一轮葡萄球菌暴露致敏期，随后恢复，但是细菌仍然留在阴道内。在下一个经期，由于提供了理想的卫生棉条生长表面，细菌数量飙升。于是，过于敏感的免疫系统开始自毁。

施利韦特把这个模型展示得一清二楚，他可以根据给兔子注射的毒素数量和给药方案，准确预测出兔子产生的一系列症状。

"对于这种疾病，卫生棉条只是一种被动的辅助致病因子。"施利韦特说，"花园里的葡萄球菌就可以引发这种疾病。但是，5年前（1975年）我们在美国发现了一种新型葡萄球菌。"

除了对青霉素类抗生素具有耐药性之外，这种新型葡萄球菌不像传统葡萄球菌那样杀死红细胞、导致皮肤生疖、分解人体中的脂肪酸。但是，这种新菌株似乎繁殖得特别快——比常见的葡萄球菌快100倍到2500倍。

施利韦特说："这种菌株一旦出现，（卫生棉条）行业就无法生产出安全产品。这种疾病不会因为没有卫生棉条而消失。它只是需要一个营养丰富的环境。如果美国现在停止使用卫生棉条，这种细菌就会自行适应，在其他地方突然冒出来。"

施利韦特和奥斯特霍尔姆在一些TSS幸存者身上发现了自身免疫性疾病，这给施利韦特免疫系统遭到破坏的理论提供了支持。奥斯特霍尔姆曾在明尼苏达州诊治过一个病人，她急性中毒性休克持续了五周。康复几周后，她出现了狼疮，这是一种典型的自身免疫性疾病。在加州大学洛杉矶分校，另一名TSS幸存者患上了严重的狼疮，这导致她的脾脏（产生B细胞的器官）被切除。一项对另外12名洛杉矶TSS幸存者的调查显示，75%的人正在产生针对自己细胞的抗体。

根据对兔子的剂量研究，施利韦特计算得出：1毫克致热性外毒素足以让一个体重220磅（约100千克）的人丧生。从一名死于TSS的妇女的血液中，施利韦特提取到的这种毒素超过了10毫克。

到1980年底，施利韦特深感沮丧。他不断向疾控中心发送数据，与四个州的公共卫生官员合作，与丹佛的托德医生小组分享数据，但是联邦科学家对他的研究发现仍然视而不见。

托德医生指责施利韦特哗众取宠，并对前来调查的记者说："施利韦特需要冷静下来，发表自己的研究结果。否则，没人会把他当回事。"

施利韦特试图发表自己的研究成果，但是到1980年11月，《科学》《新英格兰医学杂志》和《传染病杂志》要么拒绝他的论文，要么告诉他本刊不发表任何TSS研究论文。

施利韦特说："针对这种形势，确实需要采取一些措施。我觉得令人厌恶。我必须为自己所做的事情进行辩护。事情不应该是这个样子。他们（疾控中心）不会告诉我他们在做什么，但是他们要求我把我做的每一件事都告诉他们。"

1981年1月，托德呼吁举行国家科学论坛，解决这一争议。随着时间的推移，这位丹佛的医生越来越相信施利韦特的数据，最终接受了他的观点。

美国医学研究所（隶属于华盛顿特区的美国著名国家科学院）随后召开了一次关于TSS的特别会议，厘清了共识和争议，并指出需要进一步研究。施利韦特和疾控中心的丹最终达成了一项实验室研究方案，致力于解决争议。施利韦特寄来了一本他称之为"食谱"的书，描述了自己分离毒素并证明它导致TSS的方法。于是，疾控中心给施利韦特送去了一组带编号的血液样本和各种葡萄球菌菌株，但没有事先告诉他哪一种来自TSS患者。到3月份，经过调查后水落石出，疾控中心团队与施利韦特共同发表论文，声明发现了TSST-1，即TSS毒素-1。

尽管疾控中心团队和施里利韦特现在"持相同立场"，但是正如这位加州大学洛杉矶分校的科学家所说，他们之间的嫌隙仍未消除。施利韦特、托德和奥斯特霍尔姆都觉得，他们因为公开反对疾控中心遭受了痛苦，并对疾控中心压制相反观点的倾向感到不满。

TSS逐渐从全国报纸头版和电视新闻上消失了，但是问题并没有解决。疾控中心在1982年、1983年和1984年继续报告TSS病例。病例数量在下降，流行病学模式也慢慢发生了变化，从1980年以经期女性为主的模式变成一种更为普遍的疾病，波及社会各个阶层，而且不分男女。

截至1984年4月，向疾控中心报告的TSS病例共计2509例；其中110例（5%）死亡。在2295例女性病例中，有89%的女性患病时正值经期。1980年出现的所有病例（包括男性和女性）中，经期女性占到了93%；到1983年，这一比例下降到了71%。

多年后人们会发现，TSS的最高发病率是拥有斯堪的纳维亚和德国血统的人，可能是因为他们对葡萄球菌的独特遗传易感性。这就解释了美国威斯康星州和明尼苏达州等地区的聚集发病现象，几代人之前，斯堪的纳维亚人和德国人就是移民到这里的。在美国之外，TSS的最高发病率出现在瑞典、丹麦和德国。然而，到1984年，TSS病例也出现在美国的每个州以及加拿大、大多数西欧国家、日本、澳大利亚、新西兰、以色列和南非。

疾控中心对1983—1984年间感染该疾病的285名妇女使用卫生棉条的方式进行了仔细调查，结果显示，卫生棉条的吸水性与感染TSS的风险密切相关，但是卫生棉条的化学成分却与之无关。

1983年7月，加州欧文市的VLI公司面向美国市场推出了（"今天"牌）阴道避孕海绵，食品与药物管理局几乎立即收到了与该产品相关的TSS病例报告。使用这种海绵的大多数病例都发生在非月经期，使用该产品的女性感染TSS的风险是不使用该产品的非经期女性的40倍。根据设计，这种海绵的使用时间为24小时，跟使用时间更短的高吸水性卫生棉条一样，葡萄球菌可能会在海绵上繁殖。

美国医学研究所的报告建议女性避免使用高吸水性卫生棉条。1982年，沃尔夫团队请求食品与药物管理局通过法律要求卫生棉条制造商根据一定的规范标明产品的吸水性能。沃尔夫团队希望把最近研发的西格纳（Syngyna）吸水性测试法作为标准。

翌年，食品与药物管理局确实与产业界达成了协议。卫生棉条盒上有两条TSS信息。第一条说是"注意：卫生棉条与TSS有关。TSS是一种罕见的严重疾病，可能会导致死亡"。此外，业界开始使用"初级吸水性""普通吸水性""强吸水性"和"超强吸水性"等标准化术语,并在所有盒子上用图表列出棉条与血液吸收的关系。

TSS一直是工业化国家的一个问题,一直持续到20世纪90年代。到1990年人们已经清楚,这种感染显然与手术、使用卫生棉条和皮肤损伤有关。

临床方面,支持施利韦特最初提出的毒素驱动免疫系统失调假说的证据不断增多。例如,在1985—1986年的流感季节,在明尼苏达州有9人作为流感并发症染上TSS,其中5人死亡。受害者的年龄从5岁到56岁不等,但没有一例与卫生棉条或月经有关。

医生从TSS患者的咽喉和鼻腔培养出了金黄色葡萄球菌,这种菌株能大量制造TSS毒素-1和另一种葡萄球菌毒素肠毒素B。科学家推测,是流感感染令咽喉和鼻腔受到了刺激。这些患者可能是用污染的手擦拭鼻子或者在咳嗽时用手捂嘴而感染了葡萄球菌。那些急性TSS患者可能曾经接触过这种微生物,导致免疫系统过敏。或者流感已经破坏了免疫系统,葡萄球菌毒素只是趁机而入。弗吉尼亚州的医生报告了一个类似的病例:一个健康强壮的18岁男孩流感发作后,死于TSS。他们警告说:"一种新发现的综合征可能正在出现,即流感后TSS。"

吉姆·托德已经完全接受施利韦特的TSS假说,考查了皮质类固醇在中毒性休克治疗中的使用情况。如果施利韦特的观点正确,那么给TSS患者使用类固醇将是个好办法,因为这些化学物质会抑制免疫反应。托德比较了25名患病期间服用类固醇的TSS病例和20名未服用类固醇的TSS病例。类固醇使用者的情况要好很多,TSS恢复得更快,发热性高血压发作的时间也更短。

川崎富作自1967年就一直在研究以自己名字命名的川崎综合征,根本不相信成年人患的TSS跟他最初在日本儿童身上观察到的是同一种疾病。到20世纪80年代中期，全世界每年都有数千名儿童被诊断出川崎综合征，其中主要是婴儿。对大多数儿童而言，这种疾病相对无害，但是在少数情况下，这种综合征极其危险，因为儿童的冠状动脉内会形成动脉瘤，导致心脏病发作而死。

使用被污染的针头注射娱乐性药物而感染葡萄球菌的人，患上心内膜炎心脏病的风险很高。虽然这些成年患者并未出现冠状动脉瘤，但是在他们身上却观察到了脑动脉瘤（大脑或系统性的）。

施利韦特和他的支持者几乎可以肯定，川崎综合征只不过是免疫系统未成熟婴儿对导致成人TSS的相同或相似细菌毒素的反应。他说服川崎送来了患有川崎综合征或其他疾病的带编号的儿童血样，施利韦特用他的TSS毒素-1测定法试图确定哪些样本来自患有这种神秘疾病的儿童。施利韦特的TSS毒素-1抗体测定法正确识别出了一半川崎综合征病例，但是并未错误地识别对照组的任何血样。

然而，为了证明科赫法则，施利韦特需要证明注射TSS毒素-1能够在动物身上引发川崎综合征，他直到1994年才完成这一壮举。

1993年，施利韦特与位于丹佛的国家犹太免疫学和呼吸医学中心及波士顿新英格兰医学中心的研究人员合作，证明至少一些儿童的川崎综合征与TSS毒素-1有关。研究人员将16名患有川崎综合征的儿童与15名因其他原因出现发烧和皮疹的儿童进行了比较。在16名川崎综合征患者中，有13名患者的血液或黏液拭子中发现了分泌TSS毒素-1的细菌，而对照组中则只有一名患者。这种毒素在川崎综合征患儿体内导致一定数量的T细胞群增殖（VB2＋T细胞），而对照组则未发现相应的细胞数量增长。

1993年的川崎综合征研究为施利韦特的另一项观察研究提供了进一步证据，即产生TSS毒素-1的金黄色葡萄球菌菌株具有独特的遗传特性，而且在1975年之前它在人类疾病中并未发挥重要作用。

对几十个来自不同地区的导致TSS的细菌样本的调查表明，它们都源自同一种葡萄球菌。除了产生致命毒素，这种新型葡萄球菌菌株还依赖其宿主提供氨基酸色氨酸。（普通的葡萄球菌自己会制造色氨酸。）在实验室细胞培养中，这种新菌株其实在肉眼看来是不同的：普通葡萄球菌菌落在红细胞上繁殖很快，呈金黄色，但是新菌株似乎不能消化牛肉或人类血细胞，菌落呈白色或乳白色。

新菌株的生长速度比普通葡萄球菌菌落快1万倍，产生大量的TSS毒素-1，还有使其对青霉素、氨苄西林和其他青霉素类抗生素产生免疫的酶。

在实验室测试中，TSS毒素-1和其他五种从不同葡萄球菌菌株中提取的毒素被证明是曾经发现的最强的T细胞刺激剂。在短期内，它引发的免疫混乱可能导致CD4 T细胞数量剧增（这相当于被HIV摧毁的T细胞数量）。这反过来又导致CD4相关的化学物质的分泌，引发高烧、休克和皮疹等症状。如果实验室的动物或人不断接触这种毒素，就像许多经期妇女每月都遭受这种细菌的严重侵袭一样，这种CD4 T细胞的过度刺激可能会导致消瘦综合征、厌食症和免疫系统关键化学物质的长期过剩。

由于这种显著的免疫效应，TSS毒素-1被命名为"超抗原"——一种能够在系统内诱发一连串活动的异常强烈的免疫系统刺激剂。

利用20世纪80年代后期研发的分子生物学技术，不同的科学家都证明：引发中毒性休克的葡萄球菌菌株毒性独特的遗传特征，以及导致它无法消耗红细胞并产生败血症的独特遗传特征，合在一起成为一个连续的细菌DNA段。此外，这段DNA是可移动的——它可以沿着细菌的染色体移动。在大多数情况下，它要么与产生色氨酸的基因一起存在，要么很罕见地与产生另一种关键氨基酸——酪氨酸——的基因一起存在，而TSS毒素-1菌株偶尔会缺乏这种酪氨酸。

这种菌株对青霉素具有耐药性，是由于另一个转座DNA片段能够产生一种酶——β-内酰胺酶，使得青霉素无法消灭这种细菌。这种对青霉素耐药的基因片段，是在北美和欧洲将青霉素引入临床医学后不久在葡萄球菌中首次发现的，并以质粒的形式在微生物世界中移动。

在新的葡萄球菌菌株中，这两个转座子（TSS毒素-1和β-内酰胺酶）似乎是连接的；在没有β-内酰胺酶的葡萄球菌中，TSS毒素-1是绝对不存在的，二者的表达似乎同时发生。

由此，一个令人兴奋的结论渐渐明朗：也许TSS的暴发跟一个独特的基因事件有关。在20世纪70年代的某个时间，在适合微生物生长和快速繁殖的理想生态环境下，一个携带两种基因集的质粒被金黄色葡萄球菌吸收了。

人们会轻易得出这样一个结论：滥用青霉素抗生素是造成这一事件的原因。由于毒素基因和抗生素抗性基因似乎同时由一个质粒携带，使用青霉素产生的选择压力可能导致了突变事件。当然，这纯粹是猜测。要证明这一事件发生过是不可能的，更不用说弄清楚发生在何时何地了。

新菌株如何产生姑且不论，它的首次出现就引起了人们的强烈反应。它动摇了一项数百万美元的产业的基础，导致经期妇女

第十二章 女性卫生

提心吊胆,科学家争吵不休,而且食品与药物管理局和疾控中心这两个美国联邦机构的信誉也遭到了挑战。

就像HIV和许多其他微生物一样,这种有毒的新型微生物打败了人类。尽管人类做出了疯狂(尽管无效)的努力,这种微生物还是成功地在人类世界开辟出一个生态位,并永久占据,从未消失。

到1994年,TSS已经成为一种永久存在的新型人类病原体,尽管它不再引发诉讼,不再成为头版新闻,但是在20世纪90年代,这种新型金黄色葡萄球菌菌株造成的感染、疾病和死亡与1983年相差无几。虽然Rely牌卫生棉条已经退出市场十多年,卫生棉条盒上也带有各种提醒,但经期女性仍然会感染TSS,尤其是那些使用高吸水性产品的女性。

人们唯一能感到安慰的是,如果能迅速诊断和治疗,这种疾病是可以治愈的。虽然TSS毒素-1这种细菌对青霉素抗生素具有耐药性,但是在其他种类的药物面前却不堪一击。

至少目前情况如此。

第十三章

细菌的报复与新药的研制
——抗药的细菌、病毒和寄生虫

想想地球上最小和最大的生物在体型上存在的巨大差异吧。一个小细菌只有0.00000000001克。一头蓝鲸重约1亿克。然而，一个细菌可以杀死一头鲸……与人类和其他所谓的"高级"生物相比，微生物的适应能力更强，更神通广大。毫无疑问，在我们和其他共生者永远离开这个舞台很久之后，微生物还会继续在地球上繁殖，继续改变地球的面貌。统治这个世界的是微生物，而不是宏观生物。

——伯纳德·狄克逊，1994

一

TSS已经证明，细菌世界处于一种不断进化和变化的状态。细菌的可变性，再加上它们在微观纸牌游戏中传递和分享基因王牌的能力，似乎让人类在这种游戏中失手的次数日益增多。

除了导致罹患TSS，葡萄球菌还有很多其他危害。尽管当时是抗生素时代，葡萄球菌感染仍然是致命的。1952年葡萄球菌100%对青霉素敏感，但是到1982年就只有不到10%的临床葡萄球菌病例能被青霉素治愈，这个比例发生了巨大变化。大多数菌株和TSS毒素-1菌株一样，都是通过把β-内酰胺酶质粒吸收到DNA中，实现对青霉素的抗药性。一旦这种质粒被完全纳入细菌基因组，从一代微生物传到下一代微生物，医生就会发现病人无法通过治疗缓解病情。

幸运的是，我们有不使用β-内酰胺类抗生素中和葡萄球菌的替代药物，所以医生们并不担心。20世纪60年代后期，医生放弃了青霉素，转而使用甲氧西林，尽管在巴黎、伦敦和整个美国有少数医院报告了甲氧西林耐药的明显病例，但总体结果是乐观的。人类再次打败了葡萄球菌。

但是，在20世纪80年代早期，临床上出现了值得注意的葡萄球菌菌株，它们不仅对甲氧西林耐药，而且对萘夫西林等同类抗生素也耐药。例如，1982年5月，在加州大学旧金山分校莫菲特医院的新生儿病房，一名新生婴儿死于对青霉素、头孢菌素和萘夫西林具有耐药性的一种毒株。这种突变菌株已经在医院及附近社区飘浮了3年，感染了新生儿病房的一名护士，然后又传染给了3个婴儿。医院防止出现更多病例的唯一方法，就是使用对这种细菌仍然有效的抗生素积极治疗病房工作人员和婴儿，禁止新病人住进病房，更新休眠葡萄球菌可能蛰伏的所有有机材料（器材上面的橡胶配件、窗帘、床单等），用消毒剂擦洗整个医院。

不幸的是，这并非一次孤立事件。到20世纪80年代初，医院内细菌耐药性事件司空见惯，尤其是针对病房里那些免疫功能最弱的病人，即严重烧伤的病人、早产婴儿、晚期癌症患者、动大手术者、重症监护病人等。

整个20世纪80年代，耐甲氧西林金黄色葡萄球菌（MRSA）在全球范围内暴发的规模和频率都不断增加。到1990年，耐甲氧西林金黄色葡萄球菌将对全球各地的医院带来明显的经济和健康危机。耐甲氧西林金黄色葡萄球菌的感染率和死亡率将稳步上升，从大型城市医疗中心向外扩散，最终到达郊区诊所和农村治疗中心。

1992年，美国大约15%的葡萄球菌对甲氧西林具有抗药性；从美国各大医院病人身上分离出来的菌株中，有近40%是耐甲氧西林金黄色葡萄球菌。在从埃塞俄比亚的农村到澳大利亚的珀斯等的偏远地区，很快出现了严重的耐甲氧西林金黄色葡萄球菌问题。到1993年，就只剩下万古霉素这种肯定能杀死葡萄球菌的药物了。甚至万古霉素的可靠性也岌岌可危，因为一些医生报告说存在耐甲氧西林金黄色葡萄球菌菌株，用现有的最后一种抗葡萄球菌药物也无法轻易将其消灭。

从廉价的青霉素转向甲氧西林，普通病人的药物治疗费用增加了大约10倍；改用万古霉素则意味着开始使用市场上最昂贵的抗生素之一。在富裕的国家，这是一种沉重的负担，但并不禁止使用。然而，增加的费用超出了贫穷国家的承受能力，导致一些葡萄球菌感染几乎得不到治疗。

葡萄球菌无处不在：所有人类以及一些被养作宠物的哺乳动物体内都含有葡萄球菌。大多数时候，无论是握手传播的葡萄球菌，还是周末在花园翻土种郁金香吸收的葡萄球菌，对人体免疫系统都是无害的。但是，如果细菌碰巧出现在伤口、皮肤烧伤处或免疫应激的人身上，诱发的感染可能会对细菌存活极其有利。

正是因为这一点，医院和儿童托管中心似乎特别适合微生物繁殖。每一位员工，包括护士、医生、护理员和教师，都可以充当一个移动单元，把细菌从一个潜在的人体宿主带到另一个宿主身上。绝大多数住院的人都有外科手术创伤，或者正遭受着疾病的折磨，而这些疾病吸引了他们免疫系统的全部注意力。同样，日托中心的儿童也可能会频频遇到擦伤、割伤、流鼻涕、不洗手、不洗脸的情况。

认识到这一问题后，生活在富裕国家的人开始采用标准化的抗生素使用方法，例如术前给所有患者使用抗生素，防止手术后感染。而且，针对各种感染，小孩子几乎千篇一律地服用抗生素。

然而，这些细菌依然顽强地存活下来，使用抗生素进行预防和治疗也无济于事。1992年，美国大约有2300万人接受了手术，几乎每个人都在术前注射了抗生素。其中多达92万人术后出现了细菌感染，其中大多数是因为葡萄球菌，特别是耐甲氧西林金黄色葡萄球菌。

在日托中心和医疗机构之外，最容易发生葡萄球菌感染的，要么是随即感染的病人（患有癌症、艾滋病、心脏病等疾病的人），要么是注射吸毒者。1986—1989年丹麦的一项调查显示：大约7%的严重社区耐甲氧西林金黄色葡萄球菌感染，是由共用被污染的针头造成的，而在美国许多市中心地区，这一比例超过了10%。

到1990年，对大量潜在药物具有耐药性的超级葡萄球菌菌株已经客观存在。例如，一个澳大利亚研究小组治疗过一名患者，其感染的菌株对镉、青霉素、卡那霉素、新霉素、链霉素、四环素和甲氧苄啶具有耐受性。这些药物，每一种都采用一系列相关药物所使用的特定生化机制，因此这种澳大利亚葡萄球菌能够不同程度地耐受约31种不同的药物。

澳大利亚人通过一系列的试管研究证明：这种耐受不同药物的能力是由不同的质粒携带的，而这些质粒可以从一个细菌传递到另一个细菌。最常见的传递方式是接合：一个细菌简单地伸出细胞质，就可以将质粒传给自己的伴侣。

纽约市卫生局的一个研究小组利用聚合酶链式反应（PCR）基因指纹技术，追溯了470株耐甲氧西林金黄色葡萄球菌，发现所有的耐甲氧西林金黄色葡萄球菌都源于1961年首次出现在埃及开罗的一种菌株。到20世纪60年代末，这种菌株的后代在纽约、新泽西、都柏林、日内瓦、哥本哈根、伦敦、坎帕拉、内罗毕、安大略、哈利法克斯、温尼伯和萨斯卡通都可以找到。10年后，它已经遍布全球。

幸运的是，这种菌株对万古霉素没有耐药性。

不管怎么说，暂时还没有产生耐药性。

能成功利用质粒、跳跃基因、移动DNA、突变和结合性共享耐药因子克服人类使用的药物，并非只有葡萄球菌。其实，到1993年，几乎每一种常见的病原菌都已呈现出一定程度的临床显著耐药性。在这些新菌株中，有超过24种引发危机并对人类生命构成威胁，最常见的抗生素疗法也对它们束手无策。

1992年，美国疾控中心的细菌研究主任米切尔·科恩（Mitchell Cohen）医生写道："耐药现象日益普遍，这说明临床医学和公共卫生之间需要加强合作。除非能成功地保住目前仍然有效的抗生素，遏制住耐药微生物的传播，否则后抗生素时代可能会迅速到来，将再次出现疾病无法治愈的传染病病房。"

美国国家卫生研究所资深科学家理查德·克劳斯（Richard Krause）将这种细菌耐药局面称为"微生物耐药大流行"。到20世纪80年代末，世界各地似乎都出现了新细菌菌株，而且出现的速度每年都在加快。据估计，仅仅在美国，这种突发事件每年就会增加2亿美元的医药费，因为人们需要使用更加奇特和更加昂贵的抗生素，而且无论是链球菌性咽喉炎，还是危及生命的细菌性肺炎，各种此类疾病也需要更长的住院治疗时间。如果加上延长住院治疗的费用，每年因抗生素耐药性微生物增加的费用估计超过300亿美元。尽管这些流行病始于市中心的大型医院综合大楼，中招的都是老年人和重病患者，但是到20世纪90年代，已经开始铺天盖地，疯狂肆虐，对所有年龄、社会各阶层和不同地区的人都构成了威胁。

吉姆·亨森（Jim Henson）是著名的《布偶历险记》之父，他在1990年春天死于另一种据说可以治愈的常见细菌感染。这是一种明显的新型变异链球菌菌株，对青霉素具有耐药性。它携带着一种致命毒素基因，这种毒素与帕特里克·施利韦特在TSS金黄色葡萄球菌菌株中发现的毒素非常相似。

实际上，是施利韦特在1989年首次发现了这种新微生物，并将这种疾病称为A族链球菌导致的中毒性休克样综合征（TSLS）。到亨森去世时，也就是发现这种疾病的1年后，加拿大、英国、斯堪的纳维亚、德国、美国的几个地方和新西兰都报道了致命的中毒性休克样综合征病例。此外，所有类型的链球菌菌株都显示出越来越强的抗生素耐药性。在20世纪70年代早期，这些抗生素，特别是红霉素和青霉素，对链球菌几乎是普遍有效的，出现的与链球菌相关的并发症，如风湿热和脓疱症，是因为医疗护理不当，并非抗生素失效。

据哥伦比亚大学抗生素专家哈罗德·诺伊（Harold Neu）博士说，在1941年，每天1万单位的青霉素连续4天就足以治愈链球菌导致的呼吸道感染。当时，美国大多数链球菌感染都涉及A族链球菌，而对生命威胁最大的链球菌感染并发症便是猩红热。

面对青霉素和其他常见抗生素，A族链球菌菌株似乎特别脆弱，不久便从临床诊疗中消失得无影无踪。到20世纪60年代，美国和欧洲的医学院学生要想了解猩红热这种过去的常见疾病，就只能去查阅图画书了。

随着其生态竞争对手的退出，强悍的B族链球菌菌株迅速登场，目标主要是新生婴儿。到20世纪70年代末，B族链球菌已经成为所有工业化国家新生儿病房中最致命的疾病，尽管进行了积极的抗生素治疗，但是在所有感染这种细菌的不足两个月的婴儿中，死亡率高达75%。

更为严重的是毒性强、高度耐抗生素的肺炎链球菌菌株的出现。这种细菌通常出现在人的肺部，而且通常不会对智人宿主造成不该有的伤害。然而，如果一个人吸入了与自己之前接触过的肺炎链球菌差异较大的菌株，那么免疫系统可能无法控制这种微生物。同样，任何削弱宿主免疫系统的情况，都会导致肺炎链球菌数量剧增。

在使用青霉素之后的数年间，出现了能够抵抗普通抗生素的菌株。例如，在20世纪80年代，父母和儿科医生都注意到，幼童罹患耳部感染的似乎越来越多，而中耳炎引起的听力受损成了亟待解决的问题。到1990年，约三分之一的幼童耳部感染都是由肺炎链球菌引发，其中近一半病例都跟对青霉素耐药的菌株有关。

最初，细菌并非全部具有抗药性，这意味着经过青霉素治疗后一些病菌会死亡，幼童的耳朵会恢复健康，父母和医生都相信病已经痊愈。但是，孩子耳朵里的肺炎链球菌菌落并没有被全部杀死。随着时间的推移，存活下来的微生物会大量繁殖，几周后孩子的耳朵会再次疼痛。如果父母把剩下的青霉素从药柜拿出来，再次给孩子治疗，他们可能看到孩子已经再次痊愈。但是这一次，肺炎链球菌的抵抗力更强，药物杀死的细菌更少，中耳炎迅速卷土重来。

患上风湿热后,细菌会在人体结缔组织中繁殖,而在西方工业化国家,导致这种风湿热的肺炎链球菌,实际上到1970年已经消失。风湿热这种危险的疾病,通常会侵袭5—15岁的儿童,在关节部位引发类似关节炎的疼痛,并可能诱发致命的心脏感染。在前抗生素时代,由于细菌造成的损害,风湿热幸存者经常会患上终生无法治愈的心脏病和关节炎。

1985年,犹他州盐湖城地区的白人中产阶层暴发了风湿热。短短3年时间(从1982年到1985年),这种疾病的发病率飙升了80倍,尽管有积极的抗生素治疗,但是近四分之一的病人都经历过病情复发。继盐湖城暴发风湿热之后,美国各地的风湿热病例越来越多,这种上升趋势将一直持续到1994年。

盐湖城的医生们开始想方设法搞清楚风湿热病例突然激增的原因,而大约在同一时间,俄克拉何马州的医生们注意到了多重耐药肺炎链球菌感染病例在显著增加。在俄克拉何马暴发的疫情中,受影响最严重的是该州贫穷的城市黑人居民——黑人感染链球菌肺炎的总占比高出白人60%。俄克拉何马州最穷的居民和住在养老院的老年人,受这种疾病的冲击最为严重。链球菌肺炎患者的死亡率超过15%。

当然,在世界上的贫穷国家,风湿热、链球菌肺炎和儿童普通呼吸道链球菌感染等疾病从未消失,甚至都没有显著减少。截至1990年,幼童上呼吸道和肺部链球菌感染仍然是贫穷国家疾病和死亡的主要原因。1992年,据世界卫生组织估计,每年约有20亿儿童发生急性呼吸道感染,其中430万儿童直接因此死亡。每年大约有80万新生婴儿死于细菌感染,主要是肺炎链球菌或流感嗜血杆菌。总的来说,80%的死亡病例是儿童肺部细菌感染,其余的是病毒感染(麻疹、呼吸道合胞病毒、流感和百日咳)。

在儿科呼吸系统疾病的预防和管理方面，贫穷国家会使用可以买到的抗生素药物，但是资源匮乏，没有或者几乎没有实验室化验检测导致儿童肺部感染的微生物。所以，专业卫生人员确定疾病过程，不是根据导致感染的微生物，而是根据身体感染部位和感染的严重程度。一般来说，上呼吸道感染通常是病毒性的，相对温和，但肺部重度感染则预示着面临致命性细菌疾病的威胁。

1990年，世界卫生组织得出结论，发展中国家的最佳策略是假定所有儿童肺炎都是由细菌感染引起，并且在没有实验室证明是链球菌或者流感嗜血杆菌感染的情况下，使用青霉素对儿童进行治疗。印度、尼泊尔和巴布亚新几内亚进行的研究表明，人们根据推测使用抗生素治疗急性呼吸道感染，使试验地区的儿童死亡人数减少了三分之一。更令人印象深刻的是，由其他各种原因造成的儿童死亡人数减少了36%，由此可见，预防或治疗儿童呼吸道感染，不仅防止了上述肺部感染，而且还避免了许多其他继发性儿科疾病。

这是好消息。

坏消息是对患有轻微（通常是病毒性的）呼吸道感染的儿童而言，青霉素和其他抗生素的疗效并不比不使用药物的家庭基本护理强多少。抗生素对病毒没有效果。

印度尼西亚大学的一个研究小组写道："我们的研究结果表明，使用氨苄西林治疗印度尼西亚儿童的轻度急性呼吸道感染缺乏根据。这种做法不仅花钱多，还可能会带来伤害，不符合医学界、卫生部和印尼人民的利益。"

当然，主要危险是乡村护理人员缺乏培训和实验室支持，无法正确区分病毒和细菌、轻症和急症，会过度使用抗生素，而这反过来又会促使耐抗生素肺炎链球菌出现。

第十三章　细菌的报复与新药的研制

不久，由于受富裕国家和贫穷国家药物使用政策的影响，世界各地都出现了耐抗生素的肺炎链球菌菌株，其中一些菌株能够同时耐受六种不同等级的抗生素。到20世纪90年代，肺炎链球菌菌株智胜了所有氨基糖苷类抗生素、氯霉素、红霉素和所有青霉素类药物，使得医生几乎没有了选择余地，流行病学家也开始担心这些细菌什么时候会对万古霉素产生耐药性。

对各种新突变的肺炎链球菌菌株的基因分析，为这些突发病情的源头提供了一些线索。1978年，在西班牙的一家医院首次出现了一种（被称为23F的）多重耐药菌株，它除了不能抵抗红霉素之外，具备多种抗药能力。这一特性是在一名感染者携带这种微生物进入俄亥俄州后出现的。这种微生物的后代来到南非、匈牙利和英国，又回到西班牙，然后再回到美国中西部，面对充斥着针对性药物的人类生态，它的对抗能力也随之提高。到1992年，人们已经将每一种已知的23F肺炎链球菌都追溯到了20世纪70年代在西班牙出现的一个突变克隆菌株。

令人恐惧的例子是1977年5月在南非德班出现的19A型肺炎链球菌。5名幼儿因其他原因在爱德华三世国王医院住院时感染了这种新型菌株，造成3人死亡。实验室对19A菌株进行检测发现，它对大量药物都具有耐药性，比如青霉素、氨苄西林、头孢氨苄西林、羧苄西林、链霉素、甲氧西林、氯唑西林、红霉素、克林霉素、庆大霉素、夫西地酸、氯霉素和四环素。认识到标准抗生素治疗无效后，德班的医生改用利福平加夫西地酸治疗。这种细菌对夫西地酸有一定的抗药性，但是在利福平面前却表现得很脆弱。

但是，新的突变株无法被控制。德班的第一个婴儿患病一个月后，一名3岁男童因患心脏病在约翰内斯堡住院治疗。由于在医院感染链球菌19A，他患上了肺炎，经过六个多星期的各种抗生素治疗后才痊愈。人们很快就查清，这种超级链球菌感染了数十名儿科病人和医院工作人员，整个麻疹病房都被这种基因变异的细菌攻陷。有三名麻疹病人死于19A型肺炎。

于是，人们采取了强有力的控制措施，使用大剂量利福平治疗所有医院感染人员，清洗约翰内斯堡和德班的儿科病房。尽管如此，链球菌19A从未被彻底消灭，突变细菌在数年间周期性地重新出现。1978年对约翰内斯堡六家主要医院的调查发现，超过一半的肺炎患者携带19A菌株。那一年，德班15%的肺炎病例也跟链球菌19A有关。

纽约洛克菲勒大学的细菌学家亚历山大·托马斯（Alexander Tomasz）后来对19A菌株进行了基因分析，得出了他所谓的"惊人发现"。德班菌株与10年前在巴布亚新几内亚一个偏远乡村小男孩身上发现的菌株相匹配。这种奇怪的细菌10年后传到了南非，然后从南非传到了西班牙、匈牙利、英国、美国，最终传到世界各地。而它到底是如何传播的，托马斯一直无法确定。

托马斯说："关键是所有这些细菌都可以追溯到一个克隆株。这一切都是从一个转化的细菌开始的。"

面对抗生素压力，微生物的变化远远超过了自身耐受药物的能力。托马斯发现肺炎链球菌和其他大多数细菌一样，吸收质粒的效率并不高。但是，它们是贪婪的DNA清道夫，所以弥补了这一缺陷。托马斯用相机和显微镜拍下了它们吞噬长串随机DNA的过程。它们因此彻底改变了细胞壁的生化成分，托马斯说："我们不得不承认这些细菌是新物种。"

在它们的DNA中，托马斯发现了大量明显错误的基因——它们根本就不是肺炎链球菌基因。

这种抗药性的出现，通常发生在社会落后、经济贫穷的社区。世界各地的穷人更有可能使用抗生素自行治疗，许多国家将抗生素列为非处方药，他们有人会去黑市购买，或者借用亲戚家剩下的。这些穷人不会去咨询经常要价很高的医生，当然也不会支付高昂的费用去检测感染的细菌菌株对什么药物敏感，只能凭空猜测，购买药物，希望治愈自己或者孩子的疾病。

这种情况把相当比例的人变成了行走的皮氏培养皿，为加速细菌突变、自然选择和进化提供了理想的条件。

无论是在西班牙、南非、美国、罗马尼亚、巴基斯坦、巴西，还是在其他什么地方，人们都得出了一个基本相同的结论：滥用抗生素，特别是对于儿童和住院病人，会导致耐药突变微生物的出现。

用抗生素方法控制致病菌的基本问题是进化。早在人类发现致病菌之前，酵母、真菌和与致病菌竞争的细菌就已经开始制造抗生素，在新占领的地盘周围喷撒这种化合物，确保竞争物种不会入侵它们的生态位。

当然，它们的竞争对手早已进化出快速变异的方法，来抵御这种化学攻击。因此，竞争对手将制造不同的化学物质，它们的敌人也会再次变异，这种循环数千年来已经重复了无数次。而人类一次就会让数十亿个微生物接触从天然化学物质中提取的药物，这样做的致死效率要低于古时微生物互相竞争进行的微观地盘争夺战，从而加速了上述自然过程。

微生物为了战胜抗生素而经历的基因改变，经常会给自身带来意想不到的额外优势，让细菌能够抵御幅度更大的温度变化，智胜宿主免疫系统的更多组成部分，或者更有把握杀死宿主细胞。

因此，在葡萄球菌和链球菌身上看到的模式被其他危险的微生物模仿了。麻风病由麻风分枝杆菌引起，1977年以前用抗生素氨苯砜就很容易治疗。但是，就在这一年，在埃塞俄比亚出现了一种抗氨苯砜的菌株。虽然氨苯砜仍然是治疗麻风病的首选药物，但是耐药性使得抗生素的使用日益成为问题。不到10年，形势就变得非常严峻，世界各地的麻风杆菌菌株对氨苯砜产生耐药性的比例越来越高：印度京格尔布德为37%；达喀尔、塞内加尔和法国巴黎的比例为39%；瓜德罗普岛、马提尼克岛和新喀里多尼亚岛超过30%；中国福建为25%，上海和江苏超过50%。随后，世界各地也出现了对替代药物利福平的耐药性。埃塞俄比亚有位病人感染了一种无药可治的菌株，因此患的麻风病基本上没有治愈的希望。

淋病在20世纪70年代产生了广泛的青霉素耐药性，到80年代中期对大观霉素也产生了耐药性，因此也越来越难以治疗。接下来的药物是头孢西丁和四环素，但是使用这两种药物治疗非常复杂，需要美国疾控中心和世卫组织的特别指导。除了在20世纪70年代末获得了抗青霉素的质粒N之外，淋球菌株在1985年左右还获得了一种能够抵抗四环素的质粒。

所以，纽约医学会（New York Academy of Medicine）在1989年建议医生给淋病患者注射抗生素头孢曲松，同时给他们口服多西环素。头孢曲松不仅价格昂贵，只能用于注射，而且是一种含硫药物，许多人（在美国高达20%）对其过敏。

到1990年，世界各地的医生都在使用环丙沙星、头孢曲松或者另一种喹诺酮类抗生素治疗淋病，他们发现这些药物非常有效。但是，到1992年，澳大利亚的医生报告说，这些药物在治疗最近去过东南亚的病人时效果越来越差。淋球菌促使细胞壁发生变异，降低了所有喹诺酮类药物对自身的渗透性，于是再次突破了人类的另一道防线。在英国也出现了几个耐药病例，同样也是最近去过东南亚的游客。据推测，东南亚大部分地区黑市上到处可以购买的抗生素，正是喹诺酮耐药淋病在此出现的原因之一。

对生活在贫穷国家的人来说，最危险的抗生素耐药性突发事件是那些引起肠道疾病和痢疾的细菌。1991年，生活在世界最贫穷国家的人，80%没有处理人类排泄物的卫生设施。即使在中等发达国家——拥有中产阶级人口和一些工业能力的国家——也有大约一半的人缺乏卫生厕所产生的污水的处理设施。鉴于这种情况，经水或食物传播的微生物很容易进入供水系统，被人摄入，在人的胃肠道中生长繁殖，然后通过粪便排泄物重新回到社区供水系统。

不出所料，痢疾是贫穷国家幼儿死亡的主要原因。1991年世界卫生组织估计，每年有320万儿童不到5岁便死于腹泻病。

无论新型耐抗生素肠道病原体是最早出现在工业化国家还是贫穷国家，对最终结果并无多大影响：这种微生物的最大受害者是世界上最贫穷、最脆弱的儿童。耐药菌株提高了治疗费用，人们被迫使用更为昂贵的抗生素，贫穷国家的医生别无选择，只能定量配给药物，按照轻重缓急对病人进行筛选。

20世纪60年代初，痢疾志贺菌成为第一种对青霉素出现耐药的痢疾细菌。由于缺乏抗生素治疗，儿童染上痢疾志贺菌后死亡率高达20%，而成年人的死亡率也达到了15%。即使没那么严重的几种志贺菌（福氏志贺菌、宋内志贺菌、鲍氏志贺菌），也导致10%的感染者死亡。而且，对这种微生物的自然免疫力很弱，接近一半的志贺菌幸存者会再次发病。

1983年9月，一位在亚利桑那州本族土地生活的霍皮族中年妇女因患志贺菌痢疾住院。医生很快意识到她染上的是一种全新的突变菌株，它对氨苄西林、羧苄西林、链霉素、甲氧苄啶、磺胺甲噁唑、磺胺异噁唑和四环素具有耐药性。原来，这名妇女长时间患有泌尿道感染，为此她断断续续地服用了至少3年甲氧苄啶和磺胺甲噁唑。

她的肠道已经成为耐药细菌的繁殖地。由于反复遭受抗生素的攻击，这些微生物拥有了共同的耐药性质粒。很显然，大肠杆菌菌落已经拥有了一种质粒，这种质粒的基因赋予了对甲氧苄啶和磺胺甲噁唑的耐药性，它们与这名霍皮族妇女胃肠道中的志贺菌共享这种质粒。尽管卫生部门竭尽全力遏制这种超级细菌的传播，但是到1987年，在霍皮族人及附近的纳瓦霍人中，志贺菌感染病例多达21%都是由这种突变菌株引起的。在美国全国范围内，1986年7%的志贺菌感染病例与这种超级细菌有关，而且有三分之一的病例对氨苄西林具有抗药性。

到1990年，在加拿大安大略省，志贺菌的耐药水平甚至明显更高：每10种感染这种微生物的人类疾病中，就有8种涉及耐药菌株。全部志贺菌感染病例中，有一半是由对4种或4种以上抗生素具有耐药性的细菌引发的感染。

世界上最贫穷的国家再次感受到了这种多重耐药志贺菌最具破坏性的影响。例如，一种新型多重耐药菌株传到了非洲国家布隆迪，但是布隆迪卫生部外汇不足，无法从富裕国家的制药公司购买替代药物。因此，死于痢疾者不计其数。

与上述情况相似的是，在1960年到1993年之间，几种感染了人类胃肠道的肠道细菌获得了强大的遗传能力，能够对抗人类的武器。这些细菌包括大肠杆菌、克雷伯菌、变形杆菌、沙门氏菌、黏质沙雷氏菌、假单胞菌、粪肠球菌、肠杆菌科和霍乱。到1990年，形势已经相当严峻，特别是在那些贫穷国家，由于无法消除卫生差的状况，导致微生物从人类到水源、从食物到人类的传播。

第十三章　细菌的报复与新药的研制

食物中毒的罪魁祸首沙门氏菌开始出现在时尚的曼哈顿上东区餐馆的恺撒沙拉中，还有的出现在墨西哥华雷斯边境道路沿线的玉米卷小摊上。到1993年，它已经成为一种基本无法治疗的腹泻性疾病，因为已知的抗生素似乎都不能减少典型的沙门氏菌感染导致的三到四天的痛苦。幸运的是，这种微生物对人类宿主造成的最大危害通常只不过是头痛、急性胃痛、腹泻、恶心和脱水。

1988年左右出现了对万古霉素耐药的肠球菌和粪肠球菌，这令全世界的医生都对未来产生了深深的忧虑。万古霉素是目前治疗葡萄球菌和链球菌感染仅存的可靠药物，人们非常担心耐药的肠球菌可能会与上述两种细菌共享其耐药基因，共享后感染上它们将无法治疗。

美国疾控中心的细菌学家比尔·贾维斯（Bill Jarvis）说："这种事情还没有发生，但是大家都认为会发生。"

如果真的出现了这种情况，这一菌株将几乎无法治愈，而且极其危险，因为它不仅拥有特殊的耐药基因，而且还拥有毒性更强的基因。

20世纪90年代，非细菌学领域的医生和科学家都普遍认为，就像以前一样，人们会研发出另一类抗生素，问题就会迎刃而解。

然而，他们错了。

贾维斯说："所有的药物都用上了，没有任何其他备用药。我们如果失去万古霉素，就会回到20世纪30年代的葡萄球菌时代。"链球菌的情况也是如此。

疾控中心的比尔·贾维斯预测说："那将是真正的噩梦。"

到1988年，噩梦开始降临。世界各地开始报道对万古霉素耐药的粪肠球菌菌株，这些菌株通常首先出现在医院里。

例如，1988年纽约市几所医院的少数住院病人感染了万古霉素耐药菌株：这些病例是孤立的个案，没有证据表明细菌传给了其他病人或进入了社区。然而，从1989年9月到1991年3月之间，纽约市20家不同的医院都出现了耐万古霉素的肠球菌菌株。对前100例纽约病例的调查显示：98人是住院期间感染，2人是在社区感染。

这100名患者中42人死亡，感染肠球菌无法治愈是其中19人的直接死因，也是其他临终病人的一个致病因素。这些死者大多数都是老年人。

纽约市卫生局研究人员对21名患者的细菌样本进行了实验室分子研究，结果发现其中19人对所有现有药物都具有耐药性。感染这种超耐药菌株的病人，也会更快地出现血液疾病（败血症）的全面暴发。

到1994年，大纽约地区的所有大医院都出现了耐万古霉素肠球菌病例，如何控制感染已成为整个新泽西东部、纽约市和周边郊县医疗机构所面临的重大危机。在英国的伦敦和谢菲尔德以及意大利的安科纳也发现了同样严重的对万古霉素耐药的超级细菌疫情。

美国疾控中心对美国主要医院的一次调查发现：到1994年，在所有报告的肠球菌感染中，约有7.9%涉及万古霉素耐药菌株。在美国感染风险最高的重症监护病房，1989年万古霉素耐药菌株仅占所有肠球菌感染的0.4%，到1993年则升高到了13.6%。这种疾病的最高发病率出现在纽约市的医院，在所有肠球菌感染中，万古霉素耐药菌株感染占8.9%。

在美国的医院里，电子温度计、导管、手术器械、静脉通道、机械通气的使用以及头孢菌素类抗生素的过度使用，使超级肠球菌迅速在易感者之间传播，从而加速了这种超级肠球菌的出现。

过度使用上述抗生素，增加了医院获得性肠球菌感染的风险，因为头孢类抗生素对肠球菌没有影响，但会破坏与之对抗的细菌菌群，使患者变得特别脆弱。

到1993年年底，随着来自世界各地的万古霉素耐药肠球菌报告的出现，美国疾控中心和世界卫生组织的科学家们焦急地等待着似乎不可避免的事情——vanA或其他耐药质粒从粪肠球菌或粪肠球菌向葡萄球菌或链球菌的转移。这一点在实验室已经完成。欧洲科学家已经证明这种微生物物种能够做到这一点，剩下的只能听天由命了。

人类胃肠道是质粒交换等微生物事件的理想生态环境，因为它密集地分布着数十种致病和有益的——共生——生物体。人类肠道中每平方英寸的细菌数量，要比整个地球上的人类还要多。一个人体内繁殖的微生物数量比人体组织细胞数量还要多。

凡是服用过抗生素的人都知道，许多寄生在胃肠道中的微生物起着积极有益的作用。这些细菌为自己消化食物的同时，会帮助分解脂肪、糖分、蛋白质和体内经常流动的化学废物。如果没有这些微生物，人类的消化过程就会非常困难，而且常常带来痛苦，经常由抗生素治疗引起的便秘、痉挛和胀气就说明了这一点。抗生素破坏了共生微生物和致病微生物之间的平衡。

在抗生素医学革命发生后不久，兽医的做法和牲畜养殖也同样发生了根本性的变化。如果使用抗生素治疗疾病，那些昂贵的牲畜就会活得更久。预防性治疗似乎更为明智，因为畜牧业很快就开始对鸡和牛定量使用抗生素。通过对牲畜家禽进行抗生素治疗，肉、蛋和乳制品的保质期也得以延长。

从表面上看，这是有道理的。如果屠宰前可以给牛的身体进行消毒，为什么要冒着沙门氏菌中毒的风险去食用未煮熟的牛肉呢？为什么不给鸡蛋或母鸡注射抗生素来延长无法冷藏时的运输距离呢？

当然，这些微生物在牛的肠道和在人的肠道一样，都可能会在抗生素周围共享基因和发生变异。因此，除了地球上50亿人可能服用抗生素之外，还有数十亿头牛、鸡、猪、羊、鸭和其他牲畜都因预防或治疗而接触到化学物质，这使得细菌种群面临的全球选择压力增加了1倍以上。

在20世纪70年代，波士顿塔夫茨医学院的斯图尔特·利维（Stuart Levy）医生指出，给鸡注射高剂量的抗生素会导致抗沙门氏菌菌株的出现，这种菌株在鸡肉和鸡蛋中都能找到。在人类食用家禽产品之前，只有通过高温烹煮才能彻底摧毁这些发生变异的细菌。

1990年荷兰的一项研究表明：针对鸡和鸡蛋使用昂贵的氟喹诺酮类抗生素，会导致肠内出现空肠弯曲菌和大肠弯曲菌菌株，这些菌株对人体内的药物具有抗药性。两年后，西班牙内科医生报告说，西班牙一半的生鸡肉都含有这些对氟喹诺酮耐药的细菌菌株。1989年，西班牙研究小组在随机测试的人类粪便中几乎没有发现这种耐药菌株的证据；到1993年，所有样本中有一半都含有耐药的空肠弯曲菌和大肠弯曲菌。这个小组在1988年发现，猪使用氯霉素导致了耐药的小肠结肠炎耶尔森氏菌菌株的出现，人吃猪肉后菌株就会进入体内。

1983年2月，人类迎来了新的灾难。明尼苏达州的迈克尔·奥斯特霍尔姆发现，家畜使用低水平抗生素会导致细菌变异，而人类感染这种细菌就会发病。明尼苏达州卫生局的奥斯特霍尔姆和美国疾控中心的米奇·科恩和斯科特·霍姆伯格一直在对TSS进行调查并引发了争议，他们最近刚刚弄清楚了这些微生物的狡黠之处，获悉全州医院报告的纽波特沙门氏菌食物中毒病例开始增加后，已经对这些新出现的细菌保持高度警惕。

"这肯定是不正常的。"霍姆伯格说，"纽波特沙门氏菌是一种南方细菌，在北方是绝对看不到的。"

纽波特沙门氏菌几乎只见于墨西哥湾沿线亚热带各州常见的动物和食物中，然而在寒冷的明尼苏达地区，却出现了数十个病例，其中一些病情危重。在他们体内发现的菌株对青霉素、氨苄西林、羧苄西林和四环素具有抗药性。

1983年明尼苏达州疫情期间，病人的情况远远比平常严重：6人必须住院超过一周，几个人大便带血，而且所有病例都出现了至少一种以下症状：高烧、腹泻、胃痉挛、发冷、呕吐。

调查人员首先检查病人的药柜，寻找被污染或异常的抗生素，但结果证明这是一条死胡同。于是，他们去检查病人的厨房，希望从其个人饮食习惯中发现问题。但是，他们看到的完全是典型的明尼苏达饮食：大量的肉类、土豆、乳制品、鸡蛋、冷冻食品和预先包装的小吃。

经过几个月令人沮丧的调查，奥斯特霍尔姆向附近几个州的同僚发出了一份官方备忘录，征求线索和建议。南达科他州官员的电话立刻打了过来——他们发现了5个病例。北达科他州也发现1个病例。这三个州的病例有一个共同点：所有病人在患病前不久都吃了碎牛肉。

奥斯特霍尔姆、霍姆伯格和科恩追踪溯源，结果发现这批牛肉来自南达科他州的一群牛，而其养殖基地正是南达科他州病例出现的地方。105头牛从此出发，运送到了明尼苏达州南部，于1983年1月8日被屠宰。1月10日，内布拉斯加的一个包装中心对其中的59头进一步加工用于零售，运往明尼苏达州和艾奥瓦州的牛肉经纪人那里。然后，经纪人再把这些牛肉送往各地的超市。调查人员估计，4万磅遭污染的牛肉（大多是碎牛肉）最终进入明尼阿波利斯市，还有数量不明的牛肉进入北达科他州、南达科他州和艾奥瓦州的市场。

结果证明，这群牛吃了含有抗生素的饲料，但是剂量远远低于法定标准，没有任何安全问题。随着时间的推移，牛感染的沙门氏菌产生了抗药性。大多数重病病人在食用遭污染的碎牛肉时，都在服用抗生素治疗嗓子疼等其他疾病。服用的第一批抗生素清除了他们体内的许多其他微生物，为纽波特沙门氏菌菌落创造了一个没有竞争的开放场所。

在少数情况下，人们通过医院仪器或家庭接触，将他们食用碎牛肉感染的沙门氏菌传给了其他人。

利维认为，明尼苏达州的病例证明继续在美国和大部分工业化国家不控制人类使用抗生素是愚蠢的，因为几乎没有几个国家规定凭处方才能购买抗生素，结果抗生素几乎毫无限制地销售给了农业部门、兽医行业和世界上的大多数人口。

尽管在上述病例和许多其他病例中，对抗生素具有耐药性的细菌通过肉、奶制品和禽制品传给了人类，但是美国食品与药物管理局、欧洲的类似机构和（签署《马斯特里赫特条约》的）欧洲共同体都未能采取行动去限制对动物使用抗生素。政府机构也不愿意采取措施，担心可能会损害本国在世界农业市场的竞争地位。

变异细菌在动物和人类之间跨物种传播的最明显和最令人不安的例子之一是大肠杆菌。大肠杆菌是一种无所不在的呈杆状的微生物，出现在所有人类和许多其他哺乳动物的肠道中。大多数时候，对大多数人而言，它们是无害的。自从20世纪40年代以来，大肠杆菌一直是世界大多数分子和细胞生物学研究者关注的焦点，因此人们对大肠杆菌的了解要超过其他任何一种微生物。科学家们喜欢研究大肠杆菌，因为所有复杂的生命机理都可以通过它来研究，而生命机理就包装在一个可预测的管状结构中。管状结构几乎分秒不差地每120分钟伸展一次，复制自己的DNA，从中间分裂，然后出现两个大肠杆菌。在实验室，这些茁壮成长的细菌繁殖起来轻而易举，每隔两个小时总量就会增加1倍。

当然，这些细菌也能在人类肠道内进行惊人的类似繁殖。如果宿主的免疫系统不出来遏制，或者这种致病菌株容易产生剧毒，那么感染这种细菌就会导致腹泻和呕吐。感染这种疾病者，通常是免疫系统尚未发育成熟的幼儿，碰到营养不良或患有其他严重疾病的婴儿则尤其危险。

1982年，新型大肠杆菌O157：H7出现了。显然，这是一种新微生物，能够引发不同年龄患者的结肠、直肠和肾脏出血，非常危险。这种不知从何处冒出来的细菌，突然袭击了美国的几个州。

10年之后，人们还是无法搞清楚O157：H7出现的细节，却知道了其来源：大多数病例都是由遭污染的肉类引发的。像20世纪80年代的大多数大肠杆菌菌株一样，它对氨苄西林和四环素具有中等耐药性。更重要的是，这种变异的细菌似乎已经能够产生类似志贺菌的毒素。对数十种新细菌研究表明，抗生素抗性和毒性基因经常存在于细菌DNA的相同区域，并可能从一种微生物传到另一种微生物。因此，导致耐药性出现的相同选择压力（这里是指对牲畜使用抗生素）也使得毒性更强。

由于农业和医院滥用抗生素，在20世纪70年代和80年代，各种大肠杆菌菌株迅速获得了广泛的耐药性。

1989年，斯图尔特·利维指出，大肠杆菌很容易从猪和牛传给在农场生活和工作的人。譬如，抗性因子可以从寄居在猪体内的大肠杆菌转移到感染人类等其他高等动物的细菌上。

1991年，在马萨诸塞州的苹果种植区暴发了小规模的大肠杆菌O157：H7感染，造成27人重病，其中10人需要住院治疗。所有病例都出现在秋季苹果收获的月份。研究发现，这种大肠杆菌来自当地的苹果酒中，而用来酿制苹果酒的苹果都摘自使用牲畜粪便的苹果树。那么，这些粪便可能就是感染了O157：H7的牲畜的排泄物。

于是，一场公共卫生灾难的舞台就这样搭建了起来。

1993年1月，华盛顿州有500多人在食用了93家"盒子里的杰克"（Jack in the Box）快餐店制作的汉堡后患上重病。50名汉堡消费者患上了大肠杆菌出血性综合征，其中4人死亡，而且都是小孩。罪魁祸首便是大肠杆菌O157：H7，它出自牛身上，进入了汉堡中。

三个月后，在俄勒冈州格兰特帕斯（Grants Pass）的一家时时乐（Sizzlers）餐馆发生了一次小规模疫情暴发，有5名食客感染大肠杆菌O157：H7住院治疗。

随着消费者和法律团体要求美国政府采取措施确保公共安全，政治问题立即进入了人们的视野。这些团体声称，每年超过2500万美国人食物中毒，其中6000人是大肠杆菌O157：H7的受害者。作为回应，克林顿政府下令加强肉类检查。但是，政府并没有采取任何措施去解决对牲畜随意使用抗生素这一源头问题。

二

在面对抗生素和其他威胁时，许多细菌都会利用孢子形成进行自我防御。它们就像植物种子一样，进入休眠状态，细胞壁变硬，几乎无法渗透，然后静待时机。具备了有利条件，这些细菌会重新激活，细胞壁恢复可渗透状态。要产生某些形式的抗药性，这些细菌在受到威胁时会使用基因触发孢子形成，或者在孢子形成时产生一种更难渗透的细胞壁。

在上述条件下，微生物可以在专用杀菌溶液中不受伤害地四处游动。无论是消毒剂，如含氯和氨的清洁剂、肥皂和杀菌剂（没错，真菌也能形成孢子），还是浓度极高的盐溶液或酸溶液，甚至高温，都无法消灭强悍的孢子突变体。

到1992年，包括霍乱、大肠杆菌和军团病菌菌株在内的许多微生物，都通过这种孢子形成机制和其他手段，对氯产生了一定的抗药性。"抗药性"可能用词不当，"部分耐受性"应该更接近，因为这些微生物即使面对通常可以消灭它们的氯也能够安然无恙。为了保证饮用水出现这些细菌时仍然安全可靠，就需要使用更大剂量的氯。

在1991年霍乱暴发的高峰期，秘鲁首都利马向供水系统放入了更多的氯，几乎没有引起当地人的反对。但是在富裕的美国，公众对癌症的恐惧远远超过对传染病的担忧，因此在20世纪80年代末和90年代，几千个城市都降低了氯的使用量。尽管大多数证据表明，真正的化学致癌物是多氯联苯（PCBs）、二噁英等含氯污染物，但是氯在卫生设施等各个领域的使用还是引发了众怒。绿色和平组织、美国环境保护基金会和其他主要环保组织都认为，含氯化合物会在人体脂肪中积累，而且随着时间的推移，每接触一次氯就会多一些罹患癌症的风险。

这使得政府——从市政府到联邦政府——都陷入了困境，被迫在必须限制环境致癌物与应对传染病威胁之间寻求平衡。面对正在出现的耐氯菌株导致的压力，各国政府开始想方设法减少卫生系统对消毒剂的使用。

1987年1月,微生物从佐治亚州卡罗尔顿的西佐治亚学院发出了第一次警告。因为隐孢子虫(一种单细胞的微小寄生虫)感染急性胃肠炎的学生人数创下了纪录。隐孢子虫比大多数细菌大不了多少,能引发令人痛苦的肠道感染和严重腹泻。

卡罗尔县(Carroll County)是个农业县,人口只有64900人,但是不到一个月就有13000人感染了隐孢子虫病。每一个依赖城市中心供水系统的家庭都受到了冲击。得克萨斯州卡罗尔顿的供水系统符合联邦水净化标准,当时的研究人员无法确定疫情暴发的原因。

两家美国联邦机构——美国国家环境保护局和疾控中心——已经建立了被动监测系统。针对社区氯暴露问题,两家机构的章程偶尔会发生冲突。它们都没有进行主动监测,去积极寻找感染病例或出现的新型耐药细菌菌株。这个问题留给了州和市政府,但是州和市的监控水平参差不齐,有一些州甚至没有监控系统。

然而,即便是这个公认薄弱的联邦数据库也表明,麻烦已经不期而至。从1991年至1992年,联邦机构接到了34起与饮用水有关的疫情报告。在27%的病例中发现了微生物污染物,还有68%的病例原因不明。调查发现,有一半病例与当地水处理和净化程序出现问题或存在缺陷有关,但是有6%的病例,调查人员无法确定其饮用水是如何遭到污染的。

涉及的主要微生物有贾第鞭毛虫、隐孢子虫、甲肝病毒和志贺菌。其中10起疫情发生在使用氯进行适当净化的社区。有些情况是遭微生物污染的农业废物进入了供水系统,造成处理失效。尽管从20世纪70年代初开始,贾第鞭毛虫就成为美国饮用水的主要细菌污染物,但是到1992年,隐孢子虫病病例已经与贾第鞭毛虫病病例数量相当。隐孢子虫通常存在于牛及其排泄物中。

至少在三次疫情暴发地，按照所有标准来看，当地的水处理设施都位居最高水平。这些设施用氯适量，水流速度保持得恰到好处，孢子菌无法形成一簇簇保护性菌落黏附在固体表面，水过滤系统也非常有效。

然而，这些系统都失效了。

美国疾控中心得出结论说："有证据表明，相当一部分与疫情无关的腹泻疾病可能与饮用符合当前所有水质标准的水有关。"因此，该中心被迫承认"隐孢子虫卵囊对使用氯消毒具有抵抗力"。

氯失效的最明显证据是使用用氯消过毒的热水浴缸、游泳池和公共温泉后患上军团病、隐孢子虫病和贾第鞭毛虫病的病例突然增加。

1993年4月，威斯康星州密尔沃基市约40万居民感染了隐孢子虫病，使得该市艾滋病患者被迫面对饮用水中的致命威胁，因为他们的免疫系统无法控制这种微生物。人们认为这一问题的产生有两个原因，一个是出现了对氯具有抗药性的隐孢子虫，另一个是水位下降导致过滤效率下降，水中的颗粒物含量太高。美国环境保护局的实验室后来研究表明：在密尔沃基发现的菌株实际上可以在高乐氏（Clorox）消毒剂上存活。

1993年7月，调查发现大肠杆菌O157：H7进入了供水系统后，纽约市约3.5万名居民不得不开始饮用开水。这些细菌能够躲过氯化处理和存在缺陷的过滤系统。1993年12月，由于同样原因，隐孢子虫进入了华盛顿特区的供水系统，美国首都和边远的弗吉尼亚郊区居民被迫烧了一周的开水。同样，1993年在密苏里州的卡布尔（Cabool），尽管经过了氯化处理，供水系统仍然受到了大肠杆菌O157：H7的污染，造成镇上3名老年人死亡。

自然资源保护协会（Natural Resources Defense Council）是一个公民行动组织，它在一份对美国供水系统的评估报告中得出结论说：每年有近100万美国人因水污染患病，有900人因此死亡。该协会指出，全美有25万起违反联邦饮用水法的案件。它指责说全国约83%的供水系统——服务于小城镇和农村地区的供水系统——实际上没有处于州和联邦机构的监控之下。

人们尚未完全弄明白隐孢子虫、军团菌、大肠杆菌和其他微生物用来抵抗氯的精确机制，但是有迹象表明微生物是使用隔膜泵系统来抵抗其他潜在的抗生素的。能跨越微生物保护膜的特殊蛋白质攫住那些设法进入微生物内的有害化学物质，将它们拖出保护膜，并在这些化学物质造成伤害之前，将氯、抗生素、清洁剂或其他化合物输送出体外。对微生物而言，这是一种代价昂贵的毒素清除法，因为它需要分子能量来操作隔膜泵。但是，这种方法的确行之有效，在生死存亡关头消耗一些能量只能算很小的代价。细菌、真菌和寄生虫就是利用这种泵清除体内从抗生素到砷、从锌到氯喹的一切东西。

随着20世纪90年代的到来，世界各地的医生都逐渐意识到旧药物的局限性，于是将目光再次转向新级别的抗菌药物。从约翰内斯堡到奥斯陆的政府机构都在竭尽全力发现新出现的耐药微生物，防止它们引发流行病。制药公司也正在寻找消灭这些微生物的全新方法。

诺贝尔生理学或医学奖得主乔舒亚·莱德伯格（Joshua Lederberg）警告说："这样的感染层出不穷，我们已经没有足够的子弹来应对了。病人正在死亡，因为在很多情况下我们的抗生素已经失效。"

莱德伯格认为新出现的病毒对人类威胁要大得多，但是他

第十三章　细菌的报复与新药的研制

对新抗生素和消毒剂凄惨的研发情况感到担忧。他认为这个问题"在更大程度上是组织、政治和文化方面的问题，而不是技术问题。这是一场与微生物的竞赛"。

随着聚合酶链式反应技术的出现，大量的科学研究都把精力集中在细菌是如何获得这种耐药能力和毒性的。科学家凭借分子探测工作可以追踪在微生物间移动的DNA单位。

"细菌比人聪明。"哥伦比亚大学的哈罗德·诺伊博士得出结论说。

"细菌总是想方设法避开我们针对它们使用的抗生素。"哈佛医学院的乔治·雅各比（George Jacoby）医生说，"它们会慢慢适应，伺机卷土重来。"

细菌传播基因或者吸收有益基因，常见的手段包括质粒、性接合、自身基因组内的转座子，以及沿DNA单个位点的突变。事实证明，世界上到处都充斥着移动性极强的DNA片段，而细菌是出色的清道夫。追踪所有新发现的质粒和移动的DNA片段似乎是一项不可能完成的任务，尽管世界卫生组织在1993年就曾经与那些决心进行尝试的研究小组签订过合同。

托马斯·奥布赖恩（Thomas O'Brien）是哈佛大学医学院实验室的成员，该实验室就是应世界卫生组织要求对质粒进行编目的机构之一。他在1992年宣称：世界面临的与其说是一场抗生素耐药危机，不如说是一场"质粒引发的流行病"。

就分子层面而言，微生物有多种办法战胜任何给定的抗生素。动物肠道内存在一种由质粒和抗性因子构成的汤状混合物。有些汤状混合物给微生物提供了生产化工泵的图谱——这些化工泵就像微型保镖保护客户免遭痞子的骚扰一样，把细胞中的抗生素清除干净。这些细菌都是善于躲避的高手，很少公然发起反击，但是它们产生的酶实际上能够破坏抗生素。不管新的化学环境富含何种抗生素，它们都可以建立起更坚固的隔膜壁，或者改变药物影响到的任何生化过程，从而适应新的环境。例如，如果四环素等药物的功效是抑制在微生物的更小核糖体上进行的细菌蛋白质合成活动，那么细菌只需改变脆弱的蛋白质因子，就能消除对这种药物的敏感点。

每当人类制造出一种分子套筒扳手，用来破坏细菌的某种重要功能时，狡猾的细菌就会把其脆弱的部件改成十字槽螺钉。

在这些强大的防御武器中，一大部分可能已经在微生物或者个别动植物细胞中存在了几十亿年。它们为这些生物体提供的服务，绝非仅仅是抵抗抗生素或者获得更强的传染性和致命性。例如，像酵母菌、人类癌细胞和疟疾寄生虫等不同物种，都能够处理一个相似的基因组 mdr 或 pgp，这些基因能为隔膜泵提供蓝图。酵母菌利用这种后天获得的能力释放让不同酵母菌互相吸引的信息素（或外源激素）。人类癌细胞利用这些基因清除化疗药物。恶性疟原虫则利用遗传性状清除氯喹。

质粒不仅在细菌进化中，而且可能在地球上所有物种的进化中，都发挥了作用。许多科学家认为，长期以来质粒在微生物之间或者从微生物到动植物之间的运动，对适应和变化至关重要。

获得一组遗传特征很可能会引发级联效应，使微生物具备一系列全新的能力。例如，一个携带新霉素-卡那霉素耐药基因的质粒，会含有部分博莱霉素耐药基因。大肠杆菌吸收了这种被称为 pRAB2 的质粒，不仅获得了抗生素耐药能力，而且变得更为健康。伴随着博莱霉素耐药性，出现了快速修复 DNA 基因损伤的遗传能力。有了这种能力，大肠杆菌可以生存更久，更少遭受有害突变。

质粒和转座子一旦进入细胞，也会对自身的表达产生一定的影响。它们有很多包含被称为整合子的基因，把可移动的 DNA 整合到生物体基因组中。它们有些携带调节基因,可以打开或者关闭自己的质粒或转座子基因和微生物染色体内的关键基因。

通过这种方式,DNA不仅在不同的细菌种类之间移动,而且还在整个生物家族之间移动:在细菌和酵母菌之间、在植物和细菌之间、在复杂的寄生虫及其宿主细胞之间。

要断定HIV、HTLV、猫白血病病毒等逆转录病毒最初都是转座子,就需要一点跳跃思维。随着时间的推移,这些少量的移动基因(RNA形式,并非DNA形式)从它们居住的微生物上获得了各种调节基因。随着一代代演化,它们获得了足够的基因复杂性,能够制造出坚硬的保护壳或包膜,其RNA可以安全地驻留其中。用伯纳德·菲尔兹的话来说,这给了它们有效载荷和输送系统,使它们得以成为病毒。

自20世纪40年代以来,尽管已有数十种不同类型的抗生素被用于对抗细菌和一些寄生虫,但是人类可用的抗病毒药物却屈指可数。与针对细菌的药物一样,在开始使用阿昔洛韦、利巴韦林、金刚烷胺、膦甲酸钠、更昔洛韦、艾滋病病毒药物等主要抗病毒药物后不久,耐药性也成了严重问题。

到1981年,美国生殖器疱疹这种传染病已经在世界大部分地区成为一种危机,因此听说出现了一种可能治愈这种疾病的药物后,人们感到相当兴奋。由宝来威康制药公司研发的阿昔洛韦取得了巨大成功。这种药物可以防止潜伏的疱疹病毒复发,避免引发生殖器疾病、唇疱疹、带状疱疹和其他疾病。无论是制成药丸还是外用药膏,阿昔洛韦都能减轻疱疹患者的痛苦,因此就像40年前的青霉素一样,阿昔洛韦被誉为一场革命。但是,即使在最初充满希望的研究中,医生也注意到停止使用阿昔洛韦后,在不到24小时内就会导致疱疹激增,给患者带来的病情通常比使用安慰剂更为严重。由此，我们可以得出两个结论：除了迫使病毒隐藏在神经细胞内，阿昔洛韦没有更多疗效；它可能对病毒群体施加选择压力，从而产生毒性更强的病原体。

最严重的危及生命的疱疹性疾病是大脑感染导致的脑炎。到20世纪80年代末，全世界的医生都报告说：他们的病人停止使用阿昔洛韦后，出现了可怕的疱疹性脑炎复发。

早在阿昔洛韦获得食品与药物管理局批准在美国进行商业销售之前，熟悉相关研究工作的医生们就公开担心耐药性。一些人甚至担心阿昔洛韦与其他现有抗病毒药物之间的化学相似性，宣称"交叉耐药的可能性至少令人感到担忧"。

外科医生担心出现高度耐药的疱疹病毒，但是就像长期以来对抗生素的使用一样，他们几乎立即开始将阿昔洛韦作为术后预防用药，特别是针对需要进行移植手术和其他需要刻意抑制免疫的手术患者。

科学家们早就知道，一些疱疹病毒——可能不到千万分之一——对阿昔洛韦具有天然的遗传抗药性，这意味着甚至在阿昔洛韦发明之前，一些病毒天生就无法通过治疗消除。不久，研究人员发现耐药性菌株一旦出现并停留在人体内，无论是否继续使用阿昔洛韦，都会持续多年。

在分子层面，疱疹病毒可以通过几种不同的方式对阿昔洛韦产生耐药性，而且很显然，在临床环境中观察到的一些突变是新的，也就是说病毒在接触阿昔洛韦时发生了突变。在许多情况下，病毒只需一次简单的点突变，即它们的DNA发生一次微小变化，就可以变得无懈可击。最成功的基因改变是那些影响两种关键病毒酶之一的基因改变：第一种病毒酶是DNA聚合酶，病毒利用它进行自我复制；第二种是胸苷激酶，这种化学物质对病毒复制也至关重要。这些酶基因的突变使病毒付出了极大的代价：它们具备了耐药性，但是传染性和毒性都有所降低。突变病毒与仍然拥有强大基因的正常病毒混合，在一定程度上弥补了付出的这种代价。因此，比如隐藏在人类神经细胞内的病毒群体会得到保护，不受药物和免疫系统的影响，直到它们被激活并脱离保护性神经屏障。此时，正常病毒将会拥有那些启动脱离过程并阻挡免疫系统的基因，而毒性较弱的突变体则准备去战胜阿昔洛韦。

1992年，英国科学家警告说："最终可能会出现具有大流行潜力的［阿昔洛韦］耐药性单纯性疱疹病毒菌株，阿昔洛韦的疗效也会因此而降低。目前，出现这种耐药性的时间点尚不明朗。"

对大多数观察者而言，最终出现阿昔洛韦耐药性似乎不可避免：唯一的问题是出现的时间和地点。事实证明，答案就是艾滋病。由于艾滋病和许多疱疹病毒的流行病学风险相互重叠，艾滋病患者经常感染严重的疱疹病毒。艾滋病医生从20世纪80年代末开始让有疱疹病史的患者服用阿昔洛韦进行预防，或者延长服用阿昔洛韦的时间治疗偶尔突发的疱疹。不出所料，到1989年艾滋病患者出现了抗阿昔洛韦的毒性突变体。

1990年，一个原本健康的27岁美国年轻人感染了生殖器疱疹。由于正常的阿昔洛韦治疗对他的疾病没有疗效，他接受了美国国家过敏症和传染病研究所的医生斯蒂芬·斯特劳斯（Stephen Straus）的治疗。斯特劳斯是研究阿昔洛韦的资深专家，他使用更大剂量的阿昔洛韦治疗这位病人，当毒性水平达到正常治疗感染的6倍时，他最终停止了治疗。

这是斯特劳斯第一次在一个在其他方面免疫健康的成年人身上发现这种情况。该患者没有感染HIV，没有得过任何疾病，也没有做过手术。他是同性恋，1990年有三个性伴侣，他就是在这段时间感染病毒的。其中一个性伴侣同时感染了HIV和变异的疱疹病毒。斯特劳斯认为，疱疹突变体首先在这名免疫功能低下的HIV阳性男子身上出现，然后通过性行为传给了这个不幸的27岁男子。这种新的突变体确实很危险，因为它没有以毒性减弱换取更长的存活期。此外，该突变体还能够抵抗另一种抗病毒药物——更昔洛韦。由此可见，这是一种通过性传播的具有多重耐药性的致病病毒。

斯特劳斯说："现在，我怀疑这种［突变株］出现的频率将会更高，但是频率增加的速度尚不清楚。"

HIV呈阳性的美国人和欧洲人接受了大量药物治疗，帮助他们战胜了一次次微生物攻击。他们许多人同时服用十几种不同的药物。此外，有些医生使用阿昔洛韦未能控制艾滋病患者的疱疹感染，通常会选择使用治疗其他病毒性疾病的药物。例如，更昔洛韦和膦甲酸钠主要用于治疗通常感染HIV阳性人群的巨细胞病毒（CMV）。随着阿昔洛韦失灵的报道日益增多，许多医生转而使用这两种抗巨细胞病毒药物。

不幸的是，感染HIV阳性患者的巨细胞病毒很快出现了对更昔洛韦和膦甲酸钠的耐药性。这仿佛是一场传染性免疫抑制病患正在培育一系列具有病毒抗性的小型流行病。

到1992年，巨细胞病毒对更昔洛韦或膦甲酸钠的耐药性似乎是HIV阳性患者长期使用这两种药物的必然结果。在艾滋病早期，医生必须控制疱疹和轻微的巨细胞病毒感染，而在艾滋病的最后阵痛期，又必须储备某种仍然有效且这些微生物无法抵抗的东西，医生必须在这二者之间保持一种平衡。需特别指出的是，如果他们体内的病毒菌株对这两种药物产生耐药性，那么相当大比例的长期艾滋病幸存者就会成为巨细胞病毒视网膜炎的受害者，导致失明。

与疱疹病毒对阿昔洛韦耐药的情况一样，巨细胞病毒对更昔洛韦和膦甲酸钠的耐药性是通过这些病毒对DNA聚合酶或一种关键激酶DNA编码中的单点突变实现的。人们很容易得出这样一种结论，即类型相差很大的病毒在突变位点上存在共性。的确如此，1993年美国各地的内科医生报告说治疗过单纯性疱疹病毒和巨细胞病毒都对膦甲酸钠具有耐药性的病人。这种耐药性具有临床意义，在某些情况下，病人也对阿昔洛韦耐药，结果令医生感到束手无策。

关于使用这些药物的更加复杂化的决定表明，疱疹病毒可以直接刺激HIV基因组内的激活信号，导致更多HIV的产生。这种不同类型病毒之间的微观伙伴关系，首次见于试管实验，到1993年通过对6名洛杉矶男同性恋者的研究得到了证实。这6人同时感染了单纯疱疹病毒1型和HIV，这两种病毒不仅相互刺激，而且它们共享细胞家园，完全混为一体，结果出现了一种混合病毒——部分是HIV，部分是HSV-1。

最臭名昭著的药物抵抗者是人体免疫缺陷病毒本身。自从叠氮胸苷（英文缩写：AZT；商品名：齐多夫定）开始用于治疗艾滋病患者后，人们就发现它的效用机会窗口便因HIV病毒能够突变成耐药形式而受到限制。最初被认为是艾滋病患者使用叠氮胸苷两到三年后发生的事件，后来才清楚在患者接触该药物后一些毒株几乎立即产生了耐药性。而且有迹象表明，对叠氮胸苷耐药的HIV毒株可以人传人。

面对耐药抗生素，医生们遵循治疗细菌的既定模式：他们会添加其他药物，要么按顺序添加，要么与叠氮胸苷结合使用。于是，他们尝试使用DDI（双脱氧肌苷）、DDC（双脱氧胞苷）、奈韦拉平、FLT（去氧氟胸苷）、扎西他滨、3TC（3-硫代胞嘧啶）

和卡巴韦（双去氢双去氧鸟苷）作为叠氮胸苷的替代品或补充药物。

结果这些药物都出现了耐药性。

这些药物有一个共同之处：它们的靶点都是针对HIV制造RNA基因组的DNA副本所使用的关键酶，即逆转录酶。正如霍华德·特明（Howard Temin）在20世纪80年代末所指出的，HIV是地球上最容易发生变异的微生物之一。这种变异的关键是逆转录酶。产生的突变可能会持续数年，甚至会从一个宿主传到另一个宿主。

不出所料，很快就出现了一些HIV毒株，它们对叠氮胸苷添加其他抗病毒药物，或者对DDI、DDC和其他药物的组合产生了多重耐药。形势非常严峻，在美国国立卫生研究院的一次会议上，旧金山总医院院长默尔·桑德（Merle Sande）医生夸张地向空中挥舞着双手，大声喊道："我们需要更好的药物！"

这种情绪得到了一些医生的呼应，他们正在治疗感染了金刚烷胺或金刚乙胺耐药菌株的老年重症流感感染者。

简而言之，由于病毒繁殖速度迅速，具有高度内在可变性，它们甚至比细菌更有可能绕过人类生产的针对性药物。使用更多药物，或者在更长的时间内使用更大剂量的药物，并没有阻止无法治疗的菌株的出现。为什么制药公司和医生会相信这种老套的抗菌策略能战胜病毒呢？

"你不能指望内科医生关心公共健康。"一个阳光明媚的春日下午，马克·拉佩（Mark Lappé）在加州大学伯克利分校的办公室里说道。当时是1981年，拉佩的书《不会死的细菌》刚刚出版。没有人听说过艾滋病、临床耐药病毒或者对氯耐药的军团菌。

拉佩说："医生很难用更广阔的视角去审视日常用药。这是

第十三章 细菌的报复与新药的研制

真正的悲剧。你不能起诉医生破坏了生物圈，但是你可以起诉他没有开你觉得可以提高病人生存概率的抗生素。这真的让人左右为难。"

在主流科学承认耐药性危机的10年前，拉佩说医学和公共卫生陷入了一场由药物引发的出现新微生物的冲突中，但是要解决这一冲突并非轻而易举。他说医生的工作就是基于每个病人的情况做出个性化的决策。医生的任务是医治个别病人。相比之下，公共卫生的使命要求从生态学的角度看待疾病，结果个体在微生物数量与人类数量的对比中遭到无视。

1980年拉佩研究美国医院时，并没有看到现代医学的奇迹——心脏移植、人工膝盖、CT扫描。拉佩看到的是疾病、微生物和突变。

"太不可思议了。"拉佩说，"你去医院，就会有4%的概率感染以前从未感染过的疾病。在有些医院，这种概率是10%。你在医院受到的污染会比在家里严重得多。感染的是你能想到的最顽固的微生物。这些微生物可以在洗涤剂中存活，也可以靠一块肥皂生存。它们是我们生命最后阶段的一部分。"

拉佩谴责抗生素使用不当，认为这是"一直在人身上进行的实验，制造出了真正致病的新微生物"。他偶尔也会对这场危机进行令人沮丧的全球生态描述，但是1981年批评人士指责这种观点严重夸大了问题的范围：

> 不幸的是，我们同自然界开了个玩笑，因为我们掌控了这些［天然］化学物质，使它们变得更加完美，结果却改变了发展中国家的整个微生物组成。自然界中从未有过的微生物出现了，而且数量在激增，是我们选择了它们。在过去，

微生物可能导致了0.1%的人类疾病，而现在却导致了所见疾病的20%到30%。我们使用抗生素已经改变了地球的整个面貌。

到20世纪90年代，公共卫生部门和医生都忐忑不安地目睹抗菌药物逐渐失去效用。此时拉佩的书也已经绝版，但是他1981年所预言的一切到1991年统统变成了现实。

三

发展中国家仍然使用尚且可靠的抗生素，治疗从常规葡萄球菌感染到结核病和霍乱的各种疾病，但是到20世纪90年代就已经达到了危机的程度。据1993年世界银行估计，贫穷国家最基本的一揽子保健计划每年需人均支出8美元。然而，大多数最不发达国家负担不起每年人均2—3美元的卫生保健费用。由于全世界有超过10万种药品（5000种活性成分）在销售，政府计划人员可能会忽视自己的优先需求，购买的是非必需药物，而不是国民生存的必需药物。全球药物使用的差距非常惊人：1990年日本公民药物每年开支平均412美元；普通美国人的每年开支为191美元；墨西哥人每年只有28美元；肯尼亚人每年不到4美元；在孟加拉国和莫桑比克，每年平均只有2美元。

富裕国家和中等收入国家使用和滥用价值高达数十亿美元的抗生素和抗病毒药物。而且，也正是在这些富裕国家抗药菌株出现得最多。但是，付出最高代价的却是那些买不起替代药物的贫穷国家。

"研发新抗生素费用昂贵，"宝来威康研究员A. J. 斯莱特写道，

"而且仅仅向第三世界国家提供这些抗生素永远不会有经济回报。此外，全球药品只有大约20%销往第三世界国家。制药业对开发专门或主要用于第三世界国家的药物正在失去兴趣。"

一些贫穷国家试图发展自己的制药和分销能力，由此抵消不断增长的药物费用和微生物耐药性。经过精心计划，各国政府会拟定一份大约100种最基本药物的清单，决定哪些药物（因为没有专利并且易于制造）能够由本国生产，然后便开始投产。本国生产机构分为三种情况：第一种是政府所有的半国有公司，第二种是私营公司，第三种情况最为常见，即当地公司与大型跨国制药公司合作，或者大型跨国制药公司在当地成立的附属公司。

这些药品政策得到了所有相关的联合国组织和世界银行的大力支持，但是有人认为这些政策直接威胁到了少数公司对世界药品市场的垄断。总部设在美国的制药商协会代表了大约65家总部位于美国的制药和生物技术公司以及大约30家外国跨国公司，强烈反对上述政策。总而言之，这些公司——都属于北美、欧洲或日本——都认为地方性法规、生产、营销广告限制侵犯了它们的自由市场权利。

由于这些公司控制了药品生产所需的大部分原材料，而且购买这些原材料需要硬通货（外汇），世界上大多数贫穷国家无法实施当地抗生素生产政策。在世界上的贫穷国家，特别是在撒哈拉以南的非洲地区，各种形式的菌血症层出不穷，但是这些国家的政府根本不具备购买已有药品或者自己生产药品的条件。

缺乏能够买得起的有效抗生素，并不能全部归咎于跨国药品制造商，许多贫穷国家的国内问题也是原因之一。许多国家的药品分销情况非常糟糕。在发展中国家，大多数重要药品只提供给首都和最大的城市中心，无法到达贫困社区。据世界银行称，平均而言，一个贫穷国家60%—70%的人口使用的药品仅占该国药品供应的三分之一。

或许，这种典型的分销危机案例涉及的不是抗生素，而是抗寄生虫药物。在20世纪80年代早期，总部设在美国的跨国公司默克公司（Merck & Company）发明了一种名为伊维菌素的药物，可以治疗由水生寄生虫旋盘尾丝虫引发的河盲症。约有1.2亿人生活在盘尾丝虫病流行地区，其中大多数在非洲西部。据世界卫生组织估计，在1988年至少有35万人因为这种寄生虫对眼睛的伤害而失明。

1987年，默克公司史无前例地宣布将向世界卫生组织赠送伊维菌素，然后再分配给贫困国家，这对患河盲症地区的政府和世界卫生组织而言都是一种莫大的恩惠。此前，从来没有任何一家制药公司能够如此慷慨，因此世界卫生组织立即对默克公司的做法进行表彰，称其为整个制药行业树立了榜样。

据估计，有1.2亿人存在患河盲症的风险，但是在伊维菌素免费项目开始5年后，只有不到300万人收到了药物。成本不是问题。影响运输和分销的基础设施问题、军事政变、地方腐败、农村缺乏基本卫生保健基础设施以及其他的组织障碍迫使世界卫生组织和默克公司于1992年私下承认治疗世界河盲症计划可能会失败。

世界银行和许多独立经济学家提出，这些问题将会持续下去，一直到发展中国家制定国家卫生保健融资政策为止。考虑到世界上最富有的国家美国在1994年才开始实施这一政策，这种观点的确令人不抱希望。制药业辩称，事实已经证明发展中国家缺乏资金批量生产高品质药品。当地缺乏熟练人员、过度管制、官僚化、腐败以及缺乏硬通货大量购买物资和原材料等问题，这些都被认为是发展中国家的不足之处。制药行业断言，由于限制跨国公司进入当地市场，民众无法获得所需药品，形势注定会进一步恶化。

从发展中国家的角度看，制药行业和西方政府采取行动予以支持完全是为了追求利润，只要有利于保持对全球医药市场的垄断地位，他们愿意采取任何举措。有人指责说，这些举措包括贿赂当地医生和卫生官员、通过操纵定价结构削弱当地竞争对手、在城市地区强行宣传非必需药物、向第三世界市场倾销低品质或者遭禁止的药物、在当地暴发流行病期间拒绝提供原材料和药物以及拒绝向被认定实施过度限制政策的国家提供外国援助。

尽管指控和反指控层出不穷，但是世界许多地区的危机仍在加剧。据世界银行统计，1990年全世界花在药物上的费用是3300亿美元，其中440亿美元流向了发展中国家。1990年，世界大多数人口无法获得负担得起的有效抗生素。

1991年世界面临结核病危机，人们突然注意到全球链霉素已经供不应求。任何公司都不再生产这种历史第二悠久的商用抗生素。它没有专利，价格低廉，而且只针对发展中国家，因此无法给潜在制造商提供较大的利润空间。当年美国主要城市出现耐药结核病时，食品与药物管理局惊慌失措，想方设法吸引制药公司重新开始生产链霉素。

四

在20世纪的最后几十年，不仅仅是细菌和病毒获得了新的抵抗力。

1986年，坦桑尼亚国家医学研究所所长温·基拉马（Wen Kilama）博士就感到沮丧和愤怒。他说："与几年前相比，疟疾似乎成了我们更为强大的敌人。"他和前任曾经严格遵循生活在富裕寒冷国家的专家提出的疟疾控制建议。几十年来，每年用于控制疟疾的医疗预算占到了全部卫生预算的70%以上，可是到1986年基拉马面临的问题甚至比前任在1956年面临的问题更严重。

基拉马说："在所有入院治疗的病人中，超过10%患的是疟疾。我们的门诊病人也有10%是疟疾患者。就死亡人数而言，数字相当高。现在，疟疾明显比以前严重得多。"

10年前，坦桑尼亚出现了首批耐氯喹的恶性疟原虫病例；到1986年，坦桑尼亚大多数疟疾都对世界上最有效的治疗方法产生了抗药性。和坦桑尼亚几乎所有的成年人一样，基拉马在童年时期也曾患过疟疾，幸运的是当时尚未出现氯喹耐药问题。像基拉马这样的幸存者对疟疾的自然免疫力很弱，所以每次压力当头，他都会因疟疾发烧而卧床不起。

基拉马说："在这个国家，普通人几乎没有不染上慢性疟疾的。"

虽然基拉马说的是坦桑尼亚，但是针对非洲大多数国家、印度、印度次大陆、拉丁美洲亚马孙河地区、大洋洲大部分地区和中国南部地区，他也会说同样的话。1986年，世界上大多数人口都生活在疟疾流行地区或附近。

自从乐观主义者决心战胜疟疾、消灭地球上的寄生虫之日起，全球形势已经严重恶化。事实上，1990年死于疟疾相关疾病的人数远远超过1960年。

例如，截至1960年，泛美卫生组织和巴西政府已经成功地使巴西的疟疾病例降至接近0的水平。1983年，巴西有29.7万名疟疾住院患者；到1988年，这一数字翻了一番。尽管广泛使用滴滴涕和其他杀虫剂，达氏按蚊在亚马孙河地区仍然繁衍迅猛，疯狂叮咬数十万涌入该地区寻找黄金宝石的非免疫城市居民。局势已经完全失控。到1989年，非洲之外的全世界疟疾病例有11%都出现在巴西。

1987年，对从近200名巴西患者血液中提取的疟原虫进行调查显示：4%的亚马孙河分离株对氯喹具有抗药性，73%对阿莫地喹具有抗药性，几乎所有的分离菌株都对凡西达（磺胺多辛/乙胺嘧啶）具有一定程度的抗药性。在巴西，只有一种当时可用的抗疟疾药物仍然有效，即甲氟喹。

到1990年，全世界80%以上的疟疾病例出现在非洲；95%的疟疾死亡病例发生在非洲大陆。多达5亿非洲人每年至少感染一次严重疟疾，通常一个人每年会被有传染性的蚊虫叮咬200—300次。每年有多达100万非洲儿童死于疟疾。在整个非洲大陆，主要疟疾药物都已经失灵。

第一批报告的病例来自1978—1979年在坦桑尼亚和肯尼亚进行狩猎旅行的白人游客。早在1981年，针对生活在肯尼亚疟疾高发区的儿童，氯喹的疗效就开始减弱，因此必须加大氯喹剂量才能逆转疾病症状。不到两年，肯尼亚就出现了真正抗药的寄生虫，实验室检测显示65%的恶性疟原虫具有一定程度的氯喹耐药性。

到1984年，从非洲大陆纷纷传来服用氯喹期间死于疟疾或者病情未见好转的报告，事发地包括马拉维、纳米比亚、赞比亚、安哥拉、南非、莫桑比克以及附近的其他国家。公共卫生规划人员紧张地注视着事态发展，不知道氯喹这种最有效、最实惠的抗疟药物还能维持多久。

基拉马和他在其他非洲国家的同行尝试采取措施控制蚊子，但是蚊子很快就对杀虫剂产生了抵抗力。他们试图毁掉蚊子的滋生地，但是正如基拉马所说："这些蚊子能在河马蹄子大小的水坑里繁殖成千上万只后代，我们能如何应对呢？到了雨季，我们完全束手无策。"

基拉马团队的工作人员定期对居住在坦桑尼亚赤道以北地区的儿童进行氯喹耐药性测试，结果恐怖地发现1980—1986年寄生虫对氯喹的敏感性呈对数式下降。此外，坦桑尼亚还报告了对甲氟喹和乙胺嘧啶耐药的孤立病例。

1985年，美国疾控中心开发了一种简单的现场检测试剂盒，用于检测非洲各地出现的耐药性。很快，他们就发现了耐药模式。问题源于非洲东部沿海地区，特别是桑给巴尔、蒙巴萨和达累斯萨拉姆。在这些地区，有两个因素可能起了作用：一个是经常前往印度和其他耐药疟疾地区的高度流动的亚洲人口，另一个是通过合法和黑市渠道很容易获得的氯喹。从上述地区开始，耐药性沿着赤道旅行路线传播，这些路线把肯尼亚、坦桑尼亚、马拉维、赞比亚、扎伊尔、布隆迪、卢旺达和乌干达的商人联系在一起，而且与该地区艾滋病传播相关的也正是同一批贸易路线。最终，耐药性问题逐渐向外蔓延——从亚的斯亚贝巴传到开普敦，从塞内加尔传到马达加斯加。

对新出现的恶性疟原虫菌株的研究表明，与耐药性有关的突变一旦出现，就成为寄生品系的永久特征。耐药机制涉及几种不同的基因：部分耐药可能由一种基因突变引发，完全耐药则是由两种或两种以上的基因突变引起。只要出现一种基因突变引发的耐药菌株，很快就会出现完全耐药性突变体。

这些突变体在实验室培养中的生长速度似乎比正常的恶性疟原虫快，这表明它们可能获得了某种类型的毒性优势。

最后，不仅在大量使用氯喹的地区，而且在很少服用氯喹的人群中也出现了耐药性。这意味着突变和出现耐药性不需要太大的选择压力。这也提出了严重的问题，即政府应该采取什么政策让这种珍贵的药物继续发挥效用。

到1990年，氯喹耐药性在非洲大多数疟疾地区并非例外，而是普遍现象。此外，医生注意到，对氯喹耐药的恶性疟原虫菌株对奎宁或奎尼丁治疗似乎有些不敏感，这可能是因为这三种药品具有化学相似性。

1988年至1990年间，似乎出现了一种新的疾病，即非洲东部和中部致命的成人脑型疟疾病例。童年时期曾经获得过一定程度免疫力的人，到了青年时期会因大脑感染寄生虫突然发烧，出现精神错乱。这些病例的发病和死亡都非常突然，令人震惊。

在大多数情况下，脑型疟疾患者成年后都生活在城市地区，远离童年的村庄，每天也接触不到吸血的蚊子。也许，每年他们会回归故里，探亲访友，再次接触寄生虫。就这些寄生虫而言，这些城市居民虽然是非洲人，但是在疟疾面前他们跟白人游客一样脆弱。如果通常不再接触疟原虫，对恶性疟原虫的免疫力在12个月或更短的时间内就会消失。任何接触过疟疾的人都没有绝对的保护性免疫力，这与天花疫苗的终身免疫力截然不同。

随着年轻人死亡人数的增加，经济成本也随之增加。1993年世界银行估计，死于疟疾的成年劳动力可能在两年内给非洲经济造成18亿美元的损失，对这些贫穷国家而言这是一个惊人的数字。

1993年非洲疟疾死亡率达到历史最高水平。

美国科学促进会报告说："据估计，脑型疟疾死亡病例占疟疾死亡病例的20%还多，即使在城市地区也是如此……在特定国家监测到的疟疾死亡率和发病率似乎都在上升。例如，在扎伊尔报告的疟疾死亡人数从1984年的2.1%上升到1986年的4.8%，再到

1988年的5.8%。扎伊尔疟疾死亡人数占总死亡率的百分比从1983年的29.5%上升到了1985年的45.6%，再到1986年的56.4%。"

对氯喹、甲氟喹、凡西达、奎宁、甲氧苄啶和奎尼丁的耐药性都在迅速上升，有些地区（特别是扎伊尔）报告说，到1990年几乎所有疟疾病例都是由对氯喹耐药的菌株引发的。

当时在哈佛大学公共卫生学院工作的乌维·布林克曼（Uwe Brinkmann）观察到疟疾病例、耐药性和死亡人数都在稳步上升，并于1991年开始通过直接医疗成本和间接社会成本计算新发恶性疟原虫在非洲造成的损失。据他预测，到1995年疟疾将使大多数撒哈拉以南非洲国家每年的国内生产总值损失1%。

布林克曼的研究小组预测，到1995年在卢旺达"人均疟疾直接成本将超过[卫生部]的人均支出"。这提出了一个显而易见的问题：当疟疾负担严重到让所有病床、药品、医护人员和资金都捉襟见肘时，社会将如何应对？

在20世纪80年代末，当肯特·坎贝尔、乔尔·布雷曼和乔·麦考密克在美国疾控中心全力解决疟疾问题时，一个新的问题出现了。

"什么是疟疾？"坎贝尔问道，"如果一个国家的人口普遍受到感染，而且周期性地生病，那么这种我们称为疟疾的疾病到底是什么？"

这不是一个学术问题。到20世纪80年代末，疾控中心的科学家和他们的非洲同行在非洲大陆见证了一种危险的新型疟疾疾病模式。幼儿发烧后，父母立即让他们服用氯喹，氯喹很容易从政府诊所或黑市上获得。孩子会停止发烧，但是部分耐药寄生虫会留在他们体内。他们的免疫反应得不到加强，因此会继续发生严重的疟疾，只好服用更大剂量的氯喹或奎宁，继续让寄生虫留在体内。随着时间的推移，寄生虫会在他们的血液中积累到临界水平，对他们的红细胞造成严重损害。

前推10年，非洲儿童在出生后的前几周要么夭折，要么罹患严重疟疾后幸存下来，从此以后非洲儿童患疟疾的风险并不比成年人大。

然而，到20世纪80年代末，多亏了氯喹疗法，成千上万——也许是数百万——非洲儿童战胜疟疾早期的发烧幸存下来，但是在从6个月到9岁这个年龄段内他们逐渐患上致命的贫血。救命的办法只有一个，就是尽快将大量非疟疾患者血液输入到他们体内。

1985年，金沙萨的麻麻叶磨医院（Mama Yemo Hospital）进行了大约1500例这样的小儿输血，1年后这个数字猛增到6000例。

到1986年底，每3个进入麻麻叶磨医院的孩子中就有1个感染氯喹耐药菌株。

那也是儿童艾滋病病例在金沙萨开始飙升的时期。

拯救患有严重贫血的儿童，必须争分夺秒。即使贫穷的非洲诊所也设有检测捐献血液的工具，他们实在也无暇顾及。一般情况下，医生只是随便找一个血型匹配的亲属，直接从献血者那里抽取血液输入孩子体内。1986年，医生对200名以这种方式输血的儿童进行过一项调查，结果显示13%的儿童因此感染了HIV。

坎贝尔解释说："医生知道自己是在传播艾滋病。但是，他们是在想方设法保住孩子的命。这就是一场赌注，真的是这样。当时，他们看到孩子一天天地死去，所以他们做出的临床决定就是力所能及的最好选择。"

戴维·海曼（David Heymann）在马拉维进行实地试验，主要有两个目的：一是想看看是否可以使用药物消除孕妇体内的寄生虫，这样做至少可以降低婴儿出生时的感染概率；二是想提高母体免疫力，让母亲能够将强大的抗体传递给哺乳期的婴儿。清除孕妇体内的所有寄生虫，需要价值超过10美元的抗疟药，那些每年人均医疗费用不到3美元的国家无疑无力承担。

给新生儿注射氯喹或奎宁并没有效果，因为乔·麦考密克在肯尼亚的研究表明，生活在非洲东部乡村的婴儿或幼儿每个月会被传染性蚊虫叮咬50次到80次。其他研究显示，被传染性蚊虫叮咬的人最终有一半成为疟疾病例。

与此同时，按蚊的领地也在不断扩大。通常，蚊子对温度和高度几乎没有选择的余地；理想情况下，它们更喜欢海平面高度的热带环境。但是，随着人口密度的增加，以及大量免疫力低下的人在农村和城市之间来回流动，蚊子便冒险闯入了此前的未知地域。比如，海曼就见证了疟疾在卢旺达的蔓延，而此前数个世纪，卢旺达的疟疾和按蚊都见于人口稠密的低地地区。同样，在斯威士兰，海曼看到低地地区的水果罐头业在不断发展壮大，吸引了国家偏远的高原地区居民前来罐头厂工作。不幸的是，由于这些低地地区流行疟疾，而且这些高原工人的家乡并没有按蚊，他们缺乏免疫力，因此在被这些耐药寄生虫叮咬后，许多人都发病死亡。少数幸存者把血液中的寄生虫带回了山区，当地的蚊子叮咬这些打工回乡的人后也感染了疟原虫。

在附近的马拉维，海曼注意到整个20世纪80年代抗氯喹疟疾的发病率和疟疾死亡人数都在稳步上升。1980年，因急性贫血住院的儿童不到5%；到1986年，这一比例增加了两倍。

在亚特兰大的疾控中心总部，坎贝尔仍然在试图回答自己提出的基本问题：什么是疟疾？在童年的大部分时间，几乎所有非洲人都感染了疟疾寄生虫——这是否构成疟疾呢？他认为显然不是。感染寄生虫的孩子发烧是疟疾吗？坎贝尔仍然认为答案是否定的，因为许多疾病都会导致儿童发烧。这些疟疾寄生虫的存在，并非一定意味着它们会导致儿童发烧。

"另外，"坎贝尔说，"我们不能继续再把每次发烧都当作疟疾来治疗，因为在册的药物越来越少了。"然而，有一点他很清楚：在24—48小时内，经过疟原虫的一个红细胞繁殖周期，看似轻微的发烧都可能会导致死亡。

如何回答这些问题，让坎贝尔以及疾控中心的乔尔·布雷曼、乔·麦考密克和戴维·海曼等其他非洲专家都困惑不已。在日内瓦和伦敦、在牛津和哈佛、在美国国会小组委员会、在科特迪瓦卫生部的会议上，面对一组组的疟疾专家，坎贝尔都会问同一个基本问题：什么是疟疾？

无论他走到哪里，人们听到这个问题的第一反应就是难以置信——美国这位所谓的首席疟疾专家怎么会问这么愚蠢的问题呢？坎贝尔并不介意人们觉得他幼稚。这位又高又瘦的马拉松运动员经常会在座位上伸展开大长腿，用田纳西州慢吞吞的腔调重复自己的问题，那副派头让人想起吉米·史都华（Jimmy Stewart）饰演的那些狡猾而假装谦虚的角色。专家们总是在会议结束时摇摇头问同一个问题：什么是疟疾？

许多其他疾病状态的界定，是依据存在某种微生物抗体。如果在患者血液中发现流感抗体，那么轻微的不适、发烧和恶心都可以归因于流感。但是在这一点上，坎贝尔也发现了很难定义疟疾，因为疟原虫免疫不仅奇怪，而且很短暂。

疟原虫通过雌性按蚊的长嘴注入人体血液后，是以孢子体的形式存在的。孢子体有一层独特的包衣，带有一组特殊的蛋白质抗原。此后，在疟原虫生命周期的每一个阶段——裂殖体和裂殖子，它们的细胞膜上仍然有另一组抗原。由于寄生虫生长的不同阶段会出现不同的抗体，人类免疫系统陷入了困境。它可能会产生针对一个阶段的抗体，但是不针对其他阶段。它也可能会发动T细胞反应，只针对一个阶段，或者不针对任何阶段。

疟疾的孢子体阶段会引发一种特别奇怪的免疫反应：患者可能有数百万个抗体漂浮在血流中，甚至附着在孢子体上，但是仍然会死于疟疾。有人进行过一项重要研究，研究对象是可能对疟疾具有"免疫力"的肯尼亚成年人，因为这些人不断接触带疟原虫的蚊子并生存了下来。这些志愿者服用大剂量氯喹和凡西达（乙胺嘧啶/磺胺多辛），目的是清除体内的寄生虫。然后，测量他们的子孢子抗体水平。接下来，要跟踪他们98天，对他们进行观察。

到研究结束时，72%的本应免疫的成年人已经再次感染恶性疟原虫。在一项针对幼儿的类似研究中，100%的儿童在98天内再次被感染。他们再次感染的可能性与血液中疟疾抗体的水平没有相关性。

实验室和动物研究表明：T细胞反应是控制孢子体的关键，尤其是被称为CD4的一类T细胞。利用这种T细胞反应存在一个问题：这种反应通常具有很强的特异性，只有在孢子体表面存在一种非常特殊的抗原时，才能够识别导致疟疾的敌人。T细胞的反应范围很窄，如果从孢子体表面凸出的蛋白质中有一个氨基酸基本成分不同，T细胞就不会识别疟疾侵袭，也不会产生有效的免疫反应。这种特异性被称为表位，每一种不同的疟疾表位都可以由疟原虫DNA中的一个基因甚至一个基因的一小部分来编码。这意味着一个微小的突变就足以让疟原虫避开人类T细胞的免疫反应。

因此，即使一个人的T细胞系统能够控制1989年在布隆迪首都布琼布拉发现的疟原虫，也无法应对金沙萨、巴西或泰国的疟疾。甚至，如果一个人离开布琼布拉后过12个月再返回，他的T细胞系统也许无法识别当时在布琼布拉出现的菌株。

这些发现让肯特·坎贝尔更加困惑。尽管这些寄生虫表面存在向免疫系统发出明确警报的蛋白质，但是它们还是躲过了宿主的所有防御，除非服用超常剂量的抗疟药物，否则任何东西都无法驱除这些寄生虫。

由于微生物对抗疟药物的抵抗力在日益增强，使用药物消除人体内寄生虫的难度甚至也越来越大。

说来也怪，随着时间的推移，坎贝尔得出了这样一个结论：一个人生活在疟疾流行地区，体内随时都有寄生虫是件好事。如果没有寄生虫，很快就没有任何免疫力。如果一些疟原虫的孢子体寄生在人的肝脏，或者是裂殖子寄生在人的红细胞，身体就会产生免疫球蛋白G抗体。幸运的是，出现足够的抗体和激活的T细胞，会创造一种耐受条件：每种生物都能耐受另一种生物。寄生虫可以忍受来自免疫系统的持续攻击，而人类在大多数时间也能够接受一些红细胞和肝细胞感染。

倔强的坎贝尔再次发问："疟疾是什么呢？"如果不是这种慢性感染状态，偶尔会失去平衡引发高烧和寒战，那么世卫组织宣称截至1990年每年导致3亿多人发病、造成350万人死亡的到底是什么疾病呢？

坎贝尔喜欢提醒其他疟疾学家不要忘记英国殖民时期的灾祸黑水热。英国人脑洞大开，将奎宁与水混合，并用孟买杜松子酒掩盖其苦味。结果，杜松子酒奎宁水对英国军队预防疟疾起到了很大作用。但是，过量使用奎宁，无论是服用药物还是饮用大量的杜松子酒奎宁水，都引发了黑水热这种新疾病。患者排尿时出现深色液体，发高烧，痛苦不堪，当时通常有25%到50%的患者死亡。

几十年后，英国医生才弄明白黑水热是一种医源性疾病。疟疾反复发作，每一次治疗都是采用剂量不断增加的奎宁，没有免疫力的欧洲人患病后，都认为是另一种传染病。科学家最终确定是奎宁引发的黑水热。过量服用这种强大的抗疟药物，导致奎宁直接附着在红细胞膜上。凸出的奎宁分子引起了免疫系统的注意，免疫系统认为红细胞上的奎宁分子是外来入侵的迹象。抗体和T细胞杀手攻击带有奎宁标记的红细胞，直到把它们杀死。因此，奄奄一息的黑水热患者成了自身积极治疗疟疾的受害者。

20世纪80年代初，研究人员初步证明氯喹也可能会对人体免疫系统产生有害影响。试管研究表明氯喹会妨碍免疫系统识别某些威胁，因此无法适当刺激抗体反应。

1983年，一名美国和平队志愿者在肯尼亚工作时死于狂犬病，尽管这名23岁的志愿者曾经注射过狂犬病疫苗。她在死亡前已经服用了几个月的氯喹预防疟疾，那么在试管研究中这种药物对免疫系统细胞产生的抑制作用是否阻碍了人类体内的类似活动呢？美国疾控中心的研究人员决定展开调查。

1984年，美国疾控中心的科学家对在8个国家工作的和平队志愿者的免疫系统进行检测，比较了服用和未服用氯喹者对狂犬病疫苗的反应。按照推荐的预防剂量服用氯喹，明显削弱了志愿者接种狂犬病疫苗后产生抗体的能力。在接种疫苗三个月后，服用氯喹者对狂犬病的抗体反应能力大约是未服用氯喹的和平队志愿者的一半。

无论是在限制疟疾还是抑制免疫反应方面，没有人清楚氯喹是如何发挥作用的，但是坎贝尔在1990年就肯定这种药物对寄生虫几乎或者完全没有直接影响。

坎贝尔说："氯喹治疗发烧时并不直接攻击寄生虫。"他得出结论认为，20世纪90年代席卷非洲的儿童疟疾性贫血综合征是医源性疾病，给同年龄段重病儿童紧急输血造成的艾滋病流行也是如此。第一种是由于过度使用氯喹导致的疾病，第二种是由于使用感染HIV的血液。

寄生虫对氯喹产生了部分耐药性，而且氯喹抑制了儿童的免疫反应。氯喹能控制儿童发烧，但是不能减缓红细胞损伤。尽管采用了各种疗法，儿童的血红蛋白数量仍在稳步下降，在存活的血红蛋白分子所剩无几后，儿童的身体开始缺氧。

坎贝尔得出的结论是贫血综合征不是疟疾。它就像黑水热一样，是一种因抗疟药物使用不当引发的人为疾病。

顺便提一下，"使用不当"的定义正是世界卫生组织政策建议的使用模式。有20多年的时间，世界卫生组织都要求非洲卫生规划者要对生活在疟疾流行地区的母亲进行培训，让她们明白所有儿童发烧都是由疟疾引发，应立即使用氯喹进行治疗。

坎贝尔由此得出两个结论：

第一个是"日内瓦不能将生命纳入政策指导方针"，第二个是"疟疾是一种对抗疟药物产生反应导致的疾病"。

当时，疟疾的定义是一种通过药物治疗逆转所证明的疾病。至少在非洲，因为耐药导致氯喹治疗无效时，疟疾就转变成了另一种综合征。

1992年，马拉维卫生部的科学家得出结论，认为世界卫生组织的政策不够合理，美国疾控中心的分析更好地反映了实际情况，因此建议改变政策。马拉维成为第一个放弃氯喹的非洲国家。

幸运的是，非洲仍然有其他选择。尽管对其他抗疟药物也产生了耐药性，但是这种耐药性物并不普遍，而且还有替代药物可以使用，只不过其价格相当昂贵。

然而，在南亚氯喹耐药性最早出现在20世纪50年代，因此疟原虫往往对现在所有药物都产生了多重耐药性。

尽管大多数亚洲疟疾是由于危险性较小的间日疟原虫引发，但是南亚热带地区携带疟原虫的蚊子绝对密度远远大于非洲携带恶性疟原虫的冈比亚按蚊密度。此外，许多亚洲国家早在20世纪50年代就有活跃的药品黑市和非处方抗疟药销售。到最后，在一些亚洲地区，恶性疟原虫和间日疟原虫同时存在，导致一些病人罹患混合型疟疾。

在亚洲实验室首次报告氯喹耐药菌株后不久，治疗无效便与新出现的突变体有了关联。例如，1962年，一个在柬埔寨西部工作的美国医学研究小组的三名成员尽管服用了氯喹作为预防，但还是患上了严重的疟疾。对柬埔寨恶性疟原虫株和一种马来西亚恶性疟原虫株的分析表明：它们不仅对氯喹耐药，而且也对乙胺嘧啶和氯胍耐药。

美国国立卫生研究院的一个研究小组直接向关押在佐治亚州亚特兰大联邦监狱的囚犯注射样本，测试几种柬埔寨和马来西亚恶性疟原虫菌株的耐药能力。美国国家卫生研究院的科学家以这种不道德的方式（这些所谓的研究志愿者可能是被迫接受测试）证明：在1963年，六种亚洲毒株中只有一种对氯喹仍然敏感，三种毒株对当时的四种主要抗疟药（氯喹、氯胍、麦帕克林和乙胺嘧啶）都有耐药性。

10年后，泰国、缅甸、孟加拉国、印度、印度尼西亚、菲律宾、柬埔寨、斯里兰卡、马来西亚、越南、澳大利亚、老挝、日本、新加坡、巴布亚新几内亚、所罗门群岛、瓦努阿图和中国都普遍出现了氯喹耐药性。这时距离东部非洲出现第一批抗药寄生虫还有5年时间。

为了对抗亚洲恶性疟原虫对氯喹几乎普遍耐药的趋势，世界卫生组织建议使用多种药物进行治疗。这种思路与当代应对细菌对抗生素耐药的研究方法类似，认为新出现的耐药性可以通过同时使用其他药物进行抑制，其中一种药物肯定能杀死这些突变菌株。

但是，不久之后，恶性疟原虫的多重耐药性就蔓延开来。在社会大动荡、大规模难民出逃和红色高棉策动的种族灭绝行动之后，柬埔寨出现了一种新型疟疾菌株，它对氯喹和凡西达都有很强的耐药性。这种突变株袭击了泰柬边境的一个难民营，造成疾病流行。美国疾控中心对此做出回应，建议将该地区治疗疟疾的氯喹加凡西达标准疗法改为使用奎宁和四环素的联合疗法。

在整个20世纪80年代，这种耐药性在亚洲各地不断蔓延升级，速度之快令人震惊。

在同一时期，亚洲许多携带疟原虫的按蚊对滴滴涕产生了耐药性，因此控制昆虫更加困难、花费也更高。一些昆虫扩大了自己的地盘，出现在以前被认为不适合它们繁殖和觅食的生态环境中。

更令人不安的是，在20世纪70年代中期至80年代末，恶性疟原虫与其危险性较低的近亲间日疟原虫的比例在许多地方都发生了变化。在印度，1976年90%以上的疟疾是较温和的间日疟原虫所导致，到1989年就只有65%是因为间日疟原虫，其余都与恶性疟原虫有关。在斯里兰卡，恶性疟原虫原本几乎不存在，但是到1990年几乎一半的疾病是由这种更危险的寄生虫所引发。缅甸恶性疟原虫的比例从60%上升到90%以上。

其中，最大的悲剧就发生在尼泊尔，它曾经被美国视为早期根除疟疾的成功典范。在1950—1970年间，尼泊尔的疟疾发病率惊人地下降了99%，从每年200万病例和30万死亡病例下降到只有2.5万病例和不到200个死亡病例。但是到1985年，尼泊尔的疟疾发病率翻了一番，由于寄生虫的耐药性，死亡率也在增加。类似的情况也普遍出现在南亚和西亚。

在越南战争期间，美军发明了甲氟喹，在20世纪80年代初作为氯喹的替代品在平民身上进行了试验。到1987年，甲氟喹已经取代了大多数其他抗疟药物，成为亚洲大部分地区的首选药物。这种药物非常有效，而且毒性最小，当时在亚洲似乎没有其他药物可以治愈恶性疟原虫感染。

但在1986年，泰柬边境地区出现了对甲氟喹耐药以及对甲氟喹、氯喹和凡西达联合使用耐药的抗疟菌株。此外，在关键地区出现了对奎宁反应较弱的菌株，导致一些疟疾病例无法治疗。到1990年，泰国使用甲氟喹的治愈率从98%骤降到71%。第二年，由于恶性疟原虫出现了耐药现象，泰国仅存的一种从未在国内使用过的上市药物卤泛群已经几乎毫无用处。

当对甲氟喹耐药的新型恶性疟原虫菌株出现时，柬埔寨正在发生内战，一支超过1.6万人的联合国维和部队准备进入该地区，在泰国边境露营的36万难民，也即将按照计划遣返。这对微生物而言是一次绝佳机会。

新菌株对氯喹、凡西达、甲氟喹及类似药物都具有耐药性。此时，只剩下奎宁和四环素两种药物了，但是效果都不理想。奎宁是效果极差的预防药物，四环素的治疗效果也不尽如人意。

到1992年3月，据世界卫生组织估计，柬埔寨一半以上的疟疾病例都与新型疟疾菌株有关，由于多年内战导致柬埔寨公共卫生系统处于崩溃状态，因此要想控制疟疾似乎是不可能的。据柬埔寨国家疟疾控制办公室估计，1991年全国约有1万人死于新型疟疾。但是，官员们承认这只是保守的猜测。

在哈佛大学公共卫生学院的实验室里，戴安·沃思（Dyann Wirth）在1992—1993年间一直刻苦研究，试图了解新菌株的突变性质，找到战胜它的方法。根据她的结论，这种寄生虫产生一种依附在细胞膜上的独特大型蛋白质。当药物进入疟原虫的环境时，这种蛋白质会起到泵的作用，将药物从恶性疟原虫体内分流出来。尽管此前已经发现氯喹耐药性使用的就是这种机制，但沃思和其他几位科学家确信，这种新型毒株有一个可以排出几乎所有抗疟药物的泵。

有确凿的证据可以证明这种泵的存在。治疗心脏病的药物维拉帕米（verapamil）可以阻止钙在泵的作用下穿过细胞膜，从而逆转抗药性。一些科学家敦促世界卫生组织推出结合了维拉帕米和氯喹的药物：一种药物关闭泵，另一种药物阻止寄生虫。研究人员在试管研究中找到了这种泵的证据：他们将耐药疟疾与非耐药疟疾进行比较，结果发现耐药菌株的疟原虫外部氯喹含量是前者的40—50倍。

从基因方面看，至少是两个所谓的MDR（多药耐药）基因控制着这种泵机制。没有人知道疟原虫是如何获得MDR基因的，这种基因以前曾在哺乳动物的癌细胞中通过泵移出化疗药物。然而，沃思确信MDR基因不仅存在于超级耐细菌中，而且经过扩增后使疟原虫产生大量的泵。

沃思说："这种机制一旦出现，就意味着甚至在药物发明之前就出现了耐药性。"

人们很容易得出这样的结论：泵机制解释了为什么耐药速度在加快。尽管氯喹耐药性最早出现在20世纪50年代，但是氯喹和大多数其他早期抗疟药物在世界范围内数十年间仍然有效。但是，到20世纪80年代，似乎是从亚洲一些地区引入抗疟药物的那一刻起，特别是在泰国和柬埔寨，耐药性便开始以非同寻常的速度出现。大多数早期突变的恶性疟原虫菌株是由明显的随机点突变引起的，这些菌株一次对一种药物产生耐药性。但是，到了20世纪80年代末，印度似乎充斥着耐多种药物的寄生虫。

也许，疟疾学家会忐忑不安地指出：泵机制通过微调泵来适应每一种新药，为寄生虫提供一种快速战胜新药的方法。如果事情果真如此，耐药性的趋势只会恶化加速，因为世界上任何地方的疟疾寄生虫都拥有这样的泵。

40年来，氯喹在当地一直可靠有效，但是到1989年，治疗巴布亚新几内亚间日疟原虫感染者的医生发现氯喹已经无法治愈这种疟疾了。尽管几乎从氯喹革命开始，恶性疟原虫的耐药性问题就显而易见，但是氯喹对间日疟原虫却一直有效。

疟疾学家曾希望巴布亚新几内亚的间日疟原虫病例只不过是奇怪的个案——甚至也许是由于治疗不当而导致的失败——但是在1993年，对氯喹耐药的间日疟原虫在印度尼西亚（伊里安查亚）出现了。由于间日疟原虫在人体内的生命周期更为复杂，留在肝脏内的时间也更长，因此药物对间日疟原虫的有效性与对恶性疟原虫不同。

"显然，氯喹还没有替代品。"研究人员说。

世界卫生组织寄生虫病专家托勒·戈达尔（Tore Godal）宣称："我们陷入了危机。情况确实令人担忧。"

只剩下一种替代药物了。两千多年来，中国草药师一直在使用青蒿提取物治疗疟疾。长期以来，青蒿中的化学物质一直用来退烧。1972年，中国科学家成功地从青蒿中分离出了这种化学物质，并将其命名为青蒿素（或者叫蒿乙醚和蒿甲醚）。20世纪80

年代，目睹整个疟疾世界的耐药性迅速增强，世界卫生组织和沃尔特·里德陆军（Walter Reed Army Institute of Research）研究所开始合作研究这种药物。1994年，世界卫生组织大张旗鼓地宣布在越南成功地完成了这种药物的现场试验。

世界卫生组织拥有这项专利，但是没有一家制药公司对此感兴趣。由于其他地方也在开发这种合成药物，只是略有不同而已，因此评论家想知道世界卫生组织为什么会启动一个如此庞大的项目。

与此同时，世界卫生组织官员坦率地表示有必要"保护"这种中药，不要让它进入东南亚的社会环境，这里已经导致氯喹、卤泛群、甲氟喹、奎宁、凡西达、氯胍和其他所有抗疟药的失效。但是，在1993年末，一位法国旅行者在西非的马里发现了一种恶性疟原虫毒株，它对包括中国新药在内的所有药物都具有耐药性。研究人员在马里发现了四株对青蒿素耐药的恶性疟原虫，可是这种药物在马里尚未大量上市。

布林克曼、坎贝尔等内部人士对此持怀疑态度。他们曾近距离观察过亚洲疟疾地区的环境，了解蚊子和寄生虫是如何传播疟疾的，因此他们认为如果关键国家没有强烈的政治意愿，任何药物都可能得不到保护。

政治意愿严重缺乏。生物正在影响公众健康。

东南亚10%的地区是热带雨林，包括16种不同生态类型的森林。该地区的疟疾是森林疟疾，这意味着控制蚊子的常规措施无效。在湿润、潮湿、茂密的热带丛林里，怎么能够喷洒滴滴涕呢？

亚洲至少有30种主要的蚊子携带疟疾，其中许多蚊子的觅食对象是人类和一系列其他动物。这些蚊子已经适应了亚洲每一种可能的森林环境：充满雨水的竹桩、灌溉渠、丛林池塘、行军士兵踩出的泥水坑、大象的脚印、车辙、稻田和潟湖。

这些强大的蚊子横跨亚洲南部大部分海拔地区。它们日夜不停地以人为食。许多蚊子对主要杀虫剂都具有耐药性，而且它们大多数是"野生蚊子"，这意味着它们远离开放空间和人类居住区，更喜欢安全浓密的热带植被。

在这些森林地区生活或工作的人经常被蚊子咬伤。数个世纪以来，通过蚊子，人类和寄生虫之间保持着一种生态平衡。很大一部分人会在婴儿期死于疟疾，但是幸存者每天都被蚊子"接种"疫苗，蚊子会把寄生虫注射到他们的血液中，因此他们已经免疫，或者如肯特·坎贝尔所言，他们能够忍受。

根除疟疾的努力严重破坏了这种平衡。灭蚊计划暂时获得成功，每天的"疫苗接种"不复存在，免疫力也随之消失。使用抗疟药进行预防可以抵御疾病，但是也会降低免疫力。药物出现周期性短缺时，疟疾病例也会激增。

雌蚊贪婪地捕食（从爬行动物到人类等）各种生物，从动物血液中吸收各种微生物。不同种类的疟原虫共同生活在蚊子的肠道里，有证据表明蚊子体内的各种微生物之间会发生基因交换和穿梭。

昆虫学家确信，已确认的大约30种携带疟疾的蚊子只占能够作为疟原虫载体的所有亚洲森林蚊子的一小部分。然而，在森林如此茂密的生态环境中研究和分类鉴定蚊子可谓困难重重。

"疟疾是一种生态疾病。"印度科学家V. P. 夏尔马（V. P. Sharma）写道。

在20世纪70年代、80年代和90年代，这些地区的人口流动性很强。战争内乱、宗教迫害、经济危机和自然灾害迫使数千万个家庭和个体劳动者流离失所,甚至远走异国他乡。20世纪80年代,仅柬埔寨就有50多万人沦为难民。印尼政府在1990年将近700万人迁移到森林茂密的外岛殖民。

伴随着这场大规模的人口流动,疟疾的风险也随之增大。大多数移民要么来自非疟疾流行地区,缺乏免疫力,要么在两个菌株或寄生虫明显不同的地区之间迁移。这些缺乏免疫力的人在森林周边地区聚居后,随着蚊子数量激增,疟疾很快便猖獗起来。

战争和内乱,如越南战争和柬埔寨长期的红色高棉叛乱,不仅导致大规模人口迁移,而且直接破坏了生态环境,更有利于蚊子繁衍生息。蓄满雨水的弹坑、废弃浸水的军用车辆以及其他战争遗留物都为昆虫创造了理想的繁殖地。20世纪80年代,亚洲人口爆炸式增长,绝望的人们开始侵占林地,砍伐树木,焚烧森林,开辟农田。亚洲的大部分森林地区没有公共卫生和医疗系统,因为这里的居民通常都是穷困潦倒的移民,而且越来越多地居住在以前无人居住的地区。

在许多地区,由于成人和儿童为了预防和治疗疟疾,凡是能负担得起的药物都往肚里吞,结果出现了过度服用抗疟药物的现象。缺乏训练的医护人员向疟疾疑似患者大量分发药物。

埃塞俄比亚疟疾学家、世界卫生组织印度科学顾问阿瓦什·泰克勒海蒙特(Awash Teklehaimont)说:"我从未见过如此低水平的卫生基础设施,哪怕是在非洲。"他在1992年提到柬埔寨时补充说:"氯喹注射是在警察的眼皮底下,由庸医在集市公开进行的。"由于当地医生的月薪只有5美元,因此看到政府诊所的货架总是空空如也,黑市却不乏货源,也许就不足为奇了。

如果说亚洲有一个地方是社会、生态、医学相互作用的焦点,而且耐药菌株出现最频繁,那就是横跨泰柬边界的宝石采矿区。

在泰国一侧是一队队低收入的警察和士兵，看到怀揣发财梦的人非法进入该地区时，急忙把头扭到一边；当这些人离开时，警察和士兵便迫不及待地抓住他们，渴望从他们收获的红宝石和祖母绿中分一杯羹。在柬埔寨一方是波尔布特的红色高棉军队，他们从宝石矿工身上抽份子，为持续的叛乱提供经费。

20世纪80年代，随着可以非法获取致富的消息传开，人们从亚洲各地纷纷涌入这一地区，这些人包括印度人、缅甸人、泰国人、柬埔寨人、老挝人、越南人、中国人。他们行踪诡秘，小心地避开边境巡逻队、警察、士兵，当然还有卫生当局。他们去的地方覆盖着茂密的雨林，有十多种携带恶性疟原虫的野生蚊子。

"这里的情况非同寻常。"乌维·布林克曼说。他花了一些时间观察那些寻找宝石的矿工。"他们整天坐在或蹲在热带雨林中蜿蜒流淌的溪水河流中。天气又热又湿——你无法想象这里到底有多热。他们不穿防护服，整天待在蚊子滋生的地方，在水和泥土中筛选宝石。夜里，他们就睡在敞着的棚屋里。"

事实证明，这些梦想发财致富的人正好成了抗疟黑市的最佳客户。为了控制疾病，他们什么都买，什么都用。在大多数情况下，他们都使用药物不当，结果导致耐药菌株出现。

不出所料，就是在这里出现了多药耐药现象。1983年，联合使用甲氟喹和凡西达治愈了宝石矿区96.7%的疟疾。到1990年，同样的药物组合只治愈了不到21%的病例。实际上，在这个地区感染的疟疾是无法治愈的。

那些在矿区感染了疟疾，但是还没有病得走不动的人，会想方设法躲过层层布防的警察、军队和边防战士，带着从柬埔寨河流中筛选出的宝石回家。但是，他们随身携带的却是一场悲剧，因为他们的血液中潜伏着耐药的寄生虫，而这些寄生虫很快就会被孟加拉国、尼泊尔等国家的蚊子吸到鼻子中。于是，疟疾便开始流行蔓延。

尽管各国政府、联合国和许多西方机构花费了数十亿美元，但是1994年亚洲发生的疟疾还是完全失控了。

1977年，世界卫生组织终于放弃了消灭疟疾的所有希望。1978年，它制定了一项将疟疾控制与基本保健联系起来的全球战略。但是，由于大部分受灾地区缺乏合格的基本卫生系统，这项政策也以失败而告终。

到1992年，世界卫生组织被迫勉强承认，不存在什么全球疟疾控制战略。相反，每个疟疾流行国家的个体生态系统都需要制定适合自己环境和社会的行动计划。在非洲稀树大草原行之有效的东西，到了沼泽地或亚洲桃花心木森林肯定不会起作用。

世界卫生组织发现了生态学。

美国政府对失败感到厌烦，对疟疾疫苗研发工作中的腐败感到愤怒，于是在1993年开始削减对疟疾防治工作的财政投入。1987—1990年期间，联邦政府的支出逐渐下降，到1993年冬季，政府的两个机构就是否完全停止资助海外疟疾项目发生争执。

泰克勒海蒙特目睹南亚的疟疾危机，禁不住为自己的家乡埃塞俄比亚感到担忧。1992年，埃塞俄比亚经历了人类历史上最严重的疟疾疫情，不到6个月的时间就有两万多人因疟原虫而丧生。至少有10%的病例对氯喹产生耐药，受害者的年龄也各不相同。泰克勒海蒙特亲自去一个13000人的地区，挨家挨户展开调查，结果发现有759人死亡。

而这种可怕的流行病，面对的只不过是氯喹耐药性。

如果柬埔寨的多重耐药性寄生虫传播到非洲会发生什么呢？泰克勒海蒙特想知道。

第十四章

第三世界化
——生活贫苦、住房拥挤、社会灾难与疾病的关系

> 本组织法的签字国以《联合国宪章》为依据，宣告下列各项原则为各国人民幸福、和睦与安全的基础。
> ——健康是身体、精神与社会的全部的美满状态，不仅是免病或残弱。……
> ——各国在增进健康及控制疾病——特别是传染病——方面的不平衡发展是一种共同的危害。
> ——世界卫生组织组织法，1946年7月22日

赤道上空笼罩着厚厚的紫色云彩，遮住了中午刺眼的太阳。天气闷热难耐，空气潮湿，皮肤上凝结的水珠与汗水夹杂在一起。三名男子用力推着一辆自行车，沿着一条厚黏土道路上坡爬行，从昨天起自布科巴去往乌干达的两三辆车在路上留下了深深的车辙。

一个大约1.5米长的包裹，裹着白布和象草，横放在车把上。这三个人，面色阴沉，从络绎不绝的行人身边经过。大多数行人头上都顶着巨大的包裹，或者肩上扛着一条巨大的尼罗河鲈鱼，鱼尾巴拖在路上，沾满了泥巴。

第十四章 第三世界化

他们三个每次碰到一个大车辙,就会有一人小心地扶稳包裹,另外两人用力推自行车。路人意识到包裹里是什么东西后,目光便悄悄移开,谈笑声也戛然而止。就连那些逃学、帮助走私犯把货物运过乌干达边境的野小子,发现自行车上驮的东西时也沉默不语。

这三个人到达一处高地后,离开大路,走上一条经常有人走的小径,旅途一下子轻松了许多。他们蜿蜒穿过茂密葱茏的香蕉林,偶尔经过一个茅草土屋。在此居住者向他们点头致意,或者轻轻地说声"你好",孩子们便急忙跑到母亲身边,睁大眼睛盯着自行车和上面的包裹。三人继续往前赶路,一群群的人收好精心包扎的包裹,把孩子叫到身边,然后排成一排。很快,几十名卡尼戈(Kanyigo)居民便组成了一支队伍。

从远处传来一阵阵女人高亢的哀号声。队伍前行,快靠近哀号声时,一个守在小路上的孩子发现了那辆自行车,跑到前面提醒其他人自行车来了。痛哭声突然停止,一时间只剩下维多利亚湖畔的鸟叫声和人群踩踏泥地的声音。

卡尼戈的村民聚集到一片香蕉树环绕的小空地上。空地的一侧是一座圆形草房;在另一侧,一群人轮流在黏土地上挖一个大坑。空地中央站着一位35岁的男子,穿着一件纽扣领衬衫,深色棉布裤,系着一条色彩鲜艳的印花腰带。看到那三个推自行车的人走了过来,男子便把5个两岁到七岁的小孩拉到身边,每个小孩都系着和他一模一样的腰带。

三人不约而同地向男子和孩子们打招呼,默默地解开用象草包扎的包裹,抬进小屋。他们一进屋,里面的女人再次放声大哭。刚开始,哭声高昂凄惨,让人听起来很难受,一些聚集的小孩,不熟悉社会礼仪,便用手捂着耳朵。母亲们默默地表示不满,孩子们便乖乖地把手放下，盯着那些系着腰带的孩子，明显感到恐惧。

一家家轮流走到父亲和孩子跟前。他们小声问候，低头致意，送上礼物，默默流泪，偶尔会拥抱他们。

一些成年人走进小屋后，先驻足一会儿，等眼睛适应黑暗后才试探着穿过这间拥挤的小屋，在满是灰尘的地板上找到座位。推自行车的那三个人已经悄悄把 5 英尺长的包裹放好，人们就一圈圈地围坐在包裹周围。一位年长的妇女偶尔会失去控制，放声痛哭，胳膊腿疯狂地乱动，她的朋友不得不去控制她。

艾滋病夺走了卡尼戈的另一条生命。现在躺在地板上的是一位 32 岁的妇女，她裹着布和象草，撇下了丈夫和 5 个孩子。

"4 个月前，她突然胃痛发作。"她丈夫说，"所以她就去了自己出生的村庄，也就是隔壁村庄，跟她家人住在一起。她没有胃口，什么也没吃。我们试图强迫她喝茶，吃面包。我们真的想去逼她，但是没用。昨天上午 11 点，她昏倒后就去世了。"

这个男人说话呆板，加上悲痛过度，无法表达感情。他低头看着自己的孩子，孩子都忍着眼泪，坚强地站在他身边。他的目光从孩子们身上掠过，落在来访的白人身上。他端详了这个美国人片刻后才开口说话。

"我要养活他们，照顾他们，同时还要工作，我的担子太重了。你为什么不把孩子们带走呢？我把他们送给你吧。"

一

乔纳森·曼极其兴奋。诚然，还有很多事情可能会出岔子；外交官可能会感到不安，政治恶作剧也可能会上演。但是，数个月来,他和精力充沛——而且狡猾——的世界卫生组织全球艾滋病规划署(Global Programme on AIDS)的工作人员一直在为这一天进行精心的战略策划。

"我们正在进入一个新时代。"曼曾经向一个国际记者团保证说,"1988年,我们将会扭转抗击HIV的局面。"

他坐在那里,领结笔直,头发像往常一样从额头向后梳,穿着得体的欧式西装,给人的感觉不是疾控中心的流行病学家,而是法国外交官。他朝着卫生部长们望去,这是有史以来规模最大的一次卫生部长聚会。在伦敦宽敞的伊丽莎白女王二世会议中心,148个国家的代表中有117位是卫生部长或同等官员。每个重要国家都派出了国家政治权力最大的卫生官员作为代表,但只有一个国家例外,这就是曼自己的国家,但是他羞于说出口。里根政府仍然不希望把艾滋病放在优先地位,于是派出了罗伯特·温德姆(Robert Windom)医生,他的权力比卫生和公共服务部部长奥蒂斯·鲍恩(Otis Bowen)低了两个等级。

世界上大多数高级卫生官员聚集在一起讨论一种流行病,这是史无前例的。疟疾、天花、黄热病、瘟疫以及其他任何灾祸都没有受到过如此大规模的外交关注。1988年1月的这个寒冷的早晨,大约700名代表和400名记者也来到伦敦大厅,见证了世界卫生部长预防艾滋病峰会。曼认为这次峰会是一项了不起的成就,无论对自己的计划,对世界卫生组织,还是对数百万艾滋病患者而言,都是如此。

曼迫切希望世界卫生组织的相关领导能够认识到一个事实:艾滋病正在蔓延;如果你的国家还没有出现艾滋病,现在就应该制订计划,听从我们的建议,对国民进行教育,接受以安全套为主的计划作为预防策略,否则艾滋病也会出现。

截至1988年1月26日，世界卫生组织正式报告了大约75392例艾滋病病例。但是，这一数字严重低估了这种流行病的真实规模：大多数国家缺乏真正可以收集和记录这类卫生统计数据的系统。曼处事机智，讲话时并未提到每位听众心知肚明的事实，即许多国家出于政治和经济原因故意掩饰本国的流行病。这些微妙的问题，将留到以后通过私下施压或者预先计划好的部长级战略交锋去解决。

曼对HIV在人与人之间的传播方式进行了区分。在他所称的第一类国家，比如北美和西欧的国家，艾滋病主要通过两种方式传播：一种是静脉吸毒者共用针头，另一种是男同性恋者之间发生性行为。在第二类国家，比如非洲的国家，艾滋病则是一种异性恋疾病。

曼在公开场合措辞谨慎，但是他在伦敦讲话时最关心的还是第三类国家。亚洲、以穆斯林为主的中东以及大部分太平洋地区的艾滋病疫情规模都非常小。这些地区的国家，有些声称没有出现这种疾病病例，有几个声称在它们国家出现的少数病例都是在海外生活时感染HIV的外国人或公民。在这些第三类国家出现的相对少数病例，同样可能是由异性恋、同性恋、共用针头或血液接触导致的。

换言之，第三种类型代表了全球艾滋病流行的未来趋势。或许，我们仍然有机会采取公共卫生行动，成功地防止世界上大多数人口感染HIV。

当然，许多第三类国家的政治领导人已经认识到HIV输入的威胁，都各自采取措施严加防范。然而，曼和他的工作人员对一些国家采取的许多防范艾滋病措施感到震惊。这些工作人员就包括抗击天花的英雄丹尼尔·塔兰托拉（Daniel Tarantola）。塔兰托拉已经花了几个月的时间,秘密飞往世界各地,试图让部长们相信艾滋病和天花截然不同。此刻,与他见过面的许多部长就坐在伦敦会议厅里。人们还没有开发出一种适合移民和游客接种的疫苗。感染HIV后,几年内都不会出现症状,也许十多年都不会,甚至对感染者而言,都没有迹象表明这种病毒的存在。而且,艾滋病血液检测也并非万无一失。

塔兰托拉对公共卫生官员们说:"诸位打算怎么办呢?对每个移民每年进行五六次检测吗?对每个访问学生每周进行一次检测吗?如果认为通过立法和检测就可以把病毒挡在国门之外,那就错了。"

曼担心世界将出现各种压制性的公共卫生制度,会通过法律遏制病毒,遏制同性恋、非洲人、妓女、吸毒者、贫穷移民等潜在的病毒携带者。他担心这将会使已经位于全球社会边缘的人群进一步远离主流和医学,失去控制疾病的所有希望。其实,旨在控制感染HIV风险最大群体的限制措施可能会适得其反,导致他们赖以生存的社会经济条件恶化,被迫铤而走险。简而言之,面对HIV将会在大多数国家出现的事实,到底是选择教育本国民众去预防,还是通过压制性法律暂时减缓,曼相信这次伦敦会议至关重要。

曼对尊贵的听众说:"通过这次峰会,我们深刻认识到了自己的机遇,这一机遇具有重要历史意义。我们生活的世界,正面临着无限破坏力的威胁,但是我们都相信我们的创造潜能——无论这种创造潜能是个人的、国家的,还是国际社会的。梦想并非新生事物,但是环境和机遇却仅仅属于我们这个时代。全球艾滋病问题清楚地表明:我们需要交流,需要分享信息和经验,需要相互支持。艾滋病再次告诉我们,个人、群体或国家的沉默、被排斥和被孤立将会让我们陷入危险的境地。"

曼的讲话赢得了雷鸣般的掌声,人们纷纷起立致敬,但是他知道许多使劲拍手、礼貌点头表示赞同的人,却在国内推行强制隔离HIV阳性患者的政策,不断升级对同性恋者的镇压,甚至公开处决艾滋病患者。

这些人聆听曼在主席台上讲话,揣测他的微笑,观察他的谨言慎行,但是身为科学家,曼很清楚这些人其实都是政界人士。他们可能挂着卫生官员的头衔,但是他们的工作方式却不像在实验室或医院,而是更像在议会和总统核心圈——花招百出,暗箭伤人,玩弄权力。部长们在伦敦的公开讲话,一方面是为了阻止艾滋病全球大流行,另一方面至少也是为了把想法传达到国内。

曼和他的全球艾滋病规划署工作人员预见到了这些制约因素,所以他们为这次大会精心准备了好几个月。塔兰托拉和曼努埃尔·卡瓦略(Manuel Carballo)是世界卫生组织终身专家,但是偶尔也会"背叛组织"。他们向曼展示了如何绕过神秘而复杂的联合国官僚机构。瑞士裔美国人汤姆·内特(Tom Netter)曾经花了多年时间为美联社报道波兰团结工会的兴起和共产主义的衰落,他策划了全球艾滋病规划署与国际媒体互动的每一步。出生于西班牙的卡瓦略对世界卫生组织上上下下都了如指掌,甚至比世界卫生组织总干事哈夫丹·马勒(Halfdan Mahler)还要了解。他帮助从官僚机构中发掘了几个人,这些人既了解艾滋病疫情的紧迫性,也具有潜在的影响力。

曼惊讶地说:"在这个地方,人们会把铅笔需求列为'紧急'情况,但是真正的紧急情况却是个几乎毫无意义的概念。"

卡瓦略深有同感。他一生中最快乐的一天,便是加入全球艾滋病规划署的那一天。他觉得自己干劲十足,充满热情,表现也最出色，这可能是他平生第一次有这种感觉。

这些专家都是这么做的——他们分别是美国流行病学家吉姆·钦（Jim Chin）和戴维·海曼（David Heymann）、委内瑞拉生物学家何塞·埃斯帕萨（José Esparza）、英国公共卫生专家罗伊·威德斯（Roy Widdus）、塔兰托拉、曼以及几十位根据特别合同前往日内瓦为全球艾滋病规划署出谋划策的科学家和公共教育专家。他们肩负着一个共同使命：阻止HIV进一步传播。正如海曼和塔兰托拉之前为遏制天花所做的那样，这些专家为了阻止艾滋病大流行，都愿意尽可能地变通联合国和世界卫生组织的每一条规则。他们都是秉持信仰之人。他们至少能用15种语言进行写作和会话。与参与大多数联合国项目所常见的那种机会主义野心家截然不同，他们之间情同手足，气氛和谐。

1986年11月，曼离开金沙萨，奔赴日内瓦担任项目负责人。他的工作预算资金总额为500万美元，配有一名兼职秘书和三名借调自其他项目的流行病学家。曼本人的工资仍由美国疾控中心支付。

不到两年后，40岁的曼抵达伦敦参加1988年1月峰会时，他主管的艾滋病项目已经有众多国家参与，拥有大量工作人员，预算超过5000万美元，1989年有望达到9200万美元。按照世界卫生组织的官方标准，这一成就可谓一鸣惊人。

负责世界卫生组织其他疾病项目的同行也都注意到了他们的成就。他们像灰姑娘的姐姐们一样满怀羡慕，看着灰姑娘在舞会上翩翩起舞，不仅吸引了所有人的注意力，而且还赢得了王子的爱情。

人们注意到，曼能够以独特的方式见到总干事马勒，可以直接进入总干事办公室，而无须像通常那样首先经过中间权力部门。

人们注意到：马勒在演讲中提到艾滋病的场合越来越多，而且随着每次演讲，艾滋病在世界卫生组织议事日程的位置会更加靠前。人们还注意到：美国、加拿大和西欧的货币源源不断涌入日内瓦，特别指定用于全球艾滋病规划署。于是，乔纳森·曼医生，这位新近走马上任的国际官员，几乎每天都不可避免地出现在从东京到卡萨布兰卡的主要报纸和杂志头版。

曼、塔兰托拉、海曼、卡瓦略和其他艾滋病工作人员在竭尽全力进行宣传，让公众充分意识到全球处于紧急状态，需要全世界都动员起来。与此同时，日内瓦巨大建筑群的走廊内却酝酿着一股嫉妒情绪。在世界卫生组织总部巨大的拱形大厅里，霍乱、疟疾、腹泻病、血吸虫病、卫生经济学、脊髓灰质炎和疫苗研发等领域的专家们小心翼翼地簇拥在一起。透过三层楼高的玻璃墙，可以欣赏到日内瓦湖和勃朗峰的旖旎风光。他们低声交谈着，提到了规划署关于艾滋病的统计数字——由于存在漏报的病例，所以数字并不大，但是在其他微生物正在导致数千万人丧生的同时，这种新出现的疾病竟然能动用如此多的资源，吸引如此多的关注，他们想知道个中缘由。他们指出，曼及其手下的一些工作人员都是美国人，因此断定他们之所以忧心忡忡，只不过是因为艾滋病正在杀死纽约和旧金山的同性恋者罢了。

美国和欧洲的同性恋活动分子坚持不懈地游说世界卫生组织，他们的手段和精力让这些专家们钦佩不已，因为他们清楚孟加拉国的霍乱受害者或者柬埔寨的疟疾患者永远无法发起类似的运动。这件事也让专家们更加嫉妒。

曼及其团队要么对背后的议论假装不知，要么选择置之不理。无论是哪种情况，当有人直接要求他们就世界卫生组织分别对疟疾（打个比方）和艾滋病的投入进行比较时，曼的研究团队就会说：所有全球卫生项目的资金都不足，用于艾滋病的资金，哪怕是1美元1日元，都不应以牺牲其他卫生项目为代价。

他们会礼貌地提醒批评者，艾滋病是一种新出现的流行病。如果不立即阻止，艾滋病作为流行病，将疯狂蔓延，夺去数千万条生命。因此，曼得到了总干事的全力支持。

必须宣布紧急状态去阻止一种新型疾病，与世界卫生组织和联合国系统的基本性质存在固有矛盾，因此全球艾滋病规划署的工作人员对这些矛盾进行了认真讨论。埃博拉病毒、马尔堡病毒、拉沙热病毒和其他紧急疫情都得到了世界卫生组织的迅速关注，但是这些病毒都不能成为抗击艾滋病的范例。第一，这些病毒的出现似乎都是局部紧急事件。第二，这些病毒，至少在一定程度上，都是自行消失的。第三，这些微生物几乎直接导致感染者发病，死亡率令人震惊。毫无疑问，民众或他们的政府都认为必须实行紧急状态。第四，采取比较简单的措施，如提供无菌注射器，就可以阻止这些疾病的最初传播。

相比之下，HIV几乎同时出现在三大洲，并迅速成为至少20个不同国家卫生领域的重要事件。不仅没有迹象表明艾滋病可能会自行消失，而且科学家也没看到著名的疾病传染钟形曲线的证据。HIV绝不会立即导致发病和死亡，而是慢慢让人痛苦，它隐藏在人们的淋巴结深处，经常长达十多年，最后才引发可检测到的感染。因此，可能在任何警报拉响之前，一个国家可能就已经有数千人感染，而且第一批艾滋病病例出现时，人数也很少，政府可以心安理得地忽视这个看似微不足道的问题。否认存在艾滋病，是最简单的应对方法。

此外，要消除艾滋病，政府不能采取简单草率的措施。与埃博拉病毒、马尔堡病毒、耐药性脑疟疾和拉沙热病毒不同，HIV

侵袭的是特定社会目标。这是一种性传播疾病,与同性恋、滥交和吸毒有关。它将公共卫生与有组织的宗教和社会道德基础对立了起来。

简而言之,艾滋病很容易被忽视,同时又很难去应对。

世界卫生组织敏锐地意识到了艾滋病存在令人不安的因素,因此最初选择了第一条路线,即忽视这种新出现的疾病。从1981年到1986年底,日内瓦几乎没有关于艾滋病的任何传言。当曼和他的团队开始通过各种方式发出警报时,HIV已经在撒哈拉以南非洲的大部分城市中心和北美西欧的所有主要城市赫然亮相,而且开始进入全面大流行状态。

用形象的话说,全球艾滋病规划署团队觉得完全有理由为了遏制艾滋病喊破嗓子。

但是,无论是真的是喊破嗓子,还是只是强烈呼吁,都没有在世界卫生组织发生过。马勒可能会同意,但是他的下属和联合国系统的其他地方官员却不同意。实际上,在整个联合国系统内,"喊破嗓子"是联合国大会和安理会的专有权利。联合国外围机构只有埋头苦干的份儿。

全球艾滋病规划署的工作人员不顾违背官僚的意愿,匆忙但慎重地行动了起来。他们商定了一项控制艾滋病的战略,并且根据这项战略已经在主要富裕国家开展的疫苗和药物研究工作得到了全球艾滋病规划署的鼓励,但是并没有得到足够重视。由于暂时看不到治愈的希望,他们认为全球艾滋病规划署的重点应该是预防HIV的进一步传播。尽管细节问题以后才能出笼,但是全球艾滋病规划署在1987年先概述了在每个国家启动全国艾滋病项目的必要性,这些项目将针对民众开展艾滋病教育活动。社会意识是第一步——这是塔兰托拉要做的工作。为了防止HIV的进一步传播，至关重要的是每个国家的血库不能感染HIV，保健人员必须使用无菌注射器，HIV感染者必须得到详细指导，避免将病毒传染给其他人。

提供咨询是卡瓦略的工作。防治艾滋病方案，不仅要在各国内部协调，还要在世界范围内协调。

在曼看来，也许最重要的是需要消除对艾滋病方方面面的歧视和偏见。

曼一次次断言："歧视只会把艾滋病推向地下。疫情没有消失，只是更难发现，更加远离公共卫生。把艾滋病推到地下，肯定会传播得更快。"

全球艾滋病规划署的工作人员牢记这些模糊的原则，开始按顺序针对他们认为必须得到其支持的每一个国际机构展开工作。1987年5月15日，世界卫生组织立法机构第40届世界卫生大会通过了《全球预防和控制艾滋病战略》，赞同全球艾滋病规划署提出的战略。这次大会对全球艾滋病规划署下达了命令，授予了其权力并正式批准。接下来的几个月，曼和他的团队得到了欧洲经济共同体威尼斯峰会和联合国经济理事会的正式认可，从而进一步赢得了政治支持。1987年10月26日，乔纳森·曼做了一件世界卫生组织同级官员从未做过的事：他在联合国大会上发表讲话。联合国在历史上第一次就一种特定疾病通过决议，正式认可世界卫生组织在抗击艾滋病中的领导作用。

在接下来的三个月里，全球艾滋病规划署工作人员为伦敦峰会做了精心准备，进一步详细阐述了控制这种新型流行病的战略，收集有关艾滋病暴发范围的数据，仔细监测世界各国政府与艾滋病有关的活动。有些国家准备针对HIV阳性患者或被认为最有可能接触HIV的社会群体成员进行立法，全球艾滋病规划署工作人员对这种通过立法阻止艾滋病的所有企图进行了强烈谴责，但是他们还是眼睁睁地看着81个国家通过了相关法律。随着新年和伦敦峰会的临近，至少又有10个国家的政府在讨论通过类似的立法，国际社会的心态也越来越令人厌恶。

在中东，从1986年到1987年一些伊斯兰国家通过了严厉的法律，规定不接受HIV检测和"淫乱"行为将被处以监禁。

在西欧，欧洲经济共同体一再谴责试图通过立法限制HIV感染者旅行、就业或正当自由的一切做法。然而，法律即将成为现实，谴责也随之而来。

就在1988年1月22日，伦敦卫生部长峰会开幕的四天前，美国人吉恩·迈耶（Gene Meyer）在英国入境时被英国当局强行拘留。这是迈耶第二次与英国当局发生这样的问题：1987年9月，伦敦盖特威克机场的移民官猜测迈耶是同性恋，便查阅了他的日记，看到了他的体检材料，因此认定他患有艾滋病，声称他"因医学原因不受欢迎"。卫生部感到非常尴尬，便出面干预，驳斥了移民官的要求，迈耶最终于1988年1月22日获准入境。

其他西欧政府的行动，尤其是针对非洲人的行动，与欧洲经济共同体的公开呼声存在矛盾。比利时、西德、希腊、芬兰和西班牙都通过了新的立法，或对现有的公共卫生法规进行了解释，允许把正在申请工作许可证或留学资格的HIV阳性外国人驱逐出境或拒绝为其签证。实际上，这些条例主要是针对非洲人，具体到德国，则针对的是土耳其人。

德国对全球艾滋病规划署和欧洲共同体其他国家提出了一系列独特的挑战。一方面，德国是最早对艾滋病做出反应的国家之一，开展了全国教育运动，在1985年散发了2700万张关于艾滋病的传单，并推广使用避孕套。

第十四章　第三世界化

但是，1987年2月，一名住在纽伦堡的退休美军中士被德国当局逮捕，起诉他故意将艾滋病传给性伴侣。这个同性恋中士最终被判有罪，判处4年监禁。此后不久，一名德国同性恋者也被以类似罪名起诉。随着巴伐利亚州对艾滋病的恐慌加剧以及公众对逮捕行动的大力支持，巴伐利亚州内政部长奥古斯特·朗（August Lang）宣布，所有妓女、公务员求职者、吸毒者、移民、囚犯以及申请延长居留许可证的外国人都必须接受HIV血液检测。几天后，巴伐利亚的慕尼黑市宣布计划解雇所有HIV阳性的公务员。

巴伐利亚州的行动得到了德国居民的惊人支持，这些居民通常都来自更为自由的州。人们请求联邦内政部长弗里德里希·齐默尔曼（Friedrich Zimmermann）命令国家边境巡逻队拒绝所有携带HIV的外国人入境。欧洲共同体对此感到愤怒。官员们纷纷谴责德国的行动显然违反了欧洲共同体关于欧洲大陆行动自由的原则。

1987年11月，德国联邦法院院长格尔德·普法伊弗（Gerd Pfeiffer）宣布：在没有HIV疫苗的情况下，也许不久就有必要对感染HIV者进行文身和隔离。德国上一次对居民采取文身和隔离措施，发生在第二次世界大战期间，当时"不合群的人"、犹太人和其他"不受欢迎的人"都被安置在集中营里，统统被消灭掉。不出所料，普法伊弗法官的声明在全世界掀起了轩然大波。

社会主义国家让曼和同事们倍感棘手，因为一般而言，他们都声称没有多少或者根本没有艾滋病，并希望保持这种状态。

苏联在长期否认本国存在本土艾滋病病例后，于1987年底颁布法令，要求对大多数外国人进行检测，并赋予克格勃和警察权力，可以对拒绝接受HIV检测的公民处以监禁。

此外还有两个国家备受瞩目，即古巴和中国。

地球上没有任何国家曾经像古巴那样下令全面执行艾滋病法规。根据卫生部资料显示，从1986年3月到1988年1月，古巴政府进行了1534993次HIV检测，最终目标是对每一位公民和非旅游者——约1040万人——进行检测。

截至1988年1月，古巴政府确认了174名HIV阳性者，并将他们终身隔离。其中几名感染者是刚从安哥拉内战返回的退伍军人。在这次内战中，古巴军事顾问在保卫罗安达政府方面发挥了关键作用。从1975年至1987年，有30多万古巴人从安哥拉返回；HIV-1型的存在是显而易见的，至少早在1983年就在安哥拉引发了艾滋病。

中国也实施了一些做法。从1986年12月开始，政府对所有外国留学生实行检测——对美国人和非洲人最为严格。未能通过检测的学生被禁止入境或驱逐出境。到1987年，检测名单扩大，包括所有想在中国停留1年以上的外国人和海外归来的中国公民。

世界各国卫生部长齐聚伦敦参加艾滋病峰会时，中国已经检测了1万多名外国学生、2万名归国留学生和数千名外国商人：都是在不到4个月的时间内完成的。此外，中国政府颁布了严厉的法律，禁止"与外国人非法性接触"，包括一切形式的非婚姻性行为。与中国公民发生这种关系的外国人，一旦被发现就可能被驱逐出境。

亚洲是世界卫生组织特别关注的地方。艾滋病在亚洲大部分地区尚未出现，但是熟悉亚洲许多地方的社会习俗和医疗实践的人确信，这种病毒会轻而易举地席卷整个亚洲。世界卫生组织总干事马勒对此非常担心，因此在1987年年中，他打破了联合国通常的外交礼节，即在发出警报时不能提及国家的名字。他预测如果亚洲不能认真应对艾滋病,一场"重大灾难"将逼近亚洲,而且特别指出印度、孟加拉国、泰国、印度尼西亚和菲律宾是风险最大的国家。马勒对联合国的礼节还是有所尊重,并未提及点名这些国家的理由,但是世界卫生组织官员私下里对这些国家城市中心迅速兴起的海洛因和卖淫市场深表关切。

其中一些国家似乎承认马勒言论的真实性,并积极做出回应。然而,它们回应的方式却令世界卫生组织感到不安。

就拿泰国来说,它的性交易和卖淫业十分发达。长期以来,卖淫和"娱乐服务"行业一直是泰国的主要外汇来源,在越南战争期间,由于泰国被指定为美国军事人员的官方休息和娱乐场所,它的卖淫和"娱乐服务"行业发展非常迅速。到战争结束时,泰国的性交易收入相当于所有大米贸易收入的四分之一。这个行业利润丰厚,因此泰国政府不希望人们去关注其中存在的问题。世界卫生组织呼吁泰国开展艾滋病教育、推广使用避孕套,但是泰国置之不理。泰国的做法是:时而试图控制HIV,时而又忽视HIV,向为游客提供服务的男女性工作者颁发所谓的无艾滋病证书,同时还将一些HIV阳性的外国人监禁起来。

印度也将艾滋病视为外国才有的问题,拒绝在国内开展任何形式的艾滋病教育。到1986年底,印度已经制定了法律,要求对所有外国学生进行HIV检测。正如许多其他国家的情况一样,这些法律几乎完全是针对非洲学生的,而且常常蛮不讲理。

尽管采取了以上措施,但是到1987年年中,对印度妓女的零散调查表明艾滋病正在印度出现。1987年,随着印度记录在案的艾滋病病例逐渐增多,卫生部宣布外国学生和游客是罪魁祸首,"参加基督教大会的外国牧师"也难辞其咎。

到1987年底,印度人对患有艾滋病的外国人可谓恐惧到了极点。果阿邦（Goa）的村民先是袭击了一群德国游客，还把粪便涂抹在他们身上，因为村民们听说这帮家伙的做事方式非常肮脏。

其他亚洲国家也制定了类似的反对外国人的法律，并采取了相应的行动，特别是日本、韩国、印度尼西亚、马来西亚和新加坡。

全球艾滋病规划署的工作人员极力劝说亚洲各国的领导人，让他们相信这样的政策只会适得其反，影响艾滋病防治工作，导致艾滋病在亚洲大流行。但是，亚洲国家都说它们的政策是参照世界上最强大的国家制定的，它们说得没错。这个国家就是美利坚合众国——它是乔纳森·曼的祖国，引领着世界艾滋病研究工作，也是官方报告艾滋病病例最多的国家。

里根政府决定通过使用法律手段控制艾滋病，这一总体政策让乔纳森·曼感到心烦。全球艾滋病规划署强调把公共教育作为预防艾滋病传播的主要手段，但是美国政府却出现了意见分歧，因为有种观点认为应当禁止由税收资助的任何形式的艾滋病教育。白宫的紧张局势反映出美国草根阶层对艾滋病疫情的反应出现了严重对立。到1986年，美国各地的民众也出现了严重的意见分歧，一派赞成针对艾滋病采取无偏见的教育方式，另一派则希望通过某种方式把HIV阳性者和高危人群与社会其他人隔离开来。

1987年，美国各州的政界人士就350多项与艾滋病有关的立法进行辩论，其中大多数立法都是为了限制HIV阳性者的活动或者对不同人群进行强制检测。

霍华德·菲利普斯（Howard Phillips）领导着一个名叫"保守党核心成员组"的强大右翼组织小组，在白宫颇有影响力。1987年6月，他呼吁通过一项联邦法律，赋予"每家医院、每家私营企业、每个业主、每所学校……对希望使用其设施者进行［艾滋病]病毒检测的权利"。他还说:"检疫是我们必须考虑的问题。"

攻击的重点是同性恋者、"不道德的生活方式"、吸毒者和罪人——据说,这些人都传播病毒,带来了毁灭。与中东伊斯兰教的领袖一样,美国许多信奉基督教的政治领袖深信:艾滋病传递出了一种宗教信息,阻止这种流行病的最佳途径是提高道德修养。

1987年是美国近几十年历史上独一无二的一年,因为基督教道德家在全国选举中相互竞争,而且一种疾病令人疑惑地一跃成为州、联邦甚至总统选举中的关键问题。

罗纳德·里根的第二个白宫任期原定于1989年1月结束,但是针对1988年11月竞选的活动开始得格外早。他的副总统乔治·布什想成为下一任总统人选,但并非十拿九稳。意识到国民情绪不稳定,而且没有一个议题或候选人获得广泛支持,十几个候选人早在1987年春就开始巡回演说,这个时间比预定的第一轮初选整整早了一年。到1988年11月的选举日之前,艾滋病将会在他们的竞选活动中占据重要地位。

帕特·罗伯逊(Pat Robertson)是浸信会牧师,也是电视台基督教广播网的创始人,他在共和党初选时与副总统乔治·布什是竞争对手。罗伯逊坚持认为:当科学家声称HIV可以通过异性恋传播时,他们是在"坦率地撒谎",并断言避孕套对预防感染毫无用处。他认为雇主有权解雇感染病毒者,房东也同样有权驱逐他们。他告诉自己的基督教信徒,放荡和颓废是艾滋病的罪魁祸首,为此他们正在进行一场"圣战"。

道德多数派(Moral Majority)是一个基督教原教旨主义政治团体,由杰里·福尔韦尔(Jerry Falwell)牧师领导。这个团体早就宣称艾滋病是上帝对同性恋者的愤怒。这个组织曾经支持罗纳德·里根的上一任总统选举,到1987年它对支持乔治·布什这位里根总统的继承人感到忐忑不安。艾滋病便是造成这种紧张的原因之一，因为该组织认为布什可能会屈服于主张维护病人利益的"艾滋病游说团"，并允许对这种疾病进行明确的性教育。道德多数派甚至还反对联邦政府资助的艾滋病基础研究。

道德多数派董事罗纳德·S.戈德温（Ronald S. Godwin）宣称："在我看来，他们是打算把我们缴纳的税款用于研究，让这些患病的同性恋者恢复自己的变态行为，但是没有明确的标准让他们承担责任。"

1987年4月2日，里根总统在费城医师学院发表了针对艾滋病流行的第一次重要讲话，他第一次向全国人民保证，他对艾滋病感到担忧，并认为艾滋病是"头号公敌"。

"联邦政府的职责必须是向教育工作者提供有关这种疾病的准确信息。如何利用这些信息必须由学校和家长决定，而不是政府决定。"里根说，"但是，我们不能自欺欺人。艾滋病信息不可能是一些人所说的'价值中立'。毕竟，在预防艾滋病问题上，医学和道德带给我们的教训难道不是相同的吗？……我认为我们的教育很少提到节欲问题。"

从总统的评论可以看出，在美国尚未感染艾滋病的地理区域和人口区域采取什么策略控制艾滋病和预防HIV的出现，政府内部仍然存在争议。里根的卫生部长C.埃弗雷特·库普（C. Everett Koop）医生希望全国的学校对禁欲、艾滋病流行和安全性行为进行开诚布公的讨论。但是，里根的教育部长威廉·贝内特（William Bennett）坚决反对上述计划，他支持对所有医院病人、结婚证申请人、监狱囚犯和申请移民签证的外国人进行强制性HIV检测，以此识别和控制HIV携带者。

副总统布什是里根的顾问，也是总统候选人。他想得到右翼选民的支持，呼吁强制申请结婚证者进行HIV检测，并公开确认感染者身份。

1987年6月1日至5日，1万多名科学家、医生和记者齐聚美国首都华盛顿，参加第三届国际艾滋病会议，为防治艾滋病出谋划策。

在希尔顿酒店开阔的会议室里，科学家们一边寻找着座位，一边眯着眼睛，用手挡住电视机发出的强光，这些强光一会儿照得室内发亮，一会儿投下深邃诡异的阴影。周围聚集着一群群活动分子，他们身着黑色牛仔裤和印有"ACT UP"（行动起来）的黑白T恤。大厅里弥漫的紧张气氛，令大多数外国科学家感到困惑：四天时间里，他们将见证一场独特的美国式民主和对抗，有人会觉得厌恶，有人会觉得令人鼓舞。

主旨发言人是美国卫生部长C.埃弗雷特·库普，他穿着他那套浆洗过的白色公共卫生署制服，满脸惊讶地看着端坐的热情的科学家和活动家。数千名激进分子和美国科学家表示支持里根政府官员库普所持的不同立场，这使他们最初的彬彬有礼变成了近乎歇斯底里的喝彩、欢呼、喊叫和跺脚。库普惊呆了。就在两年前，在座的大多数人都会嘘他下台，因为他坚决反对堕胎，甚至经常表现得过激。但是，现在人们像对待英雄一样欢迎他，这是这位出生在布鲁克林的71岁医生从未经历过的场面。

"停止！大家让我感到非常尴尬！"他大声喊道。人群像听话的小学生一样，顿时安静下来，回到座位上，认真听讲。

与此不同的是，当总统候选人乔治·布什走上讲台时，活动分子静静地站着，背对着副总统，许多人高举着谴责里根政府政策的标语牌。摄像机转动着，摄影师的闪光灯闪烁，数百名科学家一个接一个地站起来，与活动分子一起背对着美国副总统。

在会议的最后一天，美国和法国的科学家一起走上讲台，不仅谴责里根政府的政策，而且谴责世界各国政府的政策，他们认为这些政策"并非基于科学，而是建立在非理性的恐惧之上"。他们敦促科学家签署一份请愿书，呼吁废除带有歧视性的 HIV 检测政策，终止对艾滋病患者的移民和旅行限制，以及他们认为不利于艾滋病控制的所有其他做法。

"艾滋病是政治、种族主义和偏见的试金石。"曼告诉与会者，"我们看到世界各地的污名化浪潮日益加剧。艾滋病已经成为自由旅行和全球行动的威胁。随着疫情的蔓延，世界各地的人们都在寻找答案——简单的答案。世界各地的人们正在推出的措施包括：发放安全性名片；对艾滋病患者进行文身、隔离、焚烧住房、驱逐出境；警察建立患者名单，监禁特定人群。

"我们的社会如何对待 HIV 阳性者，将考验我们的集体道德力量。在将来若干年，随着挑战日益加剧，我们就会面临这种考验。"

尽管曼的讲话当天在华盛顿获得了雷鸣般的掌声，并在全世界的媒体传播，但是许多有影响力的政治家从第三次国际艾滋病会议上得到的信息却恰恰相反。他们看到同性恋者大喊大叫，对国家领导人丝毫不尊重，有些傲慢的科学家则指手画脚，告诉他们如何去执政。他们不喜欢这样的场面。

艾滋病会议结束两周后，美国国会以 96 比 0 的票数一致通过对所有合法申请移民美国者进行 HIV 检测。同一周，明尼苏达、得克萨斯和科罗拉多三个州的州长签署了法律，允许地方当局无限期隔离 HIV 阳性者，因为他们的性活动对社会构成了威胁。

1987 年整个夏天，联邦和州立法议会就通过限制性方法还是教育性方法控制艾滋病传播展开了激烈辩论。到了秋天，美国国会内部采取了更多行动,同时总统选举活动也在升级。10月,美国参议院以94票对2票的票数几乎一致通过,停止所有针对同性恋者的艾滋病教育资金。争论的焦点是纽约一个男性团体设计的一本漫画书,它生动地描绘了在艾滋病流行期间,男性之间应如何安全地发生性关系。

共和党参议员杰西·赫尔姆斯(Jesse Helms)说:"基督教伦理迫切需要我做点什么。"他声称这本漫画书会使美国的鸡奸行为更加猖獗。"我必须直言不讳,变态的人就是变态。这个题材太下流,太恶心,我站在这里实在难以开口。我可能会呕吐。"

两个月后,世界各国卫生部长齐聚伦敦时,美国已经颁布了联邦法律,要求对外国学生、移民、长期访问者、所有军人和申请服兵役者、美国海外外交人员和申请加入国内青年就业机构"职业训练团"者进行HIV检测。任何已知HIV阳性的非美国公民都可能被禁止入境,而且尽管布什在演说中反对歧视艾滋病患者,但是法律禁止HIV阳性人员到外交和军事部门就业或者加入职业训练团。

在伦敦会议之前,全球艾滋病规划署的工作人员已经评估了所有有关艾滋病的法律和政治活动,并据此得出结论:他们正在慢慢见证许多社会反应,这些反应与14世纪瘟疫逼近欧洲时如出一辙。无论是当时还是现在,在更大规模的生物流行病中,实际上还包含着几种不同的社会流行病。

首先,鼠疫细菌或HIV刚刚出现时,社会各阶层都极力否认。他们倾向于忽视微生物带来的威胁,或者认为只有"他们"——社会中某些独特的亚群体——处于危险之中。一方面,人类否认其存在;另一方面,无论是个人还是集体都没有尝试去阻断这些微生物的传播途径,结果导致它们迅速传播。

第二种社会流行病是恐惧。生物流行病的某个事件会突然唤醒社会，使之从否认状态进入集体恐惧状态。在14世纪的欧洲，一个受欢迎的神职人员或地方领主因瘟疫死亡，或者是一个孩子突然当众死去，都常常会引发恐慌。时间进程非常快：如果感染鼠疫的老鼠周二潜入一座城镇，周四或周五就会有人在港口地区死亡，如果一个事件引起了大家的关注，下周中就可能会引发大范围的恐慌。

但是，艾滋病致人死亡的过程很慢，在每个国家需要数月或数年才会构成生物流行病。因此，第一个社会否认阶段可能会持续10年以上。恐惧也可能会持续数年，引发各种恐慌反应和不当行为，比如在佛罗里达州，两名患有血友病的儿童因HIV呈阳性家中遭人放火。

全球艾滋病规划署的工作人员知道，恐惧这种社会流行病最终通常会招致镇压。恐惧驱动的政府反应通常都是非理性的，刺激人们去攻击疾病的受害者，而不是微生物本身。在欧洲瘟疫期间，这种由恐惧驱动的镇压导致了对犹太人和被指控使用巫术的妇女的大屠杀。尽管针对艾滋病的反应显然没有出现赤裸裸的种族灭绝，但是曼的工作人员确信，如果没有强大的政治领导引导民众走向理性，恐惧可能会在某些社会产生暴力后果。

随着HIV不断在新的地区出现，曼希望找到一种方法打破这种社会流行病链条；在出现社会流行病之前，帮助政府摆脱对艾滋病的否认态度；如果无法做到，就要帮助社会摆脱恐惧，转而采取有效行动，而不是恐慌地镇压。全球艾滋病规划署小组知道：他们正在开拓新的领域；历史上很少有社会能够对重大流行病做出明智或理性的反应；从艾滋病中吸取的经验教训可用来应对未来出现的各种微生物。他们正在寻找答案。

第十四章 第三世界化

1987年，索因卡（F. Soyinka）医生在尼日利亚研究自己的社会对艾滋病的反应。由于远离非洲艾滋病中心，尼日利亚的艾滋病病例很少。尽管如此，索因卡和其他医生都知道HIV在尼日利亚造成死亡只是时间问题，因此他们发动了一场为期一个月的大规模电视、广播和报纸宣传活动，向公众发出警告。在活动结束时，索因卡对拉各斯市的居民进行了调查。

调查结果让他感到非常惊讶："85%的人认为艾滋病是白人才感染的疾病。他们相信只有和白人发生性关系才会染上。"

1987年在35个国家进行的盖洛普民意调查显示：96.5%的被调查者听说过艾滋病，但是他们大多数人对HIV的危险性、如何感染以及哪些是高危行为深感困惑。同样，美国疾控中心年复一年的调查显示：几乎每个美国成年人都听说过艾滋病，也知道艾滋病是由病毒引起的，但是大约一半人认为献血、被蚊虫叮咬、使用公共马桶会感染。

在全世界，在关于艾滋病的谬见和现实之间存在着令人震惊的困惑，结果就是要么继续否认其存在，要么过度夸大对它的恐惧。

艾滋病和其他性传播疾病存在一个特殊的复杂因素，即人们几乎普遍不喜欢使用安全套。在全世界，男人都觉得安全套降低了快感，而女人对安全套的使用完全或几乎没有控制权。没有人喜欢在做爱时谈论安全套，如果女人要求恋人或丈夫使用安全套，那可能非常危险。有大量报道说，男人会因为这样的要求殴打妻子或伴侣。

对旧金山男同性恋行为的研究表明：目睹好友、亲戚或恋人病情恶化、死于艾滋病所带来的高度恐惧，对坚持使用安全套等个人保护行为能起到关键作用。同样，在社会层面，除非艾滋病死亡人数很高，超过10%的成年人能够目睹这种可怕的疾病，否则很少有几种文化能够正视艾滋病，这一点显而易见。

但是，这是不能接受的。乔纳森·曼、全球艾滋病规划署的工作人员、世界卫生组织或地球上的公民怎么会不采取有效行动，坐等出现大规模的死亡呢？他们怎么会允许这些微生物出现在一个个地理区域或文化区域，感染成千上万人，然后看着他们在数年之内慢慢发病死亡，最终让艾滋病彻底成为社会的地方病，却不采取行动加以遏制呢？

全世界的研究都说明了这个问题的严重性。例如，截至1987年，刚果首都布拉柴维尔超过5%的成年人口感染了HIV，即使随意观察也会发现艾滋病导致的死亡人数已经显而易见。然而，研究员马克·拉勒芒（Marc Lallemont）却发现，该市的孕妇"几乎完全处于否认状态，也许是我见过的最彻底的否认状态"。拉勒芒调查了数百名在当地诊所进行产前检查的妇女，结果发现一半以上都坚持认为艾滋病是由蚊子叮咬引发的，尽管政府已经开展了多次教育宣传，提醒大家艾滋病是性传播疾病，不是蚊子导致的。

1986年，英国政府发起了世界上最引人瞩目的艾滋病教育活动之一。这次活动具备了成功的大部分条件：最高级别的政治意愿、资源、国家电视台的关注以及媒体的高度兴趣。然而，这次活动却只能算以失败告终，因为它的确提高了人们对艾滋病的认识，引起了他们的恐惧，但是未能消除公众对病毒传播方式的误解，也未能消除人们对HIV携带者的普遍蔑视。

艾滋病成了地方病后，要想防止其进一步传播，似乎各个国家的政府都束手无策。在全球艾滋病规划署，曼努埃尔·卡瓦略认为艾滋病的流行迫使全世界的研究人员评估和重新评估一整套标准公共卫生措施的有效性，希望除了令人毛骨悚然的死亡数字之外，还有其他东西可以激励个人和政府采取合理措施，避免遭受病毒侵害。

卡瓦略在伦敦峰会前不久的一个下午说："艾滋病高危人群是那些脱离了传统价值观和文化的人，因此艾滋病防治工作特别困难。他们必须开拓新的文化。他们在酒吧和俱乐部结交朋友，这种关系缺乏稳定因素。"

社会不稳定，找人就困难重重，无论是经常光顾旧金山酒吧的男同性恋者、墨西哥的打工族、金沙萨新城市化的年轻女性、曼谷缅甸的妓女，还是纽约布朗克斯区注射毒品者。这些人已经严重脱离各自社会的传统习俗，常常与家人和主流职场处于隔绝状态。

20世纪60年代，勒内·迪博用大量文字写过生活贫困者特别容易受到微生物的侵袭。历史屡次证明，微生物几乎都毫无例外地利用了经济生活贫困的弊端：慢性营养不良、卖淫、酗酒、住房密集、卫生条件差和工作条件恶劣。

卡瓦略和同事们都认识到，除了迪博提出的社会阶层观点之外，容易遭受微生物的侵袭还有其他因素。当信息成为自我保护的关键时，智人易受侵袭的不同程度确实可能与经济阶层和社会异化有关。被主流文化排斥在外的人，可能得不到重要的生命保护信息或公共卫生工具。在卡瓦略看来，如果社会上大部分人都憎恨某一特定群体，其边缘化可能是一个风险因素，就跟被污染的注射器一样不可忽视。

卡瓦略发现在一些国家出现HIV的过程中，多种社会因素在共同起作用，即边缘化、社会异化、贫穷和歧视。他认为这些因素共同形成了一座社会桥梁，HIV通过这座桥梁侵入一个又一个社会。

正如帕诺斯研究所艾滋病研究人员勒内·萨巴捷（Renée Sabatier）所说："我认为，我们的［世界］社会最终将分成两种人，一种是能够第一时间获得信息的人，另一种是获得信息滞后的人，这是一种真正的危险。有些人能够获得信息和卫生保健，另一些人却无法获得。有些人能够去改变，另一些人却无能为力。我们有一半人会变成艾滋病隐私窥探者，眼睁睁看着他们死去，我认为这真的很危险。"

1988年1月28日，伦敦峰会通过了全球艾滋病规划署的十五点宣言，呼吁政府和科学家之间要开诚布公，反对歧视，把国家教育计划作为遏制艾滋病传播的手段放在首位，并重申了全球艾滋病规划署在国际领导中的作用。曼和马勒都认为这次大会取得了成功。

他们对着镜头微笑，签署宣言。但就在此时，失败的种子也悄悄播下。宣言没有直接提及隔离、移民政策或者强迫驱逐出境，与会代表认为，这149个国家无法就这些关键问题达成一致。各国代表分歧很大，比如苏联卫生部长叶夫根尼·查佐夫（Yevgeny Chazov）坚持认为：斯拉夫人拥有基因优势，民众对HIV免疫。

尽管全球艾滋病规划署做出了努力，但是疫情仍在无情地蔓延，总是首先出现在处于社会边缘的周边地区。曼、塔兰托拉、卡瓦略和全球艾滋病规划署的其他工作人员疯狂地前往世界各地，不顾生活中时刻存在的时差，极力去消除出现HIV引发的恐惧，消除社会对HIV的否认和镇压。

随着1988年一天天过去，曼更加坚信，从最严格的法律意义上讲，疾病的出现是人权问题。尽管曼这位医生和科学家以前从未接触过国际人权法，但是他身边的一些工作人员都接触过，尤其是担任全球艾滋病规划署顾问的律师和公共卫生专家卡塔琳娜·托马谢夫斯基(Katarina Tomasevski)。托马谢夫斯基向曼介绍了国际人权法的主要内容。接下来,曼在发布全球艾滋病规划署政策声明时,根据主要人权法律文书,越来越多地涉及国际旅行自由、难民HIV筛查、妓女的医疗保健以及对同性恋者的歧视等问题。托马谢夫斯基证明:全球艾滋病规划署发现大多数令人反感的政府行动,例如在强制检测和拘留之后将HIV阳性的非洲人从亚洲国家驱逐出境,都违反了这些国家之前同意签订的国际条约。

在美国,位于波士顿的美国法律医学协会的律师拉里·戈斯廷(Larry Gostin)正在仔细记录增长惊人的艾滋病相关立法和开创先例的法律判决。他也认为人们正在违反或者破坏国际人权和国内民权法的基本原则。

发现了人权与HIV传播之间存在联系后,全球艾滋病规划署的工作人员开始更加直言不讳地谈论这一点,结果针对他们的愤怒和嫉妒开始滋生蔓延。一些批评人士开始向国际记者团暗示他们是"日内瓦左翼分子"。在马勒的高级助手中,有些人毫不掩饰全球艾滋病规划署反映了"同性恋政治"的看法。人权虽然是联合国大多数其他机构认真讨论的话题,但是在世界卫生组织从未受到过太多关注。

世界卫生组织人权专家塞夫·弗卢斯(Sev Fluss)说:"世界卫生组织的人权政策被定性为缺乏连贯、支离破碎、前后矛盾。在人权问题强行摆在我们面前之前,我们真的没有在这方面取得进展。"推动人权成为世界卫生组织当务之急的是艾滋病,尤其是伦敦宣言中提到的废除歧视和不平等。

弗卢斯解释说:"医学界人士认为,保障人权会令他们头疼。他们认为这并非自己的职责。他们肯定不会想到享有医疗保健是宪法规定的权利。"

"艾滋病刚出现时，我们的反应简直就是灾难。"弗卢斯承认说，"人们认为它就像埃博拉和马尔堡一样，这两种病毒并未引发全球流行病就消失了。存在时间很短，他们就是这么想的。"

但是，早在1983年，就有10个国家通过了专门针对艾滋病的立法，弗卢斯认为一种新出现的疾病催生了如此多的法律，这相当耐人寻味。到设立全球艾滋病规划署时，又有21个国家通过了重要的艾滋病立法，弗卢斯还有一个办公室被指定为世界卫生组织卫生立法中心。但是，艾滋病疫情在不断蔓延，超越了所有这些法律、国家边境巡逻队、HIV检测中心和所谓的人类基因优势。在国家内部，艾滋病波及了新的人口群体，从城市中心传到了农村地区，跨越了阶级界限。在国家之间，艾滋病几乎突破了人类设置的除安全套以外的所有障碍，当然还有每一道立法障碍。

二

到1988年，西方经济学家和非洲领导人大声问道："这种流行病会减缓甚至破坏非洲的发展吗？艾滋病有没有可能毁掉我们过去30年打造的所有发展计划呢？"

艾滋病最近被列入了国际人权议程，也正在成为一个真正的宏观经济问题，威胁着世界最贫穷国家的财政和社会发展。这似乎太可怕了，简直无法想象，但是全球艾滋病大流行很可能会使世界上最贫穷的国家更加贫穷，这一点显而易见。多年来，这些国家一直在努力摆脱第三世界的地位，但也许会在一股第三世界化的浪潮中发生倒退。

世界银行的米德·奥韦尔（Mead Over）领导了艾滋病对非洲

经济影响的大部分研究，在1988年至1993年间，美国、英国、法国和世界卫生组织的经济学家、数学建模者和流行病学家的研究又大大充实了奥韦尔等人的研究成果。

他们的计算是通过几个关键假设开始的：第一，非洲国家进入艾滋病时代之际，已经严重贫困。例如，美国1987年的人均国民生产总值为16690美元。坦桑尼亚是290美元，扎伊尔只有170美元。

第二，没有非洲国家只面临一种流行病危机。自20世纪70年代以来，许多新型微生物相继出现，席卷了整个非洲大陆：耐药性疟疾、耐药性肺结核、城市化的黄热病、裂谷热和一波波的麻疹疫情等。这意味着非洲国家的卫生体系已经达到了极限。鉴于卫生保健资源稀缺——人均每年只有1—10美元，任何额外负担都会严重危及整个国家医疗系统的运转。

使问题更加复杂的是，不同微生物流行病之间似乎存在着协同作用。不管艾滋病在哪里流行，结核病都会跟踪而至。一种流行病会引发另一种流行病：疟疾和HIV相互助力，巨细胞病毒、爱泼斯坦-巴尔病毒、梅毒、淋病、软下疳和其他许多疾病也是如此。虽然没有人对这种关系有详细的实证把握，但是很明显，在整个非洲一波波的传染病相互影响，进一步加重了受影响国家的卫生保健系统和经济负担。

第三个假设是根据艾滋病的主要袭击目标判断，艾滋病在非洲将产生特别严重的影响。整个非洲大陆的研究表明，受影响最严重的社会群体是受过良好教育的城市精英。这些年轻人曾就读于波士顿、牛津、莫斯科和巴黎的大学，他们掌握的技能可帮助本国走出后殖民时期的停滞，进行基础设施建设，逐步走向繁荣。但是，他们也是少数拥有可支配收入的非洲人，有能力享受金沙萨、内罗毕、哈拉雷和雅温得等城市无忧无虑的夜生活。早在有人听说艾滋病之前,非洲大陆受过教育的精英们就不知不觉地在纸醉金迷的迪斯科舞厅、妓院和夜总会感染了这种疾病。经济学家把生产力价值观建立在了人的生命之上,这意味着艾滋病对非洲的未来正在产生特别严重的影响。

第四个考虑是这种流行病会严重影响到家庭。在非洲,家庭似乎正在消亡,每个幸存者的负担都在加重,因为他们需要照顾病人,需要弥补养家糊口者死亡造成的家庭收入减少。在一些受艾滋病影响的地区,如维多利亚湖地区,家庭遭到破坏,导致整个村庄经济崩溃。而且,随着时间的推移,这可能会对区域经济的各个层面产生连锁反应。

所有经济预测,都必须首先评估一个国家当前流行病的规模和预测的影响范围。然而,包括那些报告各国艾滋病统计数字的人在内,没有人相信官方报告的数字能接近反映发展中国家HIV/艾滋病波及的真正范围。但是,现实是什么样子呢?

直到1990年,一些非洲国家仍在隐瞒本国疫情范围的准确信息,特别是在军队等敏感群体出现感染率很高的情况下。其他一些国家则忙于应付饥荒、内战和政治动荡,根本无暇顾及疾病记录。所有非洲国家都受到严重的基础设施问题束缚,这些问题妨碍了艾滋病的诊断、治疗和报告。

到1988年,一些群体的HIV感染率已经令人惊讶,到1993年将达到令人恐怖的比例,例如一些研究发现,非洲主要城市40%以上的育龄妇女将携带HIV。

即使没有可靠的流行病评估,关注非洲疫情的经济学家早在1988年1月就预测下列因素会导致非洲大陆迎来财政困难时期:各地频发的小规模饥荒;艾滋病护理的直接费用、HIV检测费用、每年供应的安全套费用,以及(有条件的地方)针对机会性感染使用齐多夫定和其他药物的费用造成的"经济灾难";由于劳动力死亡而导致的工农业净生产力损失。他们警告说,除了先前存在的世界贫困人口群体之外,艾滋病正在催生一个"全球下层阶级"。

世界银行的奥韦尔及其合作者在坦桑尼亚和扎伊尔的研究表明:与美国相比,非洲国家包括药物、住院治疗和卫生保健人员在内的直接艾滋病费用非常低,这是因为在非洲这些资源的可获得性存在差异,而且劳动力成本更低。他们估计,在英国HIV阳性的人一生的直接费用超过2万美元;在美国的医疗保健系统下,这一费用平均超过5万美元。相比之下,扎伊尔每位艾滋病患者的直接费用平均不到600美元,坦桑尼亚大约是800美元。

但是,这些研究人员根据具有生产能力的生命——为社会创造经济价值的生命——损失年数,对非洲的各种疾病进行了比较,结果发现HIV感染的排名大致相当于镰状细胞贫血、出生损伤和新生儿破伤风等其他主要疾病。那些失去的生产生命的货币价值是多少呢?以1985年的美元计算,研究团队估计死于艾滋病的扎伊尔人平均生命损失最高值为3230美元;坦桑尼亚人的平均损失估计为5316美元。

如果把这些数值与国家人均国民生产总值进行比较,得出的结论是一个典型的扎伊尔艾滋病死亡病例的损失约等于19年的人均国民生产总值,而一个坦桑尼亚死亡病例则约为18.3年。如果将这一数字乘以数千或数万个未来疫情死亡病例,结果是显而易见的:这两个本已极度贫穷的国家可能会陷入财政破产。

但是,这种分析有其局限性,因为它假设成本和价值不会随着时间发生变化。然而,随着艾滋病疫情不断加剧,多人死亡造成家庭和工作负担加重，成本也会随之增加：这些死亡的综合影响不是简单地累积。例如，一个农耕家庭也许能够补偿一个成年人死亡造成的生产力损失，但是两到三个人死亡之后，就不可能再耕种土地或收割庄稼了，特别是在缺乏各种农业机械的地区。

从米德·奥韦尔的角度来看，真正的复合危机是有技术的专业劳动力的丧失。在扎伊尔这样的国家，一家国家银行通常是由少数受过良好教育的人在经营，并没有相关人才储备可供利用。对于许多职业而言，非洲25岁到40岁这一代人是非洲大陆历史上第一批获得专业知识的人。非洲最近才摆脱殖民主义，因此这一点不足为奇，但是在面对日益加剧的疫情时，它的确会使大多数撒哈拉沙漠以南的经济体岌岌可危。

"间接成本的重要性是直接成本的20倍，因为艾滋病侵袭的是具有生产能力的人。这才是真正的问题。我认为，在未来20年内，一个典型的东部非洲国家的间接成本可能会导致国民经济增长率从目前的2%或3%降至接近零的水平。"奥韦尔说，"这意味着国民生产总值零增长。这是一种最糟糕的情况。所以，我们面临的威胁迫在眉睫。"

真正的问题是，艾滋病疫情是否会摧毁第三世界为摆脱长期贫困和疾病、实现政治稳定和经济增长所做的艰苦努力。在花费了来自富裕国家的数十亿美元的援助和贷款——积累了巨额债务之后，世界上一些最贫穷的国家刚刚开始扭转局势。

乔纳森·曼认为必须处理好发展问题，这不仅是因为发展问题在本质上至关重要，还因为源于经验的解决这种经济问题的可靠办法很可能会影响国际、国家和地方对艾滋病预防计划的投资。

这项任务落在了全球艾滋病规划署的吉姆·金（Jim Chin）身上。一年前，金一直在加利福尼亚州从事传染病项目研究，在伯克利过着舒适但通常乏味的生活。他曾经领导过一支大约400人的队伍,监管的预算每年达6500万美元。然而,1989年,一个艰巨的任务摆在了这位谨慎的美国人面前,即预测非洲大陆的命运。金总共有5位员工,凭借全球艾滋病规划署9000万美元预算中的一小部分,在日内瓦一间狭小的办公室开展研究工作。尽管金生性和蔼,喜欢社交,但是他对待自己的新工作却偏爱自省和保守,并有意识地低估艾滋病形势,以免日后被人指责杞人忧天。

金与坦桑尼亚科学家S. K. 卢旺瓦(S. K. Lwangwa)合作开发了模型。通过模型可以确定:一、目前非洲未报告的艾滋病病例数量;二、艾滋病前期的HIV流行严重程度;三、艾滋病的增长速度和未来的死亡人数。

1989年,两人发表的一项研究成果预测得出:一个艾滋病疫情已经很严重的典型东非或中非国家到1991年每5个公民就会有1人感染HIV。

"这已经是低估了。"金说,"这是基于一整套保守假设的高端估计。情况可能会更糟。我们最保守的估计是到1991年非洲将新增57.5万艾滋病病例,累计超过80万例。"

曼坐在金的身边,认真地聆听着,然后用沉重的声音说,到20世纪90年代情况会更糟糕。

曼说:"我倒是希望乐观一点,但是我认为我们必须面对现实。直到1985年,人们才真正意识到艾滋病是一个全球性问题。回顾过去,历史学家可能会说这花的时间太长了。我们一直面临一个问题,即现实远远超出我们掌握的情况。人们有理由问:'我们能看得足够清楚了吗?或者,当我们展望未来时,对艾滋病是不是恐惧到了极点,导致我们甚至都无法面对?'"

但是,到了1990年,金的估计甚至更加悲观。他说有800万到1000万人可能会感染HIV，也许其中的500万人是在非洲。这将是以后多次向上修正数字中的第一次。

世界卫生组织于1990年7月发布修正过的预测时，乔纳森·曼和他的大部分全球艾滋病规划署工作人员已经不在其位了。他们在这个设在日内瓦的组织内部的权力斗争中遭遇失败，因为此前曼就与世界卫生组织新任总干事中岛宏（Hiroshi Nakajima）相处得并不融洽。曼在这个组织内部树敌很多：这段时间，他们对这位自负的美国人的迅速崛起充满嫉妒，但是现在他们终于得偿所愿。

在多重耐药疟疾在亚洲南部地区蔓延期间，日本内科医生中岛曾担任世界卫生组织亚洲区办事处主任。他显然对曼的公众形象和备受关注的艾滋病项目感到不安。他赞同长期以来在世界卫生组织走廊低声嘲笑全球艾滋病规划署的那些人的观点。中岛认为，疾病计划应当按照世界卫生组织制定的议定书进行管理。这种期望合情合理，但是有一个关键点除外：既定的议定书没有涉及世界性疫情迅速扩大所带来的意外情况。

中岛安排了另一位美国医生迈克尔·默森（Michael Merson）接手了曼的工作。默森职业生涯的大部分时间都在日内瓦为世界卫生组织工作，负责管理呼吸道和腹泻疾病的项目。他非常熟悉世界卫生组织议定书。

随后发生了一场不幸的政治斗争，世界艾滋病防治工作的领导人都在选择支持或反对曼、默森、中岛及其采取的针对艾滋病的专业立场。

在默森领导全球艾滋病规划署的头六个月，项目人员三次向上修正了对这次全球疫情规模的评估。截至1990年9月，世界卫生组织官方估计艾滋病病例的累计数量为120万，其中40万是婴儿和幼儿，其中90%在撒哈拉沙漠以南的非洲地区。世界卫生组

第十四章 第三世界化

织2000年的新预测是全世界有2500万到3000万HIV感染者。

随着人们对艾滋病可能导致非洲第三世界化的担忧与日俱增，彼得·普洛特（Peter Plot）与米德·奥韦尔合作，对艾滋病与人们了解更多的其他疾病要消耗的相对成本进行了系统分析。普洛特和奥韦尔根据损失的具有生产能力的健康生命年限，仔细计算了人均负担，然后得出结论：即使没有北美和西欧广泛使用的齐多夫定和其他昂贵药物，在非洲治疗艾滋病的直接费用也远远超过任何其他常见疾病。

一些撒哈拉沙漠以南的国家已经强烈感受到了这种影响。例如，马拉维的整个卫生保健体系在HIV的重压下正面临崩溃的真正危险，1990年马拉维的公共卫生领导人向世界卫生组织、世界银行、美国国际开发署和其他西方组织发出了绝望的呼吁，希望它们能够提供资金。

甚至在非洲领导人开始认识到世界卫生组织和世界银行的艾滋病研究对经济的可怕影响之际，有些批评人士跳出来指责这些善意的分析严重低估了艾滋病的影响。例如，担任世界卫生组织区域护理及助产工作队主席的肯尼亚女护士尤妮斯·穆林戈·基雷尼（Eunice Muringo Kiereini）声称，这些研究没有考虑妇女和儿童在非洲经济体中所起的特殊经济作用。自从非洲开始大规模城市化以来，非洲大陆的年轻人就离开农场和村庄去城市工作。几乎没有农村妇女能够选择放弃她们的传统生活方式。结果，非洲许多地方的村庄里住着各个年龄段的女性、男童和老年男子，其中许多人体弱不能工作。年轻男子会定期回到妻子和孩子身边，但是他们主要生活在其他地方。

因此，基雷尼说是非洲的妇女和儿童在维持非洲大陆的农业经济。

基雷尼解释说："第三世界普遍存在的国际结构性不公现象对妇女的影响最大。非洲大多数国家都依赖出口可可、茶叶、咖啡等一两种农产品作为外汇收入。这些产品的贸易严重不平衡，总是对富裕国家有利。价格很低而且不稳定，市场都由外国利益集团控制。在这种情况下，一个国家会陷入更加贫困的境地。

"妇女和儿童提供了80%—90%的劳动力，但是一天到头收入却真的很低，而且挣来的那点儿钱完全由男人控制。因此，妇女和儿童陷入结构性贫穷的恶性循环中。在这种情况下，几乎没有或根本没有钱用于满足家庭的基本需要。"

虽然在一些非洲地区，妇女的价值都不如当地的牲畜——当时的新娘价格和嫁妆便是证明，但正是她们在养儿育女，耕田种地，撑起了非洲大陆的未来。丈夫在城市感染HIV，定期回村时将病毒传染给妻子，结果艾滋病就出现在没有卫生保健和社会支持系统的农村地区。被传染的妇女继续背着婴儿，用手锄犁地，直到身体被艾滋病摧毁崩溃。每死亡一位女性，非洲的农业生产力就会下降一个几乎难以察觉的水平。基雷尼警告说，到2000年，对一些国家而言，这种下降的负担累积起来可能比失去职业精英更令人绝望。她还警告说，非洲农业女工的死亡可能会导致严重的粮食短缺。

甚至未受感染的非洲健康妇女，也因为艾滋病的流行被迫离开农业生产岗位。在大多数非洲社会，无论是按照传统还是根据现代成文法，妇女几乎没有基本权利。从法律上讲，她们是丈夫的财产，就仿佛是他们的牛或山羊。

丈夫死后，财产不归妻子，而是归丈夫的亲属所有。寡妇种植的庄稼成了姻亲们新的财富之源。寡妇和孩子失去了土地后，常常连换洗的衣服都没有，不得不另寻出路。

在短期内，村庄和整个社会经济几乎没有受到这一进程的影响，因为姻亲们会继续收割庄稼。但是，随着疫情的蔓延，甚至那些姻亲也会感染病毒，于是非洲产生了一个由极度贫困、经常挨饿的妇女儿童组成的前所未有的农村下层阶级。另外，被剥夺土地的寡妇的累计负担最终将超过由姻亲继承人组成的可用劳动力，导致作物产量下降。这一点也是显而易见的。

更糟糕的是，留给寡妇为数不多的生存选择之一就是卖淫——这也许是她们能养活子女的唯一方法。因此，由于艾滋病导致贫穷，寡妇将被迫卖淫，结果几乎可以肯定她也会死于艾滋病。

到1991年，非洲艾滋病的性别比例正在发生变化，妇女感染率更高。例如，加州大学旧金山分校的研究人员对卢旺达首都基加利19岁至37岁的女性进行调查研究。随机抽样的妇女中有三分之一HIV呈阳性。即使那些因实行一夫一妻制而被认为感染HIV风险很低的妇女，感染率也达到了20%。对同一组妇女的研究还表明：卢旺达许多妇女正在死于艾滋病，但是由于其症状与世界卫生组织对基于男性的艾滋病定义不符，因此没有被列入国家统计数字。研究人员认为，非洲妇女感染艾滋病的实际规模可能是确诊人数的2—3倍。

加拿大国际开发署的约瑟夫·德科萨（Josef Decosas）认为：非洲大陆的妇女陷入了"流行病和人口陷阱"，如果没有更大的社会公平，她们就无法摆脱这个陷阱。他坚持认为要想赶在艾滋病给非洲大部分地区带来金融灾难之前减缓艾滋病蔓延，就必须提高非洲妇女的地位。

总部设在罗马的联合国粮农组织研究人员试图计算艾滋病对非洲农业生产的影响。他们最乐观的估计是，到2010年，非洲以女性为主的劳动力总量将减少25%。

另一个使艾滋病的社会经济成本估计复杂化的因素是艾滋病的持续地理扩张。尽管到1989—1990年，非洲大陆的每一位政治领导人都知道是什么导致了艾滋病，采取哪些社会措施可能阻止其传播，但是令人痛心的是，在HIV大面积出现之前，几乎没人采取措施提醒自己的民众。例如，直到20世纪80年代末南非才出现大量的HIV。没有证据表明1986年以前南非就存在这种病毒，而且在最初三年，感染艾滋病的几乎完全是曾去过欧洲和北美的白人同性恋者。

然而，1989年HIV在南非黑人人口中出现了。借助有关外来劳工的种族隔离政策，病毒找到了传播的便利条件：来自全国各地以及附近的斯威士兰、莫桑比克和马拉维的男性获得了在金矿和钻石矿工作的许可证，但是禁止携带妻子和孩子。这些工人住在肮脏的营房里，只要得空就去光顾矿业城镇的妓院。每个妓女都成了艾滋病的传播者。

到1991年，据当地专家估计，可能有多达40万南非黑人感染了HIV，其中大部分是男性。鉴于两年前黑人感染率被认为接近于零，这个数字完全是爆炸式增长。

与此相似，埃塞俄比亚长期以来并未受到艾滋病的侵袭，但是从1991年到1993年，病例却呈爆炸式增长。截至1986年，仍然没有证据表明埃塞俄比亚境内出现了HIV。同年2月，亚的斯亚贝巴确诊了第一例艾滋病病例。到1992年，当地专家估计已经有80多万埃塞俄比亚人感染，而感染率最高的是军人，接近15%。

伦敦帝国理工学院的罗伊·安德森（Roy Anderson）和他的团队预测：在包括撒哈拉沙漠以北的几个国家在内的53个非洲国家，艾滋病"将在几十年到数十年的时间内逆转人口的高速增长趋势"。

第十四章 第三世界化

换言之，尽管非洲有些国家的人口增长率在世界上名列前茅，但是艾滋病的蔓延势头可能会压倒人口的爆炸式增长，或许导致一些国家最终出现人口负增长。

世界银行预测了艾滋病在非洲重灾区带来的两个直接后果：一个是国家国内生产总值的急剧下降，另一个是对稀缺医疗资源的激烈竞争。

后一种后果已经在发生，这不由得让人们担心艾滋病之后会出现第二种和第三种流行病，因为各国将不会再有资源控制其他细菌、病毒和寄生虫微生物。在1984年之前，HIV/艾滋病占用的非洲卫生预算低于1%，但是艾滋病疫情在不断占用本已匮乏的资源，这种趋势令人不安。

1991年，世界银行估计，在坦桑尼亚即使只有不到10%的艾滋病病例得到了医院治疗，HIV/艾滋病仍然占用了超过4%的国家卫生预算。但是，其他国家的情况更加糟糕：艾滋病耗费了马拉维7%的卫生预算，在卢旺达是9%，布隆迪是10%，而乌干达则达到了惊人的55%。

1991年初，赞比亚的医生预测HIV/艾滋病很快就会超过疟疾，成为本国需要住院治疗的头号疾病。一个月后卢萨卡的医生报告说，HIV/艾滋病确实已经超过了疟疾，占用了该市医院床位的80%。巴克莱银行抱怨称，由于员工参加艾滋病病人葬礼和个人请病假，导致缺勤率大幅上升。到1992年，由于葬礼积压太多，卢萨卡的公共汽车公司要求提前几天预订用于葬礼的交通工具。铜矿是赞比亚和扎伊尔的主要外汇来源，由于劳动力流失和艾滋病，产量正在缓慢下降。1990年，这两个国家生产了80万吨铜用于出口；到1993年，这一数字降至60万吨。随着与艾滋病有关的索赔越来越多，津巴布韦和南非的人寿保险公司面临破产。

乌干达的拉凯地区受艾滋病影响非常严重，从1991年至1993年，这里的咖啡产量下降了5%。津巴布韦大规模种植烟草的农民开始向工人发放避孕套，希望能避免出现劳工危机。

美国人口普查局协助非洲人口普查机构统计艾滋病对人口的影响。1994年初，该机构宣布赞比亚的婴儿和儿童死亡率比1984年高出15%。由于全世界都将婴儿死亡率作为衡量发展水平的指标，这一发现意味着赞比亚的总体发展水平衰退到了1980年以前的水平。针对马拉维和乌干达也出现了类似的调查结果。

与世卫组织总干事中岛发生争执后，曼加入了波士顿的哈佛公共卫生学院，并成立了全球艾滋病政策联盟。曼与前全球艾滋病规划署的同事汤姆·内特和丹尼尔·塔兰托拉一起，又组织了一次关于艾滋病流行范围和未来的分析。全球艾滋病政策联盟的估计是基于德尔菲调查技术，比世界卫生组织公布的估计结果糟糕得多。

他们估计到1992年全世界有1290万人感染了HIV，其中270万人已经发展为艾滋病。

据全球艾滋病政策联盟称，到2000年至少会有3800万人感染HIV，但是"更真实的预测是这个数字会更高，也许高达1.1亿"。

在这种情况下，从1980年至2000年将会有2500万人死于艾滋病。

安德森在伦敦的研究小组预测，对那些到1990年艾滋病已经成为普通人群地方病的非洲社会而言，未来将是可怕的。除非研制出疫苗或找到有效手段控制HIV的进一步传播，否则它在某个非洲社会出现后45年内的感染率将超过性活跃人口的80%。按照这一模型，如果HIV在维多利亚湖地区出现，假如是在乌干达和坦桑尼亚的敌对时期（1977—1979年），那么2020年生活在该地区的每10个成年人中就有8个患有艾滋病、已经死于艾滋病或者HIV呈阳性。

联合国开发计划署在1993年估计,非洲的HIV/艾滋病大流行已经给非洲大陆(通过直接和间接影响)造成了大约300亿美元的损失。世界银行声称许多非洲国家付出了"灾难性的高昂代价"。

1994年春天,美国人口普查局发布了迄今为止最可怕的预测。根据最新的血清阳性率数据,普查局预测,到2010年16个国家的人口将比没有艾滋病的情况下减少1.21亿。巴西、布基纳法索、布隆迪、中非共和国、刚果、科特迪瓦、海地、肯尼亚、马拉维、卢旺达、坦桑尼亚、泰国、乌干达、扎伊尔、赞比亚和津巴布韦的总体人口增长率预计也将大幅下降,婴儿死亡率、儿童死亡率以及过早死亡率会上升。

几个国家的预期寿命预计将大幅下降:如果没有艾滋病,乌干达到2010年的平均预期寿命将达到59岁,但是出现艾滋病后,这一数字预计将下降到32岁。海地的预期寿命将从预计的59岁下降到44岁。同时,由于艾滋病,早在20世纪90年代初就已经在攀升的过早死亡率预计将比1985年翻一番。

希望还得寄托在非洲儿童身上,他们是非洲大陆下一代潜在的银行家、律师、经济学家、农民、商业金融家和规划师。但是,赞比亚、扎伊尔和马拉维的有关研究显示,母亲患艾滋病留下的许多孤儿在母亲去世后不久也会死亡,尽管这些孩子本身并没有被感染。他们死亡的原因多种多样,通常都属于儿科的"发育不良"范畴。在这些死亡儿童中,有许多没有充分接种麻疹、小儿麻痹症和其他常见疾病疫苗。大多数营养不良。而且,许多儿童没有了母亲,缺乏其他成年人的关爱和关注,结果失去了生命的活力。

乌干达联合国代表詹姆斯·巴巴（James Baba）1991年12月说："毫无疑问，艾滋病要改变许多国家的社会经济结构，可能会影响发展进程。目前艾滋病带来的主要问题是孤儿越来越多，而传统社会对这一问题却束手无策。由于问题日趋严重，曾经接受和照顾这些孤儿的传统大家庭体系正在达到承受极限。于是，传统大家庭制度正在崩溃，由此产生的社会经济代价实在太高了。"

美国国际开发署利用数学模型评估了东部非洲的孤儿情况。开发署的科学家预测，仅在2015年，就有240万个母亲死于艾滋病，平均每个母亲会留下3个孤儿。因此，东部非洲一年就可能产生720万个艾滋病孤儿。其他研究预测，到2000年中部非洲和东部非洲将有3.55亿个艾滋病孤儿，占该地区15岁以下儿童总数的11%。

与此同时，美国人口普查局预测，由于艾滋病直接死亡和对父母死于艾滋病留下的孤儿的忽视，一些非洲国家的婴儿死亡率和儿童死亡率出现了可怕的上升。这两个指标是衡量国家发展的重要标准，但是这些国家来之不易的进步将会慢慢消失。该普查局说，到1994年，赞比亚的婴儿死亡率已经比1984年高出15%，马拉维、乌干达和扎伊尔的死亡率也几乎达到同样的水平。

德科萨写道："以遏制HIV为目标的抗击艾滋病战争概念存在严重缺陷，应予以摒弃。世界上大多数地区都有公认的艾滋病疫情。这种流行病要求社会做出反应，涉及从立法审查到重新考虑国家工业发展计划的诸多方面。它还迫切需要新方案和方法，并且在卫生保健和公共卫生领域进行一些彻底的改革。"

对坦桑尼亚卡尼戈所剩无几的筋疲力尽的成年人而言，他们甚至连华盛顿、伦敦、日内瓦等地方都没有清晰的概念，更何况关于非洲未来艾滋病死亡人数、生产力损失和被遗弃孤儿的所有预测和有争议的数字呢？在他们心目中，这些预测和数字只不过是生活在上述地方的人的主观臆断而已。但是，艾滋病或者艾滋病造成的悲剧并没有任何超现实的成分。

卡尼戈的长辈科斯莫斯·比拉肖（Cosmos Bilasho）说，每天更难想象的是未来：如果今天没有人在这里抚养小孩，怎么会有未来呢？

三

当火车驶出罗马站时，苏巴什·希拉（Subhash Hira）再次快速扫视了一下地板，确定他和印度同事们的所有手提箱、旅行箱、购物袋和随身行李都在脚下，这些东西已经跟随他们走了几千英里。看护好东西是一个经验丰富的第三世界旅客的自然反应。

13年前，也就是1978年，希拉第一次来到卢萨卡主持赞比亚性传播疾病项目。这些年来，希拉从身体上看几乎没有变化，他戴在鼻子上的金属框圆眼镜与13年前那副完全相同，也许还是那副眼镜。除了一些灰发，希拉没有变老多少，看上去仍然精力充沛。

但是，在内心深处，苏巴什·希拉已经发生了很大的变化。跟踪赞比亚可怕的艾滋病疫情，让他变得有点儿魂不守舍，给他的精神留下了创伤。他不断在叹气，似乎也没意识到自己在叹气，直到有人问："希拉，你怎么了？"

"出生在后瘟疫时代的人永远无法想象当时的情况。"希拉伴随着火车的隆隆响声说。"当艾滋病在赞比亚开始流行时，人们对我说：'你看到的是中世纪的黑死病，10年之后你会看到同样的大规模死亡。'我想这是夸张吧。我们怎么能想到30%到40%的HIV

血清阳性率呢？6年前，也就是1985年，卢萨卡的孕妇感染HIV比例只有3%。"

希拉望着窗外壮观的托斯卡纳乡村，但似乎什么也没看到。他的眼睛盯着卢萨卡大学教学医院的病房。就在他说话的时候，希拉的印度同事碰巧听到了，顿时忧形于色。他们都前往佛罗伦萨，去参加第七届国际艾滋病会议，希望能在会上就亚洲出现HIV进行讨论。

"我马上就要搬家了，要回孟买。"希拉含蓄地笑着说。这些年来，他在卢萨卡一直无法克服对家乡的思念。他回国的条件还不太理想。但是，他瞥了一眼四个同事——两个穿着纱丽的女人，两个穿着西服的男人，脸一下子变亮了。显然，想到和自己的同胞一起工作，让他感到欣慰。

但是，他的笑容很快消失了。他用低沉的声音解释说："艾滋病已经到了印度。我决不能让我这10年在卢萨卡目睹的东西，发生在孟买、加尔各答、德里或马德拉斯。HIV正在印度各地出现。现在甚至已经可能太晚了。很可能为时已晚。"

没错。到1991年，HIV已经出现在几个亚洲人群中。总部设在孟买的印度卫生组织的秘书长吉拉达（I. S. Gilada）医生估计，他所在城市有10万名妓女被感染，全国已有200万人被感染，其中感染率最高的是在孟买卖淫的印度泰米尔妇女，已经高达70%。印度韦洛尔市基督教医学院的雅各布·约翰（Jacob John）医生估计，该市三分之一的妓女HIV呈阳性，在性传播疾病诊所接受过检测的男性也有6%呈阳性。

世界卫生组织的吉姆·金在1991年估计，大约有25万印度人被感染，但是他又特别补充道："这个数字还算是低估。"

在亚洲最繁荣的国家，艾滋病仍然罕见。例如，1991年日本对献血者进行的全国性调查发现，感染率不到0.002%；日本似乎几乎不存在HIV。同样，新加坡艾滋病委员会的罗伊·陈（Roy Chan）博士说，截至1991年年中，新加坡只有80例HIV感染者。

但是，HIV似乎早在1991之前就已经现身亚洲的高度贫困地区。

1991年6月，在佛罗伦萨举行的第七届国际艾滋病会议开幕前不久，来自华盛顿州的医生兼民主党众议员吉姆·麦克德莫特（Jim McDermott）公布了为众议院进行的艾滋病调查的结果。这份报告关于亚洲艾滋病疫情的结论骇人听闻，许多政界同僚都谨慎地表达了自己的担忧，认为麦克德莫特是在故意夸大形势，试图改变对外援助承诺。然而，时间将会证明麦克德莫特的报告低估了亚洲疫情波及的范围。

在应众议院议长汤姆·福利（Tom Foley）的邀请访问了印度、泰国和菲律宾之后，麦克德莫特得出的结论是："亚洲是全球艾滋病疫情的沉睡巨人。"据他估计，截至1991年6月，大约100万印度人已经感染了HIV。2000年，印度和泰国加起来将有1200万名感染者。麦克德莫特预测亚洲的疫情也许将在5年内超过非洲。

尽管此前有各种警告和预测，也有明确的证据表明艾滋病正在对非洲造成严重破坏，这种病毒怎么还可能席卷亚洲呢？为什么人类没有成功地阻止HIV在亚洲大陆出现呢？1989年秋天，对泰国吸毒者和妓女的有效调查显示，感染率仍然低于0.04%，似乎可以忽略不计。然而，仅仅20个月后，清迈妓女0.04%的感染率就飙升到了70%以上。仅仅20个月，病毒就开始出现，继而蔓延，成为泰国主要人群的流行病。这是全球流行病史上HIV出现最迅速的一次。

怎么会发生这种情况呢？在追溯病毒在亚洲的传播途径时，科学家和公共卫生专家获得了更多的证据支持全球艾滋病规划署早期的理论，即侵犯人权、贫困和智人的所作所为在疾病的发生中起着至关重要的作用。其实，要理解HIV为什么会在泰国迅速出现，唯一的方法就是认识到社会、政治、生物和经济因素的密切耦合关系。

不幸的是，亚洲重蹈了非洲的覆辙，并未吸取教训。与许多非洲社会一样，大多数亚洲国家最初试图通过立法限制潜在携带者的活动和行动消除病毒。这种举措似乎并未奏效，于是政府直接拒绝承认他们中间存在HIV，惩罚提醒公众警惕艾滋病的医生和专家。向世界卫生组织报告的官方艾滋病数字，反映出大多数政府试图淡化艾滋病的影响。

1987年最后几周，在世界卫生组织的部分赞助下，在马尼拉召开了一次亚洲艾滋病会议。当时亚太地区，几乎没有亚洲国家出现过艾滋病病例，除了人口主要是白种人的澳大利亚。虽然澳大利亚在地理上位于环太平洋地区，但是大多数亚洲人认为它属于欧洲，而且其疫情也属于欧洲。亲切和蔼的约翰·德怀尔（John Dwyer）医生是悉尼南威尔士大学艾滋病研究室主任，他想竭尽全力说服参加马尼拉会议的人，让他们相信艾滋病大流行即将到来，而且与欧洲不同，它将按照自己的方式袭击亚洲。

德怀尔刻意提醒同事，梅毒、淋病和其他性传播疾病的发病率正在整个亚洲迅速上升；女性卖淫活动在几乎所有不断发展壮大的亚洲中心地区都极其猖獗，男性卖淫活动在几个城市也是如此；吸食鸦片者正在抛弃鸦片和烟斗，喜欢上了海洛因和注射器；亚洲许多地区的贫困和营养不良程度与非洲不相上下。

印度的第一批艾滋病病例是由两个原因造成的：一个是使

用过加州卡特生物公司生产的受到污染的美国血液制品，另一个是接种过印度巴拉特血清疫苗有限公司生产的兔病毒性出血症（RhD）疫苗。

在1985—1989年间，印度医学研究委员会检测了200多万人，结果发现764人携带HIV，其中一半是妓女。到1989年底，感染率急剧上升。孟买的一项调查显示，该市4.9%的妓女受到感染。随着印度存在HIV的证据越来越多，马哈拉施特拉邦的立法机构提议立法禁止与外国人性交。虽然遭到否决，但是这一立法提议反映了当时印度社会的一种强烈情绪。

印度的教育工作做得极差，因此1989年对印度艾滋病患者的抽样调查显示，他们甚至连艾滋病都没有听说过。只有4%的人声称在感染艾滋病之前听说过；大多数人在确诊后很长时间，仍然不知道艾滋病是什么。造成这种无知的一个重要因素是没有文化——94%的受访者无法阅读印度出版的为数不多的艾滋病宣传手册或新闻文章。

到1990年中期，孟买妓女的感染率上升到10%，全市每1000名献血者中就有5.6人携带HIV。印度医学研究委员会主任帕因塔尔（A. S. Paintal）医生估计，孟买的感染率已经相当高，每天有10万名HIV呈阳性的妓女在发生性行为。孟买一家性病诊所发现妓女的感染率为40%。

与此同时，献血者感染率上升到1%，而且印度出现了第一批涉及静脉吸毒的艾滋病病例。1990年4月，曼尼普尔邦的62名海洛因使用者出现在政府公告中。政府调查发现古吉拉特州有510名HIV阳性献血者后，人们对血液供应的担忧与日俱增。其中，430人是"专业捐献者"，这些人非常贫穷，只能靠定期卖血赚来的微薄收入维持生计。尽管有如此明显的证据证明这种病毒存在于全国的血液供应中，但是印度政府只是承认在1991年的所有商业血液中，只有不到5%的血液进行了HIV筛查。这个数字在1992年不会有太大变化。

有关HIV感染率的数据严重低估了印度的危机，因为直到1991年，大多数高危人群仍然在想方设法逃避检测。他们之所以不愿意检测，是因为他们清楚在曼尼普尔邦有大约100名HIV阳性者被永久隔离，用铁链拴在床上，禁止参加社会交往。于是，其他可能的感染者就远离了公共卫生系统，转入地下。

有一个组织能够消除这种不信任，这就是政府的霍乱项目组。该项目组在印度穷人中广受尊重。他们1991年在曼尼普尔邦进行的调查结果令人惊讶，高达80%的海洛因注射者HIV呈阳性。

这种病毒又获得了一点有利传播的条件。缅甸曾经是东南亚最富裕的国家，但是大约从1987年开始，它被世界银行列为最不发达国家，传统的鸦片贸易变成了海洛因市场。不再需要将生鸦片膏运往马赛或其他欧洲地区加工成海洛因，减少了缅甸人的利润。但是，随着鸦片加工的转变，海洛因突然变得可供当地消费。在所谓的金三角——缅甸、泰国和老挝，鸦片和现在的海洛因的产量超过了土耳其和阿富汗20世纪60年代拥有的市场份额。

在与缅甸接壤的曼尼普尔突然出现的更加劲爆的海洛因，使得吸食鸦片者便像蜜蜂见到蜜一样趋之若鹜。然而，针头却供不应求。

HIV乘着海洛因的波峰浪尖，出现在曼尼普尔。以前吸食鸦片的人，开始笨拙地使用止血带、炊具和注射器，不但三五成群地交流能够获得快感的知识，还共同使用工具获得快感。最初，鸦片吸食者中只有不到10%的海洛因注射者和不到1%的HIV血清阳性率,但是过了不到16个月,海洛因成瘾者就超过了95%,他们往静脉中注射的是世界上最纯、最强的海洛因。其中,80%的人在此期间感染了HIV。

HIV在印度的快速传播让人震惊,于是世界卫生组织筹集了2000万美元,世界银行筹集了1亿美元,掀起了有史以来资助力度最大的一场艾滋病教育运动。但是,从一开始,它们的努力似乎就注定要失败,因为印度各地的政治领导人并不支持,一些邦拒绝参与,而且针对不正当行为和贪污的指控在卫生系统中此起彼伏。例如,如果把数百万的外国援助花在国外,印度政府就会面对来自印度商界的政治炮轰。为了避免受到炮轰,印度政府就向当地一家制造商购买了10亿多只有缺陷的避孕套,并且提高了进口优质避孕套的价格。

"我们正坐在火山上。我们将无法应对。"马哈拉施特拉邦艾滋病研究人员吉塔·巴韦(Geeta Bhave)宣称。她预测当成千上万的HIV感染者发展成艾滋病时,印度的医疗体系将会崩溃。

甚至以前几乎只在西部非洲发现的HIV-2也在印度出现了。到1993年6月,泰米尔纳德邦、孟买和果阿邦的性传播疾病诊所报告说,2%至3%的病人携带HIV-2。

德国研究人员研究了在印度各地发现的HIV-1和HIV-2毒株的遗传特征,为最近这两种病毒在印度的出现和迅速传播找到了进一步证据。他们无论去哪里寻找,都会发现被感染的印度人,而且没有迹象表明这些病毒在一定地域内集中传播,这就像北美和欧洲的情况一样。

HIV-1毒株都非常相似,而且与在南非发现的一种毒株高度吻合。这并不奇怪,因为有大量印度后裔生活在南非而且经常返回印度。但是研究人员说,在孟买、果阿、曼尼普尔和其他相隔数千英里的地方发现的HIV-1毒株之间的基因差异微乎其微,这的确令人震惊。

德国研究小组说:"根据我们的结论,这些[HIV-1]毒株肯定是最近传入印度的,而且传播速度非常快。"

HIV-2在印度几乎没有遗传差异,这再次表明它是最近才传到印度的。此外,所有HIV-2毒株似乎都源于同一祖先,这说明病毒是由一名感染者从西部非洲带来的;而且,病毒在印度社会的出现和传播速度非同寻常。

法兰克福研究小组将1993年初印度各地的HIV-1和HIV-2发生率与各种毒株的遗传差异进行比较,估计印度每年将新增100万例感染者。如果国会议员麦克德莫特对1991年100万印度人感染的估计是正确的,法兰克福研究人员得出的增长率是正确的,那么这个世界上古老的文明之一在2000年将出现大约1000万艾滋病病例。

但是,当然不能指望随着时间的推移流行病的增长速度会停滞,因为一个社会感染的人数越多,额外感染的概率就越大。因此,增长率会随着时间逐步上升。世界卫生组织的官员预测印度艾滋病时,不愿意提供印度未来艾滋病流行的确切数字。但是,他们将印度的增长率与非洲进行了比较:20世纪90年代非洲疫情的斜率以一个平缓的角度向上拱起,而对印度的预测则是一条以60度角向上飙升的直线。

肯尼亚艾滋病医生姆博亚·奥基约(Mboya Okeyo)说:"看这架势,这是要灭绝世界啊。先是非洲,然后是印度,接下来是东南亚。不过,谁知道呢?"

1993年苏巴什·希拉回到了孟买。他目睹过艾滋病在赞比亚的暴发,现在下定决心要尽全力遏制这种致命病毒在印度蔓延。

如果说印度的疫情正在迅速传播，那么泰国的疫情就是在以超音速蔓延。泰国卫生部的研究表明：1989年几乎各个社会部门的HIV-1感染率都远低于2.5%，但是18个月后，两位数的感染率已经成为全国常态。

泰国发生了一件特别奇怪和麻烦的事情：出现了两个独立的HIV-1世系，每个世系都在完全不同的人群中传播。在曼谷的海洛因注射者中，出现了一种B类病毒，其基因看起来像典型的美国HIV。但是泰国妓女和异性恋人群中出现了一种截然不同的HIV，这种病毒与乌干达的一种超强病毒非常相似。这两个毒株在泰国的传播路径不同，截至1993年，并没有证据表明它们的遗传物质存在交叉混合。

因此，从生物学角度讲，泰国有两种不同的流行病，它们都在以前所未有的速度蔓延。

泰国的情况表明，仅仅根据最初病例数就无视一种新出现的微生物的威胁是愚蠢的。它再次说明人权与某一特定社会新出现的微生物之间的联系。在疫情暴发之初，泰国政府采取了世界其他地方强硬派所倡导的许多最强硬的措施。曼谷拉德瑶监狱成立了一个专门的HIV隔离机构。到1989年6月，检测结果显示，清迈高达44%的妓女HIV呈阳性，于是政府颁布法令，旨在打击妓院。随着海洛因成瘾者的感染率飙升，泰国政府命令警方严厉打击毒品交易和麻醉品注射。受感染的外国人则被驱逐出境。

泰国还采取了积极措施，包括在发展中国家设立了第一个国家HIV哨点监测项目，这些措施得到了世界卫生组织的赞扬。卫生部仔细并持续监测泰国社会主要亚群体的HIV感染水平，密切关注泰国迅速发展的艾滋病疫情。在世界上，这很可能是记录HIV暴发最完善的机构。

尽管做出了上述种种努力，病毒还是以创纪录的速度传遍了这个东南亚国家，其传播途径主要是庞大的性产业。泰国人听说出现了新疫情，但是几乎没有人采取自我保护措施。在1992年，泰国卫生官员猜·波希斯塔（Chai Podhista）医生说，否认疫情的存在是最主要的问题。

波希斯塔解释说："我们泰国有句格言叫'不见棺材中的尸体就不会掉泪'。病毒的迅速传播是可能的，但是遭到了忽视，因为还没有出现大规模死亡。几年内也不会有大规模死亡。但是，成千上万的人正在神不知鬼不觉地同时感染这种病毒。若干年后，当他们出现艾滋病症状时，整个泰国社会将会一片震惊。"

1990年初，各种非政府组织开展了令人印象深刻的艾滋病教育运动，特别是针对妓女。到1990年底，在清迈工作的妓女中有90%以上开始使用避孕套。但是，对于大多数女性来说，已经为时已晚：她们已经被病毒感染。

在HIV刚刚出现在泰国的关键时期，却出现了一个传播的有利条件——社会陷入动荡。1991年2月，泰国发生政变，军政府上台。艾滋病项目戛然而止；几乎所有的外国援助资金，包括用于控制艾滋病的资金，都突然中断。艾滋病项目普遍解散，军事政权对艾滋病毒的威胁采取了军政府惯用的镇压行动：突袭妓院，关闭未能提供足够贿赂款项的妓院，围捕在卖淫场所工作的儿童、所谓的奴隶以及外国男女。

在此期间，男顾客的性欲几乎没有明显变化。外国的买春游客继续从世界各地涌入泰国，特别是日本人和德国人。当地泰国男子也没有减少性需求的迹象。1989—1990年间的一项调查显示：参加过随机调查的泰国男性，有超过四分之一在那一年发生过婚外性行为，其中大多数是与男娼或妓女发生性关系。一年后他们并未观察到明显的变化,在强制加入泰国军队时,超过97%的21岁新兵承认经常光顾妓院。

随着泰国越来越多的妓女感染艾滋病,人们越来越担心,妓院老板开始积极招募处女和少女。如此,这些老板便可以宣称他们能够保证男顾客的安全,不过这对妇女、女孩而言仍然极其危险。各种研究表明,1991—1993年间,泰国妓女人群结构发生了巨大变化,特别是在与缅甸接壤的清迈北部地区。妓女的平均年龄急剧下降(甚至包括9—12岁的儿童),在妓院工作的缅甸妇女人数激增,到1993年增加了超过40%。

国际特赦组织(Amnesty International)和人权观察(Human Rights Watch)声称,几乎所有的缅甸妓女都是奴隶,她们要么被父母直接卖给妓院经纪人,要么签订契约佣人合同,一旦到了泰国就无法解除契约。在出售或者招募时,这些女孩大多数未满18岁,而且很少有人知道自己将会成为妓女。她们绝大多数人是文盲,不会说泰语,到达妓院时还是处女。

泰国警方会定期突袭妓院,围捕缅甸妇女,把她们送到边境。但是,一些妇女担心回国不会有好果子吃,就向警察提供性服务,希望能够回去继续卖淫。

但是,还有什么比她们在泰国遭受的性奴役更可怕呢?

1988年9月,缅甸政府在一场政变中被推翻,缅甸商界和军界最腐败的分子上台执政。奈温(Ne Win)开始执掌大权,对国家施行独裁统治,无情地镇压民众,同时极力保护国家的鸦片和海洛因生产商。这个将官方英文名改为Myanmar的国家一片混乱,不断传出动用酷刑和大屠杀的消息,同时,经济也让民众感到绝望。1990年,缅甸各地爆发了以昂山素季支持者为首的示威游行。尽管昂山素季在1990年5月赢得了全国总统选举,而且随后获得诺贝尔和平奖,但她还是遭到软禁。到1994年年中为止,她一直是这个军人执政的国家的囚犯。

政府在1990年选举后采取的行动,反而使局势更加恶化,所有为人权大声疾呼者都陷入危险的境地。因此,每天都有成百上千的缅甸人非法涌入泰国边境,到1993年估计已经有30万人移居泰国。贫穷的父母心甘情愿把自己的女儿卖给妓院经纪人,也就不足为奇。

1992年4月,泰国刑事侦剿局指挥官班查·贾鲁贾雷特(Bancha Jarujareet)宣布25名感染HIV的缅甸妓院女子死亡,这些姑娘是被泰国警察逮捕后驱逐回缅甸的。据泰国警方称,缅甸官员给这些妓女注射了氰化物,然后将尸体抛到边境溪流中以示警告,表明缅甸将采取一切必要措施将艾滋病拒之门外。

在缅甸,海洛因是由当地生产,因此可以用国际上一文不值的缅甸货币低价购买。但是,购买注射器需要外汇,由于滥用权力,缅甸已经遭到国际社会摒弃,在经济上与世界其他国家处于隔绝状态。到1992年,世界卫生组织估计,仰光海洛因注射者的HIV感染率已经超过76%,但这只是保守的猜测。即使这些人听说过HIV,了解这种病毒的传播途径,也希望保护自己,他们也无能为力。

相比之下,泰国民众是幸运的,因为他们的国家有一位勇敢的英雄,愿意冒着政治风险采取措施遏制国内迅速蔓延的疫情。米猜·威拉韦耶(Mechai Viravaidhya)在卫生部任职,但是不为政府效力(取决于当权者),他坚持不懈地动员人们使用安全套。无论是在曼谷红灯区贫民窟与妓院老板争论,还是在名人高尔夫比赛期间对一位泰国内阁成员施加压力,米猜都充满信心,坚持推行"100%使用安全套"的政策。但是,就连米猜也知道真正的战斗已经失败。艾滋病已经在泰国肆虐，1993年政府预测到2000年将会有300万成年人（14岁以上的人口共有2500万）HIV呈阳性。

不到一年，世界卫生组织宣布海洛因正在越南胡志明市引发一场可怕的HIV大流行。在海洛因使用者中，HIV感染率在大约9个月的时间内从不到2%飙升到了30%以上。

正如非洲艾滋病大流行的情况一样，亚洲观察家高度怀疑艾滋病是否会逆转该地区著名的"经济奇迹"，引发第三世界化效应。如果当地的疫情继续以1989—1993年的惊人速度蔓延，亚洲的HIV感染者数量有望在世纪之交之前超过非洲。具有讽刺意味的是，亚洲的财政成本将会更高，因为亚洲经济在20世纪80年代曾经迅猛发展。经济更繁荣，成本也会随之上升。亚洲（与非洲相比）由于工人生病死亡导致生产能力损失的美元价值更大，因为亚洲拥有更多掌握先进技术的劳动力，而且各国的收入也普遍更高。直接医疗费用也更高，毕竟亚洲拥有更先进——而且更昂贵的——医疗保健系统。

不过，艾滋病对亚洲经济繁荣的影响乍一看似乎难以想象。20世纪80年代，只有少数国家（菲律宾、巴布亚新几内亚、缅甸和柬埔寨）的国民生产总值出现负增长，许多亚洲国家的增长率是美国和瑞士的5—7倍。

然而，与非洲一样，亚洲大部分地区同时也出现了其他突发疾病，这些疾病可能会加剧HIV/艾滋病或者引发协同效应。这些疾病包括登革热、各型肝炎、多重耐药疟疾、结核病、耐药霍乱以及几乎所有已知性传播微生物。虽然没有人知道如何计算相互关联的流行病可能产生的累积或倍增经济影响，但从生物学和流行病学角度来看，它们之间显然存在着相互联系。

1993年年中，全球艾滋病规划署估计南亚有150万居民HIV呈阳性，其中大多数是印度或泰国公民。具体到泰国，世界卫生组织估计截至1992年底已经有45万人被感染。

但是，世界卫生组织的数据肯定过于保守。最新数据显示，泰国疫情的蔓延不但没有像许多人所希望的那样放缓，而是在惊人地加速。泰国疫情唯一有希望减缓的情况，出现在曼谷的注射吸毒人群中，因为他们很快就抢购到了无菌注射器。

米猜·威拉韦耶估计，到2000年泰国累计的艾滋病死亡成年人将达到47万至56万。根据每名死亡劳动者的平均生产力损失2.2万美元计算，这可能会对泰国经济造成73亿至85亿美元的间接损失。在卫生部每年4000多万美元的预算中，这些人的直接治疗费用将达到6100万至1.67亿美元之间。1992年，曼谷一天的艾滋病住院治疗费用平均为298.73美元；相比较而言，泰国就很不幸，因为它达到了西方的药物治疗和住院治疗标准，但是泰国民众挣的工资仍然是第三世界的工资。泰国官员在1992年预测，由于这次疫情，国家的卫生医疗不但不会进步，反而会倒退，因为面对经济成本和艾滋病病例的巨大负担，其医疗体系将不堪重负，分崩离析。

根据对这次流行病预期规模和间接费用略有不同的估计，世界卫生组织预测，到2000年泰国因艾滋病造成的总经济负担将高达90亿美元。全球艾滋病规划署早在1991年10月就告知世界银行的官员，南亚在这10年后半期可能会出现经济衰退，位于曼谷的泰国发展研究所也支持这一观点。

根据截至1994年初的HIV感染率，美国人口普查局发布了对泰国的可怕预测。该局预测，到2010年，艾滋病将给泰国经济造成严重破坏，人口增长率将（从艾滋病前期预测的+0.9%）骤降至-0.8%；泰国人口将比没有艾滋病的情况下少2500万；预期寿命将从75岁骤降到45岁；儿童死亡率将增加两倍以上（每1000名出生儿童中约有110人死亡）；泰国的粗死亡率将从每1000人中约有6人死亡飙升至每1000人中22人以上。

尽管很少有人对印度、缅甸、菲律宾或其他遭到HIV侵袭的亚洲国家进行类似的经济分析，但是到1993年国际公共卫生界达成了一个明确的共识，这次疫情至少会对受灾严重国家的卫生保健系统、旅游业以及政府资助的社会服务部门产生第三世界化影响。最坏的情况预测是，农业和工业生产率急剧下降，导致国内生产总值下降。1993年底，联合国开发计划署和亚洲开发银行预测，HIV大流行将普遍加剧贫困程度，到2000年将在关键地区造成饥荒。

尽管出现了艾滋病大流行，但是在20世纪80年代，公共卫生界的大多数人因为不参与传染病工作，所以仍然感到非常乐观。于是，健康就成了个人的责任问题。有些疾病通过饮食、锻炼、戒烟、戒毒、停止酗酒等就可以预防，健康经济学家对这些疾病的成本进行计算后得出结论，认为个人健康决定不再完全取属于个人选择权限。他们认为吸烟者给社会其他人造成了数十亿美元的损失。酗酒者如此，胖人也不例外。

洛克菲勒基金会主席约翰·诺尔斯（John Knowles）博士写道："现在，懒惰、暴食、酗酒、鲁莽驾驶、性迷乱和吸烟产生的代价，是一种国家责任，并非个人责任。我们有理由将他们的决定视为个人自由，但是一个人的健康自由却意味着他人的税收和保险约束。我认为，健康权利应该被个人维护自身健康的道德义务所取代——如果你同意的话，这是一项公共义务。"

然而，公共健康倡导者提醒说：让美国穷人为自己的健康负责，谴责他们买不起理想的食物，无法参加健身俱乐部，无法克制性欲戒除毒品，是极不公平和不现实的——诺尔斯似乎就是这样谴责他们的。此外，他们还提醒说：取得的医疗胜利引发了人们对个人责任的乐观呼吁，但是这些胜利只是昙花一现。他们认为面对日益加剧的贫困，旧时的灾祸会卷土重来。

没有必要去非洲亲眼见证艾滋病孤儿或一家家的人并排安葬。到1994年底，仅纽约市就有3万多艾滋病孤儿，新泽西州的纽瓦克市也有1万多。美国卫生与公共服务部预测，到2000年，美国将会有6万名艾滋病孤儿。正如艾滋病正在让非洲大部分地区的大家庭网络面临崩溃，它也让美国最贫穷社区的社会支持系统承受巨大压力。

年复一年，美国艾滋病疫情不断蔓延，对美国最贫困城市地区的影响越来越严重。美国社会本来就问题重重，比如无家可归、吸毒、酗酒、婴儿高死亡率、梅毒、淋病、暴力等，现在艾滋病加剧了这些问题造成的影响，而这一切都让曾经怀揣城市复兴梦想的人更加绝望。

随着病毒侵袭贫困社区，城市公立医院的负担非常严重。与加拿大和大部分西欧国家不同，美国没有国家医疗体系。到1990年，估计有3700万美国人没有任何形式的公共或私人医疗保险。政府支持的医疗保健只针对老年人和穷人，所以数百万美国人并没有资格享受这种医疗保健，但是由于没钱购买私人保险，他们只能祈祷自己不会生病。另有4300万美国人要么长期未参保，要么保额太小，导致参保率太低，一旦出现重大疾病，家庭可能因为所需的免赔额和共同赔付而破产。

任何大规模侵袭美国城市贫民的疾病都会增加公立医院系统的负担。但是，艾滋病的治疗成本特别高，所需的劳动强度特别大，可能会成为导致已经脆弱的医疗体系崩溃的最后一根稻草。

纽约市健康和医院公司，负责管理纽约市的公共医疗设施系统。公司总裁埃米利奥·卡里略（Emilio Carrillo）博士宣称："我们正在这里进行一场战争。人们感染艾滋病并因此死亡，肺结核正在肆虐，营养不良、吸毒成瘾和其他由贫穷引起的疾病也达到了流行水平，但是在联邦、州和市的各级政府，医疗保健系统都面临裁员。只有病人和需要基本保健的人的数量没有减少。他们的数量一直没有减少，规模也没有缩小。他们仍然涌进我们医院接受治疗。"

1990年，美国全国公立医院协会对美国100家最大的公立医院进行了一项调查，结果显示美国所有城市的情况都在恶化，预测医疗保健系统提供的"公共安全网"将会崩溃。10年前在美国出现的一种微生物正在迫使整个系统崩溃。

根据美国公共卫生署的数据，截至1987年，在纽约市医院分娩的妇女中，有3%的人HIV呈阳性，她们的婴儿也有约25%呈阳性。这些母亲和婴儿有近三分之二出生在公立医院，这些医院主要分布在布鲁克林和布朗克斯的非裔美国人或者西班牙裔社区。次年，纽约州得出结论：在该州出生的婴儿，每61个中就有1个感染艾滋病病毒。但是，这一比率在不同社区之间差别很大：1988年，在远离纽约市的豪华、半农村社区，每749个婴儿有不到一个出生时HIV呈阳性。但是，在南布朗克斯区极度贫困的社区，每43个新生儿就有1个（2.34%）被感染，而且每个新生儿都出生在公立医院。随着艾滋病感染人群向以异性恋为主的更年轻的人群转移，这些数字只会进一步恶化。

美国HIV阳性人口中有相当一部分人无家可归，只能生活在美国城市的街道上。1991年，安德鲁·莫斯（Andrew Moss）主持的一项对旧金山无家可归者的研究发现，那些没有可识别的HIV暴露风险因素的人中有3%被感染。另有8%的无家可归者因注射毒品、卖淫或与感染者发生性关系导致HIV阳性。总的来说，旧金山每10个无家可归的成年人中就有1人以上携带HIV病毒。

HIV并非唯一一种利用机会在美国城市贫困人口中传播的微生物：乙肝（截至1992年，占美国所有性传播疾病的30%）、梅毒、淋病和软下疳在白种人男同性恋中发病率似乎较低，但是在异性恋和城市贫民，特别是那些使用快克可卡因或海洛因的人群中，发病率不断上升，这令人震惊。例如，到1990年，纽约州三分之二的梅毒病例都是居住在贫困地区的非裔美国人，而且这些病例的男女比例不相上下。

1993年，纽约市卫生局宣布本市男性的预期寿命自"二战"以来首次下降，从1981年的68.9岁降至1991年的68.6岁。但是除了纽约市，纽约州男性的同期预期寿命却从71.5岁上升到了73.4岁。尽管杀人犯罪率的上升起了一定作用，但是纽约市政府官员认为艾滋病是预期寿命下降的主要原因。到1987年，艾滋病已经成为纽约市各种族和各阶层男性过早死亡的主要原因；到1988年，艾滋病也成为非洲裔美国妇女过早死亡的头号原因。

早在艾滋病夺走大量美国人生命之前，哈莱姆医院外科主任哈罗德·弗里曼（Harold Freeman）博士就通过计算得出，在孟加拉国长大的男性要比在哈莱姆、布朗克斯或布鲁克林长大的非裔美国人更有可能活到65岁。那么，为什么地球上最富国家的数十万人会比最贫穷的第三世界国家之一的人寿命短呢？同样，暴力对出现这种结果起了重要作用，但并非关键因素。哈莱姆区1950年至1970年出生的非裔美国人的平均预期寿命只有区区49岁。弗里曼认为，疾病、贫困和医疗服务不公平是导致非洲裔美国人死亡率惊人的主要因素。

早在一场新的肺结核疫情袭击美国几个城市之前,人们就已经注意到了警告信号:无家可归者增多、用于社会服务的财政减少、公共卫生部门自鸣得意、滥用毒品猖獗以及其他多种传染病患者不断加重。传来的一系列叮当声、口哨声和钟声,可以说向人类发出了足够的警告,但是人类却置若罔闻,结果出现了耐多药肺结核新菌株。

在里根总统任期内,美国的财政政策倾向于扩大社会投资和财政部门,同时压缩社会服务部门。麻省理工学院的经济学家保罗·克鲁格曼(Paul Krugman)估计,1979年至1989年美国所有收入增长的44%都流向了美国家庭中最富有的1%,即大约80万名男性、女性和儿童。根据美国联邦储备委员会的数据,克鲁格曼计算得出:总财富(包括远远超过前面测算的现金收入)比20世纪20年代以来的任何时期都更集中在美国超级富豪手中。到1989年,美国前1%的富人控制了美国39%的财富。

几项研究表明,到1993年底,超过2500万美国人处于饥饿状态,食物摄入量不足。1993年,每10个美国人中就有1人被迫每周一次排队领取救济食品、在厨房喝汤或者通过慈善机构寻找食物。1982年至1992年,生活在联邦政府规定的贫困线以下的人口增长速度是总人口增长的3倍。1992年,约14.5%的美国公民生活在法律规定的贫困条件下。大多数是单身母亲及其子女。

尽管很难精确测算,但是1975年至1993年,美国无家可归者的数量稳步上升,这一群体的构成也从传统上以男流浪者和酗酒者为主变得年轻化、多样化,其中包括大量的退伍军人、长期被收容的精神病人、可卡因或海洛因上瘾严重者以及新失业的家庭和个人。根据紧急避难所的人口统计和对无家可归者的多种统计方法，计算得出的全国无家可归人口在20万到220万之间。

更难计算的是城市地区居住密度的上升。由于个人和整个家庭都面临着可能导致无家可归的困难，他们搬进了亲朋好友的家里。20世纪80年代对纽约市的一项估计表明，在政府修建的公共住房中，有3.5万户家庭的人数增加了1倍，同时还有7.3万户私有住房的人数增加了1倍。假设每个家庭平均有4个成员，这就意味着有40多万男人、女人和孩子挤进了居住密度翻倍的住房里。

最后，很大一部分城市贫困人口每年都在刑事司法系统中循环进出。特别是年轻人，经常被监禁在过度拥挤的看守所和监狱里。1982年，罗纳德·里根总统呼吁发动一场打击毒品的战争：到1990年，仅因毒品犯罪被关押在联邦监狱的男犯人就超过了1980年联邦监狱所有罪犯的总和。联邦、州和县监狱的建设速度根本跟不上逮捕大量吸毒者的需求。结果，监狱牢房人满为患，法官往往在缩短刑期后释放囚犯，让他们重返社会。这为微生物的传播也提供了有利条件。

如果美国公共卫生系统保持警惕的话，这种城市第三世界化带来的一些微生物影响也许是可控的。但是，到20世纪80年代中期，在从基层到联邦的各个层面，美国公共卫生系统都处于非常糟糕的状态。几十年来多次战胜微生物让公共卫生界感到自鸣得意，同时公共卫生却被定位为治疗医学的矮子兄弟，而且其财政预算也遭到各级政府多次大幅削减，因此到1990年公共卫生已经完全无法跟以前相提并论了。

一家医学研究所做的一项调查表明，美国的公共卫生和疾病控制工作处于混乱状态。主要问题包括不同政府和研究部门之间"对公共卫生的使命缺乏共识"，公共卫生倡导者显然没有涉足"美国政治动力学"，医学和公共卫生之间缺乏合作，培训和领导能力欠缺，各个层面的资金严重不足。

他们写道："在委员会看来，作为一个国家，我们已经放松了对公共卫生的警惕，结果公众健康因此受到了不必要的威胁。"

20世纪80年代，有一个公共卫生混乱引发的案例曾经让官员们感到非常尴尬。这就是麻疹。1963年，一种安全有效的麻疹疫苗在美国得到广泛使用，此后患上这种有时致命的疾病的儿童病例稳步下降。1962年，美国有50万儿童感染了麻疹；到1977年，每年报告的病例不到3.5万例，因此许多专家预测麻疹很快就会被斩草除根。

但是，问题在1977年就已经很明显了：许多在14、15个月之前接种疫苗的儿童后来患上了麻疹，研究人员很快就认识到接种时间对实现有效免疫至关重要。疫苗接种计划也相应地做了调整，并在全国范围内积极贯彻执行，国内麻疹病例继续下降。唯一严重的麻疹突发事件发生在一些社区，许多父母因为宗教原因，拒绝让孩子接种疫苗。

到20世纪80年代初，美国已实现99%的幼儿初级麻疹疫苗接种覆盖率，1983年美国出现的麻疹病例不到1497例。

然而，1985年，一个去英国旅游的15岁女孩回到得克萨斯州的科珀斯克里斯蒂后，很快就患上了玫瑰疹，这是麻疹的典型特征。病毒很快在她所在的高中和当地的初中传播开来。99%的学生在婴儿期接受了麻疹活疫苗的初步接种；88%的学生还打了推荐的加强针。然而，还是有14名学生患上了麻疹。

在疫情暴发期间，对1800多名学生进行的血液检测显示：尽管接种了疫苗，但仍有4.1%的儿童没有产生麻疹病毒抗体，抗体产生水平最低的是那些没有打加强针的儿童。所有感染生病的青少年都属于这一类。由此得出的明确信息是：（1）不打加强针，初级免疫无法保证预防儿童感染麻疹;(2)在群体环境中,即使只有少数易感儿童,也足以导致严重的疫情暴发。

在其他初级疫苗接种率超过97%的青少年群体中也暴发了麻疹疫情,这进一步证明选择正确的疫苗接种时间和打加强针至关重要。1989年,美国的麻疹发病率大幅上升。出现了超过1.8万例麻疹病例,造成了41人死亡:自从1983年以来增加了9倍。40%的病例是年轻人,他们接受了初级疫苗接种,但没有接受加强疫苗接种;其余的人没有注射疫苗,或者选错了疫苗接种时间。

尽管一些儿科医生和决策者认为1989年的数字令人担忧,但是没有人预测会出现麻疹大流行。1989年之前,麻疹流行被认为是第三世界的问题。

但是确实发生了疫情。1989年到1990年,美国麻疹的发病率猛增了50%。1990年,超过2.7万名美国儿童感染了麻疹,其中一半在4岁以下;有100人死于麻疹。

受打击最严重的是纽约市,共报告了2479例麻疹病例。

美国疾控中心的调查人员对1990—1991年麻疹疫情的严重程度感到困惑。

疾控中心的比尔·阿特金森(Bill Atkinson)说:"这些孩子的病情更严重,死亡率肯定更高。我们不知道到底是因为那里的麻疹病毒毒性更强,还是这些孩子更容易感染。"

许多患麻疹的儿童,特别是纽约市的儿童,从来没有接种过疫苗。他们甚至没有接受初级接种,更不用说打加强针了。

"现在大多数病例都是未接种疫苗的儿童。"美国儿科学会主席乔治·彼得(Georges Peter)博士说,"麻疹是所有疫苗可预防疾病中传染性最强的。问题的性质已经明显改变——毫无疑问是接种疫苗的失败。这其实是公共卫生系统崩溃的迹象,是民众享

第十四章 第三世界化

受不到医疗保障的迹象。"

这是怎么回事呢？是父母故意不让孩子去看医生吗？是美国人突然对疫苗接种产生了恐惧吗？

事实证明，答案可以从感染麻疹的儿童统计数据中找到。绝大多数儿童都居住在纽约、芝加哥、休斯敦、洛杉矶等大城市，而且非裔或西班牙裔美国儿童感染的概率是普通美国儿童的9倍。

麻疹在1991年持续存在，在纽约市的非裔和西班牙裔人群中逐渐恶化。很明显，这种微生物已成功地出现在几乎得不到或根本得不到医疗保健的城市贫穷人口中。这种潜在的社会弊端也导致1990—1993年百日咳和风疹病例激增。

1978年，美国卫生局局长曾经宣布，到1982年麻疹将在全国绝迹，并启动了一场雄心勃勃的免疫运动。然而，到了1988年，贫困、医疗保健崩溃和公共卫生混乱已经非常严重，美国所有儿童疫苗接种工作的记录都不如饱受战争蹂躏的萨尔瓦多和其他许多第三世界国家。

在一些城市中心地区，尤其是在纽约市，只有一半的学龄儿童接种了疫苗。对美国大多数城市贫民来说，唯一能使用医疗保健系统的地方就是公立医院的急诊室。许多家庭在城市的急诊室排着长队，内心充满焦虑，因为他们觉得自己别无选择：在贫民区没有诊所，也没有私人医生行医，几乎没有其他途径可以享受基本医疗服务。但是，没有几个贫困家庭愿意去急诊室，耐着性子排上一整天队，仅仅是为了给孩子接种疫苗，甚至还可能损失一天的工资。

对麻疹危机的进一步研究表明，一些死亡病例和许多病例都没有报告，这些病例实际上大多数都在重点医院。纽约市发现，1991年疫情期间，最大的几家市中心区医院的漏报率高达50%。

纽约市可能出现了多达5000个麻疹病例，不过官方报告的数字只有一半。

1993年，世界卫生组织在布朗克斯区爱因斯坦医学院的顾问白瑞·布隆（Barry Bloom）博士宣称：美国在儿童疫苗接种率方面已经落后于阿尔巴尼亚、墨西哥和中国。

在联合国于1990年9月召开的儿童问题世界首脑会议上，布什政府的立场值得怀疑：它一方面承诺全面关注世界儿童的健康和生存，另一方面又希望没人注意到美国贫困儿童的健康状况差到可以与非洲和南亚大部分地区相提并论。

"美国社会非常富裕，显然要比第三世界富裕。但是，美国应该为儿童的死亡率和健康感到羞耻。"儿童保护基金会的吉姆·韦尔（Jim Weill）在峰会上谴责道，"美国的婴儿死亡率在世界上排名第19位，低出生体重儿排名第29位，5岁以下儿童死亡率排名第22位。也许最令人惊讶的是，我们非白人儿童在免疫方面排名世界第49位。我们在杀死我们的孩子。"

"让我们面对现实吧。就美国儿童而言，我们生活在第三世界。"

美国城市不仅在儿童疫苗接种和医疗保健方面下降到了第三世界的水平，而且其监测和公共卫生系统也漏洞百出，一片混乱，沦落到了与一些最贫穷国家相提并论的地步。

韦尔的话说过不久，美国疾控中心的官员就承认美国的公共卫生系统处理肺结核问题的表现也比许多非洲国家更糟糕。

耐多药肺结核已经出现。这些微生物能够耐受多种抗生素，实际上任何药物对它们都不起作用。

肺结核在美国卷土重来并非发生在一夜之间。相反，这种新型突变微生物多年以来对智人群体进行了多次尝试性入侵。这并

第十四章 第三世界化

非突然袭击。

看起来似乎是人类故意忽视了大量的警告信号。

尽管结核病从未消失，但是自19世纪80年代以来，在美国的发病率稳步下降，而且在引入抗生素治疗后创下了历史新低。强大的结核分枝杆菌是不可能根除的，因为在任何时间，世界上都有一半人口感染这种细菌。对大多数人而言，结核分枝杆菌感染是一种良性疾病：这种微生物受到免疫系统的控制，所以感染者终生不会发病。

平均而言，感染者有10%的机会在生命中的某个时间发展为活动性疾病，有1%的可能患上致命的结核病。因此，有统计数字表明：1988年约有20亿人感染了这种细菌；2亿人在一生中会患上结核病，其中有200万人会因此丧生。

但是，这些精确的平均数字掩盖了结核病凶险的本性以及它在全球极不平均的分布状况。

从西方结核病研究初期开始，科学家和内科医生就认识到这种微生物与贫困密切相关。尽管在较富裕的人群中有著名的结核病例，但是世界上大多数结核病患者始终是最贫穷的公民。

在整个19世纪和20世纪，人们都在热烈讨论结核病与贫困相关联的性质，但突出的几点是显而易见的。结核分枝杆菌就像引发汉森氏病（即麻风病）的近亲麻风杆菌一样，是一种繁衍极其缓慢的微生物，在大多数情况下，它的一生要么会受到人的免疫系统的攻击，要么会潜伏下来，不会引发疾病。要想在人体内繁衍生息，形成一个庞大的微生物群落，并导致疾病的发生，最有利的条件要么是宿主免疫力下降，要么是人持续再感染。

只要人们生活在肮脏和贫穷的地方，免疫系统就会遭到削弱。

首先，营养不良起到了重要的削弱作用。其次，长期感染热带寄生虫、流感和变形虫等其他微生物也会削弱免疫力。任何使免疫系统负担过重的疾病都可能为结核分枝杆菌创造机会。

结核分枝杆菌利用了免疫系统的脆弱性。它是机会主义者。几十年来，它可能会静静地潜伏在智人体内，等待防御系统崩溃的那一刻。当受害者的免疫系统全力对付疟疾、癌症、饥荒或肺炎时，它就会发动攻击。

生活在人口稠密的环境中，也可能会不断地接触到其他人呼出的结核分枝杆菌，这大大增加了发展为活动性结核病例的风险。因此，结核病在历史上与城市化——特别是贫民窟住房和收容制度——密切相关。

一种导致严重免疫缺陷、对贫困社区造成严重打击的新疾病的出现，会导致结核病卷土重来，这本来是可以预测到的。如果这些社区早在新一轮免疫缺陷出现之前就已经发现结核病病例在缓慢稳步地上升，如果它们不采取公共卫生缓解措施，那么结核病死灰复燃似乎是一种必然。

1947年，当抗生素治疗结核病仍然被视为一种新型疗法和疾病预防技术时，美国报告了134946例结核病病例。到1985年，由于开始使用链霉素、利福平、异烟肼和其他抗生素，公共卫生界也积极努力地去确诊和治疗结核病病例，美国结核病病例数量下降到了22201例。自1977年以来，每年实际感染结核病的美国人不到3万人，其中大多数是欧洲血统的老年人，他们体内携带结核分枝杆菌已经有数十年之久，只是由于他们老化的免疫系统无法控制住细菌才发病。

早在结核病的实际病例开始猛增之前，罹患这种疾病的人口结构就发生了变化。1961年至1969年，美国超过80%的活动性结核病例发生在62岁以上的人群中,他们大多数人长期采用基本的抗生素疗法,不用住院就可以得到治疗。在此期间,美国联邦政府投入了69287996美元,用于控制结核病。

然而,1975—1984年,在美国老年人和各个年龄段的白种人中,报告的活动性结核病例数量急剧下降。白人男性病例下降了41%,白人女性病例下降了39%。相比之下,尽管结核病在全国范围内呈下降趋势,但是非白人的下降速度要慢得多:男性只有25%,女性只有26%。病例的年龄分布也发生了变化:到1984年,只有29%的病例年龄在62岁以上。在非白人人群中,当年每5例活动性结核病例中有不到1例涉及62岁以上的人,其中20%的人年龄在25岁到34岁之间。

早在20世纪70年代中期,时任纽约市结核病控制负责人的李·赖克曼(Lee Reichman)就注意到,在哈莱姆区的注射吸毒者和流浪者中,活动性病例明显增多,其中大多数是年轻男性。赖克曼试图针对这一新趋势发出警告,但是他的警告被一家医疗机构压住了,因为该机构已经将结核病当作历史遗物一笔勾销。

其实,还有其他明显的警告信号。1980—1986年间,五项不同的调查记录了美国无家可归者人数的增加与年轻人结核病激增之间的关系。结核病在无家可归者应急收容所内的传播得到了证实,而且到1984年,疾控中心甚至清楚地看到,新的耐药结核病突变株正在城市贫民中传播。1980年,对居住在纽约市单间补贴住房中无家可归的年轻男子进行了一项引人注目的调查,结果发现101人中有98人结核感染皮肤测试呈阳性,13人的痰化验结果显示患有活动性疾病。这13人携带了传染性肺病,这意味着他们呼出的细菌可以传给其他人。

到1986年,在美国报告的所有活动性结核病病例中,接近一半是非白人，其中大多数是非裔美国人。毫无疑问，到20世纪80年代中期已经发生了重要变化，结核病已经转移到了年轻人身上，主要是非裔美国人和城市人群。从地理分布看，它已经从弗吉尼亚等地区转移到纽约市、迈阿密和分散的城市地区。疾控中心在1986年就注意到了这种转变，这与1953年以来美国报告的结核病病例首次呈上升趋势相吻合。该中心还认为"HIV感染可能是纽约市和佛罗里达州结核病增加的主要原因"。

从艾滋病流行之初，美国和海地的研究人员就发现HIV阳性的海地人结核病发病率很高。其实，早在1982年发表的报告就曾指出，太子港患有艾滋病的海地人死于结核病的可能性比任何其他机会性感染都大。但是，美国官员几乎没有理会这一发现。与西方世界的同行一样，美国医生倾向于将HIV感染者患结核病的风险视为第三世界的问题。

他们在一定程度上是对的，结核病在发展中国家是一个不断升级的重大问题。

1990年，非洲当代最著名的英雄纳尔逊·曼德拉（Nelson Mandela）在监禁的第26年患上了急性肺结核。开普敦正值严冬，曼德拉口中吐血，身患重病。他当时70岁高龄，属于活动性肺结核高发的三个典型群体之一。这三个群体是：（1）老年人；（2）住处人口稠密且拥挤不堪者；（3）黑人。在南非，15%的黑人感染了活动性肺结核，而白人只有3%，这主要是因为住房和医疗保健方面的不平等。

早在1984年，扎伊尔艾滋病项目（Project SIDA）的研究人员就发现了美国国内结核病发病率上升与艾滋病流行之间的直接联系。5年后，世界卫生组织的结核病和艾滋病项目发表了一份联合声明，呼吁人们注意这种联系，并提醒人们注意日益增多的平行流行病。世界卫生组织的报告特别指出：海地艾滋病患者有60%患有活动性肺结核，非洲艾滋病患者的这一比例是20%—60%（因地理位置而异）。

尽管许多发展中国家根据世界卫生组织的建议很快便采取了措施，但是美国和大部分西欧国家对此无动于衷。

非洲结核病新疫情存在几个令人不安的因素——这种暗示，本该再次成为对富裕国家的官员们的警告。一些HIV阳性病人似乎不仅患上长期潜伏的结核分枝杆菌感染的激活性疾病，而且还出现了新的感染。这意味着结核病正在蔓延，不仅会威胁到那些HIV感染者，而且还会危及普通人群。科特迪瓦的研究人员声称：在结核病发病率高的地方，结核病是"在发展中国家与HIV感染有关的唯一最重要的机会性疾病"。HIV阳性病人对两种最廉价的抗结核药物氨硫脲和链霉素反应不佳；这两种药物对HIV感染者的毒性高出3倍，甚至会致命。这在结核病治疗费用方面造成了非常大的麻烦。HIV阳性者感染肺结核的相对严重程度并未随着艾滋病的不同阶段而有明显差异。其实，对许多非洲人而言，患上结核病是让医生意识到他们可能患有艾滋病的第一种疾病。因此，发展中国家的数十万人，也许是数百万人，即使尚未意识到自己感染了HIV，也正面临着患结核病的巨大风险。

到1990年，一些非洲国家的公共卫生专家预测：他们几十年来的结核病控制工作可能将彻底失败，甚至还可能产生可怕的经济影响，进一步加剧艾滋病疫情造成的严重破坏。全球艾滋病规划署在日内瓦总部的墙上挂着一幅跟踪布隆迪、马拉维、赞比亚和坦桑尼亚艾滋病和结核病流行情况的图表。这两种传染病并驾齐驱，速度完全相同。

尽管有了这些发现，美国疾控中心在1989年初仍然得出结论，认为美国到2010年消灭结核病的目标依旧可以实现，美国的结核病控制工作已经基本走上正轨。

然而，第二年美国疾控中心的语气透露出警觉，因为对美国结核病报告的更全面评估显示，20世纪80年代这10年多出了2.8万个结核病病例。其实，结核病自1953年以来一直呈下降趋势，1984—1985年趋于平稳，然后开始稳步攀升，因此到这10年结束时，美国的结核病病例数量几乎与1980年相同。增幅最大的是市中心区的非裔美国人，1985—1990年，这一群体的结核病病例激增了1596%。1985—1991年，美国的结核病病例共增加了18.4%，其中大部分是由于HIV流行所引发。

当危机发生时，凯伦·布鲁德尼（Karen Brudney）医生可以像有些人一样说："我早就说过会这样。"——并非说这样的话会让她多么开心，面对如此多的结核病病例，她感到忧心忡忡，没工夫去指责公共卫生部门的官僚们。这位每天在布朗克斯区的林肯医院为患者服务的医生，精通混迹城市的技巧，说话态度强硬，做事张扬个性，赢得了病人的尊重，而这种尊重光凭她瘦削细长的身材原本是无法得到的。她能流畅地用英语、西班牙语、法语和海地克里奥尔语交谈，无论是对纽约的模范公民，还是对毒品贩子、酒鬼、小偷和有犯罪前科者，她都可以随心所欲地发号施令，大声斥责。如果有谁认为这个30多岁的白人女士好说话，他们肯定会大吃一惊。

1992年冬末一个寒风刺骨的日子，布鲁德尼在医院门诊的结核病诊所门口踱来踱去，看上去明显焦躁不安。候诊室里挤满了各个年龄段的人，有些人在喋喋不休地高声交谈，讲的主要是西班牙语，还有一些人在观看电视上播放的波多黎各肥皂剧，电视

第十四章 第三世界化

机是通过两套独立的锁和链子固定在墙上的。糟糕的是,这些挤入迅康(HealthStat)10号诊所候诊室的男女老少没有一个是布鲁德尼的病人。

布鲁德尼愤怒地沿着诊所走廊走来走去,就像高峰时刻的老司机一样灵活地避开人群和轮床,同时嘟嘟囔囔地抱怨着。

"诊所已经开门一个小时了,还没来一个患者。今天应该来检查结核病的12个患者能来两个,我们就烧高香了。我们每周只开一次,他们不来诊所就拿不到药,但是能来的从来不会超过一半。"布鲁德尼说着,又看了一眼客户名单。"他们不来,就说明他们没有在吃药。他们不吃药,就会有传染性。"

布鲁德尼看到了一个特殊的名字——"乔安妮",她像鹰一样的脸顿时露出一种厌恶的表情。

"这个人!啊!"布鲁德尼感叹道,"这个人,他们应该把她关起来。她在把病传给每个人。有一次很多人感染就是她的责任,而且还有人死亡。她携带的菌株具有多重耐药性。如果她现在过来,我甚至都不想让她进诊所,否则每个人都面临危险。"

"如果她真的来了,我该怎么办呢?当然,她是不会来的。如果我下令对她强制拘留,我需要在医院准备一张床。这要忙活一整天,需要不停填单子打报告,那可是真正的噩梦。假设我成功弄到一张床,24小时看护她的费用谁出呢?不管有没有人看着,乔安妮都是不会留下的。保安会怎么办呢,朝她开枪吗?还是给她戴上手铐脚镣,绑在床上?

"那个女人携带的是突变结核菌株,几乎无法医治,致死率高达50%。她正在纽约市到处传播。我没有办法——真的毫无办法。"布鲁德尼一边喊着一边合上了乔安妮的病历。

几分钟后,33岁的非裔美籍男子弗农突然走了进来。他没有预约，但那又怎么样呢——反正其他人都没来。即使外行也能看出弗农患有肺结核：他身高6英尺1英寸（约1.85米），体重只剩下149磅（约67.6千克）。他动作缓慢，每隔一会儿就咳嗽一阵子，痛苦不堪。他眼神非常可怕，是患急病的那种样子。按照惯例，弗农使用一种强制动能来补偿自己的疾病，这种动能可能会被误认为是安非他命产生的快感。

"你瘦多了，弗农。你在吃药吗？"布鲁德尼问道。

弗农花了很长时间认真地描述了自己的日常用药情况，坚持说尽管四种药物都有副作用，而且其中的一种药物注射也很痛苦，但是他还是按照医嘱每天服用15片药，打一针注射。布鲁德尼翻了翻眼睛，得意地微微一笑，让弗农明白这些话她以前都听过了。

"我不觉得丢脸。"弗农坚持说，"我正在治病呢。我真的是。这次是真的。"

"那好，这次。"布鲁德尼回答。然后，她叫来了一位社会工作者，当着弗农的面讲述了他的病情。弗农一直热情地补充细节，似乎为自己跟肺结核胜负未决的斗争感到自豪。1989年初，弗农因疑似肺炎住院治疗。三周后，医院实验室得出了不同的结论：肺结核。当时弗农的结核分枝杆菌并无异常，只是一种普通的肺结核。

于是，弗农出院了，并遵医嘱每天服用异烟肼和利福平，这是两种相对廉价但极其有效的药物，需要连续服用6个月。

"但是，你并没有坚持下来，是吗，弗农？"布鲁德尼问道。

弗农耸耸肩说："我原以为只要觉得不舒服，去急诊室多拿些药就好。"

经过一年的零零星星地胡乱用药，弗农的结核分枝杆菌发生了突变，对这两种药物都产生了耐药性。市卫生局发现弗农很久

第十四章　第三世界化

没露面了，就派出调查人员去四处寻找。

但是，他失踪了。

"我经常搬家。"弗农说。他大概是指几个无家可归者紧急收容所和亲朋好友的公寓。

后来，他肺结核复发，而且已经恶化。1991年11月，他又回到了林肯医院，出现了吐血症状。弗农在林肯医院跟死神苦苦斗争了94天，肺部满是黏液。

"情况太糟糕了。"弗农说，不过他倒是愿意听布鲁德尼的解释。他肺部的结核菌落形成了一个坚硬的钙化腔，结核菌落在里面恣意繁殖。对此，他的免疫系统无能为力；连续三个月，天天不断，整天整天地通过静脉注射到血液中的四种强力药物也没有效果。

自1992年1月从林肯医院出院以来，弗农夜里一直盗汗，疲惫不堪。"但是我还活着，我会一直活着。"

"你会的，条件是把药都吃了。"布鲁德尼严厉地说。

弗农信誓旦旦，说他每天早上都要吞下11粒药丸，包括三种不同的抗生素。他坚持说自己吃过早饭后总是待在家里，等到公共卫生护士来从肩膀上注射阿米卡星。

"天哪，可真疼啊。"他说，"刺痛。注射时会发热，要好一阵子才能打完。"

这是在弗农来后，布鲁德尼第一次完全同意他说的话。

"这是一种4cc的注射剂，非常痛苦。你一开始就好好吃药的话，就不用受这个罪了。"布鲁德尼说。

弗农现在跟母亲和哥哥姐姐住在南布朗克斯的家里。他有一个女朋友和一个15个月大的女儿，到目前为止她们俩还没有感染肺结核。在康复之前，弗农将靠福利和社会保障基金生活，但是他说:"我治好肺结核后,打算去哈莱姆找份拍电影的工作。"

布鲁德尼在弗农的病历上做了记录,把处方递给他,在他离开时摇了摇头。

"男人嘴里说不出一句真话。太神奇了。句句都在撒谎。"布鲁德尼坚持说,"几个月来,他一直在无家可归者收容所进进出出,使用的是假名字,这样卫生局便找不到他。为什么这么做呢?是为了贩卖毒品。我说不准,他甚至可能在街上出售他的肺结核药物。有些病人就是这么干的。"

布鲁德尼指出,自1989年以来,弗农超过75%的预约都没见到人,他住过四次院,两次被发现使用了假名字。

"这就是我们要面对的情况。"

在此之前两年,布鲁德尼和哥伦比亚大学内外科医学院的同事杰伊·多布金(Jay Dobkin)博士曾提醒政府官员,像弗农这样的人正在发展成耐药性肺结核。两人研究了哈莱姆医院的结核病治疗记录,这家医院位于纽约最贫穷的社区之一,十多年前,李·赖克曼曾将其确定为美国结核病发病率最高的社区之一。1985年,这个社区还被列入全国无家可归者和吸毒人数前十名。

布鲁德尼和多布金检查了1988年1月1日至1988年9月30日期间因肺结核住院的所有患者的记录。10个病人中有8个是25岁至45岁男性,一半无家可归,另一半被列为"居无定所"。80%以上的病人失业,79%酗酒,40%的人HIV呈阳性。

26%的患者因肺结核复发而住院,这说明他们未能正确服药。令人吃惊的是,89%的病人在出院后的某个时候没了踪影,再也没有回来接受强制检查,更新药物处方。这些病人中的一个子群——吸食快克可卡因的妇女——有97%没有按照医嘱服用结核病药物。

第十四章 第三世界化

布鲁德尼和多布金写道:"在出院后的12个月内,178名患者中有48名(27%)至少有一次因确诊为活动性肺结核而再次入院。几乎所有出院者都再次无法追踪随访,截至1989年4月,有20%的人第三次入院。"

这两位医生指出:1968年纽约市用于结核病防治的费用为4000万美元,其中80%以上用于门诊服务、跟踪病人以及确保他们遵守医嘱。此外,在20世纪70年代,联邦政府每年为纽约的结核病防治工作追加140万美元。

到1988年,联邦政府投入的资金已经跌破20万美元,纽约市官员将每年用于防治结核病的财政支出降到了不到200万美元。此外,在病人大都无家可归、极难跟踪的情况下,几乎所有资源都用于住院费用,而不是用于门诊服务和病人遵守医嘱等问题。

与此同时,美国疾控中心一直在监测结核病抗生素耐药性的实验室测试,发现一个病人接受结核病治疗次数与其结核病细菌群的耐药水平之间存在明显的相关性。

例如,根据1982年至1986年间收集的关于携带耐药结核菌株患者的实验室数据得出:以前曾接受过结核病治疗的患者,对异烟肼耐药的概率是原来的4倍;以前接受过结核病治疗的患者,对链霉素的耐药概率是原来的3倍以上;依此类推,目前所有治疗结核病的药物都是如此。

1986年,正当肺结核在美国再次出现时,联邦政府取消了疾控中心的耐药性追踪项目。这在一定程度上解释了为什么新的结核病大流行让监督机构措手不及。

如果就像布鲁德尼和多布金所证明的那样,纽约市有大量的结核病患者未能严格遵照医嘱进行药物治疗,那么美国疾控中心的调查则表明广泛耐药性几乎是必然结果。

纽约市贫困潦倒、无家可归的病人把耐多药结核菌株传给了医生、狱警和病人后，一场大恐慌弥漫开来。尽管第一批传播事件早在1989年就发生了，但是直到1992年初才传出消息，说明这一问题的严重程度以及受影响的医疗人员和病人的数量。疾控中心和纽约市卫生局公布统计数据后，把护士、医生、HIV感染者和普通民众都从自满情绪中唤醒过来。

1991年第一季度，在纽约市确诊的所有新结核病病例中，有42.5%是由对主要治疗药物异烟肼和利福平耐药的突变株引起。更糟糕的是，在1991年的前12周，60%的复发病例都出现耐药现象。在美国任何其他地方，结核分枝杆菌的耐药水平都没有这样高。新泽西州和佛罗里达州分别以6.3%和5.3%的耐多药肺结核发病率位居全国第二和第三。就全国平均水平而言，所有结核病复发病例中有21.5%是耐多药肺结核，新病例的比例则是8.2%。

到1989年，纽约已成为全国四大流行病的中心，即HIV/艾滋病、耐多药肺结核、海洛因成瘾和吸食快克可卡因。而且，这四种流行病之间相互助力。

纽约暴发了三次医院结核病疫情，迈阿密暴发了一次同样的疫情，这促使人们开始强烈关注耐多药肺结核和HIV之间的相互关联。在每个关联案例中，一个活动性耐药结核病患者都曾与HIV感染者在同一诊所或病房，那些HIV感染者极易感染肺结核并导致死亡。新感染这种肺结核的HIV阳性病人死亡率在91%到100%之间，大多数患者在感染后不到16周死亡。

新感染的HIV阳性患者前景极其暗淡，官员们认为他们不会对公众健康构成直接威胁，因为他们无法活着离开医院。然而，他们可能会给在医院照顾他们的人带来风险。

美国疾控中心的科学家、纽约各个研究机构以及美国各地的研究中心都开始反思：在治疗药物发明40多年后，为什么美国出现了耐药性肺结核？它又是如何出现的呢？他们被迫得出这样的结论：国家公共卫生系统在各个方面都出了问题。

从1984年2月至1985年2月，在三个波士顿无家可归者收容所有26人感染了结核病，其中两人死亡。实验室分析显示，其中14人新感染了一种对异烟肼和链霉素耐药的结核菌株。在疫情溯源时，研究人员发现了两名可疑人员，他们都患有耐多药肺结核。第一个是一位33岁的酗酒者，他断断续续接受结核病治疗已有10年。另一个是一位确诊的57岁精神分裂症患者，自1980年以来，他曾患过两次肺结核。这次疫情表明，结核病很容易在无家可归者收容所内传播，治疗无效者可能成为慢性活动性多重耐药结核病载体。

1984年4月20日，在北卡罗来纳州戴维森县有一名32岁的男子死于耐多药肺结核，直到这时人们才清楚地认识到公共卫生系统中最薄弱的地方。直到葬礼结束三个多月后，他的死因才被确认为结核病。北卡罗来纳州立实验室花了五个多月的时间来确定这名男子结核病菌株的耐药性特征。此时，这名死者已经长眠地下足足四个月了，医生给他治病使用的药物因为一种对异烟肼、利福平、乙胺丁醇和链霉素产生耐药的菌株而失去效用。

疾控中心的调查人员对这名北卡罗来纳州死者的亲密好友进行调查，结果发现他的隔壁邻居自1978年以来就患有慢性肺结核，并且将病传给了他的同居女友、住在华盛顿特区的哥哥和一名饮酒伙伴。这证明公共卫生系统没有发挥效用，让人倍加尴尬。这几名患者都去找医生看过病，但是均逃过了公共卫生安全网的监控。所有人都感染了耐药性很强的突变细菌。他们当中的男性都被这种疾病夺去了性命，只有女性幸存。这伙人的初始肺结核病例是个酒鬼,他们一连几个小时地聚在一家当地酒吧喝酒——服用抗结核药物期间不能喝酒,所以这些人并未遵守用药说明。

从1978年到1985年,州、市、县的公共卫生系统从来没有人采取措施跟踪桀骜不驯的病人或者强迫他们服药。

20世纪90年代,耐多药肺结核疫情首先在迈阿密、圣胡安(波多黎各)和纽约市暴发,后来扩散到美国各地。对纽约市疫情的回顾分析显示,疫情始于1989年9月,一直持续到1994年。实验室对病人的痰液和组织样本分析速度太慢,等医生知道通过哪些药物可能杀死病人体内的结核菌株时,许多病人早已死亡。实验室诊断结核病的中位时间为9周,确定细菌耐药模式的额外中位时间为6周。换言之,纽约市一半的医学实验室需要接近4个月的时间才能出确诊结果,而另外许多医学实验室则需要5—6个月的时间。整体上,纽约实验室花的时间可以视为全国的典型时间。HIV阳性者是这次疫情中最脆弱的受害者,但是随着空气中分枝杆菌的传播,医护人员、狱警、无家可归者收容所雇员工、HIV阴性的同院患者也染上了肺结核。

20世纪80年代中期,联邦和州的政客们为了省钱,削减了结核病控制和监测预算。等官员们意识到暴发的是什么疫情时,结核病正在以惊人的速度消耗财政资源。1991年,美国结核病的直接治疗费用超过7亿美元,而治疗费昂贵的病例直到1994年才停止出现。在纽约州,1991年医院用于结核病的直接支出超过5000万美元。针对耐多药肺结核疫情,纽约市花费3年的时间在赖克斯岛监狱修建了一个专门用于防治结核病的医院,医院设有140个床位,共耗资1.15亿美元。纽约市公立医院斥资400万美元,为结核病患者建造气流控制隔离室,这是第一次保证其他医院员工或病人不会被迫呼吸被结核病患者污染的空气。

此外，联邦政府将结核病支出从1991年的1700万美元增加到了1992年的5490万美元，其中大部分流向了纽约市。把1989—1994年用于耐多药肺结核疫情的所有费用加在一起，结果发现用于控制变异的分枝杆菌的费用超过了10亿美元。在20世纪80年代节省了大约两亿美元的预算削减，最终使美国付出了巨大代价，不仅直接耗费了资金，而且还损失了生产力，当然还导致大量病人死亡。

令人惊讶的是，尽管联邦政府的关注力度在提升，全国各地的结核病报告显示肺结核呈上升趋势，但是除纽约以外的州和市仍在继续削减结核病预算。一项对25个大城市卫生部门的调查显示，从1988年至1992年有16个部门削减了结核病预算。尽管在此期间，23个城市的结核病例数量都有所增加，耐多药肺结核几乎出现在所有城市中心，需要花费高额费用住院治疗的病例几乎翻了1倍，平均治疗时间延长了两个月，但是大多数城市削减预算却是司空见惯。

到1993年，耐多药肺结核已经蔓延到了郊区，如纽约的长岛和韦斯特切斯特县。全国的拘留所和监狱都报告了耐多药肺结核疫情，这些疫情与1990—1991年赖克斯岛的疫情相似。洛杉矶、芝加哥、达拉斯、底特律和迈阿密都报告了结核病发病率激增，尤其是耐多药肺结核。尽管纽约市当年成功地降低了结核病发病率，但仍然是全国平均水平的50倍，而全国平均水平本身就相当高。疾控中心断定1993年全国14.2%的肺结核病例是耐多药肺结核。

此外，研究表明，只要导致耐多药肺结核出现的基本条件保持不变，那么报告的肺结核病例数量的任何减少只能被视为短暂的缓解。例如，在1991—1992年间，弗雷德·戈丁（Fred Gordin）

博士为美国国家过敏症和传染病研究所主持了一个由17个中心参与的联邦研究项目,研究对象是全国4314名感染人类免疫系统缺陷病毒的穷人。大约四分之一的人来自纽约市的贫困社区,特别是哈莱姆区、南布朗克斯区和布鲁克林区东部。

针对纽约人的皮肤试验显示,结核病感染呈阳性者为28%,而全国HIV阳性穷人的结核病感染率不到8%。因为人们早就知道,由于免疫系统遭到围攻,HIV阳性者对结核病皮肤试验没有反应,因此戈丁继续试验。他对这些人进行了无反应性测试(anergy test),目的是确定他们是否能对任何东西产生皮肤测试反应,然后用数学模型评估无反应性病人感染结核病的比例。

戈丁表示结果令人震惊:纽约地区51%的人感染了结核病。

戈丁说:"在纽约真的太可怕了。我们发现10.2%的纽约人实际上已经感染结核病,这一点令人难以置信。这是第三世界国家才会发生的事。"

另一个令人不安的发现,来自科罗拉多州丹佛的国家犹太人免疫和呼吸医学中心。该中心成立于19世纪末,当时医生认为山里面的新鲜空气对肺结核患者有治疗作用。到1990年,它成为美国最后一个正常运营的肺结核疗养院和研究中心。该中心的结核病主治医师迈克尔·伊斯曼(Michael Iseman)博士被普遍认为是美国结核病诊断治疗的杰出专家,全国各地的医生通常都会把病情最重的结核病患者送到他这里。

伊斯曼称,即使在他手中,在全世界最好的结核病治疗中心,耐多药肺结核也是极其致命的。这个消息的确让人不寒而栗。结核分枝杆菌菌株对异烟肼和利福平具有耐药性,而且在大多数情况下对其他药物也具有耐药性。伊斯曼对171名感染这种菌株的患者(HIV全部阴性)进行研究,结果发现35%的患者对使用理论上有效的其他药物治疗没有任何反应。通过伊斯曼的治疗，患者的病情起初确实有所改善，但是他们当中的许多人病情复发。尽管医生对他们进行了彻底的治疗，包括手术切除布满结核的肺，但是超过一半患者从未康复；他们要么像埃德加·爱伦·坡和查尔斯·狄更斯一个多世纪前描述的那样终生遭受肺结核之苦，要么一命呜呼。伊斯曼的大多数病人都是HIV阴性，他认为二线和三线抗结核药物的低效是导致治疗结果令人沮丧的原因。

1991年，当耐多药结核病袭击美国时，美国疾控中心收到了一些州属机构的大量援助请求，希望帮助它们寻找二线和三线药物。该中心确认美国（59个被询问的地区中）有29个地区面临着抗结核药物极度短缺的问题。美国政府急忙去说服跨国制药公司迅速提高产能。

在纽约暴发耐多药结核病疫情的过程中，有一系列事件起了重要的推动作用。首先，罗纳德·里根总统宣布对毒品发动攻击，呼吁对一系列涉毒犯罪施以强制监禁，与此同时，纽约海洛因和快克可卡因的使用量在激增。研究表明，在1989—1990年的所有耐多药结核病索引病例（不包括继发性HIV阳性病例）中，约80%是注射毒品使用者和快克可卡因吸食者，其中许多人由于联邦和地方的打击而反复进出拘留所和监狱系统。1991年，纽约市逮捕了大约29.5万人，其中12万人被监禁了一段时间（从数天到数年不等）。大多数城市囚犯在等待传讯或审判时只是被关了很短的时间，因此从微生物角度讲，拥挤的监狱生态和普通社区之间的情况充满不确定性。每一天，都有26%的女囚犯和16%的男囚犯HIV呈阳性，为这些微生物提供了大量容易被袭击的对象。

因此，最初只是出现了少量分散的像弗农这样冥顽不灵的肺结核病人，然后可能从他们中间衍生出了孤立的耐多药肺结核病例。这种病例在市监狱开始蔓延，最后彻底转变为流行病。

多年来，海洛因和可卡因已经渗透到了成千上万美国人生活的各个领域，要扭转这种局面，就必须进行一场社会革命，而这种革命是无法想象的。同样，为了妥善安置所有无家可归者，帮助无业者就业，结束大规模监禁的循环，阻止所有其他让大多数美国城市贫民极易遭受微生物侵袭的社会潮流，人们要付出的努力也是无法想象的。公共卫生界难以承受这场危机产生的社会影响，因此求助于科学，恳求研究人员在实验室找到更简单的解决方案。

也许美国城市的第三世界化势不可挡；但是，结核病的再次出现可能会被灵丹妙药所击溃。

不过令人遗憾的是，科学界对迎接这一挑战准备不足。国家卫生研究所早就把大多数医学研究的重点转向了慢性病，直到最近才开始为艾滋病研究进行基础设施建设，因此突发的结核病疫情让它措手不及。

面对公共卫生界和倍感恐惧的HIV阳性人群发出的紧急援助，美国国家过敏症和传染病研究所所长安东尼·福奇（Anthony Fauci）博士于1992年2月10日在贝塞斯达召开了一次关于结核病的紧急会议。美国四五十位顶尖肺结核专家应邀出席。

世界卫生组织结核病专家、布朗克斯区爱因斯坦医学院研究员巴里·布鲁姆（Barry Bloom）环顾与会者稀稀落落的房间，直接面对福奇说："如果我是你，我就会扪心自问：如果每年只发放23笔研究经费，我们国家怎么可能会有专门防治结核病的科学技术呢？"

福奇承认国家卫生研究院每年用于结核病研究的总开支仅为350万美元。接着，他问道："可能不会有。但是，如果我们明年投入5000万美元，届时是否会出现这方面的专门技术呢？我们是否能够吸引新的研究人员迅速进入这一研究领域呢？"

布鲁姆叹了口气。

"我们的确不能走得太快。现在对肺结核有所了解的人存在代差。"已经50多岁的布鲁姆说，"目前关于肺结核的知识，都是在1948年开始使用抗生素之前得出的。之后，几乎所有的研究都止步不前，再也没有一点进展。"

海外的情况也好不到哪里去。每年，结核病夺走300万人的生命，新感染800万人，这是20世纪80年代传染病导致死亡的最大原因。但是在富裕国家，结核病很少引起科学界的关注。在美国耐多药结核病开始流行之前，科学界几乎没有兴趣去追踪研究这个发展中国家的夺命杀手。在1992年美国国家过敏症和传染病研究所召集的会议上，多年来遭忽视的喊声在伦敦、东京、巴黎、日内瓦、阿姆斯特丹、斯德哥尔摩乃至全世界的科学殿堂里回荡。

一旦资金到位，科学家们便在1992—1994年间成功地发现了至少一种结核分枝杆菌对抗生素耐药的基因基础，在1991—1992年间美国发生的29次疫情中识别出500种基因不同的结核菌株，利用萤火虫体内发现的化学物质虫荧光素酶点亮耐药基因找到了一种在实验室"看到"耐药菌株的巧妙方法，发现了这些细菌是如何隐藏在免疫系统的CD4细胞内的。

但是，这只是在遭遇漫长的疫情围困时通过科学大炮射出的第一批炮弹。对此，大家都心知肚明。如果要阻止新出现的耐多药结核病疫情，公共卫生部门就必须立即使用现有的方法。

美国和欧洲的专家们放眼世界，寻找成功防止显著耐药性的结核病控制项目，结果发现工作做得最好的却是相对贫穷的国家，这让他们多少有点尴尬。坦桑尼亚、饱受战争蹂躏的尼加拉瓜、南非的祖鲁兰省、中国,甚至是内战中的莫桑比克,在结核病治疗方面都比富裕国家更胜一筹。

哈莱姆医院的病人依从性只有糟糕的11%,布鲁德尼和多布金将看到的这个结果与尼加拉瓜同期(20世纪80年代末)的治疗成功率进行比较后,得出了一个惊人的结论:这个人均年收入不到585美元的中美洲小国的结核病控制水平远远高于纽约。尼加拉瓜正处于内战期间,其卫生部采用的基本策略是发现活动性肺结核病例后,对患者仔细监测两个月,确保他们每天服用药物(异烟肼、链霉素或氨硫脲),然后进行10个月低剂量的每日持续治疗,结果治愈率接近75%。相比之下,纽约的治愈率却不到50%。

从1991年中期到1992年年底,南非祖卢兰的卫生保健人员成功地治疗了83%的肺结核病人,只有13%追踪失败,死亡率仅为7%。尽管当地出现了HIV大流行和经常扰乱社会服务事业的重大部落冲突,但还是取得了上述成功。正如尼加拉瓜的情况一样,祖卢兰成功的关键也是仔细监测病人的用药情况。

坦桑尼亚和莫桑比克采用了类似的社区监控用药方法,以极低的成本降低了结核病的发病率。东部非洲的国家在出现大量HIV病例之前,结核病发病率得到了很好的控制,治疗依从性超过80%。然而,随着艾滋病暴发,结核病的发病率也在攀升。尽管如此,这两个国家还是成功地防止了结核病在HIV阴性社区的蔓延。

哈佛大学医学经济学家克里斯托弗·默里(Christopher Murray)对东非结核病控制工作进行了成本效益分析,得出的结论是:东非的工作比美国的任何项目都更有财政意义。然后,他与设计东非结核病防控计划的卡雷尔·斯泰布洛(Karel Styblo)以及国际防治结核病和肺病联盟的安尼克·鲁永（Annik Rouillon）合作，评估了全世界结核病控制项目的成功率和成本。这个研究小组于1991年年中提交给世界银行的结论令人震惊。

默里说："没有哪个发展中国家的治疗依从性比纽约市差。纽约的依从性大约是10%。印度的情况非常糟糕，但是也达到了25%。中国的数字是80%到90%。莫桑比克在内战中也达到了80%。"

在世界上许多最贫穷的国家，80%或更高的治疗成功率是常态。在识别结核病病例、成功治疗结核病病例、记录病例治疗结果、跟踪可能接触过病例并造成感染的人方面，没有任何国家的结核病控制系统比美国表现得更差。

1992年，美国疾控中心和纽约市卫生局通过了第三世界结核病控制战略，划拨数百万美元培训非专业人员，让他们担任直接观察疗法（DOT）官员，监督患者按照医嘱用药。继续拒绝接受治疗的病人，会被他们监禁在指定医疗机构，这也是最后一招。

这项计划实施得太晚，结果弗朗茨·米达德（Frantz Meedard）医生在哈莱姆大都市医院被一名患者传染上了耐多药结核病。因为无法确诊，他被疾病折磨了一年，后来进行了27个月的多药物治疗，包括注射阿米卡星。米达德说："那个时候太痛苦了，我会忍不住哭。"1992年底，米达德治愈后，马上抓住机会在哈莱姆医院实施直接观察疗法计划。不到10个月，他就打破了医院令人沮丧的非依从性记录，只有8%的结核病患者追踪失败，18%的患者成功完成了整个药物治疗计划。

"我们仍然比不上大多数第三世界国家。"米达德在1993年底说，"但是我有决心。我告诉病人：'瞧，我治好了。你也可以。'"

第十五章

事态紧急
——美国汉坦病毒

> 无论是老鼠还是人,都未实现社会、商业和经济的稳定。然而,蚂蚁、蜜蜂、一些鸟类以及部分海洋鱼类,却完全或者在一定程度上实现了这一目标。迄今为止,只有人类和鼠类是最为成功的捕食者,对其他生命形式具有十足的破坏性。所以,他们对其他生物物种都毫无用处。
>
> ——摘自汉斯·秦瑟(Hans Zinsser)
> 《老鼠、虱子和历史》,1934年

1993年5月14日,长跑运动员梅里尔·巴赫(Merrill Bahe)在前往新墨西哥州盖洛普市参加女朋友葬礼的路上,突然感到呼吸困难。他转眼之间就开始发烧头痛,呼吸窘迫。面对着车里悲痛欲绝的亲戚,巴赫大口大口地喘着粗气。

几分钟之后,这位年仅19岁的纳瓦霍运动员就不幸离世。

几天前,巴赫24岁的女友突然患上同样的呼吸系统疾病,死在了距离盖洛普市60英里之外的一家印第安人医疗服务中心急诊室。而且,在同一周,她的弟弟和弟弟的女友也莫名其妙地突发疾病。他们两人都是年轻健壮的纳瓦霍人,住在巴赫家附近的拖

第十五章 事态紧急

车里。她弟弟的女友也不治身亡。

消息迅速传遍了纳瓦霍部落（Navajo Nation）。纳瓦霍族共有17.5万人，生活在面积1700万英亩的地方。美国的四个州——亚利桑那州、新墨西哥州、科罗拉多州和犹他州——在这里交界，故此得名"四角地"（Four Corners）。约翰·韦恩（John Wayne）曾在此拍摄过多部西部片，这里四野开阔，砂岩遍布，地广人稀。砂岩地貌会突然下沉，形成壮观的大峡谷，继而向上拱起，形成巍峨的山脊高峰。驻足凝视，目光掠过色彩迷幻的沙漠，顺着广阔浩渺的大地，可以一直望到远处的地平线，因此享有"大天空"的美誉。

三个年轻健壮的本族人突然呼吸衰竭去世的噩耗，很快传遍了整个纳瓦霍部落。

在梅里尔·巴赫被送到盖洛普的印第安人卫生中心急诊室之前，医生在救护车上进行过复苏抢救，但是以失败告终。因此，医生宣布巴赫在送达医院之前就已经死亡。他的死亡不仅让几个本已痛失亲人的家庭感到震惊，同时也让医护人员们不寒而栗。

印第安人卫生服务署内科主治医师布鲁斯·坦皮斯特（Bruce Tempest）对巴赫的年轻和强健感到震惊，不由得回想起自己曾经与另一家纳瓦霍诊所的一名印第安人卫生服务署同事通过电话讨论过的一个类似病例。坦皮斯特意识到另一个病例是巴赫的未婚妻后，便采取了三项关键措施，将巴赫的死亡视为全国性传染病进行调查，而不是作为病因不明的常规病例。

首先，他给新墨西哥州的验尸官理查德·马洛尔（Richard Malore）打电话，提醒这位法医病理学家可能存在传染病问题。马洛尔立即采取行动，下令对巴赫进行尸检。之后，马洛尔走到街道对面，以类似的方式接管了巴赫未婚妻的尸体。

病理学家对这些尸体进行处理，准备全面尸检，因此5月14日这个周末他们将会通宵忙碌。与此同时，坦皮斯特开始实施第二项关键措施。他再次拨通了电话。纳瓦霍印第安人卫生服务署非常独特，管辖的诊所遍布部落各地，因此有些医生之间虽然从未见过面，但是一直保持着通信联系，印第安人卫生服务署那些技术高超的医生每天都能接到几十个其他医生从印第安人诊所打来的电话。这些诊所分布在北起科罗拉多州南到几百英里之外的亚利桑那州温多罗克市的各个地方。

坦皮斯特从1967年就在这个地区为印第安人卫生服务署工作，他能力超群，能够解决疑难问题，因此享誉一方。在盖洛普，他的办公桌上早就放着一位纳瓦霍女患者的医疗档案，这个患者是圣诞前后在一个偏远的诊所因明显类似的急性呼吸窘迫去世的。针对春季出现的其他几个令人费解的肺病病例，他还接到过咨询电话。

他马上给所有的主治医师打电话，询问这批早期呼吸系统死亡病例的详细情况。

坦皮斯特后来说道："截至星期五［5月14日］，我已经整理出5例死于ARDS（急性呼吸窘迫综合征）的病例名单，这些死者生前都很健康，也很年轻。"

他分别给新墨西哥州卫生局和印第安人卫生服务署的流行病学家吉姆·奇克（Jim Cheek）博士打电话。新墨西哥州迅速启动实验室，检测尸检样本，查看病历，寻找这几十年来一直困扰纳瓦霍人的呼吸窘迫的证据：黑死病、嗜血杆菌流感、病毒性肺炎和流感。

马上进行的尸检发现，巴赫和女友的肺部积液严重，其肺部重量是身高块头相仿的年轻成年人正常重量的两倍。

第十五章 事态紧急

根据各级消息看，如果不是坦皮斯特和四角地的其他人发现了这些病例，并立即向有关负责部门发出警告，这种小规模的疫情就会被忽视。面对疫情，坦皮斯特从来没有犹豫过，他在新墨西哥州卫生局的同行也是如此。

直到5月16日，验尸官马洛尔和实验室的工作人员一直都在查阅尸检的资料，但是未能找到流感、其他常见病毒或细菌的证据。5月19日，星期三，坦皮斯特向印第安人卫生服务署的首席流行病学家吉姆·奇克发出提醒——其实此前奇克就已经在办公室听到纳瓦霍部落的同事说起过相关传言，称在纳瓦霍东北部出现了"离奇死亡"事件，但是当时奇克并没有太在意。新墨西哥州的流行病学家C.麦克·休厄尔（C. Mack Sewell）告诉奇克，其实针对第一对男女朋友的死因，最初的结论是肺鼠疫。

几十年来，腺鼠疫只在纳瓦霍人中间零星地发生过一些孤立病例，这种鼠疫是由野生草原犬鼠（也称土拨鼠）携带病毒引发的。20世纪70年代初，乔纳森·曼开始负责新墨西哥州流行病学项目，此后新墨西哥州就一直维持着强大的鼠疫监管计划，能够迅速发现偶然出现的鼠疫病例。因此，肺鼠疫要比以前少得多。这种鼠疫细菌会在患者肺部滋生，然后通过空气在人与人之间传播。

新墨西哥州建有一家出色的鼠疫实验室，可能是世界上最好的实验室。多年来，新墨西哥州出现过一些病例，因此凭借应对病例的经验，这家实验室能够迅速诊断并阻止鼠疫暴发。根据巴赫和他女朋友出现的症状，州卫生官员猜测他们二人死于肺鼠疫。

但是，这并不是实验室给出的结果，因为在死者的血液或组织样本中并未发现任何鼠疫细菌。

奇克组织他的印第安人卫生服务署小组展开行动，立刻从三个方面开始调查：第一，查看最近该地区医院中其他原因不明的呼吸系统疾病死亡病例记录；第二，对能够导致这种症状的化学物质进行计算机搜索；第三，对巴赫的住处以及所在社区展开调查。

ARDS通常是每年全世界数百万人死亡的终极原因。大多数死亡病例（50%—90%）都是老年人、烧伤患者、创伤受害者或者是其他有明确原因导致急性肺部积液的病人。但是，在少数死亡病例中并没有发现导致呼吸窘迫的明显原因，所以医生通常会将他们的死因列为"病因不明的ARDS"。

奇克的团队仔细查阅了印第安人卫生服务署在1993年春天的医疗记录，寻找病因不明的ARDS患者。有5个病例浮出水面——而且与坦皮斯特的名单部分重合，于是奇克对他们展开调查。

与此同时，奇克还怀疑有一种有毒化学物质是引发前两个病例的罪魁祸首。计算机搜索结果给出了几种可能性，但是奇克说"最符合要求的一种"是光气。德国人曾在第一次世界大战期间使用过光气，在接触光气24小时之后就会引起ARDS症状。另一种类似的化合物磷化氢，能够更快速地引发症状，据说也会导致ARDS。在进行一番调查之后，疾病侦探奇克了解到，在很早以前美国就禁止使用光气了。虽然电弧焊接等方式也会产生光气，但是微乎其微，要想达到有毒的程度极其困难。

不过，他发现使用磷化氢杀死土拨鼠却是合法的。美国疾控中心在科罗拉多州柯林斯堡（Fort Collins）实验室中工作的科学家们冬天曾经预测：1992—1993年间，四角地的降雪量将会创纪录，会导致春季草原土拨鼠数量激增。因此，科学家们预测暴发瘟疫的可能性也随之增加。果不其然，四角地的降雪量创下了历史纪录。有了磷化氢，谜团就迎刃而解，奇克想："啊哈！我们终于弄明白了，原来是有人一直在用磷化氢消灭土拨鼠呢！"

第十五章 事态紧急

然而，奇克的热情很快就被对巴赫的调查浇灭了。巴赫住在一辆拖车上，但是奇克在上面并未发现任何装有磷化氢的容器、化学喷洒器或残留化学品。其实，在这个空空荡荡的拖车中，他并没有发现什么异常，只是有大量的老鼠粪便散落各处。奇克认为主人生病离开拖车之后，啮齿类动物便乘虚而入。

他在巴赫的拖车中翻来翻去，想收集一些老鼠粪便、盘子、衣服和其他物品供实验室化验，但是没有采取有针对性的安全防护措施。他压根儿就没想到让那三个纳瓦霍人丧生的东西可能仍旧存在于拖车中，而且还具有传染性。所以，他没有戴口罩和专门的乳胶手套，也没穿防护服。

奇克后来都为自己的愚蠢和幸运感到不可思议。

到5月20日，奇克已经有了一份10个疑似病例的名单，他们都来自四角地。但是，他却感到束手无策。这位年仅35岁的医生到新墨西哥才7个月，他想不出任何办法。想到自己曾在美国疾病控制中心流行病服务部担任了两年的官员，他便打电话给中心的罗布·布赖曼（Rob Breimen）。这是他的老朋友，也是位顶级流行病学家。

奇克后来说："我怀疑这可能是某种支原体［细菌］，因为它很难在实验室里培养。我认为这可能就是我们一无所获的原因。"

布赖曼曾经参与过军团菌病等同样令人费解的疫情调查，因此他对此事很感兴趣。他把自己的想法跟其他人讨论了一会儿，叹了口气，试图把这件事当作"小问题"不予理会。

星期六，布赖曼想集中精力处理日程表中更紧迫的问题，但是他还是无法忘记奇克抛出的这个有趣的难题。因此，到5月24日，也就是星期一，他向阿尔伯克基市（Albuquerque）打电话，索要了一份这些病例简介的传真文件。

同一天，新墨西哥州卫生局向全州的内科医生发出信函，通报了这种神秘的疾病，要求所有医生发现其他病例后立即上报。

第二天，布赖曼把10个急性呼吸窘迫疑似病例名单分享给了疾控中心的几个同事，他们一致认为健康的年轻人这样突然死亡的确不可思议。

次日晚上，布赖曼和新墨西哥州及亚利桑那州的两位流行病学家开了一场长达4小时的电话会议。他们三人仔细研究了在这两个州发现的19个疑似病例的详细情况。并不是所有病例都是纳瓦霍人，其中12人已经去世。患者的年龄差别较大，既有19岁的巴赫，也有一位58岁的妇女。大多数病例都是在5月份染病。周末正赶上阵亡将士纪念日，这三位流行病学家急于弄清楚这是不是一种流行病。如果是的话，联邦假日期间就可能会突然暴发，但是到时大多数政府部门的科学家和医生都将处于休假状态。

还是这一天（星期三），疾病控制中心的医生兼科学家路易莎·查普曼（Louisa Chapman）正在查看一些慢性疲劳综合征的旧数据，突然接到了一个从纳瓦霍部落打来的匿名电话，请求查普曼提供一些紧急建议。打电话的男子十分紧张，只说自己是牙医，想问问是否应该关掉自己的牙科诊所。

查普曼问："你为什么想关门呢？"查普曼是位坚韧不拔的科学家，长着一张娃娃脸，看不出研究传染病已经接近10年。

牙医惊慌失措地说："唉，在整个部落，到处都有年轻人突然死亡。"他担心这种导致纳瓦霍族年轻人死亡的疾病可能会在治疗牙齿的过程中传染。

查普曼回复说："我不明白你在说些什么。"她怀疑打电话的可能是个古怪的人。

牙医说："那好吧，你打开CNN看看新闻吧。"然后，他就挂

第十五章 事态紧急

掉了电话。

查普曼的办公室没有电视机，因此她没有看到有关暴发"纳瓦霍病"的报道。但是，她去隔壁和一位同事仔细探讨了一下牙医说的情况。他们认为负责任的做法是针对牙医询问的问题通过计算机向疾控中心的病毒性疾病小组发送一封警示通知。几分钟之后，查普曼收到了疾控中心同事及印第安人卫生服务署老朋友奇克通过电脑发来的大量信息，也不知不觉为四角地发生的事感到迷惑不解。

第二天是5月27日，星期四，查普曼去当地的退伍军人管理局医院进行常规会诊，见到了疾控中心传染病中心主任吉姆·休斯（Jim Hughes）博士。查普曼向休斯说明了这场神秘疫情的情况，然后说："我也想参与调查。"休斯是一位和蔼可亲的领导，总是想"让麾下心情愉悦"，所以他微微一笑，对查普曼的热情表示肯定。

星期四接近中午时分，休斯回到了疾控中心，副主任露丝·伯克尔曼（Ruth Berkelman）博士告诉他，印第安卫生服务署和新墨西哥州已经正式请求疾控中心能够协助查清四角地暴发的神秘疾病。一小时前查普曼渴望解决的这个有意思的谜题，如今却成为官方紧急任务。然而，根据自己当时掌握的有限信息，休斯还是认为这只是小事一桩。

伯克尔曼是专门研究新兴疾病的专家，她对此持不同意见。

她告诉休斯主任："接到的有些电话很蹊跷。对这样的事情，我们有种预感。"

出于对伯克尔曼专业看法的尊重，休斯吩咐她召集一次紧急会议。就在两人讨论期间，新墨西哥州的居民也看到晨报《阿尔伯克基日报》上出现了一个醒目的标题：《部落暴发神秘流感，致使6人丧命》。

周四下午,路易莎·查普曼走进传染病会议室时目瞪口呆。她在疾控中心工作了6年,从未见过这么多高级官员和科学家坐在一起对一种疾病展开调查。她的肾上腺素开始飙升,一种熟悉的感觉传遍全身。

会议室的所有人以及他们所代表的单位工作人员,都已经被一连串令人眼花缭乱的疫情搞得精疲力竭——这些疫情要比疾控中心在过去6个月处理的还要多。

当时,美国疾病控制中心正在进行1994年高达22亿美元的预算重新授权,这是国家首次要求该中心上马一些大规模的免疫和疾病预防项目。(该机构的名称也改为疾病控制与预防中心,从而凸显这次职能转变。)因此,休斯和中心高层领导正在裁减在疾控中心非预防部门的518个职位,这些职位大约占在职总人数的7%。

因国防部预算削减,C. J. 彼得斯(C. J. Peters)一年前离开了德特里克堡(Fort Detrick)的美国陆军实验室。他告诉与会人员自己在疾控中心的特殊病原体部已经忙得不可开交,只好借调科学家处理采自四角地地区的血液和组织样本。疾控中心收到的所有可疑材料首先要在高度安全的P3和P4实验室进行研究,等证明足够安全后方可转入常规研究部门使用。

在疾控中心的P4安全实验室中,科学家在与动物打交道或者在工作台上做实验时,需要穿带有呼吸器的全身防护服。大多数细胞实验都是在密封的玻璃和钢制箱子中完成的,箱子上固定着很厚的橡胶手套,科学家需要将手伸进手套中进行实验。用于研究的所有动物都关在同样密闭的空间中,科学家需采取特别预防措施避免被灵长类或啮齿类动物咬伤或抓伤。

在如此严格紧张的环境中工作,只有专业人士才能胜任。P4

第十五章 事态紧急

实验室工作人员将这比作在外太空中度过一生，因为软管、手套或防护服上即使出现一个小到看不见的小孔，也会导致漏气让人丧命。

彼得斯十分清楚，要给P3和P4实验室补充合格的工作人员困难重重。

会议决定派出流行病学家杰伊·巴特勒（Jay Butler）博士和两名流行病情报服务部的官员立即前往四角地进行实地考察。巴特勒性格内向，长着一双蓝眼睛，是马拉松运动员，周五上午刚听说四角地发生的神秘死亡事件，下午便出现在阿尔伯克基。在召开员工会议和前往新墨西哥州启程之间的短短几个小时中，巴特勒为即将面对的未知情况匆匆做了一些准备。

第二天，也就是5月29日，巴特勒在阿尔伯克基仔细查看了X光片和医疗记录。他和疾控中心的两个助手与来自新墨西哥州卫生局的同僚、新墨西哥大学的医护人员、印第安人卫生服务署的工作人员齐心协力，共同整理出了25条可能的致死原因，贴在一个大公告板上。然后，大家基于对疑难杂症的经验和知识，排除了大部分选项。

5点钟，房间内的40名专家已经列出了一份简短清单，假设的致死原因包括未知的化学毒素、全新致命流感毒株、全新柯克斯体属（绵羊）细菌、炭疽病毒、克里米亚—刚果出血热病毒、汉坦病毒或者"某种全新的东西"。尽管研究人员还没有证据证明是哪种微生物或者化学物质在四角地肆虐横行，但是它们都能够引发已经观察到的发病模式。

这种模式通常先出现类似流感的症状：发烧头痛、肌肉疼痛。短则几个小时，长则两天，这些症状就会上升为咳嗽和肺部刺激。原因是向肺部输送血液的毛细血管网络破裂泄漏，导致液体进入肺部。几个小时之内，患者就会高度缺氧，即使大口吸气，也无法吸收氧气。缺氧导致心跳减速，然后就会因为心力衰竭或肺水肿而死亡。

巴特勒还注意到一点：在与会医生中，凡是亲自治疗过这种患者的，都曾因为自己医治无效眼睁睁看着病人痛苦死亡而情绪低落。

新墨西哥州的会议正在召开之际，另一场类似的专家会议也在疾控中心休斯的办公室中接近尾声。布赖曼和房间里的其他医生正在查阅从奇克的阿尔伯克基办公室传真来的最新医疗报告。

经过一个小时的讨论之后，疾控中心根据推测列出的这次疫情暴发原因清单与阿尔伯克基所列的清单几乎相同。休斯认为没有办法再缩小范围了。令他困惑的是，清单上出现了两种截然不同的致病物质——化学毒素和传染性微生物。他记得，1976年军团菌病暴发，导致59个参加过费城夏季会议的人丧命。当时大家也在讨论不同的病因，结果致使疫情陷入泥潭好几个月，跟目前的情况十分相似。

想到这里，休斯抓起电话，打给了1977年解开军团菌病之谜的那个人。当年就是他在酒店的空调系统之中发现了一种名叫"军团菌"的新细菌。半小时后，乔·麦克达德（Joe McDade）便走进了会场。在接过递给他的一份情况简报之后，他默默地缩小了选项范围。

麦克达德说："这不可能是一种有毒的化学物质，因为很少有化学物质会引起发烧。"这说明工作的重点应该集中在微生物上。

"你们必须开发一种有关这种疾病的算法。"麦克达德说。他使用的术语，会议室的大多数人都闻所未闻。"先把已知的情况排除，然后着手分离病毒。我猜就是一种病毒。"

第十五章 事态紧急

他建议彼得斯的团队检测从四角地收集的患者样本，看看是否会出现已知病毒的抗体。

"撒出一张大网，看看能发现什么。"麦克达德催促道。

彼得斯表示同意，但是他重申迫切需要增派人手。接下来的几天，将会有"借调者"加入已有15位科学家的P3或P4实验室。他们有些来自州属医疗机构，有些来自疾控中心的其他部门。

在保证最大安全的前提下，特殊病原体部的工作人员使用大约20种不同的病毒试剂认真地检测装在培养皿里的病人血液。奇克、巴特勒和在四角地的州流行病学家正在艰难地从死者的亲朋好友那里获得有用的信息。当地媒体在几天之前就得到了消息，便在纳瓦霍部落走街串巷，向许多居民提问了一些冒犯他们的问题。此外，他们发布的消息也让注重隐私的纳瓦霍人感到厌恶。

纳瓦霍文化认为：在有人去世的几天内谈及死者或提及死者的名字是禁忌。然而，记者们却马不停蹄地展开工作，前往死者亲属家中询问梅里尔·巴赫和其余18位ARDS死者生前死后的详细情况。亚利桑那州的一家报纸在全面研究了一位死者的病例后，披露了其详细情况，结果导致事态进一步恶化。

印第安人卫生服务署的医生坦皮斯特说："显而易见，人们认定［报纸］是从我们这里得到的信息。我们一直在拼命保护病人的隐私，但是公众对我们越来越不信任。我们两边都不讨好，一边指责我们向媒体提供机密信息，另一边指控我们蓄意掩盖事实。几乎没有任何信任可言，有些人呼吁进行独立调查。"

一些官员和媒体将这种神秘的疾病称作"纳瓦霍流感"或"纳瓦霍病"，忽略了非纳瓦霍人也会罹患该病的事实，因此纳瓦霍人认为这件事是对美国印第安人的严重侮辱。由此，事态一触即发。

到6月第一周，反印第安人的种族主义和对疾病的恐惧相互交织，导致局势完全失控。非纳瓦霍人都对印第安人的企业退避三舍，纳瓦霍部落的小学生参加计划已久的加州实地考察遭到拒绝。据报道，女服务员接待纳瓦霍顾客时戴着橡胶手套，甚至还谣传游客开车穿过纳瓦霍平顶山时戴着外科口罩。

阵亡将士纪念日后不久，有报道称卫生调查员和记者被愤怒的居民用枪指着驱离纳瓦霍部落，因此奇克担心整个疾病调查项目可能会遭遇失败。奇克是切诺基印第安人，非常同情纳瓦霍人，因此便与印第安人卫生服务署的主管约翰·哈伯德（John Hubbard）博士想方设法缓解四角地的紧张局势。哈伯德是纳瓦霍族医生，他带着奇克参加了部落理事会召开的一次会议，陈述了自己的观点。部落总统彼得森·扎赫（Peterson Zah）承诺将会全面合作，哈伯德也发誓，保证今后不会再次发生侵犯部落隐私的事情。扎赫总统还对媒体提出了不同寻常的请求，在调查完成之前请它们远离纳瓦霍部落。

奇克说："我们决定让纳瓦霍人参与到每一步调查中。我一直这样坚持，因为我能够感受到这种遭人背叛的感觉，我们[印第安人卫生服务署]背叛了他们。我们被视为向媒体透露信息的人，可事实并非如此。"

接下来，他们实施了一场前所未有的调查，对所有部落成员进行方方面面的调查。调查人员谦恭地咨询了部落药师和长辈的意见，结果得到了两条重要线索：一是那年春天松子大获丰收，二是老鼠数量多于往常。长辈们说，自从1918年和1936年疫情之后，松子收成和老鼠数量从来没有这么多，疫情也从未如此严重。长辈们的见解让奇克、巴特勒以及其他研究人员茅塞顿开，着手研究疾病与老鼠之间的联系。

第十五章 事态紧急

碰巧,新墨西哥大学的罗伯特·帕门特(Robert Parmenter)正率领塞维利亚长期生态研究(Seville Long Term Ecological Research)人员对该地区的动植物进行调查,由40名科学家组成的团队最近正在集中研究当地的啮齿类动物数量。他们惊讶地发现鹿鼠数量激增——从1992年5月开始增长到了原来的10倍之多,到疾病中心开始进行疾病调查时达到了顶峰。

6月2日,死亡人数已达12人,疑似病例达21人。这天上午,美国卫生与公众服务部部长唐娜·沙拉拉(Donna Shalala)在华盛顿特区召开的一次会议上问手下的工作人员:"我们已经对疫情全部掌握了吗?你们需要更多资源吗?"

在确认疾控中心已经全员启动之后,沙拉拉要求他们定期通报情况。她对纳瓦霍人被错误地当作疫情的源头表示担忧。她回想起早期人们也曾误认为艾滋病是一种"同性恋疾病",便提醒手下注意措辞,切忌把纳瓦霍人和这次疫情关联起来。同时,她还要求采取最高级别的特别措施,表明大家都能体察美国印第安人。

不久,新墨西哥州的卫生专员请求联邦政府协助应对公众对疫情的反应,要求疾控中心派出媒体关系专家处理当地恐慌和媒体问题。政府再次采取了一项前所未有的措施,派出疾控中心信息官鲍勃·霍华德(Bob Howard)于6月5日飞往新墨西哥州,协调所有媒体工作。

此时,100多名科学家、医生、捕兽员以及专业人员助手组成野外调查组,对四角地地区展开地毯式搜索。队伍中包括疾控中心的查普曼、布赖曼、蔡尔兹、巴特勒、麦克达德以及其他数十人。

这时,他们已经搞清楚了导致疾病和死亡的原因。

6月3日,星期四,拂晓时分,彼得斯的实验室小组突然成功地找到了突破口：针对汉坦病毒家族的抗体在试管中与患者血液出现了交叉反应。此外，在P4实验室将患者血液小心地注入老鼠体内后，对汉坦病毒试剂甚至出现了更强烈的抗体反应。这证明该病原体有传染性，病毒可以在老鼠体内复制繁殖。

彼得斯说："这让一些人感到震惊。因此，知道研究的重点后，我们马上就邀请分子生物学家参与我们的工作。"

彼得斯在德特里克堡的老战友汤姆·克西翁热克（Tom Ksiazek）曾经遭国防部预算削减裁员。他最近也赶到疾控中心，携手展开这场后来证明是疫情期间速度最快的新病毒鉴定工作。仅仅7天的时间，克西翁热克的实验团队就已经从血清学的角度将线索缩小到汉坦病毒；现在，他们需要确定具体是哪一种病毒毒株引发了四角地的疫情。

要确定导致疫情的具体汉坦病毒毒株，就需要被感染的野生动物，即这种微生物的宿主。彼得斯知道，只有在动物宿主体内，病毒水平才足以使分离和识别成为可能。因此，在那天的疾控中心大会上，彼得斯告诉麦克达德、布赖曼、查普曼和其他即将前往四角地的科学家们，说罪魁祸首可能是一种汉坦病毒，因此希望大家能够带回足够的野生啮齿类动物样本。结果掌声和质疑并存。工作人员纷纷称赞实验室迅速找到了疫情暴发的原因，但是也有人持怀疑态度。布赖曼指出：所有已知汉坦病毒都会导致肾脏问题，都没有引发呼吸窘迫。

布赖曼说："不是汉坦病毒。"他的看法赢得了在场大多数医生的支持。熟悉汉坦病毒历史的与会者都表示怀疑——汉坦病毒首先在韩国发现，不可能出现在北美偏僻的内陆地区。

彼得斯告诉大家，他的分子生物学团队正在对四角地的病毒做详细的基因分析，他猜测也许会有新的发现。

他说:"请注意,我们都知道[世界上]有不同类型的汉坦病毒。因此,我们先不要排除,也不要肯定。找到抗体还不够,这一点我们都清楚。"

在朝鲜战争期间,汉坦病毒首次引起了世界的注意。1951—1954年,2500多名美国士兵和数量不明的韩国士兵都患上了一种神秘的疾病,患者发烧、无力、疲劳、肾衰竭,121名美国士兵因此丧命。美国军方研究人员很快就查明,这种疾病是通过一种通常由田鼠携带的病毒引起的。

但是,科学家们花费了超过20年的时间才成功地将这种病毒从受到感染的黑线姬鼠肺中分离出来,并将其命名为韩国汉坦病毒。当时,德特里克堡美国陆军传染病医学研究所(USAMRIID)的卡尔·约翰逊(Karl Johnson)博士,与汉城(韩国首都,2005年1月汉子书写确认为"首尔")高丽大学医学院的李镐汪(Ho Wang Lee)博士进行合作,利用电子显微镜在黑线姬鼠肺部的上皮衬里发现了一排排整齐的圆形微生物,即致病的汉坦病毒。

黑线姬鼠的自然活动范围包括日本的大部分地区、韩国、中国东北、俄罗斯东南部和中部。从1955年到1977年,韩国记录了超过9000例汉坦病毒感染病例;致死率达6.5%。这种疾病的症状与流感等常见病相似,所以还有很多疑似病例未得到确诊。

在20世纪70年代,在东欧和亚洲共发现了11种其他形式的汉坦病毒,这些病毒都与常见的轻微肾病有关,死亡率在感染者总数的0.1%到10%之间。这种病毒的携带者仅限于某种野生啮齿类动物,人类通过皮肤接触或者吸入被感染动物的粪便或尿液感染。

比利时研究员圭多·范·德·格伦(Guido van der Gröen)曾

经在扎伊尔进行埃博拉病毒调查，此后一直对出血性病毒抱有兴趣。1977年，他在安特卫普市热带疾病研究所的实验室发现，本市居民感染汉坦病毒后会出现轻微的肌肉疼痛、高血压以及肾功能障碍。这种显然见于城市的病毒毒株与之前在瑞典发现的普马拉病毒十分相似，后者是由居住在河岸上的田鼠（欧洲棕背䶄）携带的。1977年到1986年间，范·德·格伦在比利时和法国发现了76例安特卫普型汉坦病毒感染病例。他极力提醒当地医生，许多汉坦病毒感染病例肯定漏诊，因为这种疾病与职业性腰背病、流感以及其他轻症容易发生混淆。

约翰森和李镐汪对于范·德·格伦发现的城市汉坦病毒很感兴趣，便在汉城市中心对老鼠进行了检测，结果发现世界上最常见的两种老鼠——屋顶鼠（Rattus rattus）和褐家鼠（Rattus norvegicus）——携带的一种病毒与韩国汉坦病毒仅有细微的差别。他们认为这种鼠类感染是相对近期才出现的：朝鲜战争前后，空袭行动迫使黑线姬鼠离开自然栖息地逃往城市地区，开始与其他鼠类争夺地盘，可能在厮打抓咬过程中把病毒传给了更大的啮齿类动物。

由于韩国正迅速成为美国重要的贸易伙伴之一，因此约翰逊怀疑那些感染病毒的汉城老鼠可能设法混进了韩国船只的货舱，跟随货船来到了美国港口城市。1982年，在约翰逊的敦促下，德特里克堡和疾控中心的科学家们为了寻找老鼠，把巴尔的摩、休斯敦、费城、圣佩德罗和新奥尔良的港口地区翻了个底朝天。军队科学家四处搜索，结果在黑色屋顶鼠及其表亲褐家鼠身上发现了汉城病毒。

1982年，李镐汪与美国国家卫生研究所的诺贝尔奖得主卡尔顿·盖杜谢克（Carleton Gajdusek）合作，一起对北美田鼠进行

第十五章 事态紧急

汉坦病毒检测。他们在盖杜谢克位于马里兰州弗雷德里克的房子里四处捕捉当地的啮齿类动物。结果，这两位科学家发现了一种全新的汉坦病毒毒株——根据发现地将其命名为"希望山病毒"（Prospect Hill virus）。他们查明这种病毒是由两种田鼠携带，即草甸田鼠（Microtus pennsylvanicus）和加州田鼠。这些田鼠的活动范围覆盖了北美的大部分地区。

身材高大的詹姆斯·勒迪克（James LeDuc）是从事微生物研究的美国军队科学家。他对北美啮齿类动物身上发现汉坦病毒的证据非常感兴趣。20世纪80年代初，他推断说，如果美国有家鼠感染了汉坦病毒，那么就肯定有人患上这种病毒引发的疾病。于是，他联合其他军队科学家和当时在约翰斯·霍普金斯大学医学院工作的杰米·蔡尔兹（Jamie Childs）展开研究，共同寻找汉坦病毒在巴尔的摩市引发疾病的证据。首先，他们对当地的老鼠进行了仔细检测，结果惊讶地发现，几乎每只超过两岁的老鼠都感染携带了一种汉坦病毒。之后，研究小组又对1788名成年人进行检查，这些人1986年都曾在约翰斯·霍普金斯医院或巴尔的摩的性传播疾病诊所接受过治疗；结果发现其中4人感染了韩国汉坦病毒。因为这些人从未出国旅行，所以勒迪克与蔡尔兹得出结论：这些人是通过当地的老鼠感染的这种病毒。

于是，勒迪克和蔡尔兹考虑将研究重点放在出现可能由汉坦病毒引发的症状的人身上。他们知道汉坦病毒在韩国和欧洲部分地区会引发慢性肾病，所以他们检测了1766位正在约翰斯·霍普金斯医院接受蛋白尿血液化学分析的病人的血样，还检测了254位肾透析患者的血样。结果发现，在患有高血压肾病的透析患者当中，6.5%的人血清中含有韩国汉坦病毒抗体，这表明他们曾经感染这种汉坦病毒。

勒迪克和蔡尔兹还发现普通巴尔的摩家鼠——小家鼠（Mus musculus）——也携带韩国汉坦病毒。

1986年8月，一位在得克萨斯州利基镇工作的墨西哥移民死于内出血和肾衰竭。美国国家卫生研究所的科学家怀疑这是由一种汉坦病毒造成的，而且还在死者经常去的地方捕获了啮齿类动物。他们发现这种当地的家鼠——又是小家鼠——感染了另一种汉坦病毒，他们将其命名为利基病毒（Leakey virus）。

到1992年，勒迪克相信各种类型的汉坦病毒普遍存在于北美啮齿类动物身上，而且坚信这些病毒是导致美国市中心的穷人——尤其是非裔美国人——高血压和肾脏疾病发病率较高的原因。此外，他担心随着美国市中心鼠患的增加，情况可能会进一步恶化。例如，从1989年到1991年，巴尔的摩市市民针对鼠患的投诉增加了33%，但是同一时期啮齿类动物的防控人员却减少了50%。所有离职员工从前都是由一个联邦政府项目资助，然而这个项目的资金却被布什政府大幅削减。同样，纽约市在1989—1994年间也大幅削减了防治啮齿类动物的资金，结果联邦政府和地方政府的投入从1030万美元暴跌到520万美元。到1992年，联邦政府彻底停止资助，纽约市卫生专员玛格丽特·汉堡（Margaret Hamburg）博士向美国的疾控中心正式表达了自己的严重担忧，认为汉坦病毒和其他啮齿类动物传播的疾病病原体可能会在美国这座最大的都市失去控制。然而，新当选的纽约市长鲁道夫·朱利亚尼（Rudolph Giuliani）却不顾专员的警告，于1994年初又将该市防治啮齿类动物的预算削减了50%。

1991—1992年，美国国防部预算削减迫使大多数军队医学研究项目中断，所以蔡尔兹、彼得斯和克西翁热克就去了美国疾病控制中心工作，勒迪克则留在了日内瓦的世界卫生组织总部。军

第十五章 事态紧急

队汉坦病毒研究急剧放缓，只剩下德特里克堡的康尼·施马尔约翰（Connie Schmaljohn）博士和彼得·耶林（Peter Jahrling）博士成果丰硕的分子生物学实验室继续从事研究。

彼得斯和疾控中心的同事暗示四角地暴发的是汉坦病毒后，蔡尔兹和勒迪克感到既兴奋又好奇。勒迪克每天都通过电话跟从前在部队的同事进行沟通，说明自己的看法，并且收集信息转给世界卫生组织感兴趣的科学家们。

蔡尔兹和勒迪克是最早将聚合酶链式反应用于汉坦病毒诊断和研究的科学家。他们在1991年开发了用于汉坦病毒搜索的聚合酶链式反应技术，1993年彼得斯的特殊病原体实验室从这项技术中获益良多。6月份的第一个周末，布赖曼和麦克达德领导的疾控中心第二批调查员启程前往四角地，彼得斯、克西翁热克和聚合酶链式反应专家斯图尔特·尼科尔（Stuart Nichol）都期待能够收集到啮齿类动物样本，并利用聚合酶链式反应技术对样本进行分析，确定到底是哪种汉坦病毒导致的西南地区暴发疫情。

布赖曼怀疑跟汉坦病毒有关，但是他确实注意到一点：此前针对各类汉坦病毒开展的动物研究都表明，啮齿类动物的肺部都发现了高浓度的汉坦病毒。勒迪克和蔡尔兹的一项研究甚至表明，在鼠类感染的整个过程中，肺部组织是唯一容易提取病毒的地方。

在阿尔伯克基度过的最初48小时，布赖曼和查普曼确定了对这种疾病的标准化描述，制定了将急性呼吸窘迫综合征病例认定可能感染汉坦病毒的标准。而且，他们还制作了问卷，供纳瓦霍人和疾控中心的现场调查人员对疫情进行挨家挨户调查时使用。

查普曼两天睡了不足四个小时，刚刚完成上述任务就按要求继续评估利巴韦林对治疗这种神秘疾病的有效性。1987年，勒迪克和同事就曾在中国的汉坦病毒感染者身上测试过抗病毒药物，结果发现在患病后的前三天服用利巴韦林，会降低死亡的可能性。但是，三天之后是否有效尚不明朗。

对在四角地工作的医生而言，要给病人找到药物——即使是效果存疑的药物——都困难重重。没有利巴韦林，医生所能提供的就只有良好的医院管理和悉心照料。然而，这种病毒的致死率却非常高，似乎能超过70%。

截至6月7日，疾控中心已经确诊了24名患上这种怪病的病例，其中12例死亡，所有的病例都出现在四角地地区。

调查人员掌握的最重要线索，就是疾控中心实验室关于汉坦病毒的说法。因此，参照汉坦病毒的历史，调查的对象被锁定为啮齿类动物疾病载体。蔡尔兹、查普曼和美国疾控中心的生态学家约翰·克雷布斯（John Krebs）等30多名调查人员，与纳瓦霍的捕兽员和卫生工作者一同前往出现病例的每一个地方，设置了数百个捕鼠器。他们有两种弹簧捕鼠器：一种是很重的钢盒，可以捕捉浣熊、臭鼬等大一点的动物；另一种是较小的铝制捕鼠器，专门针对小老鼠、土拨鼠等动物。

工作人员小心翼翼，不仅要避免接触神秘病毒，还要避免感染黑死病。气温已经超过100 °F（37.8 ℃），但是他们还是戴着呼吸器口罩和护目镜，穿着纸质连体防护服，戴着双层乳胶手套，鞋子上套着一次性鞋套。这些预防措施能避免接触空气中携带汉坦病毒的灰尘，但是查普曼更担心被携带鼠疫病毒的跳蚤咬伤，因为跳蚤能钻到防护服下贴近脆弱的皮肤。她在皮肤上涂了一层厚厚的驱虫剂，因为她知道穿上防护服、戴上手套之后根本无法拍打害虫。

打开捕鼠器时，科学家总是站在动物的上风处，小心翼翼地

第十五章 事态紧急

将一个装有麻醉剂的塑料袋放在捕鼠器开口处。动物掉进袋子，很快就会失去知觉。随后，科学家们便会抽取动物的血液和组织样本，放在干冰上，然后运回彼得斯的P3或P4实验室进行分析。

看来，纳瓦霍的长辈和罗伯特·帕门特（Robert Parmenter）的科学团队之前有关松子大丰收和啮齿类动物数量激增的说法是正确的。在经历了5年的严重旱灾之后，四角地终于在1992—1993年的冬天迎来了创纪录的降雪量，来年春天异常湿润。因此，即使到了6月，科学家们仍然能够在沙漠中看到绿色植物和长满松塔的松树。

植被充足，为啮齿类动物的繁殖提供了条件。它们的数量之多，前所未有。

因此，将近一半的捕鼠器捕获了各种各样的动物，譬如小老鼠、土拨鼠、大肥鼠和臭鼬等，其中最常见的是拉布拉多白足鼠（*Peromyscus maniculatus*）。这是一种褐色的大耳朵老鼠，腹部尾巴呈白色，眼睛又大又黑，深陷在头盖骨中。颜色棕白相间，因此又名鹿鼠。

在最初的血液抗体检测中，疾控中心调查员在鹿鼠、另外两种白足鼠、两种金花鼠、普通家鼠、白喉林鼠中发现了汉坦病毒感染的证据。

在疾控中心实验室，科学家刚刚完善了利用聚合酶链式反应诊断这些动物感染的技术，然而他们发现通常只有鹿鼠会携带这种病毒。假以时日，疾控中心实验室将会利用聚合酶链式反应技术证实，在四角地首批捕获的770只鹿鼠中携带汉坦病毒的占三分之一，在314只被检测的皮农鹿鼠（P. truei）中占19.7%，在59只被检测的波氏白足鼠（P. boylii）中占6.9%。

白足鼠的栖息地不只局限于四角地；在整个加拿大，北至北极圈，向南经过美国一直到墨西哥北部，都能见到这种鹿鼠。似乎只有美国南方腹地的几个州才没有白足鼠的自然领地。换句话说，白足鼠是北美普遍存在的野外啮齿类动物。

布赖曼和麦克达德了解这一点后，想知道过多久其他州才会出现这种神秘的ARDS病例。

6月第一周结束后，基于聚合酶链式反应分析，彼得斯实验室人员已经怀疑在四角地感染人和白足鼠的病毒是另一种新发现的汉坦病毒毒株。6月中旬，就像在疾控中心每周通报上写的一样，他们就已经确认"四角地发现的病毒是一种从未见过的汉坦病毒"。

如果这种病毒与之前确认的汉坦病毒存在基因差异，那么它就有可能导致急性呼吸综合征，因为其他的汉坦病毒会引起肾脏问题。6月份剩下的时间，加上整个7月和8月，疾控中心实验室都在比较四角地病毒与其他11种已知汉坦病毒的基因序列，结果他们惊奇地发现，这种新病毒与希望山病毒的交叉反应最为强烈，但是在马里兰田鼠身上发现的希望山病毒毒株却从未与人类疾病有关联。

克西翁热克说："这让我们很惊讶，因为在四角地人类死亡率高达70%或80%，但是希望山病毒却没有引发任何疾病。"

聚合酶链式反应分析最终表明：尽管这两种病毒毒株在基因序列方面存在一些显著差异，但是希望山病毒与四角地病毒的关系仍然最为密切。

到7月中旬，美国疾控中心已经收到了超过1万份用于分析的动物和人类样本；到8月末，这个数字已经接近两万。为了储存和标记这些样本，彼得斯和克西翁热克的任务非常艰巨。但是，他们觉得还是应该把亚特兰大冷库中的样本取出来，这是他们前些年在四角地搜集存档用于鼠疫研究的啮齿类动物样本。他们希望这些存档资料能够回答两个问题：（1）这种病毒只是今年在啮齿类动物中流行，还是这些动物总是以差不多相同的感染频率携带这种病毒？（2）突然出现的这一系列明显感染，是由这种病毒最近从一种良性类希望山病毒变异为能够引发ARDS的新型病毒造成的吗？

第二个问题背后有一些纯粹的间接证据。汉坦病毒的遗传物质存储在三个离散RNA片段中。众所周知，流感病毒等其他分节段RNA病毒会经常发生突变，因为在复制过程中，这些大RNA片段的复制经常出错。一个RNA片段可能会与另一个交叉，导致它们的基因混合在一起。被病毒感染细胞内的非必需RNA片段可能会被获取并整合进病毒的基因蓝图。对许多分节段的RNA病毒而言，结果自然是靠运气，因为每次病毒复制事件都带有一些突变的概率。

然而，到8月份时，疾控中心实验室已经不堪重负，无法迅速完成查阅档案的任务。上文提出的问题暂时无法回答。

与此同时，在距离四角地地区几千英里外的得克萨斯州东部，一名女性似乎死于神秘的ARDS。这说明疫情的范围扩大了。阿里·汗（Ali Khan）博士是疾控中心流行病情报官员，刚刚完成两年的医学毕业后培训。这名女性死亡后仅仅几个小时，他就出现在得克萨斯州东部的拉夫金市，与该州调查员一起搜集死亡现场的所有线索，任何一条都不放过。

死者是一位年轻的祖母，她生前住在一所幽雅整洁的乡村房子里，距离路易斯安那州边境不远。她家的住房里面和周围并没有发现啮齿类动物，但是阿里·汗却在她房子后面储存水果蔬菜的小棚里发现了老鼠粪便。她丈夫说她在那里待了好几个小时，把所有的农产品都做成了罐头。

尸检显示,她患上了一种典型的病原不明的ARDS,阿里·汗将她的组织和血液样本送到了C. J.彼得斯的实验室。这个实验室通过聚合酶链式反应技术确认感染了四角地病毒。

在接下来的四周,阿里·汗不停地乘坐飞机飞往疑似汉坦病毒疫情暴发引发ARDS的地方,主要是加利福尼亚州、内华达州、俄勒冈州、路易斯安那州、亚利桑那州、犹他州和爱达荷州。阿里·汗的第二个病例是名51岁的妇女,患上了急性ARDS,却幸存了下来。阿里·汗说她尽管"生活在内华达州的偏僻之地",但是多亏了"乡村医生的精心医治"才幸免于难。据这名妇女讲,整个春天和夏天,她的宠物猫都不停地将一些啮齿类动物拖回家。她所在的内华达州地区降雨量非同寻常,大多数当地人都觉得啮齿类动物的数量即将失控。

但是,阿里·汗的第三个汉坦病毒病例却没有那么幸运,她住在横跨加利福尼亚州与内华达州边界的偏远地区,死于汉坦病毒引发的ARDS。阿里·汗的团队在她的住处附近发现了感染病毒的老鼠。

阿里·汗的第四个病例是一位29岁的大农场工人。他在加利福尼亚州北部海岸帮忙管理大牧场,同样死于ARDS。

一位俄勒冈州的医生提醒疾控中心说:他有位病人是一个16岁的男孩,一年前神秘地死于ARDS,可能是感染了汉坦病毒。到8月底,疾控中心的实验室确认,在这个男孩的尸体内发现了汉坦病毒。

一个让阿里·汗特别伤心的病例,是同行让娜·梅西耶(Jeanne Messier)。梅西耶27岁,是名很有前途的女研究生,当时正在加州内华达山脉的一个偏远地区进行生态学研究。7月31日,

第十五章 事态紧急

她感到身体不舒服，便下山到加州马姆莫斯湖（Mammoth Lakes）的一家小诊所，然后立刻由飞机送到了里诺的一家医院。但是，她很快就不幸去世。后来，科学家发现她在内华达山脉居住的小屋鼠患成灾。

美国国会也注意到了这些事件，于是代表四角地地区几个州的8位议员不顾7月份天气炎热，推动立法，拨出600万美元应急资金援助联邦和州政府进行调查；其中260万美元拨给了疾控中心。一些国会议员评论说，如果国防部两年前没有削减预算导致军队汉坦病毒项目停摆的话，那么这笔拨款也许就不必要了。

8月，新墨西哥州当局要求美国陆军传染病医学研究所的科学家提供额外的实验室援助，于是彼得·耶林和康妮·施马尔约翰开始分头行动，去分离似乎在美国各地突然出现的奇怪的新汉坦病毒。不久，军队研究人员与疾控中心的同行开始了一场竞争——后来演变成一场对抗。他们在密西西比州一位8岁女孩体内发现了汉坦病毒，但是导致她去世的疾病症状与布赖曼和查普顿三个月前在疾控中心对汉坦病毒引发的ARDS所下的定义并不吻合。因此，疾控中心拒绝将这个密西西比州的病例列入四角地病毒感染者名单。

耶林后来略带怨恨地说："疾控中心声称不符合他们的病例标准，然而他们无法否认的是，我们有证据证明我们通过细胞培养从这个病例中复制出了汉坦病毒。"

6月初，另一位警觉的乡村医生发现了一个后来证明最令人费解的汉坦病毒病例。在路易斯安那州，一位58岁的桥梁检察员出现ARDS症状后突然死亡。针对这件事，这位乡村医生曾于7月下旬给阿里·汗打电话做了汇报。路易斯安那州的医生认为这个病例的死因不可能是四角地暴发的疾病，不过在读过疾控中心的通告后，他们认为阿里·汗应该知道这些症状是吻合的。

但是，阿里·汗却对此持怀疑态度。路易斯安那州并不是白足鼠的栖息地，而且这个地方距离阿里·汗第一次做调查的得克萨斯州东部拉夫金市有200多英里。然而，当阿里·汗看完这个病人的病历，彼得斯实验室确认血样中汉坦病毒感染抗体呈阳性时，所有的疑虑都烟消云散了。死者的农舍非常整洁——没有任何老鼠横行的现象。可他的同事却告诉阿里·汗，他们钻涵洞爬沟渠检查路易斯安那州的桥梁时，每天都会与老鼠不期而遇。

实验室对路易斯安那州男子的病毒进行聚合酶链式反应分析，结果更加令人费解：它与四角地毒株以及其他任何已知汉坦病毒都不匹配。他的桥梁工人同事在工地也从未见过那种显眼的白腹白足鼠，但是他们见过大量的褐家鼠——这跟勒迪克数年前在巴尔的摩曾经发现的携带汉城型汉坦病毒毒株的是同一种老鼠。

少数疾控中心科学家对这一发现并不感到意外，克西翁热克便是其中之一。

他说："跟所有病毒一样，这些病毒之间的关系也非常密切。所有这些啮齿类动物都拥有共同的祖先。基因最接近的病毒是由存在近亲关系的啮齿类动物携带的。我个人认为，这是啮齿类动物及其携带的病毒共同进化的标志。"

到夏季末，克西翁热克怀疑北美地区仍然有更多的汉坦病毒毒株未被发现，认为美国每年都将会发生数百例由这些啮齿类动物病毒引发的ARDS、肾病和高血压。然而，截至10月29日，美国疾控中心仅仅确诊了42例由汉坦病毒引发的ARDS，克西翁热克认为这些病例只是这场疫情的冰山一角。回顾性分析表明最早的确诊病例出现在1991年7月。从那之后，出现了年龄从12岁到69岁不等的患者，其中62%不幸身亡。感染者中美洲印第安人占到一半:这大概是生活方式所致,并非基因因素。

纵观历史,老鼠一直在利用人类活动进入世界各地的新生态系统。屋顶鼠及其近亲出现在美洲无疑是近代才发生的事,很可能在不到500年前,啮齿类动物通过欧洲探险家和奴隶贩子的船只偷渡到了美洲大陆。此前,它们可能仅仅在欧洲大陆生活了1200—1500年。再往前推,它们是通过商船和大篷车从中东和远东潜入欧洲的。

就进化历程而言,这些啮齿类动物都是近代才开始在世界各地蔓延的,无论是在伏尔加河大草原,还是亚利桑那州的沙漠,这些动物携带的病毒都存在惊人的相似之处,这一点应该不足为奇。如果这些汉坦病毒的源头能够追溯到老鼠进化的最早期,那么自然可以做出这样一种假设:如果对世界各地的屋顶鼠、白足鼠及老鼠近亲进行仔细调查,就会发现更多汉坦毒株。

四角地疫情的暴发,促使科学家重新思考那些曾经被列为"病因未知"的疾病,考虑如何保护全世界数百万人口免遭啮齿类动物携带的病毒所导致的疾病和死亡。

在美国内战和第一次世界大战期间,"战壕肾炎"致使数百名蹲在战壕里作战的士兵丧生。科学家们在四角地调查期间,伦敦米德尔塞克斯医院的肾脏专家盖伊·尼尔德(Guy Neild)博士受到启发后提出:有没有可能是战壕老鼠携带的汉坦病毒引发了长期以来困扰人们的战壕肾炎呢?

维尔茨堡大学的德国医生报告称:1993年春,欧洲汉坦病毒病例激增,导致了出血热,并引发了肾病并发症。他们注意到,两德统一后,对啮齿类动物的防控有所放缓。因此,他们想知道德国老鼠的激增本来是否可以避免。文献表明,1990年中,德国出现了第一次规模相对较小的汉坦病毒流行，没有出现死亡病例，但是有88例肾脏疾病确诊病例。自1992年9月到1993年10月，德国又出现了第二次汉坦病毒流行，导致约183人患病，但无人死亡。研究人员确定这些疫情的暴发是当地啮齿类动物（如田鼠）数量激增引起的，而且1993年的疫情更为严重。他们也确信德国医生低估了汉坦病例的数量。

1993年，普马拉病毒感染病例在法国、比利时、荷兰都出现了类似的激增。

虽然在俄罗斯从未出现过四角地类型的呼吸道汉坦病毒，但是在1985—1992年，俄罗斯有23个地区出现了典型的肾脏致病病毒，导致68796人生病。这些肾病是由70多种不同的汉坦病毒毒株引发的，而这些毒株的携带者是63种不同的鸟类和小型哺乳动物，其中包括所有的常见啮齿类动物。

麦克达德总结说："这些啮齿类动物及其携带的病毒已经存在了数千年。最初可能拥有一个共有的病毒祖先，感染了一种啮齿类动物，但随着时间的推移，这种病毒可能会发生突变，传给其他啮齿类动物。但是几乎可以肯定，这些病毒已经在我们中间存在成百上千年了。"

麦克达德停下来检查了一下双手，补充说："我常常想起军团菌病，如果不是跟一家旅馆有关，发生了戏剧性的事件，结果会怎样呢？如果继续出现的是一些零星分散、原因不明的肺炎死亡病例，我们还能确认军团菌病是一种特别的疾病吗？"

他问道："现在，我同样也在想四角地发生的疫情。如果不是在健康的纳瓦霍人中连续出现了四个病例，我们是否还能识别这种流行病毒呢？"他指出还有许多病因尚不明确的疾病。

他说："我们应该继续考虑这样一种可能性，即这些疾病都是

第十五章 事态紧急

由传染性病原体引发的。"

1993年夏季和秋季，在疾控中心的P4实验室内，卢安妮·埃利奥特（Luanne Elliott）博士一直在夜以继日地工作，想方设法在试管中培育出路易斯安那州和四角地发现的病毒。连续四个月，她虽拼尽全力，但是病毒几乎纹丝不动。9月份的最后一周，她成功通过实验将实验室的老鼠感染，一个月后就能培养出活体病毒。

美国陆军传染病医学研究所也在实验室中做着类似的努力——培养四角地病毒，进行病毒分离，然后进一步合成其基因构成。这两个联邦实验室都在争取率先完成这项工作，结果两个实验室的竞争达到了白热化：1993年11月3日在亚特兰大举办的美国热带医学和卫生学会年会以及11月20日在新墨西哥大学举办的汉坦病毒大会上，它们都宣布取得了胜利。耶林成功培养出了来自一位新墨西哥州患者体内的病毒，新墨西哥州大学的合作者库尔特·诺尔蒂（Kurt Nolte）则利用电子显微镜拍下了四角地病毒在猴子细胞膜中萌芽的照片。

与此同时，施马尔约翰成功地培养出了从一只鹿鼠身上提取到的四角地病毒，这只鹿鼠是在汉坦病毒感染者让娜·梅西耶加州的山间小屋附近捕获的。与耶林分离出的病毒一样，施马尔约翰提取的病毒也是在非洲绿猴肾细胞（Vero cell）中培养的。

美国疾控中心从一只新墨西哥州的鹿鼠身上分离出来了这种病毒，并在猴子细胞中培养成功。

不幸的是，这两个机构都在争抢"第一"的荣誉，所以疾控中心和美国陆军传染病医学研究所的关系非常紧张。最后，它们同意同时发表自己的研究成果，共同分享分离和确定四角地病毒的功劳。

成功分离出四角地病毒后，它们就可以开始下一阶段的研究工作：开发一种疫苗，设计一种能够用于农村诊所的简易筛查检测法。施马尔约翰的团队已经开发出了一种针对汉城病毒的实验疫苗，因此人们也有理由对能够迅速研发出相似的四角地疫苗持乐观态度。

最终开发出疫苗或研究出诊断检测法会令人欣喜，但是也许更重要的是科学界群策群力，迅速查明神秘疾病的原因并迅速控制疫情的实际过程。尽管疾控中心和陆军传染病医学研究所之间的紧张关系令人遗憾，纳瓦霍人也感受到了遭到歧视的痛苦，但是整体的努力仍然是引人注目的，它证明了流行病调查的两条古老原则，也揭示了一条令人振奋的新原则。

这两条古老的原则很简单，但是经常被人们忽视：一是所有"新出现的"疾病都必须由一个极具洞察力和胆识的人发出警报，二是要进行彻底调查。而新原则则是一旦启动调查工作，相关人员就要做到开诚布公，密切合作，避免保密、诽谤、敌对和相互轻视。不幸的是，在对新兴微生物的许多科学探究中仍然存有这些问题。

这项新发现，即分子生物学和聚合酶链式反应的应用，将注定会永久改变新兴微生物和流行病研究的进程。所有人的指纹都是独一无二的，可以在犯罪现场发现的武器和其他物品上"提取"，这一发现永远改变了警察的工作。同样，聚合酶链式反应提供了一种革命性的手段，在流行病调查中第一次让实验室的科学家掌握了主动权。在疾控中心的捕兽员们踏上四角地之前，斯图尔特·尼科尔就已经利用美国陆军传染病医学研究所的各种汉坦病毒基因引物，对新墨西哥州政府运送到亚特兰大的人类样本进行快速筛查。然而，这在12年前艾滋病病毒刚出现时是不可能实现的。

第十五章 事态紧急

1993年的汉坦病毒调查证明，事情是能够得到解决的；而且，只要有政治意愿和科学意愿，人类就能够了解微生物、控制微生物。

1994年伊始，美国疾控中心的报告称，在美国16个州总共确诊了55例汉坦病毒引发的ARDS病例，其中32例不幸去世。最新确诊的病例出现在佛罗里达州———一个绝对没有鹿鼠的地方。几天后，疾控中心、罗得岛州和纽约州宣布：位于普罗维登斯的罗德岛设计学院的20岁学生戴维·罗森伯格（David Rosenberg）不治身亡。罗森伯格是在普罗维登斯的一家医院死于ARDS的，但是在生病前几周他一直跟父母住在长岛，还在他父亲位于皇后区的一所废弃仓库中拍摄学生电影。调查显示，仓库附近是罗森伯格家族的电器用品工厂，厂里的一名工人体内已经产生了汉坦病毒抗体，罗森伯格也感染了一种与四角地毒株十分相似的病毒。但是，调查人员尚未找到感染这种病毒的动物，就因为一个异常严酷冬天的来临被迫中断调查，整整17场暴风雪让纽约的啮齿类动物躲得无影无踪。

1994年的1月，这种奇怪的新型微生物被官方命名为穆埃尔托峡谷（Muerto Canyon）病毒，四角地病毒首次出现就是在纳瓦霍部落的这个峡谷里。

穆埃尔托峡谷——死亡之谷。

第十六章

自然与人类

——海豹瘟疫、霍乱、全球变暖、生物多样性和微生物汤

> 我们很难用历史的眼光去看待一个与以往见过的完全不同的事件。
>
> ——摘自阿尔·戈尔著《地球的平衡》,1992年

随着21世纪的来临,人类严重低估了微生物的事实已经毋庸置疑。微生物正在一步步走向胜利。科学家辩论的焦点并非人类是否日益受到微观竞争者统治地球的挑战,确切地说是微生物这一公认的威胁所出现的原因、方式和时间。

病毒学家和一位杰出的细菌学家在1989年发起了这场辩论,但是很快就有科学家和医生加入其中——他们来自昆虫学、儿科传染病学、海洋哺乳动物生物学、大气化学和核酸遗传学等不同领域。这些研究人员之间存在巨大的语言和感知鸿沟,但是他们在寻找一种用于集体分析和解释微生物事件的共同语言和视角。

从来没有过真正的医学微生物生态学这门学科,尽管多年来一些杰出的科学家试图以把所有事件纳入微观层面的方式来阐述疾病和环境问题。在人际互动层面上研究生态学要容易得多——

第十六章 自然与人类

这一点是显而易见的。

当然，我们可以从传统生态学和环境科学研究中吸取教训。到20世纪80年代，这些领域的专家宣布，一场几乎跨越地球宏观环境所有层次的危机正在发生——无论是地下觅食的裸鼹鼠，还是保护地球的臭氧层，都卷入其中。世界人口在飞速增长，再加上他们对支配地球和消耗资源的贪得无厌，使得地球上每个可测量的生物和化学系统都处于失衡状态。

物种灭绝、有毒化学品、高层次的核本底辐射和电离辐射、紫外线穿透大气层、全球变暖、生态圈的大规模破坏——这些都是21世纪来临之际生态学家谈论的变化。一个世纪前世界人口还不足15亿，到1994年却已经有近60亿人挤在了地球上，因此有些东西将不得不做出牺牲。而这些"东西"就是大自然，即除了人类及其家养的同类动物之外的所有可观察到的生物系统。人口增长速度太快，似乎也没有什么可以遏制，因此世界银行预测：到2050年地球人口将增加近两倍，达到110亿至145亿。联合国的一些高端预测机构预测，最早到2025年，地球人口就会超过90亿。

联合国人口基金会提到过一种"乐观"的预测，到21世纪中叶地球上的人口将"稳定"在90亿。但是，很难想象到时候世界将面临什么样的稳定——或者更可能是不稳定，特别是考虑到大部分的人口增长将发生在地球上最贫穷的国家。到20世纪90年代已经明显可以看出，在人口增长最快的国家，环境恶化的速度最快，人民遭受的苦难也最多。

生物学家为之震惊。就像档案管理员为了历史而疯狂抢救文件一样，生态学家疯狂地搜索这个星球上最隐蔽的生态圈，试图去发现、命名和编录尽可能多的动植物——这一切都要赶在它们灭绝之前。世界各地的人都受到各种需求的驱动,譬如寻找木头烧火炉、修建具有异域风情的高尔夫球场,这些需求正在侵占以前不是人类重要栖息地的生态位。到1994年,所有偏远、奇特、严酷的地方都已经留下了勇敢的探险者、游客和开发者的足迹。

哈佛大学的威尔逊(E. O. Wilson)博士参与领导了一场世界行动,这次行动的目的是为世界物种编制目录,并尽可能保护地球的生物多样性。他估计1992年地球上已知的陆地动植物和微生物有140万种,可能还有多达9860万种有待鉴定。他认为这些未知的动植物绝大多数都生活在世界各地的热带雨林。那里的充沛降雨、热带阳光和肥沃土壤,孕育出了惊人的生物多样性,威尔逊在亚马孙河的一棵树上就发现了43种不同种类的蚂蚁。敬业的生物学家简直是冒着生命危险,疯狂地寻找和鉴定遗漏的1000万到9860万个物种,其中约50%生活在亚马孙河流域、中非和南亚的热带雨林中。

森林损失的速度非常惊人——据联合国估计,每年损失的森林约为475万英亩。

无论是为利润丰厚的海洛因和可卡因市场供货、迎合快餐牛肉消费习惯,还是满足富裕国家的咖啡需求,这些都导致发展中国家的企业家只对眼下的经济刺激做出反应,结果破坏了本国的自然生态。譬如,在安第斯山脉,为了给海洛因和可卡因市场供货,哥伦比亚超过90%的森林遭到破坏,厄瓜多尔、秘鲁和玻利维亚的森林破坏比例略低一点,但是也同样令人触目惊心。如果不采用相互竞争的经济刺激因素保护生态圈,那么期望当地人采取有效措施来扭转或减缓飞快的毁林速度似乎并不现实。

美国新罕布什尔大学和美国国家航空航天局(NASA)戈达德太空飞行中心的戴维·斯科尔(David Skole)和康普顿·塔克

（Compton Tucker）利用增强的地球资源卫星成像技术反映可能隐藏在平面照片中的地理特征，对1978—1988年亚马孙河流域的破坏情况进行了估算。他们得出的结论是：亚马孙河6%的上层树冠和15%的森林资源总量实际上已经遭到破坏。

生物学家都很清楚，尽管一个小地方植被茂密，但是如果周围遭到了破坏，也无法让丰富多样的物种在此生存，但是以前的生态计算都没有考虑这种林业小岛。斯科尔和塔克研究亚马孙河时，发现许多地方看起来就像棋盘，一条条倾斜弯曲的破坏地带将雨林切割成更为狭长的小岛，周围是不断拓宽的荒漠或开发区。人类并不是从森林边缘开始侵蚀森林的；他们修建了宽阔的高速公路，直插原始森林中心，还修建了一些辅路把森林切成一个个小块。

因此，两位科学家得出结论：亚马孙河流域每年约有15000平方公里被人类直接摧毁，此外每年另有38000平方公里因隔绝和分隔过程被间接摧毁。两者相加，意味着每年损失的森林面积超过大不列颠及北爱尔兰联合王国。这也意味着在1978—1988年间亚马孙河流域实际上丧失了15%的富饶森林。

生态圈承受着巨大的压力，最能适应环境变化的动植物物种将会迅速占据主导地位，而牺牲的往往是灵活性较低的竞争对手。最后的结果是多样性显著下降。例如，在热带划出一块地方修建高尔夫球场时，这一点便显而易见。虽然高尔夫球场包含动植物，但是其多样性范围受到人类的严格控制。在球场外围，大自然会不断尝试进入到球场里面，但是攻击性物种通常只是最健康的动植物。如果人类放弃控制高尔夫球场，那些强壮的侵略性物种将迅速侵入其中，但是要恢复原始的多样性范围将需要数年时间——如果还可以恢复的话。

因此，毁林和重新造林都可能产生微生物。如果一个生态系统已经完全遭到破坏，而且最终替代物种的多样性不足以确保动物、植物和微生物之间的平衡，就可能会出现新的疾病。

1975年至1976年，康涅狄格州的大西洋海滨城市莱姆就出现了这种情况。像许多源于殖民时代的新英格兰沿海社区一样，莱姆是一个古色古香的小镇，拥有两百年历史的古建筑、桦树和民宅，点缀着风景如画的田园风光。

20世纪70年代中期，这个镇有51名居民得了一种貌似类风湿性关节炎的疾病。这种被称为莱姆病（Lyme disease）的疾病，到1990年将会遍布美国的50个州和西欧的部分地区。尽管莱姆病的零散报告可能来自生态环境与阿拉斯加和夏威夷完全不同的州，但是超过90%的病例出自长岛、纽约州和缅因州之间的沿海和农村地区。到1988年，纽约的莱姆病确诊病例将位居世界首位，每10万名成人中有6.09例；1982年到1990年，东北部各州报告的莱姆病病例每年都会翻一番。

莱姆病患者的典型特征是局部皮肤发红，这是昆虫叮咬的标志，数天至数月后会出现皮肤病变、脑膜炎、关节炎以及持续性肌肉和关节疼痛。如果得不到治疗，这种疾病可能会持续终生，导致一系列神经紊乱、健忘症、行为变化、严重的骨骼和肌肉疼痛综合征，甚至会出现致命的心脏病或呼吸衰竭。一旦听说出现莱姆病，医生肯定会对东北部流行病区进行过度诊断，但美国的真实病例仍保持着明显的上升趋势，截至1992年，莱姆病是美国报告最多的媒介传播疾病。

大多数莱姆病患者生活在森林茂密地区，这里面栖息着常见的鹿、松鼠、花栗鼠等北美野生动物。值得注意的是，这些安详静谧的树林里却见不到美洲狮、丛林狼等古代肉食动物。实际上，

第十六章 自然与人类

控制鹿和小型哺乳动物的数量已经成为让整个北美森林社区备感头疼的事。

1982年,波士顿塔夫茨大学的埃伦·斯蒂尔(Allen Steere)博士发现,莱姆病患者感染了一种以前鲜为人知的螺旋体细菌——伯氏疏螺旋体。随后,斯蒂尔和其他医生声称:免疫系统与这种微生物长期斗争,可能会产生许多致命症状。

科学家们很快就确定,伯氏疏螺旋体细菌是通过一种名叫丹明尼硬蜱(Ixodes dammini)的蜱虫传给人类的。虽然蜱虫很乐意以人类为食,但它的首选食物是鹿血,尤其是当时北美森林中常见的白尾鹿血。大约80%的北美病例与居住在鹿栖息地或徒步穿越鹿栖息地有关。

然而,哈佛大学的安迪·施皮尔曼(Andy Spielman)指出,消除一个地区的鹿并不能消灭莱姆病。人类患莱姆病的概率可能会下降,但并没有消失。此外,莱姆病暴发具有季节性和周期性,与丹明尼硬蜱的生命周期一致,与鹿却未必一致。

施皮尔曼和实验室工作人员发现,无处不在的东北部白足鼠是伯氏疏螺旋体细菌的天然宿主,而伯氏疏螺旋体细菌正是导致莱姆病的罪魁祸首。未长成的蜱虫依附在小鼠身上,以啮齿类动物的血液为食。这些小鼠无辜受到细菌感染,然后将身上的伯氏疏螺旋体传给蜱虫。随着春季临近,每年冬季解冻时白足鼠及身上的蜱虫数量均出现激增。啮齿类动物和昆虫这两个物种,共同出现在沿美国东北部沙地海滨和林地生长的低灌木丛。鹿穿过这些区域时,丹明尼硬蜱就会附在它们身上,吸食鹿血,传播细菌。

于是,鹿身上携带着蜱虫,长途跋涉,穿过树林,进入郊区院落觅食。周围没有肉食动物控制鹿的数量,成群成群的鹿便肆无忌惮地搜寻食物,它们经常直接走进郊区的前院和露台,啃咬主人精心种植的杜鹃花和草坪。这又导致三个物种——人类、猫科动物和犬科动物——接触丹明尼硬蜱和它们携带的伯氏疏螺旋体细菌。

纽约的研究表明，丹明尼硬蜱的栖息地正在稳步地迅速扩张，因为鹿、宠物狗、人类、啮齿类动物，甚至有些鸟类，都将蜱虫从最初的暴发地带到越来越远的地方。到1991年，莱姆病及其载体丹明尼硬蜱已经遍布整个东北部的树木和低灌木丛生态圈。它们的入侵和引发的流行病是前所未有的事情。

为了弄清楚莱姆病突然出现在北美的原因和途径，施皮尔曼和同事试图重述丹明尼硬蜱扩张领土的历史。

研究工作将施皮尔曼的团队带回了英国殖民者初到北美的岁月。施皮尔曼说，朝圣者抵达马萨诸塞州后，便开始带着清教徒般的热情清理当地的森林并建立定居点。到18世纪晚期，马萨诸塞州已经成为北美炼铁工业的中心，他们伐光了这里剩余的森林，为炼铁提供燃料。到19世纪，整个东北部的大部分林地都遭到了严重破坏，修建住房只好从当时的西部准州进口木材。

"结果整个生态状况就像混凝土停车场一样，完全是人为造成的。"施皮尔曼在谈到后来动植物重新出现在这片荒芜地区时说道。橡树、落叶松等参天大树再也没有回来，大型肉食动物也是如此。古老的森林消失了，新形成的生态环境类似于16世纪的森林边缘——可以见到灌木丛、小桦树和其他非庭荫树、草地、鹿、花栗鼠、田鼠、松鼠和鸟类。

施皮尔曼说："这是我们在东部地区创造出的一个人工景观，在很大程度上是因为我们的疏忽。"接着他补充说，新生态环境充满了昆虫和啮齿类动物载体，"潜伏在这个不断变化的生态系统中"。

这片光秃秃的森林，迎来了侵略性植物群，以及没有遇到挑战的肉食动物，包括鹿、啮齿类动物和丹明尼硬蜱。随着这些动植物和昆虫数量飙升，尤其是在东北部地区濒临灭绝的鹿卷土重来后，一种新的疾病模式应运而生。

正如丹明尼硬蜱和鹿群入侵人工再造林区所证明的那样，无论人类如何努力在世界上搞建设，大自然总会强势回归。没有任何一个地方能逃过动植物和昆虫在全球的稳步蔓延。在没有天然捕食者或竞争对手的情况下，进入人工生态环境——包括特大城市——的外来物种可能会迅速占领所有合适的生态位。伴随着迁入的物种，可能会出现当地不曾有过的新型微生物。实际上，新型微生物的确已经出现。

莱姆病事件证明将动植物本身视为"自然的产物"是一种谬误。从微生物繁殖机会的角度看，原始生物多样性的缺失仅仅通过引入少数入侵物种是无法弥补的。

20世纪80年代初，斯坦福大学的生态学家保罗·埃利希（Paul Ehrlich）和安妮·埃利希（Anne Ehrlich）提出了多样性"铆钉假说"。他们认为生态圈是一架通过钢铆钉或者说物种固定在一起的巨型飞机。每灭绝一个物种，"飞机"的总质量可能保持不变，但是铆钉丢失，削弱了整体结构。最终，丢失的铆钉数量达到临界点后，飞机就会解体、坠毁、消失。

世界各地的实验室所做的几项实验证明划时代的"铆钉假说"是可信的。科学家们在环境密封的温室中种植植物，温室内装有测量二氧化碳、氧气和总生物量的设备。结果表明，在总生物量、日照和所有其他因素相同的情况下，温室中物种种类越丰富，这个小生态圈的产氧量和总体活力就越大。

在对19个热带森林生态圈的调查后，密苏里州植物园的研究人员发现了惊人的证据，证明氧气与二氧化碳比例的变化已经造成了可怕的影响：森林更新率急剧上升。整片整片的森林生物区"铆钉"正在以加速度消亡和再生。在几大森林——特别是在中非和亚马孙河流域，1970—1994年间的更新率每5年增长150%。阿尔·金特里（Al Gentry，在进行调查时死于厄瓜多尔上空的一次飞机失事）写道，更新率加速的结果是生物多样性的净减少，因为古老高大的硬木树及其创造的生态圈中的动植物已经灭绝，取而代之的是种类有限的具有侵略性的小型树木和热带藤蔓植物。这些依赖气体的物种木材密度较低，能够将森林转化为碳汇，排放出化学物质，进一步加剧二氧化碳失衡和臭氧危机。据金特里预测，物种会以加速度灭绝，世界热带雨林的密度和多样性会发生彻底变化，而灭绝和变化的速度将会令人瞠目结舌。

在气象科学家看来，最关键的问题是由于植物总量减少，幸存植物的多样性范围缩小，导致地球植物群的产氧量下降。此外，由于主要是人类化石燃料消耗和森林燃烧导致的二氧化碳产量不断增加，加上依赖氧气的人口数量可预见的不断增加，一场显而易见的化学危机即将来临。

最直接的影响是对地球臭氧层的化学破坏。主要由非耦合氧原子或臭氧组成的不可见气体层具有独特的物理特性。这些原子对特定波长的光产生反应，排斥紫外和红外波段的光。地球表面几乎不会向上发出这些波长的光，但是地球却受到太阳发出的这种辐射的轰击。如果没有臭氧层，地球将暴露在引发突变的紫外线中，成为不适合人类居住的温室。

纵观20世纪80年代，研究人员——特别是美国国家航空航天局戈达德太空飞行中心的研究人员——收集了臭氧层正在减弱的证据，特别是在南极上空。南极洲上空的臭氧层出现了一个真正的季节性空洞，紫外线通过这个空洞史无前例地照射到了地球上。

到1990年，科学界就这个臭氧洞的大小和意义展开了激烈辩论。但是，毫无疑问，全球生态正在发生变化。有些地方的冰川正在消退，澳大利亚和智利南部的皮肤癌发病率呈上升趋势，一些地区的海洋表面温度升高，全球平均地表气温也在上升。在化石和深层冰川矿石样本中，有研究人员发现了地球上过去出现过类似变暖时期的证据，这说明这种事件可能是地球历史循环的一部分。此外，全球变暖可能不是人类污染和雨林遭到破坏引发的，而是1991年菲律宾皮纳图博火山爆发等自然灾害造成的。

然而，有充分证据表明，卤素离子，特别是氯化物和溴化物，正在通过人类污染进入大气。它们是成千上万种塑料、杀虫剂、燃料、洗涤剂和其他现代材料的分解产物。一旦进入臭氧层，卤素就会充当化学清除剂，附着在游离氧原子上面，形成重分子，然后从保护层落入更低的地球大气层。通过这种方式，臭氧就会大量消耗。

支持这种观点的人对目前和预期的严重程度存在重大意见分歧，但是大多数西方科学家仍然坚持认为，污染和滥砍滥伐造成的臭氧消耗和全球变暖假说是正确的。5℃的差异标志着从冰河时代到出现严重有害的温室效应的跨越，因而最有力的证据支持20世纪全球温度将净增加0.5℃的预测。

全球变暖的第一种结果是地表水蒸发率上升，这反过来又导致地球关键地区降雨和季风增加。在撒哈拉沙漠等通常降雨量小的地区，降水会更少。这最终将导致水资源分配更为极端，地球上一些地方遭受严重干旱，另一些地方出现洪水和飓风。不出意料，这又会反过来改变一切——从鸟类迁徙到蓝鲸的摄食模式，从疟疾蚊子的栖息地到适合营利性农业增长的可耕地数量,都会受到影响。

宏观生态学的启示是,任何物种、河流、大气或小块土壤都不可忽视;地球上所有生命形式和化学系统都经常以复杂、无形的方式交织在一起。任何"铆钉"的丢失——即使是一个看似不起眼的铆钉,都可能危及整架"飞机"的物理完整性。

埃利希夫妇设想的"飞机"注定要坠毁。出乎意料的是,"飞机"受到新生致病微生物的严重影响,首先会生病。

1987年,在贝加尔湖附近工作的西伯利亚渔民和猎人注意到,大量死去的海豹(贝加尔海豹)被冲到了这个中亚大湖的岸边。到年底,海豹的死亡数量将超过两万,占海豹总数的近70%。贝加尔湖深1英里,是世界上最深的湖,是一个1.2万平方英里的特殊生态圈,栖息生长着许多世界上独一无二的动植物,其中就包括深灰色的淡水海豹。苏联政府长期以来将国内的湖泊用作废物倾倒场,所以起初人们认为这些海豹是某些有毒化学品的受害者。

但是随着1988年初春解冻期的来临,在瑞典和丹麦沿海的北海海域,雌性斑海豹流产现象明显增加。人们找到了约100只自发流产的海豹幼仔,其中有几只存活了下来,科学家趁机仔细研究它们的症状:昏睡、呼吸困难、鼻塞。对幼仔血液的快速分析显示,垂死和已经死亡的海豹体内含有在实验室检测中对犬瘟热病毒反应很弱的抗体。

1988年夏天来临之际,北海地区出现了数百只死去的成年海豹。从瑞典和丹麦的波罗的海西部地区一直到苏格兰的西海岸,在中间隔着广阔的陆地和海洋的海滩上,人们可以看到许多被海浪冲上岸的海豹。到8月,在爱尔兰北部海滩沿线也出现了散落的死海豹。

在荷兰、爱尔兰、俄罗斯和美国的实验室里，科学家们很快确定这些海豹死于一种麻疹病毒——这一类病毒包括人类麻疹、牛瘟病毒和犬瘟热病毒。海豹大量死亡现象一直持续到1990年，最终夺走了近1.7万只北海斑海豹的生命，占这里全部海豹数量的60%以上。

从亚特兰大到伊尔库茨克，实验室的科学家们很快确定贝加尔湖和北海出现的两种海豹流行病是由两种不同的病毒引起的。从贝加尔湖海豹严重感染的肺中分离出的病毒被命名为海豹瘟热病毒-2（PDV-2），事实证明，它与犬瘟热病毒几乎相同。

然而，北海海豹感染的却是一种未曾见过的病毒。攻击它们的微生物被命名为海豹瘟热病毒-1（PDV-1），不同于任何其他已知的麻疹病毒。这似乎是一种新病毒，斑海豹非同寻常的死亡率表明，它们的免疫系统以前从未遇到过这种病毒。

海豹专家在解决这个难题时，西班牙的兽医正在检查在西班牙加泰罗尼亚地中海海岸搁浅的海豚。到1990年7月，已有400多只地中海海豚被冲到北非、西班牙和法国的海岸，显然它们都有呼吸窘迫的症状。令人震惊的是，动物尸检显示，它们存在脑损伤和急性免疫缺陷。北海海豹中已有类似的免疫缺陷迹象记载，西班牙大众媒体的报道很快将这种神秘的海洋哺乳动物疾病称为"海豚艾滋病"。

但是，这并非艾滋病，更像是麻疹——海豚也会感染致命的麻疹病毒。到1991年，地中海和爱奥尼亚海各处的真海豚（*Delphinus delphis*）、条纹原海豚（*Stenella coeruleoalba*）、白喙海豚（*Lagenorhymchus albirostris*）和鼠海豚（*Phocoena phocoena*）都在死亡。

荷兰科学家确定，至少有四种新发现的病毒正在攻击欧洲和中亚的海洋哺乳动物，包括类似于人类麻疹的海豹瘟热病毒-1、似乎与导致犬瘟热的病毒相同的海豹瘟热病毒-2，鼠海豚麻疹病毒（PMV）以及海豚麻疹病毒（DMV）。

俄罗斯科学家发现了可能导致贝加尔湖PDV-2流行病的原因。似乎是在1986年，一场犬瘟热流行病疫情席卷了西伯利亚的雪橇犬；当地居民把死犬扔进了湖中。那些去探究死犬尸体的好奇海豹因此受到感染。就西伯利亚的情况而言，淡水海豹从未接触过这种病毒，但是对全世界而言却并非新生事物。一种微生物从古老的宿主物种转移到一个免疫脆弱的新物种身上，就会导致惊人的死亡数量。

尽管PDV-2之谜似乎已经解开，但是PDV-1、DMV和PMV的起源仍然是个谜团。这些病毒从何而来？它们是如何在如此广阔的地域迅速传播的？它们是毒性发生了突变的旧病毒，还是这些动物因为其他因素变得格外脆弱？

西班牙研究人员确信，欧洲海域的多氯化联二苯（PCB）污染是重要的原因。他们解剖的所有海豚体内脂肪中均储存有高水平的PCB，其中一些有PCB诱发肿瘤的迹象。所以，有一种假设认为，生活在污染严重水域的海豹和海豚，在病毒出现时已经出现免疫缺陷，这让它们变得特别脆弱。这种解释也许能说明加拿大海豹感染PDV-1但明显没有生病，而生活在受污染的北海和波罗的海水域的海豹近亲却发病的原因。然而，病毒的来源问题仍然没有得到解决。

到1993年，海豚和鼠海豚的死亡速度已经大幅减缓，许多科学家认为这种流行病的流行可能已经结束。这又是为什么呢？

1988—1990年和1993年之间的一个关键区别在于欧洲冬天的

严酷程度。特别是在地中海，早期的冬天非常温和，这意味着该地区的小鱼数量特别少。西班牙研究人员检验了约500具海豚尸体，得出的结论是所有海豚都特别瘦弱，肝脏严重受损。科学家认为，通常储存在人和动物体脂中的PCB，会随着饥饿的海豚燃尽储存的体脂而逐渐充满肝脏。这反过来又导致血液中含有高浓度的有毒化学物质和轻度免疫缺陷。随后，病毒便会利用海豚的脆弱侵入体内。

到1990年底，至少有1000只地中海和爱奥尼亚海豚死亡。

从墨西哥湾延伸至魁北克的圣劳伦斯航道，宽吻海豚、白鲸、大西洋的斑海豹和鼠海豚被纷纷冲上海滩，麻疹病毒更加让人觉得神秘莫测。那些幸存下来的动物经常眩晕痛苦，仿佛出现了大脑损伤或高烧。

科学家们再次通过病毒和污染去进行解释，结果发现有一系列因素在起作用。正如欧洲海洋哺乳动物一样，这些北美动物死亡时天气非同寻常。厄尔尼诺天气模式导致中西部降雨量异常，结果大量农药、污染物、人畜粪便流入密西西比河和其他主要河流。这些废物流向了墨西哥湾，造成首批宽吻海豚死亡。遭污染的海水穿过墨西哥湾，沿着佛罗里达海岸线流向南北卡罗来纳州，导致更多的海洋哺乳动物相继死去。这片水团继续沿着新泽西、纽约长岛、马萨诸塞州、缅因州、圣劳伦斯航道和新斯科舍的海岸前行，沿途动物发生大量伤亡。

水团所过之处，动物纷纷死亡。这到底是什么原因呢？争论一直持续到1993年。多氯化联二苯和其他含氯碳氢化合物等有毒化学物质存在于河流径流中，但是几乎没有科学家认为它们是直接原因；许多科学家认为由化学因素引发的免疫缺陷加剧了某种潜在病因，才导致海豚、海豹、鲸和鼠海豚生病。

在南北卡罗来纳州附近，科学家发现了大片大片的藻类群落，这些短裸甲藻（*Ptychodiscus brevis*）会分泌一种叫双鞭甲藻毒素（brevetoxin）的强效神经毒素。他们揣测，非同寻常的天气加上大量富含氮的人畜粪便，诱发了大型"赤潮"或藻华形成，其中便包含这种有毒藻类。

这种解释既适用于美洲的情况，也适用于欧洲的疫情，因此很有吸引力。无论这些动物是直接死于某种藻类，还是间接死于这种藻类携带到世界各地的麻疹病毒，在爱奥尼亚海、地中海、波罗的海、北海、墨西哥湾和长岛海岸附近的海豹都应该在大致相同的时间和相似的气候条件下感染上了致命流行病，这一点似乎已经不再那么神秘。

20多年来，马里兰大学的生物学家丽塔·科尔韦尔（Rita Colwell）一直在搜集细菌和病毒潜伏在藻类中的证据，到20世纪80年代末，其他科学家不仅承认存在大量证据，而且还将她的藻类发现与海洋生物和人类疾病暴发联系起来。科尔韦尔知道，数百种——也许是数千种——食肉藻类物种能够分泌毒素，杀死或麻痹比它们更大的海洋猎物，然后让成群的微生物轻松吞噬它们的战利品。

藻类是地球上最古老的生物，据说是超过30亿年前从地球的原始汤里演变进化而来的。作为生物，它们像原生动物，但是它们能够利用叶绿素将太阳能转化为有用的化学物质，因此严格来说它们属于植物。藻类在淡水和盐水中聚集，有时会导致水面变色或形成"潮汐"。三大类藻类是根据其颜色命名的：蓝绿色、红色和褐色；而这三种颜色又反映了它们的内部化学性质。

遇到环境压力或食物短缺，藻类可能会将自己包裹在保护涂层中，进入休眠状态，然后长时间隐藏起来。然而，海藻一旦被激活，就需要阳光和大量的氮。大多数物种都喜欢较温暖的水域，在理想条件下它们会迅速繁殖，成群地四处漂流。如果形成海洋赤潮或褐潮，这些海藻群落的表面积可能要超过大洛杉矶地区。

正如 E. O. 威尔森（E. O. Wilson）推测地球热带雨林中还有大量大小各异的陆地物种有待发现一样，科尔韦尔也十分关注这个星球上海洋世界的种种奥秘。

"在世界上存在的大约5000种已知病毒中，我们进行过特征描述的不到4%。"科尔韦尔说，"我们仅仅描述了2000种细菌的特征，其中大多数为陆生细菌。据估计共有30万至100万种细菌，这只是其中的2000种。在所有的海洋细菌中，我们描述过的不足1%。"

科尔韦尔花了数年时间研究生活在马里兰州切萨皮克湾（Chesapeake Bay）的微生物，结果发现这里的病毒具有季节性：它们的数量在冰冷的1月份达到最低点，每毫升水中约有1万个病毒，随着海湾升温，病毒数量稳步增加。到10月，经过三个炎热的夏季月份，病毒数量已高达每毫升10亿个，病毒数量超过了藻类和细菌的数量。在挪威的峡湾水域甚至发现病毒数量变化的幅度更大，挪威研究人员确信病毒会将遗传物质传递给藻类，帮助它们适应变化。

在科尔韦尔展开研究的切萨皮克湾，一些病毒到了夏季数量就会激增，它们都是湾里的固有生物，随着水温升高，其数量会成倍增加。但是，在研究切萨皮克湾的30多年里，科尔韦尔发现随着人类和动物的排泄物被冲入海湾，就会发生病毒入侵，带来各种病原体。密度最大的入侵出现在垃圾场和污水处理厂周围，科尔韦尔在这些地方发现了病毒、质粒、转座子和细菌混合的真正大杂烩。

"发生基因交换的可能性非常大。"科尔韦尔说,"实验室研究的确表明,一些海洋细菌拥有的抗生素耐药基因,很可能就是在这种条件下获得的。这些新出现的抗生素耐药细菌又被各种软体动物摄入,然后被海洋哺乳动物和人类吃下。从扇贝到龙虾等软体动物和甲壳动物,很容易摄入在遭到污染的世界海岸沿线发现的各种微生物,其中包括一系列人类的肠道病原体。"

科尔韦尔说:"地球上几乎已经没有地方能找到无病原体的软体动物了。"

在世界沿海水域,尤其是在废物倾倒场周围捕获的贝类中,人们都发现了肝炎病毒、诺瓦克病毒、脊髓灰质炎病毒和许多其他微生物。而且,还发现了奇怪的微生物,它们烧穿了软体动物的外壳,杀死了鲑鱼,让龙虾失去了方向感。

根据一项计算显示,1克普通的人类粪便包含10亿种病毒。在1升未经处理的人类排泄物中,有超过10万种传染性病毒——仅仅靠氯气处理对它们没有任何效果。氯可能会消灭细菌,但是消灭病毒需要更广泛的过滤和三级处理。其实,细菌耐氯能力的增强也正在使化学杀毒方法失去效用。

未经处理的污水、化肥、农药和其他化学废物造成的海洋污染日趋严重,给沿海海洋生态圈带来了巨大变化。尽管世界银行和联合国已经将污水治理和卫生系统构建列为20世纪80年代发展的重中之重,但是据估计,至少有20亿人没有干净卫生的粪便处理系统,其中大多数都是非洲和亚洲南部的居民。他们的粪便以及家畜的粪便最终流向附近的河流、溪水和海洋。

因此,在"二战"后的40年里,全球范围内藻华出现的频率和规模都在增加。粪便、垃圾、肥料、淤泥和农田排水源源不断地提供营养,给藻类提供了大量食物。许多科学家认为,臭氧层不断变薄导致海面温度上升，适合微生物生长和繁殖。在湖泊、池塘和开阔的海面上，藻华迅速生长，阻挡了在下方游动的生物所需的全部氧气和阳光，直接导致鱼类、海洋植物和软体动物窒息。一些科学家认为，有证据表明穿过臭氧层的紫外线越多，海面生物的突变率就越高，这可能会加快适应性进化的速度。如果存在这种机制，那么它将对微生物有利。微生物数量庞大，完全可以利用有益的突变，容忍因灾难性突变导致的个体死亡。对鱼类、鲸和海豚等更复杂的海洋生物而言，情况则恰恰相反。

海洋学家帕特里夏·特斯特（Patricia Tester）宣称："海洋已经成为巨大的粪池，把粪池加热会发生什么，大家都清楚。"

1993年，世界银行的海洋生物学家简·波斯特（Jan Post）发布海洋状况报告时使用了一个类似的比喻："今天的海洋，作为一种资源已经过度开发，已经成为人类的最终粪池和所有污染的终点站。"

特斯特在北卡罗来纳州博福特镇的美国国家海洋渔业局（U. S. National Marine Fisheries Service）工作，一直在监测天气和藻华。她跟许多海洋学家一样，注意到在1987—1992年间，海豚、海豹、鼠海豚和鲸的灭绝与藻类引发的全球大规模珊瑚礁白化以及大范围赤潮几乎是同时发生的。她认为，有令人信服的证据表明，不仅藻华发生的频率和规模有所增加，而且藻华的领土范围也扩大到了以前认为太冷不适合海藻生长的海洋纬度。科学家利用卫星追踪藻华，记录了20世纪80年代和90年代初藻华规模和范围扩大的情况——在有些地方甚至增加了1倍。

同时，海洋生态圈的总体多样性正在以惊人的速率下降。超过95%的海洋生物都适应了沿海地区，所以这些地区便极其脆弱：沿海开发、污水和渔业等形式的人类干扰正在造成巨大损失。美国鱼类和野生动植物管理局（U. S. Fish and Wildlife Service）的生物学家肯尼思·谢尔曼（Kenneth Sherman）就曾计算出，在1940—1990年间，新英格兰沿岸的生物量生产下降了50%以上，其主要原因便是过度捕捞。

于是，海洋失衡的反馈环路形成。随着鲸等以浮游生物、藻类为食的物种数量下降，只有病毒在遏制藻华。但是，增加海洋中的病毒数量对海洋生物，并最终对人类的健康造成了其他危险。

丽塔·科尔韦尔确信，整个海洋危机已经通过霍乱流行而直接危及人类健康。在20世纪70年代，她就证明能反弹的极小霍乱弧菌可以在藻类中生存，在休眠状态下以包囊方式生存数周、数月，甚至数年。科尔韦尔是一位坚韧不拔、精力充沛的女性，多年来她一直在努力让世界公共卫生机构相信，预测霍乱出现的关键，在于追踪来自孟加拉国和印度海岸的藻华，因为这两个地区是主要的霍乱流行地。

"但是，那些愚蠢透顶的医生都相信一个根深蒂固的观点，即霍乱只是直接人传人。"科尔韦尔说，"他们就是无法接受微生物生态学这一概念。只要有机会，他们就会跟我唇枪舌剑地辩论。"

1991年1月秘鲁发生了霍乱，世界卫生组织和全球医学界才注意到了科尔韦尔的观点。

1961年，全球第七次霍乱大流行暴发于西里伯斯岛（Celebes Islands），新菌株被命名为O1群埃尔托型霍乱弧菌。到20世纪70年代末，埃尔托型霍乱弧菌已经进入了南亚和东非所有的沿海发展中国家，而且无法控制。然而，直到1991年秘鲁疫情暴发，世界卫生组织和卫生专家才公开承认科尔韦尔多年来一直在说的话：从基因来看，埃尔托型菌株特别适合在藻类中长期生存。

第十六章　自然与人类

自20世纪80年代初以来，科尔韦尔就一直与位于孟加拉国首都达卡的国际腹泻病研究中心合作，并最终成为该中心的研究教授。在霍乱流行中心——也许是所有霍乱流行病的发源地，科尔韦尔和同事们发现，把埃尔托型菌株突然放入冰冷的盐水中，它会变成原来大小的三百分之一。此时，它只有一个大病毒大小，极难检测。但是，水源或藻类中是否存在冬眠的霍乱弧菌，可以通过简单采样并改变实验室中的条件来检验：添加氮气，升高温度，降低盐度。瞧，霍乱弧菌立刻现形！

他们进一步发现，弧菌能够以藻类的卵囊为食，单个卵囊表面上的弧菌数量高达100万个。这也解释了为什么一旦埃尔托型霍乱弧菌进入他们的社区，卫生当局就无法将之消灭。这种微生物潜伏在藻类浮渣中，漂浮在当地池塘、溪流或海湾的表面，在休眠中伺机暴发。

1991年年初，埃尔托型霍乱弧菌袭击秘鲁沿海地区时，秘鲁对这种情况毫无准备。1月份，秘鲁是夏季，气候本来就炎热，结果又发生厄尔尼诺事件，气温变得更高，这时一艘中国货船抵达了利马的港口城市卡亚俄（Callao）。来自亚洲海域的舱底污水排入卡亚俄港，释放出数十亿个感染了埃尔托型霍乱弧菌的海藻。

感染霍乱的第一批病例为这种微生物在秘鲁的传播提供了难得的机会。夏季一到，全国都吃一种叫酸橘汁腌海鲜的美食。从舱底排出的弧菌很快就感染了秘鲁的贝类，因此未煮的酸橘汁腌海鲜成了理想的细菌传播媒介。

传播埃尔托型霍乱弧菌的第二个良机是利马大量未氯化的水源。由于受成本限制，加上美国环境保护局的文件证明摄入氯与罹患癌症关系不大，秘鲁已经放弃了长期以来通过化学制品对公共饮用水进行消毒的疾病防控做法。后来，美国疾病控制中心的研究表明，秘鲁的大部分霍乱细菌是直接通过水龙头传播到人们家中的。

利马市医院的第一批霍乱病例发生在1月23日；几天后，霍乱在利马北面约200英里的港口城市钦博特（Chimbote）暴发。

受厄尔尼诺影响的海水携带着舱底海藻，在拉丁美洲的太平洋海岸逐渐扩散，结果拉丁美洲的港口相继出现了霍乱病例。西半球流行病持续了11个月，霍乱导致至少336554人患病，3538人死亡。在这些月份里，公共用水净化系统停用或缺乏、下水道不合格和乘飞机旅行，都加重了霍乱疫情。美国报告的病例中就有在拉丁美洲登机的乘客，他们并不知道自己感染霍乱，结果在飞行途中或着陆后不久后便患上重病。

科尔韦尔和同事证明藻类中的弧菌与从患病患者身上提取的弧菌基因相同。此外，他们还发现，正在肆虐拉丁美洲的埃尔托型亚菌株是稻叶形，含有对抗生素氨苄西林、甲氧苄啶和磺胺甲恶唑耐药的基因。在泰国，同一种亚菌株具有高度抗生素耐药性，共有8种药物对其没有效果。

在拉丁美洲，霍乱一直持续到1994年，根据世界卫生组织官员的说法，这次疫情"看不到尽头"。根据泛美卫生组织的数据，到1995年，拉丁美洲各国政府将花费2000多亿美元用于供水、卫生设备和污水系统的紧急修复。世界卫生组织说，向当局报告的实际霍乱病例仅占全部病例的2%，截至1993年10月，整个拉丁美洲正式报告的霍乱病例为90万例，其中包括8000多死亡病例。官方报告中少报的霍乱病例太多，因此到1994年人们能提供的唯一准确说法是：1991年1月至1994年1月，数百万拉丁美洲人感染霍乱，数千人死亡，而且疫情仍在继续。

把氯大规模投放到秘鲁的供水系统中，结果发现这种O1型菌株对氯具有很强的耐受性。

到1992年,南北美洲的科学家都已经清楚,埃尔托型霍乱已经成为拉丁美洲大部分地区的流行性霍乱,其主要原因是藻类中携带的埃尔托型霍乱弧菌。但是,到1992年12月,在印度马德拉斯港口城市出现了一种全新的霍乱菌株,于是对这种弧菌传播进行过去那种僵化分析的真正挑战出现了。这种新出现的微生物被命名为孟加拉霍乱,或O139群霍乱弧菌,与埃尔托型霍乱弧菌争夺对孟加拉湾生态的控制权。截至1993年6月,孟加拉霍乱已导致2000多人丧生,约20万人出现严重疾病。它已经蔓延到孟加拉湾的大部分沿海地区,包括加尔各答、马德拉斯、韦洛尔和马杜赖等印度大城市以及孟加拉国南部的大部分地区。

这种新型孟加拉霍乱似乎比第七次大流行传播得更快。只用了3年的时间,这种霍乱菌株便从印度传播到了泰国,但是据曼谷玛希隆大学的研究人员称,1993年年中,泰国首都曼谷就已经出现了孟加拉霍乱,并可能在全国呈蔓延之势。

3月,首都达卡的主要医院每天治疗600例孟加拉霍乱病人——是平常每日霍乱发病率的3倍。据报道,在孟加拉国的农村地区,霍乱病人的发病率是前一年古典型霍乱发病率的10倍。

在孟加拉霍乱暴发之前,世界上有两种类型的霍乱:古典型和埃尔托生物型。古典型霍乱在印度和孟加拉国部分地区流行,危险性极大,接触微量粪便即可造成人际传播。相比之下,埃尔托型毒性较低,但在露天环境中存活的时间更长。埃尔托型菌株有一个特点,它能够作为海藻中的沉默乘客,在开放性海域移动。

孟加拉霍乱似乎集合了埃尔托型和古典型这两种弧菌的特征。孟加拉国国际腹泻病研究中心的研究人员报告说,这种新突变体与其古典型菌株相比,"可能更顽强,更具生存优势"。他们在12%的检测水样中发现了这种孟加拉霍乱细菌的活跃菌落,在孟加拉国检测的所有水样中均发现了细菌毒素。

新出现的孟加拉菌株明显少了一种基因特征,即为抗原进行编码的基因特征。人类免疫系统通常能够识别这种编码。结果,人们似乎没有这种新突变菌株的抗体,甚至以前在霍乱疫情中存活下来的成年人似乎也容易受到这种孟加拉菌株的侵袭。

对这种新型突变弧菌的基因分析的结果,让人想到一种可怕的情况:它本质上是拥有古典型霍乱毒性基因的埃尔托型菌株。因此,它将代表一种全新的从未见过的霍乱细菌类别。1993年秋天科尔韦尔说,O139群的出现"对流行病学家和内科医生来说无疑是当头一棒,因为除了生态学,无法解释它的出现和传播"。

1993年,科尔韦尔与马萨诸塞州坎布里奇市的两名医生合作,试图弄清楚来龙去脉,以此解释全球变暖、海洋生物多样性丧失、紫外线辐射增加、人类产生的废物和污染、藻华以及其他生态事件是如何一起发挥作用的。他们经过推理后一致认为:就拿达卡来说,一名男子排泄的霍乱细菌进入孟加拉湾的海藻中,连续潜伏了几个月,通过温暖的水华或舱底污水穿过数千英里的海洋,导致一名在利马食品摊上吃酸橘汁海鲜的人丧生。保罗·爱坡斯坦(Paul Epstein)博士和蒂莫西·福特(Timothy Ford)博士都是哈佛公共卫生学院医生和科学家小组的成员,他们把自己的机构命名为哈佛新疾病和复发疾病工作组。他们相信,在21世纪保护波士顿病人的关键是更好地认识海洋中正在发生的事情。他们发现,全球气候变化、污染、微生物等因素之间存在一种复杂的互动关系。

在爱坡斯坦看来,藻华是巨大的漂浮基因库,其中抗生素抗性因子、毒性基因和质粒在病毒、细菌和藻类之间四处移动。他认为紫外线辐射可能会加速突变。他说陆地微生物正在不断以人类排泄物和径流的形式添加到基因库中。

爱坡斯坦游说在不同领域工作的科学家,以寻求合作,回答有关海洋环境与人类健康之间的联系的问题,这些领域涉及海洋学、大气干扰、卫星图像、浮游生物学和流行病学等领域。爱坡斯坦发现,许多其他科学家已经得出结论:全球生态的变化,尤其是那些由变暖引起的变化,往往对微生物有利。

例如,在耶鲁大学,罗伯特·肖普(Robert Shope)仍然管理着虫媒病毒实验室。此时,他正在考虑全球变暖对携带疾病的昆虫的影响。基于近40年对虫媒病毒的研究,肖普确信全球气温即使小幅上升,也可能会扩大两种主要蚊子——埃及伊蚊和白纹伊蚊——的活动范围。在20世纪90年代,这两种蚊子都因气候原因而受到地理限制。埃及伊蚊无法长时间暴露在低于48℉(约9℃)的温度下,如果低于32℉(0℃)不到一小时就会死亡。遇到寒冷天气,白纹伊蚊的耐寒性稍强一点点。因此,在北半球,埃及伊蚊不能生活在北纬35°以北,或大致相当于孟菲斯、田纳西州、丹吉尔、摩洛哥和大阪的纬度。20世纪90年代,白纹伊蚊无法在北纬42°以北生存,大致相当于马德里、伊斯坦布尔、北京和费城的纬度。

肖普预计变暖会有助于这两种蚊子向北移动,侵入东京、罗马和纽约等人口聚集中心。白纹伊蚊,也称亚洲虎蚊,可能携带登革热病毒。埃及伊蚊则更令人担忧,因为它能携带登革热和黄热病两种病毒,黄热病的致死率通常达50%。历史分析似乎证实了这种假设,几千年来,疟疾就是随着重大气候变化发生了地理转移。

英国昆虫传播疾病专家确信,全球变暖将极大地扩大东非采采蝇的活动范围和传染率,采采蝇携带的睡病虫可导致昏睡症。研究人员得出结论,即使温度小幅升高——1℃—2℃——也可能会导致疾病传播率增加,因为在更高的环境温度下,采采蝇会更加活跃,进食速度更快,加工睡病虫的速度也更快。于是,每只采采蝇每天就可能导致更多人感染。

这一原则同样适用于按蚊和疟疾传播。1993年,领导哈佛新疾病和复发疾病工作组的乌维·布林克曼试图找出方法,在预测全球变暖导致蚊子产生的纬度移动的同时,预测它们的海拔变化。他认为需要尽快研究确定在海拔500英尺(152.4米)以上,什么因素在限制按蚊活动方面发挥了更大作用——到底是气压还是低温。他预测,如果低温更重要,那么疟疾可能很快会侵袭津巴布韦、博茨瓦纳、斯威士兰、卢旺达、坦桑尼亚、肯尼亚以及非洲其他地区的山区。此外,随着全球变暖,这种疾病可能会进一步爬升,影响到喜马拉雅山、苏莱曼山脉、比尔本贾尔岭(Pir Panjal)的山脚下和亚洲其他山区。

1990年,世界卫生组织工作组的一份详细报告预测,全球变暖会产生更广泛的疾病影响。即使气温小幅净增长——大约1℃——也会改变风场类型,改变相对湿度和降雨量,引发海平面上升,导致沙漠地区和受周期性洪水影响地区这两种全球极端更加严重。反过来,这种情况将会彻底改变昆虫携带的微生物的生态。此外,世界卫生组织工作组表示,植被模式的预期变化可能从根本上改变猴子、大鼠、小鼠和蝙蝠等携带微生物的动物的生态,让这些载体更加靠近人类。

免疫学家也有一种强烈共识:接触紫外线增加——特别是中波紫外线(UV-B)辐射——会抑制人类的免疫反应,导致人类更容易受到所有微生物的侵袭。正如人们认为多氯联苯和其他氯碳氢化合物污染物在提高海洋哺乳动物的微生物易感性方面发挥了作用一样,许多医生认为有充分证据表明空气、水和食物污染物影响了人类的免疫系统。

全球变暖的另一个特征是,富裕国家的人越来越依赖于空调。为了节约能源,工业化世界的建筑都经过专门设计,力求最大限度地减少向外和向内的气流。在密封房间内反复加热或冷却同一批空气所需成本较低,但是从外面吸入新鲜空气,改变它的温度,让它在整个建筑内循环,同时排出旧空气,成本会高出很多。随着每年高温天气时间的增加,需要开空调的时间更长,促使旧空气反复再循环,合理的氧气消耗临近极限,由此产生的经济压力可想而知。这种在办公大楼进行冬季保温的做法,已经与工作场所的流感和普通感冒病毒传播密切相关。随着全球变暖,人们预计军团病杆菌和其他空气传播微生物数量也会随之增加。

即使没有发生全球变暖,纯粹出于经济原因也会采取节能措施,促使建筑师和开发商建造窗户打不开的密封建筑,导致居民容易患上"病态建筑综合征"。这种综合征是吸入建筑基坑或结构中存在的甲醛、氡和其他化学物质诱发的。如果在新鲜空气中稀释,这些化学物质对人类健康几乎没有威胁,但是如果居民和员工在再循环或稀薄的空气中吸入这些化学物质,它们就会成为导致健康问题的重要因素。显然,如果一栋建筑中的居民吸入的空气中集中了这种微量化学物质,而且恰好活动性肺病患者在里面居住或工作,那么这栋建筑将成为结核分枝杆菌快速传播的理想环境。

人类的肺就是一个生态圈,每天吸入2万升空气——大约相当于60磅。肺的表面很复杂,由数亿个微小的分支组成,在分支的末端是不停吸收氧分子的微小细支气管。人类肺部的实际面积约为150平方米,或者如哈佛大学医学院肺病专家约瑟夫·布雷恩(Joseph Brain)所说,相当于"一个奥林匹克网球场大小"。

把肺部空气环境与人体血流隔开的整个距离不到0.64微米,即略低于十万分之一英寸。

微生物要进入人体血液,就必须突破这0.64微米的保护。病毒通过在气道内上皮细胞内积聚,造成足够多的局部损伤,打开直径不到百万分之一英寸的孔洞,才能实现突破任务。一些病毒,譬如引发普通感冒的病毒,非常适应人类的肺,它们的表面有特殊的蛋白质能够锁定上皮细胞。结核分枝杆菌等较大的微生物,是通过免疫系统的巨噬细胞进入的。这些微生物特别善于识别和锁定分布在整个肺组织中的大型巨噬细胞。虽然巨噬细胞的工作是寻找并消灭这些入侵者,但是许多微生物会改变自身,欺骗这些细胞摄取它们。一旦进入巨噬细胞内部,这些微生物就可以自由进入血液或淋巴系统,到达人体各处的目的地。

保护肺部的最佳方法是每天提供2万升新鲜、清洁、富氧的空气。这些空气能够清洗整个系统。

污浊的空气含有污染物颗粒、尘埃或微生物,会侵袭脆弱的肺泡和细支气管,并且会发生协同作用。例如,吸烟或在煤矿工作的人更容易感染所有呼吸道传染病:感冒、流感、结核病、肺炎和支气管炎。

担负人类伟大的全球化重任的交通工具喷气式飞机,由于内部空气呈封闭状态,也可以成为微生物传播的来源。飞机上的每个人都呼吸着同样的空气。因此,乘客或机组人员患病,即使不会将呼吸道微生物传给飞机上的所有人,也很容易传给许多人。飞行时间越长,外部空气通过换气进入机舱的次数越少,风险就越大。

例如，1977年，飞机在阿拉斯加进行维修时，机内54名乘客全部停飞三个小时。没有乘客离开飞机，为了节省燃料，空调也被关闭。在三个小时的时间内，54名乘客一次次呼吸着同样的空气。其中一名妇女患有流感，结果在接下来的一周内，同机乘客中有72%的人染上了流感，每个人身上都发现了基因相同的菌株。

20世纪70年代全球石油危机之后，航空业想方设法节约燃料。首先受到影响的就是空气循环，因为从飞机外部吸入冷空气，将空气温度调节到舒适的65℉（18.3℃）到70℉（21℃），并保持机舱压力，需要消耗大量燃料。在1985年之前，商用飞机每三分钟开启一次这种功能，才能保证大多数乘客和机组人员在整个飞行过程中呼吸到新鲜空气。实际上，1985年以后制造的所有飞机空气流通次数都已经减少；新旧空气混合在一起，每7分钟循环一次，飞机空气全部更新一次最多可能需要30分钟。机组人员越来越多地抱怨头晕，经常出现流感、感冒、头痛和恶心的情况。

对飞机客舱的研究显示，二氧化碳水平过高，比美国法定标准最多高出50%。满员飞机的空气质量更是无法达到美国工作场所的基本标准。

在1992年和1993年，美国疾控中心调查了飞机传播结核病的四个显著案例。在其中一个案例中，一名空乘人员通过几个航班把结核病传染给了23名机组人员。

有人针对监狱、宿舍等封闭环境表达了类似的担忧，因为往往会有太多人居住在这种节能环境中。

为筹备1992年6月在里约热内卢举行的联合国地球峰会，世界卫生组织审查了全球变暖和污染对健康预期影响的现有数据。世界卫生组织得出结论，认为有令人信服的证据表明：由于中波紫外线对免疫系统的损害和污染物对肺和免疫系统的影响，人类更容易感染传染病。同样,世界卫生组织对病媒生态——尤其是昆虫生态——在当前和未来发生变化的判断感到印象深刻。

当然,地球发生1℃至5℃的温度变化并不是导致疾病出现的唯一原因。1960年以来发生的事件表明同时还有其他因素也在起作用。长期以来,人类与微生物之间的生态关系一直处于失衡状态。

"疾病牛仔"(disease cowboy)这个称号是指卡尔·约翰逊(Karl Johnson)、皮埃尔·叙罗(Pierre Sureau)、乔·麦考密克(Joe McCormick)、彼得·皮奥(Peter Piot)和帕特·韦伯(Pat Webb)等类似的科学家,他们很久以前就目睹了人类侵入新生态位或改变旧生态位的结果。面对"地球热带雨林中有多少携带疾病的储存宿主和病媒种类等待发现"这一问题,也许昆虫学家E. O. 威尔逊对面临的困境做出了最好的概括:"这一点无人知晓,而且也不可能知晓。未知的东西实在太多,甚至都无法进行推测。"

由于人类活动的变化以及20世纪末人类在地球上生活和工作方式的改变,微生物不再局限于偏远的生态圈或稀有的储存宿主类别:对它们而言,地球已经真正成为地球村。从1950年到1990年,国际商务航空航班乘客数量从200万飙升到2.8亿。1990年,美国国内飞机乘客高达4.24亿人。微生物感染者在地球上到处迅速移动,预计到2000年飞机乘客将翻一番,国际航班人数接近6亿人。

随着人口的增加和城市化的实施,一旦在新地方出现微生物——即使是传播能力相对较弱的微生物,在人与人之间传播的统计概率也会不断提高。地球上每平方英里土地平均人口的总密度每年都在稳步上升。在美国,随着时间的推移,即使美国土地面积不断扩大，人口密度（根据美国人口普查数据）也会增长。数据如下：

年度	人口总数/人	每平方英里人口数/人
1790	3929214	4.5
1820	9638453	5.5
1850	23191876	7.9
1870	39818449	13.4
1890	62947714	21.2
1910	91972266	31.0
1930	122775046	41.2
1950	151325798	42.6
1970	203211926	57.5
1990	250410000	70.3
1992	256561239	70.4

在世界大部分地区观察到的增长幅度甚至更大。联合国收集的1990年和1992年人口普查资料显示，这两年的人口密度毫无疑问是在逐渐上升：

国家	1990年的人口/人	1990年每平方公里人数/人
中国	1130065000	288
印度	850067000	658

续表

国家	1990年的人口/人	1990年每平方公里人数/人
印度尼西亚	191266000	255
墨西哥	88335000	115
卢旺达	7603000	715

国家	1992年人口/人	1992年每平方公里人数/人	密度差异1990—1992/%
中国	1169619000	315	8.5
印度	886362000	700	6.0
印度尼西亚	195000000	262	2.6
墨西哥	92380000	121	4.9
卢旺达	8206000	806	11.3

尽管一个国家的人口分布不均匀，但是人口密度的发展趋势仍然有利于微生物生长。如果对人口规模的最糟糕预测成为现实，一些地区的人口密度将超过每平方英里3000人。按照这种速度，城市、郊区和边远城镇之间的区别将变得模糊，微生物人际传播的障碍也将几乎不复存在。

随着时间的推移和人们出行的增加，精确定位一种微生物最早出现的位置也将日益困难。人类免疫系统缺陷病毒就是一个典型的例子，因为它同时出现在三大洲，并迅速传遍全世界。

20世纪90年代，主攻病毒研究的科学家认为，规模最大的疾病和死亡源于动物传染病事件，即病毒的跨物种传播。面对这种情况，宿主因为缺乏对新型微生物的免疫力，通常高度易感。埃博拉、PDV-2、马尔堡病毒、马丘波病毒、拉沙热病毒和猪流感都是典型的例子，这些疾病都是突然由动物传给人类的。

洛克菲勒大学的斯蒂芬·莫尔斯（Stephen Morse），在1988年之前几乎将所有的精力都用于研究新出现的疾病问题。他将病毒在宿主物种之间的这种移动称为"病毒传输"（viral trafficking）。他认为世界上的动物就是一个巨大的"人兽共患病病毒池"，每个物种体内都携带着各种微生物，遇到合适的条件，这些微生物就可能跨越物种屏障，感染完全不同类型的宿主。

在哈佛大学，马克斯·埃塞克斯（Max Essex）对新型跨物种病毒感染的凶猛程度同样印象深刻。他发现的一个令人不寒而栗的例子是栗松鼠猴疱疹病毒（Herpesvirus saimiri），这种病毒的携带者是生活在亚马孙地区的松鼠猴（Saimiri sciureus），并没有出现明显的危害。人们在圈养的松鼠猴身上首次发现这种病毒时，认为这是一种无害的微生物。但是，1968年，在波士顿郊外新英格兰灵长类动物研究中心的科学家发现这种病毒之后的几个月内，研究中心其他种类的猴子就开始发病。结果证明，这种奇怪的疱疹病毒是一种非同寻常的致癌物：感染后不到两个月，生活在旧世界的猴子就会患上大范围的致命淋巴癌。

在20世纪70年代早期，同一批研究人员在蜘蛛猴身上发现了一种类似的疱疹病毒，即蜘蛛猴疱疹病毒（H. ateles）。与松鼠猴疱疹病毒一样，它对正常宿主无害，几乎100%感染野生宿主物种。但是，对于其他猴类，这也是一种强大的致癌病毒。这两种病毒都专门感染灵长类免疫系统的细胞，引发淋巴瘤和白血病。当它们感染宿主物种以外的灵长类动物时，两者的致死率都接近100%。实验证明兔子感染这种病毒后也极其致命。

尽管这两种病毒的致癌率和速度史无前例，令人恐惧，但是让埃塞克斯不寒而栗的并非其致癌能力。埃塞克斯关心的是其传播方式：这两种疱疹病毒都通过空气传播。

几千年来，这种令人恐怖的危险病毒在野外也许可以很好地为松鼠猴和蜘蛛猴服务，在它们身上寄居生存，不会造成伤害，但是会杀死与其竞争的其他所有灵长类动物。在圈养的动物群落中，一只蜘蛛猴只要对一只吼猴呼一口气，吼猴五周后就会感染白血病死亡。

这些病毒似乎能够制造专门阻止或抑制细胞免疫反应的蛋白质，从而逃避猴子的免疫系统。松鼠猴病毒含有15个基因，这些基因与在猴子身上发现的基因非常相似。

实验室对寄宿在猴子细胞上的松鼠猴疱疹菌株进行分析，结果显示突变率和基因交换率十分惊人。在没有其他微生物的情况下，该病毒的DNA能够感染和破坏一个细胞。一旦整个病毒进入细胞，它们就会立即开始突变，这一过程非常明显，原始菌株将无法复原。因此，尽管尚未听说有人感染过松鼠猴疱疹或蜘蛛猴疱疹，但是这些病毒能够以惊人的速度自我转化，这便留下了令人不安的隐患——如果有足够多的机会，例如接触免疫缺陷者，或者把猴子组织移植到人类体内，这些微生物可能会很快适应人类细胞，成为通过空气传播的致命致癌病毒。

自从建立研究用动物社群以来，科学家们无意中发现了许多其他猿猴病毒，而且有证据表明接触过这些猿猴的人能够感染病毒，引发疾病。一种被命名为B病毒的疱疹病毒会感染恒河猴和旧世界的其他一些猴子，攻击其神经细胞，导致局部疼痛、脑炎甚至死亡。通常，在所有引进的恒河猴中，约有10%感染B病毒；在一些圈养的动物社群感染率达到100%。一旦感染，这些动物无论是否会发病，都会终生携带病毒。

从1975年发现B病毒到1989年，共有28名动物训导员被感染，其中25人患上脑炎。只有5人感染这种已知的B病毒后幸存。

无论是通过天然形式还是突变形式，能够感染人类的其他猴病毒，包括猴D型逆转录病毒（SRV）、猿猴免疫缺陷病毒（SIV）、猿猴肉瘤相关病毒（SSAVs）、猿猴副粘病毒5、长臂猿白血病病毒和梅森-菲舍猴病毒（M-PMV）。

在20世纪70年代早期，126名美国灵长类动物研究机构的员工意外感染了猴子携带的微生物。他们所患的大多数疾病的确切病因始终未能确定。已知可传播的微生物包括肺结核、志贺菌、链球菌、葡萄球菌和流感病毒。此后每年，世界各地的动物社群工作者都接触并感染猿猴携带的各种病毒、细菌和寄生虫。

尽管猿猴身上明显存在对人类有害的病原体，但美国医学界非常热衷于使用猿猴作为器官移植的来源。自从1953年第一次成功进行人类心脏移植以来，器官移植在美国和欧洲日益增多。抑制接受者免疫反应的有效药物的研发大幅提高了人类器官移植的成功率，到1988年除了肺移植病人，所有普通器官移植病人的5年生存率已经超过50%。肾脏移植是所有器官移植手术中最常见的，其成功率高达91%。

随着成功率的提高，病人对器官的需求也在增加。到20世纪80年代中期，器官供应出现了真正的危机，美国电视和报纸经常刊登令人痛心的报道，说除非尽快找到合适的肝脏、心脏或其他器官，否则绝望的儿童就会面临死亡。于是，一个联邦等待器官名单系统建立了，对面临失控危险的器官采购系统进行整治。然而，秩序和公平并不能保证有足够的可用器官。例如，1990年等待器官移植的名单上连续有2206人因没能及时找到合适的移植供体而死亡。

1963年,人们第一次尝试把狒狒器官移植到人身上,结果遭遇失败。这类实验在美国和南非持续了多年。

在1992—1993年,匹兹堡大学的研究人员将狒狒的肝脏移植到两名男性身上,他们因乙肝病毒导致自身器官损坏。两名患者不幸去世,但是器官移植并非他们的死因。医生都为这次突破振臂欢呼。

但传染病专家对此表示不满。捐赠器官的狒狒来自西南基金会,该基金会位于圣安东尼奥,是美国最大的猴子研究机构。这家灵长类动物研究中心的官员们在得知狒狒的器官被移植到人体中后感到震惊。这只用于第一次匹兹堡移植实验的狒狒感染了猿猴免疫缺陷病毒(SIV)、猿猴巨细胞病毒(CMV)、猿猴型EB病毒(EBV)和猿猴病毒8(狒狒B型病毒)。批评者质问:如果这位35岁的患者在接受狒狒肝脏后能够存活数月,那么这些病毒会发生什么呢?

西南基金会生物医学研究中心的科学家乔恩·阿伦(Jon Allan)说:"众所周知,这些灵长类携带着对人类有传染性的病原体。大家都觉得感染这种病原体后就会丧生。但是,一转眼,我们却把一只狒狒运送到了匹兹堡。在那里它被开膛破肚,可能手术室里的每一个人都会接触到狒狒肚子里的东西。接下来,他们把狒狒的肝脏植入了人体。"

"这么做看起来理性吗?"

西南基金会的另一位病毒学家朱莉娅·希利亚德(Julia Hilliard)表示担心:最初看起来对人类无害的猴病毒在器官移植后可能会与人类的DNA交换遗传物质,从而产生非常致命的新型超级病毒。

当然,从事器官移植的外科医生早就知道,感染是每个器官接受者的最大敌人。手术常常会激活过去处于潜伏状态的感染，因为为了避免发生移植排斥，医生会使用强效药物抑制患者的免疫系统。移植器官本身也可能会受到感染，因此接受者不仅得到了捐献者的器官，还会感染微生物，如巨细胞病毒、乙肝病毒、腺病毒、EB病毒和HIV。

但是，对世界大多数人口而言，肝脏移植等新奇事物几乎不值一提，因为动物流行病通过昆虫传播的可能性更大。

例如，在特定地区，黄热病可能几乎连续几十年不会感染人类，因为埃及伊蚊正忙于叮咬丛林中的狨猴和其他猴子。但是，随着森林环境或当地人类社会行为发生改变，蚊子几乎可以在一夜之间改变进食模式，导致人类暴发流行病。1987年、1988年、1990年和1993年尼日利亚和肯尼亚的黄热病疫情暴发的原因就是如此。

汤姆·莫纳思（Tom Monath）曾在西部非洲见过几次这种情况。人们做的一些简单事情可能会引发黄热病疫情，比如在树林砍伐木头后将树桩留在原地。蚊子会将幼虫留在树桩上积累的雨水中。

微生物和昆虫载体可能会突然出现在距离常住栖息地数千英里远的地方。例如，1988年美国螺旋蝇突然出现在利比亚的沙漠中，并迅速扩散到整个非洲北部，但是人们始终没搞清楚为什么会出现这种现象。这种昆虫通常栖息在美国西南部和墨西哥北部的干旱地区，可将致命的蛆虫传给牲畜。

在温带生态系统，只要努力完善消减和控制系统，并加强警戒，就可以轻而易举地将野生昆虫拒之门外。然而，这种努力哪怕放松一年，也可能导致昆虫载体数量突然增多，从而引发疾病。

从1985年到1992年，美国暴发了几次由蚊虫引发的疾病疫情，每次都是因为蚊虫控制不力或公共卫生系统出现懈怠。例如，1990年，圣路易斯市出现脑炎流行病，在佛罗里达州和得克萨斯州东南部的部分地区引起了普遍恐慌，迫使人们取消了棒球比赛和其他夜间户外活动。尽管早在一年之前公共卫生部门就证明用于监测微生物的鸡和其他家禽病毒感染率出现上升，但是在1990年夏季暴发流行病之前，人们几乎没有采取任何措施去控制当地的蚊子数量。

控制蚊子数量的努力即使松懈一年，也会导致蚊子及其携带的微生物数量激增，但是这对大多数昆虫专家而言并不奇怪。数千年来，昆虫和微生物已经进化出了共同生存的机制。针对某些特定微生物及其最常见昆虫载体之间的遗传关系，人们所做的研究表明这些物种共同进化，形成了主要对微生物有利的能力。

数百万年来，以血液为食的昆虫形成了有利于微生物传播和进化的特性。雌性昆虫叮咬人体肌肉时，会把一种液体注入叮咬部位，这种液体包含能打开局部毛细血管的血管扩张剂、能阻止受伤的毛细血管凝血的抗凝酶以及能破坏免疫系统细胞和化学物质的各种因子。这足以确保昆虫能源源不断地吸食食物，同时避开有毒的人体免疫系统化学物质或细胞。昆虫在通过唾液腺分泌出上述几种化学物质的同时，会用口器将血液吸入一组单独的唇瓣中，最终送入中肠。

对微生物而言，这个过程犹如一条天造地设的通道：血液流动畅通无阻，局部人类免疫系统被关闭，而且目的地——昆虫中肠——拥有非常舒适的微生物生态系统。

一旦进入昆虫中肠，微生物可能会迅速繁殖，并返回唾液腺，被注射到不知情的宿主体内。它们也可能会留在昆虫体内，对昆虫施加非同寻常的压力。例如，只有雌性昆虫以血液为食：为了确保雌性昆虫源源不断，一些微生物会进入昆虫卵巢，对雄性染色体进行基因修饰，确保繁殖出的一定是雌性。于是，这些微生物将被传递给成年昆虫的雌性后代，因此这些后代出生时就已经被感染。

对居住在昆虫中肠内的微生物而言，进化是一个非常活跃的动态过程。随着时间的推移，一些病毒变化的速度会很慢，可能是因为它们拥有极其精确的机制来复制和修复遗传物质。但是，有些虫媒病毒能够对自身的染色体进行分选和再分选，似乎可以随意移动RNA。如果昆虫同时被一种以上的微生物感染，也许会发生交换，最终可能会出现新型突变生物体。

科罗拉多州立大学位于柯林斯堡（Fort Collins），这所大学的巴里·贝蒂（Barry Beaty）指出，让一只蚊子感染两种不同的蓝舌病毒毒株轻而易举。这种导致反刍家畜生病的病毒由10个RNA片段或染色体组成，每次病毒自我复制时，每个RNA片段或染色体都必须正确复制和分类。贝蒂的研究小组表明，同时感染两种蓝舌病毒毒株的昆虫注入动物体内的是这两种毒株的混合体，很少会与最初的两种毒株相同。

贝蒂指出，在20世纪80年代，通常温和的北美野兔病毒在俄罗斯北部导致人类患上严重的疾病。贝蒂说这种疾病源于一次上述的基因重组事件，只是这次交换的毒性更大，但是载体范围并未扩大。在对相关病毒进行基因分析后，贝蒂认为俄罗斯出现的这种新流行病是因库（Inkoo）病毒和塔希纳（Tahyna）病毒之间基因交换的结果。截至1992年，它每年导致超过10万人感染脑炎。这两种亲代病毒只不过是给人类带来轻微的流感样症状，但是它们的重组具有潜在的致命性。

其他病毒或细菌在载体内部交换遗传物质的频率尚不清楚。

同样，这种突变对新疾病的出现起多大作用，人们也不清楚。

人们最初认为，许多虫媒病毒是植物微生物，这些微生物在数亿年前采食植物花蜜时将昆虫感染。到20世纪90年代，有证据表明许多植物微生物的基因改变率在不断上升，人们担心会出现可能被昆虫吸收的新型微生物。如果出现这种情况，就可能会突然出现一种人类天生没有免疫力的真正的新型微生物。植物微生物的基因正在加速变化，一是因为农业作业对微生物施加了很大的选择压力；二是因为植物生长的地理环境由于植物种子的国际贸易和育种实践在发生改变；三是因为故意释放实验室转基因植物病毒，旨在为农业作物提供抗害虫保护。

为了最大限度地减少有毒杀虫剂的使用，并预防无法治愈的植物病毒性疾病，科学家们在20世纪90年代通过使用新颖的基因手段保护植物。研究人员利用被破坏的病毒携带有助于重要粮食作物抵御危险病原体的基因，培育能够抵御各种感染的植物。然而，这里存在一个问题。研究表明，在自然界中，玉米、小麦和番茄等植物通常可同时感染多达5种不同的病毒，这些病毒可以交换遗传物质。对这种实验室操作产生的125种植物毒株的评估表明，用来将这些基因携带到植物细胞中的灭活病毒有3%的时间可以与植物中的其他病毒交换基因，产生有活性、可致病的新型病毒。

"微生物都是基因工程大师。"加拿大微生物学家朱利安·戴维斯（Julian Davies）写道。他指的是细菌用来对抗生素产生耐药性的机制，但戴维斯的评论也同样适用于昆虫中肠的病毒、对氯喹有反应的疟疾寄生虫或周期性自我重组的流感病毒。这种认识促使许多病毒学家在20世纪80年代末提出这样一个问题："一种真正能够引发人类疾病的新病毒出现的可能性有多大？"

要回答这个问题,其中一种方法是利用分子技术对一组病毒的DNA或RNA进行测序,并追踪它们的系谱,寻找这种重组事件的证据:如果它们在过去发生过,那么危险的基因互换在未来可能再次发生,这样说是合乎逻辑的。圣迭戈的研究人员得出结论认为,几种人和动物逆转录病毒共享RNA序列,这可能是RNA交叉重组事件的结果。然而,这些事件肯定发生在数百年或数千年之前,因为就像人类和真菌一样,大多数逆转录病毒之间的差别也很大。

诺贝尔奖得主霍华德·特明(Howard Temin)以另一种方式回答了这个问题,他一开始就说这个问题"根本就无法预测"。特明试图计算HIV-I的突变率或RNA增量变化。总体而言,他估计HIV在每10万次病毒复制中会有7次发生突变。考虑到一个病人体内每时每刻都可能存在数百万个HIV病毒,而且这些病毒都在不断地复制,特明估计得出的数字远不能让人心安。但是,这并非最坏的情况。科学家在HIV病毒上发现了所谓的超突变位点,这些位点特别容易发生变化:在这些位点,RNA会在每1000次病毒复制中发生一次突变。

特明怀疑这种突变会产生一种更加危险的艾滋病病毒——他认为这种病毒不仅致命,而且隐性感染已达10年之久,因此已经彻底进化。在隐性感染期间,这种病毒会传给其他人。尽管如此,特明仍然认为它本质上并不稳定,因此其未来不可预料。

在1989年由洛克菲勒大学和美国国家过敏症和传染病研究所在华盛顿召开的"新兴病毒"大会上,另一位诺贝尔奖获得者乔舒亚·莱德伯格对特明认为HIV的快速突变率可能不会增强病毒的毒性表示质疑。

莱德伯格说:"我关心的并非已知的东西,而是未知的东西。"

他指出HIV能够感染巨噬细胞，因此问道："这种病毒是否能够进化出感染肺部巨噬细胞的能力，从而成为一种呼吸道疾病呢？"

在加利福尼亚南部的加州理工学院，吉姆·斯特劳斯和埃伦·斯特劳斯忙于绘制遗传物质为RNA形式的所有病毒的进化图。他们得出的结论认为：所有的RNA病毒都源自同一病毒祖先，而且在几千年的时间里，这些病毒的突变速度比基于DNA的宿主快100万倍。尽管不同的RNA病毒变化速度不同，但是斯特劳斯夫妇确信每一种微生物都是通过这一过程在某个时间点形成的。

"我们现在认识到，RNA病毒将会像几千年来一样继续迅速进化。"他们说，"通过最近流行的艾滋病可以看出，新的病原体能够出现，而且将来肯定会出现。"

斯特劳斯夫妇认为，科学家在谈及RNA病毒时，不应该真的去谈论物种，而是应该使用"共识序列"。由于突变率非常高，RNA病毒种群实际上是基因混合物的集合，其中某种特定形式的集合可能会随时占主导地位。这一观点得到了广泛认同。许多研究人员谈到"成群"移动的"准物种"病毒。加州大学圣迭戈分校的约翰·霍兰德（John Holland）认为，RNA聚合酶——负责复制RNA病毒的酶——的高错误率是导致这种异常突变率的主要原因。用官方术语来说，聚合酶不断地"跳跃"和"延宕"去制造不同的病毒。

霍兰德说："病毒之间的自然选择不是最终得到一种称之为物种的特定基因组，而是跟统计学有关。"更具体地说，它是关于任何特定基因型随时支配"准种群"的统计概率。

RNA不过是由四种不同的化学物质——碱基对或核苷酸——组成的长序列，正是这些物质的顺序构成了遗传密码。西奈山医学院的微生物学家彼得·帕莱塞（Peter Palese）在实验室测试中发现，如果检查一个100个流感病毒克隆体库——这些克隆体被看作是相同的微生物，结果平均每91.6个核苷酸中就有7个发生突变。同样，在脊髓灰质炎病毒克隆体中，他发现每95.3个核苷酸中就有1个发生突变。

当然，突变率取决于病毒自身复制的次数，因为所有的变化都发生在复制过程中。这意味着突变最有可能发生在危重患者体内的传染性微生物中，或者发生在病毒在人群中传播速度非常快的时候。

帕莱塞说："被感染的人数越多，突变率就越高。"

随着智人数量的增加，病毒传播和突变的机会越来越多。因此，能够感染智人的微生物进化会加速，也许会大幅加速，这种假设似乎是完全合理的。

当然，大多数突变对微生物个体是有害的。但是，鉴于变化率如此之高，这些微生物不可避免地会出现这样一种情况：它们会偶然发生一种突变，这种突变会增加它们对抗人类免疫系统的优势，给它们更大范围的细胞靶标，让它们更有效地进行人际传播，或者在其他方面给人类带来更多危险。

在实验室研究中，这些过程似乎并非纯粹的偶然事件，而是按照严格的规律发生的。控制病毒RNA和DNA复制的聚合酶和复制酶似乎在跳来跳去。可以看到聚合酶沿着RNA核苷酸链蜿蜒前行，就像某种分子拉链沿着拉链轨道滑动一样。但随后，这种聚合酶会跳轨，将它已经制造出来的新RNA的一部分连接到另一个核苷酸段上，导致基因杂交。这种现象在两种差别很大的病毒——脊髓灰质炎病毒和一种侵袭烟草植物的微生物——之间已经被证实发生过。发生这种情况，有时是因为原始RNA/DNA链中存在"凸起"或"扭结",导致忙碌的聚合酶跳轨。这些突起并非全是随机事件,因为它们似乎位于微生物基因的显著位点。

有一部分微生物基因组需要不断突变,特别是人类免疫系统可以识别的给表层蛋白质编码的基因。HIV、流感病毒、脊髓灰质炎病毒、血吸虫、恶性疟原虫和葡萄球菌在给这些蛋白编码的遗传区域中均有高变的突变位点。面对人类抗体、T细胞和巨噬细胞,在某处发生变化对其生存是至关重要的。

路易斯安那州立大学的研究人员认为,他们获得了"病毒秋葵汤"的证据。这种秋葵汤即多种病毒的混合物,这些混合物引发的疾病仅靠其中一种病毒是无法做到的。需要特别指出的是,他们发现某些准种的猫白血病病毒对猫无害,除非猫同时感染白血病病毒或猫免疫缺陷病毒(猫艾滋病)的其他毒株。

我们知道,类似的"病毒秋葵汤"会影响人类艾滋病的发病过程。例如,单纯疱疹病毒1型和HHV6型(人类疱疹病毒6型)这两种疱疹病毒能够直接激活HIV内部的复制基因。甚至有证据表明,聚合酶的跳链效应可能会发生在患者体内,同时会出现奇怪的杂交病毒:疱疹病毒和艾滋病病毒的明显混合物。

众所周知,癌症病毒产生有害作用,要么是通过将自身嵌入人或动物DNA的特定致癌基因位点,要么是通过制造开启这些致癌基因的特殊蛋白质。特定的致癌信号打开(或者癌症抑制基因关闭),可能会发生级联效应,从而改变其他致癌基因和细胞信号,最终将细胞转化为癌变实体。大多数生物学家认为,病毒和致癌基因之间的这种密切关系已经进化了几千年,这种现象绝非巧合。有些人甚至质疑对致癌基因和癌细胞的基因实验是否会释放传染性的携带致癌基因的病毒或细菌——也许只会产生全新的病毒物种罢了。

DNA病毒也拥有特殊的核苷酸片段，似乎可以控制聚合酶更加小心地工作，精确而且常常成倍地复制位于"拉链"旁边的基因片段。这些基因片段被称为"增强子"。研究表明，通过增强子指定遗传密码的病毒的一种关键特征就是这种病毒的传染性，即该病毒可以侵入的细胞类型范围及其传播方式。

既然存在如此广泛的变异选择，哈佛大学的伯纳德·菲尔茨（Bernard Fields）博士便向同事们提出了一个问题："为什么病毒没有消灭地球上的所有生命呢？"他觉得，这是一个至关重要的问题。

菲尔茨说，答案就在于研究试管中的病毒和研究人或动物感染的病毒之间的区别。这位德高望重的病毒学权威科学家指责同事"采用的方法过于简单"，过分依赖在试管中每10000次病毒复制就会发生1次突变这一事实。在现实世界中，这些突变体仍然必须将其遗传有效载荷传递给动物或人体内特定类型的细胞才能引发疾病。他认为，实际上这个必不可少的飞跃对大多数突变微生物而言都是一种难以逾越的障碍。

正如菲尔茨所说，在宏观层面上我们还知之甚少。没有专门研究人体内微生物行为的微生物生态学学科。

菲尔茨说："这是一个大黑匣子，它是评估一种新致病病毒出现后可能带来的所有风险的秘密。"

黑匣子中的一些不确定性包括：了解病毒究竟是如何通过肺中的肺泡、肠中的M细胞或血液中的淋巴细胞进入人体的；各种免疫系统化学物质在抑制或促进病毒活性中的作用；病毒是如何穿过细胞核的厚膜、穿过蛋白质和碳水化合物的染色质混合物进入宿主的DNA的；病毒利用了哪些宿主化学系统，又是如何从宿主体内返回并传播给其他动物或人类的。

菲尔茨说，黑匣子里还有一些似乎让宿主更容易感染病毒的因素，如饥饿、压力和额外的疾病负担。尽管人们习惯用"免疫应答减弱"这一笼统的说法来回避这个谜团，但是在微生物层面上，人们对这些因素如何影响事件的进程知之甚少。比如，一个孩子处于饥饿状态，为肠黏膜和胃黏膜制造的保护性黏液可能会减少，导致更多的M细胞受体接触从此经过的病毒。这是自然界中一种将饥饿和疾病联系在一起的真实现象吗？或者，黏膜会因为感染而耗尽吗？

菲尔茨说："我们了解许多乐器，但是我们对配器法一无所知。这不是长笛的问题，而是管弦乐队的问题。"

尽管黑匣子有点小，但是几乎所有提出的关于病毒的问题都指向细菌和寄生虫。有大量证据表明，细菌和寄生虫突变是在自然界中发生的，而且经常赋予微生物新的优势。对抗生素和抗疟药物的耐药性充分说明了这一问题。

争论集中在由约翰·凯恩斯（John Cairns）最初在1988年提出的问题上：所有的细菌突变都是随机的，还是由于微生物生态圈特定的环境压力才发生的定向改变呢？

一般的观点认为这种进化事件是随机的。新型微生物是通过意外突变和偶然基因交换出现的。如果某种微生物出现的时机恰到好处，它就会茁壮成长。与此同时，转座子、突变、质粒和性结合的DNA变化永不停歇，其节奏基本上不会因环境事件而改变。无论微生物是否受到威胁，基因都在换位、重组、交换和移动。

生物学圣经《基因的分子生物学》中说道："所有DNA都是重组体DNA。基因交换不断地将染色体混合并重新排列。"例如，耐青霉素链球菌的出现是"罕见事件，通常每100万次细胞分裂出现不到1次"。当然，链球菌在24小时内会经历100多万次单个细胞分裂，这一过程从单个细菌开始，然后呈指数级扩张。

人们认为，携带着几十个优势基因质粒的多重耐药微生物也是DNA片段偶然混合的结果，这些片段通过一代代的微生物进行组合和重组。如果微生物的进化是随机的，人类就不必担心新突变体出现的比率会导致意想不到的变化。

在意识到DNA离散片段具有极强的流动性之前很久，科学家就已经对大肠杆菌进行了开创性的实验室实验，证明在这种细菌环境中突变体抵御病毒或抗生素攻击的能力在这些威胁出现之前就已经存在。在培养皿的每1000万个大肠杆菌中，大约有1个可能会随机突变，对青霉素等药物产生耐药性。然后，如果将青霉素倒入培养皿中，9999999个细菌将会死亡，但是将会有1个耐药大肠杆菌幸存、分裂、繁殖，将耐药性基因传递给子代。

然而，1988年，哈佛大学公共卫生学院的约翰·凯恩斯对生物学的中心法则提出了质疑。他的实验室利用重组DNA技术，制作了一组具有特殊营养需求的特定大肠杆菌突变体。然后，他们改变了这些细菌的环境，让它们缺少一种突变体无法自行制造的化学物质。他们通过实验证明，大肠杆菌会有针对性地改变两组独立的基因，由此适应新环境并存活下来，这样做花费的时间要远远少于随机突变所允许的时间。

凯恩斯写道："发生这样的事件几乎令人难以置信，但是我们也必须认识到，我们所看到的可能只是对这一过程效率的最低估计，因为在这种情况下，几个突变克隆一旦形成，引发变化的刺激必须迅速消失……我们难以想象细菌是如何解决这类复杂问题的，而且是在不积累大量中性和有害突变的情况下解决的——除非它们能够接触到某种可逆的试错过程。"

凯恩斯利用计算机隐喻来描述自己心目中微生物世界正在发生的事情。大肠杆菌之所以成为大肠杆菌，是因为其基本遗传物质——硬盘。大肠杆菌有几乎无穷多的方法扫描这个基本磁盘，关闭和打开各种基因程序和数据库。质粒和转座子是"漂移的软盘"，携带着额外的基因数据和程序片段。

凯恩斯认为，任何给定微生物的硬盘容量都是有限制的。此外，能量需求限制了可以随时表达或打开的基因数量。有些基因程序会在大多数时间保持沉默，储存在细菌数据库中以备应急之需。他认为，这些程序中的一些程序实际上发出了命令，导致基本硬盘里的元素发生突变或改变。由于这些细菌无法保证在每一次可能的危机来临前都有足够的DNA执行程序，所以凯恩斯认为直接执行突变命令便是次好的选择。

这位出生于英国的生物学家确信，这种机制在一些产生耐药和微生物逃避人类免疫系统的情况下发挥了作用。在实验室的实验中，可以诱导细菌细胞裂解（或破裂），看到这些微生物的DNA"硬盘"涌入液体培养皿。在培养皿里，其他的健康细菌会吸收漫游的DNA。如果向这些混合物中加入抗体，这些清道夫细菌就会利用刚吸收的DNA制造新蛋白质，用来覆盖自己的膜。通过这种方式，这些细菌会在抗体面前伪装自己，从而成功躲避免疫系统的攻击。

甚至，这种清除活动也并非看起来那么随机。洛克菲勒大学的亚历山大·托马斯对淋病奈瑟菌和流感嗜血杆菌的研究表明，这些微生物的细胞壁外表面拥有特殊的蛋白质。这些蛋白质扫描经过的DNA，寻找有用的基因序列。当有用的基因飘过时，蛋白质就抓住它，将这些DNA拉到细菌之中。吸收托马斯所说的任何"混合DNA"的肺炎链球菌，具有一种特殊的内部酶系统，能扫描被清除的遗传物质，拒绝无用的DNA片段。

到1992年，沿着大肠杆菌基因组已经确认了几个"突变等位基因"——硬盘上命令相邻程序改变自身的位点。在实验条件下，有可能看到一种"试错"机制在发挥作用，在这种机制中，大肠杆菌会拒绝无用或有害的突变，但是却将有益的突变置于其永久的细菌硬盘中。

在微生物中发现了许多应激蛋白，即当细胞面临一系列威胁时被激活的蛋白（或为之编码的基因），这些威胁则包括炎热、发烧、一些人类激素、花生四烯酸（一种免疫系统激活剂）以及各种人类疾病状态。被激活后，这些蛋白质就会迅速发挥作用，保护微生物内部的重要生化功能。这种蛋白质被称为"分子伴侣"，它们引导着脆弱的化合物完成任务。实验证明，通过对环境施加可界定的变化，就能打开和关闭应激蛋白。这个例子清楚地证明了微生物对环境的适应能力——这种适应不但需要化学变化，也需要基因变化。

对在几种欧洲临床环境中发现的金黄色葡萄球菌株的万古霉素耐药性研究表明，需要七个单独的基因才能让细菌产生耐药性。这七个基因促使微生物细胞壁的化学构成发生一种简单变化，用酰胺键取代了结构蛋白中的一个酯键。酯键是万古霉素的作用靶点。

令人惊奇的是，只有在万古霉素处在金黄色葡萄球菌环境中时，这七个耐药基因才会被激活。这种细菌究竟是如何察觉到威胁存在的，仍然是未解之谜。

研究人员指出，许多差异极大的微生物物种共享被称为操纵子的基因信号位点，这些操纵子通过微突变赋予这些微生物多重抗生素耐药性。例如，七种截然不同的微生物（大肠杆菌、沙门氏菌、志贺菌、克雷伯氏菌、柠檬酸杆菌、霍夫尼亚菌和肠杆菌）天然共享一个操纵子，该操纵子通过一个突变点使这些微生物对四环素、氯霉素、诺氟沙星、氨苄西林和喹诺酮产生了耐药性。用凯恩斯的话说，这意味着所有七种细菌共享几个字节的硬盘空间，而这些硬盘空间经过了专门设计，在必要时可以进行单个数据位更改，以便应对抗生素威胁。

对各种致病性大肠杆菌菌株的研究表明，在毒性极强的基因和对抗生素耐药的基因之间往往存在一种平衡。这些微生物很少能携带足够的遗传包袱（genetic baggage），使自己既具有高致命性，又具有强耐药性。然而，毒性极强的菌株通常不需要抗性基因，因为它们能够迅速引发疾病并自我繁殖，结果在人类制造出抗体之前细菌就完成了入侵、繁殖和传播的基本任务。

尽管传染病生物学家就微生物中随机突变与定向突变的问题进行了辩论，但是跳跃基因的整体进化作用却是各类生物学家激烈辩论的主题。到20世纪90年代，一些科学家已经开始相信转座子和质粒是进化的一种驱动力——也许是唯一的驱动力，甚至动植物的情况也是如此。有人认为，由移位的基因组成的大生物汤不断地把通常是一种生物拥有的能力赋予另一种生物。实际上，人类也许只不过是40亿年的基因跳跃的结果。

但是，这种突变汤里的纯粹随机混乱似乎令人恐惧。不管一个DNA片段到底有多危险，如果一个物种的细胞吸收了它，这个物种怎么能幸存呢？对变异的生物体而言，大多数随机突变都是致命的，或者至少是有害的。

20世纪90年代初，在不同实验室进行的一系列令人震惊的实验引发了更多人对这场辩论的关注。位于加州南部的斯克里普斯研究所的安布尔·博德里（Amber Beaudry）和杰拉尔德·乔伊斯

（Gerald Joyce）成功地迫使一种叫核酶的特殊蛋白质在试管中进化。通常，核酶的职责是在生物体的RNA中进行特定的切割和切片。但是，博德里和乔伊斯的研究表明：经过十代的繁殖后，核酶可能会发生突变，也能切割DNA。

凯恩斯对饥饿条件下培植的细菌和酵母进行的实验导致了定向突变，批评者指责这位英国科学家的结论是不合理的：他们认为即使在凯恩斯模型中，突变也可能是由随机事件引发的。随着研究人员发现证据证明微生物中似乎存在奇怪的行为，争论变得更加激烈。例如，一些转座子似乎能够感觉到跳出细菌的DNA各自寻找更安全的基因组的最佳时机。它们是如何"知道"细菌正遭到致命攻击的？或者，转座子可能什么都不"知道"，科学家仅仅是目睹了成功的（尽管是完全随机的）基因跳跃结果而已？有人指出，在真菌中，环境压力可能会诱发一种被称为"撕裂"的过程，导致突然出现大量的单点突变。同样，真菌是通过以特定的、定向的方式突变来对压力做出反应，还是以疯狂的速度直接进行随机突变的呢？

许多科学家从更基本的层面上提出，可移动DNA的完全随机突变、吸收和利用对微生物而言是需要高昂代价的。清除质粒和转座子、进行性结合或者在细胞内移动DNA片段都需要消耗化学能量。令人难以置信的是，特别是面临压力的微生物，在完全随机吸收各种DNA时需要消耗能量。例如，为了让大肠杆菌从另一物种——脆弱拟杆菌——中吸收有用的抗生素抗性因子，有几个基因必须打开，膜必须进行有序的改变。基因在完全不同的微生物之间进行的这种水平转移成本很高，但是这种转移显然发生了，并且在微生物之间传播了耐药性和毒性的优势特征。在某些情况下，通过在物种间的移动，质粒自身似乎也得到了改善，重组添加了新的DNA片段。例如，麻醉剂、去污剂和环境致癌物等化学品似乎能影响细菌的性结合。

1994年，在洛克菲勒大学和加拿大阿尔伯塔大学进行的实验为凯恩斯关于定向突变的观点提供了一些证据。研究人员首先证实了凯恩斯的初步实验，证明在大肠杆菌饥饿期间会开启一条专门的突变路径。此外，他们还证明，基因重组和由此产生的适应性突变是在没有细菌繁殖的情况下发生的。换言之，细菌不仅仅是通过随机的、容易出错的繁殖方式改变了自己，并最终产生了一个幸存的菌株——这是经典的达尔文观点。此外，它们没有进行繁殖，而是以某种协调一致的方式改变了自身。

达尔文和凯恩斯主义观点的差异并非微不足道。例如，如果人类肠道中的一种大肠杆菌突然接触大量的四环素，它是否会发生偶然性的突变，并在细菌繁殖数代后产生耐药性呢？或者，它能通过某种定向重组或转座子机制在一瞬间获得耐药性吗？

随着新兴疾病这一问题在科学界引起更大的关注，理论辩论集中到了这些关键问题上：一种闻所未闻的微生物突然在某种受到压力的生态圈出现的可能性有多大？无论是其他微生物之间的重组，还是大规模的突变，导致一种全新致病微生物出现的概率有多大？人们熟知的古老微生物有可能变异成更危险的形式吗？尽管这种计算涉及的未知因素太多，严重妨碍了结论性分析，但是前两个问题仍然是数学模型和广泛理论讨论的主题。参与计算的大多数科学家都认为，需要对微生物生态学和人类行为进行进一步的基础研究，以获得足够的数据来解决这些难题。

至于毒性问题，所有致病微生物都会寻求一种毒性适中的状态，这样它们就不会过快地杀死不知情的宿主，从而获得足够的时间进行多次繁殖，并传播给其他潜在宿主。这一点是不言而喻的。随着时间的推移，即使1918—1919年猪流感等快速杀手也会慢慢降低毒性。至少人们是这么认为的。

但是，在20世纪90年代，世界上有两种近亲病毒开始传播，但是毒性趋势却截然不同。1981—1993年期间，西非的HIV-2病毒毒性明显减弱，感染人数减少（尽管缺乏安全性行为），而且即使确实有人感染，病情也并不严重。相比之下，在同一时期出现的HIV-1毒株似乎更容易传播，致病速度也更快。因此，在全球艾滋病大流行期间，同时出现了两种毒性倾向：一种逐渐减弱，一种逐渐增强。

马克斯·埃塞克斯（Max Essex）、菲利斯·坎基（Phyllis Kanki）和苏莱曼·姆布普（Souleymane MBoup）对HIV-2进行了深入研究，认为这两种艾滋病病毒存在内在差异，这可以解释它们毒性趋势相反的原因。基于科特迪瓦的研究，凯文·德科克（Kevin DeCock）认为HIV-2的传染性比HIV-1低，而且很可能一直都是如此。

马萨诸塞州阿默斯特学院的生物学理论家保罗·埃瓦尔德（Paul Ewald）认为HIV-1的毒性也在减弱。卡波西氏肉瘤主要见于患有艾滋病的男同性恋者，埃瓦尔德认为这种疾病是由早期艾滋病流行期间的一种毒性更强的病毒引发的。在澳大利亚，卡波西氏肉瘤和艾滋病的死亡人数在艾滋病流行期间显著下降，埃瓦尔德认为这是病毒向毒性较低的HIV-1毒株转变引起的。但是，在1994年，在世界其他地区并未出现澳大利亚这种情况：在全球范围内，HIV-1正在以惊人的速度传播，而且最新出现的该病毒毒株似乎特别适应异性间或静脉内快速传播。1992年出现了一种乌干达毒株，病人感染后不到12个月就会彻底发作。

英国研究人员根据数学模型预测，只要某一特定地区的多性伴侣性活动率保持较高水平，HIV-1 毒性就会呈现继续增强的趋势。随着性活动的减少或者一夫一妻制的推广，成功突变的比率将会降低，准物种的数量将会减少，HIV-1 的毒性也会降低。在这一点上，埃瓦尔德表示同意：换言之，多个性伙伴是性传播微生物毒性的关键。

许多关于毒性的新思考源于一种关键假设：如果宿主的长期存活对微生物物种的传播和存活并不重要，那么微生物的毒性就会很大。如果宿主种群密度增加，微生物的毒性就会更大，因为它们肯定会接触到更多的二级和三级受害者。

这一理论观点在1993年得到了一些实验支持。这一年，巴拿马史密森尼热带研究所的埃伦·赫勒（Allen Herre）对无花果树黄蜂和这些黄蜂身上寄生的微小蛔虫之间的关系进行研究，结果有了惊人的发现。经过10年的观察和研究，赫勒得出结论：当黄蜂种群变大、占据任何无花果树生态位的幼蜂增加时，蛔虫的毒性就会更强。随着黄蜂种群规模变小，这些寄生虫毒性也会变小，它们会把被感染的卵产在无花果树上由雌黄蜂传给后代。随着黄蜂种群规模扩大，各种幼蜂混杂在一起，寄生虫就会进行水平传播，直接从黄蜂传到黄蜂。这些寄生虫的毒性会更强，而且还能破坏黄蜂的卵。一种看似自相矛盾的发现恰好体现了这种差异：在成年黄蜂数量达到顶峰时，无花果可能更健康，遭受黄蜂幼虫侵害也更少。

在哈佛大学医学院，约翰·梅卡兰诺斯（John Mekalanos）研究了一系列已知的毒性因子，并开发了一种筛选未知细菌毒性基因的技术。他得出结论认为：许多微生物将毒性因子储存在质粒和转座子上，就像它们储存抗性基因一样，在全面行动条件成熟时将它们攫取一空，在时机合适时又将它们作为累赘丢弃。不同微生物物种可共享这些毒性因子。

似乎能开启已知毒性因子的因素包括钙通量、较高的温度（人体内部为98.6 ℉，约37℃；外部为60 ℉，约15.6℃）、铁的存在以及多种关键化学物质。但是，梅卡兰诺斯还提出，针对一种特定微生物中的每一种已知毒性因子，都有数十种毒性因子有待发现。什么机制能开启这些基因，或者导致它们突变，目前尚不可知。

梅卡兰诺斯不同意埃瓦尔德毒性与遗传性密切相关的理论。但是也有例外。比如，需要大量的霍乱弧菌——大约100万个——才能导致人类感染。相比之下，志贺菌通过不到100个细菌就可以引发感染和疾病。然而，霍乱远比志贺菌导致的疾病更为致命。

梅卡兰诺斯说："这比单纯的遗传性更为复杂。微生物会对决定毒性水平的一系列更复杂的压力做出反应。"

最明显的压力来源是宿主的免疫系统。在大多数情况下，微生物的优势看起来也许是它的毒性，因为宿主的疾病在不断加重，但是从微生物的角度来看，正在发生的事情可以更恰当地描述为逃逸。微生物已经发现一系列逃避免疫系统的方法，它们包括：伪装；特洛伊木马式地利用免疫系统细胞作为进入和避开的方法；为外表面编码的基因不断突变，导致免疫系统对它们无法识别；操纵免疫系统化学物质引发虚假警报，趁免疫系统忙于应对微生物时偷偷溜进安全的藏身之处。

理论家试图确定人类免疫和微生物毒性之间的平衡是否被任何可识别的当代特定因素所打破。诺贝尔奖得主托马斯·韦勒（Thomas Weller）博士担心的是，地球上日益增多的严重免疫抑制人群对新疾病问题的出现构成了真正的威胁。接受高剂量化疗或放疗的癌症患者、感染HIV的人以及接受移植手术的人都是新型或突变微生物的潜在繁殖地。韦勒担心可能出现"捎带"效应("piggyback" effect），一个微生物种群会利用另一种微生物或医疗引发的严重免疫缺陷。

另一组免疫抑制个体由患有慢性营养不良的人组成。一个地方，如果挨饿的人口比例较大，可能就是疾病的繁殖场。

疫苗（如果有的话）可以保护人们免遭疾病侵害，但不能防止感染。微生物可以进入人体，但是即使毒性很强的微生物也必须面对一个做好准备、可以大规模生产抗体的免疫系统。随后，战斗打响，入侵者被击败。如果一个地区拥有这种免疫力的人达到足够数量，就有可能从根本上消灭这种微生物。微生物种群找不到人类宿主进行自我复制，就差不多会消失。在这种被称为群体免疫的状态下，人类（或家畜）可能会被感染，但是不会发病，除非整个群体必需的免疫水平有所下降。因此，学龄儿童疫苗接种行动必须达到成功完成的临界阈值，否则未接种疫苗的儿童将面临很大的患病风险。

在航空旅行时代，群体免疫面临严峻挑战，因为乘客虽然对一种微生物免疫，但是他可能会携带这种微生物飞到群体免疫极低的地区。在这种情况下，即使是通常被认为毒性并非特别强的微生物也可能引发毁灭性的流行病。

这种现象有个最好的例子：大约5600万美洲印第安人在欧洲人及其携带的微生物到来后患病死亡。随着旧世界的微生物到达希克林（Xikrin）、苏鲁伊（Surui）以及其他亚马孙印第安人部落，这一死亡惨剧持续了500年，一直进入20世纪90年代。

20世纪90年代，耶鲁大学流行病学家弗朗西斯·布莱克（Francis Black）强调说：新世界土著居民的死亡人数令人恐惧，但这个问题并不能简单地归结为他们的免疫系统不够成熟，以前从未接触过欧洲微生物。他认为，这种解释过于轻率，也不符合有关证据，因为有证据表明其他人群通常会罹患新疾病，但是并未付出如此可怕的代价。例如，欧洲探险者也把新疾病传播到了撒哈拉以南的非洲地区，也夺走了许多人的生命，但没有任何地方出现南美洲那种由微生物引发的大规模种族灭绝。

根据布莱克的理论，发生在美洲印第安人身上的悲剧是由于他们缺乏生物多样性。由于所有美洲印第安人都来自亚洲的两次小规模移民潮，他们的基因库很小。对于微生物而言，这意味着遗传多样性的范围非常有限，不仅涉及免疫反应，也涉及影响人类靶细胞外观和行为的许多其他因素。因此，这些微生物能够迅速适应摆在面前的非常有限的障碍，以异常凶猛的方式攻击美洲印第安人。

布莱克计算得出：当微生物在美洲印第安人之间传播时，遇到一个与前宿主免疫系统遗传构成（主要组织相容性复合体）相同者的概率为32%。

一个涉及这种生物多样性机制的当代案例，是由米歇尔·加雷纳（Michel Garenne）和彼得·奥比（Peter Aaby）在塞内加尔研究麻疹时发现的。他们注意到，随着微生物从一个儿童传给另一个有血缘关系的儿童，麻疹会越来越致命。兄弟姐妹和表亲都是如此。儿童死亡率显著上升，这不可能归因于偶然或随机免疫。不是儿童的免疫系统有所不同，而是麻疹病毒从一个基因相似者传给另一个基因相似者时毒性变得更强。

简而言之，这种病毒进化成了一种专门针对特定的几代同堂大家庭的杀手。

总之，这似乎表明，无论是通过跨种族通婚，还是通过旅行和移民，不同人种的交往与日俱增，最终会提高人类的集体免疫反应。这是好消息。但是，柏林德意志风湿病研究中心主任、微生物学家阿夫龙·米奇森（Avrion Mitchison）不相信人类更大的生物多样性能保证战胜微生物，特别是有朝一日人口总数会超过100亿时。

米奇森在一篇发表在《科学美国人》杂志的文章中严肃地写道："即使旧病原体也会玩出新花样。我们能生存吗？"他继续写道："最近进化出的耐药结核分枝杆菌菌株一直困扰着工业城市中心。这种新情况会改变目前舒适的僵局吗？人类和微生物继续共存，还是一方会获胜？"

米奇森的结论认为答案并不明朗。

那些似乎无法发生正向改变的人类活动，在20世纪90年代对新疾病的传播起着重要作用，而且也可能导致了新疾病的产生。例如，在1980年至1989年间，逃离自然灾害、战争、饥荒或压迫的难民人数每年增长75%。根据联合国的数据，到1992年底，1750万人沦为难民，其中大多数生活在世界最贫穷国家的肮脏环境中。

第三世界化已经在全球范围内开始。数百万被遗弃的儿童在世界最大的城市的街道上游荡，注射毒品、卖淫，生活在最危险的社会边缘。西欧的失业率飙升，从1970年的不足3%上升到1993年的11%以上，绝望感笼罩了整个欧洲大陆的大部分地区。1994年春天，在极度拥挤的国家卢旺达，内战突然演变成了一场不可思议的大屠杀。

保守的哈佛大学政治分析家塞缪尔·P. 亨廷顿（Samuel P. Huntington）认为：世界已经进入了一个冲突阶段，这些冲突取代了民族国家、经济竞争和意识形态，成为一种更加险恶的东西——文化冲突。人们发动战争，进行战斗，是因为宗教，因为历史的仇恨，在某些情况下这种仇恨可以追溯到2000多年前敌对双方的相互轻视。

在这种背景下，似乎很难讨论大肠杆菌毒性的突变概率。如果前南斯拉夫的男子认为一桩桩轮奸平民妇女的行为是正当的战争行为，那么怎么可能理性地讨论性传播疾病的可能性呢？

尽管如此，科学家们仍然锲而不舍，决心在全球混乱面前保持冷静，也许是因为这种混乱可能会促进微生物的生长。研究表明，在难民群体中疾病传播非常迅速，而且还出现了对抗生素耐药的细菌和抗药物的寄生虫。人们仔细计算过饥荒带来的种种健康风险。

所有公共卫生观察员共同关注的一个问题是，全球从低强度地缘政治核对抗转向高强度局部冲突。虽然前者构成了热核战争威胁，但是几乎没有发生实际冲突。随着柏林墙的倒塌，迎来了一个强度极高的常规和游击战争时代，给平民人口造成了巨大损失，原因主要是直接丧生、无家可归、避难迁移、基础设施被毁、医院遭到破坏以及在某些情况下蓄意定点暗杀卫生工作人员。

这种冲突发生在发展中国家，为伤寒、霍乱、结核病、麻疹等古老瘟疫的卷土重来创造了新的可能——这些传统的瘟疫都会伴随着战争随时暴发。在性作为经济因素导致冲突的地方，出现了利用性传播的微生物。在人类战争和绝望的边缘潜伏着意想不到的微生物。在它们居住的偏远生态圈的动植物中，人类活动为它们提供了更多从古代宿主跳跃到冲突的人类身上的机会。

第十七章

寻找出路
——准备、监测和重新认识

我简直不认识疾病控制中心了。它成了一帮开口只会讲政治、伸手只会写空文的官僚们会聚的场所。他们浮在空中，不讲实际，不到现场，不做研究，就凭空做出决策。我厌倦了这一切。我要辞职。

——乔·麦考密克，1993年3月

乔·麦考密克？我不熟悉这个名字。我向周围的人打听过，谁也没有听说过这个人。你是头一个问起他的记者。你肯定他在疾病控制中心工作吗？

——疾病控制中心公共关系发言人，1993年1月

我在开罗学到的经验仍然管用。对付官僚主义者的唯一办法是私下行动，不让他们知道，或公然抗命，给他们来厉害的。

——联合国秘书长布特罗斯·布特罗斯-加利，1993年

1994年4月6日，一架由坦桑尼亚飞往卢旺达首都基加利的飞

机在其飞行的最后一段航程中于卢旺达境内被击落。机上坐的是卢旺达总统朱韦纳尔·哈比亚利马纳和布隆迪总统西普里安·恩塔里亚米拉。

两位政府首脑死后三周，大屠杀就爆发了。这个地区生活着两个民族，一个是教育程度较高的图西族，一个是人口众多但经济文化历来落后的胡图族，两族在种族、经济、政治、文化方面积怨极深，此时在卢旺达境内爆发冲突，也威胁着邻国布隆迪的稳定。据报道，图西族叛军受到乌干达穆塞韦尼政府的支持，径直冲向首都基加利；胡图族控制的政府军和胡图族暴徒武装做出的反应是动手屠杀居住在首都的图西族平民，其手段之残忍、方式之野蛮，世界为之震惊。电视新闻里全是卢旺达青年男子实施暴行的镜头：他们抓住无辜的儿童，用大砍刀砍下他们的头颅，面对各国记者的镜头，毫无羞耻之意，还嬉笑喊叫，得意扬扬。

图西族反叛武装也如法炮制，用同样野蛮的手段，屠杀居住在卢旺达乡间的胡图族百姓。

4月末，在大屠杀仍在继续的时候，联合国估计被杀的平民在10万到50万人之间，一百多万人逃离家园，寻求安全的地方避难。从4月29日开始，在仅仅25个小时的时间内，就有近30万卢旺达难民涌过漂满尸体的卡盖拉河进入坦桑尼亚境内，成为世界历史上短时间内人数最多的一次难民大迁徙。另外还有成千上万的难民逃往扎伊尔、乌干达、布隆迪等国。

在赤道以南2°泥泞的山坡上，难民们挤在国际救济的帐篷中躲雨；他们等待着，却不知未来是个什么样子。

1989年，居住在基加利的青壮年人中的HIV感染率超过30%，世界卫生组织的观察员肯定，此后4年，感染率还在不断地急剧上升。不过在卢旺达农村，HIV的感染率却不到10%。此时随着难民潮水般地逃离，卢旺达城乡之间的人口界线变得模糊起来，而逃入坦桑尼亚和乌干达境内的难民所踏足的却是全世界艾滋病最猖獗的农村。国际卫生官员做出了令人不安的预测：如果今后数周或数月内仍有大批难民流离失所，难民的贫困迫使妇女卖淫，那么维多利亚湖区本已凶猛的艾滋病流行势头，必将出现另一轮高峰。而且在这种情况发生以前，必会先出现霍乱，由于人们要从漂满腐烂尸体的河流中取水，疾病更会迅速地传播开来。

在难民们所面对的新环境中隐藏的还有什么东西呢？如果一种新的流行病出现，国际公共卫生机构都做好了应对危机的准备了吗？

5年以前，也就是1989年圣诞节前不久，约800名热带病专家聚集在檀香山，参加美国热带医学与卫生学会的年会。他们假设非洲某个神秘的地区发生了可怕的流行病，进行了一次非同寻常的实况演习。他们希望这种分工明确、各司其职的演习方案能够暴露出公共卫生系统中的缺陷，以便将来改正。

演习的假想与后来的卢旺达危机令人惊讶地相似，好像早就预示着那里要出事似的。演习结果也使人大失所望。

按照演习方案，三个神秘的赤道非洲国家，代号分别为昌加、卢巴韦和巴桑加尼，卷入了一场危机，给全世界人民带来威胁。昌加爆发了内战，发展成野蛮的高强度激战，部族冲突的双方都拿无辜的百姓发泄仇恨。在六个多月的时间里，约12.5万平民被杀，整个国家的基础设施完全被毁，二十多万难民逃入邻国卢巴韦和巴桑加尼。

大多数难民栖身在巴桑加尼境内肮脏的帐篷里，离昌加边境不到一英里。那里条件极其恶劣，抗药性疟疾、营养不良、结核病疯狂流行。25%的成年难民HIV检测结果呈阳性。国际上开展了救济活动，世界各国都派出医生、护士、顾问，前来救助生病的难民。联合国的一支维和部队由美国、法国、意大利、芬兰、英国、马来西亚等国的军事人员组成，驻守在巴桑加尼和卢巴韦的边境，保护难民，防备昌加可能的袭击。

虽然檀香山的知名科学家们都尽到了职责，在难民、多国医疗人员、联合国部队中间还是暴发了一场可怕的流行病。人们还没有来得及发现它，感染神秘微生物的患者已经旅行到了美国、菲律宾、泰国、德国以及非洲的其他邻国。

虽然采取了一切可能采取的办法来尽快检测和控制这种神秘的微生物，但是仅在一个月之内，一场全球性流行病已经传播开来，病因看来是一种由空气传播的具有近100%杀伤力的病毒。

抗体检测显示检测出了埃博拉病毒。卡尔·约翰逊也参加了实况演习，他说："据你们说，这可能是埃博拉病毒的一种突变株，经呼吸道传播。好吧，如果真是这样，那它就应当非常接近安德洛美达病毒（借用迈克尔·克赖顿所著医学惊险小说《天外病菌》里的名字）。""你们会说'荒唐'，但是我认为不能排除这种可能性，"约翰逊说，"在过去或现在都存在这种可能性。"

檀香山会议上听讲的人们开始交头接耳。虽然谁都知道这只是一种演习设想，但是心里依旧非常紧张，因为这次设想与过去疫情的暴发十分相像。

1989年12月，对传染病专家来说，埃博拉是个特别棘手的问题，因为在檀香山会议召开的前一个月，弗吉尼亚州雷斯顿的一个灵长动物圈养地就暴发了埃博拉病毒。埃博拉，这种曾经降灾于延布库和恩扎拉的病毒，如今也已出现在美国。

所幸的是，在雷斯顿暴发的那种埃博拉病毒对猴类虽然很致命,对人类却是无害的。尽管如此,在科学家们一时还查不清面临的病毒的特性时,还是出现了一段紧张的日子,可以说人人自危。

因此,在檀香山开会的800名专家对埃博拉忧心忡忡。外面的热带阳光和怀基基海滩尽管诱人,却无人离开饭店那黑黢黢的会议室。雷斯顿的疫情震惊了这些专家,他们在非常认真地考虑如何做好准备的问题。

非常不幸,实况演习显示的是令人担心的无准备状态。檀香山会议开过五个小时,会上的总体气氛是低沉的甚至是紧张的。准备方面的漏洞、不足、缺陷非常严重。

美国的任何地方或日内瓦的世界卫生组织,都没有预先配备好人员和设备的传染病医院,在接到通知后无法立即空降到暴发流行病的地区。在整个美国,没有任何一家民用医院配备专门处理病毒的特殊设备,可以处理病人体内或实验室里的高传染性、高致命性微生物。

现在只有美国公共卫生局系统里还有一个仅存的永久性、大容量设施,原来由洛克菲勒基金会和疾病控制中心经管的庞大的海外高安全实验室网络已经不复存在。因此,一旦疾病流行,出现危机,美国公共卫生局和世界卫生组织将不得不在两种都难以接受的方案中进行选择:要么把有安全保障的所有研究设备和人员统统运往疫区,让大批的人员去冒险;要么把所有的患者、血样、活组织切片统统送到疾病控制中心的P4实验室、帕斯特研究所和迪特里克堡,这样万一在运输途中样本散落,平民又有受感染的危险。

在20世纪60年代,当美国和苏联都在进行生物战研究的时候,美国的军民两用公共卫生局保存了一批特殊的呼吸器材,可以在人吸入以前用紫外光将空气消毒。"现在,这些防毒面具都到哪里去了?"约翰逊问道,"有谁知道这件事?"

专家们毫不知情。

约翰逊注意到参加演习的军民两方专家都没有穿戴保护性的"太空服"或呼吸器。"我希望这不是一个错误。"他说，但是从他的语气听来，他确实认为这是一个错误，一个严重的错误。

纽约大学医疗中心的疟疾病专家鲁思·努森兹韦格博士也抱怨"缺乏这方面的专业人才"。她大胆地讲出了演习中许多人曾经悄悄议论的问题："出现这种情况时，应该由谁来牵头处置？谁又能掌握整个情况，以便做出相应的决定？"

当时担任美国陆军医学研究与发展司令部主官的菲利普·拉塞尔将军说，陆军"没有这种人才，军医部门现在是人少事多，已经大大超出了能力的极限。按照编制，美国的武装力量只适宜于保卫国家，不适宜于处置民间紧急疫情"。他说，军方对热带疾病疫苗、药品和诊断设备的供应都是有一定限度的，可能无法在出现紧急疫情时向地方分拨。

1989年，美国裁减军事预算的步伐还没有达到疯狂的速度，即使那个时候，五角大楼也只有两套可以空运的生物防治设备，在实况演习中被分别部署在布拉格堡和坎贝尔堡，用来处置刚从巴桑加尼运回的生病美军。而民用部门却只有一套这种设备，万一出现疫情同时在三个地方传播，美国就要穷于应付了。

"根本问题是我们的专业人力不足，无法维持一定水平的卫生工作；而且设备也不够。"拉塞尔在檀香山会议上说，"在这种情况下，我们只能起用新手，希望他们尽快熟悉、尽快进步。"

阿德托昆博·卢卡斯博士在会上说，若要应对演习方案中设定的那种危机局面，国际机构也无法在专业人才和设备方面大力支援美国。卢卡斯原是世界卫生组织传染病控制部门的领导人，现在哈佛大学公共卫生学院任教，对联合国各部门及非政府救济组织的能力十分熟悉。"世界卫生组织的传染病防治部门的经费一直少得可怜。"他在檀香山会议上说。世界卫生组织的作用仅限于掌管疫情信息在国际社会的传送、调解有关国家官员间的政治分歧。

到1989年以后,情况更加糟糕了。原在美国陆军任职的科学家詹姆斯·勒迪克,在1993年成为世界卫生组织在病毒暴发紧急应对方面的负责人,他全年的经费只有2.5万美元。"如果真的发生危机,"他在1993年说,"我在15分钟内就会花光这点钱。"

加拿大一直设想美国会处理这种紧急状况。"我们一直是指望你们的,"加拿大卫生与福利部的罗伯特·怀德斯博士在檀香山会议期间对美国同行说,"可是我却发现你们并没有做好准备,这真让我大吃一惊。"

美国的热带疾病专业人才在减少。美国热带医学与卫生学会约有1000名会员,其中大多数已经退休或接近退休年龄。"毫无疑问,人才在减少,"国家科学院的斯蒂芬尼·萨加比尔博士说,"实在缺乏有热带工作经验的脚踏实地的科学家。"

疾病控制中心的杜安·古布勒和乔·麦考密克分别得出结论:美国和欧洲的培训工作与以前不同了,无法给世界再培养出一代"疾病牛仔"了。他们认为,大家分工过细、过于专业化了,无法应对将来的危机,因为危机要求技能全面。

"20年前,实地工作的流行病学家都是货真价实的人才,"古布勒说,"实地考察、实验室研究、生物分离、媒介分析,他们样样都行。现在就缺乏这样的人才。这一点我无法理解,真的无法理解。对我来说,真正带劲的是到现场去。到现场去才能让人兴奋不已。也许我有点过于浪漫,可是我总觉得走出去才有味道,到发病地去奔波,在自然的生态中去观察疾病。"

问题在于金钱,或者说是无法赚大钱。任何一个25岁、聪明能干的年轻科学家都能看得出，准备着当一名"疾病牛仔"从经济上讲是没有前途的。在哈佛大学，约翰·戴维博士是热带公共卫生系的主任，他曾费尽口舌说尽好话，去鼓励他的学生和年轻的教员。

"我告诉他们：'首先，你得决定，是想做生物医学研究、行医，还是想到发展中国家去做研究或实地考察。'"戴维说。他看得出，在90年代，两样都做几乎是不可能的。"如果你真想学热带医学，那你最好要想明白，会有很多牺牲的。在这里，一个有为的青年会很快学到流行病学和发展中国家卫生政策方面的知识，可是学好后又能到哪里去找工作呢？

"现在，这成了一个大问题。人们正在离开这个领域。这个领域再招收新人已经非常困难。说起来真让人伤心。我这个系里有的教师对我说：'如果再没有人给赞助，我就要改行到企业去了。'有人真的走了，许多人都走了。

"关于这些问题，还看不到有什么值得乐观的地方。"戴维最后说。

假如檀香山的演习设想是真的，假如真的出现难民危机，一种空气传播的埃博拉病毒大规模暴发，那么病毒在明显出现后不到10天，就会由受到感染的救济人员和士兵从巴桑加尼的流行中心传播到以下各地：曼谷、马尼拉、法兰克福、日内瓦、费耶特维尔、华盛顿特区、纽约、檀香山、马里兰州的迪特里克堡等。在经常与受到感染的行人接触的一切地方，都得严格执行检疫与隔离措施。另外，鉴于从巴桑加尼出来的大多数非军方人员都会乘坐普通的民用客机，世界卫生组织还得立即开展一次国际性行动，调查乘坐过十多个国际航班的所有乘客的行踪。根据20年前美国和平队志愿者感染拉萨病毒的经验，追踪旅客、健康检查、隔离检疫等不但工作量大，非常困难，而且极端费钱。参加檀香山演习的多数人都明确表示，怀疑在病毒大规模流行以前能否实行这些措施。

檀香山演习过后2年，拉塞尔丢了差事，许多在他手下工作过的资深科学家也都赋闲在家，这是国防部简编的结果。1989年檀香山实况演习后，军方对上述紧急疫情的准备竟然越来越差了。

在海湾战争[①]中，美国军方的准备情况受到了考验。那一次，在真枪实弹开火以前，先有几个月外交上的亮剑示威，国防部有足够的时间来筹办可空运的手术室、隔离检疫设备、"太空服"、呼吸器等，来对付萨达姆·侯赛因的所谓生物武器。

可是生物战根本没有发生，国防部也无从知道他们准备的装备能否抵得住炭疽、鼠疫、埃博拉病毒，或向美军施放的其他微生物。不过在军中医疗单位工作的医生却抱怨，沙特阿拉伯沙漠的沙尘危害极大，会钻进可空运的医院和手术室设备中，钻进高科技仪器中，扑到病人身上，让病人叫苦不迭。沙粒比细菌和病毒大得多。

如果说最近的历史没有提供确切的证据，那么埃博拉病毒在雷斯顿圈养的研究用猴群中暴发，这件令人震惊的事也可以提醒人们，在乘坐喷气式飞机旅行的时代来控制微生物的传播是多么困难。这件事表明，在一周的时间内，早在有关当局闻讯之前，四个大陆的数百人就已经暴露在这种新微生物面前。虽然后来证明，在弗吉尼亚州雷斯顿的哈兹尔顿研究用品公司暴发的那种病毒对人类无害，但是公共卫生专家还是不大不小地吃了一惊，甚

[①] 此处指第一次海湾战争。——译者注

第十七章 寻找出路

至有点惊慌失措。万一这种病毒对人类也能致病，那又该如何？

吉姆·米根1989年在世界卫生组织负责紧急反应工作，也就是后来吉姆·勒迪克担任的那个职位，他曾经在雷斯顿猴群暴发埃博拉病毒时担负对有关人员的国际追踪工作。雷斯顿事件暴露了公共卫生系统的所有缺陷，明显的事实让科学界深感不安。

这是个系列性的事件。1989年10月21日首先发生在菲律宾的弗利特公司，那是一个动物销售中心。100只猕猴被装进荷兰航空公司一架客机的货舱里，从马尼拉运出，最终目的地是纽约市。

10月24日，猕猴到达弗吉尼亚州雷斯顿的哈兹尔顿灵长动物中心。据菲利普·拉塞尔将军说，两周后，饲养人员发现猴群的死亡率高得异乎寻常。"到11月10日，我们开始怀疑，猴子死亡是某种出血热所致。"于是他们便采取措施，将感染的病猴隔离起来。

到12月，50只猴子死于这种疾病。为了控制疾病，300只猴子被施行安乐死。血检显示，猴子携带着两种病毒：猴出血热病毒，不感染人类；埃博拉病毒，通常可感染人类。当时，邻近的迪特里克堡的陆军科学家也曾参与猴子死因的研究，所以在哈兹尔顿和迪特里克堡两处，人人都变得惊慌失措。只要有人打个喷嚏，有点头痛或者发热，都会被视为病毒由猴传播到人的病征。当时正值流感多发的季节，许多研究人员都出现了发病的症状。

紧急调查开始了，由米根和乔·麦考密克牵头。当时麦考密克还是疾病控制中心特殊病原实验室的负责人。所有可能接触过猴子的一切人和动物，他们都尽量——检测，看是否受到感染。不幸的是，检测在菲律宾被耽误了，因为那里发生了叛乱，疾病控制中心的调查人员无法到达弗利特公司：弗利特公司在马尼拉远郊，正好处于游击队的包围之中。

米根估算这批猕猴运达雷斯顿以前会有多少人接触过它们，他得出了相当客观的数字。他提请参加檀香山会议的同事密切关注这些数字背后隐藏的含义：也就是说，如果这些微生物具有感染人的能力，那么这些动物间流行的疾病便可在顷刻间传遍全球。在米根描述事态发展的同时，拉塞尔将军也在心里暗暗估算，如果病毒对人有害，会有多少人暴露于这种病毒，并且生病或向他人传播。

人类开始暴露于病毒的地点可以追溯到弗利特公司。在那里有十多名员工接触过猴子，后来又把猴子送到马尼拉机场。装笼的猴子在装机前暂时在机库里休息，由少数管理人员喂食喂水。猴子是用机械装上飞机的，但是在起飞前，装猴子的胶合板笼子是由货运工人摆放的。在飞行途中停留曼谷和迪拜时，再没有其他人员接触过猴子。

但是在阿姆斯特丹，猴子由一群货运工人手工卸下飞机。工人没有戴手套或其他防护用具，把装猴子的笼子搬上传送带。然后，猴子被安置在世界上最大的一家动物旅馆。旅馆就在阿姆斯特丹机场附近，由荷兰航空公司经营。每年约有2.3万只猴子会在荷兰航空公司的动物旅馆里住上一天或稍长一些时间；什么种类的猴子都有，来自世界各地。

存养在菲律宾猴子附近的另有两只猴子，来自加纳，准备运往墨西哥；还有一批来自非洲的猴子准备运往莫斯科。在动物旅馆停留期间，菲律宾的猴子共用一个水源，饲养人员对猴子供食并看管，在猴子身边活动时没有戴面罩，也没有更换手套。

在阿姆斯特丹停留结束后，猴子由人工装上另一架荷兰航空公司的飞机，使另一批货物装卸工可能暴露给猴子。几个小时后，飞机降落在纽约市的肯尼迪国际机场，在那里又有一批货物装卸工有可能暴露给猴病毒。猴子被存养在肯尼迪国际机场巨大的动物停留中心。经过这个中心存养的动物每月超过5万只。猴子由动物饲养人员看管，但这些饲养员也同阿姆斯特丹的荷兰航空公司饲养员一样，没有采取什么防护措施保护自己免受灵长动物病毒的可能侵害。动物中心的外面就是巨大的肯尼迪国际机场，每年接送旅客将近2800万人，差不多涉及世界所有的国际机场。

疾病控制中心的调查人员正在筛检雷斯顿的哈尔兹顿研究用品公司和肯尼迪机场的工作人员时，消息传来，说位于费城的另一个研究用动物圈养地的猕猴相继死亡，情况异常。这些猕猴也是由菲律宾起运，经肯尼迪国际机场运来的，到达费城的时间是1989年11月28日。另外，在1989年11月和1990年3月之间，还有三批猴子从菲律宾运抵美国，经检测发现，其中有的猴子感染了雷斯顿的病毒。在各个猴子圈养中心的工作人员至少有173人可能暴露给病毒。

疾病控制中心发现，灵长动物中心的五名动物管理员、肯尼迪机场动物中心的一名职员对雷斯顿的病毒产生了抗体，这表明他们可能已经受到感染。

新年过后很久，美国陆军的研究人员对雷斯顿的病毒仍保持着高度的关注。但是乔·麦考密克和疾病控制中心特殊病原处的同事却早已判定这种微生物对人类无害。他们采取这种态度是有充分理由的。当时目睹过埃博拉病毒流行并且研究过病毒患者的，全世界也不到10人，而麦考密克正是其中的一个。与麦考密克一起工作的是英国医生苏珊·费希尔-霍克，她曾全面研究过埃博拉病毒，先是在英国的波顿当实验室，后来转到疾病控制中心继续研究。现在，麦考密克的小组刚刚完成了对危险的人类埃博拉病毒关键部分的遗传测序工作。

"这不是一种危险的病原体。"麦考密克和费希尔-霍克一再说，尽管迪特里克堡里的人仍然惊慌失措。他们完全相信，雷斯顿病毒对人类没有威胁。

但是，纽约州卫生局对此还不放心。该局听说一个机场雇员已经明显受到感染，特别是合法输入美国的研究用灵长动物有80%都经过肯尼迪国际机场，因此感到非常惊慌。他们还担心，埃博拉一类的病毒可能并不限于来自菲律宾的猴子。疾病控制中心的检测显示，来自非洲和亚洲的猴子约10%带有线状病毒的抗体，这种病毒与埃博拉和马尔堡病毒同属一类。

根据以上情况，纽约卫生局局长戴维·阿克塞尔罗德颁布法令：自1990年3月23日上午12点01分起，一切猴子，如果没有事先在美国境外进行过60天隔离的证明文件，均不得使用纽约州内的任何设施；另外还须承诺，猴子通关后，还要进行60天的隔离，方可供商业销售或研究使用。

疾病控制中心不得不跟着有所行动。接下来便是颁布一系列的法规，接连召开全国性的会议。1967年的马尔堡病毒灾难、1989年新墨西哥州立大学灵长动物中心的猴出血热病毒大暴发、1989年设在密歇根州马塔万的国际研究与发展公司下属的一名实验室职员死于从一只中国猴子身上感染了猴疱疹B型病毒等，又被旧事重提，让公共卫生部门密切注意。于是人们群起呼吁，彻底禁止野猴输入。

疾病控制中心主任威廉·罗珀吊销了三家最大的经营灵长动物的公司的进口执照，这三家公司是哈兹尔顿公司、迈阿密的全球灵长动物公司和纽约的华盛顿港查尔斯河灵长动物公司。这样一来却招致了研究界的一片抗议声。艾滋病研究人员说这一纸命令使他们的工作无法进行，制药公司则说疾病控制中心的行动无异于禁止药物的研究和开发。中心深感左右为难。这种左右为难、束手无策的局面一直拖到6月，疾病控制中心调查了随机抽取的人类血样，结果显示，许多从未接近猴子的人，包括终生居住在阿拉斯加州的居民，都有某种抗体，可以在试管中杀死雷斯顿病毒。这种结果表明，对由于接触过菲律宾猴子而使人受到感染一事不必过于担心。

后来，麦考密克、费希尔-霍克，以及疾病控制中心特殊病原处的同人所进行的研究也显示，大多数猴子，即使在实验中受到高剂量的菲律宾病毒的感染，也都存活了下来，而且，根据聚合酶连续反应法的计算，42只猴子中存活的27只全都彻底清除了体内的病毒。他们的研究还显示，线状病毒的毒性变化很大，主要视其来源是非洲还是亚洲而定：非洲的埃博拉型病毒的杀伤率要高得多。

尽管研究结果证明，雷斯顿病毒的致病率很低，人们尽可放心，但是科学界要真正让人认识到这一点却也费了不少周折。1990年7月，猴子进口商全面恢复营业，可是有关检测和隔离的规定却要严格得多了。疾病控制中心和世界卫生组织也不得不重新审定灵长动物的运养规定，那是20年前为了应对马尔堡病毒的暴发而制定的。各航空公司曾有一段时间拒绝接运灵长动物，如今虽然恢复运输，但是特别小心，害怕有什么风险。

总的来说，关于如何做好准备，应对出现新疾病的紧急形势，一些科学家的关注已经大大增强，檀香山的实况演习和雷斯顿病毒的前前后后只不过是这个大形势中的两个插曲而已。从1988年到1994年的数年间，美国政府开展了五项重要的研究项目，专门研究这个问题的处置办法。

另外，几家国际机构和组织也在研究应对疫情出现的准备工作会涉及的各种问题。

这方面的报告，虽然编写的科学家和医生组织各有不同，但是有一个共同之处，就是对于美国和欧洲的公共卫生基层组织和传染病的研究状况，都有一种担心和失望。不过，提出的解决办法却又相差甚远，反映出各个机构的研究重点不尽相同。

美国的科学家，特别是病毒学家和日见扩大的微生物生态学领域的从业者，都主张实施大规模的监测、监视计划。他们希望使用卫星、生物密闭实验室、电脑、聚合酶连续反应装置等，及时发现可能有利于微生物出现的生态变化。如果没有这些，他们则希望组织一支科学界的"快速打击力量"，以便迅速行动，及时发现和消灭新出现的微生物，避免疫情暴发和流行。

各种建议中，雄心最大的要数 ProMED，即疫情专业监测计划，是由斯蒂芬·莫尔斯提出的，得到美国科学家联合会的支持。莫尔斯满脸胡子，戴着眼镜，在洛克菲勒大学狭小、杂乱的办公室里，多年来深夜操劳，为了使人类领先一步，走到微生物的前面而寻找答案。1988年，为了筹划1989年具有历史意义的会议即"新病毒会议"，莫尔斯和诺贝尔奖获得者乔舒亚·莱德伯格曾就这件事一连谈了几个小时。莫尔斯认为，不用大动干戈就能办成这件事。他当时想，只要重新启动洛克菲勒基金会的热带疾病实验室国际网络，就足以提供充分的保护。

但是由于新疾病问题涉及的范围越来越大，莫尔斯设想的监视网的规模也跟着扩大。按照疫情专业监测计划，要建立一个巨大的监视系统国际网络，对医院和诊所出现的疾病，以及因农作物、牲畜、捕获的野生动物、水样等方面出现的疾病，都要一一进行监视。莫尔斯设想的系统不仅要监视自然界出现的疫情，也要监视生物武器的使用。

第十七章 寻找出路

规模如此庞大的网络，只有在政治上得到联合国的支持才能实现。因此，莫尔斯和支持疫情专业监测计划的同事们，便于1993年9月在世界卫生组织日内瓦总部开会，希望能为他们的倡议征得更多的支持。他的这些同事都是从世界各地的生物学家中挑选出来的。

"大家越来越感觉到，需要采取更加有力的措施来防止新流行病的出现。"美国科学家联合会的芭芭拉·罗森堡博士在会上说，"生物武器控制和公共卫生部门都有这种感觉……对新出现的疾病，全世界都从心底感到担心。显然需要建立一个广泛的全球性的计划。"

曾经领导根除天花行动的D. A. 亨德森在日内瓦会议上说："人们越来越相信，人类的祸福，甚至人类作为一个物种的存亡，都将取决于我们是否有能力发现新出现的疾病……如果人类免疫系统缺陷病毒变成一种空气传播的病原体，我们能往何处栖身？如果非要说类似的感染将来不会发生，又有什么意义？"

几年前，卡尔·约翰逊也曾表示过担心，态度相当悲观。在西雅图召开的一次热带疾病会议上，他曾与同行进行过长时间的交流，然后拉住乔·麦考密克和一个记者到一个僻静的角落。

"我担心对病毒毒性的各种研究，"约翰逊说，口气非常严肃，"只需要几个月，最多几年，人们就能查明，是什么基因决定着流感、埃博拉、拉沙以及其他病毒的毒性和空气传播能力。到那时候，只要花几千美元买点设备，在大学里学过点生物学课程，任何一个发疯的人都能制造出病毒，轻而易举地让人得上埃博拉病。"

利用遗传工程，把基因编码置入一种病毒的DNA或RNA，这只是一件再简单不过的事情。约翰逊相信，找出了埃博拉病毒中决定出血热病的基因，就可以把它置入另一种病毒，如流感或麻疹病毒，使之可以通过呼吸系统传播。表达这种担心的生物学家并不仅仅是约翰逊一个人。

到1993年，共有125个国家签署了禁止生物武器公约，但是这个协议并没有强制作用。

结果，由于一些国家与别国有历史性的边界和地区矛盾，那里的科学家就担心，即使一个贫穷、落后的国家也可以研发病菌，毁坏对方的庄稼，使之产生饥荒，使对方的人畜疾病大规模流行，或毁掉对方关于国计民生的经济作物，彻底打乱其国民经济。

"这些都是很容易做到的事。" A. N. 穆霍帕迪亚博士在日内瓦说。穆霍帕迪亚是印度设在潘特纳加（纳因尼托尔）的 G. S. 潘特大学农学系的主任。他特别担心的是，由于印度与一些邻国关系紧张，印度次大陆某个国家可能对印度农业采取破坏活动。他说："这并不是科幻小说。"

芭芭拉·罗森堡说：生物武器造成了特殊的外交问题，这是连核武器和化学武器都不曾引起的后果。"这不需要什么高科技设备，凡是有意发展生物战能力的国家，都能自行制造。"她告诫大家，"没有哪个国家可以不受这种威胁。"

有人相信可以利用聚合酶连续反应技术来找出制造生物武器的罪犯，加州大学戴维斯分校的微生物学家马克·惠利斯是其中之一。

"利用分子技术可以在枪上找出杀人犯的指纹，聚合酶连续反应技术与此作用相同。"惠利斯说。他还说，技术的发展固然为生物武器的制造带来了新的机会，但也为侦测和遏制提供了新的手段。

提倡疫情专业监测计划的人都热诚地相信，能够监测和核实违反生物武器公约行为的国际机制，对于监测有害微生物的自然发生必然也有极好的作用。

但是这个办法却使发展中国家的许多科学家感到紧张。

"我认为，新疾病暴发问题的一个关键侧面是全球合作。对于发展中国家的民众来说，这是重要的、不可缺少的，"曼谷的马希多尔大学荣誉校长纳思·布哈马拉普拉瓦蒂博士说，"我们务必不能做任何事情来破坏这种合作意识。"

日本的有田功是根除天花行动的一位前任领导，他也感觉到，现在要克服民族主义和文化方面的猜疑，实施完全有利的计划，例如接种疫苗等，已经极其困难了；如果把公共卫生同惩罚性的裁军行动连在一起，许多国家恐怕会把两扇大门都关起来。

"两个问题必须分别处理。"有田功最后说。

如果以全球的规模单独处理公共卫生方面的疫情问题，那么这样一个机制将会是什么样子？哪一个人或哪一个机构会来牵头？对此，有田功也说不清。

有一个显而易见的解决办法，就是把领导权交给世界卫生组织，但是无论有田功还是D. A. 亨德森对这个办法都不是特别热心。根据他们领导天花根除行动的经验，两人对世界卫生组织的印象都不算十分美好。

"我们是抗住了世界卫生组织的阻力才征服了天花的。"亨德森说。

"等到世界卫生组织看出艾滋病在流行的时候，艾滋病已经传遍四个大陆了，"亨德森接着说，"这就是世界卫生组织摆出来的准备状况和紧急反应。"

但是，如果世界卫生组织不能胜任此项任务，谁又能胜任？或者说，什么机构又能胜任呢？

亨德森认为美国的疾病控制中心最为合适。

"世界卫生组织手头的资源少得可怜。"亨德森说。另外，日内瓦总部也往往与分散在各地的地区机构意见不一。他说，各地区机构"只有一两个病毒学家。在这些机构任职的人更被看重的是他们的行政才能，即物色专家的才能，而不是他们的专业技能，这是必然会出现的情况……因此，我认为，除了确定疾病控制中心为合适的国际机构，向它拨款、给它合法的托管权以外，别无其他选择。"

在亨德森看来，世界范围内的准备工作，可以在机构上与一些计划结合起来，如南美洲的脊髓灰质炎根除行动、联合国儿童教育基金会针对可预防的儿科疾病给全世界儿童接种疫苗的全球性行动等；而积极的监测工作最好由15个派驻各国、紧密联网的热带病实验室担任，各实验室的人员由疾病控制中心的科学家、驻在国公共卫生机构的同行，以及从美国50个大学抽调的科研人员组成。

据亨德森估计，整个系统每年的活动开销约为1.5亿美元。他接着说："向这样一个项目投资，我们承受得了吗？或者换一个更好的问法：这个项目既然决定着人类的生死存亡，若是不给它投资，我们承受得了吗？"

15年前，乔迪·卡萨尔斯曾经提出过一个建议，后来也曾得到汤姆·莫纳思、罗伯特·肖普、弗雷德里克·默菲，以及曾在出血热和虫媒病毒暴发时发挥过作用的大多数其他科学家的支持，亨德森的建议与卡萨尔斯的建议大体相同。亨德森的建议得到了美国医学研究所的正式批准。

对医学研究所就新出现的疾病提出的报告，疾病控制中心的反应是，指定鲁思·伯克尔曼博士针对新疾病制定监测和快速反应计划。伯克尔曼用了一年半的时间就一项十分繁杂的工作进行了各方面的协调，找出了疾病控制中心各系统的缺点，又重新提出了一个改进型的疾病监测与反应系统。

伯克尔曼和她的同事们发现，疾病控制中心的国内监测系统存在着十分严重的缺陷和漏洞，并且认定国际监测系统杂乱无章，简直是有名无实。例如，1990年中心首次利用电脑报告系统把中心与四个州的卫生局连接起来，试图跟踪国内疫情的暴发。在六个月的时间内，共报来了233起传染病暴发病例。但是这个计划暴露出两个令人担忧的毛病：联邦或州里没有机构进行日常的疾病跟踪工作；试点计划开始后发现，各定点州监测疾病暴发的能力相差悬殊。例如，佛蒙特州报告的发病率为百万分之十四点一，而密西西比州仅为百万分之零点八。

明尼苏达州流行病学家迈克尔·奥斯特霍尔姆博士协助疾病控制中心开展工作，任务是调查全国50个州卫生局的政策和科学水平。他发现各州的疫情报告相差甚远，这并非因各州疫情有多大差别，而是因为各卫生局的政策和水平有很大悬殊。在美国，所有的疫情监测都是从县市一级底层开始，然后向上通过州府，最后到达亚特兰大的疾病控制中心总部。只要从县市到联邦的整个链条中有任何一环不牢，整个系统就会失去作用。至少，基层的情况不准，会导致上层判断错误，闹不清问题出在哪里：有些州疫情报告系统严密，比起那些根本不监测、不报告疫情的州来，必然会显得疫情更猛。如果走到极端还会发生危险，因为真正的疫情甚至死亡会被忽视。

奥斯特霍尔姆和伯克尔曼两人发现，近20年来，由于政府勒紧腰带、紧缩开支，再加上税率降低、经济衰退，地方和州的财政减少，大多数地方和地区级的疫情报告系统极不完善，更有不少完全瘫痪。死亡尽管发生却无人注意。疫情暴发也视而不见。没有几个州确切地知道本州微生物世界的现状。

"1993年对各州公共卫生机构进行的调查显示,在许多州的卫生局和县市的卫生处,都只有少数几个职员应差,负责多种传染病的监测工作。"调查小组说。情况非常严重,甚至有些病法律规定医生和医院必须向州卫生部门上报,州卫生部门依法应向疾病控制中心上报,也都查不到记录。1990年,艾滋病监测是疾病控制中心开展的各项疫病防治计划中经费最多、要求最严的项目,但是其发病率至少被低报了20%。在这种情况下,官员对各州的真正疫情,如青霉素抗药淋病、万古霉素抗药肠球菌、大肠杆菌O157食物中毒、多种药物抗性结核病、莱姆病等的发病率,只能进行估计。随着越来越多的严重疫情的出现,如各种耐抗生素的细菌性疾病或新型流行性肝炎的发生,疾病控制中心也跟着提出要扩大强制性疾病报告的名单,各州和县市卫生机构被挤得焦头烂额,只好一迭声地抗议:他们根本应付不了这种局面。

奥斯特霍尔姆仔细调查了23个州卫生局的实验室,结果发现,从1992年或更早的时候开始,除一个州外,各州都实行人员冻结,不准招收新人。近半数的州实验室开始把工作承包给私人公司,却又派不出人来监督工作的质量。十多个州没有合格的在职科学家来监督食品安全,尽管在80年代和90年代初,大肠杆菌和沙门氏菌的发病率曾在全国范围内猛增。

在国际层面上情况更糟。疾病控制中心的吉姆·勒迪克受日内瓦的世界卫生组织总部的委托,在1993年调查了世界各地的34个疾病监测实验室。这些实验室的任务是在危险的病毒性疾病暴发时,通报全球医学界(当时没有设置类似的实验室网络来跟踪细菌性疾病或寄生虫疾病的疫情)。他发现这些实验室在技术水平、器材配备和总体能力方面的欠缺程度令人吃惊。只有一半的实验室能够准确地诊断出黄热病。1993年肯尼亚的流行病之所以失控，无疑是因为那个地区的实验室未能及时诊断出发病原因。对于其他微生物，这些实验室更是准备不足：53%的实验室诊断不出日本脑炎，56%的实验室不能准确地辨认汉塔病毒，59%的实验室未能诊断出裂谷热病毒，82%的实验室未能发现加州脑炎。对于比较罕见的引起出血性疾病的微生物，如埃博拉、马尔堡、拉沙、马丘波等类病毒，几乎没有任何实验室备有必要的生物试剂，连诊断性测试都无法进行。

作为抵御新出现的疾病，至少是抵御病毒的第一道防线，勒迪克提出了一个小规模的一次性计划，花费180万美元，使所有的实验室升级，也使联结全世界重要医院和医疗系统的世界卫生组织自动报告体系更加完善。1994年4月26日，勒迪克的建议得到世界卫生组织和一个由乔舒亚·莱德伯格任组长的疾病专家小组的正式批准。建议送交世界上的富有国家几个月以后，勒迪克仍在苦苦等待着一些美元、马克、日元以及其他硬通货的到来。

伯克尔曼提出的加强疾病控制中心能力的计划能否实现，取决于三个因素：勒迪克的全球计划筹资能否成功；美国各级政府的国内监测计划能否大大改进；联邦的研究工作、基层的医疗部门、实验室的检测能力、有关的培训、民众的关切等，能否推进一步。

这一切都要花钱：每年约需1.25亿美元。可是只要一提拨款，疾病控制和准备工作的命运马上就会落入政治家们的手中。这样一来，原本是由于科学家的担心而开始的事情，到头来竟成了国会辩论不休的题目，而当时议员们正迫于公众的压力，要他们减少美国巨大的财政赤字。

任何方式的全球卫生监测，只要最终由一个美国机构牵头，都必然成为国际公众舆论争论的焦点。疾病控制中心有过监测疾病的记录，在过去四五十年间，从埃博拉病到黄热病，曾经负责监测过多种疾病，而且成绩卓著。每次出现危机，世界卫生组织总是首先联系亚特兰大。

但是法语国家却可能联系法国的帕斯特研究所，该所也有良好的记录，特别是在西非。同样，英联邦成员国则可能联系伦敦的卫生与热带医学研究所。一些非政府组织，如医学无国界、世界医学、国际红十字会、红色新月会、救灾会等，都在疾病早期警报系统中担负着越来越大的作用。例如，1992—1993年在苏丹南部发现死亡率极高的利什曼内脏原虫病的，就是医学无国界组织。当时，苏丹正处于内战，几乎所有的公共卫生系统都已瘫痪，南方由叛军控制，那里没有任何政府机构可以监测民众的健康状况，更没有人能向喀土穆或日内瓦报告疫情了。如果不是外面的组织——具体到苏丹南部的疫情来说，若不是医学无国界组织，全世界的公共卫生界对于这场流行病可能会一无所知，尽管这场疾病夺去了千万人的生命。

情况确实如此。20世纪90年代，敌对的政治、种族、宗教派系间曾发生多起高强度的局部冲突，许多参与救济活动的组织都看得出来，一切由政府管辖的疾病监测系统在冲突地区都是寸功未立。1993年，一场规模很大的麻疹横扫战火不断的安哥拉，罗安达政府正式宣布没有疫情。可是就在当年，医学无国界组织却发现了10处面临饥饿和疾病危险的居民，其中有：苏丹的非穆斯林（70万）、阿富汗平民（千余万）、塔吉克斯坦穆斯林（其中30多万为内战连绵的难民）、高加索少数民族（人数不明）、利比里亚百姓（82万）、安哥拉百姓（800万人饱受内战之苦）、柬埔寨百姓（在柬西部红色高棉控制区，数百万人经受着抗药性疟疾、结核和饥饿的折磨）、波斯尼亚百姓（由于内战不停，上百万穆斯林和塞尔维亚人饱经苦难）、纳戈尔诺-卡拉巴赫地区的平民（70万亚美尼亚-阿塞拜疆战争的难民）、索马里人等。

合计起来，1993年全世界总共有2100万人生活在极适宜微生物生长的条件下：政府机构瘫痪，无法获得救济；饥饿；没有固定的安身之处；缺乏一切基本的医疗卫生设施。

1994年的情况更是雪上加霜，200余万卢旺达人逃离本国，多数人住在条件艰苦的难民营，那里连起码的卫生设施和安全用水都没有。

1993年6月17日，医学无国界组织向联合国安理会提交了一份正式抗议，列举了多起救济人员在战乱地区被当地的军队、土匪、联合国军伤害的事例。另外，该组织还指责说，平民经常得不到医院和医疗机构的治疗；在有些情况下，医院甚至会成为作战双方有意轰击的目标。

按照《联合国宪章》，联合国不得从事任何被视为有损一国主权的事。在出现危机的时期，联合国把这理解为，如果没有得到受到承认的政府的正式邀请，其下属机构，包括世界卫生组织，不得自行插手一国的事务。未经许可，世界卫生组织不得向基加利派遣医生去调查异常的疫情，正如不得向洛杉矶或巴黎派人调查一样。

对乔纳森·曼、丹尼尔·塔兰托拉和全球艾滋病计划从前的大多数成员来说，这种考虑只是加深了他们的信念：疫情防治同人权有着密不可分的关系。曼希望全世界都来研究一些办法，利用现有的人权法律，作为联合国和世界卫生组织救助患病人群的依据。

冷战时期，这样的内战和种族冲突要少得多，因为超级大国对世界上的大多数冲突都能施加严格的控制。一旦失去了这种全球性的监督，一些政府就觉得自己可以随意屠杀本国的百姓、灭绝敌对的少数民族、毁坏为多数人群服务的社会设施（包括医疗设施）、矢口否认疾病的存在。

有些新疾病的专家谈到，利用美国宇航局的卫星网络来监视各地的降雨、蚊虫、红潮或热带雨林的破坏等情况，以便及时了解各种疫情。但是身处危机现场的医生们却认为，更加急需的是基础性的东西。

"永远都会需要某种紧急反应行动，这就主要靠疾病控制中心了，"乔·麦考密克说，"你需要当地有人首先发现这些情况。需要一个卫生医疗系统。需要一个让你能够上报情况的地方。"

如果当地政府是你的敌人，你自己和老百姓都在经受着压迫的煎熬，你又能向哪里报告？

"坦率地说，我觉得很不舒服。"亨德森说，"我深感满身绳索，难以施展手脚。"

疾病控制中心的前主任威廉·福奇博士认为，新疾病的出现与第三世界化有着十分密切的关系。这指的是卫生医疗的整体状况、免疫接种、卫生设施、教育、一国的医疗经费等方面情况的恶化。福奇当时在亚特兰大的卡特国际和平中心任职。他说，世界银行和国际货币基金组织要求进行结构调整，而柏林墙推倒后又出现了真正的资本危机，这就严重恶化了人类的生活环境，大大有利于微生物的生长。每年有1780亿美元以还债的名义由世界上最穷的国家流向最富的国家，而反过来以贷款或外援的名义由富国流向穷国的，却只有这个数目的三分之一，不足600亿美元。

"这是一场公共卫生危机，"福奇说，"每年有上万亿美元花在武器上。而1989年死去1400万儿童，只要拿出25亿美元就能救活其中的900万。美国每年花在香烟广告上的钱也有这么多。"

福奇认为，到了90年代，由于微生物全球化，国际上的和美国国内的卫生工作已经紧紧地连在一起，如果不向阿塞拜疆、科特迪瓦、孟加拉等国的百姓提供同样的健康保证，就无法使北美和西欧的民众无病无灾，健康生活。

随着世界和疾病的威胁变得日益复杂化，麦考密克和费希尔-霍克对疾病控制中心和世界卫生组织也越来越不满了。麦考密克指责亚特兰大、华盛顿、巴黎、日内瓦那些人只会"掉书袋""耍笔杆"。麦考密克和费希尔-霍克曾经与拉沙病毒苦战多年，认为利比里亚的内战和尼日利亚的动荡使他们往日的辛苦统统付诸东流，鼠传播疾病的暴发成了家常便饭。麦考密克在实验室和病区的死亡中心与微生物奋斗了半生，如今已经失去耐心。他认为贫穷、基本医疗设施的缺乏、生态环境的恶化、危险微生物的出现，这些现象之间的联系十分明显，应当成为公共卫生工作的基本内容。可是他那种全球思维，也就是亨德森、约翰逊、莫纳斯、福奇他们的想法，在疾病控制中心和世界卫生组织，还有华盛顿、巴黎、伦敦的卫生主管部门看来，已经不再时髦了。

1993年春，麦考密克和费希尔-霍克离开疾病控制中心，前往巴基斯坦，去实现他们认为是对微生物作战的最后希望：培训穷国的人，让他们去担负本国的微生物围剿任务。

要根本阻断斯蒂芬·莫尔斯提到的"病毒在不同物种间的往返转移"，在动物传播的流行病或其他紧急疫情暴发的当时就能发现，并采取措施立即止住疫情，这永远是不可能的。看来，在最近一段时间，慢性微生物如人类免疫系统缺陷病毒等，还会继续在全球出现，因为人类还没有办法检测那些潜伏期长达数年的生物。只有在病情出现后才能检测出来。世界的大多数地区根本没有什么基础医疗设施，或过于偏僻，连在疫情大规模暴发或发生瘟疫以前辨认迅速发生的疫病的能力都没有。

可是，微生物一旦出现，便可能在一小部分人群中反复传播，产生偶尔可见的孤立的病例。这样，它就可以存活数十年甚至数百年，从而不被发现；对整个社会而言，造成的直接危害也不大。无疑，HIV-1、HTLV-I、HTLV-II、拉沙、米尔托峡谷和埃博拉病毒，以及其他多种微生物的情况正是这样，它们都是在疫情猛烈暴发之后才被人认识的。

不过，针对某些有利于微生物生长的条件集中力量进行工作，也有可能防止疫情大规模暴发。这指的是有利于微生物实现跃进式发展，也就是从出现到感染少数人、再到在某个人群间广泛传播的行为和条件。具体地说，有没有这种利于微生物生长的条件，其结果会大不相同：没有这种条件时，一个人群的感染率会不到0.1%，而具备这种条件时，其感染率会达到2%—10%。

不幸的是，在两个能够迅速确认有利于微生物生长条件的领域中，研究水平还很原始。行为科学一直被从事"硬科学"即分子生物学和物理学的人瞧不起。而医学微生物生态学则更是一门几乎还不存在的学科。

尽管如此，从已经发生的疫情如马丘波、米尔托峡谷病毒传播中收集到的信息，已经可以确认有利于微生物生长的因素。

就90年代来说，列在首位的因素当属性行为。具体地说，就是多个伙伴的性行为。"二战"以后，世界各地的性传播疾病反复出现，其传播的速度令人吃惊，这也正好说明了性行为高度活跃的个人和性活动集中的场所，对于一些微生物如HIV-1、HIV-2、青霉素抗药淋病的迅速生长起了重要作用。性俱乐部、同性恋之家、公共浴池、妓院等,都是有利于微生物生长的场所。

位于西雅图的华盛顿大学的流行病学家金·霍姆斯列出了一个数学公式,来计算多个性伙伴对促进微生物生长的作用:

$$R_0 = B \times C \times D$$

在霍姆斯的算式中,R_0指感染物复制的速度。速度为1时,表示一种停滞状态;速度大于1时,表示感染在扩大,疫情已发生。B指每一次性接触微生物传播的平均效率。如果B的数值较低,表示微生物的传播性不是很强,通过一次性交受到传染的概率很低。如果B的数值较高,则表示这种微生物的传染性也高。

公式中的D表示感染的持续时间。有些微生物如带状单形细胞疱疹病毒,只有在人的外生殖器周围感觉疼痛、疱疹病毒正在散落的短暂时间内,才有高度的传染性。如果这个时间只有数日,D的数值将会较低。与此相反的是HIV,即人类免疫系统缺陷病毒,它可以在十多年的时间里以一种随时都可传染的状态被人携带着,并通过性接触传播给别人。

最后,C表示每天的性伙伴平均数。一个一夫一妻的已婚者,其C的数值可能小于1,而一个妓女的C可能是6。

从霍姆斯的公式中可以明显看出,若要改变D或B,人类是无能为力的,这些因素是由微生物控制的。但是C则完全是人类的事情。

如果一种性传播的微生物是可以治愈的,如淋病或梅毒等,那么C就可以引导医生和公共卫生官员到该去的地点采取干预措施。例如,阿姆斯特丹市规定卖淫合法,那里虽然妓女较多,却并没有因此而出现较高的发病率。究其原因,是该市规定所有妓女和妓院都要注册领执照,并要定期体检,按时续执照。凡是查出淋病等呈阳性的妓女一律停业，直到治愈为止。

对于无法治愈的疾病，如艾滋病等，性行为方面的微生物助长因素即C数值高的地区或人群，可以作为开展教育和散发安全套的重要目标。可是，如果这些地区或人群游离于整个社会之外，那么要准确地瞄准他们的行为作为防治目标，纵然不能说是不可能的，恐怕也是极其困难的。以往对艾滋病的社会反应证明，孤立或摈弃那些霍姆斯所说的C数值高的人群，只会驱使他们远离公共卫生当局，而他们的C数值仍然会继续高下去，流行病也会不断扩大。

另外，在控制C的能力方面，也存在着性别的差异。男性的优势较大，因为他们的社会地位较高，也能控制安全套的使用。在女童可以被卖入妓院、妇女婚后遭受虐待的国家，女性这种受凌辱的地位也是控制疾病发生时要考虑的重要因素。

联合国儿童教育基金会在70年代发现，妇女是大多数公共卫生干预行动成败的关键。例如，民众是否配合儿童疫苗接种计划就直接与母亲的教育状况有关。有文化的母亲更能理解接种疫苗的必要性，念完中学的妇女会接受更广泛的家庭卫生计划，包括计划生育、卫生、营养、定期体检、孕期保健等。一家的儿童成活率和患病率与母亲的教育程度直接相关。相反，缺乏教育的妇女就不大懂得不当的疫苗接种、营养不良、卫生条件、饮水质量、针头的反复使用等在疫病传播中所起的作用。

助长微生物生长的最大因素当属注射器的反复使用。1976年在延布库地区流行的埃博拉病毒，就是由于当地教会医院仅有的5个注射器每天在300—600个病人身上反复使用，而使疫情大大恶化。埃博拉病毒可能是在1976年和1979年出现在恩扎拉的棉纺厂内及其周边地区，但它是由于当地的诊所反复使用未经消毒的注射器才得到传播的。汤姆·莫纳思的研究显示，黄热病之所以在尼日利亚传播，是由注射售药的贩子造成的：这是一帮没有经过培训的人，专以销售各类所谓的针剂为业。他们公开在市场上营业，每天在十多个顾客身上反复使用同一个未经消毒的针管和针头。只要有一个顾客患有黄热病，后面的顾客都有可能受到感染。对于拉沙、乙肝、疟疾、人类免疫系统缺陷病毒等疾病的暴发，这些注射售药者也都起到了推波助澜的作用。

医务人员反复使用注射器是造成罗马尼亚和俄罗斯儿童中HIV暴发的原因。注射器使用不当也助长了耐抗生素病菌的扩散。可以说，几乎所有血源传播的微生物都会由于注射器使用不当而迅速生长。

利用注射器注射海洛因、可卡因、安非他命、吗啡或其他违禁药物，也是助长疾病泛滥的重要因素，能传播各种微生物，包括乙肝、三角病毒、HIV、HTLV-Ⅰ、HTLV-Ⅱ、肉毒梭菌、破伤风梭菌、抗二甲氧基苯青霉素的肺炎葡萄球菌、铜绿假单胞菌、洋葱伯克霍尔德氏菌、黏质沙雷氏菌、白念珠菌、疟疾等。

世界各地的无数次研究证明，如果可以得到其他经过消毒的设备，特别是如果有关随身携带物品的法规被废止或警方不再严格执行，毒品注射者必会停止共用针头和针管。只要消过毒的设备能够通过药店合法销售或免费散发，或者采用旧针头换新针头的办法，使用者都会蜂拥而来，或购或领。有些社区出于文化方面的原因，或由于随时可以获得消过毒的设备的缘故，对针头共用多有限制，因此疾病的暴发率就比较低，甚至低得很多。出现在毒品注射人群中的微生物会由于共用针头而迅速生长，还往往会通过血液供应或医院设施而传播给普通人群。由此看来，吸毒者缺乏消过毒的注射器，实际上对整个社会构成了一个健康方面的威胁。

可是，在世界许多地区，毒品注射者被视为罪犯，提供注射器和针头也是违法的。

"允许针头更换将使海洛因悄悄合法化，实际情况也正是这样。对此，我表示反对。"联邦调查局的警官理查德·赫尔德在1992年的公共卫生专家会议上说，"引发的问题是犯罪和暴力，是人们生活在恐惧之中。我认为这才是一个公共健康问题。"

加州圣何塞原警察局局长约塞夫·麦克纳马拉在1992年调查了488名法官、辩护律师、检察官、警察局长和警官，询问他们对针头、注射器、毒品犯罪的态度。麦克纳马拉的调查不是随机的，不过其结果还是提出了一个十分鲜明、不容忽视的看法。几乎所有被调查者都说，美国正在输掉对毒品的战争（96%的法官、95%的警官、85%的警察局局长都这样说），这是一场完全由刑事司法系统进行的战争。

同时，美国的海洛因使用量到90年代又有回升：80年代曾略有下降。1994年，公共卫生方面的重大问题仍然是一个激烈辩论的题目，有人主张更换针头，有人认为随意购买针头会导致毒品用量的进一步增加，双方各执己见，互不相让。

事实证明，可以插入或置入人体的一些医疗方法其实也可以扩大疾病的传播，这种情况通常出现在医院或诊所中。人类免疫系统缺陷病毒、肝炎、疟疾、巨细胞病毒、耐抗生素病菌、查加斯氏症、黄热病，以及许多其他微生物，都已经有效利用了血库、输血和血浆市场来迅速扩大其数量。全世界血友病患者人群中人类免疫系统缺陷病毒和乙肝的感染率极高，这就是个有力的证据，证明有些微生物生长极快：在一般社区感染率不到0.1%的微生物，能够通过多次输血而增长许多倍，毁掉整整一代受血者中的许多人。

从来没有人计算过带病血液和未消毒的注射器在全世界使多

少人患病。但是根据世界卫生组织关于血源性疾病发病率上升的报告，可以肯定有数千万人之多。因此有理由说，应当开展一项国际行动来提供必要的注射器，保证血液和血浆系统的消毒，这样做对于消除微生物的助长因素必会大有益处。这两种办法都是可行的：既没有技术难关，也无须很大的开支。现在缺乏的是政治愿望。

在医院和诊所已经暴发过许许多多的疾病，插入人体的医疗方法和器材都成了微生物的助长因素，形成了急性感染的病灶；或者通过反复使用直接传播了疾病。例如，迈阿密的一个门诊部曾将一个对人类免疫系统缺陷病毒阳性的男子进行预防治疗的吸气装置让多人共用，结果使一种单一的MDR结核病扩大多倍，导致一场致命性的大暴发。

多药抗药性病菌和分枝杆菌的暴发也是微生物得到快速助长的结果，直接助长的因素有医护人员、注射器和其他器材的反复使用，器材包装，被感染的导管或静脉导管，消毒不彻底的手术过程等，这里往往涉及被沾染的置入物，如心脏起搏器、瓣膜、义肢、关节或其他装置，另外也涉及被沾染的呼吸辅助设备。在有些情况下，整个房间包括墙壁、桌椅、病床等，处处都沾满了微生物，可以说这个房间和设施本身就是助长微生物的所在。

医院如果反复发生助长微生物的事件，就会出现地方性感染。在这种情况下，医院只能接受这种事实：新出现的微生物如抗药性病菌是其环境中的一个永久性特征，而且微生物会经常传入普通社区。乙型肝炎、抗万古霉素的肠球菌、呼吸系统多核病毒、抗甲氧苯青霉素的葡萄球菌、抗二甲氧基苯青霉素的肺炎葡萄球菌和表皮葡萄球菌、抗氟喹诺酮的沙雷氏菌和铜绿假单胞菌，以及其他许多抗氨基糖苷的菌种的情况正是这样。

另外，在密闭的设施中使用空调或空气循环装置，也助长了空气传播的感染。不管这个设施是飞机、看护室、监狱还是办公楼，扩大传播的方式都是一样的：同样的空气反复循环，为少数微生物感染人类提供了良机。这方面的例子包括流感、结核、军团症、麻疹等。

对微生物生态学进行深入研究会有助于找出更多的微生物助长因素，也能找出削弱其影响的措施。1993年，耶鲁大学的罗伯特·肖普正在探索，采用何种方法可以在人类强占雨林的前缘地区发现动物传染的疾病。他循着自己当年在南美洲研究胡宁和奥罗普切病毒的足迹，率领了一批科学家到贝伦附近的亚马孙河小岛上去研究那里的居民。那里的人忙着在雨林中开垦农田，肖普这些人却在观察他们，寻找他们血液中存在新病毒的证据。

巴布亚新几内亚医学研究所的卡罗尔·詹金斯也在该国领导着一项类似的研究活动，在四个情况相近的村庄里观察着居民的健康状况。其中两个村子的村民正在大规模地伐木毁林。詹金斯希望能在拼命砍伐热带原始森林的村民中发现新近被认识到的微生物或疾病的蔓延趋势。

斯坦福大学的加里·斯库尼克采用了另一种新颖的方法，在墨西哥监测疾病的发生。他在墨西哥和危地马拉边境建立了一个规模不大的分子流行病学实验室，培训当地的居民如何辨识异常的腹泻病例并采集粪便样本。这个社区位于南北美洲交通大动脉——泛美高速公路上，每年有数百万人从南半球偏远的地区沿公路北上，寻找工作。他们随身带来的就有微生物，也就是斯库尼克希望在他们前往加州和得州边界的途中找到的那些微生物。

在微生物的聚集地——全世界的大城市，也需要进行研究，以确定城市生活的哪些方面最利于微生物的传播。例如，鼠群的增长与疾病之间有多大关联？1992—1993年间，纽约市报道的老鼠咬人事件猛增70%，这是不是即将发生疾病的预兆？城市经费减少，灭鼠计划放松，垃圾收集缺人，大批垃圾装在塑料袋里堆在路边，成了老鼠的固定觅食之处，由此可否预料鼠群数量即将迅速增长？紧接着是否会发生各种疾病？既然1992年纽约的老鼠已经超过700万只，那么鼠群达到多少就能发生公共卫生危机？1000万只？2000万只？耶尔森氏鼠疫杆菌获得耐抗生素的巨大能力，使鼠疫无法治疗的日子还有多远？

存在同样问题的还有：未经处理的污水、没有消毒的饮水、促使人类肺部染病的空气污染、助长蚊虫生长的无盖蓄水设备、城市免疫接种计划开展不力、住房过挤、无家可归，以及许许多多从正反两个方面影响人类和微生物生活质量的因素。

1991年，赞比亚成为进行充满希望的改革的第一个国家。随着电门开关的轻轻一响，赞比亚大学医学图书馆就通过卫星地面站同美国和加拿大各医学图书馆的数据库连接起来。到1993年中，11个发展中国家已经通过"生命卫星"与富裕世界的医学数据库连接起来，也实现了他们之间的互联。在1994年底，另外6个发展中国家也实现了数据库互联。

这个生命卫星活动是诺贝尔和平奖获得者伯纳德·朗想出来的。他曾经领导过一个"防止核战争国际医生"组织，建立了世界各地医学同人的庞大网络。他认识到发展中国家的医生和科学家与世隔绝，信息十分闭塞。作为一个"信息就是力量"的坚定信奉者，他与俄罗斯、日本、加拿大等国的同行密切合作，筹建生命卫星计划。俄罗斯为这个计划发射了一颗卫星，日本电器公司（NEC）提供了必要的设备，加拿大国际开发研究中心拿出了所需的资金。

　　破天荒的，发展中国家的医生可以利用邻国的医学图书馆、数据库，并与邻国同行商讨疫情，解决疑难问题，互相通报疾病暴发的情况了。

　　因此，1993年4月，莫桑比克出现多药抗药性淋病时，普拉萨德·莫德科伊卡博士就坐在一台电脑前，输入以下信息："我想知道，关于抗生素卡那霉素治疗男子急性淋病的效果，有没有已经发表的研究论文或正在进行的研究。"

　　莫德科伊卡的信息通过卫星地基上行线路，传送给生命卫星系统轨道上的卫星，然后又反射给15个国家的碟形天线。在赞比亚的卢萨卡，M. R. 沙恩库图博士看到了这个信息，立即把萨布哈什·希拉于1985年在卢萨卡所做的一项卡那霉素研究结果传送给莫德科伊卡。如果是在生命卫星开始运行以前，莫德科伊卡就只能给欧洲和北美的医生写信求助，再长久地苦苦等待结果；或者干脆试验着给病人下药。

　　有了生命卫星，莫德科伊卡就可以立刻完成两项任务：通报同行他发现了抗药性淋病的暴发，找到治疗病人的方法。现在他有计划把生命卫星系统扩大到亚洲和南美洲。到时候这种廉价的非政府性的医生对医生服务，将非常有可能使发展中国家的疾病治疗和监测发生革命性的变化。将来，由生命卫星提供的卫星网络也可用来向全世界的公共卫生决策者传输信息，便于他们未雨绸缪，抢先行动——预期潜在的疾病暴发。例如，厄尔尼诺式的气候变化往往首先从地球的一个地区开始，然后以可以预测的模式向其他地区扩展。众所周知，这类现象也是形成生态变化的原因，而生态变化又会加大各类疾病发生的危险，包括霍乱、疟疾、各种虫媒病毒疾病、大多数腹泻类疾病等，穷国的情况更是这样。

通过卫星可以提前发出气象预报，并能够实时传送，提请医生们注意未来与寄生媒介或微生物的活动有关的气象变化。

遗传数据库，如新墨西哥州的洛斯阿拉莫斯国家实验室下设的巨大的HIV序列数据库，或美国国家医学图书馆下设的遗传信息库，对发展中国家的科学家也将有极大的作用。随着聚合酶连续反应技术的推广，在穷国工作的研究人员就可以筛检病人体内发现的病毒和细菌，并与遗传数据库中已经存储的资料进行株系对比。如果这种技术得到广泛应用，关于即将出现的抗药性微生物、毒性更强的HIV，甚至新生的微生物，都将获得大量的信息。

在哈佛大学医学院，托马斯·奥布赖恩正在努力就质粒、转座子、噬菌体、抗性因子等的遗传序列，建立一个电脑化的国际数据库。功率更强、可独立工作、不再依赖发展中国家常出故障的电话系统的卫星通信网络，如生命卫星，可以更加迅速地监视——至少也可以及时报告世界范围内抗药性微生物的活动。

当然，如果一个国家无人利用传送来的信息或根本没有基本的医疗设施，这种先进的系统也是毫无意义的。没有经过培训的人员，没有功能正常的公共卫生系统，穷国里的任何个人或富国里的任何一个经费不足的地方部门，要想发挥HIV序列数据库或其他类似的数据库的作用，那是根本无法想象的。

可是，90年代正是全世界都在勒紧腰带过日子的时候，谁也不愿意捐赠美元、马克或日元，让亚美尼亚、罗马尼亚、阿尔巴尼亚、缅甸、多米尼加共和国之类的国家去建立基础卫生设施。看来问题太大了，对捐赠者的回报太小了。

对于任何一种传染病来说，最理想、最简捷的办法都是疫苗接种。到1990年，全世界约70%的儿童都针对白喉、麻疹、百日咳、脊髓灰质炎、破伤风、结核等疾病接种过疫苗。在发展中国家每年约有1.3亿儿童接种疫苗,花费约15亿美元。

但是,面对正在出现的疾病危机,疫苗用量能否扩大,新产品能否开发、新研制的疫苗能否使用,专家们却持极其怀疑的态度。1974年脑膜炎球菌流行期间,法国梅里埃公司和巴西政府在疫苗接种上创造的非凡奇迹恐怕再也不会出现了。原因很多,但归根到底是钱。

制药公司认为生产供穷人用的疫苗无利可图:谁会花钱来买这些东西呢?艾滋病显示出,通过免疫接种来应对新的微生物是何等困难。当初预防猪流感的行动曾经遭受惨败,使得政府发起的群众性接种活动成败难料,因为弄不好又会引起诉讼。当时美国法院曾经判决向所谓被沾染疫苗的受害者支付巨额赔款。

到1990年,一多半疫苗生产商都不再经营这种业务。虽然生物技术显示,新疫苗的研制具有远大的前程,但是商家反应冷淡,毫无热情。

"疫苗生产确实存在严重的问题,"D. A. 亨德森说,"许多种急需的疫苗无人生产;购买疫苗的经费在减少;当地生产的疫苗质量控制不严,甚至根本无人监控;疫情监视本是疾病控制的基础,却依然十分松懈,更有多种疫情无人监视。"

最终说来,人类若想避开或熬过下一次瘟疫的劫难,就要改变看法,明确自己在地球生态环境中的位置。人类所处的环境在迅速全球化,这就要求这个星球上任何地方的居民都要放开眼光,不能仅仅盯着本村本县、本市本省、本国本区,或自己的半球,认为这就是自己的整个生态范围。微生物和它们的媒介是不会承认人类划分的什么边界的。它们接受的是大自然设置的限制,这就是温度、环境、紫外线、体弱的宿主、流动性媒介等是否合适。

在微生物的世界，战争是时刻不断的。大多数生物生存的必要条件就是其他生物的死亡。酵母分泌抗生素来抵御细菌的攻击。病毒侵入细菌，并控制其遗传机制，使之有利于自己。

利用高功率放大仪器去观察微生物世界，就会看到一种疯狂的、拼命推挤的场面，那里的微生物不停地互相推推搡搡，速度之快、力度之猛，相比之下，连午饭时间东京便道上匆匆的人流也显得十分缓慢了。人们可以想象，假如微生物真有胳膊的话，它们必会不停地推搡邻居，在永无休止的争斗中争取一块生存之地。

然而，在微生物的世界，也有难得一见的集体联合行动的时候，这时它们会暂时停止互相推挤，与共同的敌人展开战斗。交换基因，对抗一种抗生素的威胁；或在有用的宿主体内分泌有益的化学物质，以便继续舒适地寄生下去，都是这种微观世界里联合行动的具体事例。

一个微生物的世界，也就是它的生态环境，所受到的限制只是这种生物的移动能力和它忍受各种各样的温度、阳光、氧气、酸碱程度，以及它拥挤的环境中的其他因素的能力。只要有一种利于微生物生长的理想环境，它就会紧紧抓住不放，并立即加入当地微生物的推挤行动中。至于是依靠自身的微动力和鞭毛，还是借助于风力、人类性交、跳蚤或微尘等外来力量转移到新的环境中去的，关系都不是很大，只要这个环境的敌对性不强而舒适性很大就好。

这个星球归根结底只是像一条奇怪的棉被，在510069150平方公里的表面上，散布着许多微生物的生存环境。

我们作为个人看不到它们，也无法以任何可行的方式感知它们的存在。微生物中进化最快的种群具有超过并操纵人类唯一的微生物感知系统——免疫系统的能力。它们单凭数量就能战胜我们。而它们的进化速度也比人类快得多：它们可以通过突变适应环境的种种变化，可以高速进行环境选择，或从环境的巨大机动基因库中吸取质粒和转座子。

另外，每一种微小的病原体都是一种靠着较高等级的生物存在的寄生物。寄生物本身又是被寄生的宿主。这很像俄罗斯套娃，大中有小，一层又一层。肠道蠕虫受到细菌的感染，细菌又受到微小的噬菌体病毒的感染。鲸鱼的肚子里全是海藻，海藻又被霍乱弧菌感染。每一种微小的寄生物都是地球村号飞机上的一颗铆钉。它们被交互锁在壮观而复杂的网络系统中，不停地进行着适应和变化。每一个变化都可能改变整个系统，每一个系统的变化都可能把一个交互锁在一起的网络推向一个完全不同的方向。

在这种不断变化的复杂环境中，人类仍然狂妄自大，挤来挤去，由一种生态圈挤入另一种生态圈而毫不在意。人类同样得意的是开着推土机，一路纵火，在雨林中烧出一条道路；或者执行"焦土政策"，将一切不想要的微生物统统驱逐出十二指肠。用哈佛大学的迪克·莱文的话说，人类在宏观和微观生态环境中，仿佛"根本不能包容复杂性"。

人类只有理解其生态环境中的各种细微差别，才有可能懂得，他们在宏观领域的行动如何影响到微观领域的竞争者和捕食者。

时不我待。

人口在膨胀，到2000年即将突破60亿大关，因此病原性微生物也有了迅速生长的大好时机。如果像有些人预料的，其中有1亿人感染了人类免疫系统缺陷病毒，这种病毒就等于有了无数个会走路的免疫系统缺陷培养皿，在里面迅速繁殖生长，交换基因，进行无止境的进化实验。

"我们处于永无休止的竞争中。我们差不多已经击败了所有的竞争对手，现在居然到了谈论保护以前的捕食者的时候了。"乔舒亚·莱德伯格在1994年投资银行家曼哈顿会议上说，"但是，处于食物链顶端的，并不仅仅是我们。"

他提请人们注意，我们的捕食者在适应，在变化。"如果它们的变化更加迅速，其代价将是人类的毁灭。"

1978年9月12日，人类所处的世界还是一个非常乐观的地方，那一天，各国代表签署了阿拉木图宣言。宣言说，到2000年，所有的人都将针对大多数传染病进行免疫接种；所有的男人、女人、儿童，不论经济地位、种族、宗教信仰或出生地点，都将享有基本的医疗待遇。

可是，在这个世界即将进入2000年的时候，这个居住着60亿人口，其中大多数仍然很贫困的星球，从微生物的角度看来，与公元前5世纪的罗马城并无两样。

"这个世界真的只是一个乡村。在世界上任何一个地方容许疾病存在，都会给我们带来大灾大难。"莱德伯格说，"比起100年前，我们的境况是更好了还是更糟了？从许多方面来看，我们的境况更糟了。我们忽略了微生物。这是一个挥之不去的难题，今后还将不断地跟我们为难。"

美国记者I. F. 斯通说得好，我们最后不妨引用一句他的话："我们不是学着一起生存，就是一起死亡。"

当人类与自己恶战不休，争夺日益拥挤的地盘和愈加短缺的资源时，优势已经转移到微生物一方。它们就是我们的捕食者。如果我们人类不用心学会在一个理性的地球村里共同生活，而不给微生物提供良好的生存机会，那么胜利的将是我们的捕食者。

要么是让捕食者获胜，要么是我们振作精神，去面对即将到来的瘟疫。

后 记

1993年夏天，罗恩·麦肯齐正在收看电视上的晚间新闻。此时他已经退休，在南加州一个沙漠中的社区过着舒适、悠闲的生活。一条简短的消息吸引了他的注意。消息提到拉美许多地区将农田改种古柯树，为可卡因的制作提供原料。麦肯齐认出了电视里的画面。那正是他魂牵梦萦的地方：玻利维亚的圣华金。

看到电视里那个古老的养牛小镇，这位退休医生不禁想起往事，想到他在加州的索萨利托的日月，那时他还是一个体格健壮、性格单纯的医生；也想到1962年在拉巴斯那一天的情景：玻利维亚卫生部部长说玻内地发生了一种怪病——黑斑疹伤寒，问他是否愿意去看一看疫情。

麦肯齐在起居室里坐了好一阵儿，回想起当那场奇怪的出血热横扫玻利维亚的马丘波河地区时，百姓是何等的惊慌失措。他心里暗想，现在已经时隔三十余年，不知那里的百姓近况如何？

他伸手拿起电话，打向蒙大拿。接电话的是卡尔·约翰逊。他也已退休很久，如今的生活心满意足：住处是个幽僻的牛仔区，环绕着几条弯弯的小溪，闲时可以垂钓鲑鱼。两位昔日的同事商定故地重游，再访圣华金。

麦肯齐想起了60年代前往这个偏远的地区所经历的种种困难，便给拉巴斯的一位同事打电话，征求他对行程的建议，最后安排在9月份动身。麦肯齐告诉那位同事，过了这么多年，他和约翰逊想再到那里随便看看。

几个月来，玻利维亚出血热又在圣华金附近地区重新暴发，疾病控制中心派出的调查人员帮助该国政府查明，马丘波病毒已经卷土重来。事过三十余年，如今玻利维亚政府又在这个地区展开了大规模的灭鼠活动。这件事也引起了约翰逊和麦肯齐的关注。

两位美国人到达拉巴斯时，受到了热情的接待，其规格之高让他们受宠若惊。30年是一段不短的时间，他们两人都没有料到，还会有谁记得这么多年以前，他们在那片偏远的草原上做过的事。可是在首都那几天，竟然是不断的庆功摆宴，授勋发奖，简直让这两位科学家目瞪口呆，也让他们前往圣华金的行程耽误了将近48个小时。

最后，政府安排了一架飞机，送他们两人前去这个偏远的地区。于是飞机从那个海拔1英里高的城市爬升，穿越安第斯山脉，在亚马孙河头笼罩着腾腾热浪的陆地上降落，这一整套令人头晕目眩的经历，让麦肯齐又重新领略了一番。

飞机接近圣华金时，约翰逊和麦肯齐心里暗想，下面出了什么事？好像是有一大群人围在简易的机场四周。落地以后，麦肯齐问道：是不是什么要人或高官碰巧也在这里降落？

他们刚一走出机舱，当地的一个鼓号乐队就奏起了欢快的乐曲，三百多名农民、牛仔、儿童、牧民，一起向这两个美国人欢呼。面对着这些热情洋溢、兴高采烈的人群，又是拥抱，又是握手，还有许多鲜花和礼物，麦肯齐和约翰逊感慨万千。他们无法相信，圣华金的百姓还认得他们，还记得他们在很久以前寻找玻利维亚病原时的情形。

"他们大多数人当时还没有出生。"麦肯齐对约翰逊说。约翰逊和他一样，也感到惊喜万分。

可是对圣华金的百姓来说，麦肯齐、孔斯、约翰逊、韦伯这些名字，早已永远铭刻在他们的文化和记忆中了。圣华金的有些街道如今也成了柏油路，大都是以这些神话般的北美英雄命名的，是这些英雄使圣华金免遭厄运。连学童也都知道这些白发的"疾病牛仔"的事迹。

他们就是那些治住瘟疫的人。

这也就是为什么圣华金的民众会在断断续续的细雨中耐心地等待48个小时，站在机场的跑道上，满怀期待地注视着西方的天空。

鸣　谢

此书是在我受雇于《新闻日报》(Newsday)和《纽约新闻日报》(New York Newsday)期间脱产撰写的。对于老板们给予的这种宽厚待遇，我感戴万分。不过，我要感戴《新闻日报》的，并不仅仅是这种宽厚，在我写书的过程中，几位编辑和记者也曾给我极大的鼓励和支持。我要感谢托尼·马罗(Tony Marro)、霍华德·施奈德(Howard Schneider)、唐·福斯特(Don Forst)三位，感谢他们在我暂时离职期间，顶替了我的工作；也要感谢助理编辑莱斯·佩恩(Les Payne)、科学编辑利兹·巴斯(Liz Bass)、两位副科学编辑迈克·马斯卡尔(Mike Muskal)和雷吉·盖尔(Reg Gale)、记者凯瑟琳·伍达德(Catherine Woodard)等人，感谢他们给我的各种鼓励、提出的卓识远见。

美国的新闻单位很少对艾滋病、发展中国家问题、公共卫生或国际医疗政策等表现出长久的兴趣。令我欣喜的是，《新闻日报》是一个明显的例外。为此，我也要对报社表示我的敬意。

关于这个问题的一些早期著作是我在全国公共广播电台担任科学记者时完成的，对电台和科学编辑安妮·古登考夫(Anne Gudenkauf)在此期间(1980—1988年)给我的支持表示感谢。

对于此书的完成，哈佛大学公共卫生学院(Harvard School of Public Health)、艾尔弗雷德·P. 斯隆基金会(Alfred P. Sloan Foundation)、凯泽家庭基金会(Kaiser Family Foundation)发挥了

极其重要的作用。从1992年9月到1994年6月，我有幸获得哈佛新闻奖学金，作为访问学者从事公共卫生方面的高级研究。健康交流中心的杰伊·温斯顿（Jay Winsten）及其助手们曾对我悉心照顾。从1992年9月到1993年6月，我在哈佛进行研究期间，得到了艾尔弗雷德·P.斯隆基金会和《新闻日报》的资助，他们如此慷慨相助，令我感激万分。在哈佛期间，我还曾受到鲍勃·迈耶斯（Bob Meyers）的特别鼓励。他现在是华盛顿新闻中心的领导。

由于在工作中负伤，我现在已经无法使用键盘。书稿只能全文用手写出，然后再由别人录入。我感谢哈佛公共卫生学院院长迪安·哈维·法恩伯格（Dean Harvey Fineberg）为我提供款项，使我在哈佛期间得以雇请研究生休·麦克劳林（Sue McLaughlin）当我的录入员。当然也要感谢休的录入、鼓励和批评。

凯泽家庭基金会慷慨解囊，承担了我离开哈佛后的部分录入费用，使我能与艾米·沃林·本杰明（Amy Wollin Benjamin）一起工作，这真是个值得珍惜的机会。我一直惊叹她在长篇巨著《世界艾滋病》（AIDS in the World）一书的出版过程中表现出来的编辑才能，早就盼望她肯屈尊相助，使本书顺利出版。事实证明，她确是一个出色的编辑、评论家、鼓舞士气者，当然还有录入员。坦率地说，没有她的帮助，本书就不可能出版。

我还要感谢曼哈顿米勒研究所的理疗师和医生们。在本书撰写过程中，我常感体力不支，他们却使我能勉强坚持工作。要感谢的还有按摩师琼·雅各布（Joan Jacob）和珍妮特·科苏思（Jeannette Kossuth）。

我一直认为，图书管理是人类最神圣的职业，为了撰写本书而查阅资料的过程使我更加坚定了这种看法。对于哈佛的康特威

鸣　谢

医学图书馆和《新闻日报》及《纽约新闻日报》的图书管理员们，我要特别表示感谢。

在本书写作的过程中，许多人曾倾心相助，帮我审阅书稿、查阅资料、提供建议，在此要深表谢意。他们是安德烈亚·伊根（Andrea Eagan）、马里斯·西蒙奈特（Maryse Simonet）、德博拉·科顿（Deborah Cotton）、邦米·马金瓦（Bunmi Makinwa）、吉尔·汉纳姆（Jill Hannum）、B. D. 柯伦（B. D. Colen）、鲍勃·迈耶斯、乔纳森·曼（Jonathan Mann）、安德鲁·莫斯（Andrew Moss）、弗兰克·布朗宁（Frank Browning）、伯纳德·菲尔兹（Bernard Fields）、马克·本杰明（Mark Benjamin）、玛雅·萨拉威茨（Maya Szalavitz）、斯蒂芬·莫尔斯（Stephen Morse）、迈克尔·赖克（Michael Reich）、芭芭拉·罗森克兰茨（Barbara Rosencrantz）、彭尼·达克汉姆（Penny Duckham）；疾病防治中心公共事务办公室、国家卫生研究所、世界卫生组织、帕斯特研究所等单位的工作人员布基·庞勒（Buki Ponle）、温迪·沃特海莫（Wendy Wertheimer）、冈瑟·哈夫（Günther Haaf）、迈克尔·卡伦（Michael Callen）、尤韦·布林克曼（Uwe Brinkmann）；哈佛新疾病研究小组的成员塔马拉·奥沃巴克（Tamara Awerbach）、艾格尼斯·布林克曼（Agnes Brinkmann）和尤韦·布林克曼（Uwe Brinkmann）夫妇、理查德·卡什（Richard Cash）、艾里纳·埃卡特（Irina Eckardt）、保罗·爱泼斯坦（Paul Epstein）、蒂莫西·福特（Timothy Ford）、理查德·莱文斯（Richard Levins）、纳瓦·麦克豪尔（Naiwa Makhoul）、克里斯蒂娜·德阿尔伯克基·波萨斯（Christina de Albuquerque Possas）、查尔斯·普西亚（Charles Puccia）、曼纽尔·希拉（Manuel Sierra）、安德鲁·斯皮尔曼（Andrew Spielman）、玛丽·威尔逊（Mary Wilson）、保罗·怀斯

（Paul Wise）等。为了保证新闻报道的公正性，本书各位阅稿人都没有审阅与他们本人、他们的工作或其竞争对手的著作有关的章节。

我要特别感谢吉尔·汉纳姆（Jill Hannum），他在临近出版的关键时刻，又连续花费了许多时间，字斟句酌，删除书稿中过于冗长之处。

写书的人都知道，写作会给亲朋和家人带来多大麻烦。在此谨向圣克利门蒂、圣萨尔瓦多、纽约、波士顿等地的亲朋好友表示谢意，感谢他们容忍我在写书时给他们带来的不便，特别应当感谢的是宾克（Bink）、邦尼（Bonnie）、班宁（Banning）、埃夫林（Evelyn）、卡伦（Karen）、鲍勃（Bob）、卡里尔（Caryl）、吉姆（Jim）、马诺利（Manoli）、拉斯（Lars）、埃伦（Ellen）、安吉拉（Angela）、艾迪（Adi）、迈克尔（Michael）、莉莎（Lisa）、史蒂夫（Steve）、拉里（Larry）、斯宾塞（Spencer）、弗兰克（Frank）和戴维（David）。

我的经纪人夏洛特·谢迪（Charlotte Sheedy）有一种坚韧不拔的精神，在此也表示感谢。感谢法勒（Farrar）、斯特劳斯（Straus）。感谢吉洛克斯出版社的编辑约翰·格卢斯曼（John Glusman），为了使本书早日出版，他不得不拼命工作；他在编辑方面提出的许多真知灼见，对本人也激励有加。

最后，对安德烈亚·伊根、尤韦·布林克曼、迈克尔·卡伦的英年早逝，我深感痛惜，他们在本书即将出版前曾经提出一些独到的见解，对书稿的修改无疑起到了很大的作用。但愿我不曾辜负他们的一片好意。

2008、2017版译后记

在我70岁生日的时候，完成了分担的译稿，几年来的一段心愿得以了却，心中别有一番喜悦。

英文版的《逼近的瘟疫》发行不久，作者的兄嫂、我在美国工作时结识的好友B. G. 夫妇来京访问，带给我一本样书，说是此书在美十分畅销，已经获得普利策奖，并且已有德、法、俄、日等多种文字的译本，希望我能译成中文，奉献给中国读者。我自来不愿对好友说"不"，也就不自量力，答应下来。

后来我阅读全书时，竟被完全吸引住了。首先，这本书让我着实吃了一惊。我原以为医学在日新月异地发展，世界上任何病症都是可以治愈，并且最终被连根拔除，从此绝迹的。谁知这竟是一种错误的看法。由于人类不注意环境保护，一些新出现的疾病，如SARS、艾滋病等，正在凶猛地向人类进攻；一些常见的疾病如结核病等，原本已经被人类征服，如今却产生了抗药作用，向人类杀了个回马枪，使人难以招架。而且正是由于科技的突飞猛进，世界已经连成一体，疾病的传播也更加迅速。人类早已处在凶猛的疾病的包围之中，却懵然不觉，反倒沾沾自喜，高枕无忧。书中介绍，持这种错误看法的人不在少数，其中包括政府官员、高级学者和普通百姓。我在震惊之余，不禁想到了更为严重的问题：从古到今，一切科学技术的发展，都会首先应用于军事，那么，假如有人将对恶病的研究成果也用于战争，玩起生物战来，人类又将如何应对？这难道不是一个非常可怕的问题吗？

　　同时，这本书也给了我一种享受。不要以为论述如此严肃的题目，书里必有许多高谈阔论，用尽各种科技词语，读起来枯燥无味。其实我读的时候竟有几分像读《聊斋》故事一般，觉得十分有趣。一种恶病用一个故事，讲它的发生、传播、带来的死亡和恐惧，最后是人类如何查明缘由。文字秀丽，叙事生动，读者的心会被紧紧抓住，恨不得立刻看完故事的究竟。看完之后，又不免感到震惊。难怪有人说此书给人的是"激动、惊讶、振奋、激励和鼓舞"。这也许因为作者是个学医的记者，所以既有医生的仁爱和细致，又有记者的敏锐和才智，这才能够妙笔生花，言之有物。

　　最后还应该提到的是作者的人格魅力给我的心灵撞击。据说她手指有残，不能使用计算机，所有的书稿都是用手一个字一个字写出来的。一本750页、几十万字的长篇巨著，从资料搜集到事实考证，从书写草稿到校订成书，靠着带残的手，该用多大的精力和毅力啊！

　　因此，我决心尽快翻译此书。

　　但是，说来容易做来难。动手前必须找到一家愿意接受、出版的出版社。当时各出版社正忙于排山倒海般地印销丛书，无暇顾于这种"离群单飞的孤雁"。我原本生性疏懒，碰过钉子之后，就有些心灰意冷，于是决定"等等再说"。谁知这一等便是好几年。我的好友B.G.夫妇已经离异，我也年近七十，背痛眼花，决心洗手，不再去干这无名无利、费心费力的营生。此时我唯一的遗憾是，只怕要担上一个"轻诺寡信"的名声了，也怪我的朋友所托非人吧。

　　老天待人毕竟不薄。就在我山穷水尽、准备放弃的时候，我的朋友辗转把书推荐给生活·读书·新知三联书店。难得的是三联的领导和编辑慧眼识珠，接受此书，使我眼前柳暗花明，现出一派春光。更可贵的是作者十分看重中国的广大读者，还专门为中文版作序。这也算是一顺百顺了。

有人说做翻译是越做越胆小，此话果然不差，不过，必是过来人方能体会其中的滋味。我虽爬了半生的格子，也担了个"资深翻译家"的虚名，但翻译此书时仍是战战兢兢，唯恐自己才疏学浅，有负于作者和读者。如今这本书总算呈献在中国读者面前，差错之处，必然不少，敬请大家指教。对我来说，勉强做到"言而有信"，心中已经得到莫大的安慰。

70岁译书，就像老汉闯关东，步步艰辛，虽然决心可嘉，毕竟精力不济。也因出版社出于篇幅的考虑，只好征得作者同意，将本书后面的五章删去不译。五章的标题如下：

第十二章　女性卫生——中毒性休克综合征

第十三章　细菌的报复与新药的研制——抗药的细菌、病毒和寄生虫

第十四章　第三世界化——生活贫苦、住房拥挤、社会灾难与疾病的关系

第十五章　事态紧急——美国汉坦病毒

第十六章　自然与人——海豹瘟疫、霍乱、全球变暖、生物多样性和微生物汤

（此译本中的第十二章为原书的第十七章）

锦绣文字，删之实在可惜，只能向作者和读者致歉了。

杨岐鸣

2007年元月，北京